in Peking

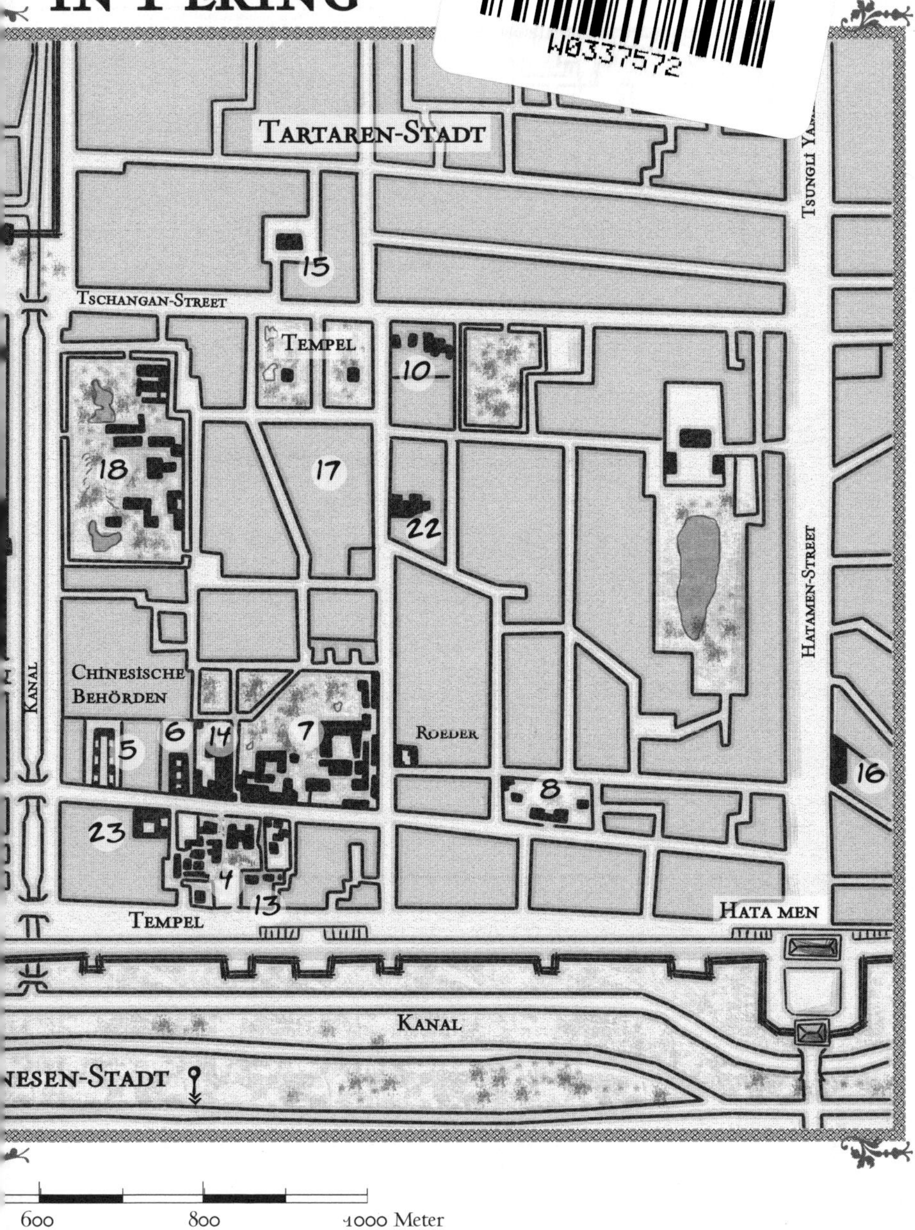

Tartaren-Stadt
Tsungli Yam
15
Tschangan-Street
Tempel
10
18
17
22
Hatamen-Street
Chinesische Behörden
Kanal
Roeder
5
6
14
7
16
8
23
4
13
Tempel
Hata men
Kanal
nesen-Stadt
600
800
1000 Meter

BOOKSPOT

Tereza Vanek

Die Rebellin von Shanghai

Roman

BOOKSPOT VERLAG

1. Auflage 2013
Satz/Layout: Martina Stolzmann
Covergestaltung: Nele Schütz Design, München
Karten Vorsatz/Nachsatz: Joachim Ullmer
Lektorat: Dr. Christine Laudahn
Druck: CPI – Clausen & Bosse, Leck
Made in Germany
ISBN 978-3-937357-81-2
www.bookspot.de

I and the public know
What all schoolchildren learn.
Those to whom evil is done
Do evil in return.

W. H. Auden

Personenverzeichnis

Hamburg:
Elsa Skerpov
Magda Mühlenpfordt (Elsas Tante)
Alexander Nils (Fabrikdirektor)
Herr Gebhardt (Buchhalter)

Shanghai:
Die Familie Huntingdon: Jinzi, Viktoria und Charlotte
Dewei (Viktorias einstiges Ziehkind)
Shao Yu (Charlottes Kindheitsfreund)
Wang (Diener im Hause Huntingdon)
David Stuart, sein Onkel Eugene und die Tante Millicent
Anastassia Gregorova (Charlottes Schulfreundin)
Shihua (Prostituierte)
Captain Brodie Clarke (britischer Offizier des Freiwilligencorps)
Geoffrey Leighton (britischer Soldat des Freiwilligencorps)
Martin Heemann (Eisenbahningenieur)

Boxer:
Quantou (Krieger)
Mayi (Köchin)
Xiang und Xin (Kinder)
Die Pockennarbige/Niuniu (Dienerin)
Da jiejie (große Schwester, Titel einer Anführerin der Boxerbewegung)
Da shixiong (großer Bruder, Titel eines Anführers der Boxerbewegung)

Peking, Chinesischer Adel und seine Diener:
Wenrou und sein Vater

Shifu (Wenrous Diener)
Gulao (sein Schwiegervater)
Qingbai (Wenrous Ehefrau)
Cixi, »der alte Buddha« (Kaiserinwitwe)
Ronglu (General, Vizekönig von Zhili, Vertrauter der Kaiserinwitwe)
Kaiser Guangxu, geboren als Aisin-Gioro Zaitian (Neffe der Kaiserinwitwe, entmachteter Kaiser)
Zhen Fei (Perlenkonkubine, dritte Gemahlin von Kaiser Guangxu)
Prinz Duan und Prinz Qing
Xiao Ming (Diener des Prinzen Duan)
Li Lianying (Obereunuch)
Xiwang (Teehausbesitzer)
Xiaohua (Blumenmädchen im Teehaus)
Dujuanhua (Charlottes leibliche Mutter)

Peking, Gesandtschaftsviertel:
George Morrison (australischer Times-Korrespondent)
Sir Robert Hart (irischer Leiter der Zollbehörde)
Annie und Auguste Chamot (Besitzer des Peking Hotels)
Polly Condit Smith (Amerikanerin auf Reisen)
Juliette Lefèvre (französische Gouvernante im Dienst des russischen Gesandten)
Igor Korloff (russischer Leutnant)
Dr. Emma Martin (amerikanische Ärztin)
Dr. Velde (deutscher Gesandtschaftsarzt)
Arthur Dreher (erster deutscher Hilfsschreiber)
Clemens und Maud von Ketteler (deutsche Gesandte)
Sir Claude MacDonald und Lady Ethel (britische Gesandte)
Stéphen Pichon und Gemahlin (französische Gesandte)
Sarah Conger (Frau des amerikanischen Gesandten)
Arthur und Paula von Rosthorn (österreichische Gesandte)

Madame Narahara (Witwe des japanischen Gesandtschaftssekretärs)
Herbert Squiers (amerikanischer Gesandtschaftssekretär)
Claus von Below-Saleske (erster deutscher Gesandtschaftssekretär)
Dr. Diego von Bergen (zweiter deutscher Gesandtschaftssekretär)
Heinrich Cordes (erster Dolmetscher des deutschen Gesandten)
Graf von Soden (deutscher Oberstleutnant)
Edmund Backhouse (britischer Linguist und Dolmetscher)
Familie Guo (Elsas Gastfamilie)
Baron und Baronin de Giers (russische Gesandte)
Kapitän von Rahden (russischer Oberbefehlshaber)
Leutnant Olivieri (italienischer Kommandant der Peitang)
Bischof Favier (französischer Bischof in der Peitang)
Sœur Hélène de Jaurias (französische Schwester in der Peitang)
Sœur Vincenza (italienische Schwester in der Peitang)
Captain Wellington (britischer Offizier der internationalen Truppen)
Private Mason (britischer Soldat der internationalen Truppen)

Die Boxerbewegung heißt auch chinesisch: Yihetuan Yundong

Orte (chinesische Umschrift in Klammern)**:**
Hamburg
Shanghai
Peking (Beijing)
Tientsin (Tianjin): Hafenstadt
Peitang (Beitang): Nordkathedrale
Schantung (Shandong): Provinz Chinas
Kiautschou (Jiaozhou): deutsches Pachtgebiet in Schantung

Tsingtao (Qingdao): Hauptstadt Kiautschous
Tsungli Yamen (Zongli Yamen): Ausländerbehörde Pekings
Taku-Forts (Dagu-Forts)

Kapitel 1

Charlotte lief eine Weile an der Uferpromenade, dem Shanghaier Bund, entlang und beobachtete, wie magere, muskulöse Gestalten Kisten von riesigen Schiffen hievten und auf Karren luden, um sie dann mit flinkem Geschick durchs Getümmel zu lotsen. Auf der gegenüberliegenden Seite wuchsen Steinbauten in die Höhe, die sich in den letzten Jahren rasant vermehrt hatten: Handelshäuser und Banken schossen regelrecht aus dem Boden, während Shanghai von Zuwanderern, die aus der Ferne übers Meer, aber auch aus dem Landesinneren kamen, regelrecht überschwemmt wurde. Ein paar Chinesen strampelten auf einem neumodischen Gefährt namens Fahrrad vorbei. Charlotte staunte über ihre Fähigkeit, trotz allen Gerangels und Geschubses das Gleichgewicht auszubalancieren. Sie überlegte, ob sie ihre Eltern überreden konnte, auch ihr so ein Fahrrad zu besorgen, was den Heimweg von der Schule vereinfacht hätte. Doch würde ihre Mutter sich sicher Sorgen machen, dass sie unterwegs verunglücken oder überfallen werden könnte. Viktoria Huntingdon gab ihrer Tochter regelmäßig Geld für eine Jinrikscha, damit diese sie heil nach Hause bringen sollte. Doch Charlotte ging trotzdem zu Fuß, denn sie liebte es, durch diese vor Leben und Geschäftigkeit überbordende Stadt zu streifen. Zum Glück war ihre Mutter zu beschäftigt, um die siebzehnjährige Tochter ständig zu kontrollieren. Es war zudem nicht schwer gewesen, sie davon zu überzeugen, dass der Unterricht in der von Missionarinnen betriebenen Mädchenschule oftmals etwas länger dauerte. Die auf diese Art gewonnene Zeit ermöglichte es Charlotte, sich mit Shao Yu zu treffen. Ihr Freund aus Kindertagen schenkte ihr nicht nur Melonenkerne zum Kauen, sondern zeigte ihr vor allem jene Teile Shanghais, die zu besuchen ihre Eltern ihr streng verboten hatten. Dafür überließ sie ihm das Geld für ihre Heimfahrt, denn sie wusste, wie nötig er es brauchte.

Nun bog sie in die Nanking Road ab und anschließend in eine Seitengasse. Mit eiligen Schritten hastete sie zu dem kleinen, schlichten Teehaus, vor dem Shao Yu regelmäßig auf sie wartete. Es war eng, sie musste sich an Wasserträgern, Nudelverkäufern und Prostituierten vorbeischieben. In Shanghai konnte man nicht überleben, ohne eine gewisse Rücksichtslosigkeit zu entwickeln. Schließlich fand sie eine freie Fläche unterhalb einer verschmutzten Laterne, wo sie ruhig stehen bleiben konnte. Ihre züchtige, westliche Schuluniform brachte ihr etliche neugierige Blicke ein, schützte sie aber auch vor Zudringlichkeiten. Sie wartete, während um sie herum geschrien, gestritten und verhandelt wurde. In dem Teehaus traten ein paar Akrobaten auf und eine stark geschminkte Frau sang schrill und schief. Ein Stück neben Charlotte stritten sich zwei Prostituierte um einen Kunden, den sie beide fest gepackt hatten, sodass es für den Mann kein Entkommen mehr gab.

Charlotte stellte sich auf die Zehenspitzen, um über Köpfe hinwegsehen zu können. Sie fragte sich wieder einmal, warum sie so früh aufgehört hatte zu wachsen, denn selbst unter den hier versammelten Südchinesen war sie eine recht kleine Gestalt. Wo steckte Shao Yu nur? Im Grunde wusste sie die Antwort, denn er konnte nicht so frei über seine Zeit verfügen wie sie selbst. Vermutlich musste er im Laden seines Onkels aushelfen und hatte noch keine Gelegenheit gefunden, sich davonzuschleichen. Der Onkel hatte ihrem Freund die Möglichkeit zu einem längeren Schulbesuch verwehrt, da er ihn als Arbeitskraft brauchte, und prügelte ihn unbarmherzig für jedes Anzeichen von Ungehorsam. Es erfüllte sie mit Genugtuung, dass es Shao Yu dennoch immer wieder gelang, der Kontrolle dieses Tyrannen wenigstens für ein paar Stunden zu entkommen. Irgendwann würde sie einen Weg finden, ihn aus dieser Abhängigkeit freizukaufen, nahm sie sich wieder einmal vor, während sie ungeduldig von einem Fuß auf den anderen trat. Es war Ende Oktober und ein frischer Wind zog auf, der das Ende schwülheißer Tage ankündigte. Allzu lange konnte sie nicht mehr ausharren, denn ihre Mutter kam normalerweise am frühen Nachmittag aus dem Waisenhaus zurück, um sich der Familie zu widmen.

Schließlich lief Charlotte noch einmal auf und ab und reckte sich, doch konnte sie das Gesicht ihres Freundes nirgendwo entdecken. Sie wich zwei Wasserträgern aus, an deren Schultern schwere Eimer baumelten, und wollte wieder zur Nanking Road eilen, als plötzlich jemand an ihrem Rock riss.

»Da ist sie ja wieder, die kleine Lao Wai!«

Charlotte versteinerte. Sie kannte diese Stimme. Missmutig drehte sie sich um, denn sie wollte nicht feige wirken, indem sie weglief. Shihua trug ein grellrotes Kleid und in ihren Ohren baumelten bunte, billige Ohrringe. Selbst eine dicke Schicht aus Schminke vermochte es nicht, dem ausgemergelten, frühzeitig gealterten Gesicht eine anziehende Wirkung zu verleihen. Als das Mädchen spöttisch grinste, tauchten gelbe Zahnstummel auf.

»Na, ist der Unterricht vorbei?«

»Ja, das ist er«, erwiderte Charlotte gleichmütig. »Und jetzt gehe ich nach Hause.«

Sie versuchte, an Shihua vorbeizukommen, doch zwei andere Frauen versperrten ihr den Weg. Charlotte wurde etwas unwohl und sie sah sich um. Niemand hier beachtete sie.

»Wozu brauchst du in deinem Alter noch eine Schule? Eine richtige Frau wäre schon längst verheiratet«, fragte eine von Shihuas Begleiterinnen mit zornigem Spucken.

»Ich lerne eben gern«, erwiderte Charlotte. »Aber ich weiß, es liegt nicht jedem.«

Shihua hatte das Waisenhaus vor drei Jahren freiwillig verlassen. Die Besitzerin eines Bordells musste ihr eine bessere, weniger anstrengende Zukunft versprochen haben. Als Shihua begriffen hatte, dass diese Entscheidung ein Fehler gewesen war, hatte es keinen Weg zurück mehr gegeben.

»Du kannst so viel fremdes Kauderwelsch lernen, wie du willst, davon bekommst du keine gelben Haare, wie die Frau, die du Mutter nennst«, zischte sie Charlotte nun ins Gesicht und kam einen Schritt näher.

»Das weiß ich. Darum geht es nicht.«

»Und worum geht es dann? Glaubst du, irgendein Mann wird dich wollen, mit deinen großen Füßen und dieser grauenhaften Kleidung?!«

Shihua ergriff den dunkelblauen Stoff von Charlottes Rock und rieb mit angewidertem Gesichtsausdruck daran.

»Das weiß ich nicht. Aber es ist doch mein Problem, nicht deines!«, sagte Charlotte, immer noch um Ruhe bemüht, denn ihr Vater hatte sie gelehrt, dass man Angreifern auf diese Art begegnen sollte. Tatsächlich schienen Shihua und ihren Gefährtinnen nun keine weiteren verletzenden Worte mehr einzufallen, denn sie starrten ihr Opfer nur stumm an. Charlotte wagte einen Sprung an den Angreiferinnen vorbei. Sie hoffte, schnell im Getümmel verschwinden zu können, wurde aber an der Schulter gepackt und zurückgerissen. Kurz taumelte sie und fiel gegen Shihua, die sie zu ihrem Erstaunen sogar auffing, doch erwies der zunächst rettende Griff sich bald schon als Fessel, während eine der anderen Frauen sich vor Charlotte aufbaute. Kurz zog Angst ihren Magen zusammen, denn die verlebten, müden Augen dieses Mädchens schienen zwei Abgründe an Bosheit. Sie versuchte, sich auf ihre Atmung zu konzentrieren. Falls es notwendig wäre, dann wusste sie, sich zu wehren. Nun galt es, die Angreiferin genau zu beobachten, um gleich dem ersten Hieb gezielt auszuweichen und schnell zurückschlagen zu können.

Doch nichts dergleichen geschah. Lange wurde sie nur mit einem zutiefst verächtlichen Blick gemustert, während der Griff von Shihuas Händen sich lockerte, sodass Charlotte eigentlich hätte weglaufen können. So sehr sie sich auch danach sehnte, dieser unangenehmen Lage zu entkommen, das Gefühl, sich eben durch ein solches Verhalten als feige zu erweisen, hielt sie davon ab.

»Ich kann dir etwas über deinen Vater erzählen, feine Dame. Denn dieser Mann könnte dich wirklich gezeugt haben«, bekam sie nun zu hören. Es klang nicht ganz so höhnisch wie die bisherigen Worte, und Charlotte konnte nicht umhin, neugierig zu werden.

»Bevor so eine kreidebleiche Geistergestalt ihn zu ihrem Spielzeug machte, wärmte er das Bett einer Bordellbesitzerin«, kam es nun so langsam, als wollte sich die Sprecherin jedes einzelne Wort genussvoll auf der Zunge zergehen lassen, bevor sie es aussprach. »Das habe ich von mehreren Leuten gehört, die ihn damals kannten. Doch als Shen Akeu, eine der mächtigsten Frauen der Stadt, genug von ihm hatte, da warf sie ihn eben raus. Er konnte nicht wählerisch sein, deshalb war er froh, von einer Lao Wai aufgelesen zu werden, auch wenn alle wissen, dass diese Frauen wie Raubtiere stinken.«

Charlotte versuchte, eine gefasste Miene zu wahren, doch war jedes dieser Worte wie eine feine Nadel gewesen, die langsam unter ihre Nägel gestochen wurde. Sie zuckte, um den Schmerz abzuwehren, und spie die ersten Worte aus, die ihr in den Sinn kamen.

»In Wahrheit seid ihr doch nur neidisch, weil er so billige Huren wie euch nicht einmal ansehen würde!«

Die drei Gesichter um sie herum gefroren zu Masken, nur in den Augen blitzte Wut, was Charlotte für einen kurzen Moment die Befriedigung schenkte, selbst wunde Stellen getroffen zu haben. Dann spürte sie einen Tritt in ihrem Magen, auf den sie nicht vorbereitet gewesen war. Kurz blieb ihr die Luft weg, doch dem nächsten Schlag, der gegen ihre Wange gerichtet war, vermochte sie bereits auszuweichen. Die Lehren ihres Vaters begannen nun ihr Denken zu beherrschen, sie duckte sich, wirbelte zur Seite und traf den Nacken ihrer Angreiferin mit der Handkante. Ein Schrei erklang.

»Du kleine, verschlagene Füchsin!«, kreischte Shihua und sprang sie von hinten an. Charlotte beugte sich schwungvoll vorwärts, um die unerwünschte Last abzuschütteln, doch waren Shihuas Finger fest in ihre Schulmädchenbluse gekrallt, deren Stoff mit einem Ächzen riss. Kurz schoss ihr die Frage durch den Kopf, wie sie dies ihrer Mutter würde erklären können, da raste schon wieder eine Faust auf ihr Gesicht zu. Charlotte zuckte im letzten Moment zurück, sodass nur ihre Schläfe gestreift wurde, und sah sich nach einem möglichen Fluchtweg um.

Da hörte sie die Stimme eines jungen Mannes in ihrem Rücken, melodisch und laut vor Empörung.

»Lasst die Lady los, ihr elendes Gesindel!«

Obwohl weder Shihua noch ihre Gefährtinnen sein vornehmes Englisch verstehen konnten, verschwanden sie dennoch in Windeseile, denn sie wussten, dass Auseinandersetzungen mit den Fremdlingen für Chinesen übel ausgehen konnten. Charlotte kauerte einen Augenblick lang auf dem Boden, um erleichtert auszuatmen. Die Umstehenden, die ihrem Gerangel mit drei Prostituierten recht ungerührt zugesehen hatten, wichen nun zurück, um einem hochgewachsenen Mann in der Kleidung eines englischen Offiziers Platz zu machen.

»Sind Sie verletzt, Miss …?«

»Huntingdon«, ergänzte Charlotte. »Ich bin Charlotte Huntingdon.«

Schnell rappelte sie sich auf und wandte sich um. Ihr Retter hatte dicht gelocktes Haar in der Farbe von Walnüssen und große, runde, vertrauenswürdige Augen. Sie strich ihren Rock glatt, der glücklicherweise unbeschädigt geblieben war. Dann sah sie lächelnd zu ihm hoch.

»Danke für Ihre Hilfe, Sir!«

Kurz zeigte sich fassungsloses Staunen auf seinem Gesicht, und sie begriff, was ihn derart überraschte. Ein kleines, zierliches Mädchen mit zwei schwarzen Zöpfen in einer Schuluniform – ein solcher Anblick wäre auch in seiner Heimat nichts Ungewöhnliches gewesen. Aber nun, da blickte er in das Gesicht einer Chinesin, aus deren Mund fließendes Englisch gekommen war. Diese Tatsache ließ sich mit seinem bisherigen Weltbild nicht in Einklang bringen. Dennoch fing er sich schnell.

»Ich bin sehr erfreut, Ihre Bekanntschaft zu machen, Miss Huntingdon. Mein Name ist David Stuart. Besuchen Sie eine der Missionsschulen?«

»Ja«, bestätigte Charlotte die naheliegende Annahme. »Und meine Eltern betreiben hier ein Waisenhaus in der Ningpo Road.«

Die Erwähnung ihrer Eltern bewahrte sie davor, in seinen Augen nur eine glückliche Almosenempfängerin zu bleiben. Wer Waisenhäuser errichtete, der hatte Geld. Und davon, dass es auch chinesische Einrichtungen für unerwünschte Kinder gab, hatte er wohl keine Ahnung, denn er blickte weiter ratlos drein. Charlotte fand seine Verwirrtheit geradezu rührend.

»Meine Mutter stammt aus Europa. Aus Deutschland«, erklärte sie.

»Ach so. Darauf wäre ich nicht gekommen.«

Er räusperte sich verlegen. Für weitere Nachfragen war er, wie es schien, zu wohlerzogen. Charlotte gefiel diese Art der Zurückhaltung.

»Erlauben Sie mir, dass ich Sie nach Hause begleite, Miss Huntingdon?«, bot er dann an. »Diese Gegend scheint mir höchst gefährlich für eine junge Dame.«

Charlotte wusste, dass sie hier viel besser zurechtkam als er. Seine Annahme, überall für Ordnung sorgen zu können, war vermessen. Ahnte er nicht, wie schnell ein Messer aus der gesichtslosen Menge geworfen werden konnte, um einen Menschen von hinten niederzustechen, ohne dass der Mörder jemals gefunden wurde? Doch dieser gut aussehende, naive, überhebliche Lao Wai bot ihr die beste Gelegenheit, über Shihua und ihre Gefährtinnen zu triumphieren. Eine Chinesin in Schuluniform und noch dazu mit großen Füßen, die in beiden Welten wohl niemals einen Mann finden würde, spazierte nun an seiner Seite davon. Er bemühte sich, in dem Getümmel den Weg freizukämpfen und stieß dabei mehr Leute zur Seite, als wirklich notwendig war. Sie ging davon aus, dass er sich ihr gegenüber stark zeigen wollte, und verzieh ihm daher sein grobes Benehmen.

»Wo wohnen Ihre Eltern, Miss Huntingdon?«, fragte er nach einer Weile, als sei ihm jetzt erst eingefallen, dass ihr gemeinsamer Weg auch ein Ziel haben musste.

»Peking Road, nahe der Soochow Creek«, erwiderte sie und unterdrückte ein Kichern, als sie seinen hilflosen Blick bemerkte.

»Wir gehen nicht zurück zum Bund, sondern weiter die Nanking Road entlang. Dann biegen wir rechts in die Shanse Road ein und kommen so ans Ziel«, half sie ihm auf die Sprünge.

»Ach ja. Natürlich, ganz einfach.«

Sein angestrengtes Stirnrunzeln widersprach dieser Aussage.

»Könnten wir nicht auch zurück zum Bund gehen und eine Jinrikscha nehmen?«, schlug er schließlich vor. Charlotte nickte und sah ihn anerkennend an, denn sie gab ihm gern das Gefühl, nun eine großartige Idee ausgebrütet zu haben.

Gemeinsam kämpften sie sich weiter durchs Getümmel. Je näher sie dem Bund kamen, desto westlicher wurde Shanghai.

Charlotte meinte, erkennen zu können, wie die Schultern ihres Begleiters sich etwas entspannten. Was hatte er eigentlich allein in einer Gegend voller chinesischer Freudenhäuser gesucht? Die naheliegendste Antwort gefiel ihr nicht, denn sie ließ ihren ebenso ungeschickten wie strahlenden Retter etwas schäbig wirken. Aber nun, da er an ihrer Seite einherschritt, schien es ihr unwichtig.

Sie riss ihn zur Seite, als eine Jinrikscha dicht vor ihnen vorbeirauschte. Seine Reaktionen schienen ihr nicht besonders schnell und sie fragte sich, ob ein englischer Offizier eine weniger intensive Ausbildung erhielt, als sie selbst von ihrem Vater bekommen hatte. Vielleicht ging er auch einfach davon aus, dass Jinrikscha-Fahrer von seiner strahlenden Uniform geblendet ausweichen würden. Sie sah bereits die Umrisse riesiger Dampfer und hoher Schiffsmaste am Hafen in den Himmel ragen, als sie plötzlich eine sehr vertraute Stimme an ihrer Seite vernahm.

»Sha Lo Te!«

So sehr sie sich bemühte, sie hatte Shao Yu bisher nicht beibringen können, ihren Namen richtig auszusprechen. Sie entdeckte ihn sofort in der Menge, doch schien er auf einmal sehr klein und zerlumpt in seinem bodenlangen, ehemals weißen Gewand. Wie eingefallen seine Wangen waren! Sie wandte sich um und kramte die Münzen für die Heimreise aus ihrer Schultasche.

»Hier, kauf dir etwas zu essen«, sagte sie und drückte ihm das Geld in die Hand. »Ich muss jetzt weiter. Wir sehen uns morgen.«

Als sie sich wieder zu ihrem Begleiter umgedreht hatte, blieb Shao Yus verletzter Gesichtsausdruck in ihrer Erinnerung haften, obwohl sie bemüht war, ihn abzuschütteln.

»Es gibt so schrecklich viele Bettler hier«, sagte der Engländer zu ihr. »Anfangs gab ich ihnen auch ständig Geld, doch bald wurde mir klar, dass ich dann selbst bald ruiniert wäre.«

Er winkte eine Jinrikscha herbei.

»Das war kein Bettler, sondern ein Freund«, wollte Charlotte die Dinge klarstellen, aber ihr Begleiter überhörte sie, denn er versuchte bereits, mit dem Kuli zu verhandeln, der allerdings kaum Englisch verstand. Charlotte mischte sich ein und handelte den geforderten Preis sogleich um die Hälfte herunter. Wenn ihr Retter in Shanghai zu verarmen drohte, dann lag es nicht nur an seiner Großzügigkeit gegenüber Bettlern.

Bald schon saßen sie Seite an Seite in der Jinrikscha. Charlotte wurden ein paar Probleme bewusst. Sie würde ihrer Mutter nicht nur die zerrissene Bluse erklären müssen, sondern auch den Umstand, dass sie auf dem Heimweg von der Schule diesen Mann aufgelesen hatte, der unglücklicherweise auch noch in der Lage wäre, die Ereignisse detailgetreu zu schildern. Dennoch konnte sie nicht umhin, ihn anzulächeln.

»Sie sind Offizier?«

Er lachte verlegen.

»Ich gehöre dem Shanghaier Freiwilligencorps an und bin Stellvertreter des diensthabenden Offiziers, Captain Brodie Clarke. Shanghai bot sich nach Abschluss meiner militärischen Ausbildung an, denn ich habe hier Verwandtschaft, einen Onkel, der Arzt ist. Bei ihm konnte ich gleich eine Bleibe finden. Kasernen sind keine besonders schönen Orte.«

»Sie sind noch nicht lange hier?«, fragte Charlotte, obwohl sie die Antwort bereits kannte. Er hatte sich die ganze Zeit wie ein Neuankömmling verhalten.

»Einen Monat, in etwa«, bestätigte er ihre Annahme.

»Da haben Sie doch sicher Heimweh?«

»Nun ja, es geht einigermaßen.«

Wieder kam ein verlegenes Lachen, doch er sprach nicht weiter. Charlotte begann gerade, nach einem weiteren unverfänglichen Gesprächsthema zu suchen, da tauchten die vertrauten Umrisse ihres Hauses vor ihr auf.

»Wir sind angekommen!«, rief sie ihrem Begleiter zu. Die Jinrikscha blieb stehen. Charlotte stellte zufrieden fest, dass ihr Heim gepflegt europäisch wirkte, steinern und mit einem Vorgarten versehen, den ihre Mutter leider vernachlässigte, sodass dort Wildwuchs herrschte. Es gab ein paar Diener – einstige Bekannte ihres Vaters, die froh über eine gut bezahlte Anstellung gewesen waren. Nun aber war es ihre Mutter, die die Tür öffnete, um ihnen entgegenzueilen.

»Wo bist du so lange gewesen? Ich habe mir Sorgen gemacht!«, begrüßte sie die Tochter auf Deutsch. Charlotte spürte, wie schuldbewusste Röte auf ihren Wangen zu brennen begann, und war verärgert. Sie wollte vor David Stuart nicht als unartiges Schulmädchen dastehen. Glücklicherweise entsprach das Äußere ihrer Mutter den Erfordernissen der Lage. Sie hatte ihre rotblonden, von vereinzelten grauen Strähnen durchzogenen Locken zu einem Knoten gebunden und trug ein schlichtes, dunkelblaues, europäisches Kleid, das sie immer anzog, wenn im Waisenhaus potenzielle Spender erwartet wurden. Ansonsten mochte sie es farbenfroher und rüschiger, was auf einen britischen Offizier vielleicht allzu frivol gewirkt hätte. Dann gab es da noch die chinesischen Gewänder, die Viktoria Huntingdon manchmal zu Hause anzog, da sie bequem waren. Welch ein Gesicht David Stuart gemacht hätte, wenn er von einer Europäerin in weiten Hosen begrüßt worden wäre, wollte Charlotte sich besser nicht ausmalen.

Viktoria Huntingdon sah aus, wie Mütter aussehen sollten, wenn sie die Verehrer ihrer Töchter begrüßten, doch vermochte sie sich wohl keinen Reim auf ihre Lage zu machen, denn sie starrte den großen Mann in Offiziersuniform mit unverhohlener Ratlosigkeit an.

»Sie sind … ?«, richtete sie sich nun auf Englisch an ihn.

»David Stuart.« Er vollführte eine kurze, aber schneidige Verbeugung. »Ihre Tochter war in Schwierigkeiten, Mrs Huntingdon. Sie wurde auf dem Heimweg von der Schule von dem widerlichen, kriminellen Gesindel, das in dieser Stadt eine wahre Plage ist, überfallen. Ich hielt es selbstverständlich für meine Pflicht, ihr zu Hilfe zu kommen.«

»Oh, das war aber sehr aufmerksam von Ihnen«, erwiderte Viktoria Huntingdon. Wieder war Charlotte zufrieden mit ihrer Mutter, denn sie hatte sich der Situation entsprechend in eine charmant lächelnde Gesellschaftsdame verwandelt. Den fragenden Blick, den sie ihrer Tochter gleichzeitig zuwarf, ignorierte diese einfach.

»Ich hatte ihr Geld gegeben, um mit der Jinrikscha heimzufahren«, bohrte die Mutter aber leider nach. »Die Schule ist in der französischen Konzession, dicht beim Konsulat, dort hielt ich es für sicher.«

Charlotte wusste, dass sie vor Scham nun rot anlaufen würde, doch David Stuart kam ihr unerwartet zu Hilfe.

»Ihre Tochter hat ein sehr gütiges Herz, Mrs Huntingdon. Sie lief stattdessen zu Fuß und überließ das Geld einem Bettler.«

Charlotte lächelte gezwungen. Sie vermochte sich nicht vorzustellen, dass ihre Mutter dieser Geschichte wirklich Glauben schenken würde, doch wenigstens blamierte sie die Tochter nicht, indem sie offen Misstrauen äußerte.

»Es war wirklich ein Glück für Charlotte, dass Sie in der Nähe waren, Mr Stuart«, schmeichelte sie dem jungen Mann, als wisse sie ohne jede Erklärung, wie sehr Charlotte sich das wünschte. »Doch nun erlauben Sie mir bitte, Ihnen meine Tochter wieder zu entführen. Charlotte braucht nach diesem Schock sicher ein bisschen Ruhe.«

Die Protestworte in Charlottes Kehle wurden von einem strengen Blick Viktoria Huntingdons erstickt. David Stuart schabte mit den Füßen auf dem Boden. Der Jinrikscha-Fahrer war im Hintergrund festgewachsen, als habe er trotz fehlender Englischkenntnisse begriffen, dass es hier noch die Gelegenheit zu einem weiteren Transport eines zahlungskräftigen Lao Wai gab.

»Ist Ihr werter Gemahl zu Hause, Mrs Huntingdon?«, fragte David Stuart. Charlottes Herzschlag setzte kurz aus. Warum wollte er das wissen?

»Nein, bedauerlicherweise nicht«, erwiderte ihre Mutter. »Aber wenn es einen Grund gibt, warum Sie ihn zu sprechen wünschen, richte ich ihm das gern aus.«

Die Worte waren geschmeidig wie Seide aus ihrem Mund geglitten. Charlotte hatte oft gehört, dass ihre Mutter einst eine Dame der besseren Gesellschaft gewesen war, doch erstmals merkte sie selbst, wie sehr dies der Wirklichkeit entsprach.

»Nun … nun …«, David Stuart sah etwas verlegen aus. »Also einen richtigen Grund gibt es nicht. Ich frage mich nur, ob …«

Er verstummte kurz und blickte von Mutter zu Tochter.

»Würden Sie es mir gestatten, Ihre Tochter am nächsten Sonntag zum Pferderennen auszuführen, Mrs Huntingdon?«

Charlotte glaubte, ein paar Meter über dem Erdboden zu schweben. Sie hatte es nicht für möglich gehalten, aber die Lage entwickelte sich ganz und gar ihren Wünschen gemäß.

»Meine Tochter macht sich leider nichts aus Pferderennen«, entgegnete ihre Mutter sogleich. Charlotte zuckte vor Empörung und warf ihr einen vorwurfsvollen Blick zu, der aber ignoriert wurde.

»Oh, das wusste ich nicht. Es tut mir leid«, stammelte David Stuart.

»Das ist doch kein Problem, Mr Stuart.« Viktoria Huntingdons Lächeln war lieblich und nichtssagend. Charlotte murrte leise. Im Hintergrund begann der Jinrikscha-Fahrer, sich lautstark mit ein paar Leuten zu unterhalten. All das dauerte ihm wohl zu lange.

»Geben Sie uns einfach Ihre Adresse«, fuhr Charlottes Mutter fort. »Ich werde mit meinem Mann darüber sprechen und Charlotte soll sich in Ruhe überlegen, ob sie nicht vielleicht doch ein Pferderennen sehen will.«

David Stuart atmete erleichtert aus, denn nun wusste er, woran er war. Er kritzelte schnell ein paar Zeilen auf ein Blatt Papier, das er ebenso wie den Füllfederhalter aus der Tasche gezogen hatte. Viktoria Huntingdon nahm den Zettel dankend entgegen, Charlotte durfte ihren Retter noch einmal anlächeln, dann trug die Jinrikscha ihn davon.

»Mutter, ich …«, begann Charlotte, aber Viktoria ergriff ihren Arm und schob sie energisch ins Haus zurück.

»Du hast mich erstens angelogen und zweitens einen Mann kennengelernt, der dir gefällt«, fasste sie die Ereignisse des Tages treffend zusammen. »Also in Zukunft fährst du mit der Jinrikscha nach Hause, sonst bekommst du ernsthaften Ärger. Und nach drei Tagen werden wir diesem David Stuart eine Nachricht schicken, dass du seine Einladung zum Pferderennen annimmst. Aber vorher nicht, verstehst du? Es hat gereicht, wie du ihn die ganze Zeit angeschmachtet hast. Mach es ihm nicht zu leicht.«

Sie zwinkerte ihrer Tochter verschwörerisch zu, während sie die Tür aufschob. Charlotte fühlte sich plötzlich leicht und beschwingt. Ihre Mutter war ihre Verbündete!

»Hast du meinen Vater auch so lange warten lassen?«, fragte sie neugierig. Zu ihrem Erstaunen senkte die Mutter den Blick.

»Viel länger«, gestand sie. »Fast zu lange. Aber deshalb brauchst du keines der hundert anderen Mädchen in Shanghai zu sein, die sich einem schmucken Offizier an den Hals werfen.«

Charlotte eilte die Treppe zu ihrem Zimmer hoch. Sie wusste nicht, wie sie die drei Tage überstehen würde, bevor sie eine Nachricht an David Stuart schicken durfte. Aber der Umstand, dass sie einen Mann wie ihn überhaupt kennengelernt hatte und er Interesse daran hatte, sie wiederzusehen, ließ sie in die Küche gehen, um am Familienaltar zwei Räucherstäbchen anzuzünden.

Kapitel 2

Elsa blinzelte, denn ihre Augen begannen bereits, leicht zu brennen, obwohl der Arbeitstag erst vor zwei Stunden begonnen hatte. Sie hatte es wieder einmal nicht geschafft, letzte Nacht rechtzeitig schlafen zu gehen, um einigermaßen ausgeruht im Kontor zu erscheinen. Zunächst einmal hatte sie für ihre Brüder kochen müssen, da die Mutter an einem schweren Fieber litt, und dann hatte sie bis nach Mitternacht über dem alten Englischlehrbuch gesessen. Nur wenn ihre Familie schlief, hatte sie die Gelegenheit, in Ruhe zu lernen. Obwohl sie dabei manchmal über all den fremden Wörtern einschlief, hoffte sie immer noch, eines Tages eine anspruchsvollere Aufgabe zu bekommen als das stete Abschreiben von Zahlen, wenn sie wenigstens eine Fremdsprache beherrschte. Ein Diplom bescheinigte ihr bereits die Fähigkeit, Schreib- und Kopiermaschinen zu bedienen. Zudem hatte sie gute Kenntnisse der Stenografie, aber all dies hatte ihr nichts weiter eingebracht als eine Stelle als Hilfskraft im Kontor einer kleinen Brühwürfelfabrik. Elsa hatte zunächst zwei Jahre lang Papiere einsortiert, Kaffee gekocht und die schmutzigen Tassen der männlichen Angestellten abgewaschen, denn die einzige Schreibmaschine zu bedienen, war das Privileg von Herrn Gebhardt, des ältesten und als besonders vertrauenswürdig geltenden Angestellten. Hier am Schreibpult Zahlen zu kopieren, war ein erster, bescheidener Aufstieg, auf den noch weitere folgen sollten.

Leider machte die stete Monotonie diese Arbeit fast anstrengender als alle vorher ausgeübten Tätigkeiten. Elsa wusste, dass sie sich keinen Fehler erlauben durfte, denn Herr Gebhardt wartete nur auf eine Gelegenheit, sie an das Spülbecken zurückzuschicken, wo sie seiner Meinung nach hingehörte. Die drei anderen Männer, mit denen sie sich die Aufgabe des Abschreibens von Zahlen teilte, hatten ihr gegenüber bisher keine offene Feindseligkeit gezeigt. Aber jeder wusste, dass es nicht gut stand um die Brühwürfelfabrik – vor allem natürlich die Mitarbeiter, die Einnahmen und Ausgaben regelmäßig ins Kontorbuch einzutragen hatten. Bald wären die ersten Entlassungen nötig. Elsa war klar, wie die steten Fragen, ob sie schon ›den Richtigen‹ gefunden hätte, zu deuten waren.

Während sie gewissenhaft die Produktionskosten des letzten Monats von Rechnungen abschrieb, überlegte sie, dass die übertrieben detaillierten Einträge das Kontorbuch völlig unübersichtlich machten. Vielleicht hatte Herr Nils, dem diese Fabrik gehörte, deshalb irgendwann den Überblick verloren und lief nun Gefahr, sein Unternehmen in den Ruin zu wirtschaften. Vielleicht wäre es effektiver, zunächst alle nötigen Ausgaben zusammenzuzählen, dann die Einnahmen, anschließend die errechneten Beträge einander gegenüberzustellen, und dann …

»Fräulein Skerpov, hätten Sie einen Moment Zeit?«

Ihr lief ein Schauer über den Rücken, denn sie mochte die Stimme von Herrn Gebhardt nicht. Mit seinen winzigen Augen, die von dicken Brillengläsern noch verkleinert wurden, dem verschlissenen schwarzen Anzug, auf den regelmäßig ein Schuppenregen niederging, und seiner von jahrelanger

Schreibarbeit gekrümmten Haltung erinnerte er sie an einen Maulwurf. Zunächst hatte sie ihn für harmlos gehalten, doch seit gestern kannte sie eine andere Seite an ihm.

»Herr Nils wünscht Sie zu sprechen«, teilte er ihr mit, ohne ihr dabei in die Augen zu sehen. Elsa atmete erleichtert auf. Sie hatte befürchtet, Herr Gebhardt suche einen Vorwand, um mit ihr allein zu sein. Sofort legte sie ihren Federhalter zur Seite, entfernte die Ärmelschoner und den Augenschirm, die zur Grundausstattung der Schreibkräfte gehörten, um sich auf den Weg zu Herrn Nils zu machen.

Sein Büro lag in einem Nebenzimmer, doch wirkte es aufgrund der hellen, freundlichen Tapete und den Möbeln aus Mahagoni im Vergleich zu dem trostlosen Kontor wie eine andere Welt. Der Fabrikbesitzer war ein in Frieden ergrauter Familienvater, dem die finanziellen Sorgen ein paar zusätzliche Falten ins Gesicht gegraben hatten.

»Nehmen Sie Platz, Fräulein Skerpov.«

Elsa gehorchte erleichtert. Gewöhnlich mussten Angestellte stehen, wenn sie mit dem Vorgesetzten redeten, doch ihr Rücken schmerzte nach den zwei Stunden hinter dem Stehpult bereits höllisch. Warum eigentlich wurde Schreibkräften nicht wenigstens ein Hocker gegönnt? Die unnötige Anstrengung stundenlangen Stehens ermüdete sie nur und führte zu unnötigen Fehlern.

Sie sah, wie Herr Nils seinem ältesten Angestellten mit einer Kopfbewegung klarmachte, dass dieser den Raum verlassen sollte. Fast hätte sie gelächelt, so erfreut war sie über diesen Umstand.

»Ich muss eine ernste Angelegenheit mit Ihnen besprechen«, begann der Fabrikbesitzer. Elsa nickte. Sie empfand keine echte Furcht, denn sie sah keinen Anlass dazu. Herr Nils streckte seine Arme auf dem Schreibtisch aus und beugte sich vor.

»Gestern Abend, nachdem die meisten Angestellten und auch ich selbst die Firma bereits verlassen hatten, ist Geld aus meinem Schreibtisch verschwunden.«

»Das tut mir leid«, entgegnete Elsa sogleich. »Hatten Sie den Raum denn nicht abgeschlossen?«

Er räusperte sich.

»Bedauerlicherweise nicht. Ich dachte, ich könnte meinen Angestellten vertrauen.«

Das war unklug, befand Elsa. Sie hatte früh im Leben gelernt, dass man kaum jemandem wirklich trauen konnte, doch stand es ihr natürlich nicht zu, ihren Vorgesetzten zu belehren. Gleichzeitig fragte sie sich, warum er sie die ganze Zeit so durchdringend ansah, als wolle er mit einem Blick in die Tiefen ihrer Seele irgendein Rätsel lösen.

Es folgte ein weiteres, noch lauteres Räuspern. Seine Augenlider flackerten nervös, was Elsa erstaunte. Für gewöhnlich war er ein umgänglicher, ausgeglichener Mensch.

»Ist das Ihre Tasche, Fräulein Skerpov?«

Er griff unter den Schreibtisch und zog einen abgeschabten Lederbeutel hervor. Elsa stieß einen leisen Freudenlaut aus.

»Ja, die gehört mir. Ich dachte, ich hätte sie gestern auf dem Heimweg verloren«, log sie.

Ihre Erleichterung, sowohl ihren Schlüssel als auch den Geldbeutel samt spärlichem Inhalt zurückzubekommen, mischte sich mit der Ahnung von etwas Unangenehmen, das wie ein Schatten über ihr und dem Fabrikbesitzer schwebte. Warum ließ er sie zu sich zitieren, nur um ihr eine aufgefundene Tasche zu zeigen, in der sich ohnehin nichts von besonderem Wert befand?

»Herr Gebhardt hat die Tasche gefunden und sie mir heute Morgen gebracht«, redete Herr Nils weiter. »Und in ihr befand sich eben jenes Geld, das ich vermisse. Genau drei Fünfzigmarkscheine.«

Zunächst einmal konnte Elsa nichts weiter tun, als verwirrt den Kopf zu schütteln.

»Aber … so viel Geld würde ich niemals mit mir herumtragen, selbst wenn ich es hätte. Wie soll das in meine Tasche gekommen sein?«

»Die naheliegendste Lösung, Fräulein Skerpov, wäre doch wohl, dass der Besitzer der Tasche sie mit dem Diebesgut füllte, das er aus meinem Schreibtisch entnahm«, kam es nun unerbittlich von Herrn Nils. Elsa wurde leicht schwindelig und ihr Herzschlag beschleunigte sich. Mit aller Kraft zwang sie sich, einen klaren Kopf zu bewahren, um ihn aus eben jener Schlinge zu ziehen, die sich nun um ihn zu legen drohte.

»Aber wenn ich das Geld gestohlen und in die Tasche gesteckt hätte, dann hätte ich sie doch kaum hier liegen lassen«, entgegnete sie sofort.

»Das wäre in der Tat ein sehr unvernünftiges Verhalten. Aber Herr Gebhardt sagte mir, dass er Sie gestern, nachdem alle anderen schon fort waren, mit dieser Tasche aus meinem Zimmer kommen sah. Er behauptet, sein Auftauchen hätte Sie erschreckt und deshalb seien Sie fortgelaufen, wobei Sie die Tasche fallen ließen.«

Nun war der Blick von Herrn Nils höchst betrübt, was Elsa einen Stich versetzte. Immerhin war er bereit gewesen, einem Mädchen aus dem Gängeviertel eine Chance zu geben, und nun drohte sie sich als Diebin zu erweisen.

»Wenn ich mich wirklich so verhalten hätte, Herr Nils, dann wäre ich eine komplette Idiotin«, stellte Elsa nüchtern fest und hoffte, sein gesunder Menschenverstand würde sie retten.

»Aber wie erklären Sie sich dann mein Geld in Ihrer Tasche?«

»Ich habe es nicht hineingetan.«

Die nächste Schlussfolgerung auszusprechen, wagte sie nicht, hoffte aber, Herr Nils würde von selbst darauf kommen.

Während sie ihm beim Nachdenken zusah, wurde ihre erste Panik allmählich von einer Welle des Zorns hinweggefegt. Selbst nach seinem gestrigen Benehmen hätte sie dem Maulwurf keine solche Gemeinheit zugetraut. »Außer Ihnen befand sich nur Herr Gebhardt im Kontor, nachdem ich heimgegangen war«, führte Herr Nils seine Überlegungen weiter. Elsa nickte.

»Das ist mein ältester Angestellter, der sich stets als vertrauenswürdig erwiesen hat«, fuhr der Fabrikbesitzer nun mit todernster, fast vorwurfsvoller Stimme fort. »Im Übrigen würde ein solches Verhalten seinerseits keinen Sinn ergeben. Zunächst stiehlt er mein Geld, anschließend tut er es in Ihre Tasche, um es mir auf diese Weise wieder zurückzugeben.«

Er lachte leise auf.

»Er wollte mir schaden«, flüsterte Elsa und schämte sich ein wenig, weil sie dabei so erbärmlich klang. Unter dem prüfenden Blick von Herrn Nils meinte sie zu schrumpfen, sich in ein hilfloses kleines Mädchen zu verwandeln, das um Erbarmen bettelte.

»Könnten Sie mir irgendeinen Grund nennen, warum Herr Gebhardt dies tun sollte?«

Elsa holte Luft. Nun bekam sie wenigstens eine Chance, sich zu retten. Sie durfte nicht weinen, nicht flehen, sondern musste möglichst überzeugend klingen. Eine leise Stimme in ihrem Inneren flüsterte, dass es nicht klug wäre, die ganze Wahrheit über Herrn Gebhardt auszusprechen.

»Er mag keine weiblichen Angestellten in Büros«, sagte sie daher nur. »Er machte mir von Anfang an klar, dass ich ihm ein Dorn im Auge bin, vor allem, seit ich am Schreibpult stehe.«

Herr Nils runzelte die Stirn.

»Herr Gebhardt hat recht konservative Ansichten. Das ist mir bekannt. Aber ihm eine derartige Hinterhältigkeit zu unterstellen, Fräulein Skerpov, ist doch reichlich vermessen. Ich habe ihn stets als grundanständigen Menschen erlebt.«

Elsa zuckte zusammen. Diese Worte hatten ihre letzte Hoffnung, unbeschadet aus dieser Lage herauszukommen, zunichtegemacht. Wieder kochte Zorn in ihr hoch.

»Er ist so grundanständig, dass er seine Finger nicht von einer Angestellten lassen kann, sobald er mit ihr allein ist«, zischte sie. »Deshalb bin ich gestern Abend so überstürzt aus dem Kontor gelaufen, dass ich meine Tasche hier vergaß.«

Sie lehnte sich zurück. Nun war es ausgesprochen und auf Herrn Nils' Gesicht machte sich die erwartete Fassungslosigkeit breit.

»Das ist … das ist mehr als eine Unterstellung, Fräulein Skerpov. Niemand, der Herrn Gebhardt kennt, würde Ihnen eine derartige Behauptung glauben. Er hat Sie überführt, und deshalb verleumden Sie ihn nun.«

Elsa blieb die Luft weg. Sie hatte mit Unglauben gerechnet, aber nicht mit derartigen Vorwürfen.

»Ihre Meinung scheint bereits festzustehen, Herr Direktor«, sagte sie leise. »Es hat daher keinen Sinn, wenn ich …«

»Aus Rücksicht auf Ihre Jugend und die Verhältnisse, aus denen Sie stammen, war ich bereit, von einer Anzeige abzusehen und Sie einfach zu entlassen«, unterbrach Herr Nils sie aufgebracht. »Aber nun, da Sie es auch noch wagen, derart … widerwärtige Lügen über einen Mann meines Vertrauens zu verbreiten, sehe ich keine andere Möglichkeit mehr, als die Polizei zu verständigen.«

Nun erklang schriller Lärm in Elsas Kopf und sie meinte zu ersticken, so sehr sie auch nach Luft schnappte. Hustenreiz kitzelte in ihrem Hals, sie versuchte, ihn zu unterdrücken, doch es war vergeblich. Keuchend hielt sie sich die Hand vor den Mund, während die Panik in Wellen durch ihren Körper rollte, der bald schon von Schweiß getränkt war. Sie saß in einer Falle, die jeden Augenblick zuschnappen würde. ›Weg!‹, befahl jene Stimme in ihrem Kopf, die sie von Kindheit an begleitet hatte. Es war die wichtigste Regel im Leben eines Gauners, dass Begegnungen mit der Polizei vermieden werden sollten. Sie hörte das Quietschen des Stuhls, als sie aufsprang und zu rennen begann, hinaus aus diesem schönen Zimmer und durch das Kontor, wo die drei anderen Schreibkräfte erstaunt von ihrer Arbeit aufsahen. Quer über den Fabrikhof zum Ausgangstor. Als dieses hinter ihr zugefallen war, verspürte sie endlich wieder Luft in ihren Lungen. Straßenbahnen ratterten an ihr vorbei und Menschen schoben sich hektisch durch die Grindelallee. Das vertraute Bimmeln, Hasten und Schubsen der Hamburger Innenstadt befreite Elsas Verstand von lähmender Panik. Sie konnte jetzt nach Hause laufen, sich in der sicheren Höhle verkriechen, wo der Rest ihrer Familie hauste. Zwar hatte sie weiterhin keinen Schlüssel, aber einer ihrer Brüder oder die kranke Mutter würden sie schon hereinlassen. Allerdings war die winzige Wohnung im Gängeviertel der erste Ort, wo die Polizei nach ihr suchen würde. Onkel Eddie konnte ihr vielleicht helfen unterzutauchen, aber damit wäre sie für die nächsten Jahre zu einem Leben als Kleinkriminelle verdammt. Es gab nur eine Person in der Familie, die ihr jetzt vielleicht einen Rat zu geben vermochte, wie jene solide, unabhängige Existenz, um die sie so lange gekämpft hatte, ihr erhalten bleiben konnte.

Elsa sprang auf die nächste Straßenbahn. Zwar hatte sie nicht einmal mehr Geld für eine Fahrkarte, aber zum Glück war der Wagen so voll, dass sie vom Schaffner übersehen wurde. Diese Kunst, in einer Menschenmenge unsichtbar zu werden, gehörte zu den Tricks, die sie von ihrer Familie mit auf den Weg bekommen hatte. Die Straßenbahn ratterte über die Alster hinweg zur Steinstraße, wo sich gegenüber der Jacobikirche das Haus von Elsas Tante Magda Mühlenpfordt befand. Glücklicherweise war die Eingangstür offen. Elsa hastete die Stufen in den vierten Stock hoch und klingelte.

Greta, eine entfernte Cousine, die Tante Magda als Bedienstete eingestellt hatte, um ihr ein Auskommen zu geben, öffnete sogleich und winkte sie ohne großes Staunen herein. Elsa kam oft unangekündigt vorbei.

Tante Magda saß in ihrem Salon, streichelte die Katze auf ihrem Schoß und las. Sie führte das entspannte Leben der Gattin eines gut verdienenden Mannes. Die zwei Söhne mussten noch in der Schule sein, und wenn sie zurückkamen, dann wäre es Gretas Aufgabe, ihnen das Essen zuzubereiten.

Elsa blieb kurz schnaufend im Türrahmen stehen. Sie wollte ihrer zufriedenen, ausgeglichenen Tante nicht als hustendes Nervenbündel in die Arme stürzen.

»Was machst du denn hier? Du müsstest doch im Kontor sein«, wurde sie aber sogleich staunend begrüßt. Die Katze gähnte desinteressiert.

»Ich bin erledigt!«, stieß Elsa hervor und ließ sich in einen der weichen Ledersessel fallen. Wie ordentlich und gleichzeitig gemütlich dieser Raum doch wirkte! Sie konnte sich noch gut daran erinnern, wie sie zum allerersten Mal als kleines Kind hierhergekommen war, in ihrem besten Kleid, dessen billiger Stoff fürchterlich kratzte, und mit einer riesigen, albernen Schleife im Haar. Ihre Brüder hatten sich gleich bei Onkel Richard unbeliebt gemacht, indem sie seine beiden Söhne zum Herumtoben anstifteten und dabei zwei Vasen zu Fall brachten. Elsa hingegen hatte in stiller Ehrfurcht die Ausmaße dieser Wohnung bewundert, die nur von vier Menschen bewohnt wurde und ihnen allen den unvorstellbaren Luxus gönnte, einfach eine Tür hinter sich zu schließen, wenn sie allein sein wollten.

»Was ist denn geschehen?«, fragte Tante Magda und wies Greta an, Tee zu kochen. Elsa tat noch ein paar Atemzüge.

Der Husten hatte glücklicherweise aufgehört und sie konnte die Ereignisse dieses Tages zusammenfassen, der so katastrophal begonnen hatte, dass sie sich seinen weiteren Verlauf besser nicht ausmalen wollte.

Magda hörte geduldig zu. Die Katze sprang unterdessen missmutig maunzend von ihrem Schoß, da sie nicht mehr gestreichelt wurde. Greta verteilte Teetassen auf dem Tisch.

»Es war nicht gerade klug von dir, so einfach davonzurennen«, kommentierte die Tante schließlich Elsas Verhalten. »Das sieht aus wie ein Schuldeingeständnis.«

»Aber …«, Elsa sackte hilflos zusammen. Zu ihrem Entsetzen stiegen ihr nun Tränen in die Augen. Sie hasste selbstmitleidige Ausbrüche und musste sich erst einmal beruhigen, bevor sie weitersprechen konnte. »Es ist doch völlig egal. Sobald die wissen, dass ich im Gängeviertel aufgewachsen bin und wie viele Mitglieder meiner Familie schon Ärger mit der Polizei hatten, dann wandere ich hinter Gitter, ganz gleich, ob ich weggelaufen bin oder nicht. Das einzige ehrbare Mitglied unserer Familie bist du, und du heißt nicht einmal mehr Skerpov.«

Für einen Moment gelang es ihr, spöttisch zu grinsen, was sie mit Stolz erfüllte. Galgenhumor war auch Onkel Eddies Reaktion auf die Widrigkeiten des Lebens.

Magda Mühlenpfordt faltete die Hände in ihrem Schoß und beugte sich vor.

»Du bist nicht erledigt«, versicherte sie ihrer Nichte. »Du bist ein kluges, junges Mädchen, das sich bisher nichts hat zuschulden kommen lassen. Glaubst du, Herr Nils wird dich jetzt wirklich anzeigen?«

»Keine Ahnung. Ich kann ja heimgehen und abwarten, ob die Polizei kommt oder nicht. Beziehungsweise, ob sie heute zur Abwechselung mal meinetwegen kommt.«

Irgendwie hatte das alles auch eine komische Seite. Elsa Skerpov, die nächtelang über Büchern gesessen hatte, um einen anständigen Beruf ausüben zu können, würde nun eben wegen dieses Berufes ins Gefängnis wandern. Sie presste die Hand vor den Mund, um ein Kichern zu unterdrücken, das Tante Magda sicher unangebracht gefunden hätte.

»Du hast wohl recht. Es wäre unklug, es darauf ankommen zu lassen, denn im Augenblick stehen die Dinge nicht gut für dich«, stimmte die Tante zu, während sie eine gefüllte Teetasse in ihren Händen drehte. »Die Frage ist nur, wo du jetzt hingehst.«

»Keine Ahnung. Vielleicht gibt es ja irgendwelche unterirdischen Gänge in Hamburg. Falls ja, sind sie Onkel Eddie sicher bekannt.«

Diesmal konnte Elsa das bittere Lachen nicht unterdrücken. Tante Magda warf ihr einen mahnenden Blick zu. Die Katze stolzierte pikiert aus dem Raum.

»Eddie ist nichts weiter als ein durchschnittlich erfolgreicher Gauner. Er hatte früher einmal große Träume, aber die haben sich nicht erfüllt«, sinnierte Magda.

»Das scheint irgendwie in der Familie zu liegen«, fügte Elsa sofort hinzu. »Aber nein, Verzeihung. Du bist eine Ausnahme.«

»Mein Leben war nicht immer so leicht, wie du es dir vorstellst«, wurde sie von der Tante in die Grenzen gewiesen. »Und jetzt lass mich bitte nachdenken. Dein hysterisches Herumalbern wird dir nicht helfen.«

Elsa senkte schuldbewusst den Blick. Sie sah zu, wie die Tante eine gefüllte Teetasse in ihre Richtung schob und nippte brav daran. Es musste die Magie dieser gutbürgerlichen Wohnung sein, überlegte sie. An diesem Ort benahm sie sich stets vorbildlich.

»Du solltest für eine Weile aus Hamburg verschwinden«, stellte Tante Magda fest.

»Und wo soll ich dann hin? Irgendwo auf dem Land Kühe melken und Mistgabeln schwingen?«

Elsa wurde in diesem Moment bewusst, dass all diese Tätigkeiten einem Aufenthalt im Gefängnis vorzuziehen waren. Aber sie hatte sich ihr Leben nicht zwischen Kuhfladen und Misthaufen ausgemalt.

»Sicherer wäre es noch, wenn du Deutschland verlässt.«

Nun stockte Elsa kurz der Atem. Die große Welt jenseits der Ortschaften und Dörfer im Hamburger Umland war ihr völlig fremd, ängstigte sie ein wenig, übte im Gegensatz zum Landleben aber auch einen ganz eigenen Reiz aus.

»Wohin soll ich denn gehen?«, fragte sie nur.

Sie dachte an London, eine Stadt, von der Herr Nils ihr einmal Fotografien gezeigt hatte. Hohe, stolze, elegante Bauwerke, an denen sie gern einmal vorbeiflanieren würde. Aber wer sollte ihr die Reise dorthin bezahlen?

Magda nippte an ihrer Teetasse.

»Ich kannte einmal ein junges Mädchen, das in Schwierigkeiten steckte und deshalb in die Ferne aufbrach.«

Elsa blickte auf. Nun war ihre Aufmerksamkeit endgültig geweckt, und sie vergaß für einen Augenblick alle Sorgen.

»Das war so eine verwöhnte Göre, für die du gearbeitet hast, bevor du Onkel Richard geheiratet hast, nicht wahr?«

Es fiel ihr schwer, sich vorzustellen, dass Tante Magda einmal etwas anderes gewesen war als eine zufriedene Ehefrau und fürsorgliche Mutter, aber von dieser Geschichte hatte sie schon gehört.

»Hat diese Dame nicht eine Weile bei uns gewohnt? Meine Mutter erzählte mir davon«, erinnerte sie sich. »Wo ging sie dann hin? Indien?«

»Nein. China.«

Für Elsa gab es zwischen beiden Ländern kaum Unterschiede. Beide waren weit weg, klangen nach Exotik, fremden Düften und unverständlichen Bräuchen.

»Sie hat sich dort gut eingelebt, geheiratet und ein Kind

adoptiert. Nun betreibt sie ein Waisenhaus in Shanghai.«

Elsa nickte. Vornehme junge Damen schienen immer Möglichkeiten zu finden, es sich im Leben angenehm einzurichten. Aber was hatte das mit ihr zu tun?

»Sie war zwar verwöhnt und höchst empfindsam, aber immer hilfsbereit«, redete Tante Magda weiter. Dann stellte sie die Teetasse ab, strich ein Kissen neben sich glatt und lockte mit einem leisen Rufen die Katze zurück. Das Tier lag bald schon zufrieden grunzend auf dem Rücken, hatte alle vier Beine von sich gestreckt und war ganz in sein eigenes Wohlbefinden versunken. Magda sah Elsa gerade ins Gesicht.

»Dir würde sie auch helfen«, sagte sie nur.

Elsa musterte eine Weile die schnurrende Katze, denn sie wartete darauf, dass ihre Tante diese Worte weiter erläutern würde. Ihre offensichtliche Bedeutung konnte nicht die richtige sein.

»Was meinst du dazu, Elsa?«, wurde sie schließlich zu einer Antwort gedrängt.

»Was ich meine?« Sie schüttelte ratlos den Kopf. »Selbst wenn ich Herrn Nils wirklich das Geld gestohlen hätte, für ein Schiffsticket bis ans andere Ende der Welt hätte es vermutlich nicht gereicht.«

»Das könnte Richard arrangieren«, entgegnete die Tante sogleich. »Er arbeitet schließlich für eine Reederei. Glaub mir, er schafft es, dich über den Pazifischen Ozean zu bringen. Es könnte allerdings sein, dass die Überfahrt nicht besonders bequem wird. Auch unsere finanziellen Mittel sind beschränkt.«

Kurz senkte sie den Blick und konzentrierte sich ganz auf das Kraulen ihrer Katze. Elsa meinte, unausgesprochene Worte als leises Flüstern in ihren Ohren zu hören. Richard Mühlenpfordt hatte einst ein junges, hübsches, anständiges Mädchen zum Altar geführt. Dass an diesem Mädchen eine Familie aus Kriminellen und Säufern hing, die in ständiger

Geldnot steckten, war ihm bis zur Hochzeit verschwiegen worden. Nun war er nicht länger bereit, diesen Leuten immer wieder aus den allergrößten Schwierigkeiten zu helfen. Außer der ehrgeizigen Elsa war auch niemand der Skerpovs in dieser hübschen, sauberen Wohnung willkommen.

»Du hast natürlich nicht viel Zeit, dich zu entscheiden«, redete Tante Magda weiter. »Es fahren regelmäßig Dampfer nach Shanghai oder wenigstens in diese Richtung. Ich würde noch heute Viktoria schreiben, damit sie mit deiner Ankunft rechnet. Du kannst auch eine Nachricht für deine Familie hierlassen, die ich deiner Mutter überbringen werde.«

Elsa lehnte sich auf dem Stuhl zurück. Es war für sie nun kaum vorstellbar, dass sie vor ungefähr fünf Stunden in einem stickigen, fensterlosen Zimmer neben ihren Brüdern aufgewacht war und sich auf einen ganz normalen Tag eingestellt hatte.

»Du meinst also, ich soll mich jetzt entscheiden, ob ich heute oder in den nächsten Tagen auf einen anderen Kontinent aufbreche, ohne genau zu wissen, was ich dort machen soll und ob ich jemals zurückkommen kann?«, fasste sie die Aussagen und Andeutungen ihrer Tante zusammen. Magda nickte knapp.

»Viel Zeit hast du nicht, falls die Polizei dich sucht. Und selbst wenn Herr Nils von einer Anzeige absieht, so bist du ohne Zeugnis entlassen worden. Deine Möglichkeiten, eine neue Arbeit zu finden, sehen nicht besonders gut aus. In China hingegen …«

Sie beugte sich vor und redete mit eindringlicher Stimme weiter.

»Deutschland hat dort seit letztem Jahr eine eigene Kolonie. Kiautschou. Deutsche Firmen werden sich dort niederlassen und Angestellte brauchen. Mal ganz abgesehen von den anderen Möglichkeiten, die ein junges Mädchen in den Kolonien hat, denn es wandern meist mehr Männer aus als Frauen.«

Elsa schnaubte leise. Sie hatte ihrer Tante schon oft genug klarzumachen versucht, dass sie ihren eigenen gesellschaftlichen Aufstieg nicht durch eine Heirat vollziehen wollte, um dann für den Rest ihres Lebens einem Mann dankbar sein zu müssen. Leider war Magda Mühlenpfordt in dieser Hinsicht sehr hartnäckig, doch sah Elsa ein, dass dies nicht der richtige Moment für einen Streit war.

»Ich kann bisher nur wenige Worte Englisch und weiß nicht einmal, ob ich sie richtig ausspreche. Und da soll ich ans andere Ende der Welt fahren?«, sagte sie nur.

»In dieser Hinsicht habe ich keine Bedenken. Du hast eine schnelle Auffassungsgabe.«

Für einen Augenblick musste Elsa die Augen schließen, da ihr schwindelig zu werden begann.

»Das klingt alles, als hättest du schon länger vorgehabt, mich auf ein Schiff zu verfrachten«, flüsterte sie erschöpft.

»Nun …«, Magda machte eine kurze Pause. »Um die Wahrheit zu sagen, habe ich mir manchmal überlegt, es dir vorzuschlagen. Bei Herrn Nils warst du nicht zufrieden und hattest kaum Perspektiven. Aber ich dachte auch an deine Mutter, die sehr an dir hängt. Jetzt hat das Schicksal über unseren Kopf hinweg entschieden.«

Elsa rieb sich die Schläfen. Das Gefühl, sich in einem Traum zu befinden, ließ langsam nach. Sie meinte, in einer Flut von Ängsten, Bedenken und Sorgen zu ersticken, schaffte es aber, diese durch eiserne Willenskraft einzudämmen. Onkel Eddie hatte sie gelehrt, dass es notwendig war, sich dem Leben zu stellen, auch wenn er andere Vorstellungen davon hatte, auf welche Weise dies geschehen sollte.

Eine Skerpov gab nicht so einfach auf.

»Ich weiß zwar nicht, was ich dort soll, denn in China gibt es sicher mehr als genug Chinesen«, sagte sie zu Tante Magda, die das nicht weiter kommentierte. »Aber wenn es deinem Richard gelingt, mich auf irgendein Schiff zu schmuggeln, und deine angeblich so gute Freundin mich ganz sicher nicht gleich aus dem Haus jagt, wenn ich dort bettelnd auftauche, dann fahre ich eben.«

Kapitel 3

Charlotte strömte mit den anderen Schülerinnen auf die Avenue Joffre hinaus und sah sich pflichtbewusst nach einer Jinrikscha um, denn sie wollte ihre Eltern nicht unnötig verärgern. Die Erlaubnis, sich weiter mit David Stuart treffen zu können, war ihr jedes Opfer wert. Sie konnte sich nicht erinnern, jemals in ihrem Leben so vorbildlich folgsam gewesen zu sein wie in den letzten zwei Wochen. Um sie herum schnatterten junge Frauenstimmen auf Französisch, Englisch und in diversen chinesischen Dialekten. Die von Missionarinnen betriebene Schule war ursprünglich für eurasische Mädchen gedacht gewesen, doch mit der Zeit waren auch Chinesinnen aufgenommen worden, die eine westliche Erziehung erhalten sollten. Dazu gesellten sich neuerdings ein paar bleiche Gesichter. Charlottes beste Freundin hieß Anastassia und war die Tochter russischer Juden, die vor Verfolgungen aus ihrer Heimat geflohen waren. Russen gab es bisher nur wenige in Shanghai. Eine Schule, die all jenen weiblichen Nachwuchs aufnahm, der woanders nicht willkommen war, schien daher der richtige Ort für ein großes, mageres, hellblondes Mädchen, dem Charlotte regelmäßig Englischunterricht erteilte.

»Wann siehst du ihn denn wieder, deinen Offizier?«, fragte Anastassia nun und hakte sich bei ihr ein, um sie in dem Getümmel nicht zu verlieren.

»Nächsten Sonntag gibt es ein weiteres Pferderennen«, erzählte Charlotte stolz. »Beim letzten Mal habe ich ihm geraten, auf welches Pferd er setzen soll, und es hat tatsächlich gewonnen. Dabei habe ich nur daran gedacht, was meine Tante Chuntian mir einmal sagte. Die Sieben gilt zwar nicht als Glückszahl, aber das chinesische Schriftzeichen ähnelt dem für Gemeinsamkeit. Es war wie ein Wink des Himmels.«

Anastassia musterte sie leicht befremdet. Sie musste nach der Schule im Pelzladen ihrer Eltern mithelfen und saß manchmal bis spät in die Nacht über ihren Schulbüchern. Vermutlich fand sie Charlottes Benehmen hoffnungslos kindisch, aber was machte das schon?

»Ich sage dem Jinrikscha-Fahrer, dass er zuerst dich nach Hause bringt und dann mich. Was hältst du davon?«, schlug Charlotte vor. Anastassias Gesicht, das selbst für eine Europäerin meist krankhaft fahl wirkte, bekam ein wenig Farbe, denn ihr Heimweg war lang und führte durch die verrufene Bordellgegend der Nanking Road. Manchmal wurde sie daher von ihrem Bruder abgeholt. Doch da auch er im Laden mithalf, fand er nicht immer die Zeit dazu. Charlotte drängte sich sogleich auf die Straße, um weiter nach einem passenden Gefährt Ausschau zu halten.

»Ich glaube, da ist dein chinesischer Freund!«, vernahm sie plötzlich Anastassias leise Stimme im Rücken. Ungläubig fuhr sie herum. Tatsächlich, da stand Shao Yu inmitten der Menge aus drängelnden Jinrikscha-Fahrern, Wasserträgern und Essensverkäufern, als sei er angeschwemmt worden und auf wundersame Weise festgewachsen. Sein Blick war gerade auf Charlotte gerichtet. Er lächelte nicht, was ihr einen Stich versetzte. Seit ihrer Begegnung mit David Stuart hatte sie keine Zeit mehr gefunden, sich mit ihm zu treffen.

»Es tut mir leid«, begann sie daher sogleich. »Meine Eltern sind dahintergekommen, dass ich zu Fuß nach Hause laufe, anstatt eine Jinrikscha zu nehmen. Jetzt kontrollieren sie mich.«

Im Grunde stimmte es. Sie hatte nur ein paar Details weggelassen, aber die gingen Shao Yu auch nichts an.

Ohne auf ihre Erklärung einzugehen, griff er in einen Beutel, der an der Kordel seiner Jacke hing, und schleuderte ihr einen Regen von Münzen entgegen.

»Hier, ich brauche deine Almosen nicht mehr!«

Während Charlotte ihn fassungslos anstarrte, landeten sie auf dem Boden, wo sogleich gierige Hände auftauchten, um sie blitzschnell zu entfernen.

»Bist du verrückt?«, fragte sie wütend. Bisher war er stets maßvoll und bedacht in seinem Verhalten gewesen, doch nun blitzte etwas in seinen Augen, das sie gleichzeitig erschreckte und beeindruckte. Zum ersten Mal wirkte dieser schmächtige, geknechtete Junge ganz und gar männlich.

»Ich nehme keine Gaben mehr von Fremdlingen, die unser Land versklaven«, sagte er nur.

Charlotte blickte sich rasch nach Anastassia um, die nur geduldig dastand wie eine Last, die auf den bevorstehenden Abtransport wartete. Shao Yu sah sich nun selbst nach der Russin um. Seine grimmige Miene zerbröckelte angesichts ihres freundlichen, ahnungslosen Lächelns. Der junge Mann begrüßte sie höflich im Shanghaier Dialekt. Anastassia lächelte noch intensiver, ihre übliche Taktik, um zu verbergen, dass sie kein Wort verstand.

»Ich habe keine Ahnung, wovon du redest«, fuhr Charlotte ihn nun an. »Wenn du Geld wegwerfen willst, dann tue es meinetwegen. Aber seit wann bin ich ein Fremdling hier?«

Shanghai, jener Kessel, in dem ein Gemisch aus zahllosen Nationen, Sprachen und Geschäften brodelte, war stets ihre Heimat gewesen.

»Du bist eine von jenen, die unser Land den Fremden verkaufen wollen«, griff er sie nun an. Charlotte runzelte die Stirn, denn derart aggressive Worte kannte sie von ihm nicht.

»Ich habe jetzt keine Zeit, das mit dir zu besprechen«, sagte sie aus Rücksichtnahme auf Anastassia. Ein Schatten von Enttäuschung huschte über sein Gesicht, und sie fragte sich, ob er hier nur große Reden führte, um ihr zu imponieren.

»Ich denke, morgen kann ich kurz im Laden deines Onkels vorbeikommen«, fügte sie sogleich hinzu. Der Lehrer, bei dem sie auf Wunsch ihres Vaters chinesische Schriftzeichen lernte, wohnte in der Nähe und sie konnte sicher eine Entschuldigung finden, warum sie etwas später nach Hause kam.

»Ich lebe nicht mehr bei meinem Onkel«, kam es sogleich zurück. Charlotte überkam die Ahnung, dass sie entscheidende Veränderungen in seinem Leben versäumt hatte. Erstaunlicherweise versetzte ihr das einen Stich.

»Aber wo wohnst du denn jetzt?«

Gleichzeitig überlegte sie, wovon er nun lebte, und empfand einen Anflug von Sorge.

»Bei Freunden aus Shandong«, erwiderte er. »Sie sind mit einem Wanderzirkus hierhergekommen. Sobald sie weiterziehen, gehe ich mit ihnen.«

»Aber was machst du bei ihnen? Kochst du das Essen?«

Charlotte erahnte Anastassias ungeduldige Bewegung an ihrer Seite, ignorierte sie aber. Sie durfte nicht einfach so zulassen, dass Shao Yu in sein Unglück rannte, nur weil er es bei seinem Onkel nicht mehr ausgehalten hatte.

»Sie lehren mich zu kämpfen!«, kam es stolz zurück. Charlotte hob schnell die Hand, um ein Kichern zu unterdrücken.

»Shao Yu, das wollte dir doch schon mein Vater beibringen, aber …«

Sie wollte nicht aussprechen, dass der friedfertige, schmächtige Junge sich dabei als völlig untalentiert herausgestellt hatte.

»Dieser Mann ist nicht dein Vater«, redete er weiter. »Ebenso wenig wie diese gelbhaarige Fremde, mit der er zusammenlebt, dich geboren hat!«

Nun fuhr Charlotte zurück, denn diese Worte hatten sie getroffen.

»Ganz wie du meinst. Mach es gut, mein Kampfkünstler«, spottete sie und wollte sich nun endgültig nach einer Jinrikscha umsehen, doch Shao Yu ergriff den Ärmel ihrer Bluse.

»Warte morgen nach deiner Schule hier auf mich«, sagte er nun wieder etwas leiser und freundlicher. »Nur für eine Weile. Es gibt Dinge, die ich dir erklären möchte. In unserem Land wird sich bald viel verändern.«

Charlotte streckte stolz den Rücken. So einfach würde sie ihm die letzte Kränkung nicht verzeihen.

»Na, diese wichtigen Neuigkeiten sollte ich vielleicht nicht versäumen. Ich werde sehen, ob ich Zeit habe«, erwiderte sie mit eisigem Spott.

Er runzelte kurz die Stirn, dann wandte er sich ab und wurde sogleich von der Menge verschluckt. Charlotte sah sich um. Irgendwo in ihr hatte sein Fortgehen eine leere Stelle hinterlassen, die ihr Wohlbefinden störte.

»Sollten wir jetzt nicht langsam nach Hause fahren?«, fragte Anastassia. Charlotte winkte sogleich mit den Armen, bis eine Jinrikscha stehen blieb. Ihr fehlte diesmal die nötige Geduld, um über den Preis zu verhandeln, aber die Eltern hatten ihr genug mitgegeben, sodass sie die geforderte Summe sogleich bezahlen konnte. Sie wurden mit zielstrebiger Entschlossenheit durchs Getümmel gezogen.

»Du magst diesen Jungen, nicht wahr?«, stellte Anastassia indessen fest. Charlotte zuckte mit den Schultern.

»Er lebte eine Weile im Waisenhaus meiner Mutter, dann tauchte plötzlich ein Onkel auf, um ihn abzuholen. Meine Eltern wollten nicht, dass der Eindruck entsteht, sie würden Familien die Kinder wegnehmen, also gaben sie ihn raus. Aber einen Gefallen haben sie ihm dadurch nicht getan.«

Anastassia nickte.

»Jetzt möchtest du ihm helfen.«

»Ja, das würde ich gern. Ich glaube, er ist an seltsame Leute geraten, die ihm irgendwelchen Unsinn eingeredet haben. Ich hoffe, ich kann ihn wieder zur Vernunft bringen.«

Anastassia schmunzelte, was so ganz und gar nicht zu ihrem ernsten Naturell passte.

»Wenn du es richtig anstellst, kannst du das ganz sicher.«

Es dauerte eine Weile, bis Charlotte die hinter dem neckenden Unterton verborgene Andeutung begriff.

»Er ist nur ein alter Freund«, stellte sie die Dinge sogleich richtig. »Fast so etwas wie ein Bruder. Verliebt bin ich in …«

Sie musste schlucken. Fast schon hätte sie den Namen eines Mannes ausgesprochen, den sie erst zweimal gesehen hatte. Aber gleichzeitig wurde ihr bewusst, dass es wohl stimmte. Sie dachte fast ununterbrochen an David Stuart, seit sie ihn getroffen hatte.

»Ich glaube, für den schwärmst du nur«, meinte Anastassia mit ungewohntem Widerspruchsgeist. Charlotte schüttelte nur stumm den Kopf. Ihr stand nicht der Sinn nach einer Debatte mit ihrer Freundin, aber sie wusste, dass diese Worte nicht der Wahrheit entsprachen.

Das rote Kleid hatte sie ihrer Mutter fast unter Tränen abgerungen und nun, da sie durch die Ränge neben der Pferderennbahn spazierte, wusste sie, dass es der Mühe wert gewesen war. Der mit Spitze verzierte Stehkragen floss in ein eng sitzendes Oberteil, das Charlottes schlanke Figur zur Geltung brachte und unterhalb der Taille in einen weit schwingenden Rock mündete. Ein Strohhut mit farblich passendem Band saß schräg auf ihrem Kopf und bedeckte ihr Gesicht mit dem daran befestigten Schleier. Sie hatte ein ähnliches Modell in einem Modemagazin gesehen, das ihre Mutter manchmal las, und sich auf der Stelle verliebt. Doch erst nach ihrer Begegnung mit David Stuart war es ihr notwendig erschienen, bei ihren Eltern eine Anfertigung in ihrer Größe zu erflehen. Wenn sie sich schon unter die vornehmen Ausländer bei der Rennbahn wagte, wollte sie dort nicht wie eine Bettlerin aussehen.

David Stuart führte sie mit zufriedener Miene herum. Er war noch nicht lange genug in Shanghai, um viele Leute zu kennen. Ab und an neigte er zur Begrüßung den Kopf, doch vermied er es, Charlotte vorzustellen. Sie wollte nicht darüber nachdenken, warum er sich so verhielt, denn im Grunde war sie erleichtert. So sehr sie sich auch bemühte, selbstbewusst aufzutreten, all diese hochgewachsenen Gestalten in Flanell, Musselin und Seide verunsicherten sie ein wenig. Die Männer sahen verbissen streng aus mit ihren buschigen Schnurrbärten, die Frauen balancierten von Blüten überquellende Gärten auf ihren Köpfen, sodass Charlotte sich wunderte, weshalb sie keine Bienen anlockten. Sie war verloren in dieser fremden, vornehmen Welt, sehnte sich nach jenem gesellschaftlichen Schliff, den sie in seltenen Augenblicken an ihrer Mutter hatte beobachten können. Allerdings bekamen ihre Eltern nicht häufig Besuch, was an ihrer gesellschaftlich nicht akzeptierten Beziehung liegen musste. Anette Sassoon erschien manchmal mit ihren vier Kindern. Die jüngste Tochter Geraldine war für Charlotte zu einer Freundin geworden, doch bewegten sie sich in unterschiedlichen Kreisen. Charlotte ahnte, dass Geraldine bald zu beschäftigt sein würde, um noch Zeit für sie zu haben. Schließlich musste die Tochter aus gutem Hause ihren gesellschaftlichen Pflichten nachkommen, Bälle und Empfänge aufsuchen, um einen standesgemäßen Ehemann zu finden. Dann waren da noch die McGregors, die ebenfalls im Abseits der etablierten Gesellschaft lebten. Bei ihnen fühlte Charlotte sich wohl, aber bei diesem Pferderennen wären sie völlig deplatziert gewesen, zumal Rosie ihrem Ian niemals gestatten würde, derart sein Geld zu verschwenden.

»Nun, was meinen Sie, Miss Huntingdon«, begann David Stuart und lächelte sie an. »Auf welches Pferd soll ich diesmal setzen? Beim letzten Mal sind Sie schon mein Glücksstern gewesen.«

Diese Worte versöhnten Charlotte wieder mit ihrer Lage, doch gingen ihr nun die Ideen aus.

»Die Nummer acht gilt in China allgemein als Glückszahl«, sagte sie daher, obwohl das kein besonders origineller Einfall war.

»Gut. Dann setze ich diesmal auf das Pferd mit dieser Nummer. Möchten Sie mich begleiten?«

Charlotte nickte, denn sie wollte nicht allein in dieser unbekannten Welt zurückbleiben. Sie bahnten sich einen Weg zu einem der Schalter, wo sich zahlreiche, wettbegeisterte Männer tummelten. Dann verteilten alle sich am Rand der Rennstrecke. Es ging los. Pferde rasten, als würden sie von unsichtbaren Raubtieren verfolgt. Menschen drängten sich ans Geländer, um keinen Moment des Geschehens zu versäumen, feuerten die Tiere schreiend an und sprangen in die Höhe, wenn ihr Hoffnungsträger gerade die Führung übernahm. Charlotte staunte, wie viel Leidenschaft in diesen vornehmen Herrschaften steckte. Sie selbst konnte sich nicht derart für die Darbietung begeistern und war erleichtert, dass auch David Stuart den gehetzten Lauf der Pferde nur mit maßvollem Interesse verfolgte. Er schien wieder einmal nach einem Gesprächsthema zu suchen, tat sich aber schwer damit. Für einen gut aussehenden Mann wirkte er in weiblicher Gesellschaft recht unbeholfen. Charlotte wäre ihm an einem anderen Ort entgegengekommen, denn gewöhnlich war sie nicht auf den Mund gefallen, doch hier störten sie das Trappeln der Pferdehufe und der Lärm aufgeregter Männerstimmen. Zum Glück dauerte es nicht lange, bis der Sieger durchs Ziel raste.

»Die Nummer acht!«, hörte sie David Stuart rufen. »Können Sie hellsehen, Miss Huntingdon?«

Der Erfolg schenkte ihr einen kurzen Rausch des Glücks. Sie sprang mit ein paar anderen Jubelnden in die Höhe und jauchzte, denn ihr war, als wäre sie selbst als schnellstes Pferd durchs Ziel gerannt. Dabei geriet der sorgsam arrangierte Strohhut auf ihrem Kopf ein wenig ins Rutschen und gab den oberen Teil ihres Gesichtes frei.

»Es ist doch nicht zu glauben«, vernahm sie im Hintergrund eine Frauenstimme in feinstem Englisch. »Jetzt nehmen sie ihre Chinesenhuren schon zum Rennen mit.«

Charlotte war, als würden ihre Knochen zu Eis gefrieren. Sie stand völlig starr, unfähig zu einer Bewegung. Sie wusste, dass sie in der Lage war, sich umzudrehen und die Sprecherin mit einem gezielten Schlag zu Boden zu schleudern. Aber durch ein solches Verhalten hätte sie sich an diesem Ort als eben jene Wilde erwiesen, die sie in den Augen der vornehmen Engländerin vermutlich war. Für einen Augenblick sehnte sie sich fast nach Shihua und deren Gefährtinnen, denn bei ihnen hatte sie wenigstens das Recht, sich zu wehren.

Ihr Blick blieb auf den platt getretenen Boden geheftet und sie erahnte David Stuart nur als einen Schatten an ihrer Seite. Eine Weile sprach er nicht und sie war ihm dankbar dafür. Auch er musste diesen Kommentar gehört haben.

»Wir können gehen, wenn Sie wollen«, sagte er dann leise. »Ich kann mir meinen Gewinn auch später abholen.«

Charlotte atmete erleichtert auf. Sie hätte die Gegenwart all dieser großen, hellhäutigen, herausgeputzten Menschen keine Minute länger ertragen können, nun, da ihr mit aller Deutlichkeit klargemacht worden war, was sie in ihr sahen.

David Stuart boxte sich durch die Menge und sie folgte ihm, um bald schon in die rettende Jinrikscha zu klettern.

»Wohin wollen wir nun fahren?«, fragte er und sah sie an. Sein Gesicht wirkte niedergeschlagen, als hätte auch ihm der gedankenlos hingeworfene Satz einer fremden Frau die ganze Freude an diesem Tag verdorben. Charlotte schwieg. Sie wollte an einen Ort, an dem sie sich wohlfühlte, doch fiel ihr im ersten Moment nur ihr Zuhause ein. Sie zögerte allerdings, David Stuart ihrem Vater vorzustellen. Er würde sie natürlich brav vor der Haustür abliefern, wenn sie ihn darum bat, aber ein trotziger, rebellischer Teil ihrer selbst weigerte sich, wegen der dummen Bemerkung einer hochnäsigen Engländerin auf ein längeres Zusammensein mit ihm zu verzichten.

Der Jinrikscha-Fahrer wandte sich nun mit ungeduldiger Miene zu ihr um, ohne David Stuart weiter zu beachten. Es lag an ihrem Gesicht, begriff Charlotte. Sie konnte sich tailliert geschnittene europäische Kleider anziehen und Hüte tief in ihre Stirn rücken, aber für einen anderen Chinesen wäre sie immer jemand, mit dem er reden konnte.

Plötzlich fiel ihr ein Ort ein, wo sie sich auf jeden Fall wohler fühlen würde als David Stuart. Es wäre einfach ausgleichende Gerechtigkeit.

»Waren Sie schon einmal im chinesischen Viertel?«, fragte sie ihn spontan. Seine braunen Augen wurden noch runder.

»Nein, natürlich nicht. Man hat mir gesagt, es sei gefährlich.«

Nun konnte Charlotte wieder fröhlich kichern.

»Also so schlimm ist es nicht. Wollen Sie nicht einmal etwas anderes sehen als Rennpferde, die es doch auch in Ihrer Heimat gibt? Ich schwöre, ich passe auf Sie auf.«

Sie musterte ihn aus den Augenwinkeln und begriff, wie wichtig ihr seine Reaktion nun war. Sollte er einfach mit einer Ausflucht ablehnen, wäre er nichts weiter als ein gewöhnlicher

Feigling. Aber er sagte zunächst gar nichts. Ein Schmunzeln entspannte seine verkrampften Mundwinkel.

»Wie mutig Sie sind, Miss Huntingdon!«, bemerkte er schließlich. »Das fiel mir gleich bei unserer ersten Begegnung auf.«

Charlotte deutete dies als Zustimmung und gab dem Jinrikscha-Fahrer die nötigen Anweisungen. Er sah überrascht aus, denn für gewöhnlich brachte er westliche Kundschaft in andere Gegenden, aber die Aussicht auf gute Bezahlung ließ ihn sogleich loslaufen.

Zunächst bestaunten sie den Tempel des Stadtgottes mit seinen gekrümmten Giebeln und Drachenfiguren auf dem Dach, doch schreckte Charlotte davor zurück, einen Fremden in dieses Heiligtum zu führen. Stattdessen zeigte sie ihm den Yuyuan-Garten, der selbst in reichlich verfallenem Zustand noch von einem Hauch alter Pracht und Eleganz umweht wurde. Sie spazierten eine Weile herum, ständig verfolgt von Bettlern, Händlern und neugierigen Schaulustigen. Dann schlug Charlotte den Weg ins alte Teehaus am See ein, denn es schien ihr ein weiterer sehenswerter Ort.

Inmitten chinesischer Männer mit Zöpfen fühlte sie sich zunächst ebenso fremd wie David Stuart, war aber entschlossen, sich nicht abschrecken zu lassen. Sie wusste, dass eine Chinesin in westlicher Kleidung, die mit einem zahlungskräftigen Lao Wai hereinkam, hier nicht anders eingeschätzt wurde als auf der Rennbahn. Doch schlug ihr weniger Verachtung entgegen. Sie war für die anderen Gäste des Teehauses nichts weiter als eine Frau, die ihrem Broterwerb nachging und sich dafür passend ausstaffiert hatte.

David Stuart bekam von alldem nichts mit. Er rutschte nervös auf einem Stuhl herum, der zu niedrig für ihn war, und wusste nicht, wohin er seine überlangen Beine strecken sollte. Als die Bedienung kam, ließ er sich grünen Tee servieren, beteuerte aber eisern, keinen Hunger zu haben. Charlotte befand, dass er sich insgesamt nicht schlecht schlug. Hinter einer bemüht gefassten Miene verbargen sich Unsicherheit und durch Schreckgeschichten geweckte Furcht, aber er tat sein Bestes, um niemanden durch offen gezeigte Ablehnung zu kränken.

Glücklicherweise trat bald schon eine bezaubernde Sängerin auf, die alle chinesischen Gäste des Teehauses in ihre Richtung starren ließ. Dadurch wurden Charlotte und ihr Begleiter ein wenig entlastet.

»Man merkt, dass Sie hier zu Hause sind, Miss Huntingdon«, stellte David Stuart mit einem breiten Lächeln fest, das wie ein missglückter Versuch wirkte, entspanntes Wohlbehagen vorzutäuschen.

»Ich war ehrlich gesagt bisher nicht oft hier«, gestand sie. »Mein Vater hat persönliche Gründe, diese Gegend zu meiden. Aber ich hatte eine Tante, die Schwester meines Vaters, die erst vor zwei Jahren verstorben ist. Sie mochte alles, was traditionell chinesisch war, und nahm mich manchmal mit ins alte Stadtviertel. Dabei verhielt sie sich aber keineswegs so, wie eine traditionsbewusste Chinesin es eigentlich tun sollte. Sonst wäre sie niemals in ein Teehaus gegangen.«

Er nickte nur kurz.

»Die meisten Menschen stecken voller Widersprüche. Wir werden dazu erzogen, eine klare Meinung zu vertreten, uns für das eine und gegen das andere zu entscheiden, aber in Wahrheit, da irren wir meist nur herum, getrieben von Sehnsüchten und Hoffnungen, die es geschafft haben, sich an unserem Verstand vorbeizumogeln.«

Charlotte sah ihn staunend an. Ihr wurde bewusst, dass sie ihm bisher keine tieferen Gedanken zugetraut hatte. Er wirkte so perfekt, so vorzeigbar, so britisch. Ein Mensch, der durchs Leben gleiten konnte, ohne sich an Widerständen zu stoßen. Welchen Anlass konnte er zum Grübeln haben?

»Wären Sie bereit, mir ein paar Fragen zu beantworten, Miss Huntingdon?«, fuhr er fort, sobald eine dampfende Teetasse vor ihm stand. Der Umstand, dass sie keinen Henkel aufwies, ließ ihn zögern, sie gleich in die Hand zu nehmen. »Auch wenn diese, wie soll ich sagen, recht persönlicher Natur sind? Sie sind die interessanteste Person, die ich seit meiner Ankunft in Shanghai kennenlernen durfte.«

Charlotte nickte zustimmend, obwohl ihr bewusst war, dass sie sein Lob ebenso gierig aufgesogen hatte, wie eine hungrige Katze einen Teller Milch leer schleckt.

»Was möchten Sie denn wissen? Und den Tee schlürft man am besten, nachdem man die Untertasse auf die Tasse gelegt hat. Sonst haben Sie die Teeblätter im Mund.«

Sie machte es vor. An einem anderen Ort hätte sie es nicht gewagt, denn sie wusste, dass Europäer das Schlürfen für unfein hielten. Aber hier war es erlaubt.

David Stuart beobachtete sie aufmerksam, trank seinen Tee aber doch auf die ihm vertraute Weise, wobei er beide Finger vorsichtig auf den obersten Rand der Tasse legte.

»Sie sagten, Ihr Vater hätte eine chinesische Schwester gehabt«, konstatierte er nach dem ersten, vorsichtigen Schluck. »Demnach kann ich davon ausgehen, dass auch er Chinese ist. Dennoch haben Sie einen englischen Familiennamen.«

»Mein Vater und meine Tante waren nur Halbgeschwister. Mein Großvater war Engländer. Andrew Huntingdon.«

»Ach so. Ich verstehe.«

Er legte eine kurze Pause ein, während Charlotte ihn aufmerksam musterte. Sein verzweifeltes Bemühen, aus der Vielzahl ihm bekannter Worte jene herauszukramen, die frei von scharfen Kanten und Spitzen waren, rührte sie.

»Und nun fragen Sie sich, warum ich weder meinem englischen Großvater noch meiner deutschen Mutter wenigstens ein klein bisschen ähnlich sehe, nicht wahr?«, kam sie ihm gleich die ganze Wegstrecke entgegen. Sein Gesicht entspannte sich erleichtert.

»Ja, das habe ich mich ehrlich gesagt gefragt. Aber ich möchte Ihnen nicht zu nahe treten, indem ich …«

»Sie treten mir nicht zu nahe«, unterbrach Charlotte. Zu viel Höflichkeit konnte manchmal anstrengend sein. »Viele Menschen stellen sich diese Frage, wenn sie mich kennenlernen. Aber die Antwort ist sehr simpel: Ich wurde adoptiert.«

Sie hob ihre eigene Teetasse und nippte daran. Es erleichterte sie, dass die Wahrheit nun ausgesprochen war.

»Sind Ihre leiblichen Eltern verstorben?«, fragte David Stuart leise.

»Ich weiß es nicht. Ich habe sie nie kennengelernt. Ich war ein Findelkind vor der Tür des Waisenhauses.«

Ihre Stimme hatte zunächst den angestrebten leichten Konversationston gehalten, war nur gegen Ende ein wenig ins Heisere abgerutscht. Dennoch konnte sie für den Bruchteil einer Sekunde Fassungslosigkeit auf seinem Gesicht erkennen.

»Sie wurden als Neugeborenes einfach weggegeben?«

»Nicht als Neugeborenes. Ich war schon etwas älter, ungefähr vier Jahre, genau weiß das niemand. Laut Aussage meiner Eltern befand ich mich in einem ziemlich üblen Zustand, völlig ausgehungert und fiebrig. Der Arzt gab mich auf. Meine Mutter hatte ein paar Tage zuvor selbst ein Kind verloren, das nur wenige Wochen alt wurde. Sie nahm mich zu sich nach Hause und päppelte mich auf. Dann behielt sie mich. Ich hatte sozusagen ganz unvorstellbares, unverschämtes Glück.«

Diesmal war es ihr gelungen, die Ereignisse flott und glatt von ihrer Zunge gleiten zu lassen, ohne sich in Fallstricken von Bitterkeit oder Schmerz zu verheddern. Sie hätte bereits vor dem Tor des Waisenhauses sterben können oder in ihm aufwachsen wie Shao Yu und Shihua, die dort beide weitaus zufriedener gewesen waren als in dem Leben, das später draußen auf sie wartete. Doch pures Glück hatte sie zur Tochter eines recht gut situierten Ehepaares werden lassen, die mit siebzehn Jahren eine höhere Schule besuchte und nun mit einem englischen Gentleman im Teehaus plauderte.

David Stuart musterte die Teeblätter, die langsam wieder zum Boden der Tasse glitten. Im Hintergrund tönte weiter die glasklare, klirrend hohe Stimme der Sängerin. Charlotte wusste, dass ihre Geschichte ihren Begleiter verstört hatte. Vermutlich verurteilte er ihre unbekannten Eltern dafür, ihr Kind so einfach weggegeben zu haben. Vielleicht hatte auch seine Wahrnehmung ihrer Person sich nun geändert. Bisher war sie die Tochter einer deutschen Lady gewesen, die fließend Englisch sprach. Jetzt wusste er, dass sie einem kurz vor dem Ertrinken aus dem Teich gefischten Kätzchen glich.

»Wenn Sie schon vier waren, können Sie sich vielleicht an irgendetwas erinnern?«, fragte er nach einer Weile betretenen Schweigens. Charlotte schüttelte den Kopf. Da war eine schwarze Mauer in ihrem Gedächtnis. Manchmal schimmerten Schatten hindurch, doch weckten sie so viel Schmerz und Angst, dass Charlotte sie mit schlichter Willenskraft verjagte.

»Ehrlich gesagt, denke ich kaum darüber nach«, gestand sie. »Kinder mit meinem Schicksal gibt es in China viele. Nur haben die meisten nicht so viel Glück. Es gibt Momente, da …«

Sie verstummte, denn es war nicht einfach, für ein so unbestimmtes, störendes Gefühl die richtigen Worte zu finden.

»Da schäme ich mich fast, weil es mir so viel besser geht als vielen anderen«, gestand sie schließlich. »Ich glaube manchmal, das Schicksal wird mir irgendwann eine sehr hohe Rechnung schicken, um die bevorzugte Behandlung auszugleichen.«

Sie zwang sich, leise zu lachen, um diesen Worten etwas an Gewicht zu nehmen. David Stuart stimmte nicht in ihre gezwungene Fröhlichkeit ein. Er war nun ähnlich befangen wie bei der Rennbahn, fand sie. Es war wohl ein Fehler gewesen, ihm derart persönliche Dinge zu erzählen. Warum hatte ihre Mutter ihr nie beigebracht, wie elegante, belanglose Konversation geführt wurde? Ein solches Verhalten war er von jungen Damen gewöhnt, während Charlotte ihn durch unpassende Offenheit verwirrt hatte.

»Nicht nur Sie sollten dem Schicksal dankbar sein, sondern auch Ihre Eltern«, sagte er plötzlich. »Sie bekamen eine wunderbare Tochter geschenkt. Und die Welt gewann ein kluges Mädchen, das andernfalls verloren gewesen wäre. Insofern hätten viele Menschen eine Rechnung zu begleichen. Ich denke, Sie sollten es hinnehmen, wie das Schicksal oder Gott oder wer auch immer über Ihr Leben entschieden hat, ohne die Verantwortung dafür auf Ihre Schultern zu laden.«

Charlotte war froh, dass sie in diesem Moment keine Tasse in der Hand hielt, denn sie wäre ihr wahrscheinlich entglitten. Sie hatte diesen Mann als schmeichelnde Eroberung betrachtet, einen etwas steifen, aber so unglaublich vorzeigbaren Engländer, der Shihua und ihre Gefährtinnen grün vor Neid werden ließ. Aber nun sprach er Worte, die direkt nach ihrer Seele griffen und sie tröstend berührten.

»Danke«, sagte sie nur und hielt den Blick gesenkt, denn ihr Gesicht war nun mit Sicherheit zum Spiegel ihrer Gefühle geworden. Sie atmete ein paar Male ein und aus. Der klirrende Gesang im Teehaus war verstummt. Wie lange saßen sie hier wohl schon?

»Ich fürchte, ich muss bald nach Hause«, erkannte sie widerwillig. »Meine Eltern warten auf mich.«

»Natürlich, ich verstehe. Aber könnten Sie vielleicht um die Rechnung bitten? Ich bin an diesem Ort etwas hilflos.«

Nun lachte er kurz auf. Charlotte sah ihn an und spürte, wie sein Blick an dem ihren hängen blieb. Für einen winzigen Augenblick vergaßen sie beide, wo sie sich befanden, denn die Welt bestand nur noch aus zwei Menschen, die einander an einem kleinen Tisch gegenübersaßen und den dringenden Wunsch verspürten, sich zu berühren.

Ein Kellner erschien und Charlotte übersetzte, wie viel für zwei Tassen Tee zu zahlen war. Der Preis schien nicht einmal überteuert, was sicher daran lag, dass sie hier für eine gewöhnliche Prostituierte in Begleitung eines reichen Mannes gehalten wurde, die es als ihr alleiniges Privileg betrachtete, ihm Geld aus der Tasche zu ziehen. Dann standen sie beide auf.

Draußen war es laut und eng wie überall in der Chinesenstadt. Zunächst vermochte Charlotte keine Jinrikscha zu entdecken, und als die Menschenmenge sie und David Stuart zu entzweien drohte, hielt plötzlich seine Hand die ihre umklammert. Sie wurden unter das Dach des Tempels geschubst, was von Vorteil war, denn plötzlich setzte heftiger Regen ein.

»Ich sehe mich jetzt noch einmal um. Wir müssen eine Jinrikscha finden«, rief Charlotte, aber ihre Hand wurde weiter festgehalten.

»Einen Augenblick noch, Miss Huntingdon.«

Charlotte fügte sich. Vielleicht hatte er ihr etwas Wichtiges zu sagen.

»Ich bin sehr froh, Sie getroffen zu haben. Zunächst fühlte ich mich wirklich einsam und verloren in dieser fremden Welt. Seit ich Sie kenne, ist es endlich anders geworden.«

Sie reckte ihr Gesicht in die Höhe. Er war so viel größer als sie. Ohne weiter nachzudenken, stellte sie sich auf die Zehenspitzen. David Stuart half nach, indem er einen Arm um ihre Taille legte und sie anhob. Der Kuss fiel kurz, fast gehetzt aus, denn sie wussten, dass zahlreiche Augenpaare sie beobachten konnten. Dann entdeckte Charlotte aus den Augenwinkeln eine Jinrikscha und lief los.

Auf der Heimfahrt blieb ihre Hand in der seinen ruhen. Anastassia hatte gestern noch recht gehabt, befand Charlotte, aber nun stimmte ihre Aussage endgültig nicht mehr. Aus der Schwärmerei für einen schmucken Engländer war etwas geworden, das keimte und zu wachsen versprach. Sie schloss die Augen, um seine Berührung stärker spüren zu können. Niemals hätte sie gedacht, dass die Fahrt in einer holpernden Jinrikscha durch enge Gassen ihr so viel Glück schenken konnte.

Kapitel 4

Wenrou blätterte ohne echte Begeisterung in dem Buch, das vor mehreren Monaten aus Amerika eingetroffen war. War of the Worlds von H. G. Wells. Joshua hatte es ihm geschickt, der letzte seiner amerikanischen Freunde, der ihn noch nicht ganz vergessen hatte. Angeblich war es visionär, aufwühlend, eine Kritik an der modernen Welt, die Menschen nachdenklich stimmen musste. Er hatte zunächst auch mit Interesse zu lesen begonnen, doch schien es ihm ein Zeichen von Luxus, sich die Schrecken einer weit entfernten, möglichen Entwicklung gegenwärtiger Zustände auszumalen. Wer solche Texte schrieb, fühlte sich von der Gegenwart nicht bis zum Hals eingezwängt.

Wenrous Aufenthalt in Connecticut lag so weit zurück, dass die Eindrücke langsam verblassten. Er wusste nicht einmal mehr, ob er noch in der Lage wäre, den Regeln entsprechend Baseball zu spielen. Doch an die Freude, über feuchtgrüne Rasen zu rennen, als seien seinen Füßen Flügel gewachsen, daran erinnerte er sich noch; auch an lange Diskussionen mit Joshua und seinem Vater über Religion, Technik und Politik. Regelmäßig hatten sie aus luftigen, substanzlosen Gedanken neue Welten geschaffen. Dann aber war er zurückgeholt worden in eine Welt aus uralten Regeln, die zwar gebogen, aber nicht gebrochen werden durften.

Es war eine Heimkehr in die Fremde gewesen.

Wenrou legte das Buch weg, denn es verdüsterte seine Stimmung unnötig. Ihm fiel ein, dass er Joshua seit mehreren Wochen einen Brief schuldig war. Der große, schlaksige Junge mit der bleichen Haut eines Geistes und feuerrotem Haar musste schon lange zu einem Mann herangewachsen sein und hatte nun auch geheiratet. Eine Frau, die sich für Politik interessierte und für ihre Geschlechtsgenossinnen das Wahlrecht erkämpfen wollte, so hatte er seine Dorothy beschrieben. Man konnte mit ihr Whiskey saufen, fluchen und über jedes erdenkliche Thema reden, ohne dass sie schockiert reagierte.

Ob es solche Frauen in China überhaupt gab? Wenrou ging davon aus, dass in einem riesigen Reich ein paar solcher Exemplare aufzutreiben wären, doch würde er aufgrund seiner gesellschaftlichen Stellung niemals mit ihnen in Berührung kommen. Er begriff allerdings nicht, warum dieser Umstand seine Laune noch weiter verdüsterte, denn er konnte sich nicht erinnern, jemals den Wunsch nach einer solchen Art von weiblicher Gesellschaft verspürt zu haben. Ihm gefielen jene zarten, sanftmütigen Wesen, die auf den Booten am Kanal in Beijing die Wünsche von Männern erfüllten. Eine Weile wenigstens hatten sie ihm gefallen, doch dann fingen sie an, ihn zu langweilen.

Er drehte sich auf den Rücken und betrachtete den kunstvoll verzierten Baldachin über seinem Bett. Die lange Zeit ohne irgendeine sinnvolle Aufgabe tat ihm nicht gut, brachte seine Gedanken nur auf Abwege und ließ ein Loch in seinem Inneren entstehen, das all seine Energie in sich aufsaugte.

»Junger Herr, Euer Vater wünscht Euch zu sehen!«, vernahm er plötzlich die Stimme seines persönlichen Dieners. Er stand wortlos auf. Vermutlich würde das Gespräch unerfreulich verlaufen, doch war er daran gewöhnt und wusste, dass ein unnötiges Hinauszögern die Lage nur verschlimmern würde.

Der Hof war bereits von einer Schicht aus Schnee bedeckt, der dieses Jahr früh gefallen war. An den Rändern des künstlich angelegten Teiches begann eine Eisschicht zu wachsen, die ihn bald ganz versiegeln würde. Diese Kälte drohte das Elend in Shandong noch zu vergrößern. Sobald der ganze Schnee wieder schmolz, würden die Felder überschwemmt werden. Die Dämme des Flusses Huang He waren fast so uralt wie das chinesische Kaiserreich und stürzten ständig ein. Wenn sich endlich jemand aufraffen würde, sie zu verstärken, ließe sich das größte Unglück verhindern. Er wusste, dass niemand es tun würde, doch wurde ihm in diesem Moment klar, wie sehr er selbst sich nach einer solchen Aufgabe verzehrte, um endlich aus seiner langen Trägheit aufzuwachen.

Sein Vater erwartete ihn in einem großen Raum, wo für gewöhnlich Gäste empfangen wurden. Er thronte in seinem prächtig verzierten Stuhl und schlürfte Tee. Sein Gesicht hob sich nur kurz, um seinen zweiten, noch lebenden Sohn zu mustern und ihn dann an seine Seite zu winken. Wenrou nahm auf einem anderen, etwas kleineren Stuhl Platz. Dann erst bemerkte er den Besucher, einen ausgemergelten, aber muskulösen Bauernjungen, um dessen Stirn ein rotes Tuch gewickelt war. Die prächtig leuchtende Farbe passte nicht ganz zum Rest seiner zerlumpten, von Schmutz dunkelbraun gefärbten Kleidung.

Der Junge konnte nicht älter als fünfzehn sein. Obwohl er aus einfachen Verhältnissen stammen musste, zeigte sein Gesicht einen sehr stolzen, fast trotzigen Ausdruck. Wenrou überraschte es daher nicht, dass er auf jedes Zeichen der Ehrerbietung gegenüber dem alten Mandarin verzichtete. Das

Selbstbewusstsein und der Mut des Jungen beeindruckten ihn. Schon lange wünschte er, das chinesische Volk würde endlich aufhören, einfach nur unterwürfig zu sein.

Sein Vater machte eine Handbewegung und ein Diener erschien. Er trug eine Kiste, in der sich jener amerikanische Revolver befand, den Wenrou vor fast zwanzig Jahren aus Amerika mitgebracht hatte. Er wurde von dem Diener sorgfältig mit einem Tuch abgeputzt. Indessen wandte der alte Mandarin sich an seinen Sohn.

»Ist diese Waffe geladen?«

Wenrou warf einen prüfenden Blick auf die Trommel, obwohl er wusste, dass Joshuas Familie ihm den Revolver mit Munition geschenkt hatte.

»Sie ist geladen. Warum ist das jetzt plötzlich wichtig?«

Sein Vater hielt es nicht für nötig, diese Frage zu beantworten.

»Du hast in Amerika gelernt, diese Waffe zu bedienen?«, wollte er stattdessen wissen.

Wenrou nickte. Die Bedienung war nicht einmal schwer. Sein Vater deutete auf den Bauernburschen, der sich stolz aufrichtete.

»Er behauptet, die Waffen der fremden Teufel könnten ihm nichts anhaben«, meinte der alte Mandarin mit einem leichten Grinsen.

»Das ist Unsinn«, erwiderte Wenrou sofort. Auf einmal fühlte er sich müde. Warum nahm selbst ein kluger Mann wie sein Vater solche Behauptungen ernst? Aberglaube war eine von vielen Fesseln, die ganz China gefangen hielten.

»Aber er behauptet es«, wiederholte sein Vater unbeirrt. »Stelle ihn auf die Probe. Du sollst einfach schießen, verstehst du?«

Wenrou sah in die hart dreinblickenden Augen des fremden Bauern. Sie gaben nicht nach.

»Die Waffe ist alt. Vielleicht funktioniert sie nicht mehr«, meinte er ausweichend.

»Versuche es«, beharrte sein Vater ungeduldig. Der Diener hielt Wenrou die Waffe hin. Er nahm sie zögerlich an sich, streichelte den Griff und den Abzug. Das von roten Adern durchzogene Gesicht von Joshuas Vater wurde dadurch heraufbeschworen. Der alte Herr hatte ihn einst einen guten Schützen genannt.

Wieder musterte er den Jungen vor sich. Wie war es möglich, dass er keine Angst empfand? Dass westliche Schusswaffen aus der Ferne töten konnten, hatte sich inzwischen auch in chinesischen Dörfern herumgesprochen.

»Jetzt schieß endlich!«, drängte sein Vater und schlürfte weiter Tee. Wenrou versteinerte vor Entsetzen, aber Gehorsam war ein eigenständiger Mechanismus, der seinen Körper in Bewegung setzte. Er spürte, wie seine Hand sich hob und ein Finger die Sicherung der Waffe löste. Nun endlich würde der Junge weglaufen, dachte er. Der ganze Spuk wäre gleich vorbei.

Doch der magere Bauer schien am Boden festgewachsen. Aus seinen Augen sprach nur Verachtung.

»Er hat nicht viel übrig für Leute wie dich, die sich mit den fremden Teufeln verbünden wollen«, sagte der Vater und musste husten, weil er sich am Tee verschluckt hatte. »Also los, räume ihn aus dem Weg!«

Wenrou atmete einige Male ein und aus. Immer noch hoffte er, den aufsässigen Bauernjungen durch die drohende Mündung der Waffe zu verjagen, aber der schien tatsächlich unempfänglich für die Gefahr.

Kurz fochten altvertrauter Gehorsam und sein eigener Wille miteinander. Dann endlich ließ er die Waffe sinken.

»Ich kann ihn nicht so einfach erschießen.«

Er verspürte Schweiß auf seiner Stirn und wischte ihn fort.

»Er ist nur ein gewöhnlicher Bauer«, sagte der Vater.

»Er ist ein Mensch.«

Wenrou legte die Waffe auf den Tisch. In den Augen des Bauernjungen blitzte Hohn auf.

»Du bist ein Schwächling, mein Sohn!«, sagte der alte Mandarin, ergriff die Waffe und betätigte den Abzug so schnell, dass Wenrou sie ihm vorher nicht aus der Hand reißen konnte. Er hatte stets geahnt, dass sein Vater sich mehr westliches Wissen angeeignet hatte, als er zugab. Ein Knall explodierte, erschütterte die hölzernen Wände, doch der Bauer blieb unverletzt. Wenrou hatte gerade erleichtert aufgeatmet, weil sein Vater zwar schießen, aber nicht treffen konnte. Da drückte der alte Mandarin nochmals ab. Nun erklang ein Schrei. Der stolze Bauernsohn sank wimmernd in die Knie. Seine Hände umklammerten seinen Unterleib. Langsam begann ein roter Blutstrom über sie zu kriechen, als kämpfe sich Ungeziefer frei.

»Ich glaube, du hast ihn in den Bauch getroffen. Er wird qualvoll sterben«, flüsterte Wenrou fassungslos.

»Das hat er verdient für seine Frechheit.« Der alte Mandarin legte die Waffe zur Seite und schlürfte an seiner Teetasse. »Und außerdem hat er meine Zeit verschwendet. Für einen Augenblick dachte ich, er hätte vielleicht doch recht und wir könnten die fremden Teufel mit uralter Magie verjagen. Alles dummes Gerede!«

Er befahl den Dienern, den inzwischen stark blutenden Jungen hinauszuschleppen, wandte sich dann wieder an seinen Sohn. Etwas blitzte in seinen Augen.

»Ich habe Neuigkeiten für dich.«

Wenrou bemühte sich verzweifelt, seinen zitternden Körper seinem Willen zu unterwerfen. Der Junge hatte den Schuss tatsächlich selbst provoziert, doch jemand musste ihm eingeredet haben, dass die Waffe ihn nicht verletzen konnte.

»Du bist nun mein einziger noch lebender Erbe«, erinnerte der Vater ihn überflüssigerweise. »Und ich habe keinen Nachkommen von dir.«

»Mein älterer Bruder hat zwei Söhne hinterlassen«, wehrte Wenrou den unausgesprochenen Vorwurf ab.

»Du bist ein Mann von siebenunddreißig Jahren«, fuhr der Vater unbeirrt fort. »Du hast keine Laufbahn als Beamter einschlagen können, trotz vielversprechender Anfänge, und hast keinen Sohn. Du vernachlässigst deine Pflichten gegenüber deinen Ahnen.«

Wenrou gab sich schweigend geschlagen. Um zu widersprechen, hätte er seinem Vater eine andere Denkweise begreiflich machen müssen, und er wusste, wie sinnlos ein derartiger Versuch wäre. Zudem ahnte er, dass sich hinter dieser Ermahnung irgendeine gut durchdachte Strategie verbarg. In dem schmächtigen Greis mit schlohweißem Spitzbart, der so Ehrfurcht gebietend wirkte wie eine uralte Statue, steckte ein sehr wacher, gewitzter Geist.

»Aber nun hat sich eine neue Möglichkeit für dich aufgetan«, setzte der Vater seine Rede unaufgefordert fort, dann machte er eine kurze Pause. Wenrou griff nach Früchten, die der Diener auf den Tisch gestellt hatte. Um sich irgendwie zu beschäftigen, biss er in einen grünen, säuerlich schmeckenden Apfel.

»Eine Heiratsvermittlerin war hier. Es liegt ein sehr gutes Angebot vor. Eine Tochter des Ya Hala Clans. Sie ist bereits zwanzig, aber bisher unvermählt. Sogar die Kaiserinwitwe hat einer solchen Verbindung bereits zugestimmt.«

»Ich denke nicht, dass ein so angesehener Clan mich als Schwiegersohn akzeptieren würde«, gab Wenrou zurück. Seine Familie gehörte zur Herrscherklasse der Mandschu, doch waren sie im Vergleich zu den Ya Hala einfache Leute. Er selbst hatte es zwar geschafft, eine unbedeutende Stellung am

Kaiserhof zu erhalten, diese aber vor einem Jahr wieder verloren.

»Eben das tun sie, obwohl sie wissen, welche Fehler du gemacht hast, als du dich dazu hast hinreißen lassen, den verrückten Ideen eines Schwächlings zu folgen«, erwiderte sein Vater.

»Dieser Schwächling«, rief Wenrou aufgebracht, »war unser Kaiser Guangxu, der verhindern wollte, dass unser Land ein riesiger Kuchen bleibt, an dem die neuen Mächte so lange knabbern, bis er ganz verschlungen ist. Die Japaner haben rechtzeitig begriffen, dass ...«

»Die Japaner sind kleine Banditen, die uns zunächst lange nacheiferten und nun die fremden Teufel zum Vorbild gewählt haben«, unterbrach sein Vater ihn. »Aber uralte Traditionen wirft man nicht so einfach fort. Deshalb konnte dein fiebriger Kaiser sich in unserem Land nicht durchsetzen und riss all seine Anhänger, so auch dich, ins Unglück.«

Wenrou senkte schweigend den Kopf. Widerspruch ergab keinen Sinn. Er hatte dem Ansehen seiner Familie geschadet und sich selbst in die Verbannung aufs Land manövriert, indem er den jungen Kaiser bei seinem halsbrecherischen Reformversuch unterstützte.

»Aber wir wollten über deine Heirat sprechen«, fuhr sein Vater nun völlig gelassen fort. »Wie ich schon sagte, der Ya Hala Clan ist bereit, dich trotz deiner zahlreichen Fehler zu akzeptieren, unter der Bedingung, dass du in Beijing in ihrem Haus lebst. Sie wollen sich von dem Mädchen nicht trennen. Dem Wahrsager habe ich deine Geburtsdaten schon geschickt, und offen gesagt glaube ich, dass er euch beiden eine glückliche Zukunft voraussagen wird, weil die Ya Hala es so wünschen. Selbst auf den Brautpreis wollen sie verzichten, angesichts der schwierigen Lage, in der wir uns befinden. Es gilt nur noch, einen günstigen Termin für die Hochzeit festzusetzen.«

Wenrou war, als hätte sein Vater ihn an ein Pferd gebunden, das nun einen Klaps erhalten sollte, damit es loslief und ihn hinter sich herzog.

»Diese Verhandlungen ziehen sich schon eine Weile hin, nicht wahr?«, fragte er nur. Die Antwort war ein leichtes Nicken.

»Aber du hast es nicht für nötig befunden, mir davon zu erzählen und mich nach meiner Meinung zu fragen.«

Der Vorwurf glitt an der unbeweglichen Miene seines Vaters hinab, ohne die geringsten Spuren zu hinterlassen.

»Es ist deine Pflicht, mir zu gehorchen. Du hast dich schon viel zu lange geweigert, eine Ehe einzugehen, eine Folge der Jahre, die du unter fremden Barbaren verbracht hast. Ich duldete es, doch nun, da dein Bruder tot ist, kann ich das nicht länger tun.«

Es gab nichts, das Wenrou gegen diese Worte sagen konnte. Deshalb sprach er einfach aus, was ihm zu der ganzen Geschichte als Erstes eingefallen war.

»Was stimmt mit dem Mädchen nicht? Ist sie schwachsinnig? Aber dann würde man sie vermutlich mit Freuden zu uns aufs Land verfrachten. Hat sie einen unverzeihlichen Fehler gemacht und dadurch ihr Ansehen auf ewig zerstört? Soll ich sie heiraten, damit sie sich nicht umbringen muss?«

»Wieso ist das wichtig?«, erwiderte sein Vater in einem nachsichtigen Ton, als rede er mit einem kleinen, aufsässigen Jungen. »Heirate das Mädchen, mache ihr Kinder, denn das wünscht sich jede Frau, und dann tue, was du für richtig hältst.«

Auf Wenrous Zunge machte sich ein bitterer Geschmack breit, als sei der verzehrte Apfel noch nicht ganz reif gewesen.

»Im Hause der Ya Hala werde ich nichts weiter sein als ein besserer Diener.«

Sein Vater musterte ihn eine Weile schweigend.

»Ich hatte dich für klug gehalten, aber manchmal siehst du nicht, was unmittelbar vor dir steht«, sagte er dann. »Die Ya Hala können dir eine neue Stellung bei Hofe besorgen. Sie werden sich schon wegen des Mädchens darum bemühen. Wenn du diesmal geschickter bist als beim ersten Mal, findest du vielleicht einen Weg, einige deiner Ideen umzusetzen.«

Wenrou starrte den alten Mann eine Weile sprachlos an. Sein Vater hatte sich an diesem Tag zunächst grausam gezeigt, dann berechnend. Doch verbarg sich hinter all seinen Machenschaften mehr Zuneigung für seinen schwierigen Sohn, als er dem alten Herrn jemals zugetraut hätte.

»Ich danke dir«, gestand er leise, obwohl er sich immer noch nicht sicher war, wie er mit der Aussicht auf die Ehe mit einer unbekannten Frau umgehen sollte.

Der alte Mandarin stellte die Teetasse schweigend ab und rief seinen Diener, um abräumen zu lassen.

»Ich gehe jetzt eine Weile in den Garten. Die Sonne scheint, das will ich ausnutzen, denn bald fällt sicher wieder Schnee.«

Er entfernte sich mit schleppenden Schritten, die Gicht machte ihm bereits zu schaffen. Kurz vor der Ausgangstür drehte er sich noch einmal um.

»Deine Frau wird sicher gelernt haben, dass sie ihrem Ehemann gehorchen muss«, sagte er. »Aber vergiss niemals, aus welcher Familie sie stammt. Es wäre unklug, sie zu verärgern.«

Dann trat er hinaus. Wenrou blieb stumm zurück und sah den Dienern bei der Arbeit zu. Er empfand keine Empörung, nur mildes Staunen. Etwas in ihm regte sich, als erwache neues Leben.

Er käme wieder nach Beijing, an den Hof dieses machtgierigen alten Weibes, das den Kaiser Guangxu entmachtet hatte, um selbst die Zügel an sich zu reißen. Er würde der Kaiserinwitwe und ihren Anhängern mit großer Demut begegnen müssen, zurückhaltender auftreten als beim ersten

Mal, doch wenn er wartete … vielleicht ergab sich dann wenigstens die Gelegenheit, Gelder für ein Ausbessern der Deiche freizusetzen.

Kapitel 5

»Sie trifft sich schon wieder mit diesem Engländer, nicht wahr?«, sagte Jinzi und warf das Shen Bao, Shanghais einzige in chinesischer Sprache gedruckte Zeitung, auf den Tisch, nachdem Viktoria eingetreten war.

»Sie sollte vor fast zwei Stunden aus der Schule zurückgekommen sein. Ich werde ein ernstes Wort mit ihr reden, wenn sie endlich auftaucht.«

Viktoria hörte sehr deutlich, wie viel Sorge er mit seinem verärgerten Tonfall zu verbergen suchte. Schweigend legte sie ihren wollenen Schal ab. Es war Ende Oktober und heute hatte erstmals ein eisiger Wind durch die Straßen geweht. Sie sah, dass ihr Hausdiener bereits den Kaffee vorbereitet hatte, und füllte selbst eine der bereitstehenden Tassen, um sie ihrem Mann zu überreichen. Das Trinken von Kaffee gehörte zu den westlichen Gewohnheiten, die er von ihr übernommen hatte.

»Wie lange wartest du denn schon zu Hause?«, fragte sie so unverbindlich wie möglich.

»Ungefähr eine Stunde. Ich war mit Dewei im Teehaus. Er hat mir erklärt, wie er unser Geld weiter anzulegen gedenkt. Der Kleine ist schlau, den hast du gut hinbekommen. Unsere Tochter hingegen …«

»Vielleicht war sie ja in der Zwischenzeit hier und musste wieder weg, weil … du weißt doch, wie sehr sie dieses russische Mädchen unterstützt, damit es schnell Englisch lernt und in der Schule weiterkommt.«

Anastassia konnte sie Jinzi gegenüber unbesorgt erwähnen. Charlotte hatte diese schüchterne Freundin bereits mehrfach mit nach Hause gebracht. Sie zeigte keinerlei Scheu, vor einem Eurasier in chinesischer Kleidung höflich zu knicksen, und hatte ihn mit ›Sir‹ angeredet, bis er selbst sie aufforderte, damit aufzuhören.

»Der alte Wang sagt, dass sie nicht hier gewesen ist«, kam es missmutig zurück. Viktoria seufzte innerlich. Sie wusste, dass dieser Diener, der gleichzeitig Jinzis Freund war, ihn nicht anlügen würde.

»Ich bin mir sicher, dass sie bald kommt«, sagte sie sanft und füllte ihre Kaffeetasse mit Milch. »Lass mich dann bitte mit ihr reden. Sie sollte wirklich nicht länger wegbleiben als ausgemacht.«

Jinzi schubste die Zeitung nun aufs gepolsterte Sofa, denn sie nahm auf dem kleinen, chinesischen Tisch unnötig viel Platz weg. Er streckte Viktoria seine Hand entgegen und sie folgte erleichtert der Aufforderung. In verärgerter Stimmung konnte er ziemlich unleidlich werden, doch schien er auch nach dreizehn Jahren gemeinsamen Lebens noch froh, sie an seiner Seite zu wissen. Manchmal staunte sie selbst, wie es ihr gelungen sein konnte, einen Mann, dem auf der Straße fast alle chinesischen Mädchen hinterhersahen, auf Dauer an sich zu binden.

»Im Waisenhaus wurden heute fünf kleine Jungen aufgenommen«, erzählte sie. »Sie standen einfach vor der Tür, und woher sie kommen, das konnten oder wollten sie nicht sagen. Ich dachte, vielleicht … also vielleicht willst du dich ein bisschen um sie kümmern.«

Jungen neigten dazu, ihn anzubeten, weil er in seiner Größe und stolzen Haltung ihrem Bild von einem Helden entsprach. Er war ebenso wie die Waisen am Rande der chinesischen Gesellschaft geboren, doch nun hatte er ein eigenes Haus aus Stein und eine europäische Frau, was die Kinder zunächst alle verwirrte. Doch in Shanghai ahmten seit geraumer Zeit auch reiche Chinesen westlichen Lebensstil nach. Viktoria war bewusst, dass sie als Jinzis Ehefrau ebenso viel Neid wie Empörung auslöste.

»Ich gehe morgen hin«, versprach er. »Ich werde sehen, welche Fähigkeiten sie haben.«

Viktoria nickte zufrieden. Er brachte den Kindern, hauptsächlich den Jungen, akrobatische Kunststücke bei. Erwiesen sie sich als begabt, so war das für sie eine mögliche Einnahmequelle, wenn sie das Waisenhaus eines Tages verlassen mussten. Sie konnte ihre Schützlinge nicht ewig bei sich behalten, und draußen wartete eine erbarmungslose Welt auf sie, in der sie sich irgendwie über Wasser halten mussten.

»Und was«, fuhr er unwirsch fort, »willst du wegen Charlotte unternehmen? Willst du die Augen fest geschlossen halten, während sie in ihr Unglück rennt?«

Viktoria senkte den Blick. Charlotte als kleines Kind zu versorgen, war recht einfach gewesen, sobald sie zu Kräften gekommen war. Doch nun, da sie sich in eine erwachsene Frau verwandelte, verkomplizierte die Lage sich zunehmend. Was sollte aus einem chinesischen Mädchen werden, das sich erwartungsgemäß an dem Vorbild seiner europäischen Mutter orientierte? Viktoria hatte aus eben diesen Erwägungen niemals beabsichtigt, ein weiteres chinesisches Kind zu adoptieren. Dewei war für sie eine Mischung aus kleinem Bruder und Sohn gewesen. All die anderen Waisen hatte sie gleich behandeln wollen, ohne sich ihre eigenen Favoriten herauszupicken. Aber dann hatte eines Tages dieses ausgezehrte, winzige Bündel Mensch vor der Tür gelegen, hatte den überwältigenden Wunsch in ihr geweckt, es an sich zu drücken und so lange festzuhalten, bis der Tod es aus seinen Klauen entließ.

»Ich werde mit ihr reden und sie warnen«, versprach sie Jinzi, um gleich darauf hinzuzufügen: »Im Übrigen fand ich diesen Engländer nicht wirklich unsympathisch.«

»Nun, ich kann das nicht beurteilen«, erwiderte Jinzi und zündete sich eine Zigarette an, »denn mir hat sie ihn bisher nicht vorgestellt.«

Viktoria zwang sich, ruhig zu bleiben.

»Du bist oft unterwegs, besprichst dich mit Dewei, triffst deine Freunde vom Theater und bestehst sogar darauf, selbst manchmal aufzutreten«, sagte sie ausweichend. Aber sie wusste sehr genau, worauf er anspielte, ja teilte sogar seinen Verdacht. Charlotte hatte Angst, ihrem britischen Gentleman einen Vater vorzustellen, der derart chinesisch aussah wie Jinzi. Sie selbst war vorzeigbarer gewesen, das hatte sie am Gesicht ihrer Tochter deutlich ablesen können, als dieser David Stuart zum ersten Mal vor ihrer Haustür gestanden hatte.

»Darüber hinaus ist es leider völlig egal, ob er dir sympathisch ist oder nicht«, fuhr Jinzi unerbittlich fort. »Ich würde jede Wette darauf abschließen, dass dieser edle Herr nicht die geringste Absicht hat, eine Chinesin zu heiraten, selbst wenn sie eine Mutter mit goldblonden Locken vorweisen kann.«

»Aber du weißt es doch nicht genau«, widersprach Viktoria in dem wirren Bestreben, ihre Tochter und vielleicht auch deren Verehrer zu verteidigen. Jinzi verzog die Mundwinkel.

»Hör auf zu träumen, Vi Ki. Charlotte wird niemals die Möglichkeiten haben, die du hier einmal hattest. Sollen wir beide mit offenen Augen zusehen, wie sie in ihr Unglück rennt?«

»Ich sagte doch, ich werde mit ihr reden.«

»Und wenn es nichts nützt, das nette Geplauder?«

Viktoria richtete sich auf.

»Ich werde Charlotte nicht verbieten, sich mit einem Mann zu treffen, wenn sie es unbedingt tun möchte. Das würde ohnehin nichts nützen.«

»Nein, natürlich nicht«, kam es spöttisch zurück. »Sie wurde ja von dir erzogen.«

Viktoria spürte, wie ihr letzter Rest an verständnisvoller Geduld tröpfchenweise zerrann. Zurück blieb jene Wut, die Jinzi wie kein anderer in ihr zu wecken verstand.

»Also wenn du meinst, ich hätte sie so behandeln sollen, wie man hierzulande und teilweise auch in meiner Heimat Mädchen behandelt, sie einsperren und ihr sämtliche persönlichen Wünsche verbieten, dann …«

»Nein, das meine ich nicht«, unterbrach er barsch. Eine Weile blieb es still. Sie mussten beide ein paar Atemzüge tun, um sich nicht wieder in eine jener endlosen Streitereien zu verrennen, die den Anfang ihrer Beziehung geprägt hatten. Dann sprang Jinzi auf und begann im Zimmer herumzulaufen. Sein Körper vibrierte vor Energie, die bei jeder Bewegung mitschwang.

»Ich wollte auch, dass sie nicht unterwürfig und ängstlich wird«, erzählte er unterdessen. »Sie sollte lernen, das Leben selbst anzupacken. Aber nun, da sehe ich, wie sie sich einem Kerl an den Hals wirft, der niemals zu ihr stehen wird. Und da darf ich meine Tochter nicht schützen?«

Er blieb schlagartig stehen und warf Viktoria einen ratlosen Blick zu, als erwarte er von ihr eine Lösung für die unerfreuliche Lage. Sie erhob sich langsam, schlang ihre Arme um seine Schultern und sah seine Augen freudig aufleuchten. Es war immer noch da, dieses Band, das sie über alle Gräben und Widerstände hinweg zueinander hingezogen hatte.

»Wir müssen einfach für sie da sein, wenn sie unsere Hilfe braucht«, flüsterte sie in sein Ohr und spürte, wie seine zornige Anspannung unter ihrer Berührung nachließ.

Charlotte saß mit Shao Yu am Straßenrand und betrachtete das Treiben am Hongkew Markt, einem überdachten Gelände, wo zahllose Stände aufgebaut waren und Leute sich beim Feilschen heiser brüllten. Hühner gackerten in Kisten, Säcke füllten die Luft mit den Gerüchen jener Gewürze, die sich in ihnen verbargen, und rechts hinter ihnen wurden Fische ausgeweidet, sodass sie zur Hälfte in einer Blutlache saßen. Charlotte hatte für ihren Freund und sich zwei Schüsseln Nudelsuppe gekauft. Shao Yu schlürfte seine so schnell leer, dass sie ihm unauffällig auch noch den Rest der ihren hinschob. Sein Gesicht schien innerhalb weniger Tage deutlich schmaler geworden zu sein und eine blaugrüne Schwellung verunstaltete seine rechte Wange. Weitaus besorgniserregender aber fand sie den Umstand, dass er die zweite Suppenschüssel ohne Protest ergriff und mit unvermindertem Tempo weiteraß.

Sie schwiegen beide. So war es gewesen, seit er vor dem Gebäude ihrer Schule aufgetaucht war, zwei Wochen später als zunächst ausgemacht. Charlotte hatte es bereits aufgegeben, auf ihn zu warten, zudem ihre wachsenden Gefühle für David Stuart sie derart beschäftigten, dass ihr kaum Zeit für Gedanken an andere Menschen blieb. Aber dann hatte ihr Freund als ausgemergelter, geprügelter Hund vor ihr gestanden. Sie hatte ihn nur ansehen müssen, um zu verstehen, dass er zunächst nicht reden wollte, aber ihre Nähe brauchte. So waren sie gemeinsam den Bund hochgelaufen, hatten die Garden Bridge überquert und befanden sich nun in Hongkew.

»Deine … neuen Freunde«, setzte Charlotte an. Sie wusste, dass ihre Eltern bereits auf sie warteten und sie nicht mehr allzu lange trödeln durfte. »Bist du noch bei ihnen?«

Er nickte nur.

»Und … und sie geben dir zu essen?«

»Sie geben mir, was sie haben«, erwiderte er, ohne sie anzusehen. »Manchmal reicht es nicht für alle. Ich bin kein guter Kämpfer. Daher habe ich kein Recht, als Erster zuzugreifen.«

Charlotte nahm es hin, denn Widerspruch hätte er nicht akzeptiert.

»Und wie behandeln sie dich sonst? Ich meine, strafen sie dich, wenn du dich nicht so verhältst wie erwartet?«

Nun wandte sein Gesicht sich dem ihren zu. Seine Augen blitzten empört, doch gleichzeitig schwammen Tränen darin.

»Die Übungen sind hart. Leider versage ich oft. Aber Strafen helfen mir dabei, besser zu werden.«

Er versetzte der leeren Suppenschüssel zu seinen Füßen einen Tritt, sodass sie umkippte und in der Blutlache landete. Charlotte unterdrückte den Wunsch, seine Hand zu ergreifen. Sie wusste, dass er jedes Zeichen von Mitgefühl gehasst hätte.

»Vielleicht bist du nicht zum Kämpfer geboren, sondern hast andere Talente«, wagte sie zaghaft vorzuschlagen.

»Nenne mir doch ein paar!«

Sie erschrak, wie bitter er klang.

»Du bist geduldig«, sagte sie ohne Zögern. »Du arbeitest fleißig und gewissenhaft. In einem Laden zum Beispiel, so wie bei deinem Onkel, da bist du eine viel bessere Arbeitskraft als viele andere.«

Sobald sie seine Augen Funken sprühen sah, wurde ihr klar, dass diese Worte völlig falsch gewesen waren.

»Ich gehe nicht zu meinem Onkel zurück!«, schrie er nun so laut, dass selbst einige der feilschenden Marktbesucher ihre Geschäfte kurz unterbrachen, um sich nach ihm umzusehen.

Charlotte nickte schweigend.

»Und deine Freunde, bei denen kannst du auf Dauer bleiben?«, fragte sie nun vorsichtig.

»Ich sagte doch schon, dass sie mich mitnehmen!«, erwiderte er nun etwas leiser, aber immer noch sehr heftig. »Nach Beijing. Sie sammeln sich dort, um weitere Schritte zu planen, wie sie China stärken können.«

Die letzten Worte hatte er nur noch geflüstert.

»Und wie soll das vor sich gehen?«, fragte Charlotte, die allmählich wirklich neugierig wurde.

»Hier in Shanghai haben die Menschen bereits vergessen, dass China uns gehört und keinen bleichen Geistern, die über den Ozean kamen, um unser Volk zu verderben«, erklärte Shao Yu ihr nun. »Wir müssen unsere Regierung unterstützen, damit sie sich besser gegen diesen Einfluss zur Wehr setzen kann.«

Charlotte zuckte kurz mit den Schultern. Sie begriff nicht wirklich, warum er so redete. Wenn ein Mensch in seinem Leben schlechten Einfluss auf ihn gehabt hatte, so war es sein Onkel gewesen.

»Mit den Ausländern ist auch moderne Technik gekommen. Züge zum Beispiel. Und denk an die vielen Waisenhäuser hier«, wandte sie nach kurzem Überlegen ein. Shanghai, so wie sie es kannte und liebte, war in vieler Hinsicht das Werk der Fremden.

»Sie betrachten uns als Menschen zweiter Klasse«, sagte er sogleich. »Wir müssen uns in unserem eigenen Land dafür schämen, dass wir Chinesen sind. Bist du mit dieser Frau, die du Mutter nennst, denn jemals in dem Park an der Brücke gewesen?«

Charlotte schüttelte den Kopf.

»Keiner aus unserer Familie geht da hin. Wir kennen die Leute dort nicht.«

»Sie würden dich gar nicht hereinlassen!«, erklärte Shao Yu ihr triumphierend. Sie nahm es hin. Er mochte recht haben, doch war dies in ihren Augen kein besonders großes Problem.

»Deine Freunde wollen also dafür kämpfen, dass der Park auch für Chinesen zugänglich wird? Das ist keine schlechte Idee, finde ich«, stimmte sie versöhnlich zu.

»Nicht nur dafür. Auch für andere Dinge, aber du verstehst das nicht. Politik ist nichts für Mädchen.«

Charlotte unterdrückte ein Kichern. Er schämte sich vermutlich, wieder einmal auf ihre Großzügigkeit angewiesen zu sein, und musste sich daher wichtigmachen, wie es eben die Art von Jungen war. Shao Yu hatte niemals eine liebende Familie gehabt, niemanden, der ihm im Leben Halt und Unterstützung geschenkt hatte. Es war nicht einmal erstaunlich, dass er sich einer Gruppe von politischen Aufwieglern anschloss, die ihm Zugehörigkeit versprachen.

Nur taten sie ihm offensichtlich nicht gut.

»Hör zu«, fuhr sie nach einem kurzen Moment des Überlegens fort. »Ich kann mit meinen Eltern reden. Dewei, der so etwas wie mein älterer Bruder ist, verwaltet das Vermögen, das mein Vater erbte. Er betreibt einen Laden. Du kannst dort sicher Arbeit finden, und ich werde dafür sorgen, dass du nicht schlecht behandelt wirst.«

Hoffnungsvoll lächelte sie ihn an. Diesmal kam sein Zorn völlig unerwartet und traf sie wie ein Schwall von Straßenschlamm im Gesicht.

»Ich brauche deine Almosen nicht! Du bist das Schoßhündchen einer fremden Teufelin!«

Er sprang auf. Seine Augen funkelten weiter wie Kohlen, doch sie sah auch Tränen über seine Wangen laufen.

»Es tut mir leid«, flüsterte er kurz darauf mit niedergeschlagenem Blick. »Aber mein Weg ist nicht der deine. Leb wohl.«

Sie hörte sich seinen Namen rufen und empfand unermessliche Erleichterung, als er sich trotz allem umdrehte, anstatt vielleicht für immer aus ihrem Leben zu laufen.

»Wo wohnst du jetzt?«, fragte sie nur. Vielleicht musste sie ihm einfach nur Zeit geben, dann würde er wieder zur Vernunft kommen und sich von ihr helfen lassen.

Er nannte den Namen einer Gasse in der Chinesenstadt und glitt dann rasch in die schreiende, schubsende, Einkäufe schleppende Menge der Marktbesucher.

Charlotte stand auf. Glücklicherweise war das Blut der geschlachteten Fische auf dem dunkelblauen Stoff ihres Rockes nicht wirklich sichtbar und würde sicher bald trocknen. Es musste bereits später Nachmittag sein. Wenn sie am Astor House Hotel vorbeikam, würde sie vielleicht eine Gelegenheit finden, jemanden nach der Uhrzeit zu fragen. Jedenfalls musste sie sich beeilen, denn wenn sie ihre Eltern nun ernsthaft verärgerte, würde man ihr nächsten Sonntag vielleicht keinen Ausflug mit David Stuart erlauben. Der Vater hatte beim letzten Frühstück bereits eine sehr grimmige Miene aufgesetzt, als sie ihn gebeten hatte, mit ihrem Bekannten einen kurzen Spaziergang am Bund machen zu dürfen. Aber ihre Mutter hatte ihr erwartungsgemäß geholfen und würde es hoffentlich wieder tun.

Während Charlotte Richtung Garden Bridge lief, erwog sie, ob es vielleicht eine gute Idee wäre, dem Engländer den Markt von Hongkew zu zeigen. Er hatte ihr einfach nicht glauben wollen, dass Chinesen Schwalbennester aßen, und hier lagen sie säckeweise zum Verkauf herum. Unter ihrem Einfluss begann David Stuart, sich zunehmend an Enge, Lärm und starke Gerüche zu gewöhnen. Insgesamt machte er sich viel besser, als sie zunächst vermutet hatte.

Kapitel 6

Gestern habe ich dich wieder mit deiner kleinen Geisha gesehen«, sagte Geoffrey Leighton vom Freiwilligencorps und schenkte David ein schiefes Grinsen, während er an seiner Seite über den Schießplatz spazierte. »Du hast dich schnell eingelebt, das muss man dir lassen.«

David befreite sich schweigend aus seiner Uniformjacke und warf sie über seine Schulter. Dieser Tag war unerwartet warm geworden, obwohl das Weihnachtsfest schon hinter ihnen lag und ein neues Jahrhundert unmittelbar bevorstand. Sie hatten die wöchentliche Schießübung des Freiwilligencorps soeben hinter sich gebracht. Er beaufsichtigte im Auftrag des diensthabenden Offiziers alle Männer, die sich gemeldet hatten, und war mit ihrer heutigen Leistung zufrieden. Nun würden sie gemeinsam eine Kneipe am Hafen aufsuchen, wie es der Tradition entsprach. Früher hatte er sich auf diese Momente gefreut, die ihn an heimatliche Pubbesuche erinnerten und ihm zudem die Gelegenheit boten, seine Männer besser kennenzulernen. Nun wollte er vor allem Geoffrey Leighton abschütteln.

»Geishas gibt es nur in Japan«, erklärte er, um nicht völlig unhöflich zu sein. »Und sie sind keineswegs so leicht zu haben, wie oft behauptet wird.«

»Na, du bist ja ein richtiger Asienexperte geworden, was?«, kam es spöttisch zurück. »Bald schon kannst du uns Tipps geben, was die Weiber hier betrifft.«

David wandte sich schnell und schweigend ab, denn in seinen Handknöcheln brannte der Wunsch, dem breiten, gutmütigen Gesicht dieses Buchhalters einen heftigen Schlag zu verpassen. Sie brachten die Schusswaffen ins Lager zurück. David überwachte, dass sie sorgfältig gezählt wurden und der Raum abgesperrt war, bevor sie auf die Kiangwan Road im Norden der Stadt hinaustraten. Dann fühlte er sich wieder in der Lage, Geoffrey Leighton anzusehen. Er war ein mittelgroßer stämmiger Mann, gewöhnlich in seiner Erscheinung, seinem Verstand und seinen Ansichten. Es gab keinen wirklichen Grund, ihm Prügel zu verpassen. Aber die Tatsache, dass seine abfälligen Kommentare über asiatische Frauen und damit auch über Charlotte weitverbreitete Meinungen ausdrückten und nicht das Produkt eines außergewöhnlich dummen oder bösartigen Verstandes waren, machte es David schwer, weiter dieselbe Luft zu atmen wie dieser Mann.

»Ihr könnt in dieselbe Kneipe gehen wie letzte Woche«, rief er seinen Männern zu. »Sagt dem Wirt, es geht auf Kosten des Freiwilligencorps. Er kennt euch und weiß, dass er sein Geld bekommt. Aber ich muss jetzt weg. Mein Onkel braucht mich.«

Er vernahm einiges Murren in seinem Rücken, doch die Aussicht auf ein paar kostenlose, kühle Gläser Bier vertröstete die meisten mit seinem Verschwinden. Nur Geoffrey Leighton verharrte hartnäckig an seiner Seite.

»Bist du jetzt sauer? Du magst die Kleine, was? Sorg gut für sie, dann wird sie dir dankbar sein.«

David musste sich nun doch zu ihm umdrehen.

»Sie ist das klügste Mädchen, das ich jemals getroffen habe. Und sie hat sicher bessere Dinge im Leben zu tun, als mir ständig für irgendwas zu danken«, sagte er schnell, neigte dann den Kopf und schlug mit hastigen Schritten den Weg ins Stadtzentrum ein.

Er vermeinte, das fassungslose Gesicht seines Kameraden immer noch sehen zu können, als habe er plötzlich am Hinterkopf Augen bekommen, und lief daher umso schneller.

Ohne Geoffrey Leightons Einmischung in sein Leben wäre er Charlotte niemals begegnet, denn auf seine plumpe, anbiedernde Art hatte der Buchhalter sehr schnell erkannt, was David bereits zwei Wochen nach seiner Ankunft in Shanghai bis in den Schlaf verfolgte. Diese so fremden, kleinen, zarten Frauen mit lackschwarzem Haar und feinen Gesichtszügen. Die Frage, ob ihre kindlich schmalen Knochen einer kräftigen Berührung standhalten würden, hatte sich in seinem Kopf festgesetzt, so sehr er sich auch bemühte, derart unangemessene Fantasien zu verscheuchen. Er hätte niemals gewagt, es seinem Onkel zu gestehen. Auch gegenüber den Männern vom Freiwilligencorps hatte er es zu verbergen gewusst, bis es zu einem schnapsseligen Gespräch mit Geoffrey Leighton gekommen war.

»Die tun, was du willst. Alles, verstehst du. Da gibt es keine Tabus. Denen gefällt es, sich Männern zu unterwerfen. Sie haben es von klein auf so gelernt und eigentlich liegt es ihnen auch im Blut.«

David hatte es nicht glauben wollen, auch wenn er immer wieder Andeutungen dieser Art zu hören bekam, selbst von seinem diensthabenden Offizier. Es widersprach seinen Prinzipien, Prostituierte aufzusuchen. Ein ungewollt schwangeres Mädchen aus seinem Heimatdorf hatte sich erhängt, weil es eben diesen Weg nicht einschlagen wollte, und er hatte sich damals geschworen, niemals ein Bordell zu betreten. Doch Geoffrey Leightons Worte hatten ihm so lange den Schlaf geraubt und verbotene Bilder heraufbeschworen, bis er nicht mehr hatte widerstehen können.

Er war in seiner Uniform losgezogen, um Eindruck zu machen. Hatte sich gesagt, dass er dem Mädchen einen Gefallen täte, denn er würde gut zahlen, freundlich sein und auf jede Gewaltanwendung verzichten. Mit jedem Schritt hatte er diese Worte in seinem Kopf wiederholt, um seinen Weg zu einem chinesischen Hurenhaus für sich entschuldbar zu machen. Wäre Charlotte ihm nicht dazwischengekommen, dann hätte er so lange weitergemacht, bis er schließlich in der Lage gewesen wäre, irgendeines dieser zarten Wesen mit grell bemalten Gesichtern anzusprechen.

Er hatte sie wegen ihrer Kleidung zunächst für eine halbwüchsige Europäerin gehalten, die in Gefahr geraten war und Hilfe brauchte. Wie gut sie in dieser Stadt ohne ihn zurechtkam, war ihm erst mit der Zeit klar geworden. Sie vereinte das Fremde auf selbstverständliche Weise mit dem Vertrauten, sodass er an ihrer Seite in jene chinesische Welt dieser Stadt gleiten konnte, die sein Onkel nach über zwanzig Jahren in Shanghai immer noch mied.

Charlotte war klein, doch nichts an ihr wirkte zerbrechlich. Er hatte gesehen, wie sie sich mit ein paar Straßenmädchen raufte, und gestaunt, dass eine junge Dame so treffsicher zuschlagen konnte. Ihr Körper war ein kompaktes Bündel von Energie. Sie hatte seine Fantasien an sich gerissen und in Bahnen gelenkt, die er mit seinem Gewissen vereinbaren konnte. Daran, für ein hübsches, lebhaftes, kluges Mädchen zu schwärmen, war nichts Verwerfliches. Nur wurde er immer wieder mit Meinungen konfrontiert, die eben jenes Gefühl in den Schmutz zogen.

Diese Gedanken kreisten noch in seinem Kopf, als er das Haus seines Onkels in der Hangkow Road erreichte. Er trat ein und der Diener informierte ihn in gebrochenem Englisch, dass der Hausherr mitsamt Gemahlin im Salon auf ihn wartete. David war erfreut. Er mochte Onkel Eugene und dessen Frau Millicent, beides gutherzige, rechtschaffene Menschen. Der jüngste Bruder seines Vaters hatte Medizin studiert und war vor über zwanzig Jahren Schiffsarzt geworden, um schließlich in Shanghai eine eigene Praxis zu eröffnen. Seine Frau hatte er vor Ort kennengelernt, die Tochter eines ansässigen Hotelbesitzers. Da sie keine eigenen Kinder hatten, war David von ihnen mit offenen Armen begrüßt worden. Sie hofften, er würde bleiben, heiraten und ihnen so etwas wie eigene Enkel schenken, das wusste er. Manchmal schämte er sich fast, von so viel Zuneigung überhäuft zu werden, ohne sich diese irgendwie verdient zu haben.

Nun sah er, dass auf dem Tisch schon der Tee bereitstand, ebenso wie Scones, Sahne und Marmelade. Dieses kleine Stück Heimat auf der anderen Seite der Weltkugel tat unerwartet wohl.

»Du bist ja schon früher da!«, rief Tante Millicent erfreut. »Eugene sagte, du kämest erst zum Abendessen.«

Mit ihrem altmodisch glockenweiten Rock und dem schlichten Haarknoten sah sie aus wie die Figur aus einem Roman von Charles Dickens. In England hätte David sie vielleicht albern gefunden, doch hier wärmte ihr Anblick sein Herz.

»Ich habe die Schießübungen früher abgebrochen, denn viele Männer haben so kurz nach Weihnachten noch Besuch von ihren Familien«, log David. Sein Onkel wusste, dass auf diese Veranstaltungen stets ein von allen geschätztes Saufgelage folgte, dem kein christlicher Feiertag in die Quere kommen würde. Aber er ging davon aus, dass seine Tante es nicht tat.

»Schön, mein Junge. Setz dich zu uns!«, sagte Millicent auch schon. Ihr Lächeln hatte einen leicht unnatürlichen Zug, als sei es auf ihren Mund gestempelt worden. Sie schenkte selbst den Tee ein und verteilte die Scones.

David schnitt den seinen in zwei Hälften, um ihn mit Sahne und Marmelade zu bestreichen, was Erinnerungen an sonntägliche Besuche bei seiner Großmutter in ihm weckte. Tatsächlich war ihm diese altvertraute Süßspeise nun lieber als ein kühles Glas Bier. Er fragte sich, ob Charlotte dieses Gebäck überhaupt kannte. Ihre Mutter war Deutsche, den englischen Großvater hatte sie nie kennengelernt und ihr Vater war wie ein Chinese aufgewachsen. Es musste in der internationalen Siedlung eine Bäckerei geben, wo Scones angeboten wurden. Er würde Tante Millicent fragen, sobald sich eine Gelegenheit ergab, und Charlotte dann beim nächsten Ausflug mit dorthin nehmen.

»Es gibt beunruhigende Neuigkeiten«, unterbrach sein Onkel diese Überlegungen und legte den North China Herald gefaltet zur Seite. »Ein Missionar wurde in Schantung von einem fanatischen Mob getötet.«

David nahm dies mit angemessen bedauernder Miene zur Kenntnis.

»In China trifft man auf sehr viel Aberglauben, was die Missionare angeht«, erklärte er. Charlotte hatte ihm davon erzählt. Fremdenfeindliche Kreise verbreiteten Gerüchte, dass Missionare Kinder aßen oder sie für widernatürliche Spiele missbrauchten. Leider glaubten einfache Menschen diese Aussagen oft.

»In letzter Zeit hat die Bedrohung aber zugenommen, gerade in dieser Gegend, wo die Deutschen sich breitmachen wollen und eigentlich für Ordnung sorgen sollten«, fuhr sein Onkel unbeirrt fort. »Es wurden bereits Chinesen niedergemetzelt, die zum christlichen Glauben übergetreten waren. Doch nun traf es auch einen britischen Staatsbürger. Er hatte über die Weihnachtsfeiertage seine Schwester besucht. Auf dem Heimweg wurde er von einer Horde Banditen entführt. Ein Fluchtversuch scheiterte, und er wurde enthauptet.«

Ein besorgter Gesichtsausdruck legte sich über das bärtige, gutmütige Gesicht von Onkel Eugene.

»Banditen waren in China schon immer ein Problem«, hielt David dem entgegen und biss recht unbeeindruckt in seinen Scone. Ein vernünftiger Mann reiste nicht unbewaffnet allein in China herum, wie dieser Missionar es offensichtlich getan hatte.

»Aber dein Onkel sagt, das waren keine gewöhnlichen Banditen«, mischte sich nun Tante Millicent ein.

»Es gibt Gerüchte über eine neue Geheimgesellschaft. Eine rebellische Bewegung, so wie einst die Taiping«, setzte Onkel Eugene nun zu einer genaueren Erklärung an. David erinnerte sich, dass Charlotte ihm von den Taiping erzählt hatte. Ihre Großmutter war in diesen Aufstand verwickelt gewesen, doch konnte er sich nicht daran erinnern, worum es dabei genau gegangen war.

»Eugene sagt, sie sind gefährlich. Sie hassen uns Ausländer«, ergänzte Tante Millicent nun mit einem leicht schrillen Unterton.

»Aber bisher wurde doch nur ein Missionar getötet«, wollte David sie beruhigen, aber da die Stirn seines Onkels gerunzelt blieb, erhellte auch das Gesicht von Tante Millicent sich nicht.

»Es macht jedenfalls keinen guten Eindruck, jetzt mit Einheimischen herumzuziehen«, sagte sie an niemand Bestimmten gewandt, doch David spürte ihre Worte wie einen Nadelstich in der Brust.

»Millicent, nun übertreibe nicht«, wurde er von der sachlichen Stimme seines Onkels beruhigt.

»Ich dachte doch nur, dass … dass du auch daran denken solltest, keine Patienten zu verlieren«, redete die Tante dennoch weiter. »Wenn David in diesen schwierigen Zeiten, da die Eingeborenen uns alle umbringen wollen, mit so einer Schlitzäugigen gesehen wird, macht das keinen guten Eindruck.«

David legte seinen halb verzehrten Scone wieder auf den Tisch. Der weiche, süße Teig verwandelte sich in seinem Magen in Stein.

»Dieses Mädchen hat mit dem Aufstand in irgendeiner nördlichen Provinz doch nichts zu tun«, fuhr er seine Tante schärfer an, als er es jemals zuvor getan hatte.

»Aber sie ist …«

»Lass gut sein, Millicent«, unterbrach Onkel Eugene seine Frau, deren Mund nun leicht beleidigt zuschnappte. »Junge Männer brauchen eine lange Leine.«

Er lächelte David an. Nicht auf die glatte, anbiedernde Art, die ihn bei Geoffrey Leighton geärgert hatte, sondern durchaus verständnisvoll.

»Mein Herz«, sagte er dann zu seiner Frau. »Kannst du vielleicht kurz nachsehen, ob ich meine Brille nicht in meinem

Arbeitszimmer gelassen habe? Du weißt, ohne bin ich halb blind.«

Die Ausrede war so durchsichtig wie Glas, aber Tante Millicent erhob sich ohne Zögern. David staunte. Bestand eine langjährige, harmonische Ehe aus regelmäßigen Ritualen und Übereinkünften, die nicht einmal offen ausgesprochen werden mussten?

Nachdem die Tür hinter der Tante zugefallen war, beugte sein Onkel sich vor und rieb sich die Nase an der Stelle, wo die Brille zwar fehlte, aber als Erinnerung an ihre Existenz eine Druckstelle hinterlassen hatte.

»Diese junge Dame, die du kennengelernt hast«, begann er. »Das ist doch eine Miss Huntingdon?«

David nickte.

»Millicent hat sich umgehört«, redete der Onkel weiter. »Die Huntingdons sind eine Familie, die hier nicht mehr zur guten Gesellschaft gehört.«

David zuckte die Schultern, als wolle er eine Last abschütteln, die ihn zu erdrücken drohte.

»Ihre Mutter hat einen Halbchinesen geheiratet«, erklärte er. »Das ist hier eben nicht gern gesehen. Aber Charlo… ich meine Miss Huntingdon sagt, ihre Eltern seien sehr glücklich zusammen.«

Onkel Eugene nickte nur.

»Einst waren die Huntingdons hier angesehene Geschäftsleute«, erklang plötzlich die Stimme von Tante Millicent durch den Türrahmen. Dann kam auch die Sprecherin selbst herein, um ihrem Gatten die Brille hinzuhalten. »Als Robert Huntingdon vor etwa dreizehn Jahren starb, ließ er nur seine Frau zurück, denn Kinder hatten sie keine. Da tauchte plötzlich diese Deutsche auf, eine etwas dubiose Person, mit einem Halbengländer, der angeblich Erbansprüche hatte. Die Witwe hätte sich einen Anwalt nehmen können, aber das tat sie nicht.

Sie teilte einfach den Besitz auf, nahm ihren Anteil und verschwand nach England. Diese deutsche Frau arbeitete vorher für Missionarinnen, doch da sie mit einem Eingeborenen liiert war, ging das natürlich nicht mehr. Sie gründete dann mit dem geerbten Geld ein Waisenhaus. Diesen Eurasier hat sie geheiratet, deshalb heißt sie Huntingdon.«

Tante Millicent setzte sich zufrieden aufs Sofa.

»Diese Geschichte kenne ich bereits«, sagte David, obwohl es nicht ganz stimmte. Charlotte hatte ihm nur Bruchstücke hingeworfen, die nun in ein Ganzes gefügt worden waren. »Aber ich begreife nicht, weshalb ich Miss Huntingdon nicht sehen darf, nur weil die Erbschaftsverhältnisse in ihrer Familie nie ganz geklärt wurden.«

Tante Millicent schnappte nach Luft, als wolle sie ihm eine Erklärung geben, doch eine leichte Handbewegung ihres Gatten brachte sie zum Schweigen.

»Du kannst sie sehen, mein Junge«, wandte Onkel Eugene ruhig ein. »Aber vergiss bitte nicht, sie ist kein Mädchen, an das du dich längerfristig binden kannst.«

David hatte niemals darüber nachgedacht, ob er Charlotte vielleicht zu seiner Frau machen wollte, denn sie kannten sich noch nicht lange genug und zudem stammte sie aus einer ihm fremden Welt. Doch nun, da es ihm ausdrücklich verboten wurde und Tante Millicent dabei energisch mit dem Kopf nickte, da wurde ihm plötzlich klar, wie sehr er sich eben dies wünschte.

Charlotte klappte das Mathematikbuch erleichtert zu, denn sie hatte den für sie lästigsten Teil der Hausaufgaben hinter sich gebracht. Was noch übrig blieb, war eine Übersetzung ins Französische, aber da sie von Kindheit an mit den Töchtern von Anette Sassoon in Kontakt gestanden hatte, bereitete diese Sprache ihr kaum Schwierigkeiten. Sie bemühte sich, auch weiterhin Klassenbeste zu bleiben. Nun, da sie von ihren Eltern immer mehr Zugeständnisse an Freiheit einforderte, war das überaus wichtig geworden.

Sie warf einen ungeduldigen Blick auf die Kuckucksuhr, ein Geschenk von Geraldine Sassoon, das ihr Vater entsetzlich gefunden hatte. Charlotte selbst mochte den in regelmäßigen Abständen heraustretenden Vogel sowie den Umstand, dass sie hier ein Stück aus dem Heimatland ihrer Mutter bei sich haben konnte. Nun aber galt ihre ganze Aufmerksamkeit den quälend langsam vorrückenden Zeigern auf dem Zifferblatt. David Stuart hatte beim alten Wang eine Nachricht für sie abgeben lassen. Er schlug vor, am Nachmittag zusammen eine englische Bäckerei in der Nähe der Nanking Road aufzusuchen und fügte hinzu, dass er sie unbedingt sehen musste. Es war dieser allerletzte Satz seiner hastig hingekritzelten Nachricht, den sie immer wieder in ihrem Gedächtnis heraufbeschwor, da er feine, helle Ströme von Glück durch ihren Körper rieseln ließ.

Eigentlich hatte sie Anastassia besuchen wollen, um ihr bei der Übersetzung ins Französische zu helfen. Nun würde sie der Russin einfach ihren eigenen Text zum Kopieren geben. Auch so konnte das Mädchen etwas lernen, sagte Charlotte sich, und zudem war es kein Weltuntergang, wenn der Unterricht einmal ausfiel. Sie hatte einen der Küchenjungen mit ihrer Antwort losgeschickt, denn sie wusste, dass der alte Wang sie bei ihrem Vater verraten würde. Davids Plan war es, an der Ecke neben Anastassias Haus auf sie zu warten und sie nach ihrem Treffen auch wieder dort abzusetzen, damit sie brav mit der Jinrikscha nach Hause zurückkehren könnte. Sie hätten ungefähr anderthalb Stunden Zeit, doch würde das für eine wichtige Aussprache genügen.

Sie wusste nicht, was er ihr sagen wollte. Die Ahnung tief in ihrem Inneren kämpfte sie mühsam nieder. Es schien ihr nicht richtig zu sein, dass Charlotte Huntingdon bis an ihr Lebensende ein Glückspilz sein sollte. Sie verdrängte den unliebsamen Gedanken und warf stattdessen einen Blick in den Spiegel in der Ecke ihres Zimmers. Leider würde sie das rote, spitzenverzierte Kleid nicht anziehen können, denn ihr vorgetäuschter Besuch bei Anastassia wäre dann völlig unglaubwürdig geworden. Dennoch flocht sie ihre Zöpfe auf und kramte in einer Schublade nach Kämmen, um ihr Haar hochzustecken, damit sie etwas weniger nach Schulmädchen aussah.

Das Klopfgeräusch an ihrer Tür erschreckte sie derart, dass sie einen der Kämme sogleich fallen ließ.

»Herein!«, rief sie rasch, während sie ihn wieder aufhob und rasch in Position brachte, um dem unerwarteten Besucher einigermaßen gefasst entgegentreten zu können.

Es war ihr Vater in seiner langen, grauen Robe, die er zuhause meistens trug. Charlotte, die sich ihr Leben lang über den Anblick seiner hohen, eleganten Gestalt gefreut hatte, spürte nun, wie ihr Magen sich nervös verkrampfte. Gleichzeitig fiel ihr ein, dass kein chinesischer Vater, den sie kannte, angeklopft hätte, bevor er das Zimmer seiner Kinder betrat. Jinzi war in vielerlei Hinsicht vom Denken seiner europäischen Frau geprägt worden, vor allem, wenn es um die Behandlung der Tochter ging.

»Ich würde gern eine Weile mit dir reden«, meinte er im Shanghaier Wu-Dialekt, jener Sprache, die sie beide verband, da Viktoria bisher nur das Hochchinesische wirklich meisterte.

Charlotte nickte und setzte sich auf ihr Bett. Ihr schoss durch den Kopf, dass der alte Wang sie bereits verraten haben musste. Würde ihr nun der bevorstehende Ausflug verboten werden? Die Vorstellung ließ ihren Atem stocken, auch wenn ihr Verstand mahnte, dass sie David auch später würde treffen können. Sie brannte vor Ungeduld, wusste nicht, wie sie die nächsten Tage würde essen, schlafen, ja überhaupt atmen können, wenn sie nicht bald erfuhr, was David ihr sagen wollte.

Ihr Vater nahm sich den Stuhl vor ihrem Schreibtisch. Sie war erleichtert, dass er ihre gestapelten Schulbücher und Hefte darauf sehen konnte, doch schenkte er ihnen keine Beachtung.

»Es gibt etwas, das ich dir erzählen möchte«, sagte er nur. Sein Blick war auf seine chinesischen Stoffschuhe gerichtet. Das erstaunte Charlotte, denn sie hatte in ihrer Kindheit viele vertraute Momente mit ihm verbracht. Der Umstand, dass sie zu einer Frau heranwuchs, schien ihn derart zu verunsichern, dass sie fast Mitleid empfand.

»Na gut, was willst du mir sagen?«, ermutigte sie ihn lächelnd und setzte sich bequemer hin. Er war kein harter, prügelnder Mann wie Shao Yus Onkel, sondern hatte ihr stets Zuneigung gezeigt.

»Es geht um …« Er verstummte kurz. Seine rechte Hand war zur Faust geballt, doch schien er nicht zuschlagen zu wollen, sondern etwas Wichtiges festzuhalten.

»Deine Mutter und ich, wir haben dir viele Jahre lang etwas verschwiegen«, fuhr er nach einer Weile deutlich gefasster fort. »Deine Mutter wollte es aus Rücksicht auf dich tun, und ich stimmte aus Rücksicht auf sie zu.«

Charlotte rückte ein Stück vor. Nun hatte er ihre volle Aufmerksamkeit.

»Dass niemand weiß, wer deine Eltern waren, also das … das stimmt nicht wirklich.«

»Na ja, der liebe Gott weiß es vermutlich«, warf Charlotte kichernd ein. In ihrem Inneren begann ein leichter Wind zu blasen.

»Was der Gott der Christen weiß oder nicht weiß, davon habe ich keine Ahnung«, gab ihr Vater zurück. »Aber ich weiß, welche Frau dich geboren hat. Ich habe sie gekannt.«

Der Wind pfiff in Charlottes Ohren und sammelte seine Kräfte.

»Woher denn?«

»Aus meinem früheren Leben.«

Sie rückte weiter in seine Richtung.

»Du meinst vor deiner letzten Wiedergeburt?«

Wieder musste sie hysterisch lachen, aber sein Gesicht blieb ernst.

»Ich meine aus der Zeit, bevor ich mich mit deiner Mutter zusammentat.«

»Du hast in einem Bordell gelebt, nicht wahr?«, wagte Charlotte ihn nun erstmals zu fragen. »Das sagen so viele Leute! War meine Mutter wie Shihua, ich meine, war sie eine … eine …?« Obwohl sie Shihua in Gedanken oft als Hure bezeichnet hatte, vermochte sie dieses Wort nun nicht auszusprechen. Bruchstücke von Erinnerungen und zersplitterte Gedanken wirbelten in ihrem Inneren. Altes Wissen wurde aus fest gefügten Plätzen gerissen.

»Ja«, erwiderte ihr Vater nur. »Und ich kannte sie aus einem Bordell. Deshalb brachte sie dich in unser Waisenhaus. Einer Ausländerin hätte sie dich niemals überlassen, aber mir vertraute sie.«

Charlotte verschränkte die Hände vor der Brust. Ihr war kalt.

»Weiß meine Mutter davon … ich meine … deine Frau, die ich immer meine Mutter nannte.«

»Ja, sie weiß davon. Und sie ist deine wahre Mutter, weil sie dich aufgezogen hat. Die Frau, die dich gebar, wurde von einem hohen Beamten aus dem Bordell freigekauft. Er wollte sie nach Beijing mitnehmen und zu seiner Konkubine machen. Vorher brachte sie dich jedoch zum Waisenhaus.«

Charlotte legte kurz die Hände auf ihre Ohren, denn das Pfeifen war zum Kreischen von Sirenen geworden.

»Und bist du … ich meine …« Auch diese Idee vermochte sie nicht auszusprechen, wusste nicht einmal, ob sie sich wünschte, dass sie der Wahrheit entsprach, denn es wäre ein Verrat an Viktoria gewesen.

»Nein«, sagte er nur. »Ich kann keinesfalls dein leiblicher Vater sein. Ich fürchte, sie wusste selbst nicht genau, wer es war.«

Charlotte fühlte, wie eine kribbelnde Gänsehaut ihren ganzen Körper überzog. In ihr tobte inzwischen ein Taifun. Sie schlang die Arme um ihre Schultern, in der Hoffnung, sich selbst ein wenig Festigkeit geben zu können. Als ihr Vater seine Hand nach ihr ausstreckte, wich sie zurück.

»Warum sagst du mir das ausgerechnet jetzt?«, zischte sie ihn an.

»Weil du langsam erwachsen wirst. Du sollst von deiner Herkunft wissen, damit du dir nicht vorkommst wie ein Mensch ohne Wurzeln.«

Charlotte hörte sich lachen. Es klang böse, laut und schrill.

»Und jetzt weiß ich, dass meine Mutter eine Hure war, die mich zunächst halb verhungern ließ, um mich dann wegzuwerfen.«

Die Augen ihres Vaters blitzten auf. Sie wich instinktiv zurück, denn sie kannte seinen Zorn, der nur von mahnenden Worten ihrer Mutter gebändigt werden konnte.

»Für den Zustand, in dem du dich befunden hast, konnte sie vermutlich nichts«, sagte er aber nur. »Sie war kein freier Mensch. Das Leben, das sie führen musste, kannst du dir nicht einmal ansatzweise vorstellen. Sie brachte dich ins Waisenhaus, um dich eben davor zu bewahren. Und sie hinterließ etwas für dich, damit du eines Tages erfährst, wer sie war.«

Seine Faust öffnete sich, um ein zusammengefaltetes Stück Papier preiszugeben. Charlotte zögerte einen Augenblick, dann griff sie mit zitternden Händen danach. Ein kleiner, runder Anhänger aus Jade fiel ihr entgegen, in den drei Schriftzeichen eingeritzt waren. Dujuanhua, entzifferte Charlotte. Azalee.

»Das war ihr Name«, erklärte der Vater. »Sie wollte, dass du es eines Tages erfährst, deshalb gab sie mir den Anhänger. Sie sprach kurz mit mir, bevor sie dich vor die Tür legte, eine Übereinkunft, von der meine Frau nichts wissen sollte.«

Das Schmuckstück lag wie ein glühendes Stück Kohle in Charlottes Händen. Sie ließ es aufs Bett fallen, um sich nicht daran zu verbrennen.

»Warum hast du mir das nicht schon viel früher gesagt?«, flüsterte sie. Ihr Vater senkte kurz den Blick, ein allererstes Eingeständnis von Schuld.

»Vi Ki, also deine Mutter, wollte es nicht, nachdem ich ihr alles erzählt hatte. Aufgrund ihrer Erziehung hat sie einen sehr tiefen Widerwillen gegen die Welt der Bordelle. Sie meinte, es wäre nicht gut für dich, von deiner Herkunft zu wissen. Ich war mir nicht sicher, ob das stimmte, tat es, wie schon gesagt, vor allem ihr zuliebe.«

Ein scharfes Messer stach in Charlottes Brust. Sie hatte stets geahnt, dass kein Mensch der Welt ihrem Vater so wichtig war wie seine goldgelockte Lao Wai.

»Sie hat viel für mich aufgegeben«, erklärte er unaufgefordert. »Eine hübsche, junge Europäerin hatte damals viel Auswahl unter den Männern aus dem Westen. Als sie sich für mich entschied, da hatte ich noch nicht einmal das Erbe meines Vaters. Sie blieb bei mir, obwohl sie als Frau eines Europäers im Astor House Hotel hätte dinieren können.«

»Ich verstehe«, gab Charlotte versöhnlich zu. Sie verstand tatsächlich. Als kleines Kind war sie sehr stolz auf ihre Eltern gewesen, zwei so völlig unterschiedliche, aber höchst attraktive Menschen, die allen Widerständen zum Trotz aneinander festhielten.

Nun hatte sie eine alles verändernde Neuigkeit erfahren, die sie auf beunruhigende Weise von der Frau entfernte, die sie ihr Leben lang Mutter genannt hatte. Sie krallte ihre Finger in die Matratze ihres Bettes, um sich an etwas Vertrautem festhalten zu können.

»Diese … Dujuanhua, ist sie immer noch in Beijing?«, fragte sie leise.

»Das weiß ich nicht«, erwiderte ihr Vater. »Ich habe nie wieder von ihr gehört. Sie hatte dich fortgegeben, wie es Frauen in ihrer Lage mit ihren Kindern oft tun müssen. Aber wenn du nach ihr suchen willst, dann …«

»Ich will es nicht«, unterbrach Charlotte, ohne nachzudenken. Eine Wand baute sich in ihr auf, erstickte den Wirbelsturm ihrer Gefühle durch steinerne Solidität. Nun hatte die unbekannte Frau, in deren Körper sie die ersten Monate ihres Lebens verbracht hatte, einen Namen bekommen. Nichts weiter als das. Was sollte sich wirklich für sie ändern?

Es gab im Augenblick andere Dinge, die viel wichtiger waren.

»Ich danke dir für den Anhänger«, sagte sie und schob das Schmuckstück in ihre Nachttischschublade zu ihrem anderen Schmuck.

»Jetzt muss ich aber los. Anastassia wartet auf mich.«

Sie nahm den überraschten Gesichtsausdruck ihres Vaters wahr.

»Nach dieser Neuigkeit brauchst du vielleicht etwas Zeit für dich. Wir könnten diesem russischen Mädchen eine Nachricht schicken«, schlug er vor.

Charlotte schüttelte entschlossen den Kopf.

»Nein, es ist schon gut. Ich fahre hin. Ich habe all die Jahre geahnt, dass meine Mutter zu den Ärmsten dieser Stadt gehörte. Wenn sie später die Konkubine eines Mandarins wurde, dann hatte sie wenigstens einmal Glück. Mich brauchte sie nicht mehr. Warum soll ich sie auf einmal brauchen?«

Ihr Vater sah nicht glücklich aus, widersprach aber nicht. Charlotte warf einen beunruhigten Blick auf die Uhr.

»Ich muss jetzt wirklich los. Anastassia wartet bereits«, wiederholte sie beharrlich.

»Gut, ich sage dem alten Wang Bescheid, dass er dir eine Jinrikscha besorgt«, stimmte ihr Vater zu und trat aus dem Zimmer, was Charlotte in diesem Moment erleichterte. Sie war David Stuart dankbar, dass er ihre Gedanken völlig für sich beanspruchte, denn andernfalls hätte es sie tatsächlich erschüttern können, auf einmal ein Erinnerungsstück an ihre leibliche Mutter zu besitzen. Ihre Beine waren noch ein wenig zittrig, als sie ihre Frisur vor dem Spiegel endgültig in Form brachte. Dann lief sie die Treppe hinab. Die Jinrikscha wartete sicher schon.

Sie trat aus der Eingangstür auf die Straße. Ihren Vater entdeckte sie sofort in der Menge, denn kaum ein Mann in chinesischer Kleidung hatte seine Körpergröße. Dicht daneben sah sie tatsächlich eine Jinrikscha, doch kletterte in diesem Moment eine Frau heraus, eine mittelgroße, dünne Europäerin, deren Frisur ziemlich zerrupft war. Ihre Lippen bewegten sich, während sie um sich blickte wie ein in die Enge getriebenes Tier, das nicht wusste, ob es zubeißen oder fliehen sollte.

»Charlotte!«, rief ihr Vater auf Chinesisch, während sie zu ihm eilte. »Weißt du irgendetwas von einem deutschen Mädchen, das zu uns kommen sollte?«

Sobald sie an seiner Seite stand, konnte sie den Schweißgeruch der Unbekannten riechen.

»Huntingdon. Viktoria Huntingdon, die wohnt hier doch, oder?«, fragte die Frau auf Deutsch. Ihre Stimme klang fast flehend, als könnte Charlotte durch ein schlichtes Verneinen dieser Aussage einen endgültigen Zusammenbruch der Fremden bewirken. Sie hätte außer einem Bad auch frische Kleidung gebrauchen können, denn ihre bis zum Hals zugeknöpfte Bluse sah aus wie eine Zeitung, die man zuerst zerknüllt und dann wieder glatt gepresst hatte. Zu den Falten gesellten sich noch ein paar eingetrocknete, braune Flecken.

»Sorry … Pardon … Viktoria Huntingdon … her house …«, stammelte die fremde Frau nun in einem Englisch, das nur jemand, der die deutsche Sprache beherrschte, wirklich verstehen konnte. Sie sprach die Worte so aus, wie sie geschrieben wurden.

»Sie kommen aus Deutschland«, stellte Charlotte fest. Das Gesicht der Fremden begann vor Erleichterung zu strahlen. Der Umstand, auf eine Deutsch sprechende Chinesin zu treffen, erstaunte sie nicht im Mindesten.

»Ich bin Charlotte Huntingdon. Die Dame, die Sie suchen, ist meine Mutter. Und dies ist mein Vater.«

Jinzi hatte seiner Tochter schweigend das Kommando überlassen, als wisse er, dass sie mit Ausländern besser umzugehen verstand. Nun neigte er kurz den glatt rasierten Kopf zur Begrüßung.

»Das freut mich. Das freut mich wirklich sehr. Mein Name ist Elsa Skerpov«, stellte die Fremde sich endlich vor. Dann sah sie Charlotte und ihren Vater erwartungsvoll an, als rechne sie damit, nun keine völlig Unbekannte mehr zu sein.

»Wir sind sehr erfreut, Sie kennenzulernen. Was wünschen Sie?«, fragte Charlottes Vater nun in seinem sehr akzentbehafteten, aber dennoch verständlichen Deutsch.

»Aber … meine Tante hat doch einen Brief geschickt. Magda Skerpov, ehemalige Zofe und Freundin von Viktoria Virchow.«

Sie reckte ihr Kinn in die Höhe, als sei sie stolz, sich alle Namen gemerkt zu haben.

»Hat deine Mutter kürzlich einen Brief aus Deutschland bekommen?«, wandte Jinzi sich ratlos an seine Tochter. Charlotte dachte kurz nach, dann wusste sie es wieder. Der Schreck ließ ihre Knie weich werden. Sie hatte den Brief vom alten Wang bekommen, da ihre Mutter gerade außer Haus gewesen war, dann auf irgendeinen Tisch gelegt und später komplett vergessen. Seit sie David Stuart kannte, kreisten ihre Gedanken so häufig um seine Person, dass alle anderen Ereignisse in ihrem Gedächtnis zu verstauben drohten.

»Ich glaube, da war ein Brief, aber ich weiß nicht, ob meine Mutter ihn gelesen hat«, gab sie zu und war erleichtert, dass ihr Vater der Sache nicht weiter nachging.

»Sie wollten zu uns, Fräulein?«, wandte er sich an die Fremde.

»Ja. Ich suche Ihr Haus seit ungefähr fünf Stunden.« Sie lachte kurz und bitter auf. »Mein Englisch ist leider nicht besonders gut. Das der meisten Chinesen hier ist aber auch nicht viel besser. Zwar beruhigte mich das anfangs, aber es hat mir die Suche nicht unbedingt erleichtert.«

»Jetzt sind Sie hier. Kommen Sie herein«, sagte Jinzi, ohne sich nach seiner Tochter umzudrehen. Das Gesetz der Gastfreundschaft war für ihn heilig, und zudem sah diese junge Frau aus, als könne sie jeden Augenblick vor Erschöpfung umkippen. Auf dem Weg ins Haus musste sie sich einmal kurz am Türrahmen abstützen. Der alte Wang nahm ihr unaufgefordert den Koffer aus der Hand. Er war verkratzt und hoffnungslos verbeult, wie Charlotte feststellte. Sie selbst hätte sich damit nicht auf die Straße getraut. Zudem erschien er ziemlich klein in Anbetracht der Umstände, dass diese Elsa Skerpov mindestens fünfzig Tage auf dem Dampfer hinter sich hatte und China sicher nicht schon nächste Woche verlassen würde. Dieser Mangel an Gepäck erklärte jedenfalls den schmuddeligen Zustand ihrer Kleidung.

Sie führten die junge Deutsche in das Esszimmer und der alte Wang brachte bald schon eine Kanne Tee und mehrere Tassen.

»Sie sind sicher hungrig«, stellte Jinzi fest. »Vermutlich sind Sie unser Essen nicht gewöhnt. Ich kann meinen Diener in eines der europäischen Restaurants schicken, aber das wird etwas dauern.«

»Ach was, machen Sie sich keine Mühe. Ich esse, was es gibt«, versicherte Elsa Skerpov mit einem erleichterten Lächeln. Sie sah sehr froh aus, in einem geschlossenen Raum sitzen zu können, und musterte nun die Bilder an der Wand. Meistens handelte es sich um chinesische Tuschezeichnungen, die ein Freund von Charlottes Vater angefertigt hatte. Die Fotografie von Andrew Huntingdon, jenem Großvater, den keiner von ihnen jemals getroffen hatte, hing eingerahmt dazwischen und zeigte einen jungen Engländer im dunklen Anzug. Sie war eines der wenigen Dinge gewesen, die Charlottes Eltern aus dem alten Huntingdon-Haus in der Nanking Road mitgenommen hatten.

Der alte Wang kaufte eine Schüssel Suppe bei einem Straßenhändler, die Elsa Skerpov gebracht wurde. Sie griff ohne Zögern nach dem hellen Porzellanlöffel und fing an zu essen.

»Ich hoffe, es schmeckt Ihnen«, meinte Charlotte höflich.

»Keine Sorge, ich bin nicht besonders anspruchsvoll«, erwiderte die Deutsche schnell, während sie emsig weiterlöffelte. Charlotte warf ihrem Vater einen besorgten Blick zu. Streng genommen war diese Aussage höchst unhöflich, denn ein Gast hatte das ihm angebotene Essen zu loben, doch hatte das langjährige Zusammenleben mit einer Lao Wai Jinzi dazu gebracht, das höchst merkwürdige Verhalten der Fremden weitgehend zu tolerieren.

»Vielleicht möchten Sie sich jetzt eine Weile ausruhen und dann frisch machen«, schlug der Vater vor, nachdem Elsa Skerpov ihre Schüssel so schnell geleert hatte, wie halb verhungerte Straßenhunde Knochen verschlangen. Die junge Frau stand sofort auf. Ihr Gesicht hatte ein wenig Farbe bekommen, und sie sah nicht mehr aus wie ein verängstigtes Tier. Obwohl ihr hellbrauner Haarknoten einem zerrupften Vogelnest glich, war sie ein recht hübsches Mädchen mit hoher, kluger Stirn.

»Ja, gerne. Sie sind wirklich sehr freundlich«, versicherte sie sogleich. In ihrem Lächeln lag so viel echte, tiefe Dankbarkeit, dass Charlotte ihr die unhöfliche Bemerkung über das Essen verzieh.

»Ich werde Sie auf mein Zimmer führen«, schlug sie vor. Das Haus war nicht besonders groß. Die gelegentlichen Gäste ihres Vaters schliefen meist auf Matten im Esszimmer, doch konnte man dies einem deutschen Fräulein nicht zumuten. Jinzi nickte und Charlotte ging voran, gefolgt von dem alten Wang mit Elsas Koffer.

»Ich lasse Ihnen noch eine Decke bringen und natürlich einen Zuber mit Wasser«, versicherte sie Elsa, als sie beide in dem kleinen Raum standen. Zwar waren sie an eine Wasserleitung angeschlossen, aber ein eigenes Bad besaß Charlotte nicht. Die junge Deutsche antwortete nicht gleich, sah sich nur staunend um.

»Sie wohnen hier ganz allein?«

»Ja, natürlich, es ist mein Zimmer«, erwiderte Charlotte, die den Sinn der Frage nicht ganz begriff.

»Das«, sagte Elsa nun ehrfürchtig, als sie sich zaghaft auf das Bett setzte, »habe ich mir gewünscht, seit ich denken kann. Ein Zimmer ganz für mich allein, bei dem ich die Tür zumachen und meine Ruhe haben kann.«

Sie warf Charlotte einen besorgten Blick zu.

»Ich hoffe, Sie sind mir nicht böse, dass ich so einfach in Ihr Leben eindringe. Ich werde mir eine eigene Bleibe suchen, sobald es geht.«

»Sie stören nicht im Geringsten«, erwiderte Charlotte höflich, obwohl es nicht ganz stimmte. Noch vor einigen Wochen hätte sie es vielleicht aufregend gefunden, dass da eine völlig unbekannte, ungefähr gleichaltrige Deutsche in ihr Leben schneite, aber nun, da sie mit David beschäftigt war, störte es sie ein wenig.

»Es tut mir leid, dass wir Ihnen kein Gästezimmer anbieten können«, fügte sie sogleich hinzu. Es tat ihr tatsächlich leid, wenn auch aus rein egoistischen Gründen.

»Kein Problem. Ich mache mich klein und fast unsichtbar«, versicherte Elsa. Man hätte dieses deutsche Mädchen auch in eine Abstellkammer zwischen zwei Regale schieben können und sie hätte das als völlig unproblematisch bezeichnet, erwog Charlotte. Dann fiel ihr ein, dass sie dringend los musste.

»Das Badewasser kommt gleich. Ich lasse Sie dann für eine Weile allein«, leitete sie höflich ihren Rückzug ein. »Eine gute Freundin erwartet mich dringend. Zum Abendessen bin ich wieder zurück.«

Elsa nickte nur.

»Ja, natürlich. Ich will wirklich niemandem zur Last fallen.«

»Das tun Sie nicht.« Charlotte wusste, dass es in der Tat viel schlimmer hätte sein können. In der Regel galten westliche Frauen als verwöhnt und schwierig. Diese hier war es ganz offensichtlich nicht.

Charlotte musste sich an dem alten Wang und einer der Küchenhilfen vorbeidrängen, die gerade das Badewasser hochtrugen, und traf ihren Vater im Esszimmer.

»Ich fahre jetzt los. Zu Anastassia.«

Er sah sie staunend an.

»Unter diesen Umständen? Könnest du ihr morgen nicht erklären, dass …«

»Ich bin ohnehin zu spät. Selbst wenn wir jetzt eine Nachricht schicken, dann ist es furchtbar unhöflich«, beharrte sie und wandte sich zur Tür. Sie vermeinte, Erkenntnis in seinen Augen zu sehen. Er wusste, dass es hier nicht um Anastassia ging. Kurz gefror sie in der Furcht, er würde sie zurückhalten, doch er tat es nicht.

Kapitel 7

Es war ein Land von Lärm, starken Gerüchen und bedrängender Enge. Elsa hatte niemals gewusst, welch schlichtes Glück in dem Gefühl von Sauberkeit lag, das sie nun in diesem Zimmer eines unbekannten Mädchens fand. Auf dem Schiff hatte sie sich selten zu waschen gewagt, denn als inoffizieller Passagier, der gegen ein Bestechungsgeld auf einem Frachtschiff über den Ozean geschmuggelt wurde, teilte sie sich eine Kabine mit drei Matrosen, die immer wieder neugierige Blicke in ihre Richtung warfen. Nur Elsas eisige, strenge Miene hatte sie vor Zudringlichkeit bewahrt. Nun konnte sie sich endlich ausruhen und mit einer duftenden Seife einreiben. Die hoffnungslos verschmutzte Kleidung lag ein Stück neben dem Zuber auf dem Boden.

Sie war in China, im Haus von Viktoria Huntingdon und damit fürs Erste in Sicherheit. Herr Nils hatte Ernst gemacht und tatsächlich Anzeige wegen Diebstahls gegen sie erstattet. Der Schiffsreise waren ein paar Wochen in einem Hinterzimmer bei Tante Magda vorausgegangen, bis Onkel Richard eine Reisemöglichkeit für sie arrangiert hatte. Und nun war sie hier. Der Schiffskapitän hatte sich ihrer schnell entledigt, erleichtert, die als Freundschaftsdienst gegenüber den Mühlenpfordts durchgeführte, illegale Aufgabe ohne Schwierigkeiten hinter sich gebracht zu haben. Elsa war abgeladen worden wie all jene

Säcke und Kisten, die das Schiff außerdem noch transportierte. Dann hatte sie allein und verloren in einer völlig unbekannten Welt gewartet und auf eine schnelle Abholung gehofft, doch niemand hatte sie beachtet. Nach einer gefühlten Ewigkeit überkam sie Panik. Sie fürchtete, unter all den schreienden, schubsenden fremden Gesichtern am Hafen einfach vergessen zu werden und unbeachtet stehen zu müssen, bis sie zusammenbrechen und irgendwann mit dem Straßenmüll weggekarrt würde. Schließlich aber hatten Angst und Verzweiflung sie zielgerichtet handeln lassen. Obwohl ihr Englisch miserabel sein musste, da niemand sie verstanden hatte, und alle Wörter, die ihr zugeschrien wurden, für sie keinerlei Sinn ergaben, hatte sie nach langem Herumirren endlich einen Jinrikscha-Fahrer gefunden, für den der Name Huntingdon ein Begriff war. Unter anderen Umständen hätte sie sich nicht von einem unbekannten Mann aus einem fremden Volk in eine ebenso fremde Stadt ziehen lassen, aber als Frau allein am Hafen würden ihr mindestens ebenso viele Gefahren drohen. Nun betrachtete sie es als persönlichen Triumph, dass sie sich selbst zu helfen gewusst hatte. Sie würde in diesem Land schon zurechtkommen, so schwierig konnte es nicht sein, und bisher war alles nicht einmal übel angegangen.

Dieser hochgewachsene Chinese, mit dem das feine Fräulein Virchow sich verbandelt hatte, machte keinen unfreundlichen Eindruck. Seine Tochter war ein verwöhntes Prinzesschen, was angesichts der Umstände aber nicht überraschend war. So fremd sie auch aussah mit ihren schmalen, schrägen Augen und dem pechschwarzen, glatt lackierten Haar, ihr Deutsch hätte das einer Hamburger höheren Tochter sein können. Das musste an der Mutter liegen, die Elsa bisher nicht kennengelernt hatte.

Eine Weile plätscherte sie noch im Wasser, doch als sie merkte, dass es vor dem Fenster zu dämmern begann, griff sie nach dem bereitgestellten Handtuch, um aus der Wanne zu klettern. Vermutlich würde die kleine asiatische Prinzessin bald zurückkommen von ihrer Mädchenplauderstunde, und Elsa musste sich anziehen. In das Handtuch gewickelt inspizierte sie ihren Koffer. Tante Magda hatte ihr freundlicherweise zwei Pantalons, eine zweite Bluse und zudem ein Kleid aus dunkelblauem Leinen eingepackt, in dem sie sich bei möglichen Arbeitgebern vorstellen konnte. Mehr besaß sie nicht, nicht einmal ihr Englischlehrbuch, das sie nun besonders dringend gebraucht hätte. Aber es musste vorwärtsgehen, beschloss sie. Sobald sie eine Arbeit gefunden hatte, würde sie sich auch ein paar Kleidungsstücke leisten können und vielleicht auch irgendwo Sprachunterricht nehmen. Sie zog die zwar vom langen Liegen im Koffer zerknitterte, aber immerhin saubere Bluse an. Ihr grauer Wollrock hatte ein paar Flecken, die sie aber mit dem Badewasser entfernen konnte. Das Kleid wollte sie sich für wichtigere Anlässe aufheben. Dann kämmte sie das noch feuchte Haar wieder sorgfältig durch. Es begann sich bereits zu kräuseln, und sie beschloss, es in einen Zopf zu flechten. Schließlich war sie mit der Erscheinung, die der Spiegel in der Zimmerecke ihr bot, zufrieden. Vermutlich hatte sie seit mehreren Wochen nicht mehr so frisch und entspannt ausgesehen.

Sie hörte ein Klopfen hinter sich und rief: »Herein!« Gleichzeitig wurde ihr bewusst, dass sie noch niemals in ihrem Leben Gäste in ein Zimmer gebeten hatte wie eine richtige Dame. Sie erwartete den alten Diener, der das Wasser holen käme, doch vor ihr stand Charlotte Huntingdon.

»Ich sehe, Sie haben sich schon etwas frisch machen können. Das freut mich«, meinte sie höflich, als sie eintrat.

»Ja, ich fühle mich auch schon viel besser«, entgegnete Elsa wahrheitsgemäß und trat zur Seite, um Platz zu machen. Sie hatte mit ihren Brüdern ein viel kleineres Zimmer bewohnt, doch dieses Mädchen war es gewöhnt, hier Herrin in ihrem

Reich zu sein. Ein breites, bequemes Bett, ein Schrank und ein Schreibtisch, auf dem sich Schulbücher türmten, füllten diesen Raum. Wieder verspürte Elsa einen Stich von Neid. Wie sehr hätte sie sich ein Leben gewünscht, das aus regelmäßigem Schulbesuch und Hausaufgaben am Nachmittag bestand! An den Wänden hingen chinesische Zeichnungen von Kätzchen und Vögeln. Es war ein liebevoll eingerichtetes Jungmädchenzimmer, in dem sie selbst vermutlich störte.

»Es gibt bald Abendessen«, sagte Charlotte, während sie sich an Elsa vorbeischob und aufs Bett setzte. Mit flinken Bewegungen zog sie Kämme aus ihrem Haar, denn ihre Frisur sah etwas ramponiert aus, als sei sie in heftige Windböen geraten. Doch Elsa hatte draußen kein Pfeifen vernommen, als sie in der Wanne gelegen hatte. Ein blauschwarzer Schleier ergoss sich über den Rücken des Mädchens. Elsa starrte wie gebannt, denn sie hatte noch niemals so kräftiges, glänzendes Haar gesehen.

»Meine Mutter ist auch schon aus dem Waisenhaus zurück«, redete Charlotte weiter, während ein Kamm ihre Haarpracht in einzelne Bahnen teilte. »Sie will Sie natürlich baldmöglichst kennenlernen, aber mein Vater meinte, Sie bräuchten noch ein wenig Ruhe.«

Elsa nickte dankbar. Dieser ganz und gar chinesisch aussehende Ehemann von Viktoria Virchow verfügte über erstaunliches Einfühlungsvermögen. Diese friedliche Zeit in einem Zuber voll warmen Wassers war ihr schönstes Erlebnis seit vielen Wochen gewesen, bei dem sie nur ungern gestört worden wäre.

»Das war sehr rücksichtsvoll von Ihrem Vater«, versicherte sie wahrheitsgemäß. »Aber nun bin ich natürlich gern bereit, Ihrer Mutter gegenüberzutreten.«

Sie verschwieg, dass ihr bei der Vorstellung etwas unwohl war. Erstaunlicherweise hatte die Begegnung mit dem ungewöhnlichen Herrn Huntingdon sie kaum verunsichert, auch der höflich ihren Koffer tragende Diener hatte ihr keinerlei Scheu eingeflößt. All diese schreienden, schubsenden Chinesen am Hafen sahen zwar fremd aus, verhielten sich aber nicht wesentlich anders, als sie es von Leuten aus dem Gängeviertel kannte. Viktoria hingegen war eine feine Dame, ähnlich wie ihre Tochter.

Sie sah, wie Charlotte einen Ring von ihrer schmalen Hand zog, ihn einen Moment lang eindringlich betrachtete und ihn dann in die Schublade des Nachtkästchens neben ihrem Bett schob. Als sie sich wieder zu Elsa umwandte, strahlte ihr Gesicht, als hätte jemand eine Laterne in ihrem Kopf angezündet.

Etwas Aufregendes musste geschehen sein, erwog Elsa. Es erschien ihr mehr als unwahrscheinlich, dass das harmlose Geplauder zweier Schulkameradinnen eine solche Wirkung auf Charlotte haben konnte. Sie addierte die Umstände zusammen und kam zu einem eindeutigen Ergebnis. Es war eine Krankheit, deren Symptome sie schon an etlichen jungen Frauen beobachtet hatte. Nach kurzem Zögern ließ sie sich neben Charlotte auf dem Bett nieder. Feine Dame oder nicht, sie würden einige Zeit zusammen verbringen müssen. Daher schadete es nicht, sich gegenseitig besser kennenzulernen.

»Verraten Sie mir seinen Namen?«, fragte sie spontan. Charlotte schlug verlegen den Blick nieder.

»Es tut mir leid, das war wohl ein bisschen zu forsch«, redete Elsa schuldbewusst weiter. Ihr fehlte im Umgang mit anderen Frauen leider oft das nötige Feingefühl.

Charlotte sah wieder zu ihr auf, und Elsa bewunderte die schöne, geschwungene Form ihrer Augen, die nun glänzten wie schwarze Perlen.

»David«, flüsterte Viktorias Tochter. »Wir werden heiraten. Aber meine Eltern dürfen noch nichts davon wissen.«

Elsa zog die Beine hoch und setzte sich bequemer hin. Die asiatische Prinzessin war nicht ganz so zimperlich wie zunächst befürchtet.

»Und warum nicht?«

»Weil … weil die Lage im Augenblick ungünstig ist. Es gibt Konflikte zwischen Chinesen und Missionaren im Norden. Sein Onkel ist hier Arzt. Er könnte Patienten verlieren, wenn David eine … also, wenn er mich heiratet.«

Elsa biss sich auf die Lippen. Irgendetwas an dieser Geschichte klang faul.

»Was haben Sie denn mit dem Konflikt zu tun? Und gibt es den erst seit gestern?«

Charlotte verzog ungeduldig das Gesicht.

»Ich bin eben gebürtige Chinesin«, gestand sie in einem gepressten Tonfall, als müsse sie eine vor langer Zeit begangene Schandtat gestehen. »Und Konflikte gibt es natürlich schon länger, aber momentan drohen sie zu eskalieren.«

Elsa nickte, obwohl sie nicht ganz überzeugt war.

»Also ist dieser David … Europäer?«

»Engländer. Wie die meisten Männer hier.«

»Ich hatte den Eindruck, die meisten Männer in Shanghai wären Chinesen«, widersprach Elsa kichernd. Sie spürte, wie Charlotte vor ihr kurz zu Eis gefror, und schämte sich wieder einmal für ihre Dreistigkeit.

»Ich würde niemals einen chinesischen Mann heiraten«, erklärte Viktorias Tochter absurderweise.

»Aber warum denn nicht?« Elsa hob ratlos die Hände. »Ich meine, rein pragmatisch gesehen, warum schränken Sie Ihre Auswahlmöglichkeiten derart ein?«

»Sie verstehen das nicht, weil Sie nicht von hier sind«, kam es leicht verärgert zurück.

»Chinesische Männer mögen nur Frauen mit verkrüppelten Füßen, die kaum laufen können. Sie sperren diese Frauen ein und behandeln sie wie Sklavinnen. So möchte ich nicht leben.«

»Wer will das schon?«, erwiderte Elsa sogleich und fragte sich, warum die Chinesinnen es sich gefallen ließen. »Aber Ihr Vater, der ist doch auch Chinese, wenigstens zur Hälfte«, fiel ihr dann ein. »Er behandelt Ihre Mutter doch nicht so?«

»Aber nein, natürlich nicht.« Charlotte lachte auf. »Er ist eben eine Ausnahme.«

»Also dann«, erwiderte Elsa grinsend, »könnten Sie doch auch einem Ausnahmechinesen eine Chance geben?«

Charlotte straffte die Schultern.

»Ich werde David Stuart heiraten. Das steht bereits fest.«

Elsa blieb der nächste spöttische Kommentar im Hals stecken, denn sie hatte bisher nur selten derartiges Glück auf dem Gesicht eines jungen Mädchens leuchten sehen. Gleich darauf klopfte es an der Tür und eine Männerstimme sang unverständliche Worte.

»Das ist der alte Wang. Er ruft uns zum Essen«, sagte Charlotte. Gemeinsam gingen sie nach unten. Elsa nahm wieder fremde Gerüche wahr und erblickte bald darauf helle Porzellanschüsseln auf einem runden Tisch. Charlottes Vater saß bereits wartend da. An seiner Seite entdeckte sie eine mittelgroße, rotblonde Frau in einem schlichten, blauen Kleid, die aufstand und ihr ein paar Schritte entgegenging.

»Ich bin Viktoria Huntingdon«, erklärte die Fremde. Elsa knickste gehorsam. Immerhin war sie mit der einstigen Zofe dieser Frau verwandt.

»Es freut mich natürlich sehr, die Nichte meiner guten Freundin Magda hier in China begrüßen zu können«, sagte die Hausherrin mit völliger Selbstverständlichkeit. »Leider kam Ihr Erscheinen für uns etwas überraschend. Wir hätten Sie natürlich gern am Hafen abgeholt.«

Die Worte waren glatt und gefällig aus ihrem Mund geglitten. Elsa war erleichtert, aber gleichzeitig wusste sie, dass vornehmen Leuten nur bedingt zu trauen war. Sie sagten fast nie, was sie wirklich dachten.

»Ich habe es ja auch allein hierher geschafft«, versicherte sie der Dame und kam nicht gegen ein Gefühl von Unbeholfenheit an, als sie gemeinsam mit Viktoria zum Tisch spazierte. Sie würde es niemals fertigbringen, sich derart graziös zu bewegen. Nicht einmal Charlotte schien es von ihrer Mutter gelernt zu haben, denn ihr Gang war nicht schwebend, sondern energisch, als sei sie ein kleiner, hüpfender Ball. Auf dem Esstisch war eine Unmenge an Schüsseln und Tellern hergerichtet worden, die verschiedene Duftnoten verströmten. Zu Elsas Überraschung wurde die Suppe gleichzeitig mit den anderen Gerichten aufgetischt. Das Fleisch war in kleine Stücke geschnitten worden und schwamm in diversen Soßen. Inmitten all dieser Speisen entdeckte sie noch eine sehr große Schüssel mit Reis.

»Mein Mann sagte mir, dass Sie nichts gegen chinesisches Essen haben«, erklärte Viktoria.

»Nein, natürlich nicht«, versicherte Elsa sogleich. »Ich bin ja jetzt in China.«

»Die meisten Europäer hier wollen essen wie in ihrer Heimat«, mischte Viktorias Ehemann sich in die Unterhaltung. »Wie ich schon sagte, wir können Ihnen die vertrauten Gerichte besorgen.«

»Es ist wirklich kein Problem«, beharrte Elsa. Diese endlose Höflichkeit war wie ein komplizierter Tanz, dessen genaue Schrittfolge sie nicht kannte. Sie war es gewöhnt, dass einfach ein Teller vor sie hingestellt wurde, den sie zu leeren hatte, wenn sie nicht die nächsten Stunden hungern wollte. Ratlos sah sie sich nach Essbesteck um. Sie hatte bereits gehört, dass Asiaten einfach zwei hölzerne Stäbe benutzten, hatte dies aber für ein

Gerücht gehalten. Nun lagen tatsächlich zwei Stäbchen auf einer Serviette neben ihr, die glatt schimmerten wie Perlmutt. Der Rest der Familie balancierte diese bereits mit eleganter Geschicklichkeit zwischen den Fingern, um die kleinen Essschüsseln zu füllen, die jedem der Anwesenden für seinen Anteil an der Mahlzeit zugeteilt waren. Elsa versuchte, aus den zwei Stäbchen eine Klammer zu bilden, die erbeutete Nahrungshäppchen sicher und wohlbehalten bis in ihren Mund transportieren würde, aber immer wieder versagte sie bei dieser Aufgabe. Mit Unbehagen musterte sie die Flecken, die ihre missglückten Versuche auf der Tischdecke hinterließen. Ihre Hand begann von der ungewohnten Anstrengung zu schmerzen.

Charlotte wandte sich kurz um und rief dem Diener etwas zu. Als bald darauf eine Messinggabel vor Elsa lag, stiegen ihr Tränen der Erleichterung in die Augen.

»Es tut mir leid, ich war wohl etwas ungeschickt«, kommentierte sie ihr Versagen. Sie war entschlossen, die Handhabung dieser vermaledeiten Stäbchen sobald wie möglich zu lernen, denn nichts ärgerte sie mehr im Leben, als etwas nicht zu können.

»Ach, so ging es mir anfangs auch«, erklang die glockenhelle Stimme der Hausherrin. »Wenn ich Ihnen einen Rat geben darf: Das nächste Mal, wenn Sie nur chinesisches Besteck bekommen, dann nehmen Sie einfach den Suppenlöffel für alle Gerichte. So habe ich es anfangs gemacht. Und machen Sie sich keine Sorgen, wenn Sie kleckern. Das tun Chinesen ständig.«

Elsa bedankte sich gehorsam für den Rat. Leider war sie sich nicht sicher, ob die vornehme Hausherrin sie nicht trotzdem für ein tollpatschiges Gossenkind hielt. Wie kam es nur, dass der chinesische Ehemann ihr weniger Unbehagen einflößte? Es musste an den Falten unter seinen Augen und um die Mundwinkel liegen, erwog sie. Er machte nicht den Eindruck eines Menschen, der sein Leben auf seidenen Kissen verbracht hatte.

»Nun, Fräulein Skerpov«, redete Viktoria weiter. »Da der Brief, in dem uns Ihre Ankunft angekündigt wurde, leider verschollen ist, verzeihen Sie mir bitte die sehr direkte Frage, wie lange Ihr Besuch in China denn andauern soll?«

Elsa zuckte zusammen. Sie sah, wie Viktoria verlegen den Blick senkte, und genoss diesen Augenblick. Zum ersten Mal in ihrem Leben hatte sie eine vornehme Dame verunsichert. Gleich darauf aber spürte sie den Schweiß aus all ihren Poren steigen. Diese Leute hatten keine Ahnung, warum sie überhaupt hier war. Und sie selbst wusste nicht, was Tante Magda genau geschrieben hatte, um ihre Ankunft bei ihnen akzeptabel zu machen. Dass sie von der Polizei gesucht wurde, konnte sie einem ehemaligen Fräulein Virchow wirklich nicht zumuten. Sie musste nun improvisieren.

»Also ehrlich gesagt, ein reiner Besuch ist es nicht«, begann sie und nahm ein paar staunende Blicke zur Kenntnis. »Ich möchte … also es gefällt mir, andere Länder kennenzulernen. Außerdem suche ich eine Anstellung. Es gibt doch jetzt eine neue deutsche Kolonie in … in …«

»Qingdao«, half Jinzi Huntingdon ihr auf die Sprünge, doch fand sie seinen Tonfall reichlich unterkühlt.

»Ja, das meinte ich. Also dort gibt es für eine junge deutsche Frau sicher Möglichkeiten, Arbeit zu finden.«

Sie warf einen hoffnungsvollen Blick in die Runde. Immerhin stellte sie diesen Leuten nun ein baldiges Verschwinden in Aussicht, wenn sie ihr dabei vielleicht ein klein wenig unter die Arme griffen.

»Arbeit gibt es auch hier in Shanghai«, sagte der Hausherr nun etwas freundlicher. »Sie hätten hier bei uns erst einmal ein Dach über dem Kopf.«

Elsa schwieg verwirrt, fast beschämt, weil sie davon ausgegangen war, dass man sie baldmöglichst loswerden wollte.

»Sie könnten bei mir im Waisenhaus mithelfen«, schlug Viktoria auch schon vor. Elsa schluckte ein merkwürdig schmeckendes Stück Fleisch, dann musterte sie die erwartungsvollen Gesichter am Tisch. Sie hatte sich etwas anderes vorgestellt, als Kinderpopos zu wischen und Nasen zu putzen, aber es wäre erst einmal ein Anfang.

»Wie hoch wäre mein Gehalt?«, fragte sie spontan. Schweigen trat ein und ihr wurde bewusst, dass sie irgendetwas falsch gemacht hatte.

»Nun, es ist Wohltätigkeitsarbeit«, redete Viktoria dann mit dem gewohnt heiteren Tonfall weiter. »Sehr viel zahlen kann ich leider nicht. Aber Sie könnten ja kostenlos bei uns wohnen. Für sonstige Ausgaben wie Einkäufe oder gelegentliches Ausgehen, also Dinge, die jungen Damen Freude machen, würde Ihr Gehalt mit Sicherheit reichen.«

Elsa rutschte nervös auf ihrem Stuhl hin und her. All das gefiel ihr nicht. Sie meinte, in eine Falle zu tappen, aus der sie so schnell nicht wieder herauskäme.

»Ich habe nicht sehr viele der Bedürfnisse, die man jungen Damen allgemein nachsagt«, erwiderte sie entschieden. »Aber ich will eine Arbeit, die so gut bezahlt ist, dass ich mir davon eine eigene Bleibe leisten kann. Wenigstens ein Zimmer in einer Herberge.«

Sie hörte Charlotte neben sich laut nach Luft schnappen. Viktorias Gesicht gefror für einen winzigen Augenblick. Elsa seufzte innerlich. Warum war es so schwer, die eigenen Wünsche zu äußern, ohne dabei irgendwem auf die Füße zu treten?

»Ich möchte einfach niemandem auf Dauer zur Last fallen«, versuchte sie zu erklären. »Meine eigenen vier Wände zu haben, das wäre mir wichtig. Und ich habe die Absicht, längere Zeit in China zu bleiben.«

Die drei Mitglieder der Huntingdon-Familie tauschten Blicke. Elsa wurde auf unangenehme Weise bewusst, dass sie hier tatsächlich eine Fremde war, ein Eindringling unter Menschen, die seit vielen Jahren nach ihren eigenen Regeln lebten.

»Wenn Sie ein eigenes Heim wollen, dann sollten Sie am besten heiraten«, sagte Charlotte. Elsa seufzte innerlich. Es gab kaum einen Satz, den sie weniger gern hörte.

»Ich will eine Arbeit«, protestierte sie. »Nichts weiter als das. Und damit will ich genug Geld verdienen, um ein eigenes Heim zu haben.«

Charlotte musterte sie staunend, als sei sie eine seltene Pflanze. Viktoria runzelte kurz die Stirn. Ihr Mann räusperte sich.

»Gut, das ist doch eine klare Aussage«, erklärte er den zwei anderen Frauen dann. Elsa war ihm von Herzen dankbar, denn er sorgte dafür, dass es keinen Widerspruch und auch keine dummen Vorschläge mehr gab.

»In Shanghai, ja in China allgemein, hat eine junge Frau aus Europa natürlich Möglichkeiten, Geld zu verdienen«, lenkte Viktoria nun ein. »Meistens als Gouvernante oder Gesellschafterin. Ich habe beides selbst gemacht, als ich hier vor ungefähr zwanzig Jahren ankam. Aber Sie würden dann im Haus Ihrer Arbeitgeber wohnen, wo Sie allerdings ein eigenes Zimmer bekämen. Selbst wenn Sie in einer Schule arbeiten, gibt es ein Wohnheim für die Lehrerinnen.«

Elsa verzog das Gesicht. All das entsprach nicht wirklich ihren Vorstellungen.

»Ich weiß nicht, ob ich für diese Aufgaben tauge. Ich bin nicht besonders kultiviert, wissen Sie. Von Literatur und Musik habe ich nicht viel Ahnung. Aber ich habe ein Diplom von der Hamburger Handelsschule. Ich würde gern in einem Kontor arbeiten. Das wäre am besten für mich.«

Viktoria zog ihre sorgsam gezupften Brauen in die Höhe. Charlotte stieß ein sehr, sehr leises Kichern aus.

»Sie suchen sich auch wirklich die ungewöhnlichste Arbeit für eine Frau aus«, kommentierte sie diese Aussage. Elsa musste ihre Lippen dicht aufeinanderpressen, um eine schnippische Antwort zu unterdrücken. Nur weil das asiatische Prinzesschen keine anderen Wünsche kannte als eine baldige Vermählung mit ihrem David, musste nicht jede junge Frau derart mannstoll sein.

»Wir haben ein Kontor«, warf Jinzi nun ein, bevor eine der zwei Frauen weiteren Unsinn erzählen konnte. »Ich werde mit Dewei reden, der es für uns verwaltet. Er kann sicher eine Hilfskraft gebrauchen. Alles Weitere, also Ihr Gehalt und eine dauerhafte Bleibe, das können wir später noch besprechen.«

Elsa lächelte dankbar über den mit Schüsseln vollgestellten Tisch hinweg. Ihr Gefühl hatte sie nicht getäuscht: Dieser Mann verstand sie viel besser, als seine Frau oder Tochter es vermochten.

Kapitel 8

Wenrou musterte die vertrauten Gebäude des Kaiserpalastes, während er seinem Schwiegervater hinterherschritt. Auf das Mittagstor, Wumen, folgte das Tor der höchsten Harmonie, Taihemen, anschließend weitere Höfe und Räume, die symmetrisch und akkurat angeordnet waren. Auf den äußeren Bereich, Waichao, der für offizielle Zeremonien und Staatsempfänge gedacht war, folgte der innere, Neiting genannt. Hier lebte die kaiserliche Familie, und nur den ranghöchsten Staatsbeamten sowie vertrauten Bediensteten war es gestattet, diese Räume zu betreten. Den zahllosen, ausgemergelten, zerlumpten Untertanen war der Eintritt in die gesamte Anlage strengstens verboten. Wenrou wusste, dass er es als Ehre empfinden sollte, wieder an diesen

Orten zu sein, doch weckte der Anblick von Yang Xin Dian, der Halle zur Pflege des Herzens, nur unangenehme Erinnerungen. Hier hatte er zusammen mit dem jungen, schmächtigen Kaiser Guangxu gesessen, dessen Stimme aufgrund einer Lungenkrankheit kaum verständlich war, aber auch mit energischen Männern wie Kang Youwei und Liang Qichao. Sie hatten einen Reformplan ausgearbeitet, der aus dem in uralten Traditionen schlummernden China eine moderne Nation machen sollte, die den Weltmächten die Stirn bieten konnte. Nun waren die beiden Wortführer der Reform im japanischen Exil, um der Todesstrafe zu entgehen. Der junge Kaiser lebte wie ein Gefangener im Sommerpalast. Inmitten des prächtig geschmückten Saals stand ein Paravent, und dahinter saß sie, Cixi, jene einstige Konkubine, die ihrem inzwischen verstorbenen Gemahl als Einzige einen Sohn geboren hatte. Auch dieser war bereits verstorben. Wegen ihrer Frömmigkeit und ihres ehrwürdigen Alters wurde Cixi oft ›der alte Buddha‹ genannt. Als Witwe hatte sie zunächst gemeinsam mit der ersten Gemahlin die Regentschaft angetreten, diese aber bald schon völlig verdrängt und hielt seitdem die Macht in ihren winzigen, knotigen Händen. Um sie herum saßen all die kaiserlichen Verwandten und hohen Beamten, die das alte Weib zu Hilfe gerufen hatten, da die geplante Reform sie in ihrer Existenz bedrohte. Wenrou wusste, dass es Gerüchte über die geplante Ermordung der Kaiserinwitwe gegeben hatte, doch glaubte er nicht daran. Der zarte, friedliebende Kaiser wäre niemals dazu fähig gewesen. Doch musste Yuan Shikai, ein Verräter und Überläufer, es Cixi so dargelegt haben, denn sie hatte gnadenlos zurückgeschlagen.

Und nun war sie wieder an der Macht.

»Es wird um die Ereignisse in Shandong gehen, deiner Heimat«, flüsterte sein Schwiegervater ihm zu. Wenrou war überrascht, denn er wusste von keiner dringlichen Angelegenheit, die eine derartige Versammlung des Großen Rates der wichtigen Staatsbeamten und Militärs notwendig gemacht hätte.

Dicht neben dem Paravent stand General Ronglu, Vizekönig von Zhili, der Gerüchten zufolge der einstige Liebhaber der Kaiserinwitwe war und nun zu den einflussreichsten Männern an ihrem Hof gehörte. Wenrou vollführte mit seinem Schwiegervater den Kotau. Er staunte selbst, wie leicht es ihm fiel, sich vor eben jenen Leuten zu verneigen, die seine einstigen Träume unter ihren Füßen zertreten hatten. Sein amerikanischer Freund Joshua hätte es nicht verstanden, denn er dachte in geraden, zielgerichteten Linien. Wenrou hatte inzwischen gelernt, sich mit dem Unabänderlichen zu arrangieren, hoffte aber immer noch auf eine Hintertür, einen Schleichweg, der es ihm ermöglichen würde, seinen Wünschen ein wenig näher zu kommen.

Einer der Beamten, der ein Stück neben Cixis Paravent stand, verkündete nun, dass es weitere Neuigkeiten über die Yihetuan Yundong, die Bewegung der Verbände für Gerechtigkeit und Harmonie, gab. Sie ermordeten schon seit längerer Zeit chinesische Christen, hatten jetzt aber auch einen Missionar getötet, einen richtigen Lao Wai. Wenrou hörte unruhiges Stimmengemurmel unter den Versammelten, auch wenn niemand es wagte, unmittelbar und laut die eigene Meinung zu äußern.

»Die fremden Mächte wünschen, dass wir etwas gegen diese Bewegung unternehmen, da sie sich von ihr bedroht fühlen«, fügte Ronglu hinzu. Er hatte seinen Blick direkt auf den Paravent gerichtet, als könne er durch die bemalte Seide hindurchsehen. Wenrou musterte den großen kräftigen Bannermann mit der seidenen Kappe, die ihn als Mandarin auszeichnete. Immer noch stand niemand Cixi so nahe wie er. Es war davon auszugehen, dass seine Entscheidung in dieser Angelegenheit auch die ihre wäre.

»Und was soll es uns kümmern, wenn sie sich bedroht fühlen?«, mischte sich nun der Prinz Duan ins Gespräch. Er war etwas schmächtiger als Ronglu, machte mit seinem langen Spitzbart einen fast gutmütigen Eindruck, doch funkelte in seinen Augen ein beängstigendes Feuer. »Ihre Missionare stören die natürliche Harmonie in unserem Land. Sie entfremden unsere Leute von ihren Traditionen, indem sie die Verehrung der Ahnen verbieten. Wenn sie alle sterben, dann ist es eine Wohltat für China.«

Wenrou verspürte ein unangenehmes Ziehen im Magen, wie immer, wenn mit derartiger Gelassenheit über den Tod von Menschen gesprochen wurde. Ihm fiel wieder ein, wie oft sein Vater ihn deshalb einen Feigling genannt hatte. Wenn er nicht zehn Jahre seines Lebens in Amerika verbracht hätte, wäre es ihm vielleicht leichter gefallen, der Ermordung von Lao Wai nicht mehr Bedeutung beizumessen als dem Schlachten von Hühnern. Aber er war, wie er war. Der Mensch musste lernen, sich selbst anzunehmen, wie ihm ein buddhistischer Mönch einmal erklärt hatte.

»Wenn sie alle sterben, wird unser Land dafür bitter bezahlen müssen«, erwiderte Ronglu sogleich. »Jedes Mal, wenn wir etwas taten, das den Fremden missfiel, wurden wir zur Strafe nur weiter gedemütigt.«

Nun schwoll das Stimmengewirr an. Ein paar der Anwesenden wagten es gar, empört zu protestieren. Die Offenheit, mit der Ronglu Chinas militärische Unterlegenheit zur Sprache brachte, war durchaus mutig, fand Wenrou. Für einen Augenblick vergaß er, dass Cixis Favorit zu seinen Erzfeinden gehörte.

»Da scheint jemand brav seine Lektion gelernt zu haben«, rief Prinz Duan nun spöttisch. »Die fremden Teufel sind nun also unsere Lehrer, deren Anweisungen wir uns zu beugen haben.«

Ein paar laute Lacher folgten auf diese Aussage. Wenrou fuhr wütend auf. Warum verschlossen all diese klugen Männer, die ihren Intellekt durch jahrelanges Studium konfuzianischer Klassiker geschärft hatten, ihre Augen so hartnäckig vor der Wirklichkeit?

»Solange wir nicht in der Lage sind, den fremden Mächten die Stirn zu bieten, bleibt uns nichts weiter übrig, als uns mit ihnen zu arrangieren«, sagte er so laut, dass zumindest die Herren in seiner Nähe es mitbekamen. Ein paar Köpfe drehten sich in seine Richtung. Er spürte den vorwurfsvollen Blick seines Schwiegervaters wie eine Ohrfeige, war aber nicht willens, Reue zu zeigen. Wenn Chinas führende Staatsmänner die Wahrheit nicht ertrugen, dann war dieses Land endgültig verloren.

»Die Mitglieder der Yihetuan Yundong sind in der Lage, den westlichen Waffen zu trotzen«, sagte Prinz Duan nun. »Dies hat ihr Anführer, Li Laichung, mir bestätigt. Er ließ seine Leute mehrfach Schüsse aufeinander abfeuern, aber sie starben nicht.«

»Dann zielten sie vielleicht nicht gut genug«, mischte Wenrou sich nochmals ein. »Ich habe ein Mitglied dieses Geheimbundes an den Folgen einer Schussverletzung sterben sehen.«

Nun glühten die Augen seines Schwiegervaters wie Kohlen. Wenrou überlegte, welche Möglichkeiten der Ya Hala Clan hätte, sich seiner wieder zu entledigen.

»Er hat recht«, rief aber plötzlich Ronglus energische Stimme. »Ein einziger fremder Teufel mit einer Schusswaffe in der Hand kann mindestens ein Dutzend jener Rebellen töten, wenn nicht sogar mehr. Also was soll dieser Aufstand uns nützen?«

Die Stimmen der Staatsbeamten überschlugen sich nun und prallten gegen rot lackierte Holzwände. Manche lachten, andere zeterten und es gab auch einiges Wehklagen über Sittenverfall und den allgemeinen Stand der Dinge. Nur die Gestalt hinter dem Paravent schwieg, sodass Wenrou sich zu fragen begann, ob das alte Weib überhaupt anwesend war.

»Es ist doch ganz einfach«, übertönte nun ein kleiner, rundlicher Mandarin die anderen Vertreter seines Standes. »Die Missionare haben keine Schusswaffen. Die Yihetuan Yundong können sie alle töten. Wenn dann die fremden, rothaarigen Soldaten kommen, sagen wir, es war nicht unsere Schuld. Man wird die Yihetuan Yundong strafen. Dann sind wir die Banditen los, ebenso wie die Missionare.«

Wenrou hoffte auf ein paar Lacher nach dieser absurden Rede, doch wurde er enttäuscht. Der Sprecher hatte einen breiten Froschmund, der sich mit dümmlicher Gemeinheit schloss. Danach wartete er nur noch ungeduldig auf Lob für seine geniale Idee.

»Die Fremden mögen Barbaren sein, aber Dummköpfe sind sie nicht«, kommentierte Ronglu den Vorschlag nur.

»Man sieht sehr deutlich, wer von uns hier Mut hat. Und wer nicht«, warf Prinz Duan nun ein.

»Man sieht auch, wer welchen Umgang pflegt«, konterte Ronglu gelassen. »Li Laichung, der Anführer der Yihetuan Yundong, ist, wie wir alle wissen, ein gewöhnlicher Bandit.«

Nun gab es einiges Geschrei. Wären alle diese Männer besser in der Kampfkunst geschult, hätten sie sich vielleicht sogar geprügelt, erwog Wenrou. Die Frau hinter dem Paravent schwieg weiter. Ihm wurde mit einem Mal bewusst, dass sie gerade zu verlieren drohte, was sie nach der Verhaftung des jungen Kaisers an sich gerissen hatte: die geschlossene Unterstützung der Oberschicht. Hier, in diesem Augenblick, waren die führenden Männer des Reiches kurz davor, sich wegen ein paar störrischer Banditen gegenseitig an die Gurgel zu gehen.

Aber dann erklang ihre Stimme, leise, weich und voll weiblicher Sanftmut. Sie ließ die Anwesenden erahnen, wie schön die frühere Konkubine einst gewesen sein musste.

»Die Anhänger des fremden Gottes sind weiterhin unsere Kinder. Die Mitglieder von Geheimbünden sind es auch. So soll es bleiben. Wir werden eine Botschaft an die Gesandtschaften der Fremden schicken. Sie sollen wissen, dass es gute und schlechte Geheimgesellschaften gibt.«

Schweigen trat ein, denn man war es gewöhnt, auf den alten Buddha zu hören. Dabei hatte sie die Anwesenden nur mit schönen, nichtssagenden Worten abgespeist. Wenrou warf einen fragenden Blick in Ronglus Richtung. Der Bannermann sah ein wenig unzufrieden und besorgt aus, doch machte er sich mit all den übrigen Staatsbeamten daran, den Empfangsraum zu verlassen, nachdem er sich nochmals ehrerbietig vor dem Paravent verbeugt hatte. Ein paar Hofdamen mit prächtigen Blumen im Haar trugen bereits Tee für die Kaiserinwitwe herein. Wenrou folgte seinem Schwiegervater Gulao hinaus in den Hof, der vor dem Tor der Himmlischen Reinheit lag.

»Ich habe hier noch ein paar wichtige Dinge zu besprechen«, wurde ihm dann mitgeteilt. »Du kannst bereits nach Hause fahren. Sieh nach dem Zustand meiner Tochter, denn du weißt, sie hat sich als gute Ehefrau erwiesen.«

Wenrou neigte höflich den Kopf und ging. Er wusste, dass seine Gemahlin Qingbai nicht das geringste Bedürfnis hätte, ihn zu sehen. Sie verbrachte die Tage in ihrem Gemach, da sie an immer wieder neuen Arten des Unwohlseins litt. Sein Auftauchen würde ihren Zustand vermutlich noch verschlechtern. Aber es hätte wenig Sinn gehabt, dies Gulao zu erklären, der sich nun zu einem privaten Gespräch mit ein paar anderen wichtigen Staatsbeamten treffen wollte, bei dem sein Schwiegersohn noch nicht erwünscht war. Während Wenrou einen Hof nach dem anderen durchquerte und an sich höflich verneigenden Eunuchen vorbeiging, überlegte er, ob sein Aufbegehren heute ihm mehr geschadet oder genutzt hatte. Sein

Schwiegervater hätte sich sicher mehr Zurückhaltung seinerseits gewünscht, doch war er Ronglu positiv aufgefallen, was als Gewinn zu werten war. Er ging davon aus, dass Gulao die Lage noch nicht genau einschätzen konnte. Nur deshalb war er mit seinem kritischen Kommentar nicht derart in Ungnade gefallen, wie zunächst befürchtet.

Als er den Kaiserpalast verlassen hatte, entdeckte er in dem Getümmel vor dem Wumen Tor den Sedanstuhl seines Schwiegervaters. Sie hatten auf dem Hinweg gemeinsam darin gesessen und es stand ihm daher wohl kaum zu, ihn auf der Heimfahrt allein für sich zu beanspruchen. Er hatte noch ein paar Käsch-Münzen in seinem Beutel, sodass er sich einen Schubkarren hätte mieten können, doch wäre auch dies keine standesgemäße Art des Transportes gewesen. Er beschloss, lieber zu Fuß zu laufen, denn sein Körper sehnte sich nach Bewegung. Das Haus der Ya Hala lag im Stadtteil der Mandschu, unmittelbar vor der Verbotenen Stadt. Bald schon wäre er da.

Er schlängelte sich zwischen Straßenhändlern und Bettlern hindurch, fühlte sich umfangen von einer gleichbleibend schrillen Mauer aus Geräuschen, die ihm ein Gefühl der Geborgenheit gab. So sehr er sich manchmal auch nach Connecticut zurücksehnte, wusste dennoch jede Faser seines Körpers, dass dieses laute, für den Rest der Welt schwer durchschaubare Land seine Heimat war. Er kam an einem mit bunten Laternen verzierten Restaurant vorbei und erwog, dort kurz haltzumachen. Unter all diesen plaudernden, Würfel schüttelnden und lachenden Männern, die wie gewöhnliche Ladenbesitzer, niedere Beamte oder Handwerker aussahen, würde er sich weitaus wohler fühlen können als im Palast der Ya Hala. Doch kaum wollte er eintreten, da vernahm er eine Stimme hinter sich.

»Gab es ein Missgeschick mit Eurem Sedanstuhl?«

Wenrou drehte sich ratlos um. Er erblickte ein breites Männergesicht mit aufgeblähten Wangen, das ihm zwischen zwei Seidenvorhängen entgegensah. Nach der Kappe auf dem kahlen Schädel zu urteilen, war der Sprecher ein Mandarin höheren Ranges, der Wenrou entfernt bekannt vorkam.

»Verzeiht, ich habe mich nicht vorgestellt«, sagte er auch schon. »Ich bin Xiao Ming, ein Diener des edlen Prinzen Duan. Ich sah Euch bei dem Empfang der Kaiserinwitwe. Es wundert mich, dass ein so angesehener Herr wie Ihr zu Fuß unterwegs ist.«

Wenrou seufzte innerlich. So riesig und überlaufen Beijing auch war, seine Hoffnung, ein paar völlig ungestörte Stunden in der Stadt verbringen zu können, war soeben zerstört worden. Bald schon würde der ganze Hofstaat wissen, dass ein Mitglied des Ya Hala Clans wie gewöhnliches Fußvolk durch die Straßen gelaufen war. Sein Schwiegervater wäre vermutlich empört und würde irgendeinen Weg finden, ihm die Schuld daran zu geben, obwohl der Sedanstuhl seinetwegen vor dem Palast zurückgeblieben war.

»Es wäre eine Ehre für mich, meinen bescheidenen Tragestuhl mit Euch zu teilen«, bot der Anhänger des Prinzen Duan ihm nun an. »Bitte, steigt ein.«

Wenrou nahm sogleich an, was vielleicht unhöflich war, denn er hätte erst einmal eine Weile beteuern sollen, dieser Großzügigkeit nicht würdig zu sein, und Xiao Ming damit eine Gelegenheit zu bieten, ihn mit blumigen Worten vom Gegenteil zu überzeugen. Prinz Duan war Traditionalist, seine Untergebenen vermutlich ebenso, was bedeutete, dass sie derartigen gesellschaftlichen Gepflogenheiten wohl höchste Bedeutung beimaßen. Aber Wenrou fehlte dazu meist die Geduld. Er wusste, dass er keine Wahl hatte, denn dieses Angebot zurückzuweisen, käme einem Affront gleich, der am Ende sogar dem Prinzen Duan zu Ohren kommen konnte.

In dem Sedanstuhl war es eng und Xiao Ming roch unangenehm nach ungewaschener Kleidung. Sobald er in die Höhe gehoben worden war, sehnte Wenrou sich bereits nach dem kurzen Moment der Freiheit auf der Straße zurück.

»Ich habe gehört, dass Eure Gemahlin bereits wenige Tage nach der Hochzeit schwanger wurde«, begann Xiao Ming ein Gespräch.

»Ja, das ist richtig«, erwiderte Wenrou gelassen.

»Ihr seid ein wahrhaft glücklicher Mann«, redete sein Sitznachbar weiter.

»Das Schicksal meinte es gut mit mir«, stimmte Wenrou zu. In Wahrheit hatte die Neuigkeit ihn völlig kalt gelassen, bis auf einen Hauch von Erleichterung, dass es keinen Grund mehr gab, sein Lager mit Qingbai zu teilen.

»Ich bin mir sicher, wenn Ihr einen Wahrsager fragt, so wird er Euch versprechen, dass dieses Kind eine Frühgeburt wird«, kam nun ein flinker Hieb aus dem Hinterhalt. Wenrou riss erstaunt die Augen auf. Er hatte Xiao Ming für einen pompösen, aber gutmütigen Wichtigtuer gehalten. Jener Abgrund an Boshaftigkeit, der in vielen scheinbar harmlosen Menschen schlummerte, überraschte ihn immer wieder.

»Ich würde mir für meine Gemahlin wünschen, dass Ihr recht habt«, entgegnete er so gefasst wie möglich. »Sie leidet sehr unter ihrer Schwangerschaft. Je schneller sie vorbei ist, desto besser wäre es für alle Beteiligten.«

Xiao Mings Augenlider flackerten. Er schien nicht zu begreifen, ob hier ein Scherz gemacht wurde oder ob er sich einen hoffnungslosen Dummkopf in seine Sänfte geholt hatte. Wenrou beschloss, ihn in dieser Hinsicht im Unklaren zu lassen, denn dies schien ihm die bestmögliche Rache an einem ebenso engherzigen wie boshaften Mann. Schweigend schaukelten sie weiter durch die Straßen, und Wenrou nutzte den Moment der Stille, um seinen Gedanken nachzuhängen.

Entgegen der Tradition hatte die Hochzeitsfeier nur im Haus der Braut stattgefunden, wohin er als Bräutigam hoch zu Ross gezogen war. Welches Opfer sein Vater dadurch brachte, dass er freiwillig auf den einzigen, noch lebenden Sohn verzichtete, war ihm erst in diesem Moment bewusst geworden. Ansonsten waren die Rituale eingehalten worden: Ein Lama-Priester hatte Sutras gelesen, ein Schaf war geopfert worden, das später während der Hochzeitsfeier verzehrt wurde. Qingbai war ihm auf einem roten Teppich entgegengekommen und schritt dabei über einen Sattel, eine Erinnerung daran, dass die Mandschu einst ein Kriegervolk gewesen waren, bei dem auch die Frauen breitbeinig ritten. Er erinnerte sich noch sehr gut an den Augenblick, da er mit der traditionellen Peitsche den roten Schleier vor Qingbais Gesicht gelüftet hatte, um jener Unbekannten, die während der Zeremonie in der Ahnenhalle steif neben ihm gestanden hatte, endlich ins Gesicht sehen zu können. Er war weiterhin überzeugt gewesen, dass irgendetwas mit seiner Braut nicht stimmen konnte, sonst hätte er eine Tochter der Ya Hala niemals zur Frau bekommen. So sehr sein Verstand ihm auch einredete, dass es darauf nicht ankam, weil dies eine rein strategische Verbindung war, hatte er dennoch Angst empfunden, eine schwachsinnige oder schwer entstellte Frau zu erblicken. Doch Qingbai war nichts von alledem, sie hatte breite Wangenknochen, schmale Augen und einen sehr schön geformten, fast sinnlichen Mund. Ihr Körper war weich und nachgiebig gewesen, wie er es von den Blumenmädchen kannte. Danach hatte Wenrou kurz Mitleid mit seiner Braut empfunden, denn für eine Frau musste es weitaus härter sein, derart zum Objekt familiärer Interessen gemacht zu werden. Er hatte ihre Hand ergriffen und mit ihr reden wollen, so wie es Joshuas Eltern abends gemeinsam am Kaminfeuer getan hatten. Nun, da sie Mann und Frau waren, sollte Qingbai spüren, dass sie mehr als nur eine Dienerin für ihn sein sollte.

In diesem Moment hatte seine Gemahlin ihn zum ersten Mal wirklich angesehen. Ihre Hand war fügsam in der seinen liegen geblieben, aber jene eisige Abneigung, die ihm aus ihren schönen Augen entgegenblickte, hatte ausgereicht, damit er sich wie ein getretener Hund ans Ende des Bettes zurückzog.

Eine Woche später hatte er von ihrer Schwangerschaft erfahren, von einer Dienerin, denn Qingbai selbst war fast immer unpässlich, wenn er mit ihr zu reden wünschte. Obwohl sie als Mandschu-Frau keine Lotusfüße hatte, schien sie ebenso häufig ans Bett gefesselt wie die Han-Chinesinnen. Wenrou akzeptierte diese Regeln. So schickte auch er einen Diener, wenn es etwas gab, das er seiner Gemahlin mitteilen wollte. Allerdings kam dies so gut wie nie vor. Er wusste nun, warum gerade er als Schwiegersohn ausgewählt worden war, ein gebildeter junger Mann, der den Ya Hala nicht peinlich sein musste, aber zu abhängig von ihrem Wohlwollen war, um sich Proteste oder Anklagen erlauben zu können.

Kurz nach seiner Rückkehr aus Connecticut hatte Wenrous Vater ihm von einem Mandarin aus dem Volk der Han erzählt, der seine Tochter wegen der Liebschaft mit einem Diener eigenhändig getötet hatte. Dass der Heimkehrer aus der Fremde sich darüber entsetzt zeigte, hatte damals fast niemand verstehen können. Jedes Mal, wenn das Gefühl, zum Narren gehalten und benutzt worden zu sein, ihn bitter zu stimmen drohte, hielt er sich vor Augen, dass seine Einwilligung in diese Ehe vielleicht Qingbais Leben gerettet hatte.

Die Sänfte schaukelte nun durch eine enge Gasse. Ihre seidenen Vorhänge mochten zwar den Anblick zerlumpter Gestalten aussperren, aber nicht deren Gerüche und Geschrei. Ein heiseres, rhythmisches Plärren von Männerstimmen drang an Wenrous Ohr und weckte Unbehagen, denn es schien ihm angriffslustig. Gleichzeitig kam die Sänfte zum Stillstand. Xiao

Ming steckte den Kopf heraus. Nachdem ein kurzes Gespräch stattgefunden hatte, das Wenrou aufgrund des Lärms fast nicht verstehen konnte, schob Xiao Ming die Vorhänge mit einem Ruck zur Seite und musterte seinen Gast auf jene scheinheilig freundliche Weise, die Wenrou einen weiteren Messerstich befürchten ließ. Würde er nun unter irgendeinem Vorwand aufgefordert werden, an einem möglichst dreckigen, ärmlichen Winkel der Stadt wieder auszusteigen?

»Das sind schon die Ersten. Bald werden es viel mehr sein, wie seine Exzellenz, der Prinz Duan, weise vorausgesehen hat.«

Wenrou beugte sich hinaus. Männer blockierten die schmale Straße, gewöhnliche Bauern in schmutzigen, zerfetzten Hosen und Hemden, die ihnen fast bis zu den Kniekehlen hingen. Um die Stirn hatten sie sich rote Tücher geschlungen, und sie hielten Plakate hoch, deren Schriftzeichen eben jene Worte wiedergaben, die durch die Enge der Gasse gebrüllt wurden: »Zerstörung! Tod!«

»Man nennt sie auch die Fäuste der Gerechtigkeit und Harmonie«, sagte Xiao Ming nun mit einem süffisanten Lächeln. Wenrou fröstelte leicht. Der Junge, den sein Vater vor einigen Monaten erschossen hatte, war für ihn nichts weiter als ein irregeleiteter, bedauernswerter Narr gewesen. Doch nun hatte er sich zu einer Menge vermehrt, deren Gewaltigkeit und Wucht einer heranrollenden Steinlawine glich.

»Noch ist es Zeit, sich zu überlegen, auf welcher Seite Ihr stehen wollt«, redete Xiao Ming weiter und taxierte ihn mit einem durchdringenden Blick. Wenrou wollte diesem hinterhältigen Mann nicht den Triumph gönnen, verunsichert zu sein. Die kaiserliche Armee war durchaus fähig, ein paar tobende Bauern zur Räson zu bringen.

»Ich werde mich den Wünschen meiner Familie beugen, wie es meine Pflicht ist«, erwiderte er, um der Unterhaltung ein Ende zu setzen. Tatsächlich konnte die Sänfte auch schon weitergetragen werden, der Lärm der Rebellen verhallte allmählich und nur das vertraute Geschrei von Händlern und Bettlern blieb zurück. Wenrou fand, dass es auf einmal sehr friedlich, fast harmonisch klang. Er vermochte wieder ruhig zu atmen, doch tief in ihm saß die Ahnung herannahender Unannehmlichkeiten, deren genaues Ausmaß er nicht einzuschätzen vermochte.

Kapitel 9

Elsa stapelte sorgfältig die Rechnungen über die Einnahmen und Ausgaben der letzten Woche, um sie danach in die vorbereitete Liste des Kontorbuches einzutragen, gegenüberzustellen und schließlich die Endsumme über Gewinn oder Verlust auszurechnen. Auf diese Weise, so befand sie, war es einfacher, einen Überblick über den Stand der Geschäfte zu bewahren, als wenn man über Monate hinweg einfach nur alles ins Kontorbuch kopierte. Der kleine, flinke Dewei hatte ihren Vorschlag ohne langes Zögern angenommen und zeigte sich bald schon beeindruckt, mit welcher Geschwindigkeit sie im Kopf mit Zahlen zu jonglieren vermochte. Nach all ihren Schwierigkeiten in der Firma von Herrn Nils konnte Elsa manchmal einfach nicht glauben, wie unkompliziert es nun war, ihre Vorschläge vorzubringen und Gehör zu finden. Dewei, der sich westlichen Kunden gegenüber meist David nannte, war nach den ersten Tagen gegenseitiger Skepsis zu dem umgänglichsten Vorgesetzten geworden, den sie jemals kennengelernt hatte – vielleicht, weil er sich nicht wirklich als ihr Vorgesetzter fühlte. Wenn englische Herrschaften eintraten, um sich nach dem Preis von Tee, Seide oder Porzellan zu erkundigen, überließ er meist Elsa den Vortritt. Sie begriff erst nach ein paar Wochen, dass zwar auch in Shanghai Männer gewöhnlich das Sagen hatten, die meisten Westler aber lieber bei einer europäisch aussehenden Frau einkauften als bei einem Chinesen.

Die Huntingdons waren keineswegs reich, wie sie inzwischen wusste, obwohl sie aufgrund ihrer Erbschaft über weitaus mehr Geld verfügten, als Elsas Familie je besessen hatte. Einen erheblichen Teil des geerbten Vermögens hatte Viktoria in ihr Waisenhaus gesteckt. Dewei deutete an, dass sie schon früher für wohltätige Organisationen gearbeitet hatte, doch nach ihrer Heirat mit einem Halbchinesen war sie dort nicht mehr willkommen gewesen. Elsa begriff erst durch ihn, welchen Preis Viktoria für ihre offenbar sehr glückliche Ehe hatte zahlen müssen. Die verwöhnte Dame wurde für sie dadurch ein wenig menschlicher, denn sie wusste, wie hart es war, wenn Konventionen eigenen Wünschen im Weg standen.

Zudem hatte das Geld noch für das kleine Haus der Huntingdons gereicht und eben jenes Kontor oberhalb eines Warenlagers, das gleichzeitig eine Art Laden war. Die sehr typisch chinesischen Güter wie Seide oder Tee wurden von Dewei, manchmal auch Jinzi und ein paar Mittelsmännern, bei Reisen ins Innere des Landes erworben und hier wieder verkauft. Die Kundschaft bestand hauptsächlich aus den Besitzern großer Handelshäuser, die sie dann nach Europa oder Amerika verschifften. Es war vor allem Deweis Verhandlungsgeschick zu verdanken, dass diese Geschäfte genug Gewinn abwarfen, um zwei Familien am Leben zu halten, die der Huntingdons und auch seine eigene. Er hatte eine eurasische Frau namens Daisy geheiratet, die manchmal mit ihren zwei Kindern vorbeikam, alles stille, freundliche Wesen. Elsa hatte sich selten an einem Arbeitsplatz so wohlgefühlt, auch wenn ihr Gehalt nicht reichte, um sich den Traum von einer eigenen Bleibe zu erfüllen.

Nun begann sie, die Summen von Einnahmen und Ausgaben zu berechnen, während Dewei im Hintergrund eine Lieferung von Porzellangeschirr inspizierte, die ein guter Freund ihm zum Kauf anbot.

»Einhundertdreiundzwanzig Dollar Gewinn!«, rief Elsa auf Deutsch und tat einen leichten Sprung vor Freude, fast als flösse das Geld in ihre eigene Tasche.

»Das ist sehr gut«, meinte Dewei und hielt eine zarte Tasse gegen das Tageslicht, das durchs Fenster hereinströmte. Draußen fiel Schnee, blieb aber fast nie auf den Straßen liegen und man hatte Elsa versichert, dass der Winter in Shanghai nur ein kurzes Intermezzo war. Ein bescheidenes Neujahrsfest mit den Huntingdons lag nun drei Wochen zurück, doch der Umstand, dass nun ein neues Jahrhundert begonnen hatte, beschäftigte Elsa nicht besonders, denn in ihrem Leben hatte sich innerhalb kürzester Zeit so viel verändert, dass sie manchmal mit dem Gefühl erwachte, alles nur geträumt zu haben. Sie befand sich in einem Land, das fremder nicht sein konnte, schaffte es aber dennoch irgendwie, ohne größere Katastrophen durch jeden Tag zu kommen. Inzwischen beherrschte sie den Umgang mit Stäbchen recht gut, konnte dank Deweis Unterstützung auf Chinesisch grüßen und danken, ja sie vermochte sogar in der internationalen Siedlung herumzulaufen, ohne sich zu verirren. Zudem wusste sie, dass für Chinesen das neue Jahr erst in ein paar Wochen beginnen würde.

»Und der Erfolg ist auch Ihr Verdienst«, redete Dewei nun weiter, nachdem er die Tasse wieder in Papier gewickelt und in die Kiste gelegt hatte. »Sie haben ein bemerkenswertes Organisationstalent und wissen, wie man mit der Kundschaft umzugehen hat.«

Elsa spürte Wärme auf ihren Wangen. Sie hatte sich ihr Leben lang verbissen angestrengt, aber Lob war sie nicht gewöhnt, am allerwenigsten von einem Mann in höherer Position.

»Ich tue eben, was ich kann«, erwiderte sie verlegen und legte die Listen wieder auf den Tisch. Dewei sah weiter zum Fenster hinaus und eine feine Falte grub sich zwischen seine Brauen. Elsa hatte den Eindruck, dass er ihr überhaupt nicht zuhörte.

»Ist da draußen irgendetwas?«, fragte sie verwirrt.

»Charlotte Huntingdon und ihr englischer Begleiter«, erwiderte Dewei nach kurzem Zögern. Elsa trat an seine Seite und spähte ebenfalls hinaus. Tatsächlich, da ging Charlotte in ihrer Schuluniform neben einem hochgewachsenen Mann mit braunen Locken die Nanking Road entlang. Ein dicker, roter Schal war um ihren Kopf geschlungen, den Elsa noch nie an ihr gesehen hatte. Sie vermutete, dass es sich um eine Gabe des britischen Galans handeln musste, um Charlottes Frisur vor den Schneeflocken zu schützen.

»Ihren Eltern hat sie heute Morgen gesagt, dass sie nach der Schule noch zu dieser Russin geht«, murmelte Elsa an niemand Bestimmten gewandt. Der Umstand, dass Charlotte gelogen hatte, belustigte sie nur ein wenig. Welches junge Mädchen sagte seinen Eltern schon immer die Wahrheit?

Doch sie spürte Deweis Blick auf sich ruhen. Die ungewohnte Form asiatischer Augen sowie die erstaunlich glatt scheinenden Gesichtszüge begannen Elsa langsam vertraut zu werden, sodass sie darin ohne weitere Schwierigkeiten Emotionen lesen konnte. Der Mann an ihrer Seite sah eindeutig besorgt aus. Zunächst murmelte er etwas auf Chinesisch, erst als Elsa ihn fragend anblickte, wechselte er wieder ins Deutsche.

»Jemand sollte mit Jinzi über diese Angelegenheit sprechen.«

Elsa sah leicht konsterniert zu ihm hinab, denn er war um einen Kopf kleiner als sie.

»Warum denn? Damit er seine Tochter nun jeden Tag von der Schule abholt und wie einen Hund am Halsband nach Hause führt?«

Dewei stieß einen leisen Seufzer aus.

»Sie mögen mich nun für altmodisch halten«, sagte er dann. »Aber ich finde, ein Vater hat die Pflicht, seine Tochter vor Unheil zu bewahren.«

Widerwillig musste Elsa eingestehen, dass diese Aussage nicht völlig von der Hand zu weisen war.

»Wäre Charlotte mein eigenes Kind, würde ich jedenfalls einschreiten, bevor sie in der ganzen Stadt als Freudenmädchen bekannt ist«, fügte Dewei dann hinzu. Nun fuhr Elsa verärgert auf.

»Sie tut doch nichts weiter, als am helllichten Tag mit einem jungen Mann in der Stadt spazieren zu gehen«, verteidigte sie jenes Mädchen, dessen Zimmer sie seit einigen Wochen teilte.

»Anständige Chinesinnen tun das nicht«, klärte Dewei sie auf. »Und über chinesische Frauen, die sich öffentlich mit einem Lao Wai, also einem Fremden zeigen, wird auf beiden Seiten schnell ein eindeutiges Urteil gefällt.«

Elsa schnaubte leise.

»Meine Güte, das klingt, als sollte man die arme Charlotte einsperren! Warum werden überall auf der Welt Menschen so schnell verurteilt, ohne dass man sie überhaupt kennengelernt hat? Dieser Engländer hat ihr doch sogar schon einen Heiratsantrag gemacht.«

Sobald sie die Worte ausgesprochen hatte, erstarrte sie vor Schreck. Sie hatte Charlottes Geheimnis verraten. Flehend sah sie Dewei an.

»Bitte, also davon darf niemand etwas wissen!«

Er nickte nur. Charlotte und ihr Begleiter waren bereits von der Menschenmenge verschluckt worden. Elsa überlegte, ob sie am Abend nicht ein paar ernste Worte mit ihrer Zimmergenossin reden sollte. Ihren Brüdern hätte sie sicher den Kopf gewaschen, wenn sie zuerst den Besuch bei Freunden vorgetäuscht hätten, um dann vor aller Leute Augen etwas völlig anderes zu tun. Denn ein solches Verhalten hätte ihre ohnehin kränkelnde Mutter nur unnötig aufgeregt.

Bei diesem Gedanken meldete sich das schlechte Gewissen als leises Stechen in ihrer Brust. Sie hatte ihrer Mutter durch Tante Magda eine Nachricht zukommen lassen, um ihr Verschwinden zu erklären, ein letztes Treffen mit den Mitgliedern ihrer Familie aber nicht gewagt, denn so hätte die Polizei ihr auf die Spur kommen können. Ihre Abreise war hingenommen worden, schließlich war sie nicht das erste Mitglied der Familie Skerpov, das plötzlich untertauchen musste. Nur hatte bisher niemand einen so weit entlegenen Ort aufgesucht, um sich dort zu verstecken. Einen Ort, von dem so schnell keine Rückkehr möglich wäre, denn im Augenblick hatte sie keine Ahnung, wann sie jemals das Geld für ein Rückfahrticket würde auftreiben können.

All dies waren Umstände, für die sie nichts konnte. Dennoch hatte sie ein schlechtes Gewissen. Elsa erkannte, dass es die Erleichterung über diesen unerwarteten Wandel in ihrem Leben war, die es verursachte. Zwei Brüder hatte sie hinter sich gelassen, die ihr in jener Zeit, da sie sich im Kontor von Herrn Nils geplagt hatte, heimlich den Arbeitslohn stahlen, um ihre eigenen Schulden zu bezahlen. Zudem eine kranke, schwache, stets erschöpfte Mutter. Sie war das einzige der Kinder gewesen, das dieser Frau keine weitere Last aufbürdete, sondern in der Lage war, einen Teil davon selbst zu tragen. Aus eben diesem Grund hatte die Mutter sich auch mit aller Kraft an sie geklammert. In Hamburg wäre sie ihrer Familie niemals entkommen, denn ihr Gewissen hätte sie an diese Frau gekettet, die zu lange Opfer gewesen war, um aus dieser Rolle noch ausbrechen zu können. Aber hier in Shanghai gehörte ihr Leben nur noch ihr selbst.

»Wenn dieser Engländer Charlotte tatsächlich heiraten würde, dann wäre es ja kein Problem«, hörte sie Dewei sagen, der ebenfalls in Gedanken versunken gewesen sein musste.

»Aber warum zweifeln Sie daran, dass seine Worte ehrlich gemeint sind?«, fragte Elsa. Dann fiel ihr ein, welche Bedenken sie selbst oft hatte, wenn Charlotte eine ihrer spärlichen Bemerkungen über ihren David machte. Die Gründe für eine heimliche Verlobung und eine hinausgezögerte Hochzeit klangen trotz aller willig vorgebrachten Erklärungen fadenscheinig.

»Die Lao Wai hier heiraten für gewöhnlich keine Chinesinnen«, erklärte Dewei. »Wenn sie es dennoch tun, machen sie sich dadurch zu Außenseitern.«

Elsa kannte die ansässige Gesellschaft der internationalen Siedlung bereits gut genug, um zu wissen, dass dies der Wahrheit entsprach. Wäre ein junger Engländer mit Offizierspatent wirklich bereit, wegen eines jungen Mädchens alle Aussichten auf eine erfolgreiche Laufbahn zu opfern?

»Aber Charlotte ist doch nicht aufgewachsen wie eine Chinesin«, fiel ihr dann ein. »Sie kann fließend Englisch sprechen, außerdem Deutsch und Französisch. Von ihrer Mutter hat sie gelernt, sich wie eine europäische Dame zu benehmen. Es gibt an ihr nichts auszusetzen.«

»Jeder, der sie ansieht, weiß sofort, dass sie eine Chinesin ist«, erwiderte Dewei ohne Zögern. »Manchmal frage ich mich, ob das Mädchen nicht an diesem Widerspruch zerbrechen wird. Sie weiß nicht, wohin sie gehört.«

»Sie gehört zu ihren Eltern«, entgegnete Elsa spontan. »Das sind die Menschen, die sie wirklich lieben.«

Sie verstummte für einen Augenblick, dann fügte sie leise hinzu: »Ich hätte viel darum gegeben, so ein Elternhaus zu haben.«

Zu ihrem Entsetzen spürte sie, wie ihr Tränen in die Augen schossen. Dewei sah sie verstört und leicht verlegen an, hob kurz die Hand, als wolle er sie trösten, doch dann klingelte es im Untergeschoss.

»Kundschaft!«, rief Elsa erleichtert, denn sie schämte sich bereits für ihren kurzen Gefühlsausbruch und eilte die Stufen herunter. Ein großer, dicker Mann in dunklem Anzug stand im Laden und sah sich neugierig um. Bei Elsas Anblick lüftete er kurz seinen Hut.

»Sind Sie das deutsche Fräulein?«, fragte er. Elsa fiel es zunächst nicht ganz leicht, ihn zu verstehen, denn seine Aussprache ließ auf eine schwäbische oder bayerische Herkunft schließen. Sie nickte und schritt ihm aufrecht entgegen. Manchmal konnte es nicht schaden, von Viktoria Huntingdons damenhaften Manieren zu lernen.

»Mit wem habe ich die Ehre?«

Kaum war der Satz ausgesprochen, kam sie sich völlig lächerlich vor, aber ihr Gegenüber blieb ernst.

»Ich bin Wilhelm Stadler«, erklärte er mit einer kurzen Verbeugung. »Erst seit zwei Wochen in Shanghai, um Waren aufzukaufen. Ich beabsichtige ein Handelshaus in Tsingtao zu eröffnen, aber da ich hier ein paar Bekannte habe … nun, um es kurzzufassen …«

Er lächelte Elsa zu, um dann weiterzureden: »Man hat mir gesagt, dass es in diesem Laden sehr günstig chinesische Seide zu kaufen gäbe, noch dazu bei einer deutschen Verkäuferin, was mir natürlich behagt. Denn jeder weiß, dass Chinesen nicht zu trauen ist.«

Er blickte Elsa ins Gesicht, als erwarte er sofortige Zustimmung. Sie wandte leicht verlegen den Kopf, um festzustellen, ob Dewei ihr nach unten gefolgt war. Dies war zum Glück nicht der Fall. Obwohl er in diesen Dingen sehr pragmatisch war und sich in der Regel ganz auf sein Geschäft konzentrierte, war Elsa sich nicht sicher, wie er auf eine solche Kränkung reagiert hätte. Jinzi Huntingdon wäre es zuzutrauen, einen

Europäer wegen einer solchen Äußerung aus dem Laden zu werfen.

»Ich arbeite hier mit einem Chinesen zusammen«, erklärte Elsa nun die Lage. »Er kennt sich mit den verschiedenen Arten von Seide viel besser aus als ich. Also wäre es durchaus in Ihrem Interesse, sich von ihm beraten zu lassen.«

Herr Stadler runzelte die Stirn.

»Seien Sie mir nicht böse, Fräulein, wenn ich lieber mit Ihnen rede. Ich will einfach ein paar Ballen in verschiedenen Farben, die ich dann nach Deutschland verschiffen lasse, um zu sehen, wie viel Gewinn das abwirft.«

Zwar hätte Elsa lieber Dewei bei sich gehabt, während sie die Verhandlungen führte, aber sie wusste, dass sie den Wünschen des Herrn aus ihrer Heimat entsprechen musste, um das Geschäft zu einem vorteilhaften Abschluss zu bringen. Er kaufte eine größere Menge an Seide, als sie zunächst erwartet hatte, und zahlte ohne jeden Widerspruch den geforderten Preis. Elsas Herz hüpfte vor Freude. Am Ende dieser Woche versprach die Bilanz im Kontorbuch wieder zu glänzen.

Sie überreichte Herrn Stadler eine von ihr persönlich unterzeichnete Quittung und sie vereinbarten, dass er seine Ware am Nachmittag abholen lassen würde. Zum Abschied neigte er nochmals den Kopf. Elsa beschloss, ihm freundlich die Hand entgegenzustrecken, denn trotz seiner Bemerkung über Chinesen hatte er sich als guter Kunde erwiesen.

»Sind Sie die einzige Europäerin hier, Fräulein …?«

»Skerpov. Ich heiße Elsa Skerpov. Der Besitzer dieses Geschäfts ist mit einer Deutschen verheiratet, aber sie kommt nur sehr selten hierher. Tatsächlich bin ich den ganzen Tag mit Chinesen zusammen, doch sie sprechen gut Deutsch, keine Sorge.«

Herr Stadler sah sie leicht verwirrt an, dann räusperte er sich und redete in einem fürsorglichen Ton weiter: »Es muss hart für eine junge Frau sein, sich ihren Lebensunterhalt selbst verdienen zu müssen.«

Nun kochte der Zorn endgültig in Elsa hoch und sie musste sich zusammenreißen, um einigermaßen freundlich zu antworten.

»Ich bin es gewöhnt. Schon in Hamburg, meiner Heimat, arbeitete ich als Schreibkraft in einem Kontor. Ich mache mich gern nützlich.«

Glücklicherweise nahm Herr Stadler dies hin, verzichtete auf den Hinweis, dass sie als Mutter viel nützlicher wäre, und machte ihr auch nicht das Angebot, sie durch finanzielle Zuwendung aus ihrer tristen, unnatürlichen Lebenslage zu befreien, wie sie zunächst befürchtet hatte. Seine Reaktion beschränkte sich auf ein nachdenkliches Stirnrunzeln.

»Vielleicht wüsste ich eine passendere Stelle für Sie«, sagte er dann. »Von meinem Bekannten, der hier beim deutschen Konsulat arbeitet, weiß ich, dass Clemens von Ketteler, der deutsche Gesandte in Peking, eine Schreibkraft sucht. Sie haben bereits Erfahrung, wie Sie gesagt haben, und wären so wieder unter zivilisierten Menschen.«

Elsas Ärger versiegte mit einem leichten Zischen, denn sie begriff, dass Herr Stadler ihr auf seine Weise durchaus helfen wollte.

»Es ist sehr freundlich von Ihnen, mir das vorzuschlagen«, erwiderte sie daher. »Aber ich glaube kaum, dass der Herr Gesandte ausgerechnet jemanden wie mich für so eine Stelle nehmen würde.«

In einer Gesandtschaft zu arbeiten, das klang wie der Aufstieg in gesellschaftliche Sphären, in die sie nicht gehörte.

»Nun, in China hat er nicht so viel Auswahl, gerade in diesen Zeiten, da über einen Aufstand im Norden geredet wird. Sie könnten es wenigstens versuchen«, sagte Herr Stadler, während er sich dem Ausgang zuwandte. »Also, wenn Sie Interesse haben, dann melden Sie sich doch einfach beim deutschen Konsulat und man wird Ihre Bewerbung weiterleiten.«

Elsa verabschiedete ihn höflich, dann machte sie einen kleinen Luftsprung, denn sie hatte zum ersten Mal allein mit einem Kunden verhandelt und das Geschäft erfolgreich abgeschlossen. Dies war eine weitaus aufregendere Aufgabe als das stundenlange Kopieren von Zahlen, wie sie es für Herrn Nils hatte tun müssen. Es gab keinen Grund, eine Arbeitsstelle aufzugeben, wo sie endlich selbstständig Entscheidungen treffen konnte.

Erst als sie abends zum Haus der Huntingdons zurückging, wurde ihr bewusst, dass sie sich als Angestellte einer Gesandtschaft sicher ein eigenes Zimmer würde leisten können. War es wirklich sinnvoll, längerfristig auf die Gastfreundschaft dieser Familie angewiesen zu sein, deren Leben auch vor ihrem Auftauchen schwierig genug gewesen sein musste?

Kapitel 10

Charlotte öffnete zögernd die Tür zu ihrem Zimmer. Sie hatte sich immer noch nicht daran gewöhnt, dass es nicht mehr ihr allein gehörte, aber sie verstand das Prinzip der Gastfreundschaft. Diese aus der Ferne angeschwemmte junge Frau durfte nicht auf den Straßen von Shanghai enden, wo sie gefundenes Fressen für alle Diebe und Menschenhändler wäre. Sie erwies sich darüber hinaus als nützlich, wie Dewei ihrem Vater versichert hatte. Exzellenter Geschäftssinn, Organisationstalent und unermüdliche Energie gehörten zu den Eigenschaften, die allgemein an Elsa gelobt wurden. Charlotte begriff nicht ganz, warum sie sich manchmal darüber ärgerte, nur weil ihr selbst solche Fähigkeiten abgingen. Ihre Mutter war alles andere als eine Geschäftsfrau und ihr Vater liebte sie trotzdem. Es war ein Glück, dass sie jetzt David getroffen hatte, sonst hätte sie unter dem Auftauchen von Elsa Skerpov in ihrer Welt viel mehr gelitten. Denn neben dieser so unvorstellbar tüchtigen Deutschen kam sie sich manchmal nutzlos vor.

»Da bist du ja endlich. Deine Mutter hat schon nach dir gefragt«, wurde sie von eben dieser Deutschen begrüßt.

»Es hat ein bisschen gedauert. Ich musste Anastassia bei den Schularbeiten helfen«, erwiderte Charlotte und schloss die Tür hinter sich. Man musste Elsa zugestehen, dass sie nicht viel Platz für sich beanspruchte. Ihre spärlichen Habseligkeiten lagen säuberlich zusammengelegt im Koffer in einer Ecke des Zimmers, dicht neben der Matte, auf der sie schlief. Charlotte staunte immer wieder, wie anspruchslos diese junge Frau war. Ihr Aussehen schien ihr völlig gleichgültig, sie störte sich nicht daran, jeden Tag denselben Rock zu tragen und hätte vermutlich jedes verdauliche Essen verspeist, ohne auf den Geschmack zu achten. Gleichzeitig sprudelte sie vor Lebenskraft, die sie in irgendeine Richtung lenken wollte, ohne eine klare Perspektive vor sich zu haben.

»Also ich hoffe mal, dass diese Russin einen guten Schulabschluss hinlegt, sonst bekommst du richtigen Ärger«, meinte Elsa und legte das Buch, in dem sie gelesen hatte, zur Seite. Charlotte warf einen kurzen Blick darauf. Es war ein Jane Austen Roman, den Elsa aus ihrem Bücherregal gezogen haben musste.

»Gefällt dir das Buch?«, fragte sie beiläufig, um von dem Thema abzulenken. Elsas Worte hatten ihr einen leichten Stich versetzt.

»Der Roman macht mir klar, wie ungeheuer schwierig die Jagd höherer Töchter nach dem obligatorischen Ehemann sein muss«, erwiderte Elsa. »Fast könnte ich froh sein, dass mir ein solches Schicksal erspart geblieben ist. Ich lese es aber vor allem, um mein Englisch zu verbessern.«

Charlotte legte ihr mitgebrachtes Paket aufs Bett und setzte sich daneben. Sie musste aufpassen, wohin sie ihre Füße streckte, um die auf der Matte hockende Zimmergenossin nicht versehentlich zu treten. Der Raum war einfach zu eng für zwei Menschen, dachte sie, und schämte sich sogleich ein wenig für ihre Selbstsucht. Unter den armen Leuten Shanghais war es nicht einmal ungewöhnlich, dass zehn Leute in einem solchen Zimmer schliefen. Trotzdem, sie hätte sich jetzt so gern auf dem Bett ausgestreckt, um bis zum Abendessen in ihren Tagträumen versinken zu können. Jedes Treffen mit David glich einem weiteren Schritt in schwindelerregende Höhen, wo die Luft dünn wurde, sodass ihr Herz raste und ihr Körper an Gewicht zu verlieren schien. Tatsächlich hatte sie in den letzten Wochen kaum Hunger verspürt. Irgendwo, in der Ferne hinter Nebelschwaden, war das Ziel, auf das sie gemeinsam zugingen. Sie konnte es nicht im Detail erkennen, nur vereinzelt tauchten ein paar Facetten jenes Lebens auf, das sie an der Seite ihres Mannes führen würde. Ein Haus in der Nähe des Bundes, Kinder, Besuche bei Nachbarn, gemeinsame Abende am Kaminfeuer im Winter und gekühlte Limonade im Garten während der langen Monate, da es heiß war. Sie hatte niemals geahnt, wie berauschend die Gegenwart eines anderen Menschen sein konnte, wie sehr dieses Glück einen erfüllte, sodass man weder Nahrung noch Freunde oder sonstige Ablenkung brauchte. Jede Minute, da sie nicht in Davids Gegenwart war und nicht in Frieden den Erinnerungen an ihn nachhängen konnte, schien ihr verschwendet.

»Was hast du denn da mitgebracht?«, riss Elsa sie aus ihren Gedanken. Charlotte wurde bewusst, dass ihre Neigung zur Geistesabwesenheit unhöflich war.

»Ich habe etwas gekauft«, erklärte sie daher. »Meine Eltern haben mir zu meinem letzten Geburtstag und zu Neujahr Geld gegeben.«

»Darf ich sehen, was es ist?«

In Elsas grauen Augen leuchtete echte Neugier. Ganz frei war auch dieser neunmalkluge Blaustrumpf also nicht von den Schwächen gewöhnlicher Mädchen, stellte Charlotte mit einer gewissen Erleichterung fest.

»Ein Korsett«, sagte sie sehr leise, nachdem sie sich rasch zur Tür umgedreht hatte. Der alte Wang gab zwar vor, kein Deutsch zu verstehen, aber sie traute ihm nicht ganz. Schließlich war er lange genug in den Diensten der Familie und alles andere als ein Dummkopf. »Aber du darfst meinem Vater bitte nichts davon sagen. Er hasst Korsetts und wäre fähig, es mir wieder wegzunehmen.«

Elsa hatte ihre Hand gehoben und strich sich ein paar verirrte Strähnen aus der Stirn. Ihr Haar war schön, befand Charlotte, dicht gewellt und rotbraun glänzend wie frische Kastanien. Überhaupt hätte sie keine solche graue Maus sein müssen, wenn sie einmal etwas anderes anziehen würde als hochgeschlossene, leicht zerschlissene Blusen und stets denselben, grauen Rock. Nur ahnte Charlotte, dass Elsa auf einen derartigen Vorschlag lediglich mit beißendem Spott reagieren würde. Jetzt war sie aufgestanden und ließ ihren Blick zwischen dem Paket und Charlottes Gesicht hin und her wandern. Verwirrung zeigte sich in ihren Augen.

»Da bekommst du von deinen Eltern Geld zu deiner freien Verfügung geschenkt und dir fällt nichts anderes ein, als dir davon ein Folterwerkzeug zu kaufen?«, sagte sie schließlich. »Wenn du mich fragst, dann wäre es sehr vernünftig von deinem Vater, es dir wieder wegzunehmen, bevor du deine Gesundheit damit ruinierst.«

Charlotte wich unwillig einen Schritt zurück. Ihr war bereits aufgefallen, dass Elsa einen Hang zu schonungsloser Direktheit hatte, die zutage getreten war, sobald die erste Scheu nach ihrer Ankunft nachließ. Aber diesmal fühlte sie sich, als hätte die Zimmergenossin ihr ein paar schallende Ohrfeigen verpasst.

»Ich denke, es ist allein meine Sache, wofür ich mein Geld ausgebe«, erwiderte sie eisig.

Elsa hob die Hände und ließ sie dann ratlos wieder sinken. Kurz drehte sie sich um ihre eigene Achse, um Charlotte dann verlegen anzusehen.

»Schon gut, ich hätte nicht so reden dürfen«, gab sie unumwunden zu. »Natürlich ist es deine Sache, was du dir kaufst. Es ist nur so, dass ich es schwer verstehen kann. Wozu brauchst ausgerechnet du denn ein Korsett, du bist doch gertenschlank?«

»Damen tragen es eben«, erwiderte Charlotte und machte sich daran, ihren Erwerb auszupacken. Mit leicht zitternden Fingern strich sie über von feinem Leinen umhülltes Fischbein und die zarte Spitzenverzierung am Rand.

»Könnest du dich überwinden, mir beim Schnüren zu helfen?«, wandte sie sich wieder an Elsa, die nach kurzem Zögern nickte. Charlotte zog rasch ihre Schuluniform aus und legte das Korsett über ihr Unterkleid. Elsa fädelte mit Sorgfalt die Schnüre durch die Ösen und zog zuerst sanft daran. Nach mehrfacher Aufforderung, dass dies nicht genügte, zerrte sie kräftiger. Charlotte spürte, wie eine eiserne Fessel sich um ihren Körper schloss und ihn in eine vorgegebene Form presste. Völlig unangenehm war die Enge nicht, sie verlieh einen gewissen Halt, als müsse der Körper sich nicht mehr durch eigene Kraft aufrecht halten. Auf Dauer, so ahnte sie, wäre dieser Zustand aber einengend. Sie ging davon aus, sich daran gewöhnen zu können.

Neugierig trat sie zum Spiegel, um das Ergebnis ihrer Mühen zu mustern. Ihre Brüste wurden angehoben und schienen dadurch eine vollere Form zu erhalten, was sie zufriedenstellte. Doch ganz trat die erhoffte Wirkung nicht ein, denn auch die schmale Taille verlieh ihr keine volleren Hüften.

»Vielleicht könnte man es noch etwas enger schnüren?«, wandte sie sich ratlos an Elsa, die die Stirn runzelte.

»Also ich will nicht die Verantwortung dafür tragen, dass du keine Luft mehr bekommst und umkippst«, widersprach sie. Charlotte seufzte.

»Ich weiß selbst, was ich aushalte. Es sieht nicht so aus, wie es soll!«

»Aber wie soll es denn aussehen?«, fragte Elsa mit vor der Brust verschränkten Armen.

»Na, so wie hier ungefähr«, erwiderte Charlotte und zog ein paar französische Modemagazine aus der Schublade ihres Schreibtisches. Ihre Mutter kaufte solche Hefte zwar nicht selbst, bekam sie aber manchmal von ihrer Freundin Anette Sassoon geschenkt. Elsa griff nach kurzem Zögern zu. Ihr Stirnrunzeln verstärkte sich.

»Darum also geht es«, sagte sie leicht missmutig und warf die Zeitschriften dann aufs Bett, um sich vor Charlotte hinzustellen.

»Du bist Asiatin. So wie die Frauen auf diesen Zeichnungen wirst du niemals aussehen, denn dein Körper ist anders gebaut. Meines Erachtens ist er für Korsetts nicht geschaffen, aber ich will mich ja nicht mehr einmischen.«

»Wenn du das nicht willst, dann halte doch einfach den Mund!«, erwiderte Charlotte. Ihr war bewusst, dass sie nun zu heftig reagierte, aber Elsas Worte hatten sie an einer Stelle getroffen, die sehr schmerzempfindlich war. Um sich abzulenken, begann sie selbst an der Verschnürung herumzufingern. Bald schon wäre es Essenszeit. Bis dahin musste sie sich wieder aus dem Korsett befreit und es möglichst gut in ihrem Schrank versteckt haben.

»Soll ich dir helfen?«, bot Elsa sich an, doch Charlotte schüttelte den Kopf. Sie hatte das Korsett bereits ausreichend gelockert, um es an ihrem Körper entlang nach unten gleiten zu lassen und mit beiden Füßen aus ihm herauszusteigen. Dann hob sie ihren neu erworbenen Schatz nochmals in die Höhe. Er sah elegant und sorgfältig verarbeitet aus. Warum musste Elsa ihr alle Freude daran verderben?

»Machst du das wegen deines Davids?«, bohrte die Schuldige auch schon weiter nach. »Ich weiß, es geht mich nichts an, aber …«

»Es geht dich tatsächlich nichts an!«, unterbrach Charlotte. Der giftige Tonfall prallte an Elsa ab, die sie weiterhin mit einem leicht missbilligenden, mühsam um Geduld bemühten Blick musterte. Diese Gelassenheit wirkte ansteckend, denn Charlotte war, als könne sie ihr eigenes Verhalten plötzlich mit Distanz betrachten. Elsa sagte einfach nur, was sie dachte, und wenn sie selbst darauf so empfindlich reagierte, bedeutete dies nicht, dass sie in den Worten ein Körnchen Wahrheit erkannte, das ihr missfiel?

»Natürlich drängt David mich nicht, ein Korsett zu tragen«, sagte sie nun ruhiger und setzte sich wieder aufs Bett. »Aber als seine Frau werde ich es tragen müssen, wenn er sich mit mir in der Öffentlichkeit zeigt. Deshalb ist es besser, ich gewöhne mich jetzt schon daran. Außerdem ist er Frauen in Korsetts gewöhnt. Ich will ihm gefallen.«

Elsa ließ sich an ihrer Seite nieder.

»Wenn er dich wirklich liebt, dann solltest du ihm so gefallen, wie du bist. Als gebildetes, kultiviertes Mädchen, das aber Asiatin ist.«

»Er liebt mich wirklich«, erwiderte Charlotte ohne Zögern. Diesmal empfand sie keinen Schmerz wegen der Frage, denn sie war sich ihrer Antwort sicher. Noch am gestrigen Nachmittag hatte sie in Davids Augen geblickt und ein Meer an Liebe darin gesehen, in das sie eintauchen konnte, um geborgen und sicher zu sein. Sein Geständnis, dass ihm noch keine Frau so viel bedeutet hatte wie sie, wäre nicht einmal notwendig gewesen.

»Und er will dich heiraten?«

»Natürlich«, entgegnete Charlotte ohne Zögern.

»Wann?«

»Wenn diese Unruhen im Norden vorbei sind.«

Elsa verzog leicht das Gesicht.

»Der Norden und diese Unruhen, das alles ist weit weg. Hier in Shanghai habe ich davon nichts gemerkt. Falls jemals eine Zeit kommen sollte, da es für einen britischen Offizier völlig unproblematisch ist, sich mit einer Asiatin zu vermählen, dann liegt sie in ferner Zukunft. Also entweder er hat den Mumm, dich zu heiraten, oder er hat ihn nicht. Das solltest du möglichst bald herausfinden, bevor du mit ihm weiter in der Öffentlichkeit herumstolzierst und dich in Schwierigkeiten bringst.«

Charlotte zuckte zurück, denn nun hatte der Hieb wieder heftig und tief getroffen.

»Überlasse es einfach mir, was ich tue!«, zischte sie. »Du magst ja einen sehr klugen Kopf haben, wenn es ums Rechnen geht, wie Dewei uns allen erzählt hat. Aber von Gefühlen verstehst du nichts. Ich könnte wetten, dass du noch nie im Leben verliebt warst!«

Elsa zuckte mit den Schultern.

»Nein, das war ich nicht wirklich. Und wenn ich mir verliebte Frauen so ansehe, bin ich sogar ziemlich froh darüber.«

»Dann tust du mir einfach nur leid«, erwiderte Charlotte und stand auf. »Du magst das Zeug zu einer guten Geschäftsfrau haben, aber es mangelt dir an Herz.«

»Wie du meinst«, erwiderte Elsa völlig gelassen, doch es war nicht zu übersehen, dass ihre Hände sich nervös in ihrem Schoß verkrampften.

Sie sahen einander zornig, verletzt, aber auch etwas ratlos an. Die Enge des Zimmers tat ihnen beiden nicht gut, denn zu Freundinnen waren sie nicht geboren. Als der alte Wang an der Tür klopfte, um sie zum Abendessen zu rufen, teilten sie ein Gefühl der Erleichterung.

»David, hast du einen Moment Zeit für mich?«, fragte das in freundlichen, sanften Falten ruhende Gesicht von Onkel Eugene, das sich durch den Türrahmen geschoben hatte. David Stuart legte den North China Herold zur Seite. Er würde bald für die nächste Schießübung des Freiwilligencorps aufbrechen müssen, denn die Männer sollten nun täglich trainieren, damit sie im Falle eines Aufstandes sofort einsatzbereit wären. Es waren über tausend Mann der verschiedensten Nationen, die sich zum Freiwilligencorps gemeldet hatten. Offiziell unterstanden sie dem Stadtrat von Shanghai, aber Captain Brodie Clarke war als diensthabender Offizier für ihre Ausbildung zuständig, und David unterstützte ihn dabei. Eigentlich hatte er sich vorher eine Weile der Muße gönnen wollen, doch konnte er seinen Onkel nicht abweisen.

»Komm herein«, sagte er daher. Eugene Stuart folgte der Aufforderung und ließ sich David gegenüber auf einem Sessel nieder. Kurz rieb er seine Handflächen aneinander. Sein Blick irrte etwas ratlos durch das kleine Zimmer, das er seinem Neffen zur Verfügung gestellt hatte.

»Was gibt es?«, fragte David nun leicht ungeduldig. Sein Onkel legte die Handflächen auf seine Knie.

»Du triffst dich weiter mit diesem Mädchen, nicht wahr?«

David spürte, wie ein unangenehmes Gefühl durch seinen Körper schlich. Es war Ärger, weil jemand sich derart in sein Leben einmischte, verbunden mit der unbestimmten Ahnung, dass nun einige Komplikationen auf ihn zukämen.

»Ich will nicht mit dir streiten«, sagte er so gefasst wie möglich. »Aber bin ich dir wirklich Rechenschaft darüber schuldig, mit wem ich meine freie Zeit verbringe?«

Eugene lehnte sich mit einem leisen Seufzer zurück.

»Ich wünschte wirklich, wir müssten dieses Gespräch nicht führen. Ich weiß, dass junge Männer ihre Freiheiten brauchen, und es ist besser, bestimmte Erfahrungen zu machen, bevor man verheiratet ist. Aber du bist noch nicht lange in Shanghai, kennst die Gepflogenheiten der internationalen Siedlung kaum und hast dein bisheriges Leben in England verbracht, wo Frauen wie diese Charlotte Huntingdon recht selten sein dürften.«

David fuhr zusammen.

»Es wäre durchaus ein Gewinn für England, wenn es dort so kluge und liebenswerte Mädchen wie Miss Huntingdon gäbe«, erwiderte er. »Allerdings gehe ich davon aus, dass einige solche Exemplare auch in meiner Heimat vorhanden sind.«

»Diese ganze Geschichte hat leider nichts mit dem Charakter von Miss Huntingdon zu tun«, sagte sein Onkel nun sehr leise, fast niedergeschlagen. »Ich glaube dir gern, dass sie ein nettes Mädchen ist. Aber eben aus jenem Grund solltest du aufhören, dich mit ihr zu treffen.«

»Und warum bitteschön?«

David spürte, dass er innerlich zitterte. Der Zorn war noch vorhanden, aber tief in seinem Magen begann sich ein harter Ball an Furcht zu bilden, der fast schmerzte.

»Sie ist anständig, David«, redete sein Onkel weiter. »Sie besucht eine durchaus angesehene Schule für eurasische Kinder, wurde von ihrer Mutter wie eine europäische Dame erzogen, und bevor du in ihr Leben getreten bist, gab es über sie keinerlei Gerede. Unter den Eurasiern oder westlich orientierten Chinesen Shanghais würde sich sicher ein guter Ehemann für sie finden lassen und sie könnte ein zufriedenes, respektables Leben führen. Wenn du sie aber ruinierst, dann … du hast doch sicher schon die vielen heruntergekommenen Chinesinnen hier auf der Straße gesehen, die …«

Die Andeutung, Charlotte könne als eine dieser grell geschminkten, kreischend nach Kunden greifenden Huren enden, ließ David in die Höhe schießen. Endlich wurde der Zorn so stark, dass er alle Angst und Unsicherheit hinwegspülte.

»Ich habe keineswegs die Absicht, Miss Huntingdon zu ruinieren!«, rief er laut. Als er den alten Mann erschrocken zusammenzucken sah, schämte er sich ein wenig und fuhr daher gefasster fort: »Ich werde sie heiraten. Das haben wir bereits vereinbart. Sie ist meine Verlobte.«

Der Mund von Eugene Stuart öffnete sich, aber kein Wort kam heraus. Stattdessen erklang ein heller Schrei und die Tür flog auf.

»Das ist nicht dein Ernst! Bist du denn völlig von Sinnen?«, kreischte eine völlig aufgebrachte Tante Millicent, während sie ins Zimmer rannte.

»Du hattest kein Recht, vor der Tür zu lauschen«, tadelte ihr Mann sie, doch klangen diese Worte zu erschöpft, um eine wirkliche Rüge darzustellen.

»Kein Recht? Ich habe jedes Recht, diesen Jungen daran zu hindern, sich seine ganze Laufbahn zu ruinieren und deine Patienten zu vergraulen, womit er auch uns ruiniert!«, empörte sich seine Frau weiter. »Wenn ich dich nicht die ganze Zeit gedrängt hätte, hättest du niemals mit ihm geredet, und wer weiß, wie das alles dann ausgegangen wäre.«

Der schrille Klang ihrer Stimme stach in Davids Ohren. Er verspürte einen Druck an den Schläfen, der Kopfschmerzen ankündigte.

»Ich muss jetzt zum Schießplatz«, sagte er laut genug, um seine Tante zu übertönen und flüchtete aus dem Zimmer. Zwar trug er keine Uniform, hoffte aber, man würde das eine Mal darüber hinwegsehen, da es sich nur um eine Übung handelte. Als die Eingangstür des Hauses hinter ihm zugefallen war, konnte er endlich wieder ruhig durchatmen. Er würde zu Fuß laufen, beschloss er, denn er hatte noch genug Zeit und musste sich beruhigen. In seinem gegenwärtigen Zustand wäre er selbst kaum in der Lage, eine Zielscheibe zu treffen.

Während er sich durch das Gedränge der Stadt schubste, ließ seine innere Erregung allmählich nach und er vermochte, ein paar klare Gedanken zu fassen. Früher oder später hätte er mit seiner Familie reden müssen, doch wünschte er sich, er hätte den Zeitpunkt selbst wählen können. Aber wann wäre der richtige Moment gekommen?

David blieb kurz stehen und fuhr sich mit der Hand über die Stirn. Von hinten wurde er angerempelt, sah sich um und erblickte das von zu viel Alkohol gerötete Gesicht eines Westlers in zerlumpter Kleidung, der mit einem englischen Fluch an ihm vorbeitaumelte. Er bemühte sich, etwas ruhiger weiterzugehen. Es gab für ihn keinen Zweifel daran, dass er Charlotte liebte. Im Vergleich zu ihr wirkten all die Mädchen, mit denen er während seiner Ausbildung zum Offizier in England geflirtet hatte, fade. Bei ihrer letzten Begegnung hatte sie ein paar Gedichte ihrer verstorbenen chinesischen Tante zitiert, und für David hatte die Sprache dieses Landes erstmals Klang und Melodik bekommen. Ein Leben mit Charlotte versprach aufregend und voller neuer Entdeckungen zu sein, kein Fluss in geregelten Bahnen, sondern ein rauschender Bach, der sich durch eine unbekannte Landschaft kämpfte. Er sah sich gemeinsam mit ihr in einer freien, unabhängigen Welt, wo ihnen keine Beschränkungen auferlegt wurden.

Nur hatte er in seiner Euphorie, eine solch zauberhafte junge Frau getroffen zu haben, schlichtweg verdrängt, wie eng und erbarmungslos die wirkliche Welt sein konnte.

Er atmete tief durch, als er das Gelände des Schießübungsplatzes erreicht hatte. Noch war nichts Schlimmes geschehen, er hatte sich zurückgehalten, obwohl Charlottes kleiner, weicher, aber auch kräftiger Körper ihn bis in die Träume verfolgte. Er konnte die Verlobung lösen, denn sie war noch nicht öffentlich verkündet worden. Nur wollte er es nicht. Die bloße Vorstellung, jenes Mädchen, das ihm mit unverstellter Offenheit begegnet war und bei seinem bloßen Anblick zu strahlen begann, von sich zu stoßen, verursachte ihm körperliche Schmerzen.

Noch tief in Gedanken versunken, betrat er die Verwaltungsgebäude des Schießübungsplatzes und erstarrte, als Captain Brodie Clarke in voller Uniform plötzlich vor ihm stand. David war davon ausgegangen, dass er den Nachmittag im Club zubringen würde, wo er seine Kontakte zu den wichtigen Männern Shanghais pflegte.

»Gut, dass Sie da sind, Stuart. Aber wo ist Ihre Uniform?«, wurde er auch schon begrüßt.

»Ich bedauere. Ich war beschäftigt und hatte nicht mehr die Zeit, mich umzuziehen.«

Er fühlte, wie ihm der Schweiß aus den Poren trat. In England wäre ein solches Verhalten unentschuldbar gewesen.

»Na gut, es ist nicht so wichtig«, erwiderte Captain Brodie Clarke zu seiner Erleichterung. »Aber ich muss ein kurzes Gespräch mit Ihnen führen, Stuart. Die Schießübungen können erst einmal ohne Sie losgehen. Ich habe jemand anderem die Order erteilt, sie zu beaufsichtigen.«

David nickte und folgte seinem Vorgesetzten in ein kleines Nebenzimmer, wo ein Schreibtisch und zwei Stühle standen. Captain Brodie Clarke nahm Platz und winkte einem chinesischen Diener zu, der ihnen bald darauf Tee servierte.

»Ich bin mit Ihnen als meinem Stellvertreter sehr zufrieden, Stuart«, setzte er das Gespräch fort. »Ich selbst hoffe, das Amt des diensthabenden Offiziers bald schon niederlegen zu können. Meiner Frau behagt das hiesige Klima nicht und sie würde gern nach Europa zurückkehren. Wenn Sie wollen, dann werde ich Sie als meinen Nachfolger vorschlagen. Sie haben Familie hier und mir scheint, dass Sie sich gut eingelebt haben. Ich glaube, der Rat der internationalen Siedlung wird einverstanden sein.«

»Ich danke Ihnen, Sir. Es wäre mir eine Ehre, in Ihre Fußstapfen treten zu dürfen«, erwiderte David mit einem Hauch von Erleichterung. Eine dauerhafte Stellung in Shanghai zu haben, entsprach durchaus seinen Zukunftsplänen. Er hatte erwogen, andernfalls den Armeedienst zu quittieren, wusste aber nicht so recht, was er dann mit seinem Leben anfangen würde. Onkel Eugene würde ihm vermutlich das kleine Haus vermachen, aber David fehlte das Medizinstudium, um auch die dazugehörige Praxis übernehmen zu können. Ob er als Geschäftsmann taugte, schien ihm mehr als fraglich. Doch dauerhaft diensthabender Offizier des Freiwilligencorps zu sein, war eine Rolle, in der er sich durchaus sehen konnte.

Captain Brodie Clarke streichelte kurz seinen Schnurrbart.

»Allerdings gibt es da noch eine Kleinigkeit, die wir besprechen müssten.«

»Wie Sie wünschen, Sir«, erwiderte David nun recht gelassen, denn bisher hatte das Gespräch sich sehr erfreulich entwickelt. Captain Brodie Clarke beugte sich leicht vor und redete nun etwas leiser weiter: »Ich weiß, die Frauen hier, das ist alles zunächst einmal sehr reizvoll. Exotisch. Ein Mann will ja gern einmal etwas Neues ausprobieren.«

Ein schepperndes Gelächter folgte diesen Worten. David stimmte höflich mit ein, obwohl ihm unwohl wurde.

»Aber derzeit ist die Lage zwischen den Chinesen und uns ein wenig angespannt, wie Sie vielleicht mitbekommen haben. Offen gesagt macht es da keinen so guten Eindruck, wenn Sie ständig in Begleitung eines chinesischen Mädchens gesehen werden. Im Club wurde schon darüber gesprochen.«

David versteinerte. Kälte begann von den Zehen herauf durch seinen ganzen Körper zu ziehen. Wie war es möglich, dass an einem einzigen Tag das so angenehme Leben, das er sich in Shanghai geschaffen hatte, von allen Seiten angegriffen wurde?

»Miss Charlotte Huntingdon«, setzte er nach einem kurzen Räuspern an, »hat mit diesen Unruhen im Norden überhaupt nichts zu tun. Sie wurde von einer deutschen Adoptivmutter europäisch erzogen und ich kann Ihnen versichern, dass sie in jeder Hinsicht das Wesen einer Dame hat.«

»Natürlich, natürlich.« Captain Brodie Clarke hob beschwichtigend die Hände. »Ich glaube Ihnen, dass Sie klug genug sind, sich nicht mit einer mordlustigen Rebellin einzulassen. Aber eine Chinesin bleibt eben eine Chinesin, ganz gleich, wie man sie erzieht. Um also offen mit Ihnen zu reden: Sie können so viele chinesische Geliebte haben, wie Sie wollen, aber zeigen Sie das nicht so öffentlich. Davon abgesehen würde es einen recht guten Eindruck machen, wenn Sie sich unter den jungen Damen Shanghais nach einer möglichen Ehefrau umsehen würden. Ein prächtiger junger Offizier wie Sie ist doch eine begehrte Partie!«

Die Kälte hatte nun Davids Herz erreicht. Er wusste, dass er jedes Recht hatte, wütend zu werden, denn nochmals mischte sich jemand in sein Leben ein. Es war der Moment, um aufzustehen und dem diensthabenden Offizier in sein selbstgefälliges Gesicht zu sagen, dass er bereits eine Braut gefunden hatte, nämlich Charlotte Huntingdon. Danach wollte er sich höflich verabschieden und zum Übungsplatz gehen, denn aus diesem Grunde war er hierhergekommen.

Aber er schaffte es nicht, saß nur weiter da und lauschte nickend den Worten von Captain Brodie Clarke, der sich über die reizvolle Damenwelt der internationalen Siedlung ausließ. David Stuart begriff in diesem Augenblick, dass es ihm an Mut, an Stärke, an Risikobereitschaft und vielleicht auch an Rücksichtslosigkeit mangelte, um jener Mann sein zu können, den Charlotte in ihm sah. Sie war zweifellos die Frau, die er gern an seiner Seite gehabt hätte, mit der er sich eine gemeinsame Zukunft vorstellen konnte. Doch je näher dieser Traum an die Wirklichkeit heranrückte, desto klarer stellte er sich als utopisch heraus. Wie sollte ein gesellschaftlich geächteter Mann eine Familie ernähren? Wie seinen Verwandten in die Augen sehen, deren Hoffnungen er enttäuscht hatte?

Er mochte eine vielversprechende Zukunft vor sich haben, doch für Charlotte gab es keinen Platz darin.

Kapitel 11

Charlotte stieg wie jeden Tag nach der Schule in eine Jinrikscha, um gemeinsam mit Anastassia den Heimweg anzutreten. Sie hatte sich in den letzten Wochen kaum noch mit Shao Yu getroffen, denn er schien ihr ebenso aus dem Weg gehen zu wollen wie sie ihm. Ein wenig schmerzte es sie, aber die Dinge hatten sich eben so entwickelt. Sie brauchte alle verfügbaren Ausreden für die heimlichen Treffen mit David.

»Ich glaube, da will jemand mit dir reden«, hörte sie plötzlich Anastassias leise, stets leicht heisere Stimme und drehte sich um. Dicht neben der Jinrikscha stand eine Frau, eine ältere Europäerin mit einer lächerlich altmodischen Haube auf dem Kopf.

»Miss Charlotte Huntingdon?«, fragte sie mit einem eindeutig britischen Akzent.

»Ja, die bin ich«, entgegnete Charlotte verwirrt. Sie konnte sich nicht erinnern, diese Frau jemals gesehen zu haben.

»Und ich bin die Tante von David Stuart.«

Charlottes Magen zog sich mit einer unguten Ahnung zusammen, aber sie streckte den Rücken, um eine stolze Haltung anzunehmen.

»Was wünschen Sie?«, fragte sie in dem hoheitsvoll damenhaften Tonfall, den sie manchmal bei ihrer Mutter gehört hatte.

»Nur ein kurzes Gespräch. Ein paar Minuten.«

Davids Tante sah so bescheiden, schäbig und verstaubt aus, dass sie Mitleid weckte. Charlotte wies den Fahrer der Jinrikscha an, noch einen Moment zu warten.

»Ich würde lieber an einem ruhigeren Ort mit Ihnen reden, aber das geht leider nicht«, begann die alte Engländerin. »Ich bitte Sie, lassen Sie meinen Neffen in Ruhe.«

Charlotte zuckte wütend zusammen.

»Ich dränge mich ihm nicht auf. Er trifft sich freiwillig mit mir.«

»Ja, ich weiß.«

Mrs Stuart senkte den Blick und fixierte den Schmutz der Straße. Sie sah verloren aus, eine Fremde, die in dieser Stadt niemals Wurzeln schlagen würde.

»David hat gute Aussichten auf eine erfolgreiche Laufbahn. Für uns ist er das Kind, das wir nie hatten. Sie machen alles kaputt.«

»Ach ja? Ich wüsste nicht wie. David will mit mir zusammen sein. Dafür hat er sicher seine Gründe.«

Millicent Stuart schien noch ein wenig zu schrumpfen. Der Blick ihrer braunen Augen war ein reines, inniges Flehen.

»Sie gefallen ihm. Das weiß ich. Aber mit Ihnen als Ehefrau wäre er ruiniert. Wenn Sie wenigstens das richtige Kind Ihrer Eltern wären, also mit einer blonden Mutter und der Vater nur Halbchinese, dann würde es ja gehen, aber mit Ihrem Gesicht … Da kann er gleich aus der Army austreten, niemals mehr bekommt er eine verantwortungsvolle Aufgabe …«

Es war Anastassia, die den Jinrikscha-Fahrer leise aufforderte, sich nun endgültig in Bewegung zu setzen. Er zerrte sie sogleich in die Enge der Straße, immer weiter fort von der klagenden Frau.

Charlotte spürte, wie Anastassia eine Hand auf ihren Arm legte. Sie war der Russin dankbar, dass sie es vermied, ein einziges Wort über den Vorfall zu verlieren, ja ihr nicht einmal ins Gesicht blickte. Ihr war, als sei sie mit Dreck beworfen worden, und sie empfand nichts weiter als das Bedürfnis nach einer gründlichen Wäsche. Sie war sich nicht sicher, ob sie David von dem Benehmen seiner Tante erzählen sollte. Vielleicht wäre es am besten, den Vorfall zunächst einfach zu vergessen. Erst wenn der Termin für ihre Hochzeit feststand, würde sie sich mit der ablehnenden Haltung von Davids Verwandtschaft auseinandersetzen müssen.

Elsa lief wie gewohnt zu Fuß nach Hause, denn die Strecke war nicht allzu lang und es widerstrebte ihrem Sinn für Sparsamkeit, Geld für eine Jinrikscha auszugeben, zumal die Vorstellung, dass ein Mensch wie ein Zugpferd vor ihr herlief, sie immer noch verstörte. Der Winter war kurz nach dem chinesischen Neujahrsfest, einem Rausch an Lärm und Farben, zu Ende gegangen. Die Tage wurden bereits deutlich milder, und sie brauchte nichts weiter als einen Wollschal, um sich vor den immer noch scharfen Zähnen des Windes zu schützen. Den Beutel mit ihren Habseligkeiten hatte sie unter ihre Achsel geklemmt, denn Viktoria Huntingdon wies sie immer wieder auf die Gefahr von Taschendieben hin. Das verwöhnte Fräulein hatte wohl einst nicht mitbekommen, wie viele davon es auch in Hamburg gab.

Der Anblick der Bettler war hier aber oftmals schockierender, ihnen fehlten Gliedmaßen und die Haut klebte an ihren Knochen, als seien sie atmende Skelette. Ganz gleich, wie viel Elend Elsa in ihrer Heimat gesehen hatte, das Schicksal der armen Chinesen war eindeutig härter, was ihr deutlich machte, dass sie trotz allem bisher Glück im Leben gehabt hatte. Farbenfrohe Exotik vermochte Shanghai auf den ersten Blick reizvoll zu machen, sah man genauer hin, stank es nach Elend und Verfall. Dennoch fühlte Elsa sich nicht unwohl. Dies war, ebenso wie Hamburg, eine Stadt von Geschäftsleuten. Sie schätzte den Pragmatismus der Chinesen, ihr spontanes, unverstelltes Lachen und Schreien sowie die Selbstverständlichkeit, mit der sie Enge ertrugen. Fremde Gerüche waren ihr inzwischen vertraut geworden. Auch daran, durch ihre Größe aufzufallen und ständig neugierige Blicke im Rücken zu spüren, hatte sie sich gewöhnt. Das Haus der Huntingdons tauchte vor ihr auf und sie beschleunigte ihre Schritte. Glücklicherweise hatte es seit der letzten Auseinandersetzung keinen Streit mit Charlotte mehr gegeben.

»Missie Huntingdon?«, fragte ein chinesischer Junge in ihrem Rücken, als Elsa durch das Tor in den kleinen Vorgarten des Hauses trat.

»Nein, die bin ich nicht. Aber ich kenne sie.«

Ein weiterer Vorteil, in Shanghai zu leben, bestand darin, dass Elsa inzwischen recht gut Englisch konnte. Sie nahm dem schmächtigen Jungen den Brief ab, auf dessen Umschlag in schwungvollen Schriftzügen Charlottes Name stand, und betrat das Haus.

Viktoria musste noch in ihrem Waisenhaus sein, denn der Salon war leer. Aus der Küche drang bereits Essensgeruch. Bald würde die ganze Familie sich wie jeden Abend zu Tisch versammeln. Schwungvoll stieg Elsa die Stufen hoch, klopfte und trat erst ein, als sie von Charlotte dazu aufgefordert worden war. Das Fräulein Huntingdon saß heute zur Abwechslung einmal über seinen Schulbüchern, blickte kurz auf und begrüßte Elsa mit einem Kopfnicken.

»Ich habe etwas für dich. Ich glaube, es ist von deinem David.«

Das freudige Aufleuchten in Charlottes Augen beim Anblick der Schriftzüge bestätigte diese Annahme. Sie wandte Elsa den Rücken zu und riss sogleich den Umschlag auf. Elsa blieb etwas unschlüssig stehen. Vielleicht war es jetzt besser, den engen Raum für ein paar Minuten zu verlassen, damit Charlotte ihre Liebesbotschaft ungestört lesen konnte.

»Ruf mich, wenn du fertig bist«, sagte sie daher und öffnete wieder die Tür. Charlotte stimmte mit einem knappen Nicken zu. Elsa stieg wieder die Stufen in die Eingangshalle hinab, sah in den weiterhin leeren Salon und erwog, ob sie sich dort für eine Weile hinsetzen sollte. Stimmen drangen an ihr Ohr, deutsche und englische Worte, die sich mit chinesischem Singsang vermischten. Sie wusste, dass Viktoria und ihr Ehemann sich auf diese Weise miteinander unterhielten. Die Hausherrin musste also in der Zwischenzeit nach Hause gekommen sein. Elsa bewegte sich in die Richtung, aus der die Stimmen kamen, und entdeckte eine angelehnte Tür gegenüber dem Salon. Bisher hatte sie dieses Zimmer niemals betreten und daher wusste sie auch nicht, welchem Zweck es diente. Kurz zögerte sie, ein Ehepaar in seiner Zweisamkeit zu stören und beschloss, einen kurzen Blick hineinzuwerfen, bevor sie klopfte.

Jinzi Huntingdon saß mit entblößtem Oberkörper in einer Wanne. Eine helle Frauenhand mit zwei Ringen, die Elsa als Viktorias Schmuck erkannte, fuhr mit einem Lappen sanft über seinen Rücken. Elsa stockte der Atem, denn sie sah ein dichtes Geäst aus Narben, das mit liebevoller Fürsorge gewaschen wurde. Sie hatte etliche Leute gekannt, die des Öfteren Prügel bezogen hatten, doch eine derartig tiefe, zerfurchte Verletzung eines menschlichen Körpers war ihr noch nie untergekommen. Sofort wich sie zurück, denn sie war Zeugin eines sehr persönlichen Geheimnisses geworden. Ihre Wangen brannten. In ihrem Unterleib regte sich etwas, ein kribbelndes, durchaus angenehmes Gefühl, dessen Fremdheit sie dennoch verstörte. Sie wurde von einer unerklärlichen Sehnsucht überkommen, selbst über diese Narben streichen zu können und die harten, glatten Muskeln darunter zu spüren.

Elsa schlug kurz die Hände vors Gesicht. Sie benahm sich wie eine mannstolle Göre, die allein von ihren Trieben geleitet wurde. Dabei war ihr bis vor Kurzem nicht einmal bewusst gewesen, dass solche Triebe sich überhaupt in ihr verbargen. Sie mochte Jinzi Huntingdon und konnte nicht leugnen, dass er ein sehr attraktiver Mann war. Aber er gehörte Viktoria und ihr wäre niemals in den Sinn gekommen, etwas an diesem Gefüge ändern zu wollen, davon abgesehen, dass sie der feinen Dame niemals das Wasser würde reichen können. Jinzi hatte sie stets höflich, aber auch distanziert behandelt. Vermutlich behandelte er alle Frauen so, weil er wusste, wie schnell sie sich zu ihm hingezogen fühlten. Elsa hatte manchmal mitbekommen, zu welch hysterischen Gefühlsausbrüchen abgewiesene Frauen fähig waren, und es hatte sie erleichtert, dass solche Gefühle ihr fremd waren. Nun begann sie plötzlich zu ahnen, wodurch sie ausgelöst wurden.

So leise wie möglich entfernte sie sich von der Tür, denn sie fürchtete, man könnte ihrem Gesicht ansehen, welche Wünsche sie gerade eben überwältigt hatten. Charlotte musste ihren Brief inzwischen längst gelesen haben, auch wenn sie immer noch nicht gerufen hatte. Vermutlich hing sie glücklichen Träumereien nach und hatte vergessen, dass sie seit etwa zwei Monaten ihr Zimmer unfreiwillig mit einer anderen jungen Frau teilte.

Elsa klopfte zur Sicherheit an. Sie hörte keine Antwort und drückte sanft die Klinke nieder.

Charlotte saß weiterhin auf ihrem Stuhl. Der Brief lag auseinandergefaltet in ihren Händen und sie starrte ihn an wie die Maus eine Schlange, von der sie jeden Augenblick verschlungen werden konnte.

»Ist irgendetwas?«, fragte Elsa verwirrt. Charlotte reagierte zunächst nicht. Dann fuhr plötzlich ein Zucken durch ihren Körper, sie steckte eine Hand in ihren Mund und biss sich auf die Knöchel. Ihr Wimmern war die verzweifelte Klage eines gequälten Tieres.

Die Vorhänge des Zimmers waren seit über einer Woche zugezogen. Charlotte vernahm die Laute der Stadt wie aus weiter Ferne, als sei ihr Kopf in Watte gehüllt. Jeden Morgen hatte sie sich vorgenommen, endlich aufzustehen und in die Schule zu fahren, aber im letzten Augenblick hatte sie die Kraft verlassen. Ihren Eltern erzählte sie etwas von heftiger Migräne, mit der sie auch ihre vom Weinen geröteten Augen zu erklären hoffte. Glücklicherweise war bisher niemand auf die Idee verfallen, nach einem Arzt zu rufen, denn sie hätte sich kaum in der Lage gefühlt, auch ihm Ausreden aufzutischen.

Ihre Mutter hatte mehrfach versucht, ein vertrauliches Gespräch mit ihr zu beginnen, was Charlotte aber bewusst vermied. Sie wollte nicht zugeben, wie häufig sie ihre Eltern in den letzten Monaten angelogen hatte, nur um schließlich von David weggeworfen zu werden wie ein Spielzeug, das ihn allmählich zu langweilen begann. Nach dem Erhalt des Schreibens hatte sie zunächst noch gehofft, es sei von ihm unter Zwang verfasst worden, vielleicht weil seine hysterische Tante ihm andernfalls mit Selbstmord drohte. Angespannt hatte sie auf jeden Laut gelauscht, der einen weiteren Boten ankündigen würde, um eine neue Nachricht zu überbringen. Nach all der gemeinsamen Zeit, den Küssen, Liebesschwüren und der häufig wiederholten Versicherung, sie sei die einzig richtige

Frau für ihn, konnte er sie nicht einfach mit einem einzigen Brief abspeisen. Er würde eine Erklärung vorbringen, sich kleinlaut entschuldigen, sie derart verletzt zu haben – und nach einer angemessenen Zeit des gespielten Grolls würde sie ihm vergeben.

Aber nichts war gekommen, kein Brief, kein einziges Geschenk und auch nicht er selbst, obwohl sie sich das am meisten gewünscht hatte. Charlotte begann zu ahnen, dass er ihre Verlobung tatsächlich als gelöst betrachtete. Den Ring warf sie aus dem Fenster, damit irgendein Bettler ihn verkaufen und sich ein paar schöne Tage leisten konnte, doch ihre Hoffnung, sich danach besser zu fühlen, erfüllte sich nicht. Sie versuchte, Zorn auf David zu empfinden, wozu er ihr allen Grund gegeben hatte, doch flackerte dieses Gefühl nur in seltenen Momenten in ihr auf, um bald darauf von einer Welle des Schmerzes und der Sehnsucht hinweggeschwemmt zu werden. Ihr ganzer Körper verzehrte sich nach ihm, war süchtig nach seinem leisen, verlegenen Lachen, bei dem er häufig die Hand vor den Mund legte, der warmen Enge seiner Umarmung. Sogar die Erinnerung an das Zucken seiner linken Braue, wenn er verwirrt war, genügte manchmal, um eine Flut an Tränen auszulösen.

Charlotte hatte ihren Appetit verloren, ihre Neugier, ihre Lust am Leben. Sie dämmerte im Halbdunkel vor sich hin, nur gelegentlich unterbrochen von Elsa, die spät abends hereinschlich, um sich schlafen zu legen, und im ersten Morgengrauen wieder verschwand. Sie wusste als Einzige, was geschehen war, da Charlotte ihr den Brief zu lesen gegeben hatte, bevor sie ihn in viele kleine Stücke zerriss. Zum Glück waren von ihr nicht allzu viele Kommentare gekommen. Sie schien zu spüren, dass Charlotte allein sein wollte, und respektierte das.

Doch nun klopfte es. Charlotte drehte langsam den Kopf zur Tür. Es war bereits Abend und draußen färbte die Stadt sich langsam grau. Die ersten Gaslaternen begannen ihr bleiches Licht zu verbreiten. Zum Abendessen war es noch zu früh, sie hatte keinerlei Gerüche aus der Küche wahrgenommen.

»Herein!«, rief sie widerwillig, denn ein letzter Rest an Vernunft sagte ihr, dass sie nicht ganz darauf verzichten konnte, mit ihrer Umwelt zu kommunizieren. Wider besseres Wissen glomm ein Funke Hoffnung in ihr auf. Vielleicht war es David, der eine Weile gebraucht hatte, um sich von seiner Familie zu lösen.

Die Tür öffnete sich und Elsa trat ein, gefolgt von einer blassen Gestalt in einem dunklen, schäbigen Kleid, um deren Kopf ein Tuch geschlungen war.

»Das ist eine Mitschülerin von dir. Ich bin ihr auf dem Heimweg vom Kontor begegnet. Sie wollte wissen, wie es dir geht. Ich dachte mir, da kann sie dich ja auch besuchen kommen.«

Elsa schob eine schüchterne Anastassia energisch in Charlottes Richtung, dann wandte sie sich wieder zur Tür.

»Ich sage dem alten Wang, dass er euch Tee bringen soll.«

Anastassia trat ein paar Schritte vor und nahm unaufgefordert auf der Kante von Charlottes Stuhl Platz.

»Du bist schon eine ganze Woche krank«, begann sie. »Niemand konnte mir genau sagen, was es ist. Hast du Fieber?«

Ihre Stimme klang ehrlich besorgt. Charlotte zwang sich in eine aufrechte Haltung und rieb ihre verquollenen Augen. Ihr Magen tat weh, als hätte sie einen Schlag erhalten. Würde sie jemals aufhören können, auf eine reumütige Rückkehr von David zu hoffen?

»Starke Kopfschmerzen«, sagte sie nur.

»Meine Mutter trinkt da immer starken Kaffee mit Zitronensaft. Sie hat auch oft Kopfweh«, plapperte Anastassia weiter. »Ich weiß, euer Diener ist Chinese, aber wenn ich es ihm zeige, kann er sicher …«

»Der alte Wang ist in der Lage, Kaffee zu kochen«, unterbrach Charlotte ungeduldig. »Es ist das Lieblingsgetränk meiner Mutter.«

»Ja dann«, Anastassia lächelte betreten. »Versuche es mit Zitronensaft. Das hilft. Wenn du willst, können wir uns am Wochenende treffen und ich zeige dir alles, was wir inzwischen in der Schule gemacht haben.«

Sie lächelte zaghaft, als sei sie sich nicht sicher, ob sie überhaupt erwünscht war. Charlotte tat ein paar Atemzüge, um sich zu beruhigen. Anastassia war so unglaublich bescheiden und nett, dass sie eben dadurch anstrengend wurde.

»Ich lasse dir eine Nachricht zukommen, wenn es mir besser geht«, versprach sie und hoffte, das Mädchen würde jetzt gehen. Aber sie blieb sitzen und gleich darauf erschien der alte Wang mit einem Tablett, auf dem er zartes, chinesisches Teegeschirr balancierte.

»Ach, das ist aber nett«, sagte Anastassia in ihrem schlichten Englisch und strahlte, als der Diener sie zufrieden anlächelte. Dann half sie ihm sogar, die Tassen auf dem kleinen Nachttisch neben dem Bett zu verteilen, obwohl ein Gast das nicht tun musste. Der alte Wang schien sie direkt ins Herz geschlossen zu haben, denn sein Lächeln erreichte auch seine Augen, als er sich zum Abschied verbeugte.

»Der Tee schmeckt richtig gut«, redete Anastassia weiter. »Aber ein Kaffee mit …«

»Das hast du bereits mehrfach gesagt!«

Das Mädchen zuckte wie unter einem Hieb zusammen.

»Ich weiß, ich rede oft Unsinn«, flüsterte Anastassia niedergeschlagen, doch ihre Augen flehten um Widerspruch. Kurz wurde Charlotte von schlechtem Gewissen überwältigt. Nichts gab ihr das Recht, ihre Laune an einem derart wehrlosen

Wesen auszulassen. Dann musterte sie Anastassia eindringlicher. Die Russin war so blass, dass sie an einen Geist erinnerte, hatte dunkle Ringe unter den Augen und trug ein Kleid, das vielleicht einmal ihrer Mutter gehört hatte, so altmodisch war der Schnitt und zerschlissen der Stoff. Ihre Augen hatten eine fast wässerig blaue Farbe, das blonde Haar wirkte stumpf und zerschlissen wie Stroh. Doch diese schmächtige Gestalt, der es an Farbe und Willenskraft mangelte, hätte David Stuarts Frau werden können, ohne ihn dadurch zu ruinieren. Eine neue Welle von Schmerz fuhr durch Charlottes Körper.

»Ja, das tust du allerdings«, erwiderte sie nur. Eine kalte Hand hielt ihr Herz umfangen und presste alle Fähigkeit zu Mitgefühl heraus. Wie aus weiter Ferne beobachtete sie Anastassia beim Aufstehen.

»Ich glaube, ich gehe jetzt besser«, sagte das Mädchen leise. »Soll ich am Wochenende wiederkommen? Vielleicht fühlst du dich dann nicht mehr so schlecht.«

»Ich habe doch schon gesagt, dass ich eine Nachricht schicke, wenn ich dich wiedersehen will«, entgegnete Charlotte eisig. Kurz wünschte sie sich, Anastassia würde jetzt endlich wütend werden, wie jeder normale Mensch angesichts einer so unfreundlichen Behandlung, und ihr ein paar böse Worte an den Kopf werfen, die sie wirklich verdient hatte. Doch die Russin verabschiedete sich nur flüsternd und schlich hinaus. Charlotte atmete erleichtert auf, als die Tür zugefallen war, und nippte weiter an ihrem Tee. Sie hatte keinen anderen Wunsch mehr, als möglichst viel allein sein zu können.

»Fühlst du dich jetzt besser?«, hörte sie plötzlich Elsa mit schneidendem Spott fragen und erschrak derart, dass sie ein paar Tropfen Tee verschüttete. Ihre Zimmergenossin musste fast ohne jedes Geräusch hereingekommen sein.

»Es geht mir den Umständen entsprechend. Ich bin krank.«

»Schön für dich.«

Die junge Deutsche stand mit verschränkten Armen da und sah zu ihr herab. Aus den grauen Augen sprühten zornige Funken.

»Das Mädchen hat fast geweint, als es nach draußen ging«, donnerte ihre Stimme los. »Du bist ein Ekel zu ihr gewesen, dabei machte sie sich Sorgen um dich und kam, um dich aufzuheitern. Deine Eltern leiden auch unter deinem Zustand, aber du scheinst ihn regelrecht zu genießen und weigerst dich, mit irgendjemandem zu reden.«

Angesichts dieser Unverschämtheit drehte Charlotte ihr den Rücken zu und hoffte, sie würde dann einfach verschwinden. Leider erfüllte diese Hoffnung sich nicht, denn die Strafpredigt ging weiter.

»Es gibt so viele Menschen, denen an dir liegt und die sich Mühe geben, nett zu dir zu sein. So ein Glück hat nicht jeder. Aber du trampelst auf ihnen herum, nur weil irgendein Kerl dir zunächst einen Ring an den Finger steckte und sich dann mit ein paar Zeilen wieder aus der Affäre zog. Meines Erachtens ist er nichts weiter als ein erbärmlicher Feigling!«

Nun fuhr Charlotte auf. Die Watte um ihren Kopf war verschwunden, sie lebte, hörte und empfand wieder mit intensiver Klarheit. Und sie bebte vor Wut.

»So redest du nur, weil du dein Leben lang an niemand anderen gedacht hast als an dich selbst!«, rief sie. »David muss Rücksicht auf seine Familie nehmen, aber davon verstehst du nichts. Du hast kein Herz! Was es bedeutet, einen Mann zu lieben, ist dir völlig fremd!«

Elsa hob die Hände und grinste leicht verlegen.

»Tja, man könnte sagen, das war ein Treffer ins Schwarze«, sagte sie nur. Dann setzte sie sich zu Charlotte ans Bett.

»Meine Mutter heiratete den Mann, den sie liebte«, begann sie zu erzählen. »Er war ein Säufer, ein Spieler, warf alles Geld, das sie mühsam verdiente, sofort zum Fenster heraus, und wenn sie darüber klagte, verprügelte er sie. Sie hätte ihn rechtzeitig verlassen können, wenn sie vernünftig gewesen wäre, aber dazu war ihre Liebe zu groß. Manchmal schien sie ihr Leid regelrecht zu genießen, denn sie wusste, wie charmant und fürsorglich er sich jedes Mal benahm, wenn er ihre Vergebung erflehte. Aber für mich war es die Hölle, so einen Vater zu haben, zumal meine Brüder recht früh anfingen, sich an ihm ein Beispiel zu nehmen.«

Elsas Brust hob und senkte sich etwas schneller als gewöhnlich. Ihre Finger waren so kräftig ineinander verschlungen, dass auf den Handrücken die Adern hervortraten, doch es gelang ihr, bei dieser Geschichte eine gefasste Miene zu wahren. Charlotte wurde bewusst, dass sie aufmerksam zugehört und für eine Weile tatsächlich nicht mehr an ihr eigenes Unglück gedacht hatte.

»Was ist mit deinem Vater? Lebt er noch?«

Elsa schüttelte den Kopf.

»Er wurde eines Tages tot aus dem Wasser gefischt. Entweder jemand hat ihn hineingeworfen oder aber er war so betrunken, dass er selbst hineinfiel.«

Charlotte schluckte.

»Das tut mir leid«, sagte sie. Elsa zuckte mit den Schultern.

»Mir tat es nicht leid. Ich war erleichtert, dass er aus unserem Leben verschwand. Vielleicht hast du ja recht und ich habe kein Herz.«

Mit einem leicht heiseren Lachen strich sie ihren Rock glatt.

»Jedenfalls hat mich das Eheglück meiner Eltern vor sämtlichen romantischen Vorstellungen bewahrt. In jeder arrangierten Ehe wäre es meiner Mutter vermutlich besser ergangen als mit dem Mann ihres Herzens. Selbst als alte Jungfer wäre sie weniger schlimm dran gewesen.«

»Es sind nicht alle Männer so«, widersprach Charlotte. »Meine Eltern heirateten auch aus Liebe und sie sind glücklich zusammen. Mein Vater ist immer treu gewesen und das, obwohl etliche hübsche junge Mädchen sich auf der Straße nach ihm umdrehen.«

Ein merkwürdiger Ausdruck huschte über Elsas Gesicht, als fühle sie sich bei einer Schandtat ertappt. Es dauerte nur einen winzigen Moment, dann sah sie wieder völlig gefasst aus.

»Da hat deine Mutter eben verdammt viel Glück gehabt und einen Ausnahmemann erwischt.«

»Und eben dieses Glück hoffte ich auch zu haben«, erwiderte Charlotte und spürte entsetzt, dass wieder Tränen in ihrer Kehle würgten. Würde sie irgendwann aufhören, wie ein nasser Lappen zu sein, aus dem es ständig tropfte?

»Dann ist es eben einmal schief gegangen«, sagte Elsa. »Du hast dich in diesem Kerl getäuscht, meine Güte! Das ist kein Grund, gleich aufzugeben.«

Charlotte drehte sich von ihr weg. Diese eiskalte Geschäftsfrau verstand gar nichts. Kein Mann würde sie jemals ablehnen, nur weil sie das falsche Gesicht hatte.

»Ich finde, du solltest heute Abend endlich wieder zum Essen herunterkommen«, sagte Elsa auch schon mit der ihr eigenen Taktlosigkeit. »Du hast dich lange genug vor deiner Familie versteckt.«

Tief in ihrem Inneren hörte Charlotte eine Stimme flüstern, dass diese Worte durchaus richtig waren, aber sie erstickte diese Einsicht sogleich im Keim. Aus einem unklaren Grund fürchtete sie sich regelrecht davor, der Frau gegenüberzusitzen, die sie Mutter genannt hatte, solange sie denken konnte. Die kalte Bitterkeit, von der sie in Anastassias Nähe überkommen worden war und die sie hatte boshaft werden lassen, lauerte immer noch in ihr, jederzeit bereit, nochmals alle anderen Gefühle einzufrieren.

»Lass mich bitte selbst entscheiden, wie ich mich meiner Familie gegenüber benehme«, sagte sie nur. Elsa zuckte mit den Schultern, warf ihr einen sichtlich verärgerten Blick zu und ging dann hinaus.

David Stuart entstieg der Jinrikscha, die ihn bis zum Haus seines Onkels gebracht hatte. Ohne weitere Diskussionen bezahlte er die geforderte Summe, obwohl es ungefähr das Fünffache von dem war, das Charlotte für eine ähnlich lange Strecke ausgegeben hätte. Ihm fehlte die Energie zu einer längeren Auseinandersetzung mit diesem kleinen, ausgemergelten Kerl, der sich wie alle Chinesen schlagartig in einen begriffsstutzigen Idioten zu verwandeln verstand, wenn es ihm nützlich schien. Wie hatte Charlotte es nur immer wieder geschafft, in solchen Verhandlungen den Sieg davonzutragen?

Er verfluchte sich sogleich leise für diesen Gedanken. Seinen Vorsatz, nicht mehr dauernd an Charlotte zu denken, hatte er allein an diesem Abend schon etliche Male gebrochen, obwohl ihm während der Soirée, zu der Captain Brodie Clarke ihn mitgenommen hatte, gleich mehrere junge Damen vorgestellt worden waren. Die Nachricht, dass er der zukünftige diensthabende Offizier des Freiwilligencorps sein konnte, musste sich wie ein Lauffeuer verbreitet haben, sodass die gerüschten, eng geschnürten höheren Töchter ihm regelrecht zugeschoben wurden wie Huren von ihren Zuhältern. Früher einmal hätte dieser Umstand ihm vielleicht geschmeichelt, denn er war als Zeichen guter Karriereaussichten zu werten. Nun schienen diese Mädchen ihm allesamt kaum interessanter als herausgeputzte Puppen, die von ihren Erzeugern eingebläute Worte nachplapperten.

Er wusste, dass dieses Urteil nicht ganz gerecht sein konnte, denn er hatte keiner dieser jungen Frauen überhaupt eine Chance gegeben, ihm ihr wahres Wesen zu zeigen. Sie verblassten alle neben Charlotte, die von seiner Erinnerung ständig heraufbeschworen wurde, sodass er sie fast an seiner Seite wähnte. Captain Brodie Clarke musste dies erahnt haben, denn er hatte ihm nach der Soirée einen Besuch in einem chinesischen Bordell vorgeschlagen. Auf Davids Bitte hin war ein schlichter Kneipenbesuch daraus geworden. In Ruhe ein paar Gläser Bier und Schnaps zu leeren, hatte tatsächlich gut getan, auch wenn ihm jetzt etwas schwindelig war. Morgen hätte er sicher höllische Kopfschmerzen.

Er wollte gerade die Eingangstür zum Haus seines Onkels aufsperren, als plötzlich eine Gestalt dicht neben ihm aus der Dunkelheit trat, ganz in Schwarz gekleidet, sodass sie mit dem nächtlichen Hintergrund verschmolz. David spürte den Schlag in seinem Magen, noch bevor er eine Bewegung wahrgenommen hatte. Als erneut eine Faust auf sein Gesicht zuraste, versuchte er, sich zu ducken, war aber nicht schnell genug. Er fühlte zunächst nur die Härte der Mauer an seinem Hinterkopf, der Schmerz kam mit leichter Verzögerung. In diesem Augenblick erwachte endlich der Zorn und er hob selbst eine Hand, um zurückzuschlagen. Kurz tauchte im Licht der Laternen ein eindeutig asiatisches Männergesicht auf, doch wich es aus, bevor David sein Ziel treffen konnte, und der Angreifer verschwand so plötzlich, wie er gekommen war. David fiel lediglich auf, dass er für einen Chinesen ungewöhnlich groß war.

Mit mühsam unterdrücktem Stöhnen öffnete er die Tür. Sein Kinn brannte von dem Schlag, den er erhalten hatte, und auch sein Hinterkopf schmerzte höllisch. Zwar ahnte er, dass er nicht schwer verletzt war und dass der Angreifer auch nicht die Absicht gehabt hatte, ihm mehr als ein paar Hiebe zu versetzen, aber zu dem Kater am nächsten Morgen würden sich wohl noch blaue Flecken gesellen. Glücklicherweise hatte er keine wichtigen Pläne für den folgenden Tag.

»Bist du in Ordnung, Junge?«

Sein Onkel stand im Nachtgewand vor ihm, wirkte rührend mit einer weißen Nachtmütze, altmodisch und wohlwollend. Zu seinem Entsetzen fühlte David, wie sein Magen sich überschlug. Er würgte.

»Ich werde dir in der Küche einen starken Kaffee kochen. Das hilft, wenn man zu viel getrunken hat«, bot Onkel Eugene sich sogleich an und fügte dann hinzu: »Ich war ja auch mal jung.«

David musste sich an die Wand lehnen. Die Eingangshalle drehte sich um ihn und das Licht der Laterne in der Hand seines Onkels ließ Flammen bis in sein Hirn schießen.

»Meine Güte, Junge, was ist denn mit deinem Gesicht passiert? Bist du überfallen worden?«, murmelte Eugene Stuart entsetzt. David schloss kurz die Augen, denn die Welt schien ihm unerträglich.

»Ich habe es verdient«, murmelte er. »Jeden einzelnen Hieb habe ich verdient.«

»Jetzt rede keinen Unsinn! Weißt du, wer es war?«

David tat ein paar Atemzüge. Er wusste es, obwohl er Charlottes Vater niemals zu Gesicht bekommen hatte. Nur ein Halbchinese konnte eine derartige Körpergröße haben und zudem hatte Charlotte ihm immer wieder stolz erzählt, was für ein geschickter Kämpfer Jinzi Huntingdon war.

»Ich habe keine Ahnung. Sein Gesicht war verborgen«, log David, um seinen Onkel nicht unnötig zu belasten. »Ich gehe jetzt besser schlafen. Aber wenn du mir noch einen Kaffee bringen lassen könntest, wäre ich dir sehr dankbar.«

»Ich bringe ihn selbst. Die Diener schlafen schon«, versprach Eugene Stuart. »Bist du dir sicher, dass du sonst keine Hilfe brauchst?«

»Ja, es ist alles in Ordnung«, versicherte David und begann sich bereits die Treppe hochzuschleppen. Der Überfall hatte immerhin dazu beigetragen, dass er nüchterner geworden war, doch kehrte damit auch das Wissen um seine Lage mit gnadenloser Klarheit zurück. Der Schmerz, den er bei jedem Schritt empfand, tat plötzlich fast wohl, denn er war die gerechte Strafe für die Art, wie er Charlotte behandelt hatte.

Kapitel 12

Es musste bereits später Vormittag sein, erwog Charlotte, denn das Geschrei Shanghais drang schon seit Stunden an ihr Ohr. Elsa war bei Dewei im Kontor. Ihre Mutter befand sich vermutlich im Waisenhaus und ihr Vater traf sich mit Bekannten oder ging irgendwelchen Geschäften nach, um seinen Anteil zum Lebensunterhalt der Familie zu leisten. Sie hatte daher gute Aussichten, sich in einem leeren Haus zu befinden. Allmählich begann es, sie nervös zu machen, ständig im Bett herumzuliegen. Der Appetit meldete sich in den letzten Tagen immer stärker, als weigere ihr Körper sich, noch länger in dem Zustand von Trauer und Apathie zu verharren, den sie ihm aufzwang.

Sie konnte ebenso gut aufstehen, beschloss sie. Vielleicht würde es reichen, ein paar Runden im Haus zu drehen, damit sie wieder ermüdete. Ihr graute immer noch davor, dieses Haus zu verlassen und all jene Orte aufzusuchen, an denen sie mit David gewesen war. Fast die ganze Stadt hatte sie ihm gezeigt, eben darum wollte sie diese jetzt meiden.

Es war merkwürdig, überlegte sie, während sie in ihren Morgenmantel gehüllt die Stufen hinunterstieg. Noch vor einigen Tagen hatte sie gestaunt, wie glücklich ein Mensch in dieser Welt sein konnte. Nun war alles vorbei, und jenes alte Leben, mit dem sie so viele Jahre lang völlig zufrieden gewesen war, schien ihr plötzlich nur noch düster und leer. Zudem war irgendetwas an ihrem Selbstverständnis grundlegend erschüttert worden. Sie ging durch ihr Zuhause mit einem Gefühl der Verlorenheit, als wäre es ein Ort, an den sie nicht mehr gehörte. Denn wäre sie wirklich die Tochter seiner Eigentümer, dann …

»Kind, bist du endlich aufgestanden?«, vernahm sie die Stimme jener Frau, die sie lange für ihre Mutter gehalten hatte. Charlotte fuhr zusammen. Sie hatte bei ihrem ersten Ausflug aus dem selbst gewählten Einsiedlerdasein allein sein wollen.

Viktoria kam ihr aus dem Salon entgegen. Sie trug eine chinesische Bluse und einen schlichten, schwarzen Rock, was bedeutete, dass sie keinen Ausflug ins Waisenhaus plante. Das Haar fiel offen über ihre Schultern. Charlotte war früher niemals aufgefallen, wie sanft und leicht die rotblonde Lockenpracht sich bewegte, wenn Viktoria ging. Europäisches Haar war wunderschön, zudem verbarg die helle Farbe vorteilhaft graue Strähnen.

»Ich bin so froh, dich wieder auf den Beinen zu sehen. Wollen wir zusammen Kaffee trinken? Vom Frühstück ist noch etwas übrig«, begann Viktoria in einem freudigen Ton, der Charlotte gekünstelt schien.

»Wenn du möchtest«, erwiderte sie ausweichend. Sie fühlte sich noch nicht bereit für dieses Gespräch, sah aber keine Möglichkeit, ihm zu entkommen.

Gemeinsam gingen sie in den Salon, wo der alte Wang tatsächlich noch nicht das Frühstücksgeschirr abgetragen hatte. Viktoria goss Kaffee in eine Tasse mit braunem Schmutzrand, die sie bereits selbst benutzt haben musste, und in eine völlig saubere. Dann schob sie das Milchkännchen aufmunternd in Charlottes Richtung. Charlotte fiel ein, dass sie von zu viel Milch schnell Blähungen bekam. Auch in dieser Hinsicht war sie anders.

»Ich hoffe, du fühlst dich jetzt ein wenig besser«, unterbrach Viktoria das betretene Schweigen. Charlotte wusste keine Antwort, denn sie vermochte nicht zu lügen. Gleichzeitig sah sie echte Besorgnis und Zuneigung in den runden, blauen Augen und schämte sich plötzlich, so schwierig zu sein.

»Es geht schon«, brachte sie mühsam hervor. »Ich hatte die ganze Zeit sehr starke Migräne und wollte einfach niemanden sehen. Es tut mir leid, wenn ich euch dadurch verletzt habe.«

Viktoria seufzte und senkte ihren Blick auf die Tischdecke.

»Ich weiß doch, dass du nicht nur einfach Kopfschmerzen hattest«, sagte sie leise. »Es ist wegen des Engländers, nicht wahr?«

Charlotte krampfte ihre Hände um die Tischkante. Vielleicht lag es daran, dass sie so viele Tage lang wenig gegessen hatte, aber ihr wurde plötzlich schwindelig.

»Hat Elsa euch das erzählt?«, stieß sie heiser hervor.

»Nein. Elsa war verschwiegen wie ein Grab. Sie ist sehr anständig, sagt dein Vater, dem sie von Anfang an sympathisch war. Aber ich bin nicht blind, Kind. So viele Wochen lang hast du vor Glück gestrahlt. Und jetzt auf einmal dieser Zusammenbruch.«

Mit verkrampftem Magen versuchte Charlotte, sich aufrecht zu halten. Ihre Lügen waren also von Anfang an durchschaut worden!

»Es wird schon wieder«, versicherte sie, obwohl sie selbst nicht wirklich daran glaubte. Viktorias blaue Augen musterten sie weiter besorgt und abwartend, und Charlotte begriff, dass sie weitere Erklärungen erwarteten.

»Der Engländer … also ich mochte ihn, aber er sah die Dinge anders. Ich kann nicht seine Frau werden. Also ist es jetzt eben vorbei.«

Sie war stolz auf sich, weil sie diese Worte ausgesprochen hatte, ohne dass ihr dabei die Stimme brach. Nun hoffte sie inständig, keine genaueren Erklärungen abgeben zu müssen, denn die Selbstbeherrschung, mit der sie sich aufrechthielt, war wie ein Korsett aus dünnem Glas. Bei der geringsten weiteren Belastung würde es zerbrechen. Aber Viktoria fragte zum Glück nicht weiter nach, stattdessen glitten ihre Hände über das Tischtuch in Charlottes Richtung. Charlotte fuhr zurück. Sie war ein verwundetes Tier, das nicht berührt werden wollte.

»Kind, ist … ist irgendetwas geschehen, das dich in Schwierigkeiten bringen könnte?«, fragte Viktoria nun sehr leise. Charlotte begriff zunächst nicht, was damit gemeint sein konnte. Erst nach einer Weile fügte ihr Verstand die Andeutung in einen klaren Zusammenhang, den sie wie einen Schlag ins Gesicht empfand.

»Du meinst, weil ich die Tochter einer chinesischen Hure bin, habe ich mich auch wie eine benommen?«

Es wurde so still im Raum, dass die Geräusche der Stadt plötzlich ohrenbetäubend schienen. Charlotte fühlte, wie ihr Tränen in die Augen schossen. Sie hasste diese angriffslustige, verschlossene Fremde, in die sie sich verwandelt hatte, doch konnte sie das umgängliche Mädchen von einst nicht mehr wiederbeleben. Ein Schleier war von ihrem Gesicht gerissen worden, sie sah die Welt nun mit harter, gnadenloser Klarheit.

»Ich wusste nicht, dass … Hat dein Vater es dir erzählt?«, fragte Viktoria mit belegter Stimme. Charlotte nickte stumm. Sie wusste, wie tief sie diese blonde Europäerin soeben verletzt hatte. Es tat ihr weh. Aber sie konnte es nicht ändern.

»Nun gut, er hatte sicher seine Gründe.« Viktoria richtete sich auf. Sie sah angespannt aus, zwang sich aber zu lächeln.

»Alles, was ich zu dir sage, hat nichts mit deiner Herkunft zu tun. Ich war auch einmal jung, habe mich verliebt und Fehler gemacht. Deshalb könnte ich es verstehen, wenn du ebenso gehandelt hast, und würde dir in jeder Hinsicht zur Seite stehen. Du bist doch meine Tochter!«

Der Schmerz kroch nun langsam durch jede Faser von Charlottes Körper. Wie gern hätte sie dieser Frau einen dankbaren

Blick zugeworfen und wäre ihr um den Hals gefallen, erleichtert, die Unterstützung einer derart verständnisvollen Mutter zu haben. Doch eine Engländerin in schäbiger Kleidung hatte ihr klargemacht, wie die Welt in Wirklichkeit aussah, und alle Güte Viktoria Huntingdons vermochte daran nichts zu ändern.

»Ich bin nicht deine Tochter«, hörte sie sich sagen und krümmte sich gleichzeitig vor Schmerz. »Wäre ich das, dann hätte ich David Stuart heiraten können. Also höre bitte auf, mich zum Narren zu halten.«

Sie sah das fassungslose, verletzte Gesicht auf der anderen Seite des Tisches und sprang auf, um diesem Anblick zu entfliehen. Erst als sie auf ihr Zimmer geflüchtet war und die Tür sicher geschlossen hatte, vermochte sie wieder ruhig zu atmen.

Nach dem nervenaufreibenden Gespräch zog der Tag sich friedlich und still dahin, erst in den frühen Abendstunden wurde Charlotte durch ein Klopfen in ihrer Einsamkeit gestört. Da der alte Wang meist erst nach dem Abendessen im Salon erschien, um auch ihr eine Schüssel zu bringen, fürchtete sie, dass Viktoria einen weiteren Versuch unternehmen wollte, die Unterhaltung fortzusetzen. Für Elsa war es noch etwas zu früh. Sie rief trotzdem ein »Herein«, denn sie konnte sich in ihrem Zimmer nicht verbarrikadieren. Als sie das Gesicht ihres Vaters erblickte, war sie zunächst erleichtert. Dieser hochgewachsene Halbchinese war ein Mann, der sie gezeugt haben konnte, auch wenn er es leugnete. Nur das Funkeln in seinen Augen machte ihr Angst.

»Was hast du dir dabei gedacht?«, fuhr er sie an. Charlotte zuckte zusammen. Sie wusste sofort, worum es ging.

»Ich habe ihr die Wahrheit gesagt, nichts weiter«, versuchte sie, ihr Verhalten zu verteidigen, bemerkte aber gleichzeitig, wie leise und schwach ihre Stimme klang.

Jinzi Huntingdon kam schweigend auf sie zu, um sich dann auf dem Stuhl neben dem Schreibtisch niederzulassen.

»Ich hatte dich darum gebeten, nicht mit ihr zu reden. Sie sollte nicht erfahren, dass ich dir von Dujuanhua erzählt habe.«

Charlotte verschränkte schützend die Hände vor der Brust. Er hatte völlig ruhig gesprochen, aber mit einer klirrend kalten Stimme, die sie mehr erschreckte als lautes Gebrüll.

»Es … es tut mir leid«, stammelte sie. »Ich fühle mich sehr schlecht die letzten Tage. Ich habe einfach gesagt, was mir in den Sinn kam.«

Auf Verständnis hoffend blickte sie in sein Gesicht, das unzugänglich blieb wie eine Steinfigur. Sie wusste, wie hoch seine Maßstäbe hinsichtlich Loyalität und Verlässlichkeit waren. Er war zweifellos tief enttäuscht von ihr. Doch während sie sich schuldbewusst duckte, begann plötzlich Zorn in ihr zu kochen.

»Dann habe ich es ihr eben gesagt! Sie wusste es doch ohnehin, nur wollte sie es vor mir geheim halten. Die ganzen Jahre hat sie mich wie ihre Tochter behandelt, aber ich bin eine gewöhnliche Chinesin! Niemals werde ich eine europäische Dame sein können wie sie. Sie ist an meinem Unglück schuld, und da soll ich sie schonen!«

An der Kehle ihres Vaters bewegten sich die Sehnen.

»Du bist kein gewöhnliches chinesisches Mädchen«, erwiderte er knapp. Charlotte richtete sich auf.

»Ach ja, und was bin ich dann?«

»Ein verzogenes, undankbares Kind. So etwas wie dich bringt dieses Land kaum hervor. Dazu sind die Traditionen zu streng und die Lebensbedingungen zu hart.«

Charlotte spürte das harte Urteil in seinem Blick und wollte sich verzweifelt dagegen auflehnen.

»Es geht dir doch immer nur um sie! Du bist so stolz auf deine Frau mit ihren blauen Augen und dem gelben Haar. Ich sollte nur meine Rolle als ihr Kind erfüllen, damit sie glücklich ist. Wie ich mich dabei fühlte, das war dir egal.«

Nun sprang er auf und brachte dadurch den Stuhl zum Kippen, doch hinderte der dicht hinter ihm stehende Schreibtisch das Möbelstück daran, ganz zu Boden zu fallen.

»Wie ein Kind sich fühlt, dem all seine Wünsche erfüllt werden, das weiß ich in der Tat nicht, denn ich habe das selbst nie erlebt«, sagte ihr Vater weiterhin sehr gefasst. »Ich hätte dich auch nicht derart verwöhnt, aber sie wollte es so. Nachdem deine ersten Lebensjahre sehr hart gewesen waren, solltest du haben, was immer dich glücklich machte, wenn wir es uns nur leisten konnten. Und auf einmal, da war es nicht mehr so, wie du es kanntest. Das Leben gab dir nicht, was du so gerne wolltest, einen gut aussehenden Schwächling aus England zum Gemahl. Anstatt dich damit abzufinden, greifst du jenen Menschen an, der alles tat, dir eine schöne Kindheit zu schenken.«

Es summte in Charlottes Ohren, als hätte sie heftige Ohrfeigen erhalten. Was er sagte, klang ebenso gnadenlos hart wie richtig. Trotzdem blieb ein hartnäckiger Widerspruch in ihrem Inneren, der ihr etwas Rückhalt gab und sie Worte finden ließ, um sich zu verteidigen.

»Ich bin in einem Narrenparadies aufgewachsen, deshalb dachte ich, ich könnte David zum Mann haben. Niemand hat mir jemals klargemacht, dass ich einfach nur eine Chinesin bin wie alle anderen.«

Sie zuckte zusammen, als sie ihren Vater böse auflachen hörte.

»Eine gewöhnliche Chinesin würde es niemals wagen, auf derart unverschämte Weise mit ihrer Mutter zu reden, wie du es heute getan hast. Und sie würde auch nicht am helllichten Tag mit einem fremden Mann herumspazieren, außer sie arbeitet in einem Freudenhaus.« Ohne sie nochmals anzusehen, bewegte er sich zur Tür. Charlotte wollte ihn zurückhalten, ihm sagen, wie sehr sie sich nach seinem Trost und seiner Unterstützung sehnte, doch brachte sie solche Worte nicht über die Lippen. Jener Mann, den sie für ihren Vater gehalten hatte, wies sie zurück. Sie vergrub ihr Gesicht im Kissen, zog die Decke über den Kopf und dämmerte eine Weile vor sich hin. Ihr Gefühl hatte sie nicht betrogen. Sie gehörte nicht wirklich in dieses Haus.

Eine Weile später kam Elsa zurück und fragte leicht irritiert, ob etwas nicht in Ordnung sei.

»Ich habe nachgedacht«, sagte Charlotte und entfernte die Decke wieder von ihrem Gesicht. »Ich weiß jetzt, wer meine wahre Mutter ist.«

Sie öffnete die Schublade, doch musste sie eine Weile herumwühlen, bis sie den Jadeanhänger wiederfand.

»Ihr Name ist Dujuanhua. Das hat sie mir hinterlassen.«

Elsa nahm den Anhänger mit einer gewissen Neugier entgegen und musterte ihn kurz.

»Kannst du dich an sie erinnern?«

Charlotte schüttelte den Kopf.

»Ich glaube, ich sollte nach ihr suchen«, teilte sie Elsa das Ergebnis ihrer Überlegungen mit. »Ich bin doch ein Teil von ihr.«

»Wenn du meinst.«

Elsa begann gähnend, ihre Kleidung abzustreifen, um sich in ihrem Untergewand auf der Matte auszustrecken.

»Es wäre auf jeden Fall eine bessere Idee, als dich hier weiter zu verkriechen und Trübsal zu blasen«, meinte sie, bevor sie das Licht der Gaslampe löschte.

Am nächsten Tag brach Elsa zum Bund auf, um einem heimkehrenden amerikanischen Journalisten ein Teeservice zu überbringen, das er als Souvenir mitnehmen wollte. Da er sehr angetan von dem deutschen Fräulein im Laden gewesen war, hatte Dewei vorgeschlagen, sie solle sich selbst mit der Ware auf den Weg machen, zumal er so kostbares Porzellan ungern einem Kuli anvertraute. Elsa war ein wenig unwohl bei der ganzen Sache, denn sie wollte nicht den Eindruck erwecken, ebenso zum Verkauf zu stehen wie das Teeservice, aber Dewei hatte sie davon überzeugt, wie wichtig es war, den Kunden in guter Erinnerung zu bleiben. So hatte sie also zum allerersten Mal jenes dunkelblaue Kleid mit einer hübschen Samtschleife am Kragen, das sie von Tante Magda für besondere Anlässe bekommen hatte, angezogen und ihr Haar mit zwei Perlmuttkämmen verziert, die Viktoria ihr freundlicherweise überlassen hatte. Eleganter herausgeputzt, als sie jemals in ihrem Leben gewesen war, führte Elsa ihren Auftrag aus, wobei die Reaktion des Amerikaners sich tatsächlich auf ein erfreutes Lächeln bei ihrem Anblick beschränkte. Er versprach sogar, das Geschäft der Huntingdons in seinem Reisebericht zu erwähnen, was Elsa wieder einmal über Deweis Geschick staunen ließ. Sie hatte in den wenigen Wochen, da sie für ihn arbeitete, mehr gelernt als in den drei Jahren bei Herrn Nils.

Zufrieden trat sie den Rückweg an. Unmittelbar vor ihr lag das Zollhaus und sie begann nun, wieder Richtung Nanking Road zu spazieren. Der Hafen von Shanghai gefiel ihr mit seinen kostbaren Waren und seinem Gestank nach Fäulnis und Fisch. Menschen aus aller Welt schubsten, schrien und hasteten hier herum. Sie beobachtete, wie eine elegante europäische Dame, die ein ganzes Blumenbeet auf ihrem Kopf balancierte, versuchte, den Saum ihres Kleides von Pfützen fernzuhalten, während ihr Mann mit einem Spazierstock herumfuchtelte, um eine Jinrikscha anzuhalten. Beide wirkten auf fast rührende Weise hilflos in dieser engen Fremde. Elsa tauchte in die Masse der chinesischen Kulis ein. Einfache, arme Menschen waren ihr zu vertraut, als dass sie sich vor ihnen gefürchtet hätte. Kurz wurde sie von ein paar zankenden Jinrikscha-Fahrern angerempelt und torkelte zu einem Schiff, dessen Waren soeben entladen wurden. Der Körper eines Mannes schob sich in ihr Blickfeld. Elsa sah nackte, muskulöse Arme, die in die Höhe gestreckt waren. Die Haut war von einem zarten Braun, der Schnitt des weiten Hemdes eindeutig asiatisch. Während der Mann in einer unverständlichen Sprache schrie, um ein paar Lastenträger voranzutreiben, schien sein ganzer Leib vor Energie zu vibrieren. Es war eben diese Mischung aus Grazilität und Kraft, die Elsa an Jinzi Huntingdon fasziniert hatte. Geborgen in der anonymen Umarmung der Menschenmenge erlaubte sie sich, ihn noch ein wenig anzustarren. Wieder regte sich etwas in ihrem Unterleib und ein leichtes Kribbeln durchfuhr ihre Oberschenkel. Sie hatte derartige Empfindungen bisher nicht gekannt, aber sie taten wohl.

Dann drehte der Mann sich plötzlich um, als habe er ein stummes Signal von ihr empfangen.

Seine Augen waren mandelförmig. Blauschwarz schimmerndes, glattes Haar rollte sich auf seinem Kopf in einen Knoten. Elsa erinnerte sich, wie Dewei ihr vor Kurzem die wesentlichen Formen asiatischer Männerfrisuren erklärt hatte. Der Mann vor ihr war vermutlich Japaner, kein einfacher Lastenträger, aber auch kein Adeliger, denn sonst würde er hier nicht das Entladen eines Schiffes bewachen.

Sie spürte, wie sie nun selbst einer genauen Musterung unterzogen wurde, die ihren Körper ausmaß, bewertete und für zufriedenstellend befand, denn auf dem fremden Gesicht zeigte sich wache Neugier. Der Mann bewegte sehr kurz, fast unmerklich den Kopf in Richtung Stadt. Dann lag ein ruhiges Warten in seinen dunklen Augen.

Rasch schlüpfte Elsa wieder in die schützende Menschenmenge. Ihr Magen schlug Kapriolen und der Schweiß lief in Bächen über ihren Körper. Tief in ihrem Inneren wusste sie, worauf der Mann gewartet hatte. Ein einziges, unauffälliges

Zeichen der Zustimmung von ihr hätte genügt, damit sie gemeinsam nach einem Ort suchen konnten, wo sie für ein paar Augenblicke ungestört wären. Sie bohrte ihre Nägel in die Handflächen, bis es schmerzte. Er musste sie für eine Hure gehalten haben. Aber nein, auch das passte nicht, denn in Shanghai gab es genug Huren, die weitaus bunter und greller aussahen als sie selbst in ihrem blauen, hochgeschlossenen Kleid. Die einzig mögliche Erklärung war, dass er ihren Blick gespürt und richtig gedeutet hatte. Es war jenes schlichte, fast animalische Begehren gewesen, das sie nun auch regelmäßig in Jinzi Huntingdons Gegenwart überkam, als habe ihr Körper einen eigenen Willen entwickelt, der sich dem Zugriff ihres Verstandes entzog.

Elsa flüchtete in die Nanking Road, schubste sich an Jinrikschas, Bettlern, Karren und Straßenhändlern vorbei, bis sie endlich an einer Hausecke vor einem Schaufenster eine freie Fläche fand, wo sie eine Weile stehen bleiben konnte, um kurz zu verschnaufen. Irgendetwas mit ihr stimmte nicht mehr. Bisher hatte sie eisern um Unabhängigkeit gekämpft, eigenes Geld und berufliches Vorankommen, um nicht bis an ihr Lebensende Böden schrubben zu müssen wie ihre Mutter. Dass dieser Weg ihr das Schicksal einer alten Jungfer bescheren konnte, hatte sie dabei durchaus in Kauf genommen. Sie traute Männern viel zu wenig, um einem von ihnen ihr Lebensglück anzuvertrauen. Doch nun schien es ihr, als fordere ihr dreiundzwanzigjähriger Körper plötzlich Rechte ein, die ihm bisher verwehrt worden waren.

Seufzend lehnte sie sich gegen die Hauswand. Was dieser Japaner in seinem Rücken hatte deutlich spüren können, entging womöglich auch Jinzi Huntingdon nicht, obwohl sie sich ganz bewusst bemühte, ihm gegenüber distanziert zu bleiben. Am Ende merkte es sogar Viktoria. Sie würde dadurch in eine Rolle gedrängt, die ihr nicht besonders behagte. Ein dahergelaufenes Mädchen, das aus Mitgefühl aufgenommen worden war, versuchte nun, sich an den Hausherrn heranzumachen.

Elsa beschloss, die Sache nicht unnötig zu dramatisieren, denn sie hatte bisher nichts getan, außer manchmal vielleicht allzu offensichtlich zu starren. Während sie weiter zum Haus der Huntingdons ging, stellte sie sich kurz vor, dass sie das Angebot des Japaners angenommen hätte und nun in irgendeinem dunklen, stickigen Verschlag über seine glatte, zart braune Haut streichen könnte. Das Kribbeln erwachte von Neuem und huschte nun durch alle Fasern ihres Körpers, um entspanntes Wohlbehagen zurückzulassen.

Wofür schämte sie sich eigentlich? Ein Mann täte es an ihrer Stelle mit Sicherheit nicht.

Als sie das kleine Steinhaus der Huntingdons erreichte, war ihr bereits etwas wohler. Sie zog den Schlüssel aus ihrem Beutel und sperrte auf. Vielleicht wäre Charlotte endlich wieder auf den Beinen, sodass sie das Zimmer eine Weile für sich allein haben konnte. Es strengte sie an, ständig auf die tiefe Trauer des jungen Mädchens Rücksicht nehmen zu müssen.

Das Haus lag still vor ihr, als befände sich kein einziger Mensch darin. Langsam stieg sie die Stufen hoch. Es war nicht auszuschließen, dass Charlotte wieder einmal den Kopf unter die Decke gesteckt hatte und schlief, daher klopfte Elsa erst einmal vorsichtshalber. Als keine Reaktion kam, drückte sie die Klinke herunter.

Auch das Zimmer war leer. Charlotte hatte sogar das Bett gemacht, oder es war der alte Wang gewesen. Ihre Schulbücher lagen sauber gestapelt auf dem Schreibtisch, die Schranktür stand halb offen und dicht daneben fehlte etwas, das vorher immer da gewesen war. Elsa war sich nur der Lücke bewusst, brauchte eine Weile, bis ihr einfiel, womit sie gefüllt gewesen war. Dicht neben ihrem eigenen, zerbeulten Koffer hatte immer Charlottes hübsche Reisetasche aus Gobelin gestanden, die jetzt vom Erdboden verschluckt schien.

Elsa beschloss, dass es dafür sicher irgendeine Erklärung gab, und setzte sich erst einmal aufs Bett. Sie schlüpfte aus den Schuhen, überlegte dann, dass es vernünftiger wäre, ihr bestes Kleid wieder gegen die übliche weiße Bluse und ihren dunklen Rock einzutauschen, bevor das Abendessen aufgetragen wurde. Kaum hatte sie ihren Koffer geöffnet, hörte sie, wie unten die Eingangstür aufging.

»Charlotte? Bist du da?«, rief Viktoria Huntingdons glockenhelle Stimme auf Deutsch. Elsa trat auf den Treppenflur hinaus.

»Nein, sie ist leider nicht hier«, rief sie nach unten. Viktorias Gesicht wandte sich ihr zu und sie erschrak, wie angespannt und bleich es wirkte.

»Ist irgendetwas passiert?«, fragte sie verunsichert.

»Ich weiß es nicht. Ich hoffe nicht. Aber Charlotte muss bereits heute Vormittag verschwunden sein und keiner weiß, wo sie ist.«

Elsa hastete die Stufen hinab. Eine böse Ahnung kroch langsam in ihr hoch, aber sie schob sie energisch von sich.

»Wer sagt denn, dass sie schon heute Vormittag verschwunden ist?«, wollte sie nach kurzem Nachdenken wissen.

»Ich war mittags kurz hier. Ich wollte mich mit ihr aussprechen, konnte sie aber nicht finden. Dann ging ich erst einmal wieder ins Waisenhaus zurück, denn ich dachte, sie wäre vielleicht mit ihrem Vater unterwegs. Aber der besuchte mich später auf der Arbeit. Er hat unsere Tochter seit gestern nicht mehr gesehen.«

Viktoria atmete hastig. Elsa konnte fast körperlich spüren, welche Panik nun von der feinen Dame Besitz ergriff. Gleichzeitig ging ihr eigener Verstand schnell alle Möglichkeiten durch.

»Hat schon jemand mit diesem Diener gesprochen? Der könnte sie als Letzter gesehen haben«, sprach sie das Ergebnis ihrer Überlegungen aus.

Viktoria hatte ihren Schal abgelegt und streifte nun die Spitzenhandschuhe ab. Elsa bemerkte das Zittern ihrer Hände.

»Jinzi sucht gerade nach dem alten Wang. Nachmittags geben wir ihm oft frei und er geht dann in irgendwelche Teehäuser. Wahrscheinlich ist nichts Schlimmes geschehen, aber …« Sie lächelte leicht verlegen, als wolle sie sich entschuldigen. »Ich mache mir eben Sorgen. Charlotte hat sich diese Sache mit dem Engländer so zu Herzen genommen!«

Mit kleinen, schnellen Schritten hastete sie in den Salon. Elsa folgte.

»Was ist mit dieser russischen Freundin? Vielleicht ist Charlotte zu ihr gegangen. Sie hatten eine Art Streit, als das Mädchen hier war, und Charlotte verhielt sich ziemlich garstig, also vielleicht wollte sie sich ja mit ihr aussprechen.«

Viktoria blieb kurz stehen und berührte ihre linke Schläfe mit der Hand.

»Ja, natürlich. Das ist es wahrscheinlich. Am besten, ich nehme gleich eine Jinrikscha und fahre zu Anastassias Familie.«

Sie eilte wieder aus dem Salon hinaus, um sich Schal und Handschuhe überzustreifen.

»Sie bleiben hier, nicht wahr, Elsa? Vielleicht kommt Charlotte ja in der Zwischenzeit zurück.«

Viktorias Bewegungen waren so fahrig, dass der Schal ihr mehrfach aus den Händen glitt, während sie ihn um ihren Hals schlang.

»Vielleicht sollten Sie warten, bis Ihr Mann zurückkommt«, schlug Elsa etwas hilflos vor, denn sie hatte plötzlich Angst, Viktoria in ihrem Zustand auf die Straße zu lassen.

»Nein, ich muss herausfinden, was passiert ist«, sagte die besorgte Mutter schnell und eilte hinaus.

Elsa blieb allein in der Eingangshalle zurück. Sie verschränkte die Arme vor der Brust und rieb ihre Ellbogen mit beiden Händen. Sicher war Charlotte nichts Schlimmes geschehen und zum Abendessen wäre sie wieder da.

Wäre nicht das Wissen um die verschwundene Reisetasche gewesen, hätte sie vielleicht wirklich daran glauben können.

Kapitel 13

Charlotte brauchte länger als erwartet, um das richtige Haus zu finden. Shao Yu hatte ihr erzählt, dass er im chinesischen Viertel in der Nähe des Tempels des Stadtgottes lebte, gegenüber von einem Restaurant, das sich das Haus der tausend Köstlichkeiten nannte. Sie hatte es recht schnell entdeckt, aber auf der anderen Seite der engen Gasse erblickte sie nur zahllose, eng aneinander kauernde Häuser mit brüchigen Holzwänden, die den Eindruck erweckten, jeden Augenblick einstürzen zu können. Zerlumpte, ausgemergelte Gestalten lagen davor herum, streckten die Hände nach Vorbeigehenden aus oder dämmerten mit halb geschlossenen Augen vor sich hin. Aus einem nahe gelegenen, etwas besser erhaltenen Gebäude wehte der süße, blumige Geruch von Opium in ihre Richtung.

Den Griff ihrer Reisetasche hielt sie fest umklammert, denn sie ahnte, dass viele dieser Bettler gerade davon träumten, ihr dieses Gepäckstück mit seinem sicherlich wertvollen Inhalt zu entreißen. Aus den Tiefen ihres Schrankes hatte sie eine chinesische Hose hervorgeholt und sie zu ihrer Bluse mit Froschverschlüssen angezogen, eine Kluft, die ihre Mutter gern zu Hause trug. Sie selbst hatte sich in europäischen Kleidern immer wohler gefühlt, doch die ungewohnte Kleidung half ihr, ganz in die Masse der Chinesen einzutauchen.

Nun begann sie, vor den Häusern auf und ab zu laufen, wobei sie immer lauter Shao Yus Namen rief. Die von Lepra zerfressenen Finger eines Bettlers griffen nach ihrem Knöchel, doch sie kämpfte sich entschlossen frei. Ihre anfängliche Angst schwand allmählich, stattdessen erwachte nervöse Ungeduld. Wenn sie Shao Yu jetzt nicht fand, dann blieb ihr nichts anderes übrig, als unverrichteter Dinge nach Hause zurückzukehren. Um allein nach Beijing aufzubrechen, mangelte es ihr an Geld, und es widerstrebte ihr, ihre Eltern zu bestehlen. Früher einmal wäre es eine Selbstverständlichkeit für sie gewesen, ihre Pläne mit ihrem Vater zu besprechen, der ihr sicher hätte helfen können, die leibliche Mutter zu finden. Doch nun hatte er sie zurückgewiesen, und sie war zu stolz, sich um eine Versöhnung zu bemühen.

»Shao Yu!«, rief sie nochmals laut und fast schon verzweifelt.

»Shao Yu, Shao Yu!«, äffte eine ältere, aufgedunsene, grell geschminkte Frau sie nach. »Vergiss es, Mädchen, der will nichts mehr von dir. Dein Geschrei wird langsam lästig. Wenn du willst, dann helfe ich dir, einen neuen Liebsten zu finden.«

Auf Lotusfüßen kam sie Charlotte entgegengeschwankt, blies den Duft von billigem Parfüm vor sich her. Charlotte blieb eine Weile unentschlossen stehen. Die Alte war ihr nicht gerade sympathisch, aber immerhin der erste Mensch, der hier gewillt schien, mit ihr zu sprechen.

»Er ist nicht mein Liebster«, erwiderte sie. »Nur ein guter Freund, der sich sicher nicht vor mir verstecken würde. Ich muss nur herausfinden, wo er ist. Er wohnte hier mit einer Gauklertruppe aus Shandong.«

Die Alte wiegte ihr Gesicht hin und her. Ihre schwabbeligen Wangen, die an eine Bulldogge erinnerten, wippten leicht. Bunte, klobige Schmucksteine schwankten in ihren Ohren und um ihren Hals hing eine ganze Sammlung an verschiedensten Ketten.

»Ja, ja, ich erinnere mich. Hier waren Gaukler aus dem Norden«, sagte sie nach einer Weile. »Aber sie haben jetzt ein anderes Haus bezogen, nur ein paar Straßen weiter weg. Komm mit, ich kann es dir zeigen!«

Ohne Worte der Zustimmung abzuwarten, packte sie Charlotte am Ärmel und zerrte.

»Sha Lo Te!«, erklang es plötzlich im Hintergrund. Charlotte fuhr herum, wobei sie sich aus dem Griff der Alten freiriss. Shao Yu stand nun unmittelbar vor ihr. Er sah immer noch mager aus, aber seine Schultern waren etwas breiter geworden und aus den Ärmeln seines hochgekrempelten Hemdes ragten muskulöse Unterarme. Insgesamt machte er einen deutlich erwachseneren Eindruck als noch vor wenigen Wochen.

»Was machst du denn hier?«, fragte er völlig fassungslos und musterte sie von Kopf bis Fuß, um ihre ungewohnte chinesische Kleidung zu begutachten. »Und jetzt komm weg von diesem Weib!«

Die Alte zeterte im Hintergrund, während Shao Yu Charlotte hinter sich herzog, bis sie in einer engen Seitengasse verschwanden.

»Das ist eine Bordellbesitzerin, und zwar eine ziemlich üble«, sagte er mit leicht tadelndem Tonfall. »Da sie kein Geld hat, bei Menschenhändlern einzukaufen, versucht sie, Mädchen auf der Straße anzusprechen und in eine Falle zu locken. Du wolltest ihr doch nicht etwa folgen?«

Charlotte biss sich auf die Lippen. Sie hatte es zumindest kurz in Erwägung gezogen und war nun zornig auf sich selbst, denn ein in Shanghai aufgewachsenes Mädchen durfte nicht so naiv sein.

»Ich wollte dich unbedingt finden«, verteidigte sie ihr Verhalten. »Sie sagte, sie wüsste, wo du bist.«

Shao Yu legte die Stirn in Falten.

»Ist irgendetwas passiert?«, fragte er nun besorgt. Charlotte holte Luft. Ja, es war sehr viel geschehen, doch wollte sie es ihm nicht gleich alles im Detail schildern.

»Du hast gesagt, dass du mit diesen Leuten nach Beijing fahren willst«, stellte sie nur fest. Er nickte.

»Ja, wir wollen schon in ein paar Tagen aufbrechen. Es ist hier nicht so gut gelaufen, wie sie hofften.«

Erleichtert atmete Charlotte auf. Sie war gerade noch rechtzeitig gekommen.

»Gut, dann würde ich gern mitkommen. Meinst du, das geht irgendwie?«

Er trat einen Schritt zurück, sodass er gegen eine Hauswand stieß. »Haben sie dich hinausgeworfen?«, fragte er leise und weich, als habe er eine solche Entwicklung der Dinge schon seit einiger Zeit befürchtet. Charlotte schüttelte den Kopf.

»Nein, ich bin freiwillig gegangen.«

»Aber warum denn? Ich meine … ist … hat dir jemand etwas angetan?«

Wieder hörte sie Besorgnis in seiner Stimme. Ihr war nie klar gewesen, wie sehr dieser einfache, oft hilflose und verlorene Junge sie mochte.

»Wir hatten Streit«, erklärte Charlotte ausweichend. »Und mir ist klar geworden, dass du recht hattest. Ich bin nicht die Tochter von Viktoria Huntingdon aus Deutschland. Meine richtige Mutter ist Chinesin. Ich weiß jetzt, wie sie heißt, und dass sie nach Beijing gegangen ist. Ich will sie finden.«

Shao Yu starrte sie weiter fassungslos an, als könne er den Sinn ihrer Worte nicht sogleich erfassen.

»Du meinst, du bist freiwillig von deinen Eltern weggegangen, um mit uns nach Beijing zu ziehen?«

»Ja, natürlich. Das sage ich doch die ganze Zeit!«, erwiderte Charlotte nun etwas ungeduldig.

»Sie sind nicht meine Eltern. Ich gehöre nicht zu ihnen.«

»Natürlich tust du das«, widersprach er sogleich. »Bitte, Sha Lo Te, mach jetzt keinen Unsinn. Du hast keine Ahnung, wie sehr ich dich um dein Leben bei den Huntingdons beneidet habe. Wir alle aus dem Waisenhaus haben es getan. Shihua und die anderen Freudenmädchen sind nur deshalb so oft garstig zu dir gewesen, weil sie alles dafür gegeben hätten, an deiner Stelle sein zu können.«

Charlotte ballte trotzig die Hände zu Fäusten.

»Aber du hast doch selbst zu mir gesagt, ich würde mein Volk verraten, indem ich die Lebensart der Fremden nachahme.«

»Ach das.« Er seufzte. »Das war eben so gesagt. Die Fremden schwächen uns mit ihrem Opium, missachten unsere Traditionen und sehen auf uns herab, aber deine Mutter ist im Waisenhaus netter zu mir gewesen als die meisten meiner Landsleute, die ich später traf. Geh jetzt bitte zu ihr zurück. Ich werde dich begleiten, wenn du willst.«

Die Überzeugungskraft seiner Worte lähmte Charlotte für einen Augenblick. Wehmut erwachte in ihrem Inneren, die Sehnsucht nach einem Leben, dessen Sicherheit und Geborgenheit sie viele Jahre lang als selbstverständlich empfunden hatte. Und was käme jetzt? Auf einmal krampfte Furcht ihren Magen zusammen, und sie war schon versucht, Shao Yus Angebot anzunehmen, als ein Schatten auf sie beide fiel.

»Was machst du hier? Hast du keine Arbeit, dass du dich mit Weibern herumtreibst?«

Sie konnte fast spüren, wie Shao Yu zusammenzuckte. Ein Mann stand nun dicht neben ihnen. Er war nicht ganz so groß wie ihr Vater, aber in seiner Breite und Stämmigkeit glich er einem Riesen. Sein ganzer Körper schien aus schweren Muskeln zu bestehen. Die dunkle Haut wies auf eine bäuerliche Herkunft hin, doch sein grimmiger Gesichtsausdruck entbehrte jeder Demut.

»Das ist … meine Schwester«, stammelte Shao Yu. »Sie wollte mich besuchen. Bitte Herr, vergebt mir, dass ich meine Aufgaben vernachlässigt habe.«

Charlotte nahm verwirrt die Lüge zur Kenntnis und schob ihre Reisetasche unauffällig hinter sich, denn der Gobelin sah zu europäisch aus, um der Schwester eines chinesischen Waisenjungen gehören zu können.

»Deine Schwester also. Du hast gesagt, deine einzige Familie sei dein Onkel«, knurrte der Riese.

Shao Yus Schultern sackten hinab, sodass er wieder etwas kleiner wirkte.

»Ich kenne sie aus dem Waisenhaus. Wir waren wie Geschwister. Nun hat sie Schwierigkeiten mit der Familie, bei der sie untergekommen ist.«

Der Riese sah Charlotte durchdringend an.

»Ein gutes Mädchen hat zu gehorchen und dann bekommt es auch keine Schwierigkeiten«, bemerkte er. Charlotte nannte ihn im Geiste einen bornierten Idioten, aber gleichzeitig sah sie eine Möglichkeit, ihre Pläne dennoch durchzusetzen.

»Ich weiß, dass ich gehorchen soll«, entgegnete sie mit gesenktem Kopf. »Doch würde ich sehr gern mit euch nach Beijing ziehen, denn bei den Fremden, für die ich arbeite, will ich nicht bleiben.«

Neben ihr stieß Shao Yu einen leisen Protestlaut aus, den er aber gleich wieder unterdrückte, als der Riese auf ihn hinabsah.

»Bist du verheiratet?«, wollte der Mann von Charlotte wissen. Sie verneinte wahrheitsgemäß und wunderte sich gleichzeitig, was diese Frage sollte.

»Dann denke daran, dass eine Frau immer rein bleiben muss. Sonst raubt sie Männern die Lebenskraft«, mahnte er mit todernster Stimme. Charlotte fand diese Worte reichlich wirr, ging aber davon aus, dass sie ihren Sinn mit der Zeit begreifen würde. Im Augenblick wollte sie einfach nur nach Beijing und dieser Mann konnte ihr helfen, dorthin zu gelangen.

»Wie heißt deine Schwester?«, wollte der Riese nun von Shao Yu wissen. Bevor der Junge eine Antwort geben konnte, griff Charlotte nach dem Anhänger, der nun um ihren Hals hing.

»Ich bin Dujuanhua«, antwortete sie. Neben ihr sog Shao Yu laut Luft ein.

»Wenn du dich nützlich machst, dann kannst du bei uns bleiben«, teilte der Riese ihr knapp mit. »Aber wir dulden hier keine Faulenzer. Am besten du hilfst den anderen Mädchen gleich beim Kochen.«

Er wies auf eines der schmutzigen, heruntergekommenen Häuser am Ende der Gasse. Charlotte fröstelte leicht. Sie hatte in ihrem ganzen Leben noch niemals gekocht, denn der alte Wang erledigte im Haus der Huntingdons diese Aufgabe. Sie wusste auch nicht, wie es wäre, unter der Aufsicht dieses ruppigen Riesen in einer elenden Umgebung zu leben. Aber vermutlich gehörten diese Unannehmlichkeiten zum Leben einer gewöhnlichen Chinesin.

»Jetzt kommt schon, wir haben nicht den ganzen Tag Zeit!«, knurrte der Riese und setzte sich in Bewegung. Die schmale Gasse schien unter der Wucht seiner Schritte leicht zu beben.

»Lauf weg!«, zischte Shao Yu ihr ins Ohr. »Das ist kein Leben für dich!«

Eine Weile stand Charlotte regungslos da, denn widersprüchliche Empfindungen zerrten sie in verschiedene Richtungen. Die Angst begann überhandzunehmen, da fiel ihr wieder der harte, fast abfällige Blick ein, mit dem ihr Vater sie bei ihrem letzten Gespräch gemustert hatte. Sie würde jetzt nicht einfach zurückgekrochen kommen wie ein furchtsamer Hund. Entschlossen packte sie ihre Tasche und folgte dem Riesen.

»Was hast du gemacht? Was hast du zu ihr gesagt, um sie zu vertreiben?«, hallte Viktoria Huntingdons Stimme durch das Haus. Elsa hatte sich in den Salon zurückgezogen, denn es widerstrebte ihr, allein in dem Zimmer zu sitzen, das nach Charlottes Verschwinden plötzlich gespenstisch leer und seelenlos wirkte. Es war ihr unangenehm, den Streit des Ehepaares mitzubekommen, aber vor Viktorias aufgebrachtem Kreischen konnte sie selbst mit dem Aufgebot all ihrer Willenskraft nicht die Ohren verschließen. Jinzi antwortete etwas ruhiger und zudem klang es chinesisch. Elsa war bereits die seltsame Eigenart aufgefallen, wie die Huntingdons miteinander kommunizierten. Oft redete jeder in seiner Muttersprache und konnte sich darauf verlassen, verstanden zu werden. Dann plötzlich war es wieder Englisch, die in der internationalen Siedlung geläufigste Fremdsprache. Während der gemeinsamen Mahlzeiten waren meist Worte aus allen drei Sprachen hin und her geflogen.

Elsa setzte sich auf einen Stuhl und verkrampfte ihre Hände im Schoß. Der alte Wang stellte unaufgefordert eine Tasse Tee vor ihr ab, wofür sie ihn dankbar anlächelte. Auch sein Gesicht wirkte angespannt.

Charlotte war nicht bei Anastassia gewesen und die Russin hatte auch keine Ahnung, wo sie sich jetzt aufhalten konnte. Kurz darauf war Jinzi mit dem alten Wang eingetroffen, der beteuerte, die junge Dame sei noch auf ihrem Zimmer gewesen, als er das Haus verließ. Schließlich war Elsa nichts anderes übrig geblieben, als die verschwundene Reisetasche zu erwähnen, und Viktorias Ausbruch an Entsetzen hatte dem Haus das letzte bisschen Ruhe geraubt. Nun standen die Huntingdons schon seit einer geraumen Stunde in ihrem gemeinsamen Schlafzimmer und stritten. Jinzi musste eine sehr unerfreuliche Unterhaltung mit seiner Tochter gestanden haben, weshalb Viktoria ihn mit Vorwürfen überschüttete.

Elsa wusste, dass es noch etwas gab, das sie Charlottes Eltern sagen musste, doch graute ihr vor der Reaktion der Hausherrin. Sie hatte sich bereits ein paar vorwurfsvolle Blicke gefallen lassen müssen, weil sie die verschwundene Reisetasche nicht gleich zur Sprache gebracht hatte. Doch sie beschloss, dass es allemal besser wäre, als sich weiter diesen grässlichen Streit anhören zu müssen, und stand auf. Vorsichtig klopfte sie an die Tür zum Schlafzimmer. Als keine Reaktion kam und die Stimmen weiter miteinander fochten, ließ sie ihr Klopfen lauter werden.

»Herein!«, rief Viktoria. Elsa drückte die Klinke herunter. Sie hatte das Schlafzimmer der Eheleute bisher niemals betreten und kam sich wie ein Eindringling in private Heiligtümer vor. Es standen ein breites Bett darin, daneben zwei eindeutig chinesisch anmutende Schränke und außerdem lagen noch ein paar von Viktorias Kleidern verstreut herum. Beide hatten sich gleichzeitig umgedreht, um Elsa mit fragenden Blicken zu begrüßen.

»Ich will ja wirklich nicht stören …«

»Sie stören nicht«, beruhigte Jinzi sie sogleich. Sie atmete erleichtert auf.

»Ich denke, es macht wenig Sinn, einen Schuldigen für Charlottes Verhalten zu suchen«, redete Elsa weiter. »Sie hat selbst entschieden, fortzugehen. Niemand warf sie hinaus. Aber ich habe eine Idee, wohin sie vielleicht will.«

»Wohin denn? Jetzt reden Sie schon!«, drängte Viktoria.

»Gestern erzählte sie mir von ihrer … also der Frau, die sie geboren hat. Und sie äußerte den Wunsch, nach ihr zu suchen.«

Sie hatte das Gefühl, einen Sprengkörper gezündet zu haben. Viktoria öffnete den Mund wie zu einem Schrei, der aber glücklicherweise ausblieb. Jinzis Gesicht versteinerte vor Entsetzen.

»Aber sie mir sagen, dass kein Interesse«, stammelte er in einem Deutsch, das wesentlich fehlerhafter war als gewöhnlich.

»Nachdem du mit ihr geredet und sie tief verletzt hast, da fühlte sie sich hier nicht mehr erwünscht und wollte zu dieser Frau!«, rief Viktoria sogleich. »Wie konntest du nur? Warum musstest du auf einmal das strenge Familienoberhaupt spielen, obwohl du sie doch liebst und es dich genauso wie mich gequält hat, sie leiden zu sehen? Warum hast du sie nicht einfach in den Arm genommen, statt …«

»Sie will jetzt vermutlich nach Peking«, fuhr Elsa dazwischen, denn jemand hier musste vernünftig bleiben. »Ist Geld aus dem Haus verschwunden? Hatte sie wertvollen Schmuck, den sie mitnehmen konnte? Eine Schiffsreise müsste sie ja erst einmal bezahlen. Andernfalls ist sie vielleicht noch in Shanghai, vermutlich in irgendeiner Herberge. Oder hatte sie noch andere Freunde als diese Russin, bei denen sie unterkommen könnte?«

Viktorias Mund klappte zu. Jinzi warf Elsa einen anerkennenden Blick zu.

»Wir müssen noch einmal genau ihr Zimmer durchsuchen«, beschloss er. Viktoria nickte zustimmend, und daher machten sie sich zu dritt auf den Weg nach oben.

Aus Charlottes Schrank waren ein schlichtes chinesisches Ensemble verschwunden und auch noch zwei sehr unauffällige europäische Kleider. Ein mit teurer Spitze verziertes rotes Gewand, das zu besitzen laut Viktoria ihr sehnlichster Wunsch gewesen war, hing weiterhin auf dem Bügel. Der in einer Schublade aufbewahrte Schmuck war aber allesamt fort.

»Das waren zwei Paar goldene Ohrringe, recht klein und unauffällig«, erzählte Viktoria. »Außerdem drei Silberringe, die sie zum Geburtstag bekommen hatte.«

Sie schluckte tapfer Tränen herunter. Elsa war erleichtert, dass die Hausherrin nun endlich auf hysterische Ausbrüche verzichten wollte.

»Sie hatte noch einen Anhänger aus Jade«, fügte Jinzi nach einigem Zögern hinzu. »Darauf stand der Name ihrer leiblichen Mutter in chinesischen Schriftzeichen. Ich habe ihn ihr vor einiger Zeit gegeben.«

Viktoria warf ihm einen anklagenden Blick zu.

»Wenn sie all diesen Schmuck verkauft hat, dann würde es sicher reichen, um eine Schiffsreise nach Peking zu bezahlen«, redete Elsa schnell los. »Man könnte sich bei Pfandleihern umhören.«

»Davon gibt es in Shanghai sehr viele«, warf Jinzi ein.

»Wissen Sie denn noch von Leuten, bei denen sie vielleicht unterkommen könnte?«, bohrte Elsa weiter nach.

»Da war so ein Junge aus dem Waisenhaus«, redete Viktoria aufgeregt los. »Er wurde von seinem Onkel abgeholt, als er noch recht jung war, aber Charlotte redete später noch manchmal von ihm. Weißt du noch, wie er hieß und wo er jetzt sein könnte?«

Sie sah Jinzi nun hoffnungsvoll an, was dazu führte, dass seine Schultern sich etwas entspannten.

»Er hieß Shao Yu«, sagte er. »Ein kränklicher, verängstigter Knabe. Charlotte traf sich noch manchmal mit ihm. Sein Onkel hat einen Laden, in dem er allen möglichen Krimskrams verkauft. Er hat den Jungen damals abgeholt, weil er eine billige Arbeitskraft brauchte. Ich glaube nicht, dass man Charlotte dort aufnehmen würde, aber ich werde gleich hinfahren, um mich zu erkundigen.«

Nun erhielt er endlich einen dankbaren Blick von seiner Frau. Elsa war erleichtert, dass die beiden wenigstens für eine

Weile aufgehört hatten, sich gegenseitig zu zerfleischen. Dann fasste sie einen Entschluss. Er kam sehr plötzlich, ohne dass sie lange hatte überlegen müssen, doch wusste sie auf einmal ohne jeden Zweifel, dass sie diesen Weg gehen wollte. Solange Charlotte verschwunden war, wäre es hier in diesem Haus ohnehin nicht auszuhalten.

»Ich werde versuchen, selbst nach Peking zu kommen«, teilte sie den Huntingdons mit. »Die deutsche Gesandtschaft dort sucht eine Schreibkraft. Ich werde mich morgen beim Konsulat erkundigen.«

»Aber wir werfen Sie doch nicht hinaus«, beteuerte Viktoria. Es klang durchaus ehrlich.

»Es wäre eine gute Stelle«, erwiderte Elsa. »Ich würde wahrscheinlich genug verdienen, um für mich selbst sorgen zu können, wie ich es mir immer gewünscht habe. Und falls Charlotte nicht bald wieder auftaucht, könnte ich mich dort nach ihr umsehen.«

»Die Stadt ist riesengroß«, gab Jinzi zu bedenken. Elsa hob kurz die Hände.

»Das ist Shanghai auch. Und China insgesamt. Es ist besser, wenn wir an verschiedenen Orten Ausschau halten.«

Niemand widersprach ihr, was sie als Zeichen der Zustimmung deutete. Im Grunde ging sie davon aus, dass Charlotte noch in Shanghai war und bald schon wieder auftauchen würde. Ein paar Tage ohne ihr hübsches, kleines Zimmer und die liebevolle, elterliche Fürsorge mussten sie recht schnell zur Vernunft bringen. Aber in dem Moment, da Elsa ihre Entscheidung gefasst hatte, sich beim Konsulat zu bewerben, war ihr klar geworden, wie gern sie eine Stelle in der Gesandtschaft hätte.

»Ich werde mich jetzt auf den Weg zu dem Onkel von Shao Yu machen«, unterbrach Jinzi ihre Gedanken, nickte Viktoria kurz zu und schritt zur Tür.

»Wir sollten auch die Polizei alarmieren«, fiel Viktoria ein. »Dann wird wenigstens hier in der internationalen Siedlung gesucht.«

Jinzi drehte sich kurz um.

»Wegen eines gewöhnlichen chinesischen Mädchens werden sie sich keine große Mühe geben«, kommentierte er den Vorschlag nur, um dann zu verschwinden.

Etwa eine Stunde später kehrte er ohne Charlotte zurück, hatte aber in Erfahrung gebracht, dass der junge Freund aus dem Waisenhaus seinen Onkel im vergangenen Jahr verlassen hatte. Wo er sich aufhielt, wusste dieser nicht, sonst hätte er ihn schon längst zurückgeholt, um ihm für seine Undankbarkeit die verdiente Tracht Prügel zu verpassen, wie er lautstark versichert hatte.

»Ich würde mich ehrlich gesagt lieber im schlimmsten Dreckloch verstecken, als unter der Fuchtel dieses Mannes zu leben«, fasste Jinzi seine Eindrücke zusammen, während der alte Wang im Salon Tee auftrug. »Der Junge ist wahrscheinlich bei Bettlern oder Gauklern untergetaucht.«

»Aber Charlotte … meinst du denn, sie ist bei ihm?«, fragte Viktoria mit zittriger Stimme.

»Es ist möglich«, erwiderte er. Im Gegensatz zu seiner Frau gelang es ihm, ruhig zu bleiben, nur ein Knoten zwischen seinen Brauen verriet seine Anspannung. »Aber ich glaube, in diesem Elend wird sie es nicht lange aushalten. Wir können hoffen, dass sie freiwillig zurückkommt.«

Viktoria umklammerte das zarte Porzellan ihrer Teetasse, als könne sie Halt daraus ziehen.

»Aber wenn das nun Menschenhändler sind? Es gibt so viele Gefahren in Shanghai für ein junges Mädchen!«

Ihre Stimme brach und sie presste die Lippen zusammen, als müsse sie Tränen zurückhalten. Elsa beobachtete, wie Jinzi unter dem Tisch die Hand seiner Frau drückte. Es erleichterte sie, dass Schmerz und Sorge die beiden endlich wieder zusammenschweißten, anstatt Keile zwischen sie zu treiben. Aber sie fühlte mit aller Deutlichkeit, dass sie nicht mehr hierhergehörte.

»Ich habe einige Kontakte zu Schauspielern und Besitzern von Theatern«, versicherte Jinzi an niemand Bestimmten gerichtet. »Ich breche noch heute Abend auf, um sie über das Verschwinden meiner Tochter zu informieren. Wenn Charlotte irgendwo zur Schau gestellt wird, dann werde ich es bald erfahren.«

Elsa kamen Zweifel. Charlotte brauchte nur schnell aus der Stadt geschleppt zu werden, und die Aussichten, sie in der riesigen Weite dieses Landes jemals wiederzufinden, wären verschwindend gering. Welcher Teufel hatte die verwöhnte Prinzessin nur geritten, sich freiwillig derartigen Gefahren auszusetzen?

»Ich begreife erst jetzt, wie sehr sie wirklich meine Tochter ist«, flüsterte Viktoria Huntingdon, während sie in die braune Flüssigkeit in ihrer Tasse blickte, auf deren Oberfläche Teeblätter schwammen.

Kapitel 14

Charlottes Rücken schmerzte höllisch und sie sehnte sich nach einem Schemel, um sich für eine Weile hinsetzen zu können, doch die alte Frau an ihrer Seite machte keine Anstalten, ihr eine Pause zu gönnen.

»Hast du in deinem Leben jemals etwas gekocht?«, fragte sie spitz. »So, wie du dich anstellst, scheint es mir unwahrscheinlich.«

Auf diese Aussage folgte das Kichern des pockennarbigen Mädchens, das ebenfalls bei der Zubereitung der Mahlzeiten half. Sie kochten Reis in einem großen Topf, brieten auf einem Kohlegrill Süßkartoffeln und diverses Gemüse. Zusammengemischt ergaben diese Zutaten eine recht geschmacksneutrale, aber sättigende Mahlzeit, die an Vorbeigehende verkauft wurde. Da man den Preis sehr gering hielt, war die Nachfrage groß, und Charlotte stand mit ihren zwei Gefährtinnen seit Tagesanbruch auf den Beinen. Ihre Kleidung war schweißdurchtränkt und sie wusste nicht, wann sie eine Gelegenheit bekommen würde, sich zu waschen. Der Rauch des Grills musste sich bereits in jedem einzelnen ihrer Haare festgesetzt haben. Wie sie jetzt für andere roch, darüber wollte sie gar nicht nachdenken. Hier in einer heruntergekommenen Gasse der Chinesenstadt stanken fast alle Menschen. So sehr sie sich auch wünschte, wenigstens für einen Augenblick zu sitzen und kaltes, klares Wasser über ihren Körper rinnen zu lassen, sie durfte jetzt nicht aufgeben. Wenn sie sich als nutzlos erwies, würde man sie vermutlich wieder aus der Truppe verstoßen.

Um ihren guten Willen zu beweisen, griff sie in den Sack mit Bohnen und warf sie in den Wok, dessen Fläche bereits von verbranntem Öl verschmiert war. Nun spritzte es in die Höhe und traf Charlottes rechtes Auge. Mit einem Schmerzensschrei ließ sie den Kochlöffel fallen. Das pockennarbige Mädchen lachte nun in voller, böser Lautstärke.

»Also ich habe noch niemanden gesehen, der sich so dämlich anstellt. Wir sollten sie für Geld zur Schau stellen, was meinst du, Mayi?«

Die alte Frau antwortete nicht, sondern wandte sich an Charlotte. »Bist du verletzt?«

Die Frage klang sehr sachlich, bar jeden Mitgefühls, aber Charlotte war dankbar, dass sich überhaupt jemand für ihr Wohlbefinden interessierte. Zum Glück war der Reflex, ihr Auge vor Fremdkörpern zu schließen, schnell genug gewesen, sodass es nicht ernsthaft geschädigt schien, aber höllisch brannte. Sie rieb mit dem Handrücken daran, was den Zustand noch verschlimmerte. Tränen der Verzweiflung ließen sie nun auf beiden Augen erblinden.

»Setz dich für eine Weile hin, sonst wirfst du uns hier noch alles um«, sagte die Alte unwirsch und schubste sie zur Seite. Charlotte war zu dankbar, endlich eine kurze Pause machen zu dürfen, um sich über die rohe Behandlung zu empören. Sie hatte zuvor nicht gewusst, wie wohl es tun konnte, einfach nur sitzen zu dürfen. Dass der Straßenschmutz ihre Hose durchtränkte, störte sie nicht einmal mehr, sie war ohnehin von Kopf bis Fuß verdreckt. Eine riesige Kakerlake krabbelte über ihre Hand. Charlotte schubste sie weg, aber es gelang ihr, dabei nicht aufzuschreien.

»Was machen die Männer eigentlich die ganze Zeit?«, fragte sie Mayi, wie die alte Frau wohl hieß. Wieder grinste das pockennarbige Mädchen.

»Sie üben, was denn sonst.«

»Aber was üben sie denn?«, bohrte Charlotte weiter nach, entschlossen, sich nicht einschüchtern zu lassen.

»Sie lernen zu kämpfen und sie beten, damit sie unverwundbar werden«, antwortete die Alte ihr nun bereitwillig. Charlotte unterdrückte im allerletzten Moment ein Kichern.

»Wie denn, unverwundbar? Gegen wen?«

Nun schwieg die Pockennarbige und starrte konzentriert auf den Wok. Die Alte warf Charlotte einen flüchtigen Blick zu.

»Das ist eine Angelegenheit der Männer«, knurrte sie. Charlotte scharrte mit den Füßen im Straßendreck. Vermutlich bestand das ganze Geheimnis darin, dass die Männer sich in Kunststücken übten, um öffentlich auftreten und dafür Geld einstecken zu können. Sie hatte derartige Darbietungen schon öfter gesehen. Kämpfe wurden simuliert und dabei mit akrobatischen Darbietungen verbunden. Manchmal prügelten sich die Männer auch wirklich, wobei Zuschauer Wetten auf den Sieger abschließen konnten. Aber das mit der Unverwundbarkeit war sicher irgendein Trick, um die Leute zu beeindrucken.

Außer Shao Yu gab es bei dieser Truppe noch zwei halbwüchsige Knaben, die dem Riesen wortlos gehorchten wie dressierte Hunde, doch sie waren zu jung, um besondere Leistungen vollbringen zu können. Charlotte ging davon aus, dass eine weitere Person, die die Zuschauer begeistern konnte, dem Riesen nicht unwillkommen wäre. Ihr Vater hatte ihr einige Techniken der Selbstverteidigung beigebracht, die sie gegen Shihua und deren Freundinnen erfolgreich hatte einsetzen können. Viktoria war nicht begeistert darüber gewesen, hatte aber schließlich eingesehen, dass es durchaus sinnvoll war, wenn ein junges Mädchen sich zu wehren verstand. Jinzi Huntingdon, der einst ein herumziehender Gaukler gewesen war wie diese Leute, hatte Charlotte als durchaus begabt bezeichnet.

Sie stand auf und wischte den Schmutz von ihrer Kleidung. Ihr Entschluss war gefasst. Öffentlich Kunststücke vorzuführen, schien ihr allemal aufregender, als vom Morgengrauen bis zur Abenddämmerung über Woks und Töpfen zu schwitzen.

Die Aussicht, dass sie sich hoffentlich zum letzten Mal derart plagte, half Charlotte, weiter durchzuhalten und tapfer die gekochte Pampe in hölzerne Schüsseln zu füllen, die zurückgebracht werden sollten, wenn der Käufer sie geleert hatte. Das geschah natürlich nicht immer, und da die Schüsseln langsam knapp wurden, blieb kaum noch Gelegenheit, sie in einem Topf voll lauwarmen Wassers kurz abzuspülen. Sie wurden einfach wieder entgegengenommen und neu gefüllt, sobald die Käsch-Münzen ihre Besitzer gewechselt hatten. Ähnlich war es mit den Essstäbchen. Schon am frühen Nachmittag begann Charlottes Magen knurrend selbst Nahrung einzufordern, denn sie hatte sich im Morgengrauen nur schnell einen Kloß aus Weizenteig in den Mund stopfen dürfen, bevor sie mit dem Kochgeschirr und den anderen Frauen hinausgejagt worden war. Mayi schien allerdings davon auszugehen, dass die allererste kurze Erholungspause ihr für den Rest des Tages zu genügen hätte; denn jedes Mal, wenn Charlotte bat, selbst etwas von dem Essen abbekommen zu dürfen, wurde ihr Wunsch mit einem wütenden Fauchen abgewehrt.

»Lerne erst einmal, dich nützlich zu machen, und dann kannst du Forderungen stellen.«

Charlotte fügte sich, zumal weder Mayi noch die Pockennarbige selbst etwas aßen. Als die Dämmerung aufzuziehen begann, musste sie sich vermehrt an der Hauswand hinter ihr anlehnen. Ihre Beine schienen allmählich zu schwach, um das Gewicht ihres Körpers weiter zu tragen. Mit dem allmählichen Verschwinden des Lichts begann die enge Gasse beklemmend zu wirken wie der Korridor eines Geisterhauses. Straßenlaternen wie in der internationalen Siedlung gab es hier nicht; und in all den Ecken vermeinte Charlotte, finstere Gestalten kauern zu sehen, die nur auf eine Gelegenheit warteten, sich mit spitzen Klauen und gefletschten Zähnen auf sie zu stürzen. Zum ersten Mal seit ihrer Flucht aus dem Elternhaus überkam das Heimweh sie mit solcher Heftigkeit, dass sie mit den Tränen zu kämpfen hatte. Wie gern hätte sie jetzt im sauberen, sicheren Salon vor zahlreichen, leckeren Gerichten gesessen!

»So, für heute reicht es«, hörte sie Mayi endlich sagen. »Wir tragen den Rest zurück ins Haus, damit es noch ein Abendessen gibt.«

Charlotte war zu erleichtert, um zu überlegen, wie der nur noch mit einer dünnen Schicht gefüllte Reistopf für sieben

Leute reichen sollte. Von dem Gemüse war auch nicht mehr viel übrig.

»Beeilt euch, Mädchen! Ich habe keine Lust, hier überfallen zu werden«, drängte Mayi, kippte das bereits gebratene Gemüse in den Reistopf und umklammerte ihn dann mit starken Armen. Charlotte packte die restlichen Säcke, während die Pockennarbige den Kohlegrill mit dem Wok anhob. Es war erstaunlich, dass keine der zwei Frauen sich an den wahrscheinlich noch sehr heißen Gegenständen verbrannte, aber ihre Hände mussten von einer dicken Hornhautschicht bedeckt sein. Charlotte selbst begann jetzt erst, mehrere Brandblasen zu spüren.

Zu dritt erreichten sie die enge, dreckige Hütte, in der die Truppe untergebracht war. Die Männer warteten bereits auf Strohballen hockend. Es stank, als hätte jemand darauf verzichtet, Nachttöpfe zu leeren oder überhaupt keinen solchen Topf benutzt. Charlotte zwang sich, eine aufrechte Haltung anzunehmen. Sie würde nicht gleich am ersten Tag zusammenbrechen. Jetzt gab es wenigstens endlich etwas zu essen.

Zu ihrer Enttäuschung wurde ihr nicht gleich gestattet, sich auf den spärlich gefüllten Topf zu stürzen. Es war der Riese, von Mayi Quantou, die Faust, genannt, der sich als Erster bedienen durfte, dann kam Shao Yu an die Reihe und nach ihm die zwei Knaben. Charlotte wagte nicht zu protestieren, denn ihre Gefährtinnen saßen stumm und geduldig da, während das von ihnen gekochte Essen von anderen verspeist wurde. Wie nicht anders erwartet, blieben nur noch ein paar winzige Häufchen Reis übrig, von denen kaum ein einzelner Mensch satt geworden wäre. Mayi kratzte diese schmatzend mit einem Holzlöffel heraus, während die Pockennarbige stumm wartete, bis sie an die Reihe kam.

»Es ist noch etwas von dem Brot von heute Morgen übrig«, sagte Mayi schließlich, denn ihr schien bewusst zu werden, dass ihre zwei Helferinnen sonst mit leerem Magen schlafen gehen mussten. Die Pockennarbige holte den angebrochenen Laib aus einem Sack heraus und zerriss ihn auf Mayis Befehl hin in zwei Hälften, damit Charlotte nicht völlig leer ausging. Das Brot war so trocken und hart, dass es sich ohne Wasser kaum herunterschlucken ließ, aber Charlotte war einfach nur froh, endlich das gähnende Loch in ihrem Magen mit irgendetwas füllen zu können.

»Wir haben noch drei Süßkartoffeln«, fiel ihr dann ein, nachdem sie merkte, dass sie kaum gesättigt war. »Vielleicht können wir sie schnell noch vor der Hütte braten.«

Voller Hoffnung blickte sie in die Gesichter der Versammelten. Vielleicht würden die Männer ihnen jetzt etwas mehr übrig lassen, denn sie mussten einigermaßen gesättigt sein. Leider hörte sie die Pockennarbige wieder kichern, was nichts Gutes verhieß.

»Und was sollen wir morgen kochen, wenn wir jetzt unsere ganzen Vorräte verbrauchen?«, fragte Mayi. »Wirklich, du bist schon selten dämlich. Dort in eurem Waisenhaus ist das Essen wohl auf den Bäumen im Innenhof gewachsen«

Charlotte fielen einige Antworten ein. In Viktorias Waisenhaus erhielten die Kinder tatsächlich drei Mahlzeiten am Tag, die reichten, ihre Mägen zu füllen. Zudem wären Obstbäume durchaus hilfreich, um sich zu ernähren. Aber eine leise Stimme in ihrem Inneren warnte sie davor, die Alte unnötig zu provozieren.

Bald darauf streckten sich alle auf dem Stroh aus. Da Kerzen der Truppe wohl zu teuer waren, endete der Tag mit dem endgültigen Verschwinden von Licht. Charlotte schloss die Augen und hoffte, dass ihr vor Leere schmerzender Magen sie nicht am Schlafen hindern würde, denn sonst wäre sie am nächsten Tag kaum noch in der Lage aufzustehen. Allmählich wurde ihr klar, was ihr Vater gemeint hatte, als er sagte, sie hätte keine Ahnung vom Leben einer gewöhnlichen Chinesin. Jeder schien von ihr zu erwarten, dass sie Hunger und harte Arbeit ohne jede Klage ertrug. Tief in ihr regte sich beharrlich immer wieder Protest. Warum durften die Männer als Erste essen, wenn es doch die Frauen waren, die kochten? Sie ballte ihre Hände zu Fäusten und bohrte die Nägel in ihre Handballen. So einfach würde sie nicht aufgeben. Wenn es ihr erst einmal gelungen war, den Riesen von ihren Fähigkeiten im Kampf zu überzeugen … sie hatte an diesem Abend nicht die nötige Energie dazu gehabt. Aber morgen war auch noch ein Tag.

Sie wälzte sich auf den Rücken, denn das Stroh stach in ihre Wange. Auf einmal vermochte sie wieder zu riechen, wie sehr sie stank, und wünschte sich einen Eimer frischen Wassers fast sehnlicher als eine volle Schüssel Reis. Doch nichts in dieser Welt schien es umsonst zu geben.

»Sha Lo Te?«

Shao Yus Stimme war ein feines Flüstern. Sie wandte ihm den Kopf zu und hörte, wie er langsam in ihre Nähe kroch.

»Hier, das habe ich für dich aufgehoben.«

Er drückte ein halbes Stück Weizenbrot in ihre Hand, das sich noch einigermaßen weich und frisch anfühlte. Charlotte stopfte es sich in den Mund, ohne überhaupt nachzudenken. Letztendlich war Nahrung doch wichtiger als Sauberkeit.

»Deine Tasche«, redete er leise weiter. Charlotte fuhr entsetzt zusammen. Sie war bei ihrer Rückkehr in die Hütte zu erschöpft gewesen, um nach ihren Habseligkeiten zu sehen.

»Ich habe sie versteckt«, teilte Shao Yu ihr mit. »In einem Verschlag hinter der Hütte, wo auch andere Dinge herumliegen. Aber du musst aufpassen. Sie sieht nach einem Werk der fremden Teufel aus, und Quantou hasst alle Lao Wai. Wenn etwas Wertvolles drin ist, wird er es dir aber trotzdem wegnehmen, sobald es ihm auffällt.«

Charlotte schluckte. Ihr Schmuck war in der Tasche und sie ahnte, dass sie ihn früher oder später würde brauchen können, um einem völligen Absinken ins Elend zu entkommen.

»Sha Lo Te«, wiederholte Shao Yu. »Du kannst immer noch weglaufen. Wenn du willst, dann hole ich jetzt deine Tasche und bringe dich nach Hause.«

Nun, da Charlotte mit immer noch spärlich gefülltem Magen und schmerzenden Gliedern auf verdrecktem Stroh lag, klang sein Vorschlag wesentlich verlockender als am Vortag. Sie ahnte bereits, dass ihr Entschluss, wie eine gewöhnliche Chinesin zu leben, ihr sehr viel abverlangen würde. Aber sie wollte ihrem Vater nicht als Versagerin unter die Augen treten, die ihr erstes eigenes Ziel schon nach den ersten Schwierigkeiten aufgab.

»Danke«, sagte sie zu ihm, denn ihr wurde endgültig bewusst, wie sehr er sich bemühte, ihr zu helfen. »Aber ich bleibe zunächst einmal hier.«

»Sobald wir Shanghai verlassen haben, wird es nicht mehr so einfach sein, zurückzukommen«, mahnte er. Charlotte erfasste die Wahrheit in seinen Worten sehr schnell und begann zu überlegen. Sie wollte nach Beijing und dort ihre leibliche Mutter finden, die die Konkubine eines Mandarins war. Wie es dann weitergehen sollte, darüber hatte sie sich noch keine genaueren Gedanken gemacht. Sie wusste nicht, wie Dujuanhua sie empfangen würde, ob sie gewillt wäre, die wiedergefundene Tochter zu unterstützen, vorausgesetzt, sie war überhaupt in der Lage dazu. Davon abgesehen wäre es sicher nicht einfach, eine Frau zu finden, von der sie nichts weiter wusste als ihren Namen. Die Möglichkeit, dass Dujuanhua inzwischen verstorben war, konnte sie ebenfalls nicht ausschließen. Trotzdem vertraute Charlotte darauf, dass sie zurechtkommen würde, wenn sie erst einmal wieder in einer großen Stadt war. Wichtig war nur, die Tasche mit ihrem Schmuck und der europäischen Kleidung nicht zu verlieren. In Beijing gäbe es sicher anständig bezahlte Arbeit für ein chinesisches Mädchen, das gleich mehrere europäische Sprachen fließend beherrschte. Doch um dorthin zu gelangen, brauchte sie die Truppe von Quantou und Mayi.

»Wenn ich irgendwann nach Shanghai zurückkomme, dann erst in einigen Monaten!«, teilte sie Shao Yu leise mit. Sie hörte, wie er Luft holte, um zu einer Erwiderung anzusetzen, doch Quantous Stimme hinderte ihn daran.

»Was quatscht ihr zwei die ganze Zeit? Habt ihr so wenig zu tun, dass ihr abends nicht müde genug seid, um zu schlafen?«

Shao Yu schien auf der Stelle die Fähigkeit zu sprechen zu verlieren, denn er gab keinen Laut mehr von sich. Charlotte seufzte innerlich. Dieser Quantou versprach anstrengend zu werden. Aber am morgigen Tag hätte sie eine Überraschung für ihn bereit.

Es hatte sehr lange gedauert, bis Charlotte endlich in einen bleiernen Schlaf gefallen war, und als sie bereits im ersten Morgengrauen von Mayi wachgerüttelt wurde, war ihr sehnlichster Wunsch, noch eine kurze Weile liegen bleiben zu dürfen. Da aber auch die Pockennarbige bereits auf den Beinen war, beschloss sie, sich zu fügen.

Mayi und die Pockennarbige bauten vor der Hütte den Grill auf, als Charlotte mit verquollenen Augen hinaustrat. Nach dem westlichen Kalender war es Mitte März, aber so früh am Morgen wehte noch ein kühler Wind. Sie sehnte sich nach ihrem Schal, doch lag der in ihrer Reisetasche, die sie möglichst verborgen halten musste.

»Jetzt komm schon und hilf uns!«, knurrte Mayi. »Oder brauchst du für alles eine besondere Erklärung?«

Die Pockennarbige kicherte wieder, während sie ein paar Kohlen auf den Grill schüttete und ihn dann mit einer kleinen Fackel anzündete, die sie irgendwo auf die Schnelle aufgetrieben haben musste. Die größte der drei verbliebenen Süßkartoffeln wurde nun in Scheiben geschnitten und in den Wok geworfen.

»Hol etwas von dem Gemüse!«, wies Mayi Charlotte an. Sie setzte sich sogleich in Bewegung, denn sie wusste, dass es ratsamer war, die Befehle der Älteren zu befolgen. Während sie in der Hütte nach den verbliebenen Säcken suchte, fiel ihr auf, dass Quantou noch schnarchend auf dem Rücken lag. Die zwei kleinen Jungen kauerten mit halb geöffneten Augen in der Ecke. Shao Yu sah sie nur bedrückt an. Auch er war noch nicht auf den Beinen.

»Was ist mit den Männern?«, fragte sie, als sie Bambussprossen und Bohnen in den Wok schüttete. Mayi warf ihr einen erstaunten Blick zu.

»Was soll mit ihnen sein?«

»Warum sollen wir als Erste aufstehen und für sie kochen, wenn wir dann wahrscheinlich wieder als Letzte essen«, stieß Charlotte wütend hervor. Sie ahnte, dass es nicht gerade geschickt war, diese Frage zu stellen, doch hatte sie sich nicht beherrschen können. Nun lachte die Pockennarbige nicht mehr, sondern warf ihr nur einen völlig verwirrten Blick zu, als stünde ein Wesen aus einer fremden Welt vor ihr.

»Also ich habe ja schauerliche Geschichten gehört, was die fremden Teufel mit unseren Kindern in ihren Waisenhäusern anstellen«, sagte Mayi nach einer kurzen Pause, während die Süßkartoffel schon zu brutzeln begann. »Aber die Wahrheit ist wohl viel einfacher: Sie erziehen sie zu Idioten.«

Charlotte wollte sich nicht gekränkt fühlen, konnte aber ein zorniges Grummeln in ihrem Magen nicht unterdrücken.

»Und was war bitte so idiotisch an meiner Frage?«, begehrte sie auf. Mayi wurde nicht einmal wütend, warf ihr nur einen nachsichtigen Blick zu.

»Frauen kochen, weil das ihre Aufgabe ist. Männer essen als Erste, weil sie wichtiger sind. Ganz einfach, oder?«

»Natürlich. Vielleicht sollten wir den Männern das Essen noch auf Knien rutschend überbringen«, erwiderte Charlotte spöttisch. Nun packte Mayi sie am Ärmel.

»Wenn du Quantou verärgerst, wird er vielleicht eben das von dir wollen. Hüte dein freches Mundwerk, Mädchen, denn mit ihm ist nicht zu spaßen, verstehst du?«

Charlotte verstand, dass sie die Achtung des Riesen gewinnen musste, wenn ihre Zeit bei der Truppe einigermaßen erträglich verlaufen sollte. Sie erstickte entschlossen alle Zweifel, ob ihr dies wirklich gelingen würde, und beschloss, auf den richtigen Augenblick zu warten.

Wenig später trug Mayi einen vollen Topf Essen in die Hütte hinein, während die Pockennarbige und Charlotte ihr brav hinterhertrotteten. Erwartungsgemäß aß zunächst Quantou, dann Shao Yu und schließlich die zwei Knaben. Die Frauen durften gemeinsam den Rest des Topfes auskratzen.

»Wir müssen neue Zutaten einkaufen«, sagte Mayi dann. Quantou musterte sie stirnrunzelnd, dann zog er ein paar Käsch-Münzen aus seinem Beutel und reichte sie ihr, ohne weiter nachzufragen. Charlotte begriff, dass er das Urteil der Alten durchaus ernst nahm, auch wenn er sie wie eine Dienerin behandelte und ihr die Einnahmen des Verkaufs vom gestrigen Tage gleich nach ihrer Rückkehr abgenommen hatte.

»So, jetzt ist es Zeit, mit den Kampfübungen zu beginnen!«, rief er seinen drei jungen Begleitern schließlich zu, als das Morgenmahl mit ein paar Tassen dünnen Tees beendet wurde.

Die zwei halbwüchsigen Jungen zuckten leicht zusammen, waren aber sogleich auf den Beinen. Shao Yu erhob sich ebenfalls. Charlottes Kehle wurde eng. Dies war nun der Moment, da sie ihren Plan verwirklichen musste.

»Ich kann es auch!«

Es hatte entschlossen klingen sollen, doch entwich ihrer Kehle nur ein heiseres Flüstern. Diesmal kicherte die Pockennarbige wieder. Quantou fuhr herum. Seine Augen wurden schmaler.

»Was kannst du?«

»Kämpfen. Ich meine, ich kann es einigermaßen«, antwortete Charlotte nun so kleinlaut, dass sie sich dafür hätte ohrfeigen können. Sie nahm Shao Yus entsetztes Gesicht zur Kenntnis.

»Kämpfen wie ein Mann?«, wollte Quantou wissen.

»Besser als manche Männer.«

Ganz falsch war die Aussage nicht, befand sie. Es gab schließlich Männer, die überhaupt nicht kämpfen konnten.

»Dann zeig es mir!«

Auf einmal stand er vor ihr und schien der größte, kräftigste Mensch, dem sie jemals begegnet war. Charlotte fühlte, wie ihre Knie weich wurden. Bisher hatte sie nur mit ihrem Vater geübt, immer in dem Wissen, dass er sie niemals ernsthaft verletzen würde. Shihua und ihre Gefährtinnen hatten weniger Rücksichtnahme gezeigt, aber sie waren zerbrechliche Kreaturen gewesen, denen nur ihre Bitterkeit Kräfte verliehen hatte.

Die Faust raste völlig unerwartet auf Charlottes Gesicht zu, aber sie hatte genug von ihrem Vater gelernt, um ihr rechtzeitig auszuweichen. Bevor sie überhaupt einen Gedanken hatte fassen können, kam der nächste Schlag. Diesmal vermochte sie nicht schnell genug zu reagieren und Quantous Fingerknöchel streiften ihre Schläfe. Der Schmerz blendete sie für einen Moment, doch gleichzeitig erwachte Zorn in ihr, derart rücksichtslos angegriffen zu werden. Sie preschte vorwärts, um Quantou ein paar Hiebe zu versetzen, wurde aber auf der Stelle zu Boden gefegt. Nun bohrten sich unsichtbare Nägel in alle möglichen Stellen ihres Körpers, aber der Instinkt zwang sie sogleich wieder auf die Beine, damit sie nicht zum schutzlosen

Opfer von Tritten wurde. Quantou hatte seinen Blick den Jungen zugewandt, was Charlotte einen kurzen, winzigen Vorteil verschaffte. Sie hob das Knie und trat ihn in eben jene Stelle, an der Männer besonders empfindlich waren. Dann verschlug das Wissen um die eigene Dreistigkeit ihr den Atem. Vermutlich würde er jetzt schreien, fluchen und sie niederschlagen. Sie spannte die Muskeln zum Sprung, um gleich durch die Tür zu entkommen und sich in der Enge der schmutzigen Gassen verstecken zu können, doch Quantous kräftige Pranke umschloss ihre Schulter. Still und stumm wie ein Felsen stand er vor ihr. Allein ein leichtes Zucken seiner Brauen verriet, dass er vielleicht so etwas wie Schmerz empfand.

Charlottes Knie verwandelten sich endgültig in jene europäische Butter, die ihre Mutter manchmal aß. Einen Mann, der völlig immun gegen Tritte und Hiebe schien, hätte nicht einmal ihr Vater besiegen können. Nun würde er sich auf sie stürzen wie ein wilder Tiger, sie mit seinen Fäusten zermalmen und ihre Knochen brechen. Nichts deutete darauf hin, dass er zu Empfindungen wie Mitleid überhaupt fähig war. Mit halb geschlossenen Augen wartete sie auf sein erstes Wutgebrüll, doch alles, was sie hörte, war ein leises Brummen.

»Du bist tatsächlich gut, Kleine. Nicht so stark wie ein Mann, dafür aber sehr schnell.«

Er ließ ihre Schulter los. Charlottes Knie gaben nach und sie fiel wie ein lebloser Sack auf das schmutzige Stroh. In ihrem Körper brannten viele kleine Feuer, und sie schämte sich für die Tränen, die über ihre Wangen liefen.

Quantou hatte sich nun endgültig dem Rest der Truppe zugewandt, der das Geschehen stumm verfolgt hatte.

»Mayi hat es ja immer gehasst, öffentlich aufzutreten. Und mit dieser hässlichen Kröte …« Er wies auf die Pockennarbige, die sich sofort duckte. »Also mit der verdiene ich sicher kein Geld. Aber Dujuanhua, die hat gerade bewiesen, dass das

Wesen einer Tigerin in ihr steckt. Ihr Schwächlinge könnt euch ein Beispiel an ihr nehmen!«

Shao Yu und die zwei Knaben, denen diese Worte zweifellos gegolten hatten, senkten schuldbewusst den Blick. Charlotte tat es weh, die Ursache für solchen Tadel zu sein.

»Also müsst ihr zwei jetzt ohne das neue Mädchen zurechtkommen«, teilte Quantou Mayi mit.

»Sie war ohnehin keine besondere Hilfe«, erwiderte die Alte nur, als sie sich erhob, um mit der Pockennarbigen hinauszugehen.

»Und du kommst mit uns«, wies er Charlotte an. Sie zwang sich auf die Beine und beschloss, die Frage, ob sie dann auch mit den Jungen essen durfte, auf einen günstigeren Zeitpunkt zu verschieben. Die zwei Knaben trotteten mit gesenkten Köpfen hinter Quantou her, der sie die Gasse hinabführte. Shao Yu sah Charlotte traurig und besorgt an, bevor er ihr seine Hand reichte, um ihr beim Gehen zu helfen.

Kapitel 15

Sie möchten also als Schreibkraft auf der Gesandtschaft in Peking arbeiten?«, fragte der junge, bebrillte Mann hinter dem Schreibtisch überflüssigerweise, denn Elsa hatte dies bereits am Empfang des Konsulats mitgeteilt. Daher beschränkte sie sich nun auf ein Nicken und überlegte, ob es angebracht war, sich unaufgefordert zu setzen. Schließlich verzichtete sie darauf, denn es würde dreist wirken.

Der junge Mann rückte seine Brille auf der Nasenwurzel zurecht.

»Haben Sie irgendwelche Erfahrungen in einer solchen Tätigkeit?«

»Ich habe ein Diplom der Hamburger Handelsschule«, erklärte Elsa stolz. Dann fiel ihr ein, dass dieses Diplom auch in Hamburg geblieben war. Ein paar Sekunden wartete sie schicksalsergeben auf die Frage, ob sie das erwähnte Dokument vorzeigen könnte, doch schien der junge Mann daran nicht übermäßig interessiert.

»Auch irgendwelche praktischen Erfahrungen?«, bohrte er stattdessen nach.

»Ich habe über drei Jahre, also seit Januar 1897, in einem Kontor gearbeitet, dabei auch Listen angefertigt und ... und Korrespondenz erledigt.«

Das stimmte nicht ganz, denn die Korrespondenz hatte man sie nicht erledigen lassen, aber es schadete sicher nicht, wenn sie sich in ein gutes Licht rückte.

»Welche Firma, Fräulein Skerpov?«

Die farblosen Augen des Mannes wurden von den dicken Brillengläsern verkleinert. Elsa erinnerte er auf entfernte Weise an ein blinzelndes Reptil.

»Also, das war eine Firma, die Brühwürfel herstellte, und der Eigentümer hieß ... Alexander Nils.«

Die letzten Worte hatte sie geflüstert, denn ihr war plötzlich klar geworden, dass sie im Begriff war, ihren Kopf in eine Schlinge zu stecken. Sie fühlte sich so sicher in Shanghai, wo man ohne alle Papiere einreisen konnte und das so weit entfernt von ihrer Heimat lag, dass sie nicht daran gedacht hatte, wie leicht das Konsulat Informationen über ihre Person anfordern konnte. Ein einziges Telegramm an Herrn Nils würde genügen, falls man nicht gleich auf die Idee kam, sich bei der Hamburger Polizei über ihren Leumund zu erkundigen.

Fein perlte der Schweiß über ihre Haut.

»Eine Fabrik für Brühwürfel also«, wiederholte der Bebrillte mit höchst amüsiertem Unterton. »Nun, das ist wohl nicht ganz dasselbe wie eine Gesandtschaft, würde ich sagen.«

Die Reptilaugen richteten sich blinzelnd auf ihre Person.

»Wie ich schon sagte, habe ich Korrespondenz erledigt«, sagte Elsa nun mit Nachdruck. »Natürlich nach Vorgaben, denn von Brühwürfeln habe ich offen gesagt keine Ahnung. Daher sehe ich wenig Unterschied zu der Tätigkeit, die ich in der Gesandtschaft ausüben würde, meine Rechtschreibung ist einwandfrei und ich habe eine gut leserliche Schrift. Ich kann Schreibmaschinen bedienen und stenografische Notizen anfertigen, außerdem beherrsche ich die englische Sprache, inzwischen auch ein paar Worte Chinesisch, und obwohl ich weiß, dass in Peking ein anderer Dialekt gesprochen wird, traue ich mir zu, auch diesen in wesentlichen Grundzügen …«

»Auf das einheimische Kauderwelsch kommt es nun wirklich nicht an«, winkte der junge Mann ab. »Dazu haben wir chinesische Übersetzer, die auch des Deutschen mächtig sind. Gesucht wird eine zuverlässige, ordentliche Person mit deutscher Muttersprache. Darauf legt der Herr von Ketteler außerordentlichen Wert, sonst hätten wir schon längst jemanden gefunden. Aber die Zeiten sind schwierig, für die nicht unbedingt zahlreichen Deutschen in diesem Land bieten sich neue Möglichkeiten in Tsingtao und außerdem kursieren Gerüchte über Unruhen.«

Er stützte sich mit den Ellbogen auf seinem Schreibtisch ab. Seine Augen nahmen plötzlich einen hellen Grauton an.

»Offen gesagt habe ich Bedenken, ob der Herr Gesandte eine Frau einstellen möchte, doch angesichts der Umstände, also dass die Stelle dringend besetzt werden sollte und Sie sich bereits in China befinden, werde ich Sie ihm vorschlagen.«

Elsa unterdrückte den Wunsch, sich selbst zu kneifen, denn all das erschien ihr wie ein Traum.

»Bitte hinterlassen Sie eine Adresse. Sie bekommen umgehend Bescheid, sobald Neuigkeiten eingetroffen sind. Für Ihre

Reise nach Peking, um sich dem Herrn Gesandten vorzustellen, würden wir natürlich aufkommen.«

»Natürlich«, wiederholte Elsa und fühlte sich dabei wie ein Papagei.

»Jetzt gehen Sie erst einmal nach Hause, Fräulein Skerpov«, wurde sie entlassen. »Wir schicken Ihnen baldmöglichst eine Nachricht. Ach ja, und die Brühwürfel …« Er kicherte. »Also die erwähne ich besser nicht, obwohl man sagen könnte, es passt zu einer Frau, denn es hat mit Kochen zu tun.«

Elsa schluckte eine wütende Antwort, knickste und ging hinaus. Die warme Frühlingsluft tat ihr gut, ließ die Empörung über den letzten Scherz des Bebrillten schwinden, sodass nur noch ein Gefühl der Zufriedenheit blieb. Die erste Hürde hatte sie gemeistert, obwohl sie auf dem Weg zum Konsulat fest damit gerechnet hatte, bereits am Empfang abgewiesen zu werden. Sie warf einen kurzen Blick auf den Park schräg gegenüber von dem imposanten Konsulatsgebäude am Ufer des Huangpu. Etliche Mitglieder der vornehmen Gesellschaft der internationalen Siedlung nutzten das sonnige Wetter, um ein wenig herumzuflanieren. Seidene Sonnenschirme der Damen überragten wie große, bunte Blüten das ordentlich gestutzte Gebüsch. Ein dunkelhäutiger Sikh mit rotem Turban kontrollierte, ob die Eintretenden europäisch genug aussahen. Bei Elsa löste diese Selektion Unbehagen aus, daher hatte sie den Park noch niemals betreten. Viktoria Huntingdon tat es ebenso wenig, schon weil sie aufgrund ihres Ehemannes schräg angesehen worden wäre. Plötzlich wurde Elsa bewusst, wie viel sich in ihrem Leben verändert hatte. In Hamburg war sie ein kleiner Niemand gewesen, Tochter eines Säufers, Nichte eines Kriminellen, Abschaum aus dem Gängeviertel. Hier machte allein die Farbe und Form ihres Gesichts sie zu einer Privilegierten, denn sie hätte ohne Probleme den Park betreten können, wenn sie gewollt hätte.

Die Vorstellung war so seltsam, dass ihr davon fast ein wenig schwindelig wurde.

Bereits zwei Wochen später traf eine Nachricht ein, die Elsa nochmals aufs deutsche Konsulat zitierte. Sie saß eine Weile völlig regungslos in dem Zimmer, das sie einst mit Charlotte geteilt hatte, und starrte wie gebannt auf den Text des kurzen Schreibens. Es gab nur eine mögliche Erklärung, nämlich dass Elsa Skerpov sich zumindest in der engeren Auswahl befand, Schreibkraft auf der deutschen Gesandtschaft in Peking zu werden. Kurz musste sie lachen. Tante Magda würde es vermutlich nicht glauben, wenn sie ihr im nächsten Brief davon erzählte. Aber nein, glauben würde sie es wohl. Sie war eine der wenigen gewesen, die immer schon an die ehrgeizige, eigenwillige Nichte geglaubt hatte. Nur dank ihrer gut situierten Tante war es Elsa überhaupt möglich gewesen, das Mädchengymnasium zu besuchen und mit der Reifeprüfung abzuschließen.

Als sie die ersten Lebenszeichen im Haus hörte, verließ sie ihr Zimmer und betrat den Salon. Viktoria, die ihrem Mann gerade Kaffee einschenkte, schien in wenigen Tagen um Jahre gealtert zu sein. Ihr ehemals frisch gelocktes Haar wirkte zerrupft, da es nicht mehr sorgfältig gekämmt wurde. Tiefe Schatten unter ihren Augen erzählten von Nächten, da der Schlaf sie gemieden hatte. Jinzi machte einen widerstandsfähigeren Eindruck, aber die Falten an seinen Mundwinkeln waren deutlicher geworden.

»So, wie es aussieht, könnte ich die Stelle in Peking bekommen«, teilte Elsa den Huntingdons mit.

»Das ist schön für Sie«, erwiderte Viktoria ohne echte Überzeugung. »Ich wünsche Ihnen viel Erfolg.«

Elsa nahm dies als eine höfliche Verabschiedung hin.

»Sind Sie sich sicher, dass es das Richtige für Sie ist?«,

wollte Jinzi wissen. »Dewei wird Sie im Laden vermissen. Sie leisten dort gute Arbeit.«

Nun lächelte Elsa erfreut, denn sie empfand echten Stolz über das Lob.

»Ich denke, es ist richtig«, beharrte sie dennoch. »Und sobald ich in Peking bin, werde ich meine Augen offen halten wegen Charlotte. Weiß eigentlich jemand, wie dieser chinesische Beamte hieß, der ihre … also die leibliche Mutter damals mitnahm?«

Jinzi senkte den Blick auf die Tischdecke.

»Ich glaube, Dujuanhua sagte es mir. Aber ich habe den Namen vergessen. Er hatte eine hohe Position inne. Ein Mandschu. Sein Name hatte etwas mit Holz zu tun. Mùtou. Etwas in der Art.«

»Kennt Charlotte diesen Namen?«, bohrte Elsa weiter nach. »Nein«, erwiderte Jinzi. »Wir kamen nie dazu, darüber zu sprechen.«

»Dann dürfte es nicht leicht für sie sein, die leibliche Mutter zu finden. Sie wird lange suchen, denn sie ist dickköpfig. Dadurch steigen meine Aussichten, sie zu finden, selbst in einer großen Stadt.«

Sie warf den Huntingdons einen Blick zu, der ermutigend sein sollte, aber seine Wirkung verfehlte.

»Ich hoffe immer noch, dass sie irgendwo in Shanghai auftaucht«, flüsterte Viktoria und vergrub ihr Gesicht in den Händen. Jinzi legte nach kurzem Zögern seinen Arm um ihre Schultern. Elsa wandte den Kopf ab, denn sie ahnte, dass sie bei dieser innigen Nähe nicht willkommen war. Ein weiterer Grund, das Haus zu verlassen, in dem sie sich seit Charlottes Verschwinden immer klarer als Eindringling in eine mit zahlreichen Problemen belastete Familie zu sehen begann.

»Ich sollte vielleicht auch nach Peking fahren«, sagte Jinzi dann plötzlich zu ihr. Sie staunte, wie erfreut sie war, wieder in ein Gespräch miteinbezogen zu werden. »Ich könnte Ihnen bei der Suche helfen. Die meisten meiner Landsleute misstrauen den Fremden. Es wird nicht einfach für Sie sein, Nachforschungen anzustellen.«

»Das weiß ich«, gab Elsa zu. »Ich kann auch keine Wunder versprechen. Aber wir wissen ja nicht einmal mit Sicherheit, ob Charlotte wirklich in die Hauptstadt aufgebrochen ist und falls ja, ob sie auch dorthin gelangt. Suchen Sie besser weiter in Shanghai nach ihr. Vielleicht taucht ihr Schmuck bei einem Pfandleiher auf, oder einer von Ihren Freunden sieht sie irgendwo.«

Sie fügte nicht hinzu, was sie außerdem noch dachte, nämlich dass Viktoria seit dem Verschwinden ihrer Adoptivtochter den Eindruck eines baufälligen Gebäudes machte, das ohne Stütze jeden Augenblick zusammenbrechen konnte. Erst jetzt begann Elsa zu ahnen, wie sehr die feine Dame ihren ungewöhnlichen Ehemann brauchte, um die Widrigkeiten des Lebens besser ertragen zu können. Jinzi sollte bei Viktoria bleiben, denn dorthin gehörte er. Sie selbst musste noch herausfinden, wo in dieser Welt ihr Platz war.

Gleich am nächsten Tag machte Elsa sich zum gewünschten Termin auf den Weg zum Konsulat, wieder in ihrem guten blauen Kleid und mit einer züchtigen Hochsteckfrisur. Sie schlängelte sich durch das Gedränge von Jinrikschas, Essständen, auf dem Boden hockenden Barbieren und Wahrsagern, das inmitten der meist europäisch anmutenden Häuser der internationalen Siedlung daran erinnerte, in welchem Land man sich wirklich befand.

Diesmal erkannte der Jüngling am Empfang sie sofort und führte sie ohne weitere Fragen wieder zu dem bebrillten

Herrn, der ihr nun mit unerwarteter Freundlichkeit die Hand schüttelte.

»Ich darf Sie beglückwünschen, Fräulein Skerpov. Gestern traf bereits ein Telegramm des Freiherrn von Ketteler ein. Er ist bereit, Sie als Hilfsschreibkraft in Erwägung zu ziehen. Ihr Monatsgehalt würde zwanzig Dollar betragen. Die Gesandtschaft wird natürlich auch für Ihre Reise nach Peking aufkommen, damit Seine Exzellenz und sämtliche anderen Mitarbeiter Sie persönlich kennenlernen können.«

Elsas Kopf fuhr Karussell. Ihr wurde leicht schwindelig und sie unterdrückte den Wunsch, sich an der Kante des großen Schreibtisches abzustützen. Dann beschloss sie, diesmal einfach auf dem Gästestuhl Platz zu nehmen. Der Herr mit den Reptilaugen entschied nun nicht mehr über ihre Zukunft. Was machte es nun, wenn er sie für dreist hielt?

»Wann soll ich aufbrechen?«, fragte sie nur.

»Am besten schon morgen. Wir haben bereits eine Fahrkarte für den Dampfer nach Tientsin gekauft, danach noch die Weiterfahrt mit der Bahn nach Peking organisiert. Die Bahnstrecke ist etwa seit einem Jahr in Betrieb. Anschließend müssen Sie entweder einen Tragestuhl oder einen Pferdekarren nehmen. Ersteres ist langsamer, Letzteres unbequemer, da sie in China leider nicht gefedert sind. Die Entscheidung liegt bei Ihnen, aber die Gesandtschaft wird sicher jemanden schicken, um Sie am Bahnhof abzuholen. Sie bekommen von uns zehn Dollar Reisegeld zur Verfügung gestellt. Wenn Sie wünschen, können Sie auch männlichen Begleitschutz für die Reise erhalten.«

Er lächelte auf sehr glatte, selbstzufriedene Weise.

»Begleitschutz brauche ich nicht«, erwiderte Elsa, denn die Vorstellung, allein aufgrund ihres Geschlechts als Problemfall zu gelten, missfiel ihr. Sie hatte allerdings mit einem höheren Gehalt gerechnet, und der Ausdruck ›Aushilfe‹ störte sie bei der Beschreibung ihrer zukünftigen Tätigkeit. Er klang wieder nach dem Sortieren von Papieren und ewigem Kaffeekochen. Aber sie wusste, dass sie sich nicht in der Lage befand, ein derartiges Angebot abzulehnen.

Der Bebrillte überreichte ihr die Fahrkarte. Der Dampfer würde gegen neun Uhr morgens losfahren und sein Ziel ungefähr vier Tage später erreichen. Elsa war klar, dass sie für eine solche Stelle niemals in Erwägung gezogen worden wäre, wenn sich ein annähernd akzeptabler Mann beworben hätte. Das Schicksal hatte es gut mit ihr gemeint. Während sie die Stufen hinabstieg und wieder auf die breite Uferpromenade trat, begann sie im Geiste bereits zu planen, was sie alles einpacken würde, denn mit einer baldigen Rückkehr nach Shanghai rechnete sie nicht mehr.

Jinzi begleitete sie höflicherweise zum Hafen, doch Viktoria verabschiedete sich noch im Haus von ihr, da sie an Kopfschmerzen litt. Elsa überkam wider Erwarten ein Anflug von Wehmut, als sie das kleine Heim der Huntingdons endgültig verließ, denn es war in dieser Fremde doch ein Stück Heimat für sie gewesen. Sobald sie sich von Viktorias Ehemann verabschiedet hätte, wäre sie ganz auf sich allein gestellt. Sie hielt den Kopf hoch. Es war niemals ihre Art gewesen, sich vor ungewohnten Situationen zu fürchten.

Der Dampfer an der China Merchants Upper Wharf war recht klein, aber Elsa freute sich darauf, diesmal ganz regulär mit eigener Kabine reisen zu dürfen. Wie sie feststellte, handelte es sich um ein deutsches Schiff, da es auch in der neuen Kolonie Tsingtao haltmachte.

Kurz drückte sie Jinzi Huntingdons Hand, nahm dann ihr Gepäck an sich und lehnte das Angebot eines Matrosen, ihr beim Tragen zu helfen, dankend ab. Immerhin hatte man ihr eine Fahrkarte für die erste Klasse bezahlt, sonst wäre sie nicht so zuvorkommend behandelt worden. Sie betrat das Deck des Schiffes. Um sie herum wurden Koffer geschleppt und Kabinen gesucht. Sie hörte hauptsächlich deutsche und englische Worte, Chinesen gab es an Bord nur in Ausnahmefällen, wenn sie als Diener mitgenommen wurden. Sie fand ihre eigene Unterkunft recht schnell. Es war eine kleine, aber zweckmäßige Kabine, im Grunde ihr erstes Zuhause, das wenigstens für ein paar Tage nur ihr allein gehören würde. Sie verstaute den Koffer unter ihrem Bett, als sie das erste Rütteln der Maschinen im Bauch des Dampfers vernahm. Es ging also los. Rasch lief sie wieder hinaus an Deck, um von Shanghai Abschied zu nehmen. Vor ihr standen die westlichen Bauten in ihrer soliden, steinernen Größe. Davor drängelten Menschenmassen, ein unüberschaubares Gemisch aus asiatischen, europäischen und amerikanischen Nationen. Sie versuchte, Jinzi ausfindig zu machen, entdeckte ihn aber nicht. Der Gedanke, dass er gleich nach dem Abschied zu Viktoria zurückgeeilt war, versetzte ihr einen Stich, den auch all ihre Vernunft nicht zu verhindern vermochte. Sie wandte ihren Blick dem Hafen zu, jenem dichten Geflecht aus Masten und Schornsteinen der Dampfschiffe sowie flinken Sampans, die sich an den Riesen vorbeischlängelten. Überall schrie irgendjemand. Auf der gegenüberliegenden Seite befand sich Pudong, jene noch weitgehend chinesische Insel, die mit kleinen, ärmlichen Hütten bedeckt war. Jinzi hatte ihr erzählt, dass sich dort auch ein paar Tempel und Klöster befanden, doch waren sie vom Fluss aus nicht zu sehen.

Der Dampfer fuhr den Huangpu entlang auf den Ozean hinaus. Dann würde es an der Küste entlang weitergehen. Der nächste Aufenthalt war Chefoo, bereits ein Teil von Shantung, dem deutschen Interessengebiet in China. Elsa begab sich wieder in ihre Kabine, zog die Schuhe aus und streckte sich auf dem Bett aus. Im Grunde hatte Herr Gebhardt ihr einen Gefallen getan, als er sie aus dem Kontor von Herrn Nils verdrängte, denn nun begannen sich für sie Träume zu verwirklichen, die sie sich früher nicht einmal eingestanden hätte. Sie konnte ein fremdes, exotisches Land kennenlernen, eine gute Stelle bekommen und mehr Geld verdienen als jemals zuvor.

Elsa erschien in ihrem blauen Kleid zum Mittagessen im Speisesaal. Der deutsche Kellner wies ihr einen kleinen Tisch zu, an dem sie gehorsam Platz nahm. Um sie herum, so merkte sie, gab es nur Pärchen oder Familien. Ein paar mitleidige Blicke streiften ihren Rücken, als sie allein ihre Erbsensuppe löffelte. Sie fragte sich, warum all diese Leute nicht begreifen konnten, wie sehr sie diesen Zustand des Alleinseins genoss.

Dann wurde ein Stuhl neben ihr zur Seite gerückt.

»Erlauben Sie, dass ich mich zu Ihnen setze, Fräulein …«

»Skerpov«, ergänzte Elsa. Ein breites Männergesicht mit Schnurrbart schob sich in ihr Blickfeld.

»Mein Name ist Martin Heemann. Ich bin Eisenbahningenieur und unterwegs nach Tsingtao.«

Er verneigte sich kurz und sah sie abwartend an. Elsa wurde bewusst, dass er tatsächlich auf ihr Einverständnis wartete.

»Ja, natürlich, setzen Sie sich nur«, erwiderte sie, ohne weiter nachzudenken, denn sie konnte den Mann schlecht einfach stehen lassen. Dann spürte sie plötzlich die Blicke der anderen Passagiere wie Pfeilspitzen auf ihrer Haut. Schweiß stieg aus ihren Poren. Was hatten diese Leute nur, dass sie plötzlich wie eine Aussätzige gemustert wurde? Zwar gab es noch ein paar gänzlich freie Tische, aber wenn dieser Herr Heemann ausgerechnet bei ihr sitzen wollte, warum sollte sie es ihm dann verbieten?

Ein paar Andeutungen, die Tante Magda gemacht hatte, fielen ihr ein. Wenn ein junges Mädchen männliche Aufmerksamkeit auf sich zog, unterstellte man ihm schnell provozierendes Auftreten. Elsa seufzte innerlich. Sich unter vornehmen Leuten zu bewegen, konnte unerwartet anstrengend sein.

»Wohin reisen Sie, Fräulein Skerpov?«, begann der Eisenbahningenieur die obligatorische Konversation. Elsa erklärte mit einigem Stolz, dass sie eine Stelle auf der Gesandtschaft antreten wollte. Herrn Heemanns buschige Brauen hoben sich staunend.

»Bemerkenswert, in der Tat, für eine junge Frau Ihres Alters.«

Elsa überlegte, wie alt sie denn in seinen Augen sein müsste, um als Frau eine akzeptable Stellung zu bekommen.

»Ich hoffe, Sie kommen in China gut zurecht«, redete er weiter, als der Kellner auch ihm die obligatorische Suppe hinstellte.

»Bisher hatte ich kaum Probleme«, erwiderte Elsa und stellte fest, dass sie etwas bissig klang. Angesichts ihrer bevorstehenden Vorstellung auf der Gesandtschaft und all den Hürden, die sie noch würde überwinden müssen, um dorthin zu gelangen, fehlte ihr im Augenblick die Geduld für eine belanglose Unterhaltung.

»Sie sind also schon länger hier?«, bohrte Herr Heemann unerbittlich nach. Elsa legte ihren Löffel zur Seite, denn sie war mit der Suppe fertig und empfand eigentlich keinen Hunger mehr. Wäre es wirklich unhöflich, wenn sie sich jetzt entschuldigte und in ihre Kabine verschwand? Diese eine Frage aber würde sie wenigstens noch beantworten müssen.

»Ich bin bereits Ende des letzten Jahres, also eigentlich des letzten Jahrhunderts, in Shanghai angekommen und lebte dort bis jetzt bei Freunden. Dann hörte ich von der freien Stelle in Peking und beschloss, mein Glück zu versuchen.«

»Keinerlei Heimweh?«, fragte der Herr Ingenieur, während er seinen Löffel neu füllte. An seinem Schnurrbart hingen ein paar grüne Suppentropfen. Elsa überlegte, wie sie ihn vielleicht taktvoll darauf hinweisen konnte.

»Nein, ich vermisse Hamburg nicht«, antwortete sie ehrlich und hoffte, er würde jetzt nicht auch noch nach den Gründen für diesen Mangel an Heimatverbundenheit fragen. Doch er kämpfte mit ein paar eigenwilligen Erbsen, die ihm vom Löffel gerollt und auf seine Hose gefallen waren. So unauffällig wie möglich schubste er sie zu Boden, ergriff dann wie zur Tarnung die leicht befleckte Serviette auf seinen Knien, um sich den Mund abzutupfen. Dabei verschwanden auch die Tropfen von seinem Bart.

Eine Weile blieb es still und erstaunlicherweise begann Elsa, das Schweigen ihres Tischnachbarn nun als unangenehm zu empfinden. Schämte er sich vielleicht für seine Ungeschicklichkeit? Die Welt der besseren Gesellschaft machte nur auf den ersten Blick einen behaglichen, da sauberen und komfortablen Eindruck. Bewegte man sich darin, drohte man sich bei jedem Schritt in Fallstricken aus feiner, aber reißfester Seide zu verfangen, was das Leben unerhört anstrengend machte.

»Wie lange sind Sie denn schon in China?«, versuchte sie nun selbst, das abgestorbene Gespräch wiederzubeleben.

»Ein Jahr in etwa«, erzählte er gleich munter drauflos. »Ich komme aus einem kleinen Dorf und konnte nur dank der Unterstützung eines reichen Bekannten meiner Eltern in Berlin studieren. Als ich erfuhr, dass für die deutsche Kolonie in China Eisenbahningenieure gesucht werden, habe ich mich sogleich beworben, denn es reizte mich, die Welt zu sehen.«

Nun lächelte Elsa, denn er begann, ihr ein wenig sympathisch zu werden.

»Und geht er gut voran, der Eisenbahnbau?«, setzte sie das Gespräch also fort. Der Kellner entfernte die leeren Teller, und aus Richtung der Küche drang Bratengeruch. Elsa beschloss, doch noch ein wenig zu bleiben, um mehr über die Situation im deutschen Pachtgebiet Kiatschou zu erfahren.

»Nun ja, die Lage ist schwierig.« Der Herr Ingenieur lehnte sich zufrieden auf seinem Stuhl zurück, denn offenbar hatte sie nun ein Thema angeschnitten, von dem er sehr gern erzählte. »Zunächst einmal sind da die sehr primitiven Bedingungen. Selbst in Tsingtao, der Hauptstadt unserer Kolonie, stehen bisher wenige Bauten.«

»Aber das wird sich doch sicher bald ändern«, sagte Elsa. »Wenn erst einmal die Eisenbahnlinie fertiggestellt ist, dann werden an ihr entlang auch die Orte größer und wichtiger werden.«

»Ja, wenn sie erst einmal fertig ist«, erwiderte er seufzend. Der Kellner erschien nun mit einem Tablett, auf dem er einen halben Schweinebraten balancierte. Kurz darauf wurden Knödel und Sauerkraut gebracht. Elsa fiel ein, dass sie seit Monaten nicht mehr so herzhaft gegessen hatte, denn im Haus der Huntingdons gab es hauptsächlich Reis- und Fischgerichte. Der Geruch weckte ein wenig Appetit in ihr, nur fürchtete sie, anschließend das Gefühl zu bekommen, sie schleppe einen Stein in ihrem Magen herum. Aber es war erst das Mittagessen. Sie würde sich anschließend ein wenig an Deck die Beine vertreten und abends eventuell nur Gemüse essen, um gut schlafen zu können.

Herr Heemann winkte den Kellner nochmals herbei, um sich ein Glas Bier zu bestellen. Elsa bat um eine Limonade, denn das erschien ihr damenhafter.

»Nun, also der Eisenbahnbau«, fuhr der Herr Ingenieur fort. »Da haben wir arg mit der Sturheit der einfachen Chinesen zu kämpfen, die ihn auf alle möglichen Weisen boykottieren wollen. Immer wieder müssen wir die ansässigen Mandarine um Unterstützung bitten, damit sie den Pöbel in Schach halten. Die meisten von ihnen tun das nur widerwillig.«

»Was haben die Leute denn dagegen, eine Eisenbahn zu bekommen?«, fragte Elsa spontan, denn sie ging davon aus, dass dies zum Wohle des Landes sein müsse.

»Ach, wissen Sie …« Herr Heemann machte eine ausladende Geste mit beiden Armen, wodurch kurz sein Bierglas ins Schwanken geriet. Elsa fing es schnell für ihn auf.

»Der Aberglaube in diesem Land ist einfach zu stark. Die Leute haben Angst vor moderner Technik. Sie glauben, wir würden irgendeine naturgegebene Harmonie stören oder ihre Ahnen beleidigen, wenn wir die Gleise durch bestimmte Gegenden legen, wo früher vielleicht einmal ein Friedhof war. Das ist, als würde man ins Mittelalter zurückversetzt und müsste dort eine Eisenbahn bauen. Die Menschen hätten damals natürlich auch von Zauberei und Teufelswerk geredet, nur haben wir Europäer uns zum Glück weiterentwickelt.«

Elsa musterte ihn mit einer gewissen Skepsis. Weder Jinzi noch Dewei hatten auf sie den Eindruck gemacht, völlig rückständig zu sein.

»Was ist mit den Mandarinen? Sehen die das auch so?«

»Nicht alle, zum Glück«, gab Herr Heemann zu. »Es befinden sich ein paar kluge Köpfe darunter wie etwa Li Hongzhang, einer der bedeutendsten Staatsmänner der Kaiserinwitwe, der sogar vor zwei Jahren Kanzler Bismarck besucht hat. Er unterstützt die Modernisierung seines Landes, ist aber leider eine Ausnahme. Wissen Sie, warum auch die reichen Chinesen Papierwände vor die Eingänge zu ihren Häusern stellen?«

Elsa schüttelte den Kopf.

»Weil man in China davon ausgeht, dass Geister nicht um die Ecke gehen können!«

Der Ingenieur kommentierte diese Aussage mit einem kurzen Lachen, in das Elsa nicht einstimmte. Dieses Verhalten schien ihr nicht unbedingt dümmlicher, als sich vor schwarzen Katzen zu fürchten oder nicht unter Leitern hindurchgehen zu wollen.

»Vielleicht«, schlug sie vor, »müsste man den einfachen Chinesen nur erklären, was eine Eisenbahn ist, also wie sie in etwa funktioniert und dass sie ohne jede Magie betrieben wird. Dann könnten sie ihre Angst überwinden und würden schließlich sehen, welche Vorteile eine schnelle Transportmöglichkeit hätte.«

»Da holt der Herr von Ketteler sich ja eine einfallsreiche junge Dame auf seine Gesandtschaft«, sagte Herr Heemann mit mildem Spott. »Keine schlechte Idee, streng genommen, aber wäre dies nicht Aufgabe der Mandarine?«

Obwohl sie sein Benehmen ärgerlich fand, musste Elsa ihm innerlich zustimmen. Die Aufklärung der einfachen Leute wäre eine Aufgabe der Oberschicht, doch wo in der Welt dachte die Oberschicht nicht in erster Linie an ihr eigenes Wohlergehen? Zudem ahnte sie, dass die Ursache der Probleme viel tiefer lag. Dewei hatte auf seine sehr höfliche, rücksichtsvolle Art mehrfach angedeutet, dass die meisten Chinesen die Vereinnahmung Kiatschous durch das Deutsche Kaiserreich mit Missfallen betrachteten. Ihr Land wurde zwar nicht offiziell zur Kolonie erklärt, aber trotzdem knabberten die Weltmächte langsam, aber beharrlich an allen Ecken des uralten Reiches.

Herr Heemann verzehrte seinen Schweinebraten mit beachtlichem Appetit. Elsa zerkleinerte recht lustlos ihre Knödel mit der Gabel. Nach ein paar Bissen von dem Fleisch war ihr der Appetit vergangen. »Gibt es nicht auch noch andere Unruhen?«, fragte sie. »Ich habe von der Ermordung eines Missionars gehört.«

»Ach das.« Herr Heemann winkte ab, während er kaute. »Diese Leute benehmen sich einfach dumm. Sie wahren nicht genug Abstand von den Chinesen, wollen sie von unserem

Denken überzeugen, und das ist eben unklug. Der Pachtvertrag bezüglich Kiatschou entstand nur, weil zwei deutsche Missionare ermordet wurden. Doch in gewisser Hinsicht taten sie dem Vaterland dadurch einen Gefallen, denn endlich hatten auch wir einen Grund, von den Chinesen eine Entschädigung zu verlangen.«

Er lachte noch mal auf und ließ sich ein neues Bier bringen.

»Also, Fräulein Skerpov, berücksichtigen Sie meinen guten Rat. Versuchen Sie in China nicht zu missionieren, arbeiten Sie fleißig auf der Gesandtschaft und Ihnen droht keinerlei Gefahr!«

Er hob kurz die Hand, als wolle er Elsas Finger tätscheln, doch sie entzog sie ihm rechtzeitig.

»Pardon«, murmelte er leise. Sie warf ihm einen strengen Blick zu und erhob sich.

»Nachdem ich keinen Hunger mehr habe, möchte ich mich jetzt zurückziehen.«

Er nahm es mit einem schuldbewussten Nicken hin, während Elsa hocherhobenen Hauptes aus dem Speisesaal spazierte.

Kapitel 16

Charlotte humpelte Quantou und den Jungen hinterher, um endlich wieder zum Lager der Truppe zu gelangen, das zwischen ein paar Büschen am Ufer des Yangtze lag. Jeder Schritt löste ein Feuerwerk an Schmerzen in ihrem Körper aus. Sie wusste nicht, wie viele Hiebe ihre Knochen hatten hinnehmen müssen, wie oft sie sich auf dem harten, steinigen Boden wiedergefunden hatte und wie oft Quantou sie ruhig, aber erbarmungslos aufgefordert hatte, aufzustehen und weiterzukämpfen. Immer wieder hatte sie seine erbarmungslosen

Schläge abwehren müssen. In den Augenblicken, da sie mit Tritten und Fausthieben auf ihn losging, erlag sie manchmal der Illusion, ihn irgendwann besiegen zu können. Er konnte ihr aber sehr schnell beweisen, dass sie noch sehr weit von ihrem Ziel entfernt war.

Die zwei kleinen Jungen, Xiang und Xin genannt, ertrugen die ständigen Hiebe und Kränkungen weitaus schlechter als sie selbst. Nachts konnte Charlotte sie leise ins Stroh oder Gras schluchzen hören. Einmal hatte sie versucht, den jüngeren von beiden tröstend in den Arm zu nehmen, war aber von seinem Bruder weggeschubst worden. Shao Yu war zwar etwas geschickter im Kämpfen, doch fehlte auch ihm der notwendige Zorn, um sich nicht wie ein Wurm unter Quantous breitem Fuß zertreten zu lassen. Er gehorchte dem Lehrer beim Kampftraining so, wie er auch seinem Onkel gehorcht hatte, schicksalsergeben und fügsam. Nur hatte er bei Geschäften mehr Talent gezeigt. Charlotte wusste, dass sie als Einzige über einen Funken Begabung verfügte. Quantou war ein Fels von einem Mann, konnte kämpfen wie ein tollwütiger Straßenköter, doch bei der Auswahl seiner Schüler hatte er bisher wenig Glück gehabt, denn sonst wäre er kaum bereit gewesen, ein Mädchen auszubilden.

Mayi und die Pockennarbige hatten am Lagerfeuer eine spärliche Mahlzeit aus Süßkartoffeln und Bohnen gekocht. Shanghai lag nun bereits zwei Tagesreisen entfernt. Sie waren in einem schlichten Karren mit Maultier unterwegs, der von den Einnahmen in der Stadt erworben worden war. Nachts schliefen sie auf freiem Feld.

Der Essensgeruch ließ Charlottes Magen qualvoll stöhnen. Der Vorteil an ihrer neuen Lage bestand darin, dass sie nun meist direkt nach Quantou und Shao Yu zugreifen durfte. Erst nachdem sie gestärkt waren, kamen die kleinen Jungen an die Reihe, gefolgt von den zwei Köchinnen.

Sie setzten sich alle mit überkreuzten Beinen auf den Boden, während die Pockennarbige drei Holzschüsseln füllte. Quantou erhielt als Erster die größte davon, die nächste ging an Shao Yu. Charlottes Hände hoben sich von selbst, um die dritte in Empfang zu nehmen, doch streifte sie ein abschätziger Blick aus den Augen der Pockennarbigen, die das Essen den zwei Jungen hinhielt. Ihre Gesichter begannen zu strahlen, während sie mit den Fingern zugreifen wollten, ohne auf die Essstäbchen zu warten.

»So nicht!«, knurrte Quantou, packte die Schüssel und entriss sie ihnen, bevor sie die kostbare Nahrung nur hatten mit den Fingerkuppen berühren können. »Ich bestimme, wer hier nach wem essen darf. Dujuanhua hat mehr Mut als diese zwei blökenden Lämmer. Deshalb ist sie zuerst dran.«

Charlotte sah, wie dem kleinen Xin Tränen über die Wangen zu rollen begannen. Ihr Magen schmerzte vor Hunger, aber das hatte er in den letzten Tagen so oft getan, dass sie sich an diesen Zustand zu gewöhnen begann. Sie überlegte, wie sie den Jungen das Essen unauffällig zuschieben konnte, damit sie wenigstens ein paar Bissen abbekämen.

»Dujuanhua ist eine Verräterin«, hörte sie plötzlich Xiang, den älteren der beiden, murmeln.

»Was sagst du da?«, herrschte Quantou ihn an. Der schmächtige Knabe schrumpfte ein wenig, doch in seinen Augen funkelte ungewohnter Trotz.

»Sie hat Sachen der fremden Teufel!«, fügte er lauter hinzu. »Sie versteckt sie die ganze Zeit. Vielleicht ist sie nur bei uns, um uns zu verraten.«

Shao Yus Schultern sackten hinab. Charlotte biss sich auf die Lippen, bis sie Blut schmeckte. Nun war sie endgültig ein in die Enge getriebenes Tier.

»Welche Sachen?«, fragte Quantou völlig ruhig, was diese Worte besonders gefährlich wirken ließ. »Zeig sie mir! Und wenn du lügst, dann wird dies deine letzte Lüge sein.«

Xiang stand auf. Seine dünnen Beine wirkten zu schwach, um sein Gewicht zu tragen, und die Knie drohten bei jedem seiner Schritte einzuknicken, aber er bewegte sich entschlossen zum Karren hin.

Dort hatte Charlotte ihre Tasche in einer Ecke hinter mehreren Säcken mit Nahrung verborgen, die man in Shanghai eingekauft hatte. Sie war davon ausgegangen, dass sie so schnell nicht entdeckt werden würde. Erst wenn die Säcke sich zu leeren begannen, würde sie ein neues Versteck suchen müssen. Quantou hatte sie mit Shao Yus Hilfe erfolgreich hintergehen können, aber seine sklavischen Gefährten waren aufmerksamer gewesen.

»Ich besitze tatsächlich Eigentum der fremden Teufel«, rief sie. »Im Waisenhaus behandelten sie mich wie eine Dienerin. Als ich floh, da wollte ich ein wenig Lohn mitnehmen. Deshalb habe ich sie bestohlen.«

Quantous Brauen wuchsen über seiner Nase zusammen.

»Was hast du mitgenommen?«

»Eine Tasche, die ich hübsch fand«, redete Charlotte weiter, obwohl sie fühlte, wie ihre Zähne vor Angst aufeinanderschlugen und ihr dadurch das Sprechen erschwerten. »Kleidung der Missionarinnen. Ich dachte, ich kann sie irgendwann einmal brauchen.«

»Nun.« Quantou war aufgestanden, machte ein paar Schritte auf den Karren zu, drehte sich aber wieder um. Er hob seine zu Fäusten geballten Hände und sein Gesicht nahm einen etwas entspannteren, fast zufriedenen Ausdruck an, als alle Mitglieder der Truppe sich sogleich duckten.

»Du wirst die Kleidung der Missionarinnen nicht brauchen«, erklärte er Charlotte. »Bald schon werden wir unser Land von ihnen befreien. Du hattest Glück, dass du rechtzeitig fliehen konntest, denn sie benutzen unsere Kinder für ihre abartigen Gelüste oder fressen sie auf.«

Charlotte war zu erleichtert, dass ihre Tasche nicht durchsucht worden war, um sich an seiner seltsamen Aussage zu stören. Je mehr sie über diese Truppe mitbekam, desto dringender wurde ihr Wunsch, sich bald schon von ihr absetzen zu können. Doch spätestens dann würde sie ihren Schmuck brauchen, der unter ihren europäischen Kleidern verborgen lag.

»Aber was wir auch nicht brauchen können, sind Verräter«, donnerte Quantous Stimme auf einmal weiter. Charlottes Magen wurde zu einem winzigen, harten, schmerzenden Ball aus Angst. Sie vermochte immer noch nicht einzuschätzen, wie er wirklich zu ihr stand.

»Menschen, die ihre Gefährten verraten, sind Feiglinge«, fuhr er fort. »Zu schwach, um den Kampf mit den fremden Teufeln aufzunehmen, denn sie werden sich von ihnen kaufen lassen. Wir brauchen sie nicht.«

Während Charlotte sich panisch nach einer Fluchtmöglichkeit umsah, fiel der Schatten von Quantous riesigem Körper auf Xiang.

»Du wolltest Dujuanhua anschwärzen, weil ihr Mut euch beschämt. Sie, ein Mädchen, zeigt euch, wie Männer sich zu verhalten haben. Doch anstatt dir an ihr ein Beispiel zu nehmen, willst du sie schlechtmachen, damit ich nicht mehr so deutlich sehe, wie nichtswürdig ihr beiden, du und dein elender Bruder, seid. Wenn ihr heute Nacht schon tot im Yangtze schwimmt, so wäre es kein Verlust.«

Der kleine Xin brach nun in ein leises, von nervösem Schluckauf unterbrochenes Wimmern aus. Charlottes Kehle wurde eng. Wenn Quantou die Jungen nun im Fluss ertränkte, wäre es dann ihre Schuld?

»Es sind doch nur Kinder!«, rief sie, ohne weiter nachzudenken, und sprang auf die Beine. »Sie sind zu klein, um so kämpfen zu können wie ich. Gib ihnen Zeit. Und jetzt brauchen sie etwas zu essen, sonst haben sie bald schon keine Kraft mehr, um überhaupt aufzustehen.«

Sie nahm die weiterhin unberührte Schüssel, um sie genau in der Mitte zwischen Mayi, der Pockennarbigen, den Jungen und sich aufzustellen.

»Das teilen wir uns jetzt alle, damit wir wenigstens ein bisschen satt werden, schlafen können und morgen wieder bei Kräften sind.«

Um sich herum sah sie Gesichter, die zu Masken der Fassungslosigkeit gefroren. Zaghaft wagte der kleine Xin, seine Finger erneut nach dem Essen auszustrecken, da trat Quantou die Schüssel zur Seite und die kostbare Nahrung verteilte sich auf dem grasbewachsenen Boden.

»Niemand erteilt hier Anweisungen außer mir, hört ihr! Vor allem kein hochnäsiges, vorlautes Mädchen!«

Diesmal war seine Stimme ein Donnergrollen gewesen, das einen schweren, zerstörerischen Sturm ankündigte. Charlotte nahm die Faust aus den Augenwinkeln wahr und vermochte ihr nochmals auszuweichen, dann wirbelte sie herum. Ihre Füße jagten über den Erdboden, wichen Büschen, Bäumen und Felsen aus, um sie immer weiter und weiter wegzutragen. In ihrem Rücken hörte sie Quantous Schnauben, und nichts hätte sie beim Rennen besser anspornen können. Sie war überzeugt, dass er sie für ihre Frechheit totschlagen würde, wenn er sie zu fassen bekam. Er war ein starker Mann, doch wog er auch um einiges mehr als sie selbst, was ihr bei diesem Wettlauf einen gewissen Vorteil verschaffte. Charlotte schlug einen Haken, als ein Wäldchen vor ihr auftauchte, denn die Bäume hätten sie aufgehalten, sah zu ihrer Linken einen Abhang, der zu den breiten, bräunlichen Fluten des Yangtze führte, und rannte weiter, obwohl sie inzwischen bei jedem Atemzug Feuer zu schlucken glaubte. Am Horizont vermeinte sie ein paar

Hütten zu entdecken und überlegte, ob deren Bewohner bereit wären, sie vor Quantou zu schützen. Ihr blieb nichts anderes übrig, als es zu versuchen, und zu hoffen, dass sie es überhaupt bis zu den Hütten schaffte. Zwar trieb die Todesangst sie weiter vorwärts, doch schnitt mittlerweile mit jedem Schritt ein scharfes Messer in ihre Seite. Vorwärts, sagte sie sich, immer im gleichen Tempo auf das Ziel zu.

Da riss plötzlich eine unbekannte Gewalt an ihrem rechten Knöchel. Charlotte sah noch die Schlingpflanze, in der sich ihr Fuß verfangen hatte, dann kam der Erdboden langsam näher. Sie registrierte ihren eigenen Aufprall, noch bevor der Schmerz einsetzte. Der Abgrund lag immer noch zu ihrer Linken und ihr Körper bewegte sich darauf zu, rollte unaufhaltsam über Steine, Felsen und Gras. Ihre Versuche, sich an Büschen festzuhalten, scheiterten, denn die Pflanzen waren nicht fest genug mit der Erde verwachsen, um ihr Halt zu geben.

Langsam, aber unerbittlich kamen die Fluten näher. Ein rasender Schmerz ließ ihren Hinterkopf explodieren, sie sah gleißendes, schmerzhaft blendendes Licht und danach nichts mehr.

»Dujuanhua!« Die Stimme schien aus weiter Ferne zu kommen, aber sie klang vertraut. Charlotte zwang sich die Augen zu öffnen, obwohl das grelle Licht schmerzte. Sie lag auf dem Karren und über ihr schwebte Shao Yus Gesicht, milde, freundlich, besorgt. Er hielt ihr eine Wasserflasche hin, und sie trank gierig.

»Ich habe gleich gesagt, die ist nicht totzukriegen«, kommentierte Mayi aus einiger Entfernung, klang dabei aber erleichtert. Die Gesichter von Xiang und Xin rahmten für einen Moment das von Shao Yu ein und starrten sie neugierig an.

»Ist sie aufgewacht?«, knurrte Quantou. Charlotte zuckte zusammen. Irgendwo hinten in ihrem Kopf lauerte die Angst vor etwas, das kürzlich geschehen war. Splitter fügten sich in ihrem Gedächtnis zusammen. Ihr Fluchtversuch war jämmerlich gescheitert, aber sie lebte noch, denn sie konnte deutlich fühlen, wie die Kleidung klitschnass an ihrem Körper klebte. Jemand hatte eine Decke über sie geworfen, doch sie fror trotzdem. Ihre Zähne klapperten so laut, dass es fast peinlich war.

»Wenn sie deine Schwester ist, dann kannst du sie ja ausziehen und trocken reiben«, wies Quantou Shao Yu an. »Wir gehen jetzt los, ins nächste Dorf, wo wir auftreten, und die Frauen können dort ein paar Vorräte kaufen. Du darfst ausnahmsweise hier bleiben. Morgen ziehen wir weiter, also sieh zu, dass Dujuanhua wieder auf die Beine kommt.«

Kurz wurde Charlotte noch von der Pockennarbigen gemustert, deren Blick wie gewohnt hämisch schien, dann entfernten sich alle Mitglieder der Truppe bis auf Shao Yu. Sie schloss wieder die Augen, denn ihr Kopf schmerzte, als schlügen glühende Hämmer von innen gegen ihren Schädel.

»Was ist passiert?«, flüsterte sie. »Hat Quantou mich verprügelt?«

»Nein«, erwiderte der Junge. »Er war sehr wütend auf dich, aber als du gestolpert und den Abhang heruntergerollt bist, da hatte er einfach nur Angst, dass du ihm wegsterben könntest. Bei den Kampfübungen bist du die Beste von uns. Er braucht dich, wenigstens für unsere öffentlichen Auftritte als Gaukler. Deshalb hat er dich aus dem Wasser gefischt und zurückgebracht. Du bist mit dem Hinterkopf auf einen Stein gefallen, außerdem hast du sicher noch ein paar Schürfwunden und Prellungen.«

Charlotte zwang sich, die Welt wieder anzusehen. Sie verdankte dem brutalen Riesen, vor dem sie verzweifelt hatte fliehen wollen, nun ihr Leben. Das verkomplizierte die Dinge auf unerwartete Weise.

»Wer ist dieser Quantou eigentlich und was sind das für Leute, mit denen wir jetzt herumziehen?«, wollte sie zum ersten Mal wirklich wissen. Shao Yu senkte den Blick.

»Er ist sein Leben lang irgendwo aufgetreten, hat sich für Geld geprügelt oder Schaukämpfe vorgeführt. Jetzt gehört er irgendeiner geheimen Gesellschaft an, in deren Auftrag er unterwegs ist. Er hasst die Fremden und reist herum, um Gleichgesinnte zu finden. In Shanghai hatte er nicht viel Erfolg, deshalb geht es jetzt nach Beijing zurück. Dort werden alle zusammentreffen, die so denken wie er. Sie wollen etwas unternehmen, um die Lage in unserem Land zu verändern.«

All das klang beunruhigend, befand Charlotte. Sie sah keine Verbindung zwischen sich selbst und Menschen wie Quantou. Nun, da ihr ganzer Körper schmerzte, als sei jedes seiner Glieder einzeln zerschlagen worden, sehnte sie sich nur noch nach dem Ort, der ihr Zuhause gewesen war, seit sie denken konnte. Ihr Vater hatte recht gehabt. Sie war keine gewöhnliche Chinesin und würde niemals eine werden. Doch auf einmal schien es unwichtig.

»Shao Yu, ich will nach Shanghai zu meinen Eltern zurück. Kannst du mir helfen?«, bat sie. Vermutlich würde er ihr nun einen Vortrag halten, dass sie gleich auf ihn hätte hören sollen, und damit hätte er durchaus recht. Aber noch war es nicht zu spät. Sie waren erst zwei Tage unterwegs, und diese Strecke würde sie zur Not auch zu Fuß laufen können, sobald sie wieder bei Kräften war. Vielleicht konnte Shao Yu sie rasch in dieses Dorf bringen, das sie am Horizont gesehen hatte. Sie würde den Leuten freiwillig ihren Schmuck überlassen, wenn sie ihr nur halfen, nach Hause zu kommen. Hoffnungsvoll sah sie ihn an und staunte, dass ein Schatten sich über sein Gesicht gelegt hatte.

»Es ist zu spät. Ich hatte dich gewarnt«, sagte er nur. »Quantou wird dich nicht mehr fortlassen, weil er schon viel Zeit in deine Ausbildung gesteckt hat. Wenn du versuchst, davonzulaufen, wird er dich wieder zurückholen, wie gerade eben geschehen.«

Charlotte wollte empört auffahren, um zu protestieren, doch sofort begannen zahllose Flammen, in ihrem Körper zu brennen. Im Augenblick war sie wirklich nicht in der Lage, allein etwas zu unternehmen, und Shao Yu wollte ihr nicht helfen. Entschlossen kämpfte sie gegen das Gefühl der Hoffnungslosigkeit an, denn so verzweifelt konnte ihre Lage nicht sein. Sie würde schon irgendwann eine Gelegenheit finden, sich davonzuschleichen, aber eine große Stadt wie Beijing war dafür günstiger. Dort konnte sie den Schmuck verkaufen, den sie zum Glück immer noch besaß, nach ihrer leiblichen Mutter suchen und dann nach Hause fahren. Vielleicht war dies sogar der beste Weg.

»Dann bleibe ich eben bei euch. Es will mich ja keiner umbringen«, zwang sie sich so fröhlich wie möglich zu sagen. Shao Yus Gesichtsausdruck erhellte sich aber nicht.

»Sha Lo Te, ich muss dir jetzt helfen, dich auszuziehen. Deine Kleidung ist nass und du könntest ein böses Fieber bekommen«, murmelte er beschämt und lenkte seinen Blick an ihrem Gesicht vorbei.

Sie nickte lächelnd, denn es rührte sie, wie unangenehm ihm dieser Umstand war. Im Grunde sah sie so etwas wie einen Bruder in ihm.

»Ich würde vorschlagen, wir machen uns gemeinsam an die Arbeit«, versuchte sie ihn aufzumuntern, und begann, die Verschlüsse ihrer Bluse zu lösen. In diesem Augenblick wurde ihr bewusst, wie selten sie in den letzten Tagen an David gedacht hatte, denn es waren Augenblicke wie dieser gewesen, in denen sie sich oft die gemeinsame Hochzeitsnacht ausgemalt hatte.

Nun, da sie in die Welt ihrer Landsleute einzutauchen begann, rückte der Wunsch nach einem Leben als Gemahlin eines englischen Offiziers in so weite Ferne, dass er ihr wie eine entlegene Insel schien, von der sie einmal kurz geträumt hatte.

Kapitel 17

»Sehen Sie, Miss Skerpov! Da sind wir schon. Das ist der Bahnhof von Machiapu, ganz in der Nähe von Peking«, sagte der freundliche alte Herr, der Elsa gegenüber im Abteil saß. Während der mehrstündigen Bahnfahrt hatte sie erfahren, dass er Missionar war, ursprünglich aus Michigan stammte, seine Familie wegen der anhaltenden Unruhen in Schantung bereits vor Wochen nach Peking geschickt hatte und nun selbst nachreiste. Außerdem saßen noch vier Japaner bei ihnen, die zwar allesamt westliche Anzüge trugen, ihren ausländischen Mitreisenden aber kaum Beachtung schenkten. Chinesen sah man weitaus seltener, eigentlich so gut wie nie, in etwas anderem als ihren traditionellen Gewändern, von ein paar Ausnahmen in Shanghai abgesehen. Elsa wandte den Blick zum Fenster und sah ein mehrstöckiges, steinernes Gebäude heranrücken, vor dem der Zug schnaubend und quietschend zum Stillstand kam. Sie griff nach ihrer Reisetasche und atmete auf. Jetzt war sie fast schon am Ziel, hatte ihre erste Reise allein durch China heil überstanden.

»Sie waren noch nie in Peking?«, redete der Missionar weiter, während die Japaner bereits aus dem Abteil drängten. »Es ist eine sehenswerte Stadt, die vielen Tempelanlagen lohnt es durchaus zu besichtigen, und dann ist natürlich die Chinesische Mauer nicht weit entfernt. Zwar sind die Zeiten etwas unruhig, aber man wird einer jungen Dame auf der Gesandtschaft sicher Begleitschutz anbieten.«

Elsa bedankte sich höflich für den Ratschlag, obwohl sie daran zweifelte, dass man wegen einer Hilfsschreibkraft so viel Aufhebens machen würde. Dann verabschiedete sie sich von ihrem Begleiter, denn sie ging davon aus, ihn im allgemeinen Gedränge zu verlieren. Er war weniger anstrengend gewesen als Herr Heemann, den sie allerdings schon am zweiten Tag ihrer Schiffsreise losgeworden war, da er in Tsingtao an Land ging. Nach vier Tagen Schiffsreise war sie schließlich in Tientsin angelangt, wo der Bahnhof nicht schwer zu finden gewesen war, da etliche Reisende dort hinströmten. Die Zugfahrt war schnell vergangen, zumal sie endlich Gelegenheit bekam, die kleineren Orte und die weite Landschaft dieses riesigen Landes genauer zu mustern. Sie trug bereits ihr bestes blaues Kleid, da sie sich nicht sicher sein konnte, eine Gelegenheit zum Umkleiden zu bekommen, bevor man sie dem Gesandten vorstellte. Vermutlich waren durch das lange Sitzen ein paar Falten entstanden, aber daran vermochte sie kaum etwas zu ändern. Ihre Frisur schien unter dem Strohhut noch tadellos zu sitzen, was auch den von Viktoria erhaltenen Kämmen zu verdanken war. Sie hoffte, insgesamt einen respektablen Eindruck zu machen.

Dafür, dass Chinesen technischen Neuerungen laut Herrn Heemann sehr skeptisch gegenüberstanden, schienen sie diese Eisenbahnstrecke gerne zu nutzen. Bereits im Gang des Erste Klasse Waggons, den die Gesandtschaft ihr gnädigerweise bezahlt hatte, entdeckte Elsa zwei chinesische Würdenträger in langen Seidenroben, mit dunklen Kappen auf ihren Köpfen und langen Zöpfen, die an ihren Rücken hinabhingen. Sie wurden von Dienern begleitet, die ihre Taschen trugen, und bewegten sich mit bemerkenswerter Gelassenheit durch das Gedränge. Auf dem Bahnsteig wimmelte es von gewöhnlichen Chinesen, die Kisten mit gackernden Hühnern und Enten aus dem Zug entluden, Bündel über ihre Schultern schwangen und auch das eine oder andere Schwein vor sich hertrieben. Das

Geschrei war ähnlich ohrenbetäubend wie am Hafen von Shanghai, und sobald Elsa aus dem Zug gestiegen war, schlugen ihr scharfe Gerüche entgegen. Sie wurde von einer kleinen, stämmigen Frau angerempelt, die gerade eine Schar plärrender Kinder vorwärtslotste, strauchelte und stieß gegen den Sack, den ein stämmiger Kuli auf seinem Rücken schleppte. Ein sehr zorniger, offen feindseliger Blick streifte sie, als der Sack daraufhin zu Boden glitt. Elsa ging in die Knie und half dem Träger, die verlorene Last wieder aufzuheben. Sein Gesichtsausdruck wurde durch ihre Hilfsbereitschaft nicht freundlicher, er sah lediglich verdattert aus, ergriff den Sack und duckte sich, um rasch in der Menge zu verschwinden. Elsa begriff, dass sie sich nicht seinen Erwartungen gemäß benommen hatte, was ihn misstrauisch gestimmt haben musste. Eine Weile ließ sie sich von der Kraft einer gesichtslosen Menge weiterschieben, denn ihr fehlte ein klares Ziel vor Augen. Irgendjemand sollte sie hier abholen, aber sie wusste nicht, wie sie diesen Unbekannten finden konnte. Plötzlich stieg Panik in ihr hoch, erschwerte das Atmen und weckte gleichzeitig den Wunsch, laut um Hilfe zu schreien. Sie konnte nirgends mehr irgendwelche westlichen Gesichter erkennen und fühlte sich, als sei sie in einer bedrohlichen Fremde an Land gespült worden, völlig verloren unter Hunderten von Chinesen, die sie teils neugierig, teils ablehnend musterten, aber niemals als selbstverständlichen Teil ihrer Welt anerkennen würden. Elsa spürte, wie der Angstschweiß ihre Achselhöhlen hinabrann und den Stoff ihres Kleides durchtränkte. Schwindelgefühle überkamen sie, und sie dachte erleichtert, dass sie in diesem Gedränge jedenfalls nicht so leicht zu Boden stürzen konnte, denn andere Körper würden den ihren unfreiwillig stützen.

»Kann ich Ihnen helfen, Miss?«

Es war eine weiche, freundliche Männerstimme, die fließend Englisch sprach. Der Boden unter Elsas Füßen gewann wieder an Festigkeit, als sie sich umdrehte. Vermutlich ein weiterer Missionar oder ein Geschäftsmann, überlegte sie.

Aber sie konnte den Retter nirgendwo entdecken. Vor ihr stand nur ein ganz und gar chinesischer Würdenträger, ebenso gekleidet wie die vornehmen Mandarine im Zug. Sie hätte nicht einmal mit Sicherheit sagen können, ob er nicht einer von ihnen gewesen war. Er schien ein wenig größer als die meisten Chinesen, was bedeutete, dass er Elsa um ein paar Zentimeter überragte, aber sein Gesicht mit den markanten Wangenknochen und der braunen, alterslos glatten Haut war eindeutig asiatisch. Die dunklen Augen strahlten eine milde Klugheit aus, die ihn vertrauenswürdig machte.

»Ich bin soeben angekommen und jemand von der deutschen Gesandtschaft soll mich abholen«, erklärte Elsa. »Leider habe ich keine Ahnung, wo ich ihn hier finden soll.«

»Ich verstehe.« Er neigte kurz den Kopf. »Vermutlich steht der Herr im Bahnhofsgebäude, weil ihm das Gedrängel auf dem Bahnsteig missfällt.«

Sein Englisch war eindeutig besser als das ihre, stellte Elsa staunend fest, als er kurz die Hand hob. Zwei Männer in dunkler, schlichter Kleidung begannen nun, den Weg freizukämpfen, und waren dabei wesentlich erfolgreicher, als sie selbst jemals hätte sein können. Elsa wurde leichter ums Herz. Dieser unbekannte Mandarin versöhnte sie wieder mit China, denn überall auf der Welt konnte man freundlichen Menschen begegnen. Sie erreichten den Rundbogen des Eingangstors zum Bahnhofsgebäude. Drinnen liefen zwar auch etliche Menschen umher, aber insgesamt ging es in der steinernen Halle etwas übersichtlicher zu.

»Da in der Ecke steht ein Herr, der aussieht, als würde er auf jemanden warten«, stellte der Mandarin fest. Elsa erblickte einen mittelgroßen, schmächtigen Mann mit Halbglatze, der seinen Hut in den Händen drehte. Die spärlichen Reste schmutzig blonden Haars und die Nickelbrille ließen sie ahnen, dass er vielleicht ein Landsmann sein konnte.

»Vielen Dank. Ich gehe jetzt hinein und frage ihn«, teilte sie ihrem Retter mit, der wieder den Kopf neigte.

»Ich werde mit meiner Wache so lange warten. Falls dieser Herr Sie nicht in Empfang nimmt, kommen Sie einfach zurück.«

»Das ist wirklich sehr freundlich«, sagte Elsa mit echter Dankbarkeit. Zwar waren Männer, die sich als Beschützer gebärdeten, ihr für gewöhnlich zuwider, doch dieser hatte erkannt, dass sie wirklich Hilfe brauchte, und wollte sich nicht einfach nur wichtigmachen. Es beruhigte sie, ihn in der Nähe zu wissen.

Sie betrat das Bahnhofsgebäude und ging auf die Nickelbrille zu. Der Mann hob erst den Kopf, als sie unmittelbar vor ihm stand. Die Augen hinter den Gläsern weiteten sich staunend.

»Fräulein Elsa Skerpov?«

»Die bin ich«, erwiderte sie. Er lächelte auf eine Art, die sie als unangenehm empfand.

»Und ich bin Arthur Dreher, erster Hilfsschreiber der Gesandtschaft«, stellte er sich mit einer knappen Verbeugung vor und fügte sogleich hinzu: »Sie wären mir unterstellt, wenn Sie die Stelle des zweiten Hilfsschreibers bekommen.«

Elsa überlegte, dass sie in erster Linie dem Gesandten unterstellt wäre. Die Art, wie dieser Herr Dreher gleich eine Hierarchie zwischen ihnen schaffen wollte, gefiel ihr nicht, aber sie musste es wohl hinnehmen.

»Nun, da ich Sie erfolgreich vom Bahnhof abgeholt habe, folgen Sie mir bitte zur Gesandtschaft, wo man bereits sehr gespannt auf eine abenteuerlustige junge Dame ist«, meinte der erste Hilfsschreiber mit seidenglatter Ironie. Elsa unterdrückte den Wunsch, ihn darauf hinzuweisen, dass er sie keineswegs abgeholt, sondern hilflos auf dem Bahnsteig stehen gelassen hatte, doch da spazierte er bereits zur gegenüberliegenden Ausgangstür des Bahnhofsgebäudes. Sie musste ihm hinterhereilen, um ihn nicht zu verlieren. Kurz sah sie sich noch einmal um, da sie ihrem Retter zum Abschied zunicken wollte, aber er war bereits verschwunden. Sie hatte nicht einmal nach seinem Namen gefragt, doch es war nicht davon auszugehen, dass sie einander jemals wieder begegnen würden. Wo hatte er nur gelernt, so gut Englisch zu reden?

»Ein klassischer Peking Karren«, sagte Herr Dreher spöttisch und wies auf einen schmalen, hölzernen Karren, vor dem ein kleines, zotteliges Pony stand. »Schneller als ein Tragestuhl, aber …«

»… nicht gefedert. Davor wurde ich schon gewarnt«, ergänzte Elsa sogleich, denn sie empfand den ersten Hilfsschreiber als Wichtigtuer, der einen Dämpfer verdient hatte. Dennoch erschrak sie, welch tiefe Abneigung in seinen Augen aufblitzte, nachdem er von ihr unterbrochen worden war.

»Sie dürfen natürlich vor mir einsteigen«, erwiderte er kühl. Elsa kletterte in einen engen Wagen mit verstaubter, hölzerner Sitzfläche. Kurz darauf folgte Herr Dreher.

»Peking ist eine sehr strukturierte Stadt, nach einer Art Schachtelprinzip aufgebaut«, erzählte er, während sie über eine unebene Straße zu holpern begannen. »Es gibt eine Vorstadt, die von Chinesen bewohnt wird. Dann die sogenannte Mongolenstadt, auch Tatarenstadt genannt, die der gegenwärtigen Herrscherkaste gehört, schließlich die Kaiserliche Stadt und in deren Mitte die Wohnräume der kaiserlichen Familie. Gewöhnlichen Sterblichen ist der Zutritt verboten. Überhaupt ist der Kaiser so etwas wie eine überirdische Gestalt. Zieht er in seinem Sedanstuhl durch die Straßen, um an den Tempeln rituelle Zeremonien zu verrichten, muss das gewöhnliche Volk sich in Häuser und Hütten verkriechen. Wir Europäer haben solchen Aberglauben glücklicherweise schon vor Jahrhunderten überwunden.«

Sein selbstzufriedener Gesichtsausdruck verrutsche, als ein Rad des Wagens in ein Schlagloch rollte und sie zur Seite zu kippen drohten. Elsa spürte, wie Herr Dreher durch das schlichte Gesetz der Schwerkraft an sie herangedrückt wurde. Sie konnte seinen Schweiß riechen, vermutete aber, dass auch von ihr kein besonders angenehmer Duft ausging. Glücklicherweise konnte der Fahrer des Wagens die Misere beheben, indem er das Pony so lange antrieb, bis es das Rad wieder aus dem Loch gezerrt hatte. Elsa bemerkte mit Erleichterung, wie rasch ihr Begleiter von ihr wegrutschte.

»Diese ganze Strapaze haben wir übrigens nur der Sturheit der Chinesen zu verdanken«, kommentierte er das Missgeschick. »Es wurden bereits Gleise für eine Straßenbahn gelegt, die vom Bahnhof bis nach Peking führen sollte, ja sogar die nötigen Wagen stehen zur Verfügung, aber diese alte Hexe, die im Kaiserpalast herrscht, gestattet uns nicht, sie in Betrieb zu nehmen.«

Elsa überlegte, ob auch dies nicht ein Problem war, das sich durch besseres Verhandlungsgeschick lösen ließe, doch wusste sie zu wenig über die genauen Umstände, um sich ein Urteil zu bilden. Wind blies ihr ins Gesicht und wehte eine Wolke von gelbem Staub heran, der bis in die Poren ihrer Haut zu dringen schien und einen kurzen, aber heftigen Hustenanfall auslöste.

»Auch daran werden Sie sich gewöhnen müssen«, drang die Stimme von Herrn Dreher an ihr Ohr, während sie mühsam nach Luft schnappte. »Der Staub kommt angeblich aus der Wüste Gobi. Im Sommer wird es ganz besonders schlimm, da wird so viel davon angeblasen, dass man manchmal den Himmel nicht mehr sehen kann. Dazu kommen dann entweder eine Bruthitze oder ununterbrochener Regen, bis die ganze Stadt im Schlamm versinkt, weil die Straßen natürlich kaum gepflastert sind.«

Mit einem Taschentuch, das sie zum Glück unter ihren Reiseutensilien entdeckt hatte, gelang es Elsa, sich das Gesicht abzuwischen. Der weiße Leinenstoff verfärbte sich dadurch gelb.

»Und überhaupt ist dieses ganze Peking ein Dreckloch«, redete ihr Begleiter unablässig weiter. »Ich begreife nicht, warum jemand freiwillig hierher kommt. In Shanghai und Hongkong, da lässt es sich einigermaßen leben, denn diese Städte wurden von den Briten erbaut, aber hier in ihrer Hauptstadt, da sitzen die Chinesen ohne Elektrizität in einem Sumpf aus Schlamm und Schmutz und Dekadenz, umgeben von uralten, baufälligen Ruinen. Anstatt froh zu sein, dass wir hier ein paar Modernisierungen durchführen wollen, sperren sie sich wie störrische Maulesel gegen jeden Einfluss von außen.«

Elsa überlegte, ob er vielleicht hoffte, sie durch diese Geschichten gleich wieder zu vergraulen oder ob er ein Mensch war, der allgemein gern nörgelte. Dass er ununterbrochen redete, hatte allerdings auch erhebliche Vorteile, denn sie musste selbst kaum etwas zur Konversation beitragen und konnte ihre ganze Aufmerksamkeit auf ihre Umgebung richten. Nach einer Weile des Holperns an ärmlichen Hütten vorbei erreichten sie eine breite, stämmige Mauer, deren Eingangstor sie durchquerten. Elsa entnahm dem Gerede des Herrn Dreher, dass sie soeben die chinesische Vorstadt betraten. Tatsächlich wirkten die Gassen schmaler, die Häuser und Hütten drängten sich eng aneinander und es wurde erheblich mühsamer, vorwärtszukommen, da Menschenmassen es auf rätselhafte Weise schafften, sich selbst in den winzigsten Winkel zu drängen. Bisher hatte Elsa nur die internationalen Siedlungen von Shanghai und Tientsin gesehen, nun begriff sie, dass sie im wirklichen China angelangt war. Viktoria Huntingdon hatte selbst einige Zeit hier verbracht und den damaligen Gesandten kennengelernt, fiel ihr ein. Leider war die feine Dame nach Charlottes Verschwinden kaum noch ansprechbar gewesen. Doch nun überlegte Elsa, ob sie ihr nicht dennoch ein paar Fragen hätte stellen sollen, anstatt einfach so ins Blaue zu reisen. Eine Karawane aus zotteligen Kamelen versperrte ihnen längere Zeit den Weg, während ein bunt gekleideter Straßenhändler in den Wagen sprang, um ihr ein paar glitzernde Schmuckstücke entgegenzuhalten. Für gewöhnlich interessierte Elsa sich nicht für Schmuck, doch nun wäre sie bereit gewesen, die Ware aus schlichter Neugier genauer zu inspizieren, doch Herr Dreher stieß den Eindringling so grob zurück, dass er rücklings auf der schmutzigen Straße landete. Wieder sah Elsa Wut in chinesischen Augen aufblitzen, schämte sich für das Verhalten ihres Begleiters, war aber nicht in der Lage, etwas daran zu ändern. Die Kamele waren endlich weitergezogen, sodass es wieder vorwärts ging.

»Diese Chinks werden immer unverschämter«, knurrte Herr Dreher.

»Ich glaube, er wollte einfach nur Geschäfte machen«, warf Elsa ein und hörte ihren Begleiter auflachen.

»Meine Güte, sind Sie naiv! Das klingt, als wären Sie erst gestern in China angekommen. Ein Moment der Unachtsamkeit, und Sie hätten Ihre Tasche niemals wiedergesehen.«

Elsa schwieg verärgert, denn sie konnte dem kaum etwas entgegenhalten. Zu ihrer Linken tauchte nun ein weites, parkähnliches Gelände auf, aus dem breite, stämmige Gebäude emporragten.

»Der Altar des Ackerbaus und der Himmelstempel. Eine recht große Anlage, wo der Kaiser jährlich seine Rituale vollziehen muss. Streng genommen ist uns Ausländern der Zutritt verboten, aber mit den nötigen Bestechungsgeldern …«

Er schnippte mit den Fingern.

»Dieses Land ist so unglaublich korrupt, dass wir Westler es eigentlich direkt aufkaufen könnten, wenn wir alle zusammenlegen würden.«

Als Elsa nicht in sein lautes Lachen einstimmte, wurde er ein wenig schweigsamer. Sie kämpften sich weiter durch die Enge der Chinesenstadt und Elsa beschlich das Gefühl, dass die Menschen in diesem riesigen Land eine Vorliebe dafür besaßen, sich an bestimmten Orten zusammenzudrängen, denn während der Schifffahrt entlang der Küste hatte sie durchaus weite, kaum besiedelte Flächen gesehen. Schließlich tauchte ein weiteres Tor auf, das sie in die Mongolenstadt brachte. Hier ging es bereits ruhiger zu und Elsa überlegte, ob es in dem Gelände, das allein der kaiserlichen Familie gehörte, vielleicht möglich war, in Frieden zu flanieren. Da nahm der Wagen plötzlich eine Rechtskurve und brachte sie damit in eine völlig andere, weitaus weniger fremde Welt. Elsa riss ungläubig die Augen auf, denn kurz vermeinte sie, wie durch Zauberhand in eine feine Hamburger Gegend geraten zu sein. Hohe, steinerne Häuser säumten eine gepflasterte, saubere, breite Straße mit Bäumen und Laternenpfosten. Die internationale Siedlung Shanghais hatte in den feineren Ecken ähnlich ausgesehen, erinnerte sie sich. Aber etwas stimmte trotzdem nicht, denn sie befand sich in China, sah aber fast nur Europäer an sich vorbeispazieren.

»Die Legation Street«, erklärte Herr Dreher. »Die Hauptstraße des Gesandtschaftsviertels und sozusagen eine Insel der Zivilisation in all diesem Schmutz. Wir haben einen Peking Club mit Tennisplatz, außerdem Cafés, Geschäfte und Hotels. Man ist Ihnen gegenüber sehr großzügig, Fräulein Skerpov, denn Sie werden eine Nacht im Peking Hotel verbringen dürfen. Danach müssen Sie sich natürlich eine eigene Bleibe suchen, vorausgesetzt, Sie fahren nicht gleich wieder nach Shanghai zurück.«

Elsa atmete erleichtert auf.

»Kann ich kurz auf mein Zimmer gehen, bevor ich auf der Gesandtschaft vorgestellt werde?«

Herr Dreher kicherte.

»Weibliche Eitelkeit, nicht wahr? Gut, ich bringe Sie erst einmal ins Hotel und hole Sie in einer halben Stunde wieder ab, wenn das reicht, damit Sie sich für die Herren von der Gesandtschaft schön machen können.«

»Das reicht mit Sicherheit«, erwiderte Elsa und schluckte vernünftigerweise ihren Zorn. Einem Mann hätte man es vielleicht nicht übel genommen, wenn er nach einer längeren Reise verschwitzt und zerknittert ankam, aber als junge Frau musste sie damit rechnen, nach strengeren Maßstäben beurteilt zu werden. Sie kamen vor einem zweistöckigen Gebäude mit Terrasse und Rundbögen an den Fenstern zum Stillstand und Elsa sprang erleichtert aus dem unbequemen Wagen. Ein junger Chinese am Empfang überreichte ihr den Schlüssel zu ihrem Zimmer. Sie hastete hinauf, denn sie wusste, dass Herr Dreher ungehalten wäre, wenn sie ihn länger als abgemacht warten ließ.

Dreißig Minuten später hatte sie sich rasch gewaschen, ihre Frisur in Ordnung gebracht und das Kleid gebürstet. Als sie wieder die Treppe in die Empfangshalle hinunterstieg, fühlte sie sich ein wenig sicherer in ihrer Haut. Sie wusste nicht, was der Gesandte sich von einer weiblichen Arbeitskraft erwartete, außer, dass sie eine lästige Lücke füllen sollte. Aber sie hatte ihr Äußeres nun so vorteilhaft hergerichtet, wie es unter den gegebenen Umständen möglich war, und wenn sie dennoch abgelehnt wurde, könnte es zumindest nicht daran liegen, dass sie auf den ersten Blick als schlampiges Gossenkind zu erkennen gewesen war.

Arthur Dreher führte sie zum gegenüberliegenden, ebenfalls zweistöckigen Gebäude, das im Vergleich zu seinen Nachbarn recht schmächtig wirkte, aber eine mit hübscher Schnitzerei verzierte Terrasse besaß.

»Da wir Deutschen uns recht spät in China eingemischt haben, bekamen wir nur eine kleine Gesandtschaft«, erklärte ihr Begleiter. Elsa verstand nicht, was so schlimm daran sein sollte. Je näher sie ihrem Ziel kamen, desto heftiger wand sich ihr Magen vor Aufregung und stieß dabei knurrige Laute aus. Vielleicht hätte sie in Tientsin etwas essen sollen, aber sie war nicht hungrig gewesen.

Ein Wachmann öffnete das Eingangstor und gleich in der Eingangshalle wurde sie von einem mittelgroßen, dünnen Mann empfangen. Sein Gesicht wirkte streng, die schmalen Lippen und der spärliche Schnurrbart erinnerten an zwei parallel liegende Striche. Bei Elsas Anblick verneigte er sich leicht und streckte ihr die Hand entgegen.

»Dr. Diego von Bergen, zweiter Sekretär der deutschen Gesandtschaft«, stellte er sich vor. »Es ist mir eine Freude, Sie hier begrüßen zu dürfen, Fräulein Skerpov. Wir sind alle sehr neugierig auf unsere zukünftige Schreibkraft.«

Sein freundlicher Tonfall beruhigte Elsa ein wenig. Der Herr von Bergen führte sie herum, zeigte ihr einen mit prächtiger Tapete, Sesseln, Sofas und Kronleuchtern ausgestatteten Empfangssaal sowie diverse Räumlichkeiten voller Schreibtische und Regale, in denen die täglichen Aufgaben erledigt wurden. Elsa lächelte, knickste und schüttelte Hände. Namen und Gesichter rauschten an ihr vorbei: Claus von Below-Saleske, erster Gesandtschaftssekretär und somit die wichtigste Person nach dem Gesandten selbst, der erste Dolmetscher Heinrich Cordes, der Gesandtschaftsarzt Dr. Carl Velde und schließlich der Kanzlist Dobrikow, ihr unmittelbarer Vorgesetzter. Ein paar Chinesen huschten im Hintergrund vorbei, wobei Elsa von neugierigen Blicken gestreift wurde. Vermutlich kamen ihnen die Aufgaben einfacher Bediensteter zu, und Elsa ging davon aus, dass sie die Einzigen waren, die in der Hierarchie der Gesandtschaft noch unter ihr stünden.

»Ich denke, seine Exzellenz, der Freiherr von Ketteler, ist nun bereit, Sie zu empfangen«, meinte der zweite Gesandtschaftssekretär nun.

»Es ist sehr freundlich von ihm, sich Zeit für mich zu nehmen«, erwiderte Elsa höflich.

»Jeder, der hier arbeitet, erfüllt verantwortungsvolle Aufgaben«, wurde ihr von Herrn von Bergen erklärt, während sie eine weitere Treppe hochstiegen. »Daher legt der Herr Gesandte großen Wert darauf, dass sämtliche Angestellten ihm persönlich vorgestellt werden.«

Elsas Knie wurden weich. Sie hatte fest damit gerechnet, diese Stelle zu bekommen. Was wäre, wenn sie diesem Herrn Gesandten nun nicht zusagte?

Clemens von Ketteler verfügte über ein höchst geräumiges Arbeitszimmer mit schwerem, dunkelbraunem Mobiliar. Hinter einem riesigen Schreibtisch erhob sich eine Gestalt in einem schwarzen, eleganten Anzug. Elsa nahm zunächst einen ebenso schwarzen, dichten, tadellos gezwirbelten Schnurrbart wahr, dann kräftiges Haar von derselben Farbe, das mittelseitig gescheitelt war. Er hätte durchaus ein Südländer sein können, überlegte sie, und er sah unleugbar attraktiv aus, groß, männlich, energisch. Vielen Frauen hätte er auf den ersten Blick gefallen, doch für Elsas Geschmack wirkte er seiner selbst allzu sicher, als er mit einem breiten Lächeln um den Schreibtisch herumging, um sie zu begrüßen.

»Unsere erste weibliche Hilfsschreibkraft«, sagte er, während seine Augen ihre Gestalt von Kopf bis Fuß musterten. »Etwas ungewohnt, diese Vorstellung, aber die Zeiten ändern sich eben.«

Er lachte kurz auf, während Elsa pflichtbewusst knickste. Sie hatte sich noch nie in ihrem Leben im selben Raum mit einem Freiherrn und Diplomaten des höchsten Grades befunden. In ihrer Heimat wäre es wohl auch nicht möglich gewesen.

»Nun, wie ich dem Telegramm des Konsulats entnommen habe, verfügen Sie bereits über Erfahrungen in einem Kontor, Fräulein Skerpov.«

Elsa nickte.

»Wir sind hier froh über jede junge Dame, die etwas Leben in eine Welt bringt, die leider hauptsächlich aus Junggesellen besteht«, redete der Gesandte weiter. »Sie werden sicher bald umschwärmt sein, Fräulein Skerpov. Ich wäre Ihnen sehr verbunden, wenn Sie Ihrer Tätigkeit wenigstens ein Jahr lang nachgehen würden und sich erst dann entscheiden, wer der Glückliche sein wird, dem Sie Ihr Herz schenken.«

Elsa verspürte ein leichtes Brennen auf ihren Wangen und wusste nicht, ob es durch Verlegenheit oder Ärger ausgelöst wurde.

»Ich habe die Absicht, mich ernsthaft meiner Arbeit zu widmen. Da wird mir nicht viel Zeit bleiben, mein Herz als Geschenk darzubieten«, sagte sie spontan und hoffte gleich darauf inständig, dass es nicht zu giftig geklungen hatte.

»Wie Sie meinen, Fräulein Skerpov«, entgegnete Clemens von Ketteler mit einem nichtssagenden, glatten Lächeln. »Aber unterschätzen Sie den Charme der Männer unserer kleinen, internationalen Gemeinschaft nicht. Das nächste große Ereignis wird die Geburtstagsfeier der englischen Königin in der britischen Gesandtschaft sein. In zwei Wochen, am 24. Mai. Ich hoffe sehr, dass wir mit Ihrer Anwesenheit rechnen können. Wie gesagt, es gibt hier nicht sehr viele junge Damen.«

»Ja, natürlich. Ich werde teilnehmen«, stammelte Elsa, denn sie wusste, dass diese Antwort von ihr erwartet wurde. Gleichzeitig wuchsen in ihrem Kopf Berge an Problemen heran. Weder besaß sie ein Ballkleid noch konnte sie tanzen.

»Na dann. Sie können in vier Tagen, also am nächsten Montag, Ihren Dienst antreten«, hörte sie den Gesandten sagen und begann wieder zu ahnen, dass dieser Tag der schönste ihres Lebens werden könnte. »Wir werden Ihren Aufenthalt im Peking Hotel solange bezahlen, aber es wäre empfehlenswert, sich baldmöglichst nach einer dauerhaften Bleibe umzusehen. Meine werte Gemahlin wäre natürlich bereit, Sie für ein paar Wochen aufzunehmen.«

»Das wäre wirklich sehr nett«, versicherte Elsa, obwohl es ihr davor graute, ein aus Notwendigkeit geduldeter Gast in einem Haus zu sein, in das sie nicht passte. »Aber ich werde mich gleich umhören. Eine Unterkunft wird sich schon finden lassen. Ich bin nicht sehr anspruchsvoll.«

»Höchst ungewöhnlich für eine junge Dame. Fräulein Skerpov, Sie gefallen mir«, wurde sie von dem Gesandten verabschiedet. Elsa meinte, durch eine Traumwelt zu irren, als sie den großen Raum wieder verließ, die Treppe hinabstieg und auf die Straße hinaustrat.

»Falls es Sie interessiert«, vernahm sie Herrn Drehers Stimme an ihrer Seite. »Der Herr von Ketteler ist bereits vermählt. Mit einer reichen amerikanischen Erbin, eine sehr hübsche Frau übrigens. Sie wollte seinen Adelstitel und er ihr Geld.«

»Ein sehr vernünftiger Grund zu heiraten«, kommentierte Elsa unbeirrt. »So bekommt jeder, was er will. Weitaus besser als sämtliche Illusionen über ewige Liebe.«

»Ihr Sinn für Romantik ist wohl nicht besonders ausgeprägt«, knurrte ihr Begleiter, als sie wieder vor dem Peking Hotel standen.

»Nein«, erwiderte Elsa. »Das ist er in der Tat nicht.«

Sie nickte ihm zum Abschied zu und trat den Weg auf ihr Zimmer an. Da sie in der vergangenen Nacht vor Nervosität kaum hatte schlafen können, würde sie sich nun erst einmal für eine Weile hinlegen.

Kapitel 18

»Bitte, Herr, verzeiht die Störung!«, hörte Wenrou eine weibliche Stimme in seinem Rücken sagen und legte sein Buch zur Seite. Auf Wunsch seines Schwiegervaters studierte er nun wieder die Analekten des Konfuzius und andere Klassiker, was er seit dem Bestehen der ersten Beamtenprüfung nicht mehr getan hatte. Doch machte es bei Hofe angeblich einen sehr guten Eindruck, wenn ein Mann gebildet war. Wenrou hatte sich dieser Weisung gefügt, obwohl er in seinem tiefsten Inneren dachte, dass ganz andere Eigenschaften für eine politische Karriere notwendig wären. Immerhin hatte er der Sympathie des Generals Ronglu ein bescheidenes Amt als sein vierter Schreiber zu verdanken, was bedeutete, dass er im kaiserlichen Palast ein und aus gehen durfte, auch wenn es für ihn nicht viel zu tun gab.

»Herr, vergebt mir, es gibt schlechte Neuigkeiten«, meinte die Ruhestörerin beharrlich. Wenrou wurde nun bewusst, dass er ihre Stimme noch nie zuvor gehört hatte, und er drehte sich neugierig um. Vor ihm stand eine stämmige Frau mittleren Alters mit einem schlampig geschlungenen Knoten auf dem Kopf. Ihre winzigen Füße wiesen sie als Han-Chinesin aus wie die meisten der Bediensteten, aber er war sich sicher, das breite, leicht stumpfsinnig wirkende Gesicht zum allerersten Mal vor sich zu sehen.

»Was gibt es?«, fragte er. Sie schlug die Augen nieder.

»Es ist leider ein Unglück geschehen«, sagte sie zu den Spitzen ihrer Stoffschuhe. »Eure Gemahlin … sie hatte plötzlich große Schmerzen … wir riefen die Hebamme.«

Sie wagte erst nach einer kurzen Pause, ihr Gesicht wieder leicht hochzustrecken, und warf Wenrou einen verängstigten Blick zu, als fürchte sie, für die Neuigkeiten verantwortlich gemacht zu werden.

»Eure Gemahlin hat regelmäßig am Familienaltar Opfer dargebracht, um den Segen der Ahnen zu erflehen«, plapperte sie dann weiter, »Und sie war auch im Tempel bei der Statue der Göttin Guanyin, die schwangeren Frauen beisteht, aber trotzdem ...«

»Was ist passiert?«, unterbrach Wenrou ungeduldig, obwohl er es bereits ahnte. War Qingbai in Lebensgefahr? Es beschämte ihn ein wenig, dass diese Vorstellung gemischte Gefühle in ihm auslöste. Falls seine Frau starb, ohne einen Erben zu hinterlassen, würde er dann als Schwiegersohn für die Ya Hala noch irgendeine Bedeutung haben? Er wusste selbst nicht einmal, ob er lieber in Beijing bleiben und auf eine moderate politische Laufbahn hoffen oder zu seinem Vater aufs Land zurückkehren würde, wo er sich wenigstens zu Hause hatte fühlen können.

»Eure Gemahlin hat das Kind verloren«, murmelte die Dienerin nun leise, um dann sogleich vor ihm auf die Knie zu fallen. Er fragte sich, warum diese unbekannte Bäuerin der Illusion erlag, er hätte hier irgendetwas zu sagen und würde sie daher für Dinge strafen können, an denen sie keinerlei Schuld trug.

»Das ist bedauerlich«, sagte er und nahm sogleich Staunen in den Augen wahr, die soeben gewagt hatten, ihn wieder zu mustern. Er musste sehr gleichgültig geklungen haben. Vermutlich hätte er schreien oder weinen sollen, weil die Hoffnung auf einen Sohn enttäuscht worden war. Aber die Bäuerin musste doch sicher Gerüchte gehört haben, dass Quingbais Kind nicht das seine gewesen war. Ihm fiel wieder ein, dass er sie noch nie zuvor gesehen hatte. Sie war neu in den Diensten seiner Frau, denn früher hatte ein jüngeres, schmächtigeres Mädchen ihm Qingbais seltene Nachrichten überbracht.

»Wie geht es meiner Frau?«, fragte er schließlich, um nicht völlig kaltherzig zu wirken.

»Sie ist natürlich sehr unglücklich, aber sie hofft, Euch bald schon einen Sohn schenken zu können«, leierte die Dienerin vorher einstudierte Worte herunter.

»Ich sollte nach ihr sehen«, beschloss Wenrou. Qingbai lebte also noch. Vielleicht gab es zukünftig doch Möglichkeiten, ein etwas innigeres Verhältnis zu ihr aufzubauen.

»Wie Ihr wünscht, Herr«, murmelte die Dienerin ohne große Begeisterung und huschte aus dem Raum. Wenrou folgte ihr über den Innenhof zu dem Haus, in dem sich Qingbais Gemach befand. Einen kurzen Moment ließ er ihr Zeit, seinen Besuch anzukündigen, denn er wollte seine Gemahlin nicht bloßstellen, indem er sie in einem ungünstigen Augenblick überraschte. Es dauerte nicht lange, bis die Dienerin ihn hereinwinkte.

Qingbai lag auf ihrem Bett und hatte die Decke bis zum Kinn gezogen. Das Haar war lose auf der runden, weichen Genickstütze verteilt, obwohl noch ein paar Nadeln darin steckten. Auf einem Stuhl lag ihr langes Gewand aus blauer Seide, das sie getragen haben musste, als die Schmerzen einsetzten. Die Holzschuhe mit den hohen Absätzen, die Mandschufrauen trugen, um den wiegenden Gang der Han-Chinesinnen mit Lotusfüßen nachzuahmen, waren ordentlich davor abgestellt worden. Jemand musste auf die Schnelle Ordnung geschaffen haben, denn eine Frau, die gerade ihr Kind verlor, wäre dazu sicher nicht in der Lage gewesen.

»Es ist sehr gütig von meinem Gemahl, sich um mein Wohlergehen zu kümmern, obwohl ich in meiner Pflicht versagt habe«, hörte er Qingbai sagen. In ihrer Stimme lag eine Kälte, die solch demütige Worte fast höhnisch wirken ließ.

»Ich hoffe, dass du bald zu Kräften kommst«, versicherte er und schob einen freien Stuhl an das Bett heran. »Du bist jung und wirst sicher bald Kinder gebären.«

Sie wandte leicht den Kopf in seine Richtung und ihm wurde bewusst, dass er sie seit ihrer Hochzeitsnacht kaum mehr gesehen hatte. Ihr Gesicht schien schmaler geworden zu sein, was die elegante Mandelform ihrer Augen und ihren Knospenmund stärker zur Geltung brachte. Auch in ihrem völlig erschöpften Zustand war sie noch eine Frau, um die viele Männer ihn beneidet hätten.

»Ich werde mein Bestes tun, mein Gemahl«, versicherte sie, während ihr Blick auf den Baldachin oberhalb des Bettes gerichtet war. Wieder meinte er feinen, stechenden Spott wahrzunehmen, der bei diesem Wortfluss mitschwamm wie Treibgut.

Sie beide wussten, dass ihnen in der gegenwärtigen Lage nichts anderes übrig bleiben würde, als erneut der Kunst von Wolken und Regen nachzugehen, was sie seit ihrer Hochzeitsnacht vermieden hatten. Wenrou konnte Qingbais Ablehnung wie eine Mauer aus Eis spüren, mit der sie ihn von sich fernhalten wollte. Diese Kälte ließ jedes Verlangen, ihren grazilen Leib zu berühren, sogleich in ihm erfrieren. Wieder einmal fragte er sich, was mit ihm nicht stimmte, weil er nicht so handeln konnte wie andere Männer. Sein Vater hatte sich schöne Frauen als Konkubinen genommen, ohne jemals einen Gedanken daran zu verschwenden, ob ihnen seine Nähe willkommen war.

»Wo ist eigentlich dieses junge Mädchen, das früher deine persönliche Dienerin war?«, fragte er nun beiläufig, um von dem unangenehmen Thema abzulenken.

»Weg. Ich habe sie fortgeschickt«, erwiderte Qingbai knapp. »Sie war eine èr máo zǐ.«

Ein zweites haariges Kind. Wenrou wusste, dass man so die Anhänger der ›hóng máo zǐ‹, der rothaarigen Kinder, nannte, womit christliche Missionare gemeint waren.

»Warum war dir ihr Glaube so wichtig?«, fragte er mit ehrlichem Staunen. Qingbais Blick streifte ihn nur kurz aus den Augenwinkeln, aber wieder spürte er die Verachtung darin wie das Streifen einer scharfen Klinge auf seiner Haut.

»Ich denke, wir sollten lieber den Lehren unserer Ahnen folgen, statt uns von Barbaren eine fremde Religion aufzwingen zu lassen«, sagte sie dann. Wenrou rieb seine Hände aneinander. Ihm wurde bewusst, dass seine Gemahlin ein ihm völlig unbekannter Mensch war. Er hatte sie für eine wohlerzogene Tochter gehalten, die sich nach einem einzigen Fehltritt den Wünschen ihres Vaters unterworfen hatte. Doch in ihrem Kopf lebten eigene Gedanken.

»Das Mädchen hatte sicher seine Gründe, Christin zu werden«, entgegnete er. »Viele arme Familien schließen sich aus Not den Missionaren an, weil sie von ihnen ernährt werden. Vermutlich war es einfach eine Entscheidung ihres Vaters, der sie sich fügte.«

Qingbai seufzte leise.

»Ich sagte ihr, dass sie bleiben könnte, wenn sie aufhört, heimlich die Tempel der Barbaren aufzusuchen. Sie zog es vor, zu ihrer Familie aufs Land zurückzukehren. Es war ihre Entscheidung.«

»Aber das kann ihren Tod bedeuten!«, rief Wenrou aufgebracht. »Diese Geheimgesellschaft der gerechten Harmonie bringt in den Dörfern ständig chinesische Christen um. In diesem Haus wäre das Mädchen sicher vor ihnen gewesen!«

»Sie wäre sicher gewesen, wenn sie sich auf ihre Herkunft besonnen hätte, anstatt einer fremden Lehre zu verfallen«, entgegnete Qingbai gleichmütig. »Wenn sie nun stirbt, dann ist es bedauerlich, aber nicht zu vermeiden.«

Wenrou fuhr noch einmal auf, aber ihm wurde bewusst, dass es wenig Sinn hätte, deshalb mit Qingbai zu streiten. Er hatte die kleine, schüchterne Dienerin lieber gemocht als das stumpfsinnige Bauernweib, von dem sie ersetzt worden war, aber er verfügte nicht über genug Autorität in diesem Haus, um Qingbais Entscheidung rückgängig machen zu können, selbst wenn er bereit gewesen wäre, seine Gemahlin derart zu demütigen.

Er erwog, sich nun höflich zu entfernen. Sein Besuch bei Qingbai hatte nichts bewirkt, außer ihm deutlich zu machen, dass seine Gemahlin ein Mensch war, den er nicht unbedingt mochte, ein Gefühl, das offenbar auf Gegenseitigkeit beruhte.

»Du bist übrigens gesehen worden, wie du an der Haltestelle des Feuerwagens mit einer Barbarin geredet hast«, sagte Qingbai kurz. Wenrou, der sich gerade vom Stuhl hatte erheben wollen, versteinerte sogleich.

»Ich habe im Auftrag deines Vaters eine Lieferung von Waren aus Shanghai abgeholt«, versuchte er, sich zu rechtfertigen, obwohl er nicht verstand, warum das überhaupt nötig war. Sein Schwiegervater hatte ihm eine Aufgabe übertragen, für die sonst Dienstboten zuständig waren, und er hatte sich ohne Protest gefügt, da die Aussicht auf einen Ausflug zum Bahnhof ihm durchaus gefallen hatte.

»Da sah ich eine fremde Frau. Sie schien in Schwierigkeiten und daher wollte ich ihr helfen«, fügte er schließlich hinzu.

»Wäre sie in ihrer Heimat geblieben, wo sie hingehört, wären ihr diese Schwierigkeiten vielleicht erspart geblieben«, kommentierte Qingbai seine Geschichte. Sie hatte ihre rechte Hand ausgestreckt und musterte scheinbar gedankenverloren die langen, kunstvoll bemalten Nägel. Wenrou atmete tief durch. Er konnte nicht einmal erklären, warum ihn diese mit Leichtigkeit in den Raum geworfenen Worte zornig machten.

»Wir wissen nichts über diese Frau, aus welchen Gründen sie ihre Heimat verließ und was sie ausgerechnet in unser Land brachte«, sagte er so ruhig wie möglich. »Aber es scheint mir ein Gebot des Anstandes, Menschen zu helfen, wenn sie Hilfe brauchen.«

»Wie du meinst«, gab Qingbai kampflos nach. »Vielleicht denkst du so, weil du selbst einmal in der Fremde gelebt hast. Aber ich bin jetzt sehr erschöpft, verzeih mir bitte, wenn ich schlafen möchte.«

Wenrou erhob sich mit Erleichterung, denn er wünschte keine Fortsetzung dieses Gespräches. Der Umstand, dass jemand Qingbai von seinem Verhalten am Bahnhof berichtet haben musste, verstärkte das Gefühl von Unbehagen, das ihm im Hause der Ya Hala stets wie ein Schatten folgte. Aber was kümmerte es eine Gemahlin, der er zuwider war, dass er sich mit fremden Frauen unterhielt?

»Wenrou«, rief sie, als er schon vor der Tür angelangt war. Obwohl ihre Stimme sanft und seidenglatt war, lief ihm ein Schauer über den Rücken. Sie hatte ihn zum ersten Mal mit seinem Namen angesprochen.

»Ich wollte dir nur sagen, dass es in nächster Zeit ratsamer sein könnte, sich von den fremden Barbaren fernzuhalten«, redete sie weiter. Schneller als notwendig fuhr er herum.

»Ich habe nichts weiter getan, als einer fremden Frau zu helfen, jenen Mann zu finden, der sie abholen sollte. Warum dies ein Vergehen gewesen sein soll, vermag ich nicht einzusehen.«

»Kein Vergehen«, meinte sie und musterte nochmals ihre Nägel. »Nur vielleicht ein wenig ungeschickt. Für Menschen, die freundschaftlichen Umgang mit den fremden Teufeln haben, könnten bald schon harte Zeiten anbrechen.«

»Ich weiß nicht, wovon du redest!« Er war wirklich verwirrt. Störte die Ya Hala irgendetwas daran, dass er noch wenige, seltene Briefe mit Joshua austauschte?

»Ich bin nur eine unwissende Frau und es liegt mir fern, einen klugen, weit gereisten Mann belehren zu wollen«, erwiderte Qingbai sogleich. »Nur habe ich gehört, dass die Stimmung im kaiserlichen Palast derzeit gegen die fremden Teufel und auch gegen ihre Freunde gerichtet ist.«

»Du solltest nicht so viel auf Gerüchte hören«, gab Wenrou zurück. »Die Anhänger des Prinzen Duan sind nur eine Minderheit, die sich um einen Irren schart.«

»Wie du meinst«, gab sie scheinbar nach, doch hörte er erstmals zornige Schärfe in ihrer Stimme, als habe diese Aussage sie aus unerklärlichen Gründen verärgert.

Wenrou atmete erleichtert auf, als er wieder auf den Hof hinaustrat. Er musste zugeben, dass er Qingbai noch weniger zu durchschauen vermochte als seinen Schwiegervater, der nichts weiter als einen annehmbaren Ehemann für seine Tochter wollte. Aber was wünschte sich diese Tochter selbst?

Er steckte die Hände in die weiten Ärmel seiner Jacke und überlegte, ob er nicht noch einen Ausflug in die Stadt machen sollte, um auf angenehmere Gedanken zu kommen. In der Chinesenstadt hatte er ein Teehaus entdeckt, wo sich erfolglose Dichter, verarmte Gelehrte und sonstige Männer trafen, die klug, belesen und gleichzeitig zutiefst unzufrieden waren. Mit ihnen trank er manchmal Reiswein, ohne seine wahre Herkunft zu verraten, da es einem Mandschu höheren Ranges nicht zustand, sich unter das einfache Volk zu mischen. Nun sehnte er sich nach eben diesem Ort.

Er ging in sein Gemach zurück, um rasch unauffällige Kleidung anzulegen, schlich dann wie gewohnt durch ein kleines, gewöhnlich nur von Bediensteten genutztes Tor hinaus. Nur Shifu, sein persönlicher Diener, wusste von diesen Ausflügen und hatte sich bisher als sehr einfallsreich erwiesen, wenn es galt, Entschuldigungen für die Abwesenheit seines Herrn zu finden. Wenrou fühlte sich sicher. Am Bahnhof waren die Wachmänner seines Schwiegervaters bei ihm gewesen, doch nun gab es niemanden, der den Ya Hala von seinem Treiben Bericht erstatten würde.

Erleichterung überkam ihn, als er hinaus auf die Straße trat. Er hatte niemals geahnt, wie befreiend es sein konnte, sich für eine Weile in einen Niemand zu verwandeln. Doch kaum war er drei Schritte gegangen, tauchte plötzlich ein bekanntes Gesicht vor ihm auf. Es war Xiao Ming, der Diener des Prinzen Duan, der ihn einmal in seiner Sänfte mitgenommen hatte. Auch er trug nun das schlichte Indigoblau gewöhnlicher Chinesen. Wäre die Lage nicht so merkwürdig gewesen, hätte Wenrou über den Zufall lachen können. Nun grüßte er höflich mit einem Neigen des Kopfes.

»Es freut mich, Euch wohlauf zu sehen«, begann Xiao Ming mit unerschütterlichem Gleichmut ein Gespräch. »Ich habe einen Freund in der Nachbarschaft besucht und bin nun wieder auf dem Heimweg. Meine Sänfte steht gleich um die Ecke.«

Wenrou wünschte ihm eine angenehme Reise und ging so selbstverständlich wie möglich weiter die Straße hinab, doch in seinem Kopf begannen die Gedanken unruhig zu kreisen. Xiao Ming war ein Mandarin des fünften Grades und trug bei Hofe stets das Rangabzeichen, den Silberfasan, auf seinem Gewand, ebenso wie den entsprechenden Knopf auf seiner Kappe. Würde er sich wie ein Bauer oder Arbeiter kleiden, wenn er einen Freund besuchte? Ungläubig drehte Wenrou sich nochmals um und konnte auf diese Weise gerade noch erblicken, wie Xiao Ming durch die kleine Tür huschte, aus der er selbst vor Kurzem getreten war. Er versteinerte auf der Stelle. Von hinten rempelte ein Messerschleifer ihn an, der gerade laut schreiend seine Dienste angeboten hatte.

»Idiot! Bist du im Gehen eingeschlafen?«, rief er Wenrou wütend zu, als er an ihm vorbeiging. Wenrou erwog, dass dieser Mann niemals so mit ihm gesprochen hätte, wenn er die

Kleidung eines vornehmen Mandschu getragen hätte. Aber er hatte nicht auffallen wollen. Eben dies musste auch der Grund für Xiao Mings Tarnung gewesen sein, nur ergab es in diesem Fall keinen Sinn. Besuchte ein hoher Staatsbeamter das Haus eines anderen, so ließ er sich ankündigen und in seinem Sedanstuhl durchs Eingangstor tragen. Weshalb wollte Xiao Ming seinen Aufenthalt im Haus der Ya Hala geheim halten?

Eine Ahnung überkam ihn und weckte solche Unruhe, dass er mit raschen Schritten zu laufen begann, um ihr zu entfliehen. Bald schon hätte er das Tor zur Chinesenstadt erreicht. Seine Kehle sehnte sich nach Reiswein, der die scharfen Klingen seines Verstandes betäuben konnte. Er hatte gehofft, seine Ehe mit Qingbai könnte verlaufen wie eine jener Liebesgeschichten, die Dichter auf aller Welt immer wieder ersannen. Großzügig war er bereit gewesen, sie aus ihrer Schmach zu retten, und dafür würde sie ihm Dankbarkeit schenken. Mit der Zeit konnte sie begreifen, dass er sie wegen eines einzigen Augenblicks der Schwäche nicht verdammte, und dadurch lernen, ihn zu lieben.

Die Wirklichkeit verhöhnte all diese heimlichen Träume, deren er sich erst bewusst geworden war, als sie in tausend Scherben zerfielen. Qingbai verachtete ihn, weil er sich als Schwiegersohn hatte einkaufen lassen. Ihr Fehltritt schien kein einmaliger gewesen zu sein, denn sie traf sich offenbar weiterhin heimlich mit ihrem Liebhaber. Durch dieses höchst respektlose Verhalten machte sie ihn, ihren Gemahl, zum Gespött des ganzen Hauses. War Xiao Ming zu ihr gegangen, um sie über den Verlust ihres Kindes hinwegzutrösten und ihr zu versprechen, dass es Gelegenheiten zu einer weiteren Schwangerschaft geben würde, natürlich mit dem Mann, den sie wirklich begehrte? Er war ein kleiner, dicklicher, hinterhältiger Mann. Dass eine Schönheit wie Qingbai ihn unwiderstehlich fand, vermochte Wenrou sich kaum vorzustellen, doch beruhigte ihn dies nur kurz, denn bald zog sein Verstand unbarmherzige Schlüsse. Qingbai hatte in ihrem Gespräch eine eindeutig fremdenfeindliche Haltung gezeigt, obwohl ihr Vater sich bei Hofe bisher bewusst neutral verhalten hatte und wenn überhaupt eher zum gemäßigten Lager tendierte. Wie sollte eine junge Frau, die kaum jemals das Haus verließ und keine Zeitungen las, zu einer eigenen politischen Meinung kommen? Es musste Xiao Ming, der Anhänger des Prinzen Duan gewesen sein, von dessen Denken sie beeinflusst worden war. Dies würde auch erklären, warum sie zum ersten Mal offen verärgert gewirkt hatte, als Wenrou den Herrn ihres Geliebten als Irren bezeichnete.

Plötzlich rauschte es in seinen Ohren. Er eilte wieder auf jene Tür zu, die gerade hinter Xiao Ming zugefallen war, und stieß unterwegs rücksichtslos ein paar Leute zur Seite. Nun konnte er in Qingbais Gemach eindringen, sie bei ihrer Schande ertappen und die herablassende, verächtliche Miene für immer von ihrem Gesicht wischen. Als betrogenem Ehemann stünde ihm das Recht zu, sie eigenhändig zu erwürgen. Die Erkenntnis, dass er niemals in der Lage wäre, etwas Derartiges zu tun, verlangsamte kurz vor dem Haus der Ya Hala seine Schritte. Heftig atmend lehnte er sich an die Wand der Außenmauer. Die maßvollere Lösung bestand darin, eine Ehefrau nach einem derart schweren Vergehen zu ihrer Familie zurückzuschicken, wo sie meist ein Leben in Schimpf und Schande fristen musste. Nur war dies in seiner Lage kaum möglich. Er ging wieder ein paar Schritte die Straße hinunter, um einen klaren Kopf zu bekommen. Wenn sein Schwiegervater von Qingbais erneutem Fehltritt erfuhr, wäre er sicher verärgert und würde sie unter Umständen hart bestrafen. Für Wenrou gab es nur zwei Möglichkeiten, entweder trotz allem zu bleiben und zu schweigen oder zu seinem Vater aufs Land zurückzukehren, um ihm von dem erneuten

Scheitern einer gerade erst begonnenen politischen Laufbahn zu erzählen.

Von den Wänden der Häuser vermeinte er, schallendes Gelächter zu hören. Altvertraute Stimmen, die seinem Vater, seinen einstigen Lehrern und Xiao Ming gehörten, nannten ihn einen Narren, einen Versager und einen Schwächling. Er begann zu rennen, aber er wusste, dass es keinen Ausweg gab aus dem Leben, in das er getappt war wie in eine heimtückische Falle.

Kapitel 19

Elsa war früh aufgestanden, denn sie wollte den freien Tag für einen Ausflug nutzen. Sie hatte ein Stück außerhalb des Gesandtschaftsviertels, hinter der amerikanischen Mission, ein Zimmer gemietet. Das Haus gehörte einer chinesischen Familie, deren ältester Sohn für die Zollbehörde arbeitete. Fließendes Wasser gab es nicht, doch die Vermieterin trug jeden Morgen pflichtbewusst einen Eimer herauf, damit Elsa sich waschen konnte. Zudem hatte sie sich daran gewöhnt, ebenso wie ihre Mitbewohner Nachttöpfe zu benutzen, da ihr auch kein Klosett zur Verfügung stand. Auf der Gesandtschaft hatte man sich über ihre Wahl gewundert, doch war dies die billigste aller akzeptablen Unterkünfte in der Nähe gewesen. Elsa hoffte, ihre gelegentlichen Anfälle von schlechtem Gewissen beruhigen zu können, indem sie ihrer Mutter irgendwann doch etwas Geld schicken konnte.

Sie zog ihren bequemen Rock und eine weiße Bluse an, schlüpfte dann in ein Paar solide Lederschuhe, denn sie rechnete damit, heute eine längere Strecke zu Fuß zurückzulegen. Zwar wagte niemand einen Ausflug zur Chinesischen Mauer, da im Umland von Peking weiterhin Horden von Aufständischen, die man Boxer nannte, lauerten, doch wollte Elsa an diesem dritten Sonntag seit ihrem Dienstantritt endlich etwas von der Stadt sehen. Wider Erwarten hatte Arthur Dreher sich bereit erklärt, sie zu begleiten, und inzwischen waren sie eine kleine Gruppe geworden, die gemeinsam aufbrechen wollte.

Elsa beschloss nach kurzem Überlegen, trotz der warmen Temperaturen einen Schal mitzunehmen, damit sie ihr Gesicht vor dem für Peking typischen Staub schützen konnte. So ausgerüstet, stieg sie dann die schmale Treppe hinab, um ins Esszimmer des Hauses zu gelangen. Dort warteten bereits frisch gebrühter Tee sowie mit Gemüse gefüllte Teigklöße, wie jeden Morgen. Frau Guo, die Hausherrin, winkte sie energisch an den Tisch heran, der von den anderen Mitgliedern der Familie bereits geräumt worden war.

»Essen!«, gab sie eines der wenigen englischen Wörter von sich, die sie von ihrem ältesten Sohn gelernt haben musste. Obwohl sie dabei freundlich lächelte, hatte sie in einem eindeutigen Befehlston gesprochen. Elsa seufzte innerlich, beschloss aber, der Forderung nachzukommen, denn Frau Guo war eine Meisterin in der Kunst tagelangen Schmollens, wenn sie ihre Kochkünste nicht ausreichend gewürdigt wähnte. Irgendjemand musste ihr erzählt haben, dass westliche Frauen große, beleibte Kreaturen waren. Dass ihre Untermieterin diesem Bild nicht entsprach, schien sie sehr zu irritieren, und sie hatte es sich offenbar zum Lebensziel gemacht, diesen Missstand zu beheben. Wenn Elsa schon nicht mehr in die Höhe wachsen konnte, sollte sie wenigstens an Körperfülle zulegen. Daher tauchten immer wieder bis zum Rand gefüllte Schüsseln mit diversen Gerichten in ihrem Zimmer auf, die möglichst schnell geleert werden sollten. Sie fühlte sich von derartiger Gastfreundschaft überfordert, denn ihr Appetit war immer maßvoll gewesen. Glücklicherweise strichen in dem Haus auch ein paar Katzen und Hunde herum, denen sie die Schüsseln manchmal unauffällig zuschieben konnte. Aber nun gab es keine Möglichkeit für Ausflüchte und zudem würde es nicht schaden, den Ausflug mit einem vollen Magen zu beginnen. Daher verzehrte sie mehrere Teigklöße, spülte sie mit Tee herunter und verabschiedete sich dann von der zufrieden lächelnden Hausherrin. Dann lief sie am Hatamen-Tor vorbei die Legation Street entlang, um wie verabredet vor Kierulffs Gemischtwarenladen auf die anderen Teilnehmer des geplanten Ausflugs zu warten.

Polly Condit Smith, eine reiche, abenteuerlustige Amerikanerin auf Weltreise, stand bereits mit einem Sonnenschirm bewaffnet da. Der Wind war bisher milde an diesem Tag Ende Mai, es lag kaum Staub in der Luft, aber das Wetter versprach sonnig und heiß zu werden. Arthur Dreher hatte seine Hände in die Taschen gesteckt und spazierte ungeduldig um die junge Dame herum.

»Da sind Sie ja endlich«, rief Miss Condit Smith und lächelte Elsa an. »Ihr Kollege von der Gesandtschaft erzählt mir die ganze Zeit, wie gefährlich unser Ausflug sein könnte. Aber ich bin nicht bis nach China gereist, um nun die ganze Zeit im Peking Hotel zu sitzen.«

»Wie Sie meinen«, erwiderte Herr Dreher. »Aber wir sind noch nicht komplett. Je mehr Leute mitkommen, desto sicherer fühle ich mich.«

Elsa sah sich ungeduldig um und genau in diesem Moment rief eine helle Frauenstimme: »Regarde! On nous attend déjà.«

Juliette Lefèvre, die junge Gouvernante der Kinder des russischen Gesandten, kam in einem hellblauen Rüschenkleid die Straße hinuntergeeilt. Auch sie schwang einen Sonnenschirm, der allerdings in ihrer Hand hin und her wackelte, sodass er kaum zuverlässigen Schutz bot. Ein paar Schritte hinter ihr lief ein hochgewachsener Mann in roter Uniformjacke und hellen Hosen.

»Das ist Igor Korloff, Leutnant der russischen Armee«, stellte Mademoiselle Lefèvre ihn vor, als sie endlich beide angekommen waren. »Er gehört zur Gesandtschaftswache des Baron de Giers und hat sich freundlicherweise bereit erklärt, uns zu begleiten. Zu unserer Sicherheit.«

Sie lächelte und strich sich ein paar schwarze Locken aus der Stirn. Elsa begriff, dass der junge Russe in die Französin vernarrt war, denn aus seinen braunen Augen sprach schlichte Anbetung. Die beiden hatten bereits auf dem Ball in der englischen Gesandtschaft öfter miteinander getanzt, wie Elsa wieder einfiel. Sie selbst hatte die Veranstaltung nur dank Juliettes Hilfe überstanden, die ihr nach ein paar Tanzstunden auch noch ein zwar schlichtes, aber präsentables Kleid geliehen hatte. Die Französin gehörte neben ihr zu den wenigen jungen, ledigen Frauen des Gesandtschaftsviertels, daher waren sie beide recht schnell miteinander in Kontakt gekommen. Juliette beteuerte häufig, wie froh sie war, nicht mehr allein einen Schwarm an Verehrern hinter sich herziehen zu müssen, doch Elsa hielt dies für kokettes Gerede, zumal sie selbst niemals eine ernsthafte Konkurrenz für die bildhübsche, flirterfahrene Französin sein konnte.

»Wo ist eigentlich dieser australische Journalist, der noch mitkommen wollte?«, fragte Elsa, denn bis auf ihn waren sie alle versammelt.

»Ich fürchte, Mr Morrison hat gestern Abend im Peking Hotel zu tief ins Whiskey-Glas geblickt und außerdem muss er heute einen weiteren Bericht für die Times schreiben«, erzählte Polly Condit Smith. »Meines Erachtens wird er seinen Rausch ausschlafen wollen, bevor er sich an die Arbeit macht. Wir können also ohne ihn aufbrechen.«

»Aber wohin gehen wir nun zuerst?«, rief Juliette und sah ihren russischen Leutnant an, als hielte sie ihn für einen erfahrenen Reiseleiter. Elsa hatte ihre Hoffnungen eher in den

Pekingkorrespondenten Morrison gesetzt, denn er galt als weit gereister, abenteuerlustiger Mann, aber nun mussten sie auf ihn verzichten.

»Ich würde vorschlagen, wir machen zunächst einmal einen Spaziergang auf der Tatarenmauer«, sagte Arthur Dreher. »Von dort aus sieht man die verschiedenen Stadtteile sehr gut. Obendrein können wir dann auch überblicken, wie die allgemeine Lage ist. Später, wenn die Damen darauf bestehen, haben wir immer noch die Möglichkeit, einen Peking Karren für eine Rundfahrt zu mieten.«

Da niemand einen besseren Vorschlag hatte, wurde dieser ohne Widerspruch angenommen. Sie folgten dem Abwasserkanal, der sich aus der kaiserlichen Stadt quer durch das Gesandtschaftsviertel zog und leider oft unangenehme Gerüche verbreitete, bis sie zu jener hohen Mauer gelangten, die den Stadtteil der Tataren von dem der Chinesen trennte. Elsa wusste inzwischen, dass gewöhnliche Chinesen sie nicht betreten durften, aber den Bewohnern des Gesandtschaftsviertels war es erlaubt. Daher erklommen sie schmale, steile Stufen, bis ihre Oberschenkel schmerzten, und fanden sich schließlich auf einem breiten, mit Zinnen versehenen Steinwall wieder. Hier oben blies der Wind bereits etwas heftiger, sodass Elsa sich ihren Schal um den Kopf wickelte. In ihrem Rücken lagen die leuchtend roten, symmetrisch aneinandergereihten Dächer der kaiserlichen Stadt, zu ihren Füßen erstreckte sich ein viel chaotischeres, bunteres, lautes Peking mit seinen zahllosen Geschäften, Restaurants und Wohnhäusern, verwinkelten Gassen und wenigen breiten, geraden Straßen, die wie ein wenig erfolgreicher Versuch wirkten, das Chaos irgendwie zu ordnen. Sie hörte Menschen schreien, streiten und lachen. Karren wurden geschoben, Lastenträger schleppten Gewichte, die mehr wiegen mussten als sie selbst, und Tragestühle verbargen hinter seidenen Vorhängen ihre vornehmen Eigentümer.

»Vielleicht können wir rundherum laufen und so die ganze Stadt sehen«, schlug Juliette Lefèvre vor.

»Ich wäre vorsichtig. Allzu weit sollten wir uns nicht vom Gesandtschaftsviertel entfernen, denn wir sind hier oben sehr gut sichtbar«, wandte Arthur Dreher ein. »Zudem weiß ich nicht, in welchem Zustand der Rest der Mauer ist. Sehen Sie doch. Nichts als Verfall!«

Er wies auf einen Turm, von dem tatsächlich einige Ziegelsteine herabgefallen waren. Als sie alle näher herangingen, konnten sie zwei Kanonen darin entdecken, die zu alt und rostig wirkten, um noch verwendbar zu sein.

»Dieses China ist nichts weiter als eine große, uralte, verfallene Ruine«, kommentierte Herr Dreher weiter, und Elsa begann sich zu wünschen, er möge endlich mit dem Nörgeln aufhören. Sie wusste inzwischen, dass er mit seinem Leben insgesamt nicht sehr zufrieden war. Er hatte mehr werden wollen als ein Hilfsschreiber und sehnte sich nach einer Rückreise nach Europa, die er aber von seinem Gehalt nicht finanzieren konnte. Doch war dies kein Grund, ihnen allen den Ausflug zu verderben.

»Also ich finde, das Alte hat seinen Charme«, widersprach Juliette zu Elsas Erleichterung. »Allons, ich will noch mehr davon sehen.«

Die Französin hatte sich bei ihrem hochgewachsenen, eleganten Leutnant untergehakt und die beiden schritten fröhlich voran. Polly Condit Smith folgte, Elsa tat es ebenfalls und so setzte auch Herr Dreher sich schließlich in Bewegung. Tatsächlich waren Teile der Mauer an manchen Stellen abgebröckelt, aber sie schien insgesamt begehbar. Elsa sah zum Himmel hoch. Die Sonne brannte nun mit ungehemmter Kraft auf sie herab und ihr fiel ein, dass sie sich einen Sonnenschirm besorgen musste, denn eine Hilfsschreiberin auf der Gesandtschaft sollte kein braun gebranntes Gesicht haben. Ihr war erst in den letzten drei Wochen bewusst geworden, auf wie viele

Kleinigkeiten zu achten war, wenn man sozialen Aufstieg anstrebte. Gebannt blickte sie auf das Geflecht aus Gassen unter ihr. War Charlotte inzwischen hier angekommen? Und falls ja, wie sollte sie in dieser Riesenstadt ein einziges Mädchen finden, das bei seinen Landsleuten untergetaucht war?

»Regardez! Da üben Kinder das Boxen!«, rief Juliette plötzlich und deutete auf einen Platz am Fuß der Mauer. Tatsächlich hatten etliche halbwüchsige Jungen sich dort versammelt. Ein breiter, stämmiger Mann führte Bewegungen vor, die wie Hiebe und Tritte aussahen, aber so langsam vollzogen wurden, dass sie eher einem rituellen Tanz glichen. Die Jungen ahmten sie gewissenhaft nach. Eine weitere Gestalt in der schlichten Kleidung einfacher Chinesen lief zwischen ihnen umher, um manchmal korrigierend einzugreifen. Insgesamt, so befand Elsa, wirkte all das sehr gut organisiert, so wie die Morgengymnastik in einem Internat.

»Und dieses Kasperletheater nennen sie Kampfkunst«, spöttelte Arthur Dreher. »Ich würde eher von stillen Irren reden. Wahrscheinlich ist es wirklich lächerlich, vor ihnen Angst zu haben. Ein paar vereinzelte Missionare zu töten ist ja nun wirklich nicht schwer, wenn man in der Überzahl ist. Das können auch gewöhnliche Wilde.«

»Man sollte sie nicht unterschätzen«, sagte der russische Leutnant nun völlig unerwartet. »Diese Boxer haben bereits fast ein ganzes Dorf niedergemetzelt.«

Elsa fröstelte. Sie hatte diese Geschichte bereits von Herrn von Ketteler gehört. In einem Dorf in der Nähe der Hauptstadt waren sämtliche chinesischen Christen getötet worden. Als die chinesische Regierung deshalb eine Strafexpedition losschickte, wurde deren Befehlshaber ebenfalls ermordet.

»Müssen wir befürchten, dass die Kaiserinwitwe der Lage nicht mehr Herr werden kann?«, wandte sie sich an den Russen.

»Das glaube ich nicht. Sie muss nur entschiedener vorgehen. Was unser Gesandtschaftsviertel betrifft, so haben wir ja schon Verstärkung erhalten und werden, falls nötig, noch weitere bekommen.«

Er lächelte Juliette Lefèvre, der diese Worte hauptsächlich gegolten haben mussten, beruhigend an. Elsa störte sich nicht daran, dass er ihr keinerlei Beachtung schenkte, denn sie war einfach erleichtert über seine Aussage. Diese Jungen mit ihren Kampfübungen waren doch nichts weiter als harmlose Kinder.

Ein Schrei drang zu ihnen hoch. Die Bewegungen der Schüler erstarrten und zahllose Augenpaare richteten sich nun auf die Mauer, wanderten aufwärts, bis sie die fremden Gäste erblickt hatten.

»Shā!«, hallte es nun die Mauer hoch. »Shā! Shā!«

Elsa wusste nicht, was dieses Wort bedeutete, aber es klang so kalt und hasserfüllt, dass sie zwei Schritte rückwärts tat. Polly Condit Smith drängte sich neben sie, sodass sie mit einem Mal unter deren Sonnenschirm stand. Dann sah sie plötzlich, wie Igor Korloff Juliette zur Seite zerrte. Etwas Dunkles flog dicht am Kopf der Französin vorbei und prallte vor Pollys Füßen auf den Boden der Mauer.

»Verflucht«, zischte Arthur Dreher. »Das war knapp.«

Elsa musterte den Stein, der noch ein Stück weiterrollte und schließlich kurz vor den Zinnen in ihrem Rücken zum Stillstand kam. Er wirkte trotz seiner Größe völlig harmlos, denn es lagen viele von solcher Art herum.

»Mon Dieu, was habe ich ihnen denn getan?«, rief Juliette kläglich. Der russische Leutnant drückte sie kurz an sich.

»Also offen gesagt, ich würde jetzt gern wieder ins Gesandtschaftsviertel gehen«, sagte Polly Condit Smith leise. Niemand widersprach und sie setzten sich alle in Bewegung. Elsa vermied es nun, auf das weite Gelände Pekings hinabzusehen, denn ihre

Neugier, mehr von dieser fremden Welt zu entdecken, war dem beklemmenden Gefühl gewichen, dass sie hier nicht erwünscht waren. Als die soliden Steinbauten der Gesandtschaften wieder unter ihr lagen, atmete sie erleichtert auf.

Igor Korloff begleitete Juliette zur russischen Gesandtschaft, Polly eilte ins Peking Hotel zurück und auch Elsa schritt heimwärts. Als sie aus dem Gelände des Gesandtschaftsviertels heraustrat, überkam sie Unbehagen. Aber ihr Zimmer lag in unmittelbarer Nähe, versuchte sie sich zu beruhigen. Im Notfall könnte sie sich in Sicherheit bringen.

Die Guos begrüßten sie so freundlich, dass ihr wieder wohler zumute wurde. Ein dreibeiniger Hund folgte ihr aufs Zimmer, wo bereits ein Mittagessen auf sie wartete. Sie löffelte die Suppe, teilte dann den Gemüsereis mit ihm. Anschließend legte sie sich aufs Bett, um Jane Austens Persuasion weiterzulesen. Inzwischen war ihr Englisch gut genug, sodass sie schnell vorankam, auch wenn ihr ein Blick auf die Welt geboten wurde, der ihrem eigenen völlig widersprach. Wenn diese gutbürgerliche Autorin an das Glück in einer respektablen Ehe geglaubt hatte, warum war sie selbst dann als alte Jungfer gestorben?

Da die Geschichte Elsa nicht wirklich zu fesseln vermochte, fielen ihr allmählich die Augen zu. Im Halbschlaf sah sie all die asiatischen Gesichter unterhalb der Mauer, aus deren Mitte plötzlich ein Stein geflogen war, und schauderte. War es wirklich eine gute Idee gewesen, die internationale Hafenstadt Shanghai zu verlassen und ins Innere Chinas zu reisen? Das freundliche, kluge Gesicht des Mandarins, der ihr am Bahnhof geholfen hatte, stieg in ihrer Erinnerung auf, als wolle er ihr versichern, dass nicht alle Chinesen sie hassten, nur weil sie von einem anderen Kontinent stammte. Dann wurde sie von einem Klopfen an der Tür brüsk aus ihren Träumen gerissen.

»Miss Skerpov! Sie haben Besuch.«

Es war die Stimme des ältesten Sohnes der Guos, der sich Westlern gegenüber Jeremy nannte und bei seiner Arbeit auf der Zollbehörde hervorragend Englisch gelernt hatte.

»Wer ist es?«, rief Elsa.

»Eine junge Dame, die Sie dringend sprechen will.«

Ein leises Gefühl der Enttäuschung versetzte Elsa einen Stich. Im Halbschlaf musste sie damit gerechnet haben, dass sie der Mandarin besuchen kam, und nun, da sie hastig aufstand, schalt sie sich eine Närrin. Er hatte keine Ahnung, wo sie lebte, und vor allem keinerlei Grund, sie aufzusuchen. Sie strich rasch ihre Kleidung glatt und versicherte sich mit einem Blick in den Spiegel, dass ihr Haar nicht völlig zerzaust war. Dann trat sie hinaus.

Sie hatte mit Juliette gerechnet oder mit Polly, die sich an diesem Sonntagnachmittag vielleicht schon langweilten. Maud von Ketteler, der sie kurz vorgestellt worden war, hätte sicher einen Boten geschickt, wenn sie Elsas Gesellschaft wünschte.

Aber unten im Esszimmer stand eine Chinesin in Hosen und mit der blauen Bluse einfacher Bauern. Ihr Haar war zu einem Zopf geflochten, der über ihre linke Schulter fiel. Leicht verlegen trat sie von einem Fuß auf den anderen, während die Guos sich taktvoll in ein anderes Zimmer zurückzogen.

»Hallo Elsa«, sagte Charlotte auf Deutsch und lächelte bemüht. Elsa musterte ein sehr vertrautes und gleichzeitig fremdes Gesicht, denn erst aus der Nähe konnte sie erkennen, wie sehr die asiatische Prinzessin sich verändert hatte. Die ehemals zart weiße Haut war nun von der Sonne verbrannt, die Wangen hatten einen rötlichen Ton angenommen, wie bei Menschen, die viel im Freien arbeiten. Als Charlotte ihr zögernd eine Hand entgegenstreckte, bemerkte sie Schwielen und Brandblasen daran. Gleichzeitig aber wirkte das Mädchen sehniger, wie von einer härteren Lebensweise gestählt.

»Brauchst du Hilfe?«, fragte Elsa spontan. Sie verspürte den Drang, dieses Mädchen, das ihr nie besonders nahegestanden hatte, jauchzend an sich zu drücken. Es tat so wohl, Charlotte lebendig vor sich zu sehen! Aber sie wich vor der Berührung zurück und schüttelte den Kopf.

»Du brauchst dich um mich nicht zu sorgen. Mir geht es gut. Ich wollte vor allem wissen, was meine ... Eltern machen.«

»Was sollen sie schon machen? Sie zerbrechen sich den Kopf, was aus dir geworden ist, und können vor Sorgen kaum noch schlafen. Was hast du dir eigentlich dabei gedacht, einfach so wortlos zu verschwinden?«

Charlotte hob die Hände, als wolle sie einen Angriff abwehren.

»Ich war völlig durcheinander und hatte Probleme.«

»Das entschuldigt natürlich alles«, gab Elsa bissig zurück.

Als sie Charlottes bedrücktes Gesicht sah, wurde sie ein klein wenig nachsichtiger.

»Ich werde gleich morgen einen Brief an deine Eltern schicken und ihnen mitteilen, dass ich dich gefunden habe. Du kannst erst einmal hier bleiben. Wir teilen uns wieder ein Zimmer. Dann rede ich mit Herrn von Ketteler und werde ihn bitten, dir eine schnelle Rückkehr nach Shanghai zu ermöglichen.«

»Das geht nicht«, erwiderte Charlotte leise mit niedergeschlagenem Blick. »Ich kann jetzt nicht so einfach weg. Aber schreibe meinen Eltern bitte, dass ich bei Freunden lebe und es mir gut geht.«

Widerwillig versprach Elsa, das zu tun, obwohl es wie eine Lüge klang. Dann sah sie Frau Guo mit zwei dampfenden Teetassen hereinkommen und lächelte ihr dankbar zu. So leicht würde Charlotte nun nicht entkommen.

»Setzen wir uns hin«, schlug sie vor. »Und dann erzähle mir, bei welchen angeblichen Freunden du jetzt lebst und weshalb du sie nicht so einfach verlassen kannst. Und wie hast du mich hier überhaupt gefunden?«

»Ich sah dich auf der Mauer!«, erklärte Charlotte lächelnd. »Hier in Peking, da fallt ihr Europäer viel mehr auf als in Shanghai, weil es nicht so viele von euch gibt. Dann lief ich ins Gesandtschaftsviertel, denn dort leben ja die meisten von euch. Ich nannte deinen Namen, beschrieb dich und fragte mich durch.«

»Du warst da?! Du hast da unten gestanden!«, rief Elsa. Die Freude, Charlotte endlich gefunden zu haben, wurde von einer Woge des Zorns hinweggespült. »Du warst bei den Leuten, die Steine nach uns warfen! Einfach so, ohne jeden Grund!«

»Das ist für dich natürlich schwer zu verstehen«, begann Charlotte zaghaft und senkte den Blick.

»Leider trifft der Volkszorn oft jene, die eigentlich nichts getan haben. Die Geschichte mit dem Stein tut mir wirklich leid.«

Elsa stieß ein empörtes Schnauben aus.

»Meine Freundin Juliette wurde fast von diesem Stein getroffen. Er wäre groß genug gewesen, um sie schwer zu verletzen. Wie edelmütig von dir, dass es dir leidtut. Und jetzt erkläre mir bitte, was du mit diesen Irren zu schaffen hast, die mit Steinen um sich werfen?«

»Es sind keine Irren«, erwiderte Charlotte und legte ihre Finger um die Teetasse. »Es gibt nur sehr viele Leute in diesem Land, denen es sehr schlecht geht, und sie glauben, dass ihr Ausländer an der Misere schuld seid. Du solltest aufpassen. Vielleicht wäre es sicherer für dich, wenn du baldmöglichst nach Shanghai zurückfährst.«

Elsa riss ungläubig die Augen auf.

»Ich habe hier die beste Arbeitsstelle gefunden, die ich jemals hatte. So einfach lasse ich mich nicht vertreiben. Im Gesandtschaftsviertel bin ich sicher.«

Sie meinte ihren Ohren nicht zu trauen, als Charlotte leise zu lachen begann.

»Sicher? Überlege, wie wenige ihr seid im Vergleich zu all den Chinesen, die um euch herum leben. Ihr fühlt euch sicher mit ein paar Hundert Wachen, nur weil sie modernere Waffen haben?«

Ein Schauer schlich über Elsas Rücken. Das Gespräch hatte eine völlig unerwartete Wendung genommen, denn eigentlich war sie doch diejenige, die ein verlorenes, durch eigene Dummheit in Not geratenes Mädchen retten wollte.

»Man ist sich hier der Gefahr bewusst und wird sofern nötig Verstärkung anfordern«, stellte sie die Dinge richtig, um auch sich selbst zu beruhigen. »Aber ich begreife dein Verhalten immer noch nicht. Welchen Grund hast du denn, mit deinem Schicksal unzufrieden zu sein? Du hast ein schönes Elternhaus, wo man dich liebt. Lass dich nicht in diesen Irrsinn verstricken und fahre nach Hause!«

Sie hatte so laut gesprochen, dass Frau Guo sich beim Hinausgehen besorgt umdrehte. Elsa warf ihr ein beruhigendes Lächeln zu, denn sie wollte mit Charlotte allein sein.

»Ich werde nicht gehen, bis ich nicht meine leibliche Mutter gefunden habe«, beharrte Charlotte. »Deshalb habe ich mich bis nach Peking durchgeschlagen.«

»Dann suchen wir sie gemeinsam. Wenn ich den deutschen Gesandten um Hilfe bitte, kann er vielleicht …«

»Gar nichts kann er, dein feiner Gesandter!«, unterbrach Charlotte. »Meinst du wirklich, er macht es besser, nur weil er Europäer ist? Kaum ein Chinese wird offen mit ihm reden. Wie soll er mir da helfen, hier in der Stadt eine chinesische Frau zu finden?«

Elsa musste ihr widerwillig recht geben.

»Ich brauche meine neuen Freunde«, redete Charlotte leiser weiter. »Wenn ich bei ihnen wohne, dann sehen alle Leute eine gewöhnliche Chinesin in mir und haben keine Scheu, mit mir zu sprechen.«

»Na gut«, gab Elsa nach. »Dann bleibe erst einmal bei ihnen. Aber wir sollten uns regelmäßig treffen, damit ich weiß, dass es dir gut geht. Sobald du deine Mutter gefunden hast, sehen wir weiter. Du willst doch nicht etwa den Rest deines Lebens bei … bei Leuten verbringen, die mit Steinen um sich werfen?«

»Ich sagte bereits, dass meine Freunde den Stein nicht geworfen haben. Sie gehören zu meinem Volk und ich bin ein Teil von ihnen. Aber ich glaube, diese Dinge verstehst du nicht, weil es dir immer nur um deinen Ehrgeiz und dein Vorankommen geht.«

Mit diesen Worten war Charlotte aufgestanden.

»Bitte schreibe meinen Eltern, dass ich noch lebe und gesund bin«, fügte sie hinzu. »Ich werde versuchen, gelegentlich zu dir zu kommen, und wenn ich nach Shanghai zurück will, dann werde ich es dir sagen. Richte der Hausherrin meinen Dank für ihren Tee aus.«

Sie schenkte Elsa ein letztes Lächeln, wandte sich dann um.

»Charlotte!«, versuchte Elsa sie noch einmal zurückzuhalten. »Ich kann dir vielleicht mehr helfen, als du glaubst. Ich weiß, wie dieser Mandarin hieß, der deine Mutter mit nach Peking nahm.«

Der Zopf flog hoch, als Charlotte sich sogleich umdrehte.

»Woher weißt du das?«

»Von deinem Vater. Er hat es mir erzählt. Wenn du dein Vorhaben mit ihm besprochen hättest, anstatt einfach davonzulaufen … aber genug davon. Der Name klang so ähnlich wie Holz, sagte er. Also Ma … Mu-irgendwas.«

»Mùtou?«

»Ja, genauso hörte es sich an«, erwiderte Elsa und sah Charlottes Augen aufleuchten.

»Ich danke dir. Du hast mir sehr geholfen.«

Die Umarmung kam völlig unerwartet, doch bevor Elsa darauf reagieren konnte, war Charlotte verschwunden. Wie benommen blieb sie zurück, sah Frau Guo die Tassen abräumen und stand dann auf, um wieder auf ihr Zimmer zu gehen. Was Charlotte trieb, machte ihr Sorgen, doch gleichzeitig wehrte sie sich gegen das Gefühl, für dieses verrückte Mädchen verantwortlich zu sein. Kurz bevor sie die Stufen erreicht hatte, sah sie Jeremy an sich vorbeieilen und hielt ihn auf.

»Können Sie mir vielleicht ein chinesisches Wort übersetzen?«, fragte sie ihn und er wandte sich ihr mit der üblichen Höflichkeit zu.

»Was bedeutet ›Shā‹?«, wollte sie wissen. Die stets formvollendeten Gesichtszüge des jungen Mannes schienen ein klein wenig zu verrutschen.

»Es kommt im Chinesischen immer auf den Ton an, also wie ein Vokal ausgesprochen wird«, begann er ausweichend.

»Ich meine dieses ›Shā‹, das Leute uns in der Stadt zubrüllen.«

Sein Blick wich dem ihren aus. Sie konnte seinen Wunsch, sich einfach entfernen zu können, fast körperlich spüren.

»Ich bin mir sicher, dass nicht alle unserer Leute solche Dinge zu Ihnen sagen«, meinte er schließlich mit sichtlichem Unbehagen. »Aber ›Shā‹ bedeutet töten.«

Kapitel 20

Charlotte hastete die Hatamen-Straße hinab, um wieder in die brodelnde, laute Chinesenstadt zu gelangen. Der kurze Besuch des Gesandtschaftsviertels hatte unangenehme, fast schmerzhafte Erinnerungen geweckt. Einst war diese Welt der Korsetts, Rüschen, Fracks und Spazierstöcke auch die ihre gewesen, doch nun wirkte sie fremd, hochmütig und abweisend.

Die Westler hatten sie geflissentlich übersehen, weshalb sie sich an chinesische Dienstboten hatte wenden müssen, um Elsas Wohnort zu erfragen. Ein Teil von ihr aber verspürte schmerzhafte Sehnsucht nach einem Leben, in dem sie durchaus glücklich gewesen war, sorglos und geborgen in der Illusion, trotz ihres andersartigen Aussehens dazuzugehören. Seit eine gewöhnliche Chinesin aus ihr geworden war, musste sie mit Krallen und Zähnen darum kämpfen, durch den nächsten Tag zu kommen.

Vielleicht hätte der deutsche Gesandte sich ihrer tatsächlich angenommen, wenn ihm erklärt worden wäre, dass sie die Adoptivtochter von Viktoria Virchow aus Hamburg war. Ihr fließendes Deutsch und ihre Vertrautheit mit europäischen Sitten hätten geholfen, ihn von der Richtigkeit dieser Behauptung zu überzeugen. Aber inzwischen wusste sie, dass man sie in westlichen Kreisen stets nur dulden, nicht als ebenbürtig akzeptieren würde. Elsa verstand das nicht oder wollte es einfach nicht einsehen. Charlotte hoffte, durch eine Begegnung mit ihrer leiblichen Mutter endlich herauszufinden, wer sie wirklich war und wohin sie gehörte. Dabei hatte Elsa ihr allerdings einen wichtigen Hinweis gegeben. Sie konnte es kaum erwarten, Shao Yu die Neuigkeit mitzuteilen, und hastete daher auf die Hütte zu, die sie jetzt alle gemeinsam bewohnten. Mayi saß darin und flocht Strohhüte, die sie später an Passanten verkaufen würde. Die Pockennarbige hatte sich über einen dampfenden Kessel gebeugt, um Reis zu kochen. Quantou und die Knaben waren verschwunden, doch Shao Yu sprang sogleich aus einer Ecke hoch, als sie eintrat.

»Da bist du ja endlich. Wir sollen zu einer Kundgebung gehen. Quantou war ziemlich verärgert, dass du nicht da warst, und ist ohne dich losgezogen, aber ich habe ihm versichert, dass du sicher bald kommst und ich dich dann hinbringe.«

Charlotte nahm zur Kenntnis, dass er sie wieder einmal davor bewahrt hatte, in Schwierigkeiten zu geraten. Quantou wäre im Übrigen sicher nicht begeistert, wenn er herausfand, dass sie ins Gesandtschaftsviertel gelaufen war. Sie musste sich daher schleunigst eine Ausrede für ihre lange Abwesenheit ausdenken. Während sie durch die engen Hutongs hasteten, erzählte sie Shao Yu von dem Ergebnis ihres Besuchs bei Elsa und er versprach, sich umzuhören, wer dieser wichtige Staatsbeamte sein könnte. Zwar war diese Stadt riesig, die Anzahl der Edlen aber etwas überschaubarer, und dank ihrer öffentlichen Auftritte kam die Truppe mit vielen Leuten in Kontakt. Mit sehr viel Glück konnten sie bald schon jemandem begegnen, der tatsächlich von einem vornehmen Mandschu gehört hatte, dessen Name ähnlich klang wie Holz.

Shao Yu führte sie zu dem Platz dicht bei der Mauer, wo gewöhnlich die Kampfübungen stattfanden. Nun aber war er von einer Menschenmenge bedeckt, die es erschwerte, vorwärtszukommen. Irgendwo aus deren Innerem drang eine kräftige Männerstimme.

»Es ist allgemein bekannt, dass sie anständige Menschen süchtig nach Opium machen und sie dann zwingen, ihren barbarischen Gott anzubeten. Danach ermutigen sie die Konvertiten, ihre Landsleute auszurauben und nehmen sie vor Gericht in Schutz. Wie viele von euch haben schon ihr Hab und Gut an die fremden Teufel oder an ihre Anhänger verloren? Sagt mir, wie viele?«

Lautes Gebrüll erklang um Charlotte herum. Fäuste wurden in die Höhe gestreckt.

»Wovon redet er denn?«, flüsterte sie Shao Yu fassungslos zu.

»Von den fremden Teufeln, das hat er doch gesagt. Und von den èr máo zǐ, die von vielen noch mehr gehasst werden.«

Charlotte fröstelte leicht und verschränkte die Arme vor der Brust. Sie hatten sich nun genügend nach vorne gedrängelt, um den Redner sehen zu können. Er ähnelte Quantou, da auch sein gedrungener Körper nur aus Muskeln zu bestehen schien. Sein Gesicht war breit, sonnenverbrannt und eindeutig bäuerlich. Den üblichen Zopf hatte er sich um den kahl rasierten Schädel gewickelt und seine Oberarme wiesen tiefe Narben auf, die von Hieben stammen mussten. Am auffälligsten jedoch war das leuchtend rote Tuch um seine Stirn.

»Doch das allein reicht nicht, sie bauen Waisenhäuser, um uns unsere Kinder zu stehlen«, peitschte seine Stimme weiter auf die bereits aufgebrachte Menge ein. »Dort verspeisen sie Säuglinge oder opfern sie ihrem widerwärtigen Gott. Hört eine Frau an, die in einem dieser Orte wie eine Sklavin schuften musste!«

Er packte ein winziges, verschrumpeltes Bündel Mensch am Kragen und zog es zu sich auf sein Podest. Die uralte Bäuerin ruderte abwehrend mit den Armen, doch der Mann schenkte dieser verzweifelten Geste des Widerstandes keine Beachtung. Er versetzte der Alten einen Schubs, und Charlotte fürchtete, sie könne in jedem Moment zu einem Bündel aus Knochen zerfallen.

Ein paar quäkende Geräusche kamen aus ihrem Mund, die vermutlich nicht einmal von Leuten, die unmittelbar vor dem Podest standen, verstanden wurden.

»Sie vermag vor Scham nicht laut zu sprechen. Anders als die Weiber der fremden Barbaren stellt sie sich nicht gern in der Öffentlichkeit zur Schau!«, brüllte der Redner weiter. »Aber sie hat gesehen, wie die Missionare kleine Röhrchen in wehrlose Knaben stecken, damit ein bestimmtes Körperteil sich erweitert und sie später die Lust der christlichen Priester befriedigen können. Bei ihren Gottesdiensten beschmieren sie ihre Gesichter mit dem Menstruationsblut von Frauen. Das gilt bei ihnen als ehrfurchtsvolle Waschung!«

Nun schwoll das Geschrei der Umstehenden zu einem hysterischen Kreischen an. Die alte Frau hopste von dem Podest und flüchtete kriechend in die Menge, von der sie kaum noch beachtet wurde. Charlotte fürchtete, sich übergeben zu müssen. Eine derart widerwärtige Darbietung hatte sie bisher nicht erlebt.

»Aber wir können unser Land retten und sie verjagen!«, schrie der Redner nun aus Leibeskräften. »Schließt euch uns an und werdet zu Kriegern für Gerechtigkeit und Harmonie. Wir zeigen euch Zauber, der euch unverwundbar macht. Die Waffen der fremden Teufel können euch dann nichts mehr anhaben. Innerhalb weniger Tage werdet ihr lernen zu kämpfen wie Götter und die großen Helden unserer Vergangenheit. Sie werden euch ihre Kräfte schenken und mit der Herrschaft der fremden Teufel in unserem Land ist es vorbei.«

Er verstummte für einen Moment, um einen Sturm von Begeisterung über sich hinwegfegen zu lassen. Zahllose junge Männer drängten sich nun an das Podest und streckten ihre Hände nach ihm aus.

Schließlich hob er nochmals eine geballte Faust.

»Shā!«, schrie er, und Tausende von Stimmen wurden zu seinem Echo, das in den von gelbem Staub verhangenen Himmel hallte.

Charlotte zupfte Shao Yu am Ärmel.

»Mir ist nicht gut. Ich will hier weg«, flüsterte sie.

»Aber die Rede ist noch nicht vorbei. Quantou will sicher bleiben«, wandte er ein. Charlotte blickte in die Richtung, die seine Hand ihr wies, und sah, wie auch Quantou begeistert seine Faust schwang. Das Gefühl, sich unter lauter Wahnsinnigen zu befinden, löste kurz einen Moment der Panik aus, der ihr die Luft zum Atmen raubte.

»Ich muss weg, sonst breche ich zusammen«, zischte sie Shao Yu zu und begann, sich durch die Menge zu kämpfen. Zu ihrer Erleichterung spürte sie ihn bald schon in ihrem Rücken, während sie sich zu einer freien Stelle vor einem Pfandleihhaus rettete.

»Shao Yu«, sagte sie, sobald sie sich in sicherer Entfernung von der Menschenmenge wähnte. »Was dieser Mann erzählt, das sind nichts weiter als Lügen. Das weißt du doch selbst.«

Er senkte betreten den Blick.

»Er hat übertrieben«, gab er schließlich zu. »Aber es stimmt doch, dass viele unserer Leute durch den Einfluss der Fremden ins Elend gerieten.«

»Aber wie denn?«

»Die Feuerwagen«, sagte er nach kurzem Überlegen. »Dadurch haben alle Leute, die früher Waren transportierten, ihre Arbeit verloren. Dazu kommen tapfere Kämpfer, die den Warentransport bewachten. Auch sie braucht jetzt keiner mehr.«

Charlotte nahm es nickend hin. Sie hatte solche Geschichten schon früher gehört und vermutlich stimmte all dies, obwohl sie es nicht als überzeugenden Grund hinnehmen konnte, eine Modernisierung Chinas zu verbieten. Längerfristig war es von Vorteil, Züge zu haben. Nur hätte jemand den Leuten, die dadurch ihre Arbeit verloren, helfen sollen.

»Diese Geschichten über die Missionare waren widerwärtige Verleumdungen!«, redete sie weiter. »Du bist doch selbst in einem Waisenhaus aufgewachsen und weißt, dass dort keine Kinder gegessen werden.«

»Deine Mutter war nett«, gab er zu. »Aber vielleicht war sie eine Ausnahme.«

Charlotte lehnte sich erschöpft gegen die Wand des Hauses, in dessen Schaufenster Porzellan und Statuen aus Jade ausgestellt waren.

»Vielleicht war sie netter als die meisten anderen, aber auch die haben keine Kinder gegessen und sonst keine von den Dingen angestellt, die ihnen jetzt vorgeworfen werden«, sagte sie. »Dieser Mann schürt mit seinen Schauermärchen einen kranken Hass in der Menge. Das wird langsam gefährlich.«

Wieder fiel ihr der Stein ein, der fast jene hübsche Europäerin mit schwarzen Locken getroffen hätte, Elsas Freundin. Selbst als sie Elsa gewarnt hatte, war ihr noch nicht bewusst gewesen, wie ernst die Lage wirklich war.

»Ich kann bei alldem nicht mitmachen«, flüsterte sie Shao Yu zu. »So gern ich noch eine Weile bei euch geblieben wäre, um meine Mutter zu finden, ich möchte jetzt baldmöglichst nach Shanghai zurück.«

Kaum war dieser Wunsch ausgesprochen, begannen die Gedanken wie wild in ihrem Kopf zu kreisen. Sollte sie zu Elsa gehen und um Hilfe bitten? Vielleicht wäre es angebracht, diesem Gesandten eine Warnung zukommen zu lassen, wie sehr das Volk hier gegen Westler aufgehetzt wurde. Doch gleichzeitig schmeckte es nach Verrat, sich derart auf die andere Seite zu schlagen. Quantou hatte sie zwar stets hart angepackt, sich aber auch gründlich um ihre Ausbildung gekümmert, und solange sie seine Autorität nicht infrage stellte, brauchte sie sich nicht vor ihm zu fürchten. Sie musste feststellen, dass sie dem grimmigen Riesen inzwischen einen gewissen Respekt zollte. Shao Yu fühlte sie sich nun näher als in ihren Kindertagen, und auch die zwei kleinen Jungen waren ihre guten Freunde geworden.

Sie beschloss, bei nächster Gelegenheit ihren Schmuck zu verkaufen und sich von der Truppe abzusetzen, denn so könnte sie eine eigene Unterkunft bezahlen. Vielleicht würde sie dennoch Gelegenheit haben, ihre Mutter zu finden, aber bevor ihr das Geld ausging, konnte sie den Zug nach Tianjin nehmen und von dort aus ein Schiff nach Shanghai. Auf diese Weise bezog sie nicht Partei, sondern verschwand einfach aus dem Geschehen.

»Wenn du gehen willst, so ist es natürlich dein Recht«, hörte sie Shao Yu leise sagen, doch die Trauer in seinem Blick traf sie völlig unerwartet. »Ich werde dir helfen, dich unauffällig davonzuschleichen«, fügte er hinzu. »Quantou wird von deinem Verschwinden nicht begeistert sein.«

Eine unsichtbare Hand schnürte Charlottes Kehle zu. Sie begriff nicht, warum ihr plötzlich so schwer ums Herz wurde, als könne sie jeden Augenblick in Tränen ausbrechen. Shao Yu war ein guter Freund, das hatte sie stets gewusst. In der Truppe galt er als ihr Bruder und so sah sie ihn inzwischen auch, deshalb fühlte sie sich ihm so nahe. Oder war es möglich, dass sie sich täuschte? Als seine Hände sich auf ihre Schultern legten, gab sie ohne Zögern nach und schmiegte ihren Körper an den seinen, denn seine Nähe wärmte sie.

»Komm mit mir«, sprach sie jenen Wunsch aus, dessen sie sich erst jetzt bewusst geworden war. »Meine Eltern werden dir helfen. Fliehe vor diesem Irrsinn hier.«

Er schob sie sanft von sich, da sie nur ein Stück neben der Menschenmenge standen, die sich immer noch nicht aufgelöst hatte. »Ich kann nicht«, sagte er nur. »Ich diene jetzt Quantou und mein Platz ist bei seinen Leuten.«

Charlotte verspürte einen Stich der Enttäuschung, der stärker schmerzte als erwartet.

»Wir müssen jetzt zurück«, beschloss Shao Yu, und sie folgte ihm, wobei sie fieberhaft überlegte, wie er vielleicht dennoch umzustimmen war.

Sie erreichten ihre Hütte kurz vor Sonnenuntergang. Mayi und die Pockennarbige hatten bereits das Essen vorbereitet.

Nun wurde es tatsächlich auf mehrere Schüsseln verteilt, da Quantou hier in Beijing als Lehrer der Kampfkunst besser verdiente und es so möglich geworden war, alle Mägen zu füllen. Charlotte setzte sich zwischen Shao Yu und die zwei Jungen, wie sie es immer tat, während die Pockennarbige ihnen den mit Gemüse und Eiern versehenen Reis reichte.

»Wir werden uns nun einem herausragenden Meister der Kampfkunst anschließen«, verkündete Quantou in diesem Moment. »Einem Mann, dessen Rede soeben Massen in Begeisterung versetzt hat.«

Er warf einen erwartungsvollen Blick in die Runde. Niemand regte sich, es gab weder Widerspruch noch Zustimmung, denn alle waren es gewohnt, seine Entscheidungen hinzunehmen. Charlotte spürte, wie Shao Yus Blick sie mahnend streifte, aber auch sie hatte ihre Lektionen inzwischen gelernt und kämpfte ihre Unruhe entschlossen nieder. So, wie sich die Dinge entwickelten, wäre es vielleicht am besten, wenn sie schon heute Nacht heimlich verschwand. Ihre Tasche lag glücklicherweise zwischen ein paar Säcken in einer Ecke der Hütte. Nachdem sie erklärt hatte, wie sie zu den Besitztümern der weißen Teufel kam, hatte Quantou ihnen keinerlei Beachtung mehr geschenkt.

»Wir werden in ein großes Haus ziehen, das einem hohen Herrn gehört, der die Bewegung für Gerechtigkeit und Harmonie unterstützt«, redete ihr Anführer weiter. »Dort werden wir den nötigen Zauber lernen, der uns wirklich unverwundbar macht. Aber Wutian, unser neuer Anführer, will keine Frauen ausbilden, da weibliche Gegenwart die Kampfkraft der Männer schwächt.«

Sein Blick streifte Charlotte.

»Dujuanhua wird in einem Raum voller Jungfrauen leben und sich dem Dienst von Göttinnen weihen, um unseren Kampf dadurch zu unterstützen«, entschied er. »Auch unter ihnen finden manchmal Kampfübungen statt und sie wird sich daran beteiligen können. Mayi kann weiter Essen zubereiten, da sie keine Jungfrau mehr ist, und diese Gestalt hier …«

Er musterte die Pockennarbige für einen kurzen Augenblick.

»Die wird tun, was man ihr befiehlt, denn mit ihrem Gesicht wäre sie eine Beleidigung für die Göttinnen.«

Die Selbstverständlichkeit, mit der ein derart abfälliges Urteil gefällt wurde, ließ Charlotte zusammenfahren.

»Hat dieses Mädchen denn keinen Namen?«, stellte sie nun, wie zum Protest, jene Frage, die sie immer wieder kurz beschäftigt hatte, aber nie wichtig genug gewesen war, um sie wirklich auszusprechen.

»Hat sie einen?«, wiederholte Quantou und blickte völlig gelassen zu Mayi und dann zu dem Mädchen, um das es hier ging.

»Niemand hat mir je einen gegeben«, sagte die Pockennarbige und schien dabei jedes Wort mühsam aus ihrer Kehle zu pressen. »Meine Eltern setzten mich nach der Krankheit aus, weil ich hässlich war. Wie sie mich früher nannten, weiß ich nicht mehr, aber einen eigenen Namen hatte ich nicht.«

Charlotte hatte von Viktoria gehört, dass Töchter von einfachen Chinesen oft verkauft oder gar getötet wurden, da es zu kostspielig war, sie durchzufüttern, doch zum ersten Mal sah sie ein Opfer dieser Missachtung vor sich. Verzweifelt suchte sie nach tröstenden Worten, aber ihr fiel nichts ein, das angesichts einer solchen Lage nicht billig geklungen hätte.

»Also hat sie keinen Namen«, fasste Quantou das Ergebnis des Gesprächs zusammen. »Und nun lasst uns wieder über wichtige Dinge reden.«

Für einen winzigen Augenblick sah die Pockennarbige Charlotte an. In ihren Augen lagen genug Wut und Hass, um einen Menschen niederzuschmettern.

»Nun, da wir uns in den Dienst eines edlen Herrn begeben, der unser Land von den fremden Teufeln befreien will«, begann das Mädchen plötzlich zu reden, lauter als jemals zuvor. »Da sollten wir vielleicht Dujuanhuas Tasche verbrennen. Ihr Inhalt könnte der Harmonie in unserem neuen Wohnort schaden, denn vielleicht haftet den Sachen der Missionarinnen ein böser Zauber an.«

Charlotte konnte mit größter Mühe einen Protestschrei unterdrücken, als Quantou knurrend aufstand.

»Wo ist die Tasche?«

Die Pockennarbige deutete in die Ecke der Hütte, sprang dann auf, um den gesuchten Gegenstand gleich selbst zu holen. Wieder richtete sich ihr Blick auf Charlotte, diesmal leuchtend vor Triumph.

Quantou nahm die Tasche aus den Händen der Pockennarbigen und beförderte das Gepäckstück mit einem Tritt in die Mitte der Hütte.

»Dann wollen wir mal sehen, woraus wir gleich ein Lagerfeuer machen können«, rief er, als er Charlottes Besitztümer auszuschütten begann.

Ihr Herzschlag setzte aus. Sie sah, wie die zwei europäischen Kleider auf den platt getretenen Erdboden fielen, empfand aber nichts dabei. In ihrem neuen Leben war Kleidung eine Nebensächlichkeit geworden. Ein Stück neben den Stoffbündeln schlug ein Ohrring auf, sein Pendant kullerte zu Mayis Füßen. Den Ring mit dem Aquamarinstein hob Quantou hoch, um ihn neugierig zu mustern. Währenddessen sammelten die gierigen, schmutzigen Finger der Pockennarbigen den Rest ein.

»Das könnte einiges wert sein«, murmelte Quantou nachdenklich und drehte den Ring zwischen Daumen und Zeigefinger.

»Ich weiß es nicht«, versuchte sich Charlotte verzweifelt zu retten. »Ich hatte es einfach nur eilig eingesteckt, bevor ich aus dem Waisenhaus floh.«

»Schon gut, das ist doch kein Problem«, meinte der Anführer. »Aber ich werde diese Sachen zu Wutian bringen. Vielleicht kann man davon Nahrung für unsere Kämpfer bezahlen.«

Damit schien die Angelegenheit für ihn erledigt, denn er hockte sich wieder hin, um seinen Gemüsereis aufzuessen. Charlottes Kleider wurden von ihm nur hastig zurück in die Ecke getreten. Wegen ein bisschen Stoff ein Lagerfeuer anzuzünden, schien ihm nun doch zu aufwendig. Sie atmete erleichtert auf. Der Versuch der Pockennarbigen, sie bei Quantou unbeliebt zu machen, war gescheitert.

Dass sie sich soeben die Chance genommen hatte, die verhasste Rivalin noch heute Nacht loszuwerden, konnte das Mädchen nicht wissen.

Kapitel 21

»Für heute ist es genug. Sie können nach Hause gehen«, meinte der zweite Gesandtschaftssekretär Dr. Diego von Bergen zu Elsa. »Wir haben noch eine Besprechung mit Oberstleutnant von Soden, aber dabei ist Ihre Anwesenheit nicht nötig.«

Elsa wusste, dass er mit Dankbarkeit rechnete, da er sie früher nach Hause gehen ließ, doch in Wahrheit wäre sie gern geblieben, um etwas über die aktuelle Lage zu erfahren.

»Es ist sehr beruhigend, Herrn von Soden und seine Männer hier zu wissen«, unternahm sie einen etwas ungeschickten Versuch, das Gespräch fortzusetzen. Der Oberstleutnant war mit fünfzig Mann des Dritten Seebataillons vor einer Woche am Bahnhof angekommen, um der Gesandtschaft zusätzlichen Schutz zu bieten. Nun verfügte die internationale Gemeinschaft über etwa vierhundert bewaffnete Soldaten. Elsa vermochte

Charlottes Hinweis, wie wenige das im Vergleich zu den Abertausenden von Chinesen in Peking waren, nicht zu vergessen.

»Nun, beruhigend ist es in der Tat«, führte Dr. Diego von Bergen das Gespräch nun fort. »Obwohl uns allen etwas mulmig wurde, als wir die Truppe hierher führten. Die muslimischen Kansu-Krieger folgten uns die ganze Zeit auf dem Fuß und sahen aus, als wollten sie Ärger. Aber am Ende zogen sie sich dennoch zurück, angeblich auf Befehl der Kaiserinwitwe.«

»Na dann ist ja alles in Ordnung«, sagte Elsa etwas gekünstelt fröhlich und half ihm, sein Jackett anzuziehen.

»Es sieht so aus, Fräulein Skerpov. Machen Sie sich keine Sorgen.«

Der joviale Tonfall ärgerte sie ein wenig. Auf diese Weise beruhigte man kleine Kinder, die sich im Dunkeln fürchten.

»Dann wünsche ich Ihnen noch einen schönen Abend, Herr von Bergen«, verabschiedete sie sich dennoch höflich, denn mehr war nun nicht auszurichten.

»Fräulein Skerpov!«, wurde sie noch einmal zurückgerufen, als sie schon in der Tür stand. »Ich wollte Ihnen noch sagen, wie froh wir alle sind, Sie als Hilfsschreibkraft gefunden zu haben. Anfangs war ich skeptisch, ob eine Frau dieser Aufgabe gewachsen wäre, aber Sie sind in diesen schweren Zeiten absolut zuverlässig und immer tüchtig.«

Elsa spürte, wie Röte in ihre Wangen stieg. Nichts im Leben freute sie mehr, als wenn ihre Arbeit gelobt wurde.

»Vielen Dank. Das ist sehr freundlich«, sagte sie und knickste, bevor sie endgültig ging. Vermutlich hätte ein Mann in einer solchen Lage um eine Gehaltserhöhung gebeten, dachte sie, doch war ihr klar, dass der Zeitpunkt wirklich sehr ungünstig gewesen wäre. Sie tat drei Schritte Richtung Treppe, da bemerkte sie eine Gestalt, die am Geländer lehnte. Arthur Dreher musste etwas von ihrem Gespräch mit dem zweiten Gesandtschaftssekretär mitbekommen haben, denn sein Gesichtsausdruck war säuerlich. Er selbst wurde selten gelobt, doch lag es nach Elsas Einschätzung an seinem fehlenden Engagement. Er kam oft zu spät, erledigte seine Aufgaben gelangweilt und nutzte jede Gelegenheit, sich durch Gespräche mit Kollegen vor der Arbeit zu drücken.

»Na, Fräulein Skerpov, schon so früh auf dem Heimweg? Ansonsten machen Sie doch gern Überstunden. Man könnte fast meinen, Sie sind mit der Schreibmaschine verheiratet«, kommentierte er ihr Auftauchen spöttisch und steckte seine Hände in die Hosentaschen.

»Heute gibt es nichts mehr zu tun. Außer für die wichtigen Herren der Gesandtschaft«, erklärte Elsa die Lage und sah, wie sein Gesicht sich verzog. Offenbar hatte er ihre Aussage als kränkenden Hinweis darauf verstanden, dass er nicht zu diesen Männern gehörte.

»Aber es ist natürlich schön, früher Feierabend machen zu können«, redete sie sogleich weiter und hoffte, dadurch seine Laune etwas aufzuhellen.

»Was haben Sie denn jetzt noch vor?«, fragte er, nun tatsächlich freundlicher.

»Ach, nichts Besonderes. Ich werde auf meinem Zimmer noch etwas lesen und dann zu Abend essen.«

»Nun.« Leicht verlegen trat er von einem Fuß auf den anderen. »Vielleicht hätten Sie ja Lust, mit mir auszugehen. Ich lade Sie auf einen Kaffee ein, sogar im Peking Hotel, wenn Sie möchten.«

Elsa sah ihn überrascht an. Er schien es ernst zu meinen. Bisher hatte sie das Gefühl gehabt, dass sie ihm als allzu arbeitseifrige Kollegin lästig war. Nun verhielt er sich plötzlich wie einige andere Männer im Gesandtschaftsviertel, vor allem, seit es sich herumzusprechen begann, dass die hübsche Juliette ihr Herz einem Russen geschenkt hatte. Junge, unverheiratete Europäerinnen hatten hier Seltenheitswert und selbst Elsas bewusst züchtig strenge Kleidung änderte nichts daran, dass sie männliches Interesse auf sich zog.

Manchmal war sie versucht gewesen, Einladungen anzunehmen. Der Times-Korrespondent Morrison interessierte sie aufgrund seines bewegenden Vorlebens, denn angeblich hatte er bereits große, kaum bevölkerte Teile seiner Heimat Australien zu Fuß durchquert. Es wäre sicher aufregend, sich länger allein mit ihm zu unterhalten, aber ihr war klar, dass sie als Angestellte der Gesandtschaft auf ihren Ruf achten musste. Wenn sie allein mit Männern herumzog, würde es sich in der engen internationalen Gemeinschaft schnell herumsprechen. Arthur Drehers stetes Nörgeln fand sie einfach nur anstrengend, sodass es ihr nicht schwerfiel, sein Angebot abzulehnen.

»Es tut mir leid, aber ich bin erschöpft und habe Kopfschmerzen«, zog sie sich aus der Affäre. »Bitte verzeihen Sie, dass ich heute früh zu Bett gehen möchte.«

Sie bemerkte, wie sein Gesicht beleidigt gefror, ging aber davon aus, dass er sich schon wieder beruhigen würde. In dem Wunsch, möglichst schnell seiner Gegenwart zu entkommen, hastete sie die Stufen hinab und trat den Heimweg an.

Mittlerweile mochte sie das Haus der Guos. Sie hatte all den darin herumstreunenden Tieren Namen gegeben und sich an das chinesische Essen derart gewöhnt, dass sie sich kaum noch nach Pellkartoffeln und Matjes sehnte. In gewisser Hinsicht gefiel ihr Frau Guos tyrannische Art der Fürsorge, denn sie hätte sich ein klein wenig davon bei ihrer eigenen Mutter gewünscht. Als sie in das Esszimmer trat, sah sie ein paar ruhigen Stunden mit Jane Austen und ihren eigenen Gedanken entgegen. Das Telegramm an Viktoria Huntingdon war bereits abgeschickt, aber sie machte sich Sorgen, ob es wirklich richtig gewesen war, Charlotte so einfach gehen zu lassen. Sollte der starrköpfigen verwöhnten Göre etwas zustoßen, wäre sie in gewisser Hinsicht verantwortlich dafür.

»Miss Skerpov!«

Jeremy Guo stand mit leicht gekrümmten Schultern vor der Treppe. Der Zopf hing über seine rechte Schulter und er trug ein helles Gewand, das bis zu seinen Knöcheln reichte. Elsa lächelte. Sie mochte diesen schüchternen, höchst korrekten Angestellten der Zollbehörde. Ebenso wie sie schien er von einem besseren Leben zu träumen, das er durch Fleiß und Gewissenhaftigkeit zu bekommen hoffte.

»Darf ich einen Augenblick mit Ihnen reden?«

Elsa blieb folgsam stehen. Sie sah, wie seine Hände sich ineinander verkrampften und er seinen Blick über die Wände des Raumes irren ließ. Kurz musterte er den bunten Familienaltar in einer Ecke.

»Es tut mir sehr leid, aber Sie können hier nicht länger wohnen«, murmelte Jeremy so leise, dass sie ihn nur mit größter Anstrengung verstehen konnte.

Elsa wurde kalt. Sie musste ihn missverstanden haben.

»Was meinen Sie damit?«

Es dauerte eine geraume Weile, bis er ihr endlich in die Augen sah.

»Ich muss es tun, Miss Skerpov. Ich muss Ihnen sagen, dass Sie gehen sollen. Meine Eltern können es nicht, denn ihr Englisch ist zu schlecht, und außerdem würden sie sich schämen. Meine Mutter mag Sie sehr. Sie sind immer freundlich gewesen und haben keine Probleme gemacht. Aber jetzt ist es zu gefährlich für uns geworden, Sie im Haus zu haben.«

Wenigstens nannte er endlich einen Grund. In Elsas Kopf nahm die Lage langsam klarere Formen an.

»Wieso gefährlich? Ich verstehe das nicht«, bohrte sie weiter nach.

»Wir … wir haben alle Zettel erhalten.«

Seine Hände lösten sich voneinander und hoben sich zu einer Geste der Hilflosigkeit.

»Jeder, der den fremden Teu… also den Ausländern hilft, für sie arbeitet oder sich zu ihrem Glauben bekennt, der soll getötet werden.«

Ein Schauer rieselte über Elsas Rücken, doch gleichzeitig begehrte ihr Verstand gegen diese Ungeheuerlichkeit auf.

»Das klingt für mich wie ein plumper Versuch der Einschüchterung. Sie leben hier unmittelbar neben dem Gesandtschaftsviertel und dort ist schon Verstärkung eingetroffen«, versuchte sie ihn zu beruhigen.

»Diese Soldaten werden vor allem Leute wie Sie schützen, Miss Skerpov. Chinesen sind für sie weniger wichtig. Ich aber muss an meine Eltern denken.«

Elsa musste einsehen, dass sein Verhalten verständlich war. Traurigkeit breitete sich in ihr aus. Die Guos waren sehr angenehme Vermieter gewesen, die ihr ein Gefühl von Zuhause hatten geben können.

»Gut, ich werde morgen ausziehen«, sagte sie knapp und raffte ihren Rock, um die Stufen hochzusteigen.

»So schnell ist das nicht nötig, Sie können bis Ende der Woche …«

»Wenn es gefährlich ist, mich hier zu haben, dann sollte ich so schnell wie möglich verschwinden«, unterbrach sie ihn und wollte den Raum verlassen. Erst der Anblick seines gequälten Gesichts ließ sie innehalten.

»Was ist denn mit Ihnen, Jeremy? Sie arbeiten doch für die Zollbehörde. Sind Sie da nicht auch in Gefahr?«, fiel ihr plötzlich ein.

»Sir Robert Hart hat versprochen, uns zu schützen«, erwiderte er sogleich. Elsa begriff, dass der irische Leiter der Zollbehörde auch bei seinen chinesischen Angestellten großes Ansehen genießen musste, da sie ihm völlig vertrauten. Sie hingegen konnte im Ernstfall niemanden schützen.

»Wie ich schon sagte, morgen ziehe ich aus. Ich wünsche Ihnen einen schönen Abend, Jeremy«, sagte sie zum Abschied, bevor sie in ihrem Zimmer verschwand, wo sie sich erst einmal aufs Bett fallen ließ. Die Tränen in ihren Augen waren ihr peinlich, obwohl niemand sie sehen konnte. Warum wurde sie plötzlich so sentimental? Ein Abendessen mit den Guos kam jedenfalls nicht infrage, denn es wäre für alle Beteiligten unangenehm gewesen.

Nach einer Weile des Grübelns stand Elsa wieder auf, strich ihren Rock glatt und richtete ihre Frisur. Es war alles nicht so schlimm, sagte sie sich. Sie würde ihre Lage morgen auf der Gesandtschaft schildern und man würde ihr sicher eine vorübergehende Unterkunft anbieten. Dennoch konnte sie die Unruhe nicht abschütteln, wodurch alle Aussichten auf einen friedlichen Feierabend mit einem Buch in der Hand zunichtegemacht wurden. Sie verspürte einen unbezwingbaren Drang nach Bewegung und beschloss, wieder ins Gesandtschaftsviertel zurückzukehren, denn dort würde sie auch etwas zu essen auftreiben können. An einen Ausflug in die Stadt war nicht einmal zu denken, was ihr schmerzlich bewusst machte, wie völlig anders die Lage hier war als in Shanghai.

Sie stieg die Stufen hinunter. Diesmal hielt sich niemand der Guos in dem Esszimmer auf, was vermutlich daran lag, dass sie eine Begegnung mit ihr vermeiden wollten. Elsa hastete hinaus, ging an der amerikanischen Mission vorbei und atmete erleichtert auf, als sie die Legation Street erreicht hatte, denn dies war ein sicherer Ort in all dieser feindseligen Fremde. Es war erst fünf Uhr nachmittags und noch hell. Sie erwog daher, einen Ausflug zum Mongolenmarkt zu machen, der ebenfalls zum Gesandtschaftsviertel gehörte und somit ungefährlich sein dürfte. Bisher hatte sie ihn nur kurz besucht, doch erinnerte sie sich an bunt gekleidete, mit schwerem Schmuck behangene Menschen, glatt glänzendes Fleisch geschlachteter Schafe und Stoffballen, die in allen Farben des Regenbogens leuchteten. Ein wenig harmlose Exotik würde vielleicht helfen, ihre Trübsal zu verjagen.

Sie spazierte los. Ihr Gang war rasch und zielstrebig wie immer. Sie erinnerte sich, dass sie den aus der Kaiserstadt kommenden Abwasserkanal überqueren musste und dann bei der russischen Gesandtschaft rechts abbiegen, doch kam ihr bereits auf halbem Weg eine vertraute Gestalt entgegen. Die blonde, etwas rundliche, rosige Polly Condit Smith trug ihr liebstes, kariertes Kleid und einen schlichten Strohhut, hatte sich einige Bücher unter den Arm geklemmt und spazierte neben Herbert Squiers, dem ersten amerikanischen Gesandtschaftssekretär einher. Sie war eine gute Bekannte seiner Frau und daher Gast der Familie.

»Sieh einer an, die hart arbeitende Miss Skerpov gönnt sich einen Spaziergang!«, rief sie erfreut und eilte auf Elsa zu, wobei sie den Sekretär energisch hinter sich herzog.

»Ich konnte heute ein bisschen früher gehen und möchte mir jetzt den Mongolenmarkt ansehen«, erklärte Elsa.

»Ganz allein, du meine Güte, so viel Eigenbrötlerei ist ungesund!«, rief Polly. »Ich würde sagen, Sie schließen sich besser uns an. Wir essen jetzt im Peking Hotel.«

Elsa hatte das Gefühl, von einem galoppierenden Pferd mitgerissen zu werden. Pollys laute, temperamentvolle Art irritierte sie manchmal, schien aber auch erfrischend natürlich. Für gewöhnlich versagte sie sich den Luxus, an einem teuren Ort zu essen, aber heute konnte sie eine Ausnahme machen, denn auf einmal sehnte sie sich nach Gesellschaft.

»Kennen Sie eigentlich schon die Chamots?«, redete Polly, während sie ihre beiden Begleiter zum Hotel führte.

»Ich habe die Besitzer des Hotels kurz getroffen, als ich hier ankam und bei ihnen die ersten Tage verbrachte«, erwiderte Elsa wahrheitsgemäß. »Aber ich hatte kaum Gelegenheit, mit ihnen zu sprechen.«

Im Mai hatte das Hotel noch viele Gäste gehabt. Sie ahnte, dass die Lage sich inzwischen geändert haben konnte.

»Na, dann wird es Zeit. Annie Chamot ist Amerikanerin wie ich. Sie stammt aus San Francisco, hat einen Schweizer geheiratet und lebt jetzt in Peking, also eine wirklich abenteuerlustige Dame. Sie werden sich mit ihr verstehen.«

Elsa war sich nicht sicher, ob wirklich davon auszugehen war, folgte Polly aber schicksalsergeben ins Hotelgebäude.

Es gab nur einen einzigen Gast, der im Augenblick auf sein Abendessen wartete. George Morrison, Australier und Weltmann, kritzelte auf einem Notizblock herum, den er sogleich zur Seite legte, als er die Neuankömmlinge bemerkte. Sie verteilten sich alle am Tisch, ein chinesischer Diener trug Rinderbraten und Kartoffeln auf, und als der Aperitif kam, gesellten die Eigentümer des Hotels sich zu ihren Gästen. Annie Chamot war eine energische Person mit einem schmalen, klugen Gesicht. Ihr Gemahl machte einen stilleren, gemütlichen Eindruck, doch schienen sie einander gut zu ergänzen. Es wurde eine fröhliche Runde, und Elsa fühlte sich nach einem zweiten Glas Portwein völlig entspannt. Schließlich fand sie den Mut, von ihrer misslichen Lage zu erzählen.

»Den Chinesen mangelt es an Mumm, das sage ich immer«, kommentierte Mr Morrison. »Anstatt sich den Boxern entgegenzustellen, lassen sie sich von ihnen einschüchtern.«

»Es hat ja auch schon einige Massaker gegeben«, hielt der Hotelbesitzer dem entgegen. Elsa überlegte, was sie selbst von der ganzen Sache halten sollte, da mischte Polly sich auch schon ein.

»Miss Skerpov kann doch sicher eine Weile hier wohnen, bis wieder Ruhe eingekehrt ist«, meinte sie zu Annie Chamot, die nach kurzem Zögern nickte.

»Aber … also offen gesagt kann ich mir Ihr Hotel nicht leisten«, gestand Elsa nach kurzem Zögern.

»Das ist nicht schlimm. Wir haben genug freie Räume«, erwiderte die Hotelbesitzerin. »Ich finde schon ein Zimmer, wo ich Sie kostenlos unterbringe, bis der ganze Spuk vorbei ist. Dann nimmt diese chinesische Familie Sie sicher wieder auf, wenn Sie das überhaupt noch wollen.«

Elsa nickte.

»Das ist sehr freundlich von Ihnen. Ich hoffe, dass ich Ihnen nicht lange zur Last fallen muss.«

Monsieur Chamot holte eine Flasche Whiskey, während seine Frau die dazu passenden Gläser brachte. Alle stießen miteinander an, und Elsa begann sich plötzlich wieder in China wohlzufühlen, denn sie war nicht so allein, wie sie befürchtet hatte.

Als die Runde sich auflöste, dämmerte es bereits und Mr Morrison bot sich an, Elsa zu ihrer Unterkunft zu begleiten. In nüchternem Zustand hätte sie vermutlich abgelehnt, aber nun sah sie keinen Grund, warum sie nicht noch eine Weile mit diesem durchaus interessanten Mann plaudern sollte. Auf der Legation Street leuchteten noch die Straßenlaternen und ein paar Spaziergänger flanierten an den Gesandtschaftsgebäuden entlang, denn die Nacht war milde. Während sie an der Seite des hochgewachsenen Australiers einherspazierte, meinte Elsa für ein paar Augenblicke, sich in einer europäischen Stadt zu befinden. Die hasserfüllten Schreie der Chinesen unterhalb der Mauer waren als Teil einer fremden Welt in weite Ferne gerückt, sie fühlte sich leicht und beschwingt, während George Morrison ihr erzählte, wie er bei einer Reise durch Neuguinea fast von Speeren der Eingeborenen getötet worden wäre. Auf ein Pferd festgeschnallt hatte er aber den mühsamen Rückweg in die Zivilisation geschafft. Dem Umstand, dass er tiefer in den Dschungel Neuguineas eingedrungen war als irgendein weißer Mann zuvor, verdankte er den Beginn seines Ruhms. So sehr war Elsa in seine Schilderungen vertieft, dass sie an der letzten Ecke des Missionsgebäudes fast mit einer Gestalt zusammengestoßen wäre, die scheinbar wie aus dem Nichts vor ihr auftauchte. Noch bevor sie erkennen konnte, um wen es sich handelte, hörte sie eine ihr durchaus bekannte Männerstimme auf Deutsch eine Entschuldigung murmeln.

»Es ist schon fast dunkel. Ich hatte Sie wirklich kaum gesehen. Zudem wollten Sie doch den Abend auf Ihrem Zimmer verbringen«, fügte Arthur Dreher hinzu und Elsa erschrak, wie viel Gift in den letzten Worten lag. Gerade wollte sie zu einer Erklärung ansetzen, als ihr australischer Begleiter sich auf Englisch einmischte.

»Sie sollten hier nicht so allein im Dunkeln herumschleichen, Sir. Man könnte Sie für einen der aufständischen Chinesen halten. Ich war schon kurz davor, Ihnen mit meinem Spazierstock eins überzuziehen, wie ich es immer mit dem Gesindel mache, wenn es frech wird.«

Er lachte auf jene laute, selbstsichere Art, die Siegern eigen war. Elsa nahm Arthur Drehers Gesicht als eine Maske von stummem Zorn wahr. Kurz fröstelte sie, denn sie fühlte sich an den Hass erinnert, der ihr hier aus so manchem chinesischen Gesicht entgegengeblickt hatte.

»Ich wünsche Ihnen noch einen angenehmen Abend, Fräulein Skerpov«, sagte er, nochmals auf Deutsch, als wolle er George Morrison bewusst ignorieren, und war sogleich verschwunden.

»Was war das denn für eine merkwürdige Gestalt?«, fragte der Australier spöttisch.

»Ein Kollege, der auch in der deutschen Gesandtschaft arbeitet.«

»Ach ja, der sah aus, als wäre ihm was über die Leber gelaufen.«

Elsa zuckte mit den Schultern.

»Ich fürchte, er mag seine Arbeit nicht besonders.«

»Dann sollte er sich eine andere suchen. Ich hatte sofort das Gefühl, dass der Kerl wie ein geborener Verlierer aussieht.«

Elsa erwiderte nichts, stellte aber fest, dass ihr der forsche George Morrison ein wenig unsympathisch zu werden begann. Sie würde ihm in Zukunft doch aus dem Weg gehen, beschloss sie. Vielleicht wäre Arthur Dreher dann nicht mehr so schrecklich gekränkt.

Kapitel 22

Charlotte stand im dritten Hof des großen Herrenhauses unter ihren neuen Gefährtinnen, allesamt junge Mädchen, die gemeinsam mit ihren Vätern oder Brüdern aus den Dörfern in die Hauptstadt gezogen waren, um sich den Führern der Yihetuan Yundong anzuschließen. Nur Jungfrauen durften Mitglieder der Hongdeng Zhao, der roten Laternen werden, wie sich die Gruppe der Mädchen nannte. Sie trainierten täglich mit Schwertern, aber auch mit rot lackierten Fächern, denn wer lernte, diese richtig zu bewegen, sollte in der Lage sein, durch die Luft zu fliegen. Charlotte hegte Zweifel an der Wirksamkeit dieser Übungen, doch bereitete es ihr Freude, daran teilzunehmen. Für eine Rückkehr nach Shanghai fehlten ihr weiter die finanziellen Mittel, und zudem merkte sie, wie sie tagtäglich mehr mit dieser Gemeinschaft zu verwachsen begann. Unter den anderen Mädchen galt sie als Shao Yus Schwester und ihr Geschick bei den Kampfübungen hatte dazu beigetragen, dass sie hohes Ansehen genoss, was ihr schmeichelte.

Nun sah sie Shao Yu gemeinsam mit anderen jungen Männern vor den großen Bruder, Da shixiong, ihren Anführer treten. Ein Ritual sollte die Aufnahme der Kandidaten in die Gemeinschaft der Yihetuan Yundong besiegeln. Der Erste, der herangewunken wurde, war ein kleinwüchsiger, stämmiger Bursche mit einem breiten, sonnenverbrannten Bauerngesicht. Er trat leicht torkelnd vor und Charlotte fragte sich zunächst, ob er angetrunken war. Offiziell war der Genuss von Alkohol und Tabak verboten, ebenso wie der Verkehr mit Frauen, doch hielten sich keineswegs alle daran. Erst als sie den glasig verklärten Blick des Jungen wahrnahm, begriff sie, dass er sich in einer Art Trance befinden musste. Mit einem Ruck sank er vor dem Altar in die Knie, neben dem der Da shixiong stand. Seine Lippen formten Gebetssprüche, während er mit den Fingern Kreise um seine geschlossenen Augen malte. Der Da shixiong trat an seine Seite und flüsterte ihm Worte ins Ohr. Zwar konnte Charlotte sie nicht hören, doch kannte sie bereits deren Bedeutung. »Dă tiān, tiānmén kāi.« Schlag gegen den Himmel. Das Tor des Himmels öffnet sich. Er wiederholte die Worte mehrmals, bis der Junge plötzlich auf die Beine sprang, mit den Fäusten gegen seine Brust trommelte und laut zu schreien begann: »Shā, shā, shāo, shāo.« Töten und verbrennen. Charlotte erschauerte, zumal sie hören konnte, wie einige der Versammelten in die Rufe einstimmten. Sie fühlte sich so aufgehoben in dieser Gemeinschaft, dass sie manchmal vergaß, welch brutale Ziele hier verfolgt wurden. Zum Glück war sie bisher nicht Zeugin eines einzigen Mordes geworden, aber sie spürte, dass es nur eine Frage der Zeit wäre, bis die hier aus Armut, Hilflosigkeit und Lügen zusammengebraute Wut sich auf unheilvolle Weise entlud. Wenn sie erst ihre Mutter gefunden hatte, musste sie endlich eine Möglichkeit suchen, sich davonzumachen.

Ein paar weitere junge Männer folgten, dann war Shao Yu an der Reihe. Charlotte fühlte, wie ihr Herzschlag sich beschleunigte. Der schlanke, inzwischen muskulöse und um eine stolze Haltung bemühte junge Mann wirkte hier immer noch fehl am Platz, denn er war zu gutmütig, um zum Krieger zu taugen. Dennoch vollzog er das Ritual mit ernster, aber wacher Miene, was sie beruhigte. Shao Yu hätte sehr darunter gelitten, bei der Zeremonie irgendetwas falsch zu machen. Es fehlte ihm immer noch der Glaube an seine eigenen Fähigkeiten, doch hoffte sie, ihm diesen mit der Zeit geben zu können. Tief in ihr war langsam, zunächst fast unbemerkt, die Überzeugung gewachsen, dass sie beide auf irgendeine Art zusammengehörten.

Nun ging Shao Yu zu den anderen jungen Männern zurück und Charlottes Interesse an der Zeremonie begann nachzulassen. Sie sah sich um, suchte nach vertrauten Gesichtern. Mayi stand bei einer Gruppe älterer Frauen, den blauen Laternen, im Hintergrund. Ihre wesentlichen Aufgaben bestanden darin, Essen zuzubereiten, aber sie wurden nicht schlecht behandelt. Die Pockennarbige war Dienstmagd geworden. In der Rangordnung stand sie ganz unten, denn sie musste jeden Morgen die Nachttöpfe leeren und Räume fegen, sobald ihre Bewohner sie verlassen hatten. Mayi hatte angedeutet, dass die Männer das Mädchen auch für andere Zwecke benutzten, denn anders als die Hongdeng Zhao hatte sie nicht jungfräulich zu sein. Charlotte erschien sie nun noch magerer als früher, und ein harter, bitterer Zug hatte sich um ihren Mund gelegt, der sie alt aussehen ließ, noch bevor sie wirklich erwachsen geworden war. Xiang und Xin, die zwei kleinen Jungen, wurden ebenfalls zu Kriegern ausgebildet. Mayi kümmerte sich um sie, wenn ihr Zeit dazu blieb. Quantou war schon unmittelbar nach ihrer Ankunft in die Gemeinschaft der Krieger aufgenommen worden, doch hatte er bisher kein höheres Amt erklimmen können. Im Grunde stand er damit nun auf einer Stufe mit Shao Yu, doch schien er den Verlust an Autorität recht gut zu verkraften. Es gab hier viele Männer seiner Art, Herumtreiber, Gaukler und mittellose Kampfkünstler, denen die Gemeinschaft der Yihetuan Yundong ein Heim und eine Aufgabe geschenkt hatte.

Nachdem die Zeremonie beendet war, kehrten die Versammelten in ihre Häuser zurück, wo Essen verteilt wurde. Charlotte teilte sich einen kleinen Raum mit fünf weiteren Mädchen, die ebenfalls zu den Hongdeng Zhao gehörten. Sobald sie ihre Ration an Reis verschlungen hatte, war es an der Zeit, zum Übungsplatz aufzubrechen. Ein Stück neben einer großen Löwenfigur, die den Hof vor ihrem Haus zierte, erblickte Charlotte plötzlich Shao Yu, der ihr so unauffällig wie möglich zuwinkte. Sie verlangsamte ihre Schritte, sodass die Gefährtinnen an ihr vorbeizogen. Dann schlich sie rasch zu der Figur und beugte sich, als wolle sie den Boden nach etwas absuchen. Shao Yu wollte, dass ihr Gespräch niemandem auffiel und sie daher unbelauscht blieben. Enge Kontakte zwischen den Kriegern und den als heilig und unberührbar geltenden Hongdeng Zhao waren nicht gern gesehen.

»Warte heute Abend nach dem Essen beim Ausgangstor auf mich«, sagte Shao Yu leise, ohne sie anzusehen. »Ich glaube, ich weiß jetzt, wo deine Mutter ist.«

Charlotte streckte ihren Rücken und musste sich beherrschen, um ihm nicht gleich um den Hals zu fallen. Er hatte sich rasch abgewandt und war schon im Begriff, zu seiner Einheit zu laufen. Sie schickte ihm ihre Zuneigung und Dankbarkeit mit einem warmen Blick hinterher. Seit sie mit der Gauklertruppe unterwegs gewesen waren, hatte er ihr immer wieder bewiesen, wie sehr sie sich auf ihn verlassen konnte.

Der Rest des Tages zog sich quälend langsam dahin. Charlotte misslangen ein paar der Fächerübungen, da sie sich nicht wirklich konzentrieren konnte. Ihre Da jiejie, große Schwester, wie die Anführerin der roten Laternen genannt wurde, warf ihr gelegentlich unzufriedene Blicke zu, sagte aber nichts, da Charlotte sich sogleich zusammenriss. Sie versuchte, den Aufforderungen gemäß himmlische Kräfte durch ihren Körper fließen zu lassen, während sie ihre Fächer wie bei einem Tanz bewegte.

Manchmal war es ihr gelungen, dabei jedes Gefühl für das Gewicht ihres Körpers zu verlieren, doch nun fesselte die innere Unruhe sie an den Erdboden. In ein paar Stunden schon würde sie vielleicht jener Frau gegenüberstehen, die sie auf diese Welt gebracht und kurz darauf verlassen hatte. Sie wusste nicht, was sie in diesem Moment empfinden würde, nahm sich aber vor, auf Vorwürfe zu verzichten und ihre wahre Mutter langsam kennenzulernen, bevor sie sich ein Urteil erlaubte.

Shao Yu wartete wie verabredet am großen Eingangstor der herrschaftlichen Anlage. Charlotte trug eine der roten Laternen in ihrer Hand, nach denen ihre Einheit benannt worden war, denn auf den Straßen der Stadt zog bereits Dunkelheit auf. Shao Yu flüsterte dem Wachmann ein paar Worte zu, dann wurden sie sogleich herausgelassen.

»Wohin gehen wir?«, fragte Charlotte ungeduldig, sobald die Fassade der Mauer hinter ihnen lag.

»An keinen besonders schönen Ort«, antwortete er leise. »Ich fürchte, mit deiner Mutter ist es im Leben ziemlich bergab gegangen.«

»Aber sie ist doch die Konkubine eines hohen Staatsbeamten!«, widersprach Charlotte und erhielt einen nachsichtigen Blick.

»Er hatte irgendwann genug von ihr und verkaufte sie weiter. Sie landete wieder in einem Bordell, und danach wurde sie an immer billigere Häuser weitergereicht. Jetzt ist sie sehr krank.«

Charlotte verlangsamte kurz ihre Schritte.

»Dann muss ich ihr helfen!«, rief sie nach einem Moment des Nachdenkens. »Wir werden irgendwie Geld auftreiben und ihr einen guten Arzt zahlen!«

Shao Yu trat näher an sie heran, um sanft wie ein Windhauch über ihren Arm zu streichen.

»Warte erst einmal ab, bis du sie gesehen hast, Sha Lo Te«, flüsterte er mit belegter Stimme. Charlotte verdrängte alles Unbehagen, das diese Worte kurz in ihr weckten. Ihr erstes Ziel nach der Flucht aus Shanghai hätte sie bald schon erreicht, und dann konnte sie weitersehen.

Es ging am Himmelstempel vorbei und zum Stadttor hinaus. Kleine, schmutzige Lehmhütten säumten jene Straße, in die Shao Yu sie führte. Es stank so erbärmlich nach Fäulnis, dass Charlotte ihre Illusion, sich inzwischen an unangenehme Gerüche gewöhnt zu haben, endgültig aufgeben musste. Wäre das Ziel des Ausflugs ihr weniger wichtig gewesen, hätte sie ihn auf der Stelle abgebrochen. Shao Yu war beängstigend schweigsam, als könnte er keine angemessenen Worte mehr finden, um ihr Mut zuzusprechen. An den Ecken kauerten ausgemergelte Gestalten in Lumpen. Manche regten sich, streckten ihre Hände nach Charlotte aus und flehten um Almosen, doch den meisten fehlte sogar hierzu die Kraft. Charlotte vermied es bald schon, ihre Laterne auf fremde Gesichter zu richten, denn der Anblick von Ausschlag und schwärenden Wunden verursachte ihr Übelkeit.

Sie atmete erleichtert auf, als sie die Hütten hinter sich gelassen hatten und eine freie Fläche sich vor ihnen auftat. Kurz glaubte sie, frische Luft einzuatmen, doch dann wehte ihr wieder ein fauler Geruch entgegen.

»Ist hier irgendwo ein Bordell, in dem meine Mutter lebt?«, fragte sie verwirrt.

»Nein. Nur dieses Feld. Deine Mutter wurde auch aus dem allerletzten Bordell hinausgeworfen.«

Shao Yu zog sie weiter. Im Mondlicht vermochte Charlotte nun Gestalten zu entdecken, die auf der trockenen Erde lagen. Die meisten von ihnen rührten sich nicht, und selbst als sie aus Versehen über die Beine eines Mannes stolperte, gab er keinen Laut von sich. Aus weiter Ferne erklang ein Stöhnen, und kurz darauf rief eine heisere Stimme nach Guanyin, der Göttin der Barmherzigkeit.

»Was machen diese Leute hier?«, wollte Charlotte wissen.

»Nichts. Sie warten, bis sie sterben. Aus diesem Grund sind sie hierhergekommen.«

Charlotte stieß einen leisen Schrei aus.

»Woher weißt du überhaupt mit Sicherheit, dass meine Mutter hier ist? Das ist sicher alles ein Irrtum, sie wurde die Konkubine eines reichen Mannes und …«

»Sie ist hier, Sha Lo Te«, kam es leise, aber unerbittlich zurück. »Ich habe getan, was ich dir versprochen hatte. So oft es ging, schlich ich mich davon, um nach dem Haus des Mandschubannermanns zu suchen. Als ich es schließlich fand, folgte ich ein paar Dienern, die sich nach Einbruch der Dunkelheit regelmäßig in einem Teehaus zum Glücksspiel trafen. Einer von ihnen machte mich schließlich mit der einstigen Zofe deiner Mutter bekannt, die ihr bis heute treu geblieben ist. Selbst als es mit ihr abwärtsging, sah sie immer wieder nach ihr. So erfuhr ich von diesem Ort. Zunächst wollte ich es auch nicht glauben, aber als ich sie sah …«

Anstatt weiter zu reden, schob er Charlotte zu einer Gestalt, die nur noch aus von Haut überzogenen Knochen bestand und ausgestreckt auf einem roten Tuch lag. Sie war die Einzige, die über eine solche Unterlage verfügte, und Charlotte begann zu ahnen, dass Shao Yu sie ihr gebracht haben musste. Die Frau wirkte zu schwach, um noch Leben in sich zu haben, doch als Charlotte sich zu ihr hinabbeugte, vernahm sie einen rasselnden Atemzug, auf den heftiger Husten folgte.

Langsam schob sie ihre Laterne zu dem Gesicht der Unbekannten und begriff, was Shao Yu gemeint hatte: die breiten Wangenknochen, schmalen, schräg gestellten Augen und schließlich eine erstaunlich glatte, hohe Stirn. Es war, als blicke sie in einen verzauberten Spiegel, um ein älteres, ausgemergeltes Abbild ihrer selbst vor sich zu sehen.

»Mutter«, flüsterte sie und staunte, wie schnell und ohne jede Vorwarnung ihr Tränen in die Augen schossen. »Ich bin es, deine Tochter, die du vor vielen Jahren in Shanghai einem Waisenhaus übergeben hast.«

Sie griff nach Dujuanhuas Hand, wagte aber nicht, sie fest zu drücken, denn die Fingerknochen schienen so zerbrechlich wie dünne Zweige.

»Es war richtig, was du damals getan hast«, stieß sie unter Schluchzern hervor und wischte sich mit der freien Hand die Wangen trocken. »Ich hatte eine schöne Kindheit und habe eine Schule besucht. Aber jetzt bin ich nach Beijing gekommen, um nach dir zu suchen. Ich will mich um dich kümmern.«

Nun presste sie die Finger doch ein wenig zusammen, denn sie hoffte auf irgendeine Reaktion, die aber ausblieb. Dujuanhuas Augen starrten weiter zum Sternenhimmel, als hätte sie kein einziges der Worte gehört. Die Brust hob und senkte sich leicht als einziges Lebenszeichen.

»Ich bin deine Tochter!«, rief Charlotte lauter. »Sieh her!«

Sie zog den Jadeanhänger aus ihrer Bluse, unter deren Kragen sie ihn immer sorgfältig versteckt hielt, und schob ihn gemeinsam mit der Laterne zwischen den Himmel und das Gesicht ihrer Mutter.

»Siehst du? Dujuanhua, das hast du mir damals zum Abschied gegeben. Damit ich weiß, wer du bist, und mich eines Tages auf den Weg zu dir machen kann.«

Der magere Körper zuckte wie von einem plötzlichen Krampf befallen. Die Augenlider flatterten.

»Mutter!«, wiederholte Charlotte, die vor Tränen kaum noch sehen konnte. Sie verspürte eine ruckartige, erstaunlich kräftige Bewegung, mit der Dujuanhua ihr ihre Hand entziehen wollte, und hielt sie hartnäckig fest.

Ein Röcheln erklang, als wolle ihre Mutter Worte aussprechen, ohne die Kraft dafür aufbringen zu können. Die glasigen Augen waren zum Leben erwacht, blickten in Charlottes Richtung. Etwas leuchtete in ihnen, doch konnte es beim besten Willen nicht als Freude gedeutet werden.

»Geh … geh … weg!«, kam es nun sehr leise von der Sterbenden. Charlotte schüttelte unwillig den Kopf. Es war nicht möglich, sie musste sich verhört haben.

»Du verstehst nicht! Ich bin …«

Bevor sie weiter reden konnte, prallte Speichel gegen ihre Stirn und floss langsam auf ihre Augenbrauen zu. Sie war wie gelähmt, unfähig, ihn wegzuwischen, während sie sah, wie Dujuanhuas Gesicht sich von ihr abwandte. Shao Yus Hände legten sich um Charlottes Taille und zogen sie in die Höhe.

»Weg!«, krächzte Dujuanhua nochmals, diesmal so laut, dass einige der Sterbenden um sie herum sich regten. »Geht alle weg!«

Dann wälzte sie sich zur Seite und blieb liegen, als sei endgültig alles Leben aus ihr gewichen.

»Sie war seit vielen Jahren opiumsüchtig«, sagte Shao Yu, während er eine fast ebenso leblose Charlotte fortführte. »Nimm es nicht persönlich, sie weiß nicht, was sie tut. Aber ich glaube, sie will jetzt einfach nur in Ruhe sterben.«

Charlotte weinte, heftiger und hemmungsloser als jemals zuvor in ihrem Leben. Es war, als sei all das an diesem grauenhaften Ort versammelte Elend in sie hineingekrochen, damit sie es in die Welt hinausschreien konnte. Sie nahm ihre Umgebung kaum noch wahr und wäre vermutlich wie eine Betrunkene ziellos durch die Stadt getorkelt, wenn Shao Yu sie nicht zurück in ihre Unterkunft gebracht hätte. Die Wächter schenkten ihnen kaum Beachtung und in den Höfen war bereits nächtliche Ruhe eingekehrt, nur aus einzelnen Häusern drangen noch ein paar

Stimmen. Charlotte genoss die Stille und die frische Luft. Allmählich fand sie die Welt wieder erträglich. Shao Yu lief zu einem Brunnen und kam mit einem Becher Wasser zurück.

»Willst du gleich schlafen gehen?«, fragte er. Charlotte schüttelte den Kopf.

»Ich muss mich noch ein wenig beruhigen«, sagte sie. Es wäre ihr unangenehm gewesen, ihren neuen Gefährtinnen in derart aufgelöstem Zustand zu begegnen.

Shao Yu führte sie zu einem kleinen Lagerhaus in der hintersten Ecke des ersten Hofes. Ein wackeliger Schemel stand dort zwischen ein paar Getreidesäcken herum. Charlotte setzte sich, während er die Tür hinter ihnen schloss.

»Verstehst du jetzt, was die fremden Teufel unserem Land antun?«, fragte er, bevor er vor ihr in die Hocke ging.

»Warum die fremden Teufel? Was haben sie denn meiner Mutter getan?«

»Sie brachten das Opium, das Dujuanhua auszehrte und um den Verstand brachte«, erwiderte Shao Yu. Charlotte rieb sich die Schläfen. Ihr Kopf schmerzte und es fiel ihr schwer, klar zu denken.

»Das ist zu einfach«, widersprach sie schließlich. »Niemand zwang sie, es zu rauchen. Es war ihr ganzes elendes Leben, das sie zu dem gemacht hat, was sie jetzt ist. Zunächst war sie das Eigentum einer Bordellbesitzerin, dann eines Mannes, der sie einfach verkaufte, als er genug von ihr hatte. Niemals konnte sie über sich selbst bestimmen. Sie brauchte das Opium, um ihren Verstand zu betäuben, sonst hätte sie ihr Schicksal nicht ertragen können. Solange Frauen in China derart behandelt werden, wird es immer wieder so traurige Geschichten geben wie die meiner Mutter.«

Diese Erkenntnis ließ nochmals einen Tränenstrom über ihre Wangen fließen, doch fühlte Charlotte sich nicht mehr wie betäubt. Sie hatte gefunden, wonach sie gesucht hatte, auch wenn alles anders verlaufen war, als erhofft. Erstaunlicherweise fühlte sie sich fast erleichtert. Ihre leibliche Mutter hatte keinerlei Interesse an ihr gezeigt, was sie von Verpflichtungen ihr gegenüber befreite.

»Es ist die Fremdherrschaft der Mandschu«, hörte sie Shao Yu plötzlich sehr leise flüstern und sah ihn verwirrt an.

»Was meinst du denn damit?«

Er rückte näher an sie heran.

»Zuerst sollen die fremden Teufel vertrieben werden. Danach die Mandschu, die uns schon viel länger versklaven. Wenn China wieder uns Chinesen gehört, kann eine neue Gesellschaft entstehen, in der Frauen nicht mehr wie Ware verkauft werden.«

Er ergriff ihre Hände und sah sie todernst an. Charlotte überkam Unbehagen.

»Wer plant das denn? Quantou etwa? Ich dachte, der hohe Staatsbeamte, der uns hier aufgenommen hat, wäre ein Mandschu?«

»Ja, das stimmt. Sie sollen glauben, dass wir ihre Herrschaft unterstützen, denn im Augenblick sind wir noch zu schwach, um an zwei Fronten zu kämpfen. Aber sobald die fremden Teufel weg sind … also es gibt hier einige Leute, die viel größere Veränderungen planen. Ich darf ihre Namen nicht nennen, das habe ich geschworen. Aber ihr Ziel ist ein besseres Leben für einfache Leute wie deine Mutter.«

Charlotte schluckte. Shao Yus Blick war so euphorisch in seiner Ernsthaftigkeit, dass sie nicht offen sagen konnte, wie völlig unrealistisch ihr all dies schien.

»Ich mag keine Lügen«, erwiderte sie nur. »Und Morde mag ich noch weniger.«

»Das sagst du, weil du als verwöhntes Mädchen aufgewachsen bist«, kam es sogleich zurück. Er war noch niemals so hart mit ihr ins Gericht gegangen. »Wir können es uns im Augenblick nicht erlauben, offen zu sagen, was wir wirklich anstreben. Das wäre unser Untergang. Doch töten will ich auch niemanden, wenn es sich vermeiden lässt. Wir werden die fremden Teufel derart in die Enge treiben, dass sie freiwillig gehen. Danach beginnt der nächste Kampf, aber wenn wir es richtig machen, wird es nur wenig Blutvergießen geben.«

»Shao Yu«, murmelte Charlotte und legte spontan ihre Hände auf seine Wangen. »Das ist ein wunderschöner Traum, aber ohne jeden Bezug zur Wirklichkeit. So einfach lassen die Westler sich nicht vertreiben. Sie haben viel bessere Waffen als ihr. Und dann wollt ihr noch gegen die chinesische Oberschicht vorgehen, die ebenfalls besser gerüstet ist. All diese Pläne klingen nur nach sehr viel Blutvergießen mit ungewissem Ausgang. Dazu bist du ebenso wenig geschaffen wie ich.«

Er fuhr zurück und entzog sich dadurch ihrer Berührung.

»Du willst dich einfach aus allem heraushalten«, sagte er vorwurfsvoll. »Aber du hast doch längst schon begriffen, dass du Chinesin bist und keine der Fremden. Deshalb wolltest du deine Mutter finden.«

»Die mich angespuckt hat«, entgegnete Charlotte sogleich. Es erstaunte sie, als sie wieder Tränen auf ihren Wangen spürte, denn sie hatte geglaubt, dass ihr Verstand diesem Erlebnis bereits die schneidende Schärfe genommen hätte.

»Sie wusste doch nicht, was sie tat«, meinte Shao Yu nun deutlich sanfter.

»Mir schien sie in diesem Moment bei klarem Verstand«, erwiderte Charlotte. »Es gab sicher Gründe, warum sie keine angenehmen Erinnerungen an mich hatte, aber ihr Verhalten war eine klare Zurückweisung.«

Ein Ball von Schmerz und Wut formte sich in ihrer Kehle, als müsse sie alles Leid, das ihrer Mutter widerfahren war, herauswürgen, um nicht daran zu ersticken. Sie schluchzte auf und fand sich in Shao Yus Armen wieder, der sie festhielt und wiegte wie ein Kind. Als er ihre Wangen zu küssen begann, empfand sie nichts von der kribbelnden Nervosität, die David Stuarts gelegentliche Berührungen in ihr geweckt hatten. Stattdessen breitete sich in ihr ein Gefühl tiefer Erleichterung und Dankbarkeit aus. Niemand konnte ihr mehr Trost schenken als der Mensch, zu dem sie gehörte. Wie von selbst legten ihre Arme sich um seinen Nacken und sie drängte ihn zu jener leidenschaftlichen Art des Küssens, die sie von David gelernt hatte. Sie konnte nicht genau sagen, wann dieser Junge aufgehört hatte, ihr hilfsbedürftiger Bruder zu sein, wann er zu einem Gefährten geworden war, der sie schützte und ihr Geborgenheit schenkte. Er war ein Waisenkind gewesen wie sie selbst, ein Mensch ohne einen Platz in der Welt, der nehmen musste, was andere ihm gnädig zuwarfen. Es schien auf einmal selbstverständlich, dass sie zusammengehörten. Sie streichelte seinen kahl geschorenen Schädel, drängte sich in die Wärme seiner Umarmung, denn sie hatte den anderen Teil ihrer selbst gefunden, der sie ergänzte. Was danach geschah, schien ihr derart natürlich und richtig, dass sie keinerlei Angst oder Bedenken dabei empfand. Es fehlte die Aufregung und feierliche Stimmung jener Hochzeitsnacht, die sie sich in ihrer Jugend manchmal ausgemalt hatte. Aber sie war keine Prinzessin mehr auf der Suche nach einem edlen Ritter, nur die Tochter einer opiumsüchtigen Hure, die sich niemals für sie interessiert hatte, sie niemals gewollt und deshalb weggegeben hatte. Shao Yu konnte ihre Lage besser verstehen als irgendein anderer Mensch, hatte ihr uneingeschränkte Zuneigung geschenkt, ohne jemals etwas anderes in ihr zu sehen, als das, was sie nun einmal war. Es schien für ihrer beider Körper keinen anderen Weg mehr zu geben, als nacheinander zu streben.

Kurz darauf lag sie völlig entspannt auf einem der Getreidesäcke, während er die abgestreifte Kleidung über ihr ausbreitete. Er schwieg, doch war das glückliche Leuchten seiner Augen eine innigere Liebeserklärung als all jene, die David Stuart ihr ins Ohr gesäuselt hatte. Charlotte zog Shao Yu wieder an ihre Seite und strich über seinen Rücken, der nur aus Knochen und Muskeln bestand.

»Wir könnten nach Shanghai zurückgehen«, schlug sie nach kurzem Überlegen vor. »Ich werde meine Eltern um Verzeihung bitten und ihnen sagen, dass ich dich heiraten will.«

Shao Yu hob den Kopf, um sie staunend anzusehen.

»Sie werden einen gewöhnlichen Chinesen niemals als Schwiegersohn akzeptieren«, sagte er.

»Doch, das werden sie. Vorausgesetzt, dass sie mir meine Flucht verzeihen können …« Sie hielt einen kurzen Moment inne. »Andernfalls müssen wir es eben allein versuchen. In einer Handelsstadt wie Shanghai kannst du deine Talente einsetzen und ich werde dich mit meinen Kenntnissen der fremden Sprachen unterstützen.«

Als sein Blick immer noch skeptisch blieb, schloss sie ihn in die Arme. Die Zärtlichkeit und Wärme, die er ihr gegeben hatte, ließen sie plötzlich hoffnungsvoller in die Zukunft blicken und endlich wieder Pläne schmieden.

»Meinem Vater wärest du tausendfach lieber als irgendein englischer Offizier. Und meine M… also Viktoria Huntingdon, sie hätte vielleicht gern einen Mann aus ihrem Volk an meiner Seite gesehen, aber ich denke, sie wird dich ins Herz schließen, wenn ich ihr sage, wie glücklich ich mit dir bin.«

Sie schloss die Augen. Auf einmal lag der zukünftige Weg klar vor ihr. Die Frau, von der sie geboren worden war, wollte nichts mit ihr zu tun haben, doch dieses Wissen schmerzte nicht mehr, denn es gab ein Zuhause, wohin sie gehörte.

»Ich werde meinen Eltern mein Verhalten erklären und hoffe, dass sie mir dann vergeben«, redete sie weiter. »Mit etwas Geld, das sie uns sicher geben können, kannst du einen eigenen Laden aufmachen, so wie dein Onkel. Und selbst wenn wir nichts geliehen bekommen, dann schaffen wir es irgendwie. Da bin ich mir sicher, denn du …«

Es erschreckte sie ein wenig, als er sich ruckartig aufrichtete, um ihr ins Gesicht zu sehen.

»Ich habe einen Eid geschworen. Meinem Da shixiong, Quantou und allen meinen Gefährten. Dass ich mit ihnen kämpfen werde. Ich kann mich nicht so einfach wegschleichen.«

Charlotte stieß einen Seufzer aus.

»Wen kümmert es denn, was du bei all diesem Irrsinn geschworen hast. Du hattest doch keine andere Wahl, als dich Quantou anzuschließen, weil du vor deinem Onkel fliehen musstest. Du bist hier ebenso unfreiwillig hineingeraten wie ich auch. Wir sollten verschwinden, bevor es wirklich gefährlich wird.«

Sie streckte die Hände aus, um ihn wieder an sich zu ziehen, doch er wich zurück und begann, seine eigene Kleidung überzustreifen.

»Wir sollten in unsere Wohnhäuser zurückgehen, bevor uns jemand entdeckt«, sagte er nur. Charlotte wurde schlagartig klar, dass er recht hatte, und sie kleidete sich ebenso schnell an.

»Ich kann eigentlich gar nicht mehr zu den Hongdeng Zhao gehören«, stellte sie dabei fest. »Ich bin keine Jungfrau mehr.«

Sie hatte Zweifel, ob sie hierbei unter den Mädchen wirklich eine Ausnahme wäre, doch Shao Yus Blick verfinsterte sich.

»Wenn du in Schwierigkeiten gerätst, werde ich dir helfen«, versprach er. »Selbst wenn es bedeutet, dass wir fliehen müssen.«

»Aber warum können wir nicht gleich …«

»Bitte!«, unterbrach er und schloss sie wieder in die Arme. »Gib mir Zeit, mich zu entscheiden.«

Charlotte nahm es hin, denn sie wusste, dass jedes Drängen sinnlos gewesen wäre. Doch während sie über den dunklen Hof zu ihrer Behausung lief, überkam sie ein unbestimmtes, klammes Gefühl der Angst, als könnte jeden Augenblick ein vernichtendes Unwetter über ihre Köpfe hereinbrechen.

Kapitel 23

Wenrou folgte seinem Schwiegervater schweigend in den Raum, in dem sich der Große Rat traf. Dass er an dieser Versammlung teilhaben durfte, stellte eine große Ehre dar, doch vermochte er nichts weiter als Nervosität zu empfinden. Er verneigte sich vor Ronglu, seinem Dienstherrn, und nahm ranggemäß einen Platz ein Stück hinter ihm auf den bereitgestellten Kissen ein. Später wäre es seine Aufgabe, Berichte an die Verbündeten seines Dienstherrn zu verfassen, wobei er natürlich zu strengster Geheimhaltung verpflichtet war. Einer der Empfänger wäre Li Hongzhang, einst mächtigster Mann des Reiches, der wegen seiner allzu großen Fremdenfreundlichkeit vom Hof verbannt worden war, seit ein neuer, schärferer Wind wehte.

Eine Seitentür des Raumes öffnete sich und sämtliche Gespräche verstummten schlagartig, denn eine kleine, fünfundsechzigjährige Frau, in deren Händen die gesamte Macht des riesigen Reiches lag, war im Begriff einzutreten.

Diesmal wollte der alte Buddha sich nicht hinter einem Paravent verstecken, sondern nahm unmittelbar auf dem Thron Platz, der eigentlich einem jungen Mann gehörte, doch war dieser weiterhin unter Arrest. Seinen Nachfolger hatte sie bereits bestimmt, Prinz Duans Sohn, einen kleinen Jungen. So hatte sie gute Aussichten, die nächsten Jahre selbstständig regieren zu können.

Cixi trug ein Seidengewand in violetten Farbtönen. Auf ihrem Haupt lag das mit Blumen verzierte Brett der Mandschufrauen und ihre langen Nägel waren mit kunstvollen Mustern bemalt. Ohrringe klirrten, wenn sie den Kopf bewegte. Selbst mit dem Gesicht einer alten Frau verfügte sie immer noch über die Ausstrahlung eines liebreizenden Mädchens, das gern Blicke auf sich zog.

Die versammelten Männer berührten den Boden dreimal mit der Stirn, dann durften sie sich wieder aufrichten und mussten erst einmal stehen bleiben, denn es war nur in Ausnahmefällen gestattet, in Gegenwart der Herrscherin zu sitzen. Eunuchen huschten herbei, um Tee einzuschenken. Wenrou atmete kurz den scharfen Geruch von Urin ein. Viele dieser verstümmelten Gestalten hatten die Kontrolle über ihre Blase verloren und stanken daher erbärmlich, doch er wusste, dass er sich seinen Widerwillen nicht anmerken lassen durfte.

Aus den Augenwinkeln sah er, wie eine Gestalt in unmittelbarer Nähe des Thrones vortrat.

»Es ist mir eine große Ehre, Eurer Hoheit mitteilen zu können, dass die Mitglieder der Bewegung der Verbände für Gerechtigkeit und Harmonie sich nun in der Hauptstadt versammelt haben. Ein Astrologe wird bald schon einen günstigen Tag bestimmen, damit sie ihr Werk beginnen können. Es ist nur eine Frage der Zeit, bis wir China von den fremden Teufeln befreit haben.«

Wenrou fröstelte. Unauffällig versuchte er, sich nach Gulao, seinem Schwiegervater, umzusehen. Doch standen zu viele Männer zwischen ihnen. Obwohl ihm auch der Blick auf den Sprecher versperrt war, wusste er genau, dass diese Rede von Prinz Duan stammte. Ein Stück neben dem Thron konnte er zudem den bärtigen, stämmigen General Dong Fuxiang erkennen, Anführer der muslimischen Kansu-Krieger, der die

Fremden ebenso hasste wie Prinz Duan. Seine Truppe hatte die kaiserliche Familie vom Sommerpalast in die Verbotene Stadt begleitet, was nichts Gutes verhieß.

»Habe ich denn den Befehl erteilt, dass sie sich versammeln sollen?«, fragte Cixi gelassen. »Sie haben den Anführer meiner Truppen getötet, als er mit ihrem Verhalten nicht einverstanden war.«

Wenrou schöpfte Hoffnung. Der alte Buddha war eitel, starrköpfig und machtgierig. Aber eine Närrin war diese Frau nicht, daher würde sie auch nicht auf einen Geisteskranken hören.

»Dieser Vorfall ist höchst bedauerlich«, sagte Prinz Duan nach kurzem Zögern. »Ich garantiere mit meinem Leben dafür, dass sich Derartiges nicht wiederholen wird, denn hier in Beijing unterstehen die Boxer meiner unmittelbaren Befehlsgewalt.«

»Haben sie denn schon bewiesen, dass sie unverwundbar sind?«, warf nun Ronglu mit spöttischem Unterton ein. »Bisher hörte ich nur, dass sie umfallen wie Papierfiguren, wenn auf sie geschossen wird.«

»Anfänger, die noch nicht die richtige Unterweisung erhalten haben«, widersprach Prinz Duan sofort. »Manchmal dauert es auch ein paar Tage, bis sie sich wieder erheben.«

Wenrou spähte nach rechts und nach links, doch alle Gesichter um ihn herum blieben völlig ernst. War es möglich, dass so viele gebildete, belesene Staatsmänner diesen Aberglauben für bare Münze nahmen? Er ahnte, dass sich mehr dahinter verbarg.

»So möge man einen dieser Männer hierher bringen, auf dass er uns seine Künste vorführen kann«, schlug der alte Buddha vor. Wenrou atmete erleichtert auf. Es war eine durchaus kluge Taktik, von Prinz Duan das Unmögliche zu verlangen.

Doch er verneigte sich nur mit vor der Brust verschränkten Armen, wandte sich dann um und winkte. Die hintere Eingangstür zum Saal öffnete sich, um Gestalten hereinzulassen, wie sie an diesem Ort nur höchst selten zu sehen waren: gewöhnliche Bauern in schlichter, teils zerrissener Kleidung. Sie mussten sich vor dem Betreten der Palastanlage gewaschen haben, denn im Gegensatz zu den Eunuchen stanken sie nicht, aber ihre Hemden wiesen Flecken auf. Rote Bänder waren um ihre Köpfe, Hand- und Fußgelenke gebunden. Sie warfen sich vor der Kaiserinwitwe zu Boden, und als sie sich wieder erhoben, war ihr Blick gesenkt, als hätten sie Angst, zu Staub zu zerfallen, wenn sie diesen heiligen Ort entweihten, indem sie ihn ansahen.

Prinz Duan klatschte in die Hände und die Darbietung begann. Die Männer hoben Schwerter und Beile, um einander mit leichten, schwungvollen Schritten anzugreifen. Klingen zerschnitten die Luft, erreichten aber niemals ihr Ziel, da das anvisierte Opfer immer im richtigen Augenblick zur Seite sprang. Wenrou fühlte sich an einen sorgfältig einstudierten Tanz erinnert und war wider Willen beeindruckt von der Geschicklichkeit dieser Akrobaten. Er sah Cixis Eunuchen lächeln. Der alte Buddha machte aber ein recht gelangweiltes Gesicht.

»Gute Kampfkünstler haben wir seit Jahrtausenden«, unterbrach sie schließlich die Vorstellung. »Sie konnten die fremden Teufel nicht daran hindern, gewaltsam in unser Land einzudringen.«

Die Darsteller blieben kurz bewegungslos stehen, dann begannen sie, ihre Kleidung auszuziehen. Prinz Duan winkte einen der Eunuchen heran, der Papier brachte. Die Akrobaten legten es auf ihre Schultern, pressten es sich an die Brust oder bedeckten ihre Köpfe damit. Dann wurde ein Kohlenbecken herangeschoben. Der Eunuch zündete mit einer Fackel die Papierstreifen an, wodurch auch auf den Körpern der Akrobaten Flammen emporzüngelten, doch verzogen sie keine Miene.

»Seht her, das Feuer verletzt sie nicht!«, sagte Prinz Duan. Bevor Cixi etwas erwidern konnte, riefen die Artisten einstimmig: »Uns schützt der Gott des Feuers!«

Wenrou glaubte, verbranntes Fleisch zu riechen. Entweder hatten sie schmerzstillende Mittel eingenommen oder aber sie waren es gewohnt, derart zu leiden.

Gleich darauf schleppten weitere Eunuchen große, wuchtige Steine herein, die aussahen, als seien sie aus der Stadtmauer herausgebrochen worden. Die Artisten ergriffen sie, hoben sie ohne sichtliche Anstrengung in die Höhe und begannen, sich damit auf Köpfe und Schultern zu schlagen. Nun wich niemand mehr aus, obwohl sie es sicher vermocht hätten. Mit unbewegter Miene ertrugen sie auch diese Qual.

Der alte Buddha neigte sich seitwärts und begann, mit dem Obereunuchen Li Lianying zu flüstern.

»Auch die Steine vermögen ihnen nichts anzuhaben«, rief Prinz Duan. »Begreift doch, Eure Majestät. Sie sind hier, um uns zu unterstützen.«

»Woher haben sie diese Fähigkeiten?«, fragte Cixi nach kurzem Überlegen.

»Vom Himmel!«, erwiderte der älteste und stämmigste der Gaukler. »In seinem Auftrag sind wir hier.«

Er fiel auf den Boden und vollzog erneut den Kotau. Seine Gefährten folgten diesem Beispiel, wobei Wenrou Brandwunden und offene Stellen an ihren Körpern erblickte. Unverwundbar waren sie nicht, aber bemerkenswert zäh.

Ronglu applaudierte mit einem herzhaften Lachen.

»Gute Akrobaten, das muss man ihnen lassen«, rief er. »Aber wie Eure Hoheit sicher weiß, sind solche Kunststücke an Feiertagen an fast jeder Straßenecke Beijings zu bewundern.«

Cixis Gesicht blieb unbewegt.

»Sie werden uns helfen, die fremden Teufel zu vertreiben«, wiederholte Prinz Duan. »Der Himmel hat ihnen dafür magische Kräfte verliehen.«

Wenrou biss sich auf die Lippen, um nicht offen zu widersprechen. Er schmeckte Blut.

»Die fremden Teufel sind in der Tat lästig«, sagte der alte Buddha nun und fuhr mit der Hand über den Stoff ihrer Robe. »Ständig wollen sie uns belehren und alles hier verändern. Als gäbe es in ihrer Heimat keine Probleme, mit denen sie sich auseinandersetzen könnten.«

Damit hatte sie durchaus recht, wie Wenrou zugeben musste.

»Sie bringen einen fremden Glauben«, warf Prinz Duan noch ein. »Sie wollen, dass wir uns von unseren alten Göttern abwenden und unsere Ahnen nicht mehr ehren.«

»Ja, richtig, das stimmt.« Cixi drehte einen der zahlreichen Ringe an ihren Händen. »Sie missachten die Lehren Buddhas.«

Wieder winkte sie Li Lianying heran und flüsterte kurz mit ihm. Dann stemmte sie beide Hände auf die Lehnen des Thrones, wodurch sie zu wachsen schien.

»Ich habe beschlossen, dass Prinz Duan der künftige Leiter des Zongli Yamen, unserer Ausländerbehörde, sein soll, denn er vermag die Fremden richtig zu behandeln«, verkündete sie. Wenrou stockte kurz der Atem. Dies war eine weitaus radikalere Entwicklung, als er je vorausgesehen hatte. Der vernünftige, umgängliche Prinz Qing, der die Behörde bisher geleitet hatte, nahm es mit einem Kopfnicken hin, obwohl sein Gesicht versteinert war. Prinz Duan trat zufrieden an die rechte Seite des Thrones, als wolle er dadurch seine neue Macht demonstrieren. Er war der Vater des zukünftigen Kaisers, Gemahl einer Nichte der Kaiserinwitwe, die zu ihren beliebtesten Hofdamen gehörte, und nun auch noch Leiter der Ausländerbehörde. Wenrou fragte sich, ob dieser Mann ehrgeizig, eitel oder schlichtweg wahnsinnig war, wie Ronglu manchmal behauptete. Auf jeden Fall war dies ein Augenblick, von dem er lange geträumt hatte.

Es gab noch ein paar kunstvollere, wenn auch weniger aufwühlende Darbietungen von Sängern und Artisten. Dann löste sich der Große Rat auf. Wenrou folgte seinem Schwiegervater durch sämtliche Höfe, um dann gemeinsam mit ihm die Sänfte zu besteigen. Wenigstens wurde er nicht mehr gedemütigt, indem man ihn zu Fuß laufen ließ.

»Wie konnte es dazu kommen?«, fragte er, sobald sie sich auf den Straßen der Mandschustadt befanden. »Der alte Buddha ist machtgierig und eitel, aber sie schien mir stets über einen scharfen Verstand zu verfügen. Wie kann sie auf diesen Prinz Duan hören?«

Gulao hatte das Gesicht abgewandt und spähte durch die Vorhänge der Sänfte nach draußen. Beijing hatte sich bisher kaum verändert, es war laut, schmutzig und voller Farbenpracht. Ein paar rebellische Bauern wurden von der uralten Stadt geschluckt, ohne Nachwirkungen zu hinterlassen.

»Sie ist eine Frau, wankelmütig und launisch«, sagte der alte Mann nach einer Weile sehr leise. »Sie hat die meiste Zeit ihres Lebens innerhalb der Palastmauern zugebracht, die sie nicht verlassen darf. Daher ist ihr Blick auf die Welt beschränkt. Die fremden Teufel zerstörten den alten Sommerpalast, den sie sehr liebte. Sie hat es ihnen nie verziehen.«

Wenrou begann langsam zu begreifen.

»Aber es war unser letzter Versuch der Auflehnung gegen die Fremden, der zur Zerstörung des alten Sommerpalastes führte«, entgegnete er. »Was veranlasst sie zu der Annahme, dass wir nun mehr Erfolg haben werden? Außerdem steckte sie Gelder, die für unsere Flotte gedacht waren, in den Bau eines neuen Sommerpalastes. Das war einer der Gründe, aus denen wir im letzten Krieg Land an die Japaner verloren. Wie konnte diese Frau uns so lang regieren, wenn sie keinen Verstand hat?«

»Aber wer sagt denn, dass sie keinen hat?«

Gulao sah ihm mit ernster Miene ins Gesicht. Wenrou wurde bewusst, dass er wegen dieser Worte den Kopf verlieren konnte, wenn einer der Palastdiener sie zufällig hörte. Zudem wäre dann auch der Clan der Ya Hala in Gefahr, am Kaiserhof in Ungnade zu fallen. Eine Weile schwiegen sie daher beide, erst als die Palastanlage in sicherer Entfernung lag, begann sein Schwiegervater wieder zu reden.

»Die Kaiserinwitwe ließ einen ihrer Beamten in ein Lager der Aufständischen schicken, um sich diese angeblich unbesiegbaren Krieger genauer anzusehen. Zunächst war er, wie ich von seinen Begleitern erfuhr, wenig beeindruckt, und riet ihnen, nach Hause in ihre Dörfer zu ziehen und ihre Felder zu bestellen, wie es vernünftige Bauern zu tun hätten. Doch nach seiner Rückkehr nach Beijing wurde er zu Prinz Duan gerufen. Danach lieferte er einen sehr positiven Bericht über die Yihetuan Yundong bei Hofe ab.«

»Wodurch wurde er erpresst?«, fragte Wenrou besorgt.

»Das weiß niemand. Aber der Prinz ist ein sehr gefährlicher Mann. Wir sollten auf der Hut sein, ihn nicht offen zu provozieren.«

Wenrou nahm die unausgesprochene Rüge schweigend hin.

»Meint Ihr denn, der alte Buddha hat auch Angst vor ihm?«, fragte er, beeindruckt, wie gut sein Schwiegervater informiert war.

»Aber nein, vor dem hat sie keine Angst«, kam es sogleich zurück. »Sie hat schon viele seiner Art erlebt und letztendlich überlebt. Sie wird ihm freie Hand lassen, solange sie ihn für nützlich hält, doch sobald er es wagt, ihr auch nur mit einem Wort zu drohen, stirbt er wie alle seine Vorgänger.«

Wenrou verspürte einen Stich in der Brust, denn er musste an den jungen, schmächtigen, idealistischen Kaiser Guangxu denken, der vom alten Buddha mit Leichtigkeit wieder entmachtet worden war. Wieder einmal verdüsterte der Gedanke, ob er seinen einstigen Freund nicht verriet, indem er nun offen der Kaiserinwitwe diente, seine Stimmung.

»Es sind die Yihetuan Yundong, vor denen sie Angst hat«, erklärte Gulao nun. »Und das zeugt davon, dass sie eine sehr kluge Frau ist.«

»Aber das sind doch nur ein paar einfache Bauern, denen von geschickten Rednern der Kopf verdreht wurde«, widersprach Wenrou. »Ihr Zorn richtet sich gegen die Fremden, denen sie die Schuld an allen Übeln in unserem Land geben.«

»Und das ist so weit unser Glück«, sagte sein Schwiegervater unbeirrt. »Doch wenn sie sich vom Kaiserhof enttäuscht und im Stich gelassen fühlen, wird ihr Zorn sich vielleicht gegen jenes Volk wenden, das vor viel längerer Zeit in China eindrang und die Macht an sich riss.«

Wenrou begriff sogleich, wer damit gemeint war, zweifelte dennoch, ob er den Sinn der Aussage richtig verstanden hatte.

»Versuche, die Herrschaft der Mandschu zu stürzen, hat es immer wieder gegeben, und bisher waren sie allesamt erfolglos«, sagte er ungläubig. Zwar war die kaiserliche Armee nicht gut gerüstet, um gegen die westlichen Mächte vorzugehen, aber musste sie wirklich ein paar aufständische Bauern mit rostigen Schwertern und Holzspeeren fürchten?

»Beim Taiping-Aufstand vor etwa fünfzig Jahren kamen wir nur sehr knapp davon«, erwiderte sein Schwiegervater, während die Träger die Sänfte im ersten Hof des Hauses absetzten. »Der alte Buddha hat diese schwere Zeit nicht vergessen. Daher lässt sie den Prinzen Duan gewähren, denn er kann diese Bauern kontrollieren und für seine Zwecke nutzen. Sie wartet indessen ab, wie die Dinge sich weiter entwickeln.«

Sie entstiegen nun beide der Sänfte. Mehrere Diener hatten sich bereits im Hof versammelt, um auf Weisungen zu warten. Wenrou wollte sich in sein Privatgemach zurückziehen, doch winkte sein Schwiegervater ihn noch kurz heran.

»Ich bin zufrieden mit dir«, sagte er unerwartet. »Ich hatte Bedenken, einen Mann, der bereits einmal in Ungnade gefallen ist, in meine Familie aufzunehmen, aber du hast mich nicht enttäuscht. Es gelang dir sehr schnell, die Gunst Ronglus zu gewinnen.«

Wenrou wusste, dass es nun angebracht wäre, das Lob bescheiden zurückzuweisen, aber er freute sich zu sehr darüber. Vielleicht war er in diesem Haus doch nicht völlig überflüssig.

Sein Schwiegervater legte eine Hand auf seinen Ellbogen und zog ihn sanft mit sich über den Hof.

»Ich weiß, dass meine Tochter schwierig ist«, redete er weiter. »Sie ist das einzige meiner Kinder, das nicht bereits in früher Jugend starb. Ich war sicher nicht streng genug mit ihr. Aber ich habe ihr ins Gewissen geredet und sie wartet heute Abend in ihrem Gemach auf dich.«

Der Druck seiner Finger wurde für einen winzigen Moment fester.

»Die Familie braucht einen Erben, mein Sohn.«

Ohne weitere Erklärungen ließ er Wenrou los und entfernte sich in seine Gemächer.

Ob Qingbai sich über die Flasche französischen Champagners freute, die Wenrou schnell im Gesandtschaftsviertel hatte besorgen lassen, erfuhr er nicht. Sie nippte gehorsam an ihrem Glas, schenkte ihm sofort nach, wenn der Diener nicht schnell genug zur Stelle war, und erfüllte auch in jeder anderen Hinsicht klaglos ihre Pflicht. Dennoch meinte er in aller Deutlichkeit zu spüren, wie der Abscheu unter ihrer seidenglatten Haut pulsierte, wenn er sie berührte, sah spöttische Verachtung in ihren Augen aufblitzen, sobald er für einen Augenblick Vergnügen an jenem Tun zu empfinden begann, das sie nur widerwillig ertrug. Seine Versuche, anschließend ein Gespräch zu beginnen, würgte sie wie gewohnt durch eisiges Schweigen ab.

Noch bevor der Morgen graute, stand er auf, um sich wieder zu entfernen. Vermutlich würden die Diener tratschen, dass er es keine einzige Nacht bei seiner Gemahlin aushielt. Für gewöhnlich verlor eine Frau dadurch im Haus an Ansehen, und er empfand plötzlich die kleinliche, böse Hoffnung, dass es in Qingbais Fall ebenso wäre.

»Bald schon wird etwas Bedeutendes geschehen«, hörte er sie plötzlich in seinem Rücken sagen.

Er wusste nicht, was sie meinte, und empfand wenig Lust, sie danach zu fragen. Vermutlich wollte sie nur erreichen, dass er sich nochmals die Blöße gab, mit ihr reden zu wollen.

Schweigend ging er hinaus, um allein in seinem Gemach noch ein paar Gläser Schnaps zu trinken.

Es war erst am nächsten Tag kurz vor der Doppelstunde des Affen, dass er durch seinen persönlichen Diener Shifu eine schockierende Neuigkeit erfuhr. Ein Mitglied der japanischen Gesandtschaft war auf dem Weg zum Bahnhof auf offener Straße ermordet worden, vermutlich von den Kansu-Kriegern Dong Fuxiangs.

Es war davon auszugehen, dass China sich nun wenigstens mit Japan im Kriegszustand befand.

Kapitel 24

Als Elsa erwachte, war es noch dunkel, doch erschwerte die zunehmende Hitze einen ruhigen, entspannten Schlaf. Das Nachthemd klebte an ihr wie eine zweite Haut. An ihren Schläfen pochte leise der Schmerz, und sie erinnerte sich, dass sie gestern Abend wieder mit den Chamots und George Morrison Whiskey getrunken hatte. Früher hätte sie sich einen derart ausschweifenden Lebensstil niemals leisten können, doch nun begann sie, sich langsam an ihn zu gewöhnen. Die energische Annie schien sie zu mögen, sodass sie von ihr ständig zu Drinks eingeladen wurde. Sie hatte an ihrem Vater und auch ihren Brüdern erlebt, wie Alkohol den Verstand eines Menschen zerstören konnte, und daher gefiel es ihr nicht unbedingt, dass sie ihn nun derart genoss. Für ein paar Stunden wenigstens konnte er alle Anspannung verjagen, ihren steifen Nacken lockern und sie ausgelassen auf Englisch plaudern lassen.

Das war wenigstens ein Vorteil, dachte sie und wälzte sich herum. Ihr mühsames, einsames Studieren eines alten Lehrbuchs hatte nach vielen Monaten nicht einmal ansatzweise zu solchem Erfolg geführt. Nun war diese Sprache zu einem festen Bestandteil ihres Lebens geworden und sie begann sogar, manchmal in ihr zu denken.

Sie schob die leichte Decke von sich, doch der Schweiß floss weiter aus ihren Poren. Auch in Hamburg war es im Juni manchmal verflucht heiß gewesen, sagte sie sich. Und in Shanghai war es jetzt sicher schlimmer. Sie rollte sich zu einem Bündel zusammen und versuchte, wieder einzuschlafen, doch in ihrem Hinterkopf saßen noch die Schatten eines Albtraums. Entschlossen wollte sie die schrecklichen Bilder verscheuchen, denn es war niemals ihre Art gewesen, in Hysterie zu verfallen. Aber die Lage, in der sie sich nun befand, war völlig neu. Sie musste nicht gegen Vorurteile und gesellschaftliche Schranken ankämpfen, um im Leben voranzukommen, denn hier im Gesandtschaftsviertel wurde sie von jedem akzeptiert. Aber sie saß mit Leuten, die in der Hierarchie weit über ihr standen, in einem Boot, das gefährlich schwankte.

Am 9. Juni war die Pferderennbahn von den Boxern niedergebrannt worden, ein Ereignis, dass Elsa nicht einmal besonders tragisch fand, denn sie hatte für Pferderennen nichts übrig. Doch war dies ein Ort, an dem die ausländische Gemeinschaft sich gerne traf. Die Zerstörung stellte somit eine offene Provokation dar. Alle hofften auf ein Eingreifen der chinesischen Regierung, auf eine Entschuldigung und eine harte Bestrafung der Brandstifter, doch nichts geschah. Als ein paar Gesandte zum Tsungli Yamen aufbrachen, um sich zu beschweren, schlief einer der Mandarine während des Gespräches ein.

Ein weiteres Telegramm mit einem Hilferuf wurde losgeschickt. Am 10. Juni traf die Nachricht ein, dass ein Admiral Seymour von Tientsin losmarschiert wäre, um ihnen zusätzlichen Schutz zu bieten. Danach wurden alle Telegrafenleitungen von den Boxern gekappt, sodass eine Kommunikation mit der Außenwelt nicht mehr möglich war. Die Gesandten brachen tags darauf zum Bahnhof auf, um die ersehnte Verstärkung in Empfang zu nehmen, doch der erwartete Zug traf nicht ein. Gerüchten zufolge waren die Bahngleise zerstört. Dennoch schickten die Japaner am Nachmittag nochmals ihren Gesandtschaftssekretär Sugiyama los, um nachzusehen, ob der Rettungstrupp es nicht doch irgendwie geschafft hatte, sich nach Peking durchzuschlagen. Die anderen Gesandten lehnten es ab, ihn zu begleiten, da die Lage ihnen inzwischen allzu gefährlich schien. Nicht nur Boxer, sondern auch die gefürchteten Kansu-Krieger des Generals Dong Fuxiang lauerten auf den Straßen und ihr Benehmen gegenüber allen Fremden begann, immer dreister zu werden.

Sugiyama, der in einem eleganten westlichen Anzug losgezogen war, wurde kurz vor dem Bahnhof aus seinem Tragestuhl gezerrt und geköpft, obwohl er um Gnade flehte. Gerüchten zufolge hatte man ihm auch das Herz herausgeschnitten. Sein Leichnam blieb auf offener Straße liegen, Hunde nagten an ihm und Kinder spielten mit seinem Kopf. Obwohl Elsa nicht zartbesaitet war, hatte diese Vorstellung ausgereicht, damit ihr übel wurde.

George Morrison und mehrere andere Herren in der deutschen Gesandtschaft hatten ihr versichert, dass die Chinesen es nicht so einfach gewagt hätten, einen Europäer zu töten. Japan hatte eine Sonderstellung im Gesandtschaftsviertel; denn obwohl das Inselvolk sich in den letzten Jahren eine gewisse Anerkennung erkämpft hatte, galten die Japaner immer noch als Außenseiter, da sie doch äußerlich kaum von den Chinesen zu unterscheiden waren. Tatsächlich hatte die Ermordung des unglücklichen Sugiyama nur milde Empörung im Peking Hotel ausgelöst. Elsa fragte sich, warum sie selbst so empfindlich war und immer wieder von einem abgeschnittenen Kopf träumte, der von Kinderfüßen über eine staubige Straße getreten wurde.

Sie wälzte sich noch eine Weile herum, stand dann auf, um ein Glas Wasser zu trinken. Ihr Blick fiel auf ihren kleinen Tischkalender. Morgen war der 13. Juni, das hieß, sie hielt sich gerade mal einen Monat in Peking auf. Sie konnte kaum fassen, wie viel sich in den wenigen Wochen verändert hatte. Nachdem sie sich wieder hingelegt hatte, gelang es ihr endlich, in einen unruhigen Schlaf zu fallen, der zum Glück traumlos blieb. Als der Morgen graute, erwachte sie, ohne wirklich ausgeruht zu sein, zwang sich aber endgültig aus dem Bett. Zwar gab es auf der Gesandtschaft nun kaum noch etwas zu tun und man hätte ihr sicher verziehen, wenn sie einmal zu spät erschienen wäre, doch fürchtete sie, dass langes Grübeln in der Stille des Hotelzimmers ihre Laune nur unnötig verdüstern würde. Es war besser, sogleich herauszufinden, ob es irgendwelche Neuigkeiten von diesem Admiral Seymour gab.

Sie wusch sich schnell, denn im Hotel gab es den Luxus fließenden Wassers, kleidete sich an und stieg die Stufen hinab. Der Geruch gebratener Eier weckte ihre Lebensgeister. Annie Chamot, die jeden Tag früh auf den Beinen war, grüßte Elsa mit einem freudigen Winken. Da es nicht mehr sehr viele Gäste gab, hatte Elsa die Wahl zwischen mehreren Tischen. Sie setzte sich schließlich zu einem belgischen Eisenbahningenieur, der sich eigentlich schon auf der Heimreise befinden sollte. Aber seit Tagen war kein Zug eingetroffen, den er hätte nehmen können. Alphonse Mélanier grüßte sie freundlich, denn sie kannten einander bereits, doch er schien nicht zu einem Gespräch aufgelegt. Schweigend schlürften sie den Kaffee, den ein höflich lächelnder chinesischer Diener ihnen eingeschenkt hatte. Nach einer Weile hörte Elsa, wie ein Stuhl neben ihr zur Seite gezogen wurde.

»Kein Grund zur Trübsal, Leute«, sagte Annie Chamot in ihrem breiten Amerikanisch und klopfte ihr kurz auf die Schulter. Elsa bewunderte diese Frau für ihre Ungezwungenheit, aber manchmal fühlte sie sich von ihr regelrecht überrumpelt. »Auguste und ich haben die Lage gestern noch mit unserem australischen Freund Morrison besprochen«, plauderte Annie fröhlich weiter. »Admiral Seymour ist auf jeden Fall unterwegs. Er wurde nur von den zerstörten Bahngleisen aufgehalten, aber er wird sich zu Fuß auf den Weg machen und in ein paar Tagen marschiert er mit Pauken und Trompeten in Peking ein. Dann wird die Kaiserinwitwe sich eine gute Entschuldigung überlegen müssen, warum sie ihr Volk nicht unter Kontrolle hatte, sonst brennt bald der nächste Sommerpalast.«

Sie lachte laut auf und schenkte sich selbst eine Tasse Kaffee ein. Elsa staunte, denn ihr wurde tatsächlich wohler zumute. Der unerschütterliche Optimismus der Amerikanerin schien ansteckend zu sein.

Kurz darauf machte sie sich auf den Weg zur deutschen Gesandtschaft. Ein paar chinesische Diener hockten plaudernd auf den Eingangsstufen, sprangen bei Elsas Anblick aber auf, um sie mit einer kurzen Verbeugung zu begrüßen. Sie lächelte höflich zurück. Die Hoffnung, mit Chinesen einen so ungezwungenen Umgang zu haben, wie es in Shanghai der Fall gewesen war, hatte sie aufgegeben, nachdem die Guos sie mit höflichen Worten des Hauses verwiesen hatten. In der gegenwärtigen Lage war das nicht möglich.

Die Gesandtschaft machte zunächst einen so verlassenen Eindruck wie an einem Sonntag, doch konnte Elsa von Weitem Stimmen hören, die durchaus fröhlich klangen. Sie ging darauf zu und wurde von Dr. Diego von Bergen, dem zweiten Sekretär, begrüßt, der gerade aus seinem Büro trat. Rasch murmelte sie eine Entschuldigung, denn sie war wohl wirklich etwas zu spät, doch er winkte nur lächelnd ab.

»Da wir keine Möglichkeit mehr haben, mit der Außenwelt zu kommunizieren, können Sie der Schreibmaschine wohl ein paar Tage Urlaub gönnen«, meinte er und wies sie in den Garten. Dort saß bereits Maud von Ketteler in einem eleganten weißen Kleid neben ihrem Ehemann und den übrigen Angehörigen der Gesandtschaft. Auch Polly Condit Smith hatte sich eingefunden, denn sie war schnell eine gute Freundin von Maud geworden. Arthur Dreher stand etwas abseits und balancierte ein Likörglas in seiner Hand. Er schien sich fehl am Platz zu fühlen, doch bei Elsas Anblick erhellte sich sein Gesicht, als hoffe er, endlich eine ebenbürtige Gesprächspartnerin gefunden zu haben. Elsa wäre durchaus bereit gewesen, eine Weile mit ihm zu plaudern, denn der elegante Freiherr von Ketteler und seine ausnehmend hübsche Frau schüchterten auch sie ein wenig ein, doch wurde sie gleich von Polly herbeigewunken. Sie bemerkte Arthur Drehers sauertöpfische Miene, aber es wäre sehr unhöflich gewesen, die Einladung einer Freundin Maud von Kettelers zu ignorieren. Elsa trat nervös an die Frau des Gesandten heran, die ihr ein müdes Lächeln schenkte. Doch Polly Condit Smith drückte sie sogleich auf einen Stuhl und plauderte munter drauflos. Die Japaner waren nun ernsthaft verärgert, erzählte sie, verständlicherweise, da man ihren Sekretär getötet hatte. Aber im Grunde war das noch ein Konflikt zwischen zwei asiatischen Nationen, einen ernsthaften Krieg würde man vermeiden können, hatte Herbert Squiers gesagt, denn sobald Admiral Seymour hier wäre, käme alles in Ordnung …

Elsa bemühte sich, aufmerksam zuzuhören, aber der Kopfschmerz stach wieder an ihren Schläfen und sie fühlte sich erschöpft. Auf wohlschmeckenden Kaffee folgte noch eine Runde Likör. Elsa, die noch niemals in ihrem Leben vormittags Alkohol getrunken hatte, wagte nicht abzulehnen. Wieder spürte sie, wie befreiend ein leichter Rauschzustand sein konnte, denn auf einmal empfand sie die ganze Situation nur noch als amüsant. Selbst die erstaunlich feindseligen Blicke von Arthur Dreher, die an Maud und Polly nur entlangglitten, an ihr aber hängen blieben, schienen ihr albern wie die Trotzanfälle eines kleinen Jungen.

»Ich würde vorschlagen, wir unternehmen einen kleinen Ausflug«, schlug der Gesandte schließlich vor und streckte seine langen Beine. »Mich interessiert, was unsere britischen und französischen Kollegen treiben. Vielleicht sind irgendwo Neuigkeiten eingetroffen, was aus diesem Admiral Seymour geworden ist.«

Er stand auf, reichte seiner Frau den Arm, und auch alle anderen Anwesenden erhoben sich. Als geschlossene Gruppe traten sie auf die Legation Street, doch war Elsa nicht klar, ob wirklich alle den Gesandten begleiten sollten. Ratlos wartete sie auf Weisungen, die ausblieben, da niemand ihr Beachtung schenkte. Arthur Dreher blieb stehen, während die wichtigeren Leute weitergingen. Es schien ihr ratsam, es ihm gleich zu tun. Vielleicht sollte sie noch ein bisschen im Garten mit ihm plaudern, obwohl sie nicht recht wusste worüber. Allerdings machte er keine Anstalten, ins Gesandtschaftsgebäude zurückzukehren. Elsa erwog nun, dass sie vielleicht ein paar Papiere einsortieren konnte, die sicher irgendwo herumlagen, denn Arthur Drehers Anstalten, sich einfach einen freien Tag zu gönnen, schienen ihr etwas dreist. Doch plötzlich winkte Polly ihr zu.

»Worauf warten Sie, Miss Skerpov? Man kann es mit dem Arbeitseifer auch übertreiben. Kommen Sie mit uns!«

Da keiner ihrer Vorgesetzten widersprach, setzte Elsa sich in Bewegung. Sie hörte Arthur Dreher abfällig schnauben, als sie an ihm vorbeiging. Vermutlich unterstellte er ihr, sich bei der Freundin Frau von Kettelers mit Absicht beliebt gemacht zu haben. Doch war jetzt nicht der richtige Moment, um die Dinge richtigzustellen. Zudem fühlte sie sich nicht dafür verantwortlich, dass er durch seine Arbeitsunlust überall aneckte.

Sie beeilte sich, Clemens von Ketteler und den anderen zu folgen. Offenbar steuerte ihr Vorgesetzter die britische Gesandtschaft auf der anderen Seite des Kanals an. Er ging mit seinen zwei Sekretären und dem Kanzlisten entschlossen die Legation Street entlang. Maud spazierte etwas langsamer neben Polly. Elsa ging in respektvollem Abstand hinter den zwei Damen her, die in ein vertrauliches Gespräch versunken schienen.

Sie kamen nicht weit, gerade mal bis zu Kierulffs Gemischtwarenladen, wo auch vornehme Chinesen gern einkauften. Elsa dachte noch bei sich, dass er auffällig leer wirkte, da hörte sie Polly plötzlich einen empörten Schrei ausstoßen.

»Großer Gott, jetzt wagen die Boxer sich schon hierher!«

Polly hatte Mauds Arm losgelassen und schubste sich vorwärts zu den Männern. Elsa folgte ihrem Beispiel, sah sich nur kurz nach Maud von Ketteler um, die eine schmale Hand vor ihren Mund gelegt hatte, als wolle sie einen Ruf des Entsetzens unterdrücken.

Ein Karren stand mitten auf der Straße, doch wer auch immer ihn hierher gezogen hatte, war vorsichtshalber bereits verschwunden. Nur ein kleiner, sonnenverbrannter, stämmiger Chinese sprang heraus und baute sich breitbeinig vor den Mitgliedern der deutschen Gesandtschaft auf. Rissige, rote Tücher waren um seine Stirn, seine Hand- und Fußgelenke gebunden. Im ersten Moment dachte Elsa an blutdurchtränkte Verbände, doch machte der Mann keinen verletzten Eindruck. Chinesische Worte schossen aus seinem Mund, während er mit prahlerischem Trotz herumstolzierte und Drohgebärden vollführte. Schließlich zog er ein langes Tranchiermesser von seinem Gürtel, das er an seinen Stiefeln zu wetzen begann. Seine Augen sprühten dabei zornige Funken, doch schien die ganze Darbietung Elsa eher theatralisch denn wirklich bedrohlich. Das Beste wäre wohl, ihn einfach nicht zu beachten.

Eine Weile starrten sie alle stumm in seine Richtung und sein Gebaren wurde noch protziger, als fühle er sich durch die allgemeine Aufmerksamkeit angestachelt. Ein roter, zerrupfter, eitler Pfau, dachte Elsa, ein drittklassiger Gaukler. Warum ging der Gesandte nicht einfach an ihm vorbei? Er konnte anschließend Graf von Soden, den diensthabenden deutschen Offizier, informieren, um den Störenfried entfernen zu lassen.

Aber Clemens von Ketteler tat nichts von alledem. Er stürmte selbst mit hoch erhobenem Spazierstock los und hieb immer wieder auf den unbekannten Chinesen ein, der sich sogleich duckte, ihm aber nicht rechtzeitig ausweichen konnte.

Das Messer entglitt bereits nach dem ersten Hieb seinen Händen, was seine Harmlosigkeit deutlich machte. Kurz ging er unter den Schlägen in die Knie, rollte sich dann schnell zur Seite und sprang wieder auf. Der Stock traf ihn nochmals am Hinterkopf, doch schließlich gelang es ihm, flink wie ein Wiesel hinter Kierulffs Laden zu huschen, wo er auf Nimmerwiedersehen verschwand. Elsa atmete erleichtert auf. Obwohl sie zugeben musste, dass der Chinese sich provozierend verhalten hatte, war es ihr dennoch unangenehm, dabei zuzusehen, wie ein wehrloser Mensch geschlagen wurde. Clemens von Ketteler, den sie bisher für einen eitlen, ehrgeizigen, energischen Mann von Welt gehalten hatte, musste angesichts der angespannten Lage kurz die Nerven verloren haben. Aber nun war es vorbei, und vielleicht hatte er dem Chinesen wirklich eine Lektion erteilt, sodass es in Zukunft keine solchen Vorfälle mehr geben würde.

Elsa hoffte, man würde jetzt weitergehen, doch der Gesandte trat auf den Karren zu und spähte hinein. Ein Schrei erklang, als er einen heftig zappelnden Jungen herauszerrte.

»Das Kind hat doch gar nichts getan«, hörte Elsa Polly murmeln, während Clemens von Ketteler seinen Gefangenen am Kragen hochhielt wie eine lästige Katze, die im Kanal ersäuft werden sollte, um ihm schließlich auch ein paar Stockhiebe zu verpassen.

»So, den kleinen Kerl bringen wir jetzt in die Gesandtschaft und setzen ihn hinter Gitter!«, verkündete er laut.

Elsa sah sich ratlos um. Es schien ihr nicht recht, was der Freiherr hier mit einem Kind tat. Die zwei Sekretäre sahen auch keineswegs begeistert aus, doch niemand widersprach.

»Dann gehen wir bitte endlich. Es ist so unerträglich heiß, ich will von der Straße weg«, murmelte Maud leise. Elsa warf Polly einen letzten, hoffnungsvollen Blick zu. Vielleicht konnte sie mit ihrer energischen Art Einfluss auf die Gattin des Gesandten nehmen, damit das Kind freigelassen wurde. Aber Miss Condit Smith verabschiedete sich bereits, denn sie wurde von den Squiers zum Mittagessen erwartet.

Der Junge gab keinen Laut von sich, als er in der Gesandtschaft den Wachen übergeben wurde, doch konnte Elsa den stummen Angstschrei in seinem Blick erkennen. Sie hatte von den in China kursierenden Gerüchten gehörten, dass die Weißen kleine Kinder zum Abendmahl verspeisten, und hätte ihm gern ein paar beruhigende Worte gesagt, doch war ihr Chinesisch nicht gut genug. Zudem erhielt sie auch gar keine Gelegenheit dazu, da der Junge sogleich in eine Arrestzelle gebracht wurde. Vermutlich war es darin aber sauberer als in den einfachen Hütten der Stadt. Nach einiger Zeit würde der Junge schon begreifen, dass er nicht in Lebensgefahr schwebte, und sobald Clemens von Ketteler sich beruhigt hatte, käme er sicher wieder frei.

Eine völlig erschöpfte, über Kopfschmerzen klagende Maud zog sich in ihre Privatgemächer zurück. Elsa war darüber erleichtert, denn womöglich hätte man es sonst als ihre Pflicht angesehen, dass sie mangels einer wichtigeren Aufgabe der Gattin des Gesandten Gesellschaft leisten sollte. Zwar kam sie mit der ebenfalls aus reichen Verhältnissen stammenden Polly gut zurecht, aber Maud war ihr zu reserviert und empfindlich. Sie hätte nicht gewusst, worüber sie sich mit ihr unterhalten sollte.

Graf von Soden erschien und bat den Gesandten um ein persönliches Gespräch, an dem die zwei Sekretäre ebenfalls teilnahmen. Da Arthur Dreher wie vom Erdboden verschluckt war, ordnete Elsa in ihrer beider Büro Papiere, bis ihre Dienstzeit beendet war.

Als sie die Straße zum Peking Hotel überquerte, schien es ihr ein ganz gewöhnlicher Abend. Früher waren mehr Spaziergänger unterwegs gewesen, doch ließ sich das auch durch die Hitze erklären. Allein die angespannte politische Lage hatte die reicheren Bewohner des Viertels daran gehindert, wie jedes Jahr in das etwas kühlere Gebirge im Umland zu flüchten. Elsa nahm wie immer ihr Abendessen mit den Chamots ein. Alphonse Mélanier war ebenfalls mit von der Partie, und etwas später schaute George Morrison auf einen Drink vorbei, begleitet von Edmund Backhouse, einem britischen Linguisten, der ihm gewöhnlich als Dolmetscher diente. Es wurde noch ein durchaus unterhaltsamer Abend und Elsa fiel nach zwei Gläsern Whiskey leicht beschwipst ins Bett. Das Warten auf Admiral Seymour war letztendlich nicht so schlimm, dachte sie schmunzelnd. Er konnte sich noch ein paar Tage Zeit lassen.

Jemand schrie. Es klang wie die Stimme einer Frau, die sich schrill in Elsas Bewusstsein bohrte. Gequält presste sie die Hände gegen ihre Ohren. Es war vielleicht kurz nach Mitternacht und sie hätte gern bis zum Morgen durchgeschlafen.

Die Schreie vermehrten sich zu einem Chor, der von Schmerz und Angst erzählte. Elsa hatte die Reste ihres letzten Traumes noch nicht ganz aus ihrem Kopf gescheucht, da stand sie schon auf den Beinen und tastete nach ihrer Gaslampe. Unten im Hotel waren ein paar Stimmen zu hören. Schritte hasteten über die Stiegen. Sie warf schnell ihren Morgenmantel über, schlüpfte in ihre Pantoffeln und lief in die hell erleuchtete Empfangshalle des Hotels hinab.

Die Chamots waren von einer Menschentraube umgeben, die hauptsächlich aus Chinesen bestand. Elsa erkannte die Gesichter einiger Bediensteter wieder, doch waren es viel zu viele, die sich dort versammelt hatten. Zudem schnatterten sie alle durcheinander, was sie gegenüber der Hausherrin sonst nicht zu tun wagten. Annie Chamot versuchte vergeblich, etwas

Ordnung in die aufgebrachte Menge zu bringen. Der junge Hotelboy, der ihr gewöhnlich als Dolmetscher diente, erhielt keine Gelegenheit, auch nur einen Satz zu Ende zu sprechen, ohne dass jemand dazwischen brüllte. Als Elsa näherkam, bemerkte sie, wie viele der Anwesenden zerrissene, blutbefleckte Kleidung trugen. Drei kleine Kinder hingen schluchzend an den Beinen ihrer Mutter, die einen Säugling an sich presste. Etwas an ihrem Gesichtsausdruck verstörte Elsa, denn sie sah aus wie ein Mensch, der in einem Augenblick großen Entsetzens zur Säule erstarrt war. Weder das Schreien der Kinder noch der Lärmpegel in der Halle schienen in ihr Bewusstsein vorzudringen. Draußen überschlugen sich wieder kreischende Stimmen. Die Ahnung von etwas Bösem, Hässlichem kroch Elsas Wirbelsäule hinauf.

»Madame Chamot, was ist hier los?«, rief sie und kämpfte sich durch die Menschentraube.

»Good Lord, Miss Skerpov! Sie haben ja wirklich einen tiefen Schlaf, dass Sie jetzt erst aufgewacht sind.«

Annie schob ein paar aufgeregte Chinesen zur Seite, um ihr entgegenzukommen.

»Wir wurden vor etwa einer Stunde von den Boxern angegriffen«, erzählte sie. »Sie zündeten die Kapelle der amerikanischen Mission an, doch weiter kamen sie nicht, denn unsere Soldaten konnten sie mit vereinten Kräften abwehren. Die Eingänge zum Gesandtschaftsviertel sind ja glücklicherweise inzwischen verschanzt und bewacht. Aber es scheint, dass sie nun über die ganze Stadt hergefallen sind.«

Mit einer flinken Geste wies Annie auf die versammelten Chinesen.

»Ein paar Diener sind mit ihren Familienmitgliedern hierher geflüchtet. Sie hatten Glück, weil die Wachen am Eingangstor mich holten, anstatt sie gleich zu verjagen. Aber es klingt, als sei da draußen die Hölle los.«

Elsa schickte rasch ein Dankesgebet gen Himmel, obwohl sie ihn stets für unbewohnt gehalten hatte. Vielleicht saß da oben doch jemand, der es gut mit ihr meinte, denn Jeremy Guo hatte ihr wahrscheinlich das Leben gerettet, indem er sie hinauswarf.

Sie sah sich nochmals nach der Frau mit den schreienden Kindern um, die den Säugling weiterhin an sich gepresst hielt. Es war nicht nur sie, die sich nicht bewegte, auch ihr Jüngstes schien erstaunlich still im Vergleich zu seinen Geschwistern. Vorsichtig wagte Elsa sich zwei Schritte näher heran. Die Frau bemerkte sie erwartungsgemäß nicht, doch die drei Kinder blickten mit schreckgeweiteten Augen zu ihr hoch. Der Säugling tat es nicht. Er würde keinen Menschen mehr anblicken können, denn aus seinen Augen war jedes Leben gewichen. Die Bluse der Mutter war an der Vorderseite bereits dunkel von Blut, doch hielt sie den Schädel ihres Kindes hartnäckig an ihre Brust gedrückt, als könnten die zertrümmerten Knochen dadurch wieder zusammenwachsen.

Elsa hörte sich laut aufschreien. Bisher waren Kinder ihr recht gleichgültig gewesen, doch etwas von dem Schmerz, den die reglose Gestalt dieser Mutter ausdrückte, schien auf sie übergesprungen zu sein.

»Das Kind ist tot!«, rief Elsa in all die entsetzten Gesichter, die sich ihr zuwandten. Einige der Chinesen bemerkten es nun auch, denn sie versuchten, der Frau den Säugling zu entwenden. Sie leistete keinen sichtbaren Widerstand, doch schienen ihre Arme tatsächlich zu Stein geworden zu sein. Mehrere Menschen zogen vergeblich an ihnen. Dann begann die Frau plötzlich so laut und schrill zu schreien, dass sie alle anderen Geräusche übertönte. Langsam sackte sie in die Knie und gab das tote Kind endlich frei.

Elsa kam sich dumm und nutzlos vor, weil sie nur schreckerstarrt zusah. Als Fremde stand es ihr nicht zu einzugreifen, und außerdem verstand sie nichts von mütterlichen Gefühlen, hätte nicht gewusst, wie sie in einer solchen Lage Trost spenden konnte.

»Das werden die untereinander regeln«, sagte Annie leise und zupfte sie am Ärmel. »Das Kind wird schnell begraben und mein Hotelboy bringt die Lebenden im Dienstbotenquartier unter.«

»Aber wer schlägt da draußen kleinen Kindern den Schädel ein?«, flüsterte Elsa. »Und warum?«

»Das wird Auguste uns vielleicht bald sagen können«, erwiderte Annie und zog sie von den Chinesen weg, die sich im Hotel zu verteilen begannen. »Er will mit ein paar anderen Männern auf die Tatarenmauer steigen, um nachzusehen, was da draußen los ist. Bei dem allgemeinen Chaos fallen sie hoffentlich nicht auf.«

Elsa verschränkte die Arme vor der Brust. Sie zitterte, was ihr angesichts der Hitze unerklärlich schien. Tief in ihr saßen Angst und Grauen, aber auch der Drang zu erfahren, was wirklich geschah.

»Ich sehe mal schnell nach, wo Ihr Mann ist«, rief sie Annie zu und rannte aus dem Hotel hinaus.

Die Legation Street schien so belebt wie am helllichten Tage zu Elsas Ankunft. Einige Männer standen wie sie selbst im Morgenmantel herum, die Frauen, so fiel ihr auf, hatten sich meistens angezogen, bevor sie sich ins Freie wagten. Elsa sah sich nach bekannten Gesichtern um, da kam Edmund Backhouse auch schon auf sie zugeeilt.

»Ein Gemetzel, ein einziges Gemetzel«, stammelte er. »Und wie diese Frauen auf ihren winzigen Füßen um ihr Leben rennen! Ich dachte nicht, dass sie überhaupt in der Lage wären, so schnell zu laufen.«

Elsa schüttelte den Kopf, denn sie wollte nichts mehr hören. All dies geschah nicht wirklich. Sie träumte mit Sicherheit.

Doch ihre Gedanken kreisten hartnäckig weiter. Was war mit den Guos? Sir Robert Hart, Leiter des Zollamtes, war mit all seinen Angestellten vor ein paar Tagen im Gesandtschaftsviertel eingezogen. Waren Jeremy und seine Eltern wirklich dabei gewesen? Und außerdem saß Charlotte vermutlich immer noch irgendwo da draußen, verstrickt in jenen Irrsinn, der nach dem Verlust eines schmucken englischen Offiziers ihr Trost geworden war. Elsa wirbelte herum und sah Auguste Chamot ins Hotel zu seiner Frau laufen. Entschlossen eilte sie hinterher.

»Wir gehen jetzt kurz nach draußen«, hörte sie Annie sagen. »Es gibt drei christliche Kathedralen in der Stadt. Jemand muss nachsehen, was mit den Priestern, Mönchen und Nonnen geschehen ist.«

»Sie wollen einfach so nach draußen laufen?«, fragte Elsa ungläubig. Selbst wenn Edmund Backhouse übertrieben hatte, als er von einem Gemetzel sprach, saß der Schock über den Anblick eines erschlagenen Kindes ihr noch tief in den Knochen.

»Nicht einfach so«, erwiderte Annie sogleich. »Wir nehmen Pferde. Und ich habe einen Revolver. Mein Vater hat mir beigebracht, wie man damit umgeht. Dann sollen diese Boxer mal sehen, wie unverwundbar sie sind.«

Sie stieß ihr lautes, unerschütterliches Lachen aus und begann, die Treppen hochzulaufen. Elsa heftete sich an ihre Fersen.

»Geben Sie mir ein paar Minuten, Madame Chamot. Ich muss mich nur anziehen, dann komme ich mit.«

Ohne Annies Zustimmung abzuwarten, hastete sie in ihr Zimmer. Ihre Hände zitterten immer noch so heftig, dass sie Schwierigkeiten hatte, ihre Schuhe zuzubinden. Als sie wieder nach unten lief, fiel ihr auf, dass ihre Bluse falsch zugeknöpft war und der Rock verkehrt herum saß. Mit einer raschen Handbewegung rückte sie ihn zurecht, um nicht völlig albern auszusehen, doch blieb ihr keine Zeit, sich um die Bluse zu kümmern, denn die Chamots warteten bereits.

»Haben Sie schon mal auf einem Pferd gesessen?«, fragte Annie, während sie zu dem Stall hinter dem Hotel gingen. Elsa nickte, obwohl es nicht stimmte, denn sie wollte nicht zurückgelassen werden.

Das kleine, braune Pferd, das man ihr überließ, sah recht gutmütig aus. Sie beobachtete, wie Annie sich breitbeinig in den Sattel schwang, und tat es ihr gleich. Der Anfang war schon einmal geschafft, denn sie saß sicher auf ihrem Reittier, das sich von selbst in Bewegung setzte, um den anderen zu folgen.

Brandgeruch wehte ihnen entgegen, als sie in die Tatarenstadt hineinritten. Aus der Ferne drangen Schreie, die nach Schmerz, Angst und Wahnsinn klangen, in ihre Richtung. Elsa spürte, wie ihre Zähne klapperten, und krallte ihre Finger in die Mähne des Pferdes, was ihr ein wenig Halt gab. Sie vermeinte, aus all dem Brüllen immer wieder ein Wort herauszuhören, das sie bereits kannte: Shā.

Ein paar Chinesen tauchten an einer Häuserecke auf und kamen, ihre Schwerter schwingend, mit grimmigen Mienen auf sie zugerannt. Elsas Atem stockte, doch reichten ein paar von den Chamots abgefeuerte Schüsse, um die Furcht einflößenden Angreifer wieder zu verjagen. Elsa wurde ein klein wenig wohler zumute. Vielleicht hatten all jene Optimisten, die meinten, Chinesen kämen niemals gegen die Übermacht westlicher Waffen an, doch recht und sie hatte in Gegenwart der Chamots nichts zu befürchten. Danach ritten sie eine Weile durch leer gefegte Straßen an verschlossenen Haustüren vorbei. Wenn es nur still gewesen wäre, hätte sie glauben können, sich in einer friedlich schlafenden Stadt zu befinden.

»Wir reiten zunächst zur Tungtang, der Ostkathedrale. Sie ist am nächsten«, beschloss Annie. Auguste folgte ihrem Vorschlag, wie er es meistens tat, und Elsa wurde die Entscheidung durch ihr Pferd abgenommen, das den anderen hinterhertrottete. Der Brandgeruch wurde stärker und in der Ferne sah sie Flammen aufleuchten wie Teufelszungen, die sich dem nächtlichen Himmel entgegenstreckten.

Wieder kamen ihnen Schritte entgegen und Elsa sah, wie Annie und Auguste ihre Revolver hoben, doch diesmal waren es keine Schwerter schwingenden Boxer, die brüllend auf sie zu rannten, sondern ein Grüppchen zerlumpter Chinesen. Aus ihrer Mitte erklang der klagende Laut einer Frauenstimme, die französische Worte rief. Auguste Chamot galoppierte sogleich auf die Unbekannten zu und hielt bald schon die blutüberströmte Gestalt einer Nonne in seinen Armen. Ein kurzer, für Elsa unverständlicher Wortwechsel folgte, während er die am ganzen Körper zitternde Frau auf sein Pferd hob.

»Sie haben tatsächlich die Kathedrale überfallen«, rief er Annie und Elsa zu. »Wir kommen zu spät, sie brennt bereits, und wer konnte, ist von dort geflohen. Sœur Angélique hat gesehen, wie sie einen Priester, der Chinesisch konnte und mit ihnen zu reden versuchte, auf den Stufen der Kathedrale in Stücke hackten.«

Elsa musterte das kreidebleiche Gesicht der Nonne. Ihre Augen schienen riesengroß wie Brunnen, aus deren Tiefen das blanke Entsetzen blickte. Sie schien aber unverletzt. Das Blut an ihrem Gewand musste von jenen Menschen stammen, die um sie herum getötet worden waren.

»Sie sagt, dass die Boxer Gefangene in ein Lager ein paar Straßen weiter verschleppt haben, um sie dort hinzurichten«, berichtete Auguste weiter. »Sie hatte Glück, weil ein paar Chinesen ihr halfen zu fliehen. Sie wollten sie zum Gesandtschaftsviertel bringen, hofften wahrscheinlich, dass man sie mit einer Nonne auch gleich hereinlässt.«

Die chinesischen Retter scharten sich nun um das Pferd, auf dem Sœur Angélique saß, als hätten sie Angst, sie könne einfach davongaloppieren und ihre Gefährten im Stich lassen. Einige von ihnen schienen selbst kaum in der Lage, sich auf den Beinen zu halten. Elsa erwog, ob es nicht angebracht wäre, ihnen ihr Pferd zu überlassen.

»Sie soll uns genau sagen, wo diese Leute sind«, rief Annie indessen. »Wir müssen sie befreien.«

»Sollten wir nicht zuerst Verstärkung holen?«, warf Elsa zaghaft ein. Annies Ambitionen, sich in eine echte Revolverheldin zu verwandeln, die weder Tod noch Teufel fürchtete, begannen ihr langsam Unbehagen einzuflößen.

»Non, non!«, schrie Sœur Angélique plötzlich auf. »Sie müssen gleich hin, sonst ist es zu spät!«

Dann sackte sie auf dem Pferd zusammen und brach in Tränen aus. Annie ritt näher heran, um ihr tröstend auf die Schulter zu klopfen. Elsa gab sich geschlagen. Sie konnten es tatsächlich nicht riskieren, dass diese Leute getötet wurden, nur weil sie zuerst in den Gesandtschaften Hilfe holten. Aber welchen Zweck sollte sie bei alldem erfüllen, unbewaffnet und auch nicht geübt im Umgang mit Revolvern?

»Sie bringen diese Leute ins Gesandtschaftsviertel zurück«, riet Auguste, als habe er ihre Sorgen erahnt. »Es ist nicht weit, einfach nur die Straße runter. Wenn Sie sich beeilen, dürfte Ihnen nichts geschehen.«

Elsa nickte, obwohl die Angst ihren Magen zusammenschnürte. Sobald die Chamots fort waren, gab es niemanden mehr, der sie schützen konnte, aber sie sah ein, dass Augustes Vorschlag die beste Lösung war. Ihre Pläne, nach den Guos oder gar Charlotte Ausschau zu halten, hatten sich angesichts der grauenhaften Erzählungen der Nonne als völlig unrealistisch herausgestellt.

Nach kurzem Überlegen beschloss sie, Auguste ihr Pferd zu überlassen, denn er brauchte es bei seinem Angriff auf das Boxerlager sicher nötiger. Dann ergriff sie die Zügel des Reittiers, auf dem Sœur Angélique saß, und setzte sich in Bewegung. Die Gruppe der Chinesen heftete sich sogleich an ihre Fersen, doch waren sie vernünftig genug, sich völlig leise zu verhalten.

Die Straße blieb weiterhin ruhig, so ruhig, dass Elsa kurz das Gefühl überkam, durch eine Totenstadt zu gehen. Es musste noch normale, friedliche Chinesen in Peking geben, aber die waren klug genug gewesen, sich in ihre Häuser zu verkriechen, während auf den Straßen der Wahnsinn tobte. Elsa tat vorsichtig einen Schritt nach dem anderen, lauschte angespannt, damit kein verdächtiger Laut ihr entging. Sœur Angélique schluchzte leise vor sich hin. Die Umrisse des Gesandtschaftsviertels waren bereits als dunkle Schatten zu erkennen, da begannen die Chinesen, plötzlich aufgebracht zu schnattern. Elsa fuhr ungeduldig herum und sah, wie eine junge Frau von zwei Männern am Ärmel festgehalten wurde, während sie sich von der Gruppe zu entfernen versuchte.

»Sie hat Angst um ihre Kinder, die sich zu Hause versteckt haben. Die Nachbarn wissen, dass sie Christen sind«, übersetzte Sœur Angélique und erwies sich dadurch als unerwartet nützlich. »Sie will sich nicht ohne sie in Sicherheit bringen, aber ihr Mann und ihr Onkel wollen sie nicht gehen lassen.«

Die Frau zappelte nun hilflos im Griff ihrer Verwandten und begann zu Elsas Entsetzen zu schreien. Sogleich hielt der jüngere der Männer ihr den Mund zu und zerrte sie grob weiter.

»Es sind vermutlich nur Töchter, deshalb sind sie dem Vater nicht so wichtig«, kommentierte die Nonne das Geschehen seufzend. Elsa fühlte Zorn in sich aufsteigen.

»Sagen Sie ihnen, dass wir die Situation besprechen können«, forderte sie Sœur Angélique auf. »Der Mann soll seine Frau loslassen.«

Die Nonne gehorchte. Ihr fließendes Chinesisch war in dieser Lage ein Segen, zudem schien sie über Autorität zu verfügen, denn die chinesischen Männer gehorchten ihr sogleich. Eine Weile redeten beide durcheinander, während die Frau mit gesenktem Blick danebenstand.

»Das Haus ist nur ein paar Straßen weiter«, übersetzte Sœur Angélique. »Die Mutter glaubt, dass sie die Kinder schnell holen kann, und möchte, dass wir auf sie warten. Aber das ist zu gefährlich. Die Boxer streifen überall herum. Sie können jeden Moment hier sein.«

»Dann gehen wir voraus und sie kommt nach, sobald sie die Kinder hat«, schlug Elsa vor und verfluchte im Geiste Ehemann und Onkel als Feiglinge, weil sie die Mutter nicht begleiten wollten.

»Ich glaube nicht, dass man eine Chinesin so einfach ins Gesandtschaftsviertel lassen wird«, überlegte die Nonne. Dann begann sie einen mühsamen Versuch, aus dem Sattel zu rutschen. »Ich werde mitkommen. Es ist meine Pflicht als Braut Christi.«

Sie stöhnte auf, als sie sich seitwärts beugte, und Elsa fragte sich, ob sie nicht doch verletzt war. Ihr Mut war jedenfalls beeindruckend.

»Warten Sie! Sie haben heute schon genug durchgemacht. Ich werde die Frau begleiten«, sagte Elsa, bevor sie ernsthaft nachgedacht hatte. Sœur Angélique setzte sich erleichtert wieder in ihren Sattel.

»Gott segne Sie, mein Kind. Ich werde für Sie beten.«

Nun, da die Entscheidung vom Herrgott persönlich genehmigt war, sah Elsa keine Möglichkeit mehr, ihre Meinung zu ändern. Das Gesicht der Chinesin erhellte sich, nachdem Sœur Angélique übersetzt hatte. Es schien Elsa tatsächlich ein Wink des Himmels, in dieser grauenhaften Nacht das glückstrahlende Lächeln einer fremden Frau geschenkt zu bekommen.

Die anderen Chinesen hatten bereits die Zügel des Pferdes ergriffen, um Sœur Angélique ans Ziel zu führen. Elsa wurde von der Mutter mit unerwarteter Energie am Ärmel gepackt und ließ sich widerstandslos fortziehen.

Es waren mehr als nur ein paar Straßen, überlegte sie unterwegs, denn sie meinte, ganz im Dickicht enger Gassen zu verschwinden. Verbrannte Luft biss ihr in die Augen und ließ Tränen über ihre Wangen laufen. Immer wieder stolperten sie über Leichen, und Elsa war dankbar, dass der Mond hinter Wolken verschwunden war und sie nicht in aller Genauigkeit erfahren musste, wie tote Menschen aussahen. Dann stieß die Chinesin einen freudigen Ruf aus und rannte auf eine kleine Hütte zu, die völlig unversehrt schien. Elsa folgte. Sie waren am Ziel, würden nur noch mit den Kindern zurücklaufen müssen. Bald wäre der Albtraum vorbei.

Sie hörte das ›Shā‹ zunächst als fernes Rauschen, das eine gewaltige Flut ankündigte, und schob sich rasch in ein halb verfallenes, völlig leer wirkendes Gebäude, wo sie hinter dem Rest der zerbröckelten Mauer in die Knie ging. Ihr Atem stockte, denn sie sah, wie die Chinesin weiterlief, völlig besessen von dem Wunsch, zu ihren Kindern zu gelangen. Es war Elsa nicht möglich, ihr eine Warnung zuzurufen, ohne sich selbst zu verraten. Die Frau hatte bereits ihre Hütte erreicht, als eine Gruppe von rot gekleideten Boxern plötzlich, wie aus der Unterwelt emporgestiegen, einen Kreis um sie bildete. Elsa duckte sich noch tiefer. Sie wartete auf Schreie, doch blieben diese aus. Vielleicht hatte man die Frau geknebelt, um sie nun fortzuschleppen, überlegte sie, während die Schritte sich endlich trampelnd entfernten. Sie presste den Rücken gegen das harte Gemäuer und hoffte, dass ihre rasselnden Atemzüge sie nicht verraten würden.

Nach einer gefühlten Ewigkeit wagte Elsa es, sich zu bewegen. Der unheimlichen Stille nach zu urteilen, war die Gasse vor ihr jetzt wieder menschenleer. Nur der Himmel schien erstaunlich hell. Dämmerte es bereits? Elsa reckte den Kopf in die Höhe und fuhr sogleich erschrocken zurück. Sie presste sich eine Faust in den Mund, um nicht laut zu schreien. Auf der Gasse lag die Chinesin völlig reglos in einer riesigen Blutlache, denn ihr Körper war von zahllosen Klingen zerfetzt worden. Hinter ihr zerfraßen Flammen die kleine Hütte, die ihrer Familie ein Zuhause gewesen war.

Elsa verbarg ihr Gesicht in den Händen. Wann wäre der Albtraum vorbei, wann würde sie endlich erwachen, um die vertrauten Wände des Hotelzimmers um sich zu erblicken? Der Brandgeruch wurde nun so stark, dass sie husten musste, und ihr wurde endgültig klar, dass sie nicht träumte.

Vielleicht sollte sie einfach sitzen bleiben, bis der Morgen graute. Auf den Straßen wäre sie ein hilfloses Reh in einem Wald voll hungriger Wölfe, doch hinter der steinernen Mauer konnte sie hoffen, noch eine Weile unentdeckt zu bleiben. Wenn sie Glück hatte, würde das Feuer sich nicht in ihre Richtung ausbreiten.

Dann fielen ihr die Kinder ein, die sich noch in der Hütte befinden mussten. Warum gaben sie keinen Laut von sich? Vielleicht waren sie schon fort, hatten sich bei Verwandten oder Nachbarn versteckt, versuchte Elsa sich zu beruhigen. Oder waren sie in den Flammen gefangen, stumm vor Todesangst?

Elsa tat ein paar tiefe Atemzüge, dann spähte sie nochmals über die Mauer, ohne einen lebendigen Menschen zu erblicken. Vorsichtig trat sie aus ihrem Versteck hinaus und eilte dann auf die Hütte zu. Zwar wich sie dem Leichnam der Chinesin sorgsam aus, war sich aber sicher, durch eine Blutlache zu waten.

Eine Hälfte der Hütte war bereits eingestürzt. Elsa vermochte kaum zu atmen. Sie krümmte sich, als ein schwerer Hustenanfall sie schüttelte. Kaum hatte sie sich davon erholt, kämpfte sie sich durch die verkohlten Überreste der Behausung zu den Flammen hin, um nach den Kindern zu suchen. Der Brandgeruch trieb ihr Tränen in die Augen, sodass sie eine Weile völlig blind blieb. Dann sah sie ein blasses Gesicht wie einen Geist im Dunkel auftauchen und sogleich wieder verschwinden. In der letzten Ecke der Hütte, die das Feuer noch verschont hatte, entdeckte sie eine riesige Kiste, hinter der jemand versteckt sein musste.

»Kommt her! Hier drin könnt ihr nicht bleiben!«, wagte sie auf Englisch zu rufen. Sie bezweifelte, dass die Kinder sie verstehen konnten, hoffte aber trotzdem auf irgendeine Reaktion.

Ein weiteres Gesicht tauchte hinter der Kiste auf. Die Chinesin hatte nicht nur Töchter gehabt. Ein etwa zehnjähriger Junge kam mit angstgeweiteten Augen auf Elsa zu, gefolgt von drei Mädchen, die alle deutlich kleiner waren.

Hinter ihnen knackste es, und die Flammen fraßen sich emsig weiter.

»Wir müssen hier raus, schnell!«

Elsa packte die zwei kleinsten der Mädchen, die sich wie leblose Holzpuppen hochheben ließen, und rannte nach draußen. Kurz sah sie sich um. Der Junge war vernünftig genug, ihr zu folgen und auch seine dritte Schwester nach draußen zu zerren. Schnaufend blieben sie stehen, um endlich etwas frische Luft in ihre Lungen zu saugen, während hinter ihnen die Hütte endgültig einstürzte. Eines der Mädchen begann gellend zu schreien, und Elsa wurde bewusst, dass alle vier Kinder nur ein paar Schritte von dem Leichnam ihrer Mutter entfernt waren. Der Junge war geistesgegenwärtig genug, seiner Schwester den Mund zuzuhalten, aber sie wimmerte immer noch weiter. Elsa fiel ein, dass sie nur ungefähr wusste, in welcher Richtung sich das Gesandtschaftsviertel befand, denn auf dem Weg hierher war sie der Chinesin hinterhergelaufen, ohne sich die Route genau einzuprägen. Sie konnte sich mit den Kindern hinter der Mauer verstecken und bis zum Morgen warten. Aber wären sie bei Tageslicht wirklich sicherer als jetzt? Vielleicht wären die Kinder ohne sie sogar besser dran, denn wurden nicht hauptsächlich Chinesen ermordet, die den fremden Teufeln gedient hatten? Ratlos tat sie ein paar Schritte, um ihnen die Entscheidung selbst zu überlassen. Der Junge sah ihr eine Weile stumm hinterher, dann setzte er sich in Bewegung und seine Schwestern folgten ihm.

Kapitel 25

Wenrou hatte den Nachmittag im Teehaus verbracht und war anschließend wie gewohnt zu Fuß nach Hause gelaufen. Die Ermordung des japanischen Gesandtschaftssekretärs machte ihm weiter zu schaffen, zumal niemand bei Hofe Anstalten machte, nach den Schuldigen zu suchen. Auf Anraten seines Schwiegervaters hielt er sich bei den Sitzungen des Großen Rates weiterhin zurück. Auch Ronglu widersprach dem Prinzen Duan nur noch maßvoll, obwohl er ihn hinter seinem Rücken einen Wahnsinnigen nannte. Sein Einfluss auf die einstige Geliebte konnte nicht mehr so groß sein wie zu früheren Zeiten. Vermutlich fürchtete auch er, ebenso wie Prinz Qing seiner Ämter enthoben zu werden, wenn er sich offen gegen eine Verfolgung der fremden Teufel aussprach.

Die Lage würde sich wieder ändern, hatte er Wenrou versichert. Früher oder später würde das Verhalten von Prinz Duan das Land in Schwierigkeiten bringen und dann würde der alte Buddha ihn in die Verbannung schicken, so wie vor ein paar Jahren die Anhänger des jungen Kaisers. Überhaupt wäre das alles nicht passiert, wenn der alte Sommerpalast, den Cixi so geliebt hatte, nicht zerstört worden wäre.

Auf dem Heimweg waren Wenrou zahlreiche rote Ballons aufgefallen, die über der Stadt schwebten. Der Anblick löste

Unbehagen in ihm aus, denn er ahnte, dass es sich um ein Zeichen handelte. Rot war die Farbe der Yihetuan Yundong. Inzwischen hatte sein Schwiegervater ein paar von diesen grimmigen Bauernburschen als Wächter des Hauses eingestellt. Es war sicherer, meinte er. Doch als Wenrou nach Hause kam, wurde er nur von den hauseigenen Dienern begrüßt, denn die neuen Wächter waren allesamt verschwunden.

Es erschien ihm klüger, nicht nachzufragen. Er vermisste sie nicht.

Das Abendessen nahm er gemeinsam mit seinem Schwiegervater und ein paar anderen, entfernten Familienmitgliedern ein. Qingbai war wieder einmal unpässlich. Seit der letzten gemeinsamen Nacht hatte er ihre Gemächer gemieden und hoffte auf eine erfreuliche Nachricht von der Hebamme, die einen weiteren Besuch bei seiner Frau in der nächsten Zeit unnötig machte. Aber vielleicht traf sie sich auch weiter heimlich mit Xiao Ming, der dann auch der Vater des nächsten Kindes wäre. Die Vorstellung trug dazu bei, dass seine Laune sich verdüsterte. Als er wieder in seinem Gemach war, ließ er sich von seinem Diener noch eine Flasche Reisschnaps und ein paar Zigarren bringen, die im Gesandtschaftsviertel gekauft worden waren. Er versuchte zu lesen, vermochte sich aber nicht zu konzentrieren.

Es war in der Doppelstunde der Ratte, als er die ersten Schreie hörte und beunruhigt auf den Hof hinauslief. Dort wirkte alles ruhig. Auch die Diener mussten sich bereits schlafen gelegt haben, nur eine getigerte Katze schlich auf der Suche nach Mäusen oder Ratten um einen Pfirsichbaum in der Mitte des Hofes herum. Doch laute Stimmen gepeinigter Menschen drangen über die Ummauerung herein und störten das nächtliche Idyll. Wenrou lief eine Weile ratlos mit seiner Laterne herum und wartete, ob nicht noch jemand, von dem Lärm aufgeschreckt, hinzukäme. Zuhause hätte er ohne Zögern seinen Vater geweckt, doch hier fühlte er sich immer noch wie ein Fremder, der bei jedem Schritt aufpassen musste, nicht falsch aufzutreten und abzustürzen.

Ein Schatten huschte vorbei. Wenrou eilte hinterher und packte den Eindringling an der Schulter, um gleich darauf in Shifus Gesicht zu blicken.

»Verzeiht, Herr. Ich wollte nur nach meiner Familie sehen«, stammelte der Diener und verneigte sich.

»Warum jetzt, mitten in der Nacht?«

»Weil sie hierherkommen wollten, aber nicht da sind. Vielleicht haben die Wächter sie nicht hereingelassen. Aber da draußen sind sie in Gefahr.«

»Was haben sie denn angestellt?«, fragte Wenrou ungeduldig, denn all das klang nach einer billigen Ausrede. Wollte Shifu sich mit Diebesgut davonmachen? Aber er trug nichts bei sich.

»Sie ... also mein Onkel war ein paar Jahre Diener bei einem der fremden Teufel und seine Frau ging bei den Missionaren zur Schule. Die Nachbarn wissen es. Bitte, edler Herr, ich muss nach ihnen sehen.«

Wenrou runzelte die Stirn.

»Daran ist doch nichts Schlimmes. Sag schon, was verbirgst du vor mir?!«

Er begann, Shifu zu schütteln und erschrak gleich darauf über sich selbst. Niemals in seinem Leben hatte er einen Diener misshandelt! Es musste an dem Zorn liegen, den er schon so lange schluckte wie eine tägliche Dosis Gift. Dem Wunsch zu handeln und der Unmöglichkeit, dies zu tun.

»Ich verberge gar nichts!«, krächzte Shifu. »Aber sie werden meine Familie töten, wenn ich sie nicht in Sicherheit bringe. Bitte, Herr, gestattet mir, sie in dieses Haus zu holen. Hier sind sie sicher.«

Wenrou ließ den Diener los und trat einen Schritt zurück.

»Wer soll deine Familie denn töten?«

»Diese … also die Leute, die wollen, dass wir uns auf unsere alte Lebensart besinnen. Sie wollen heute Nacht alle töten, die den fremden Teufeln dienen. Das haben die neuen Wächter gesagt, bevor sie fortgingen.«

Shifu stieß einen Klagelaut aus wie ein verwundetes Tier und begann, sich mit den Fäusten auf die Brust zu schlagen. Wenrou fand diese dramatische Darbietung etwas lästig, doch die Aussage des Dieners beunruhigte ihn.

»Warte einen Moment. Ich werde dich nach draußen begleiten«, sagte er nach kurzem Überlegen und hastete in sein Gemach zurück. Mit Shifus Hilfe legte er die Kleidung eines Mandarins des fünften Grades an, wie es seinem Rang entsprach. Der Silberfasan auf seinem Gewand und der Knopf auf seinem Hut machten seine gesellschaftliche Stellung deutlich, doch wusste er nicht, wie viel sie ihm da draußen auf der Straße tatsächlich nützen würde. Er holte sein Schwert aus der Truhe. Nach seiner Rückkehr aus Amerika war er im Umgang damit geschult worden, doch mochte er Waffen nicht besonders und hatte daher in den letzten Jahren kaum noch geübt. Die Schusswaffe wäre ihm nun lieber gewesen, aber sie war in Shandong bei seinem Vater geblieben.

Beide Männer gelangten ohne Schwierigkeiten durch die menschenleeren, nächtlichen Höfe des Hauses. Am äußersten Ausgangstor saßen ein paar Wächter auf dem Boden und spielten im Licht einer Laterne Karten. Ihre fröhliche Gelassenheit angesichts der Schreie draußen machte Wenrou wütend.

»Öffnet das Tor!«, herrschte er sie an, als sie seiner gewahr geworden waren und sich verlegen verneigten. Niemand gehorchte ihm, sodass er seinen Befehl in noch schärferem Ton wiederholte.

»Verzeiht, aber wir haben vom Hausherrn die Weisung erhalten, heute Nacht keinesfalls aufzumachen«, stammelte schließlich einer von ihnen.

Das erklärte, warum Shifus Familie nicht hereingekommen war. Wenrous Unbehagen steigerte sich zu der Ahnung, dass da draußen etwas vor sich ging, über das viele Leute Bescheid wussten. Nur ihm war es verschwiegen worden.

»Ihr lasst mich jetzt nach draußen oder ich werde dem Hausherrn melden, dass ihr euch hier vergnügt, anstatt eurer Arbeit nachzugehen«, drohte er den Wächtern, griff aber gleichzeitig in seinen Beutel, um ihnen ein paar Münzen zuzustecken. Rasch wurden die zahllosen Riegel zurückgeschoben. Wenrou ahnte, dass das Tor noch niemals so sorgfältig verschlossen gewesen war wie in dieser Nacht. Kaum war er mit Shifu auf die Straße getreten, fiel es in seinem Rücken krachend zu.

Zunächst wirkte alles ruhig wie in den früheren Nächten, da er sehr spät und angetrunken aus dem Teehaus gekommen war. Nur war die Straße leerer als sonst, denn es fehlten alle Bettler und Ganoven, die gewöhnlich nächtlichen Spaziergängern auflauerten. Es schien, als sei eine Seuche ausgebrochen, vor der alle rechtzeitig hatten fliehen wollen. Die Türen der umliegenden, allesamt von wohlhabenden Mandschufamilien bewohnten Häuser waren ebenso fest verschlossen wie die der Ya Hala.

Wenrou ging langsam die Straße entlang, gefolgt von einem leise vor sich hin wimmernden Shifu.

»Wo lebt deine Familie?«, fragte er ihn ungeduldig. »Wir holen sie jetzt schnell und dann gehen wir wieder zurück.«

Obwohl es im Augenblick völlig still war, hatte Wenrou weiterhin ein flaues Gefühl im Magen.

»Nicht weit, Herr. Nicht weit. Gleich nach dem Chien Men Tor.«

Die Chinesenstadt also. Es war tatsächlich nicht besonders weit, doch schien die plötzliche Stille fast noch unheimlicher als alle Schreie. Als Wenrou plötzlich Schritte die Straße entlangtrampeln hörte, überkam ihn beinahe Erleichterung, nicht allein mit Shifu in einer ausgestorbenen Stadt zu sein. An eine Hauswand gelehnt sahen sie eine Sänfte mit vier Trägern auf sich zukommen. Dicht neben ihnen blieb sie stehen und eine Hand schob den seidenen Vorhang zur Seite. Wenrou blickte in ein ebenso vertrautes wie verhasstes Gesicht.

»So spät abends allein unterwegs?«, fragte Xiao Ming mit gespieltem Staunen. »Oder hat Euer Schwiegervater Euch wieder die Sänfte genommen?«

Er kicherte mit einer fast weibisch hohen Stimme. Wenrou fühlte sich an einen Eunuchen erinnert.

»Ich ziehe es im Augenblick vor, zu Fuß zu gehen. Danach kann ich besser schlafen«, log er, denn eine bessere Ausrede fiel ihm nicht ein. Was auch immer Xiao Ming jetzt vorhatte, er legte keinen Wert auf seine Gesellschaft.

»Zu Fuß in dieser Nacht«, sagte Qingbais Liebhaber. »Das ist mutig, aber es wird sicher ein außergewöhnliches Erlebnis. Denn die Vertreibung der fremden Teufel hat soeben begonnen. Ich gehe sie mir ebenfalls ansehen, wenn auch auf eine Weise, die meinem Rang gebührt.«

Der Vorhang fiel wieder zu und die Sänftenträger eilten weiter, gefolgt von drei bewaffneten Wachleuten. Kaum waren sie um die Ecke gebogen, setzten die Schreie erneut ein. Der Horizont leuchtete rötlich gelb. Es roch nach Feuer.

In seinem Rücken hörte Wenrou den Diener immer lauter lamentieren, doch diesmal wusste er, dass es einen wirklichen Grund dafür gab.

»Wir holen jetzt schnell deine Familie«, wiederholte er sein Versprechen und zog Shifu hinter sich her. Die Klagen verstummten, denn der Diener schien begriffen zu haben, dass sein Herr es ernst meinte.

Zwei Straßen weiter sahen sie die ersten zerstückelten und verbrannten Leiber. Eine Schar von Flüchtlingen rannte vorbei. Als Wenrou versuchte, mit ihnen zu sprechen, wichen sie entsetzt zurück und verschwanden hinter der nächsten Ecke.

Wo blieben die Soldaten, überlegte er. Bisher hatte er unter den Toten kein einziges westliches Gesicht entdecken können. Es waren Chinesen, die hier von ihren Landsleuten abgeschlachtet wurden. Sobald der alte Buddha davon erfuhr, würde sie sicher etwas dagegen unternehmen. Oder Ronglu. Er würde es nicht dulden.

Gleichzeitig war ihm klar, dass Xiao Mings Ausflug nichts Gutes verhieß. Prinz Duans Anhänger wussten von dem Gemetzel. Zwar starben hier Chinesen, doch waren die meisten davon einfache, unbedeutende Leute, die nach Ansicht des Prinzen einem höheren Ziel geopfert werden durften. Auch Ronglu konnte daran nichts ändern, er hatte seinen Einfluss auf die Kaiserinwitwe verloren. Dennoch weigerte er sich, die Hoffnung völlig aufzugeben. Irgendwann musste Hilfe eintreffen, um diesen Wahnsinn zu beenden, selbst wenn sie von den vermeintlichen Teufeln aus fremden Ländern kam.

Sie erreichten das Haus von Shifus Onkel ohne große Schwierigkeiten. Ein alter Herr mit Spitzbart fiel seinem Neffen erleichtert um den Hals, kurz darauf folgte eine Frau, die auf ihren winzigen Lotusfüßen kaum laufen konnte. Zwei junge Mädchen stützten sie, und als sie gemeinsam das bisher völlig unversehrte Haus verließen, schlossen sich noch ein paar mehr Menschen an. Wenrou legte seine Hand auf den Knauf seines Schwertes. Er würde die Waffe benutzen, wenn es notwendig war.

Zunächst hoffte er auf einen schnellen, problemlosen Rückweg. Zwar begegneten ihnen mitunter rot gekleidete Mitglieder der Yihetuan Yundong mit Schwertern und Speeren, aber seine Kleidung, die ihn als Beamten höheren Ranges auswies, ließ sie respektvoll zurückweichen. Sobald er die sicheren Höfe der Ya Hala erreicht hatte, würde er seinen Schwiegervater wecken lassen, auch wenn er ihn dadurch verärgerte. Gulao schien ihm ein durchaus rechtschaffener Mann, den ein derart sinnloses Morden nicht kalt lassen konnte.

Sie durchquerten nochmals das Tor in die Mandschustadt, und Wenrou hoffte, mit seinen Schützlingen bald schon das Haus der Ya Hala zu erreichen. Wolken hatten den Mond freigegeben, wodurch die Toten auf der Straße klarere Formen annahmen. Zerfetzte Leiber und schwarz verbrannte Gliedmaßen, um die sich bereits Straßenhunde zu raufen begannen. Eine Frau kroch durch den Straßenschmutz, und Wenrou beugte sich hinab in der Hoffnung, einen weiteren Menschen retten zu können, doch als er sie aufheben wollte, sackte sie endgültig zusammen. Er sah ein zur Hälfte vom Feuer zerfressenes Gesicht. Das linke Auge war bereits zerstört, das rechte brach langsam, während er weiter die Schulter der Sterbenden festhielt.

»Sie ist tot, Herr. Wir müssen weiter!«, drängte Shifu, dessen Stimme wieder schrill vor Angst geworden war. Wenrou fühlte, wie sein Magen sich vor Übelkeit wand. Sein Vater hatte recht, er war ein Feigling, nicht geschaffen für die Härten der Wirklichkeit.

Sobald er sich aufgerichtet hatte, hörte er die Stimme einer Frau in einer unverständlichen Sprache schreien und begann zu laufen, ohne auf das Flehen seines Dieners zu achten. Eine Häuserecke weiter erblickte er einen der Aufständischen, der ein kleines Mädchen an den Beinen gepackt hatte und Anstalten machte, es mit Schwung gegen die nächste Wand zu schleudern. Die Frau warf sich dazwischen und versuchte, den Körper des Mädchens zu fangen, während ein mittelgroßer Junge hochsprang und in den rechten Arm des Mörders biss. Er wurde wütend zur Seite geworfen, doch immerhin erreichte er, dass das Mädchen freigelassen wurde. Die Frau packte es sogleich am Arm und rannte mit ihm im Schlepptau los. Der

Mörder hob seinen Speer auf, um den Flüchtenden nachzusetzen. Mit drei Schritten hatte er sie eingeholt, da die Frau sich noch nach dem Jungen umgesehen hatte. Die Speerspitze näherte sich ihrem Ziel, während Wenrou sein Schwert zog. Er hatte nun keine Zeit zu zögern und nachzudenken, wie es sonst seine Art war. Als die Klinge in den Rücken des fremden Mannes fuhr, war ihm nicht völlig klar, was er tat. Blut strömte ihm entgegen, während der Mörder in die Knie ging. Wenrou hatte niemals geahnt, wie viel Blut aus dem Körper eines Menschen floss, wenn er erstochen wurde. Er zerrte an seinem Schwert, um es wieder aus dem Körper des Sterbenden zu befreien, und war erstaunt, welche Kraft es erforderte. Speichel stieg aus der Speiseröhre in seinen Mund, als er allmählich zu begreifen begann, dass er zum ersten Mal in seinem Leben einen Menschen getötet hatte.

»Ich danke Ihnen, Sir«, sagte die Frau an seiner Seite. Diesmal sprach sie auf Englisch. Er blickte auf und sah das Gesicht einer Europäerin, die ihm vertraut vorkam.

»Was machen Sie hier mitten in der Nacht auf der Straße?«, fragte er spontan. Sie hob die Hände, denn Westler gestikulierten gern.

»Ich wollte vier Kinder ins Gesandtschaftsviertel bringen. Ihre Mutter wurde von den Boxern getötet. Aber unterwegs wurden wir angegriffen und …«

Sie verstummte für einen Moment und rang nach Luft, doch hatte sie sich schnell wieder gefangen.

»Zwei Mädchen sind tot, aber die Kleine und den Jungen konnte ich retten, weil wir uns in einer Ruine versteckten. Doch dann liefen wir diesem Kerl in die Arme. Gott sei Dank war er allein.«

Ein leises Wimmern von Shifu erinnerte Wenrou daran, dass heute Nacht leider nicht nur ein Mörder durch die Gegend streifte. Es war ratsam, sich schnell zu entfernen.

Er sah die Frau an, die immer noch neben ihm stand und zu warten schien. Ihr dicht gewelltes Haar bewegte sich leicht im Nachtwind, als habe es kaum Gewicht. Auf einmal wusste er wieder, wo er dieses schmale, kluge, etwas strenge Gesicht schon einmal gesehen hatte. Damals, am Bahnhof von Machiapu, hatte sie bereits etwas verloren gewirkt, aber gleichzeitig eisern bemüht, sich nicht unterkriegen zu lassen.

»Ich glaube, Sie haben mich schon einmal gerettet«, sagte sie auch schon und lächelte ihn an. »Könnten Sie uns jetzt zum Gesandtschaftsviertel begleiten? Ich wäre Ihnen wirklich sehr dankbar.«

Wenrou überlegte einen Moment, da hörte er Shifu plötzlich aufschreien und sah sich um. Etwa sechs weitere Aufständische kamen auf sie zugerannt. Er packte sein Schwert, hielt es aber für klüger, zunächst keine angriffslustige Haltung anzunehmen. Die Frau ergriff die beiden Kinder und zog sie ein Stück zur Seite, ohne einen Fluchtversuch zu unternehmen. Das war klug, dachte er, denn sie wäre nicht weit gekommen.

»Was geschieht hier, edler Herr?«, fragte der erste der Aufständischen in einem Tonfall, der nicht ganz so respektvoll klang wie seine Worte.

»Ich bringe eine Gefangene in mein Haus«, begann Wenrou die erstbeste Lügengeschichte zu erzählen, die ihm eingefallen war. »Diese fremde Teufelin hat zwei Kinder entführt, um sie ihrem fremden Gott zu opfern. Ich konnte sie einholen und nun soll sie ihre verdiente Strafe erhalten. Dieser Mann …«

Er wies auf den toten Aufständischen.

»Er wollte mir helfen, aber das Weib hat ihn durch Zauberei getötet.«

Die Männer sahen zu dem Leichnam ihres Gefährten hinab, dann wieder in Wenrous Gesicht. Die Situation schien sie zu verwirren.

»Hat dieses Weib einen unserer Krieger einfach mit einem Schwert erstochen?«, fragte einer von ihnen. Er sprach wie ein gewöhnlicher Bauer und sah auch so aus. Normalerweise hätte er sich vor Wenrou zu Boden werfen müssen, doch in dieser Nacht herrschten andere Regeln.

»Ich weiß es nicht. Sie kann wahrscheinlich zaubern und hat Dämonen zu Hilfe gerufen.«

Er fand seine Geschichte so albern, dass er keine große Hoffnung hegte, die Angreifer überzeugen zu können, aber sie blieben nachdenklich stehen.

»Dann nehmen wir sie mit!«, rief einer der aufständischen Bauern plötzlich. »Sie hat einen der Unseren getötet. Wir möchten sie bestrafen.«

Er und seine Gefährten wollten zu der Fremden laufen, die völlig reglos stehen blieb, nur die Kinder von sich schob. Sie musste wissen, dass zwei kleine Chinesen nun sicherer waren, wenn sie nicht in ihrer Nähe blieben.

»Sie gehört mir!«, rief Wenrou und versuchte, seiner Stimme so viel Autorität wie möglich zu verleihen. Tatsächlich blieben die Männer stehen, doch als sie sich umdrehten, glomm Zorn in ihren Blicken.

»Sie hat einen von uns getötet, deshalb werden wir sie bestrafen.«

Wenrou trat einen Schritt vor. Seine Finger umklammerten den Schwertknauf, aber er war sich nicht sicher, ob er allein gegen drei Männer ankäme. Wenn er verlor, würde nicht nur die Fremde sterben, sondern auch Shifu und seine Verwandten, die es nicht wagten, sich von seiner Seite zu entfernen.

»Ich bin ein Mitglied des Großen Rates«, begann er. »Ich unterstehe dem Befehl des Prinzen Duan und in seinem Namen sage ich euch, dass ihr diese fremde Teufelin mir überlassen sollt, da er eigene Pläne hat, wie sie sterben soll.«

Das schien erst einmal Eindruck zu machen. Zwei der Angreifer traten ehrfürchtig zurück, doch der Dritte blieb mit einem misstrauischen Gesichtsausdruck stehen.

»Vorher sah es nicht so aus, als wolltet Ihr die Frau gefangen nehmen. Ihr habt mit ihr geredet.«

Nun kroch die Angst über Wenrous Rücken. Im Gegensatz zu seinen Gefährten war dieser Mann kein Dummkopf.

»Ich bin dir darüber, was ich tue, keine Rechenschaft schuldig. Und jetzt verschwindet, das ist ein Befehl!«, herrschte er ihn an, denn eine bessere Taktik fiel ihm nicht ein. Sein Hand legte sich wieder auf den Schwertknauf und er hoffte, dadurch einen etwas imposanteren Eindruck zu machen. In Wahrheit war er im Vergleich zu diesem breitschultrigen, muskulösen Kerl ein Knabe. Alles, worauf seine Autorität beruhte, war der Silberfasan auf seiner Robe.

Eine Weile musterten sie einander stillschweigend. Die Gedanken standen dem Rebellen sehr deutlich ins Gesicht geschrieben. Was wirst du nun tun, wenn ich dir nicht gehorche? Wenrou hielt dem drohenden Blick stand, obwohl Shifu im Hintergrund zum Aufbruch drängte. Gleichzeitig begann der Schweiß, in Strömen über seinen Rücken zu laufen.

»Jetzt lass uns weitergehen, Quantou«, rief einer der zwei anderen Rebellen in das grimmige Schweigen hinein. »Der feine Herr hat eben seine eigenen Pläne mit diesem Weib. Wir finden noch genug andere. Stattdessen nehmen wir einfach die Bälger mit!«, schlug er vor und machte einen Schritt auf das kleine Mädchen zu, das ausgerechnet zu der fremden Teufelin flüchten wollte.

»Keine Kinder!«, bellte dieser Quantou plötzlich und trat dazwischen. »Außer die Brut der fremden Teufel natürlich. Unsere eigenen lassen wir leben und erziehen sie im richtigen Denken.«

»Dies sind die Kinder meiner Dienstboten und sie werden richtig erzogen«, mischte Wenrou sich nun ein und stellte sich an die Seite der Fremden, die er am Arm packte.

»Wir gehen jetzt alle. Ihr folgt weiter euren Befehlen.«

Er zerrte die Frau neben sich her und sie war klug genug, nicht mit ihm reden zu wollen. Die Kinder folgten, hinter ihnen Shifu und seine Verwandten. Eine Straße weiter, dann zwei. Niemand verfolgte sie. Wenrou ließ den Arm seiner Gefangenen wieder los. Ein Ziehen in seinem Magen machte ihm bewusst, welche Ängste er ausgestanden hatte. Wenn die Rebellen ihn erschlagen hätten, wäre er nur eine von vielen Leichen dieser grauenhaften Nacht gewesen. Der Silberfasan auf seinem Gewand und der Mandarinknopf wären vermutlich nicht einmal aufgefallen, wenn irgendwann jemand die Spuren des Gemetzels beseitigt hätte.

»Gehen wir jetzt zum Gesandtschaftsviertel?«, fragte die Fremde. Ihre Stimme klang weiterhin ruhig, aber sie hustete gleich darauf. Wenrou dachte kurz nach.

»Ich kann Sie dort nicht hinbringen«, stellte er fest. »Zu viele der Rebellen treiben sich in der Nähe herum. Gerade eben hatten wir Glück, aber wenn sie mitbekommen, wohin ich Sie führe, werden sie mich daran hindern.«

Sie schwieg einen Moment. An ihrer Kehle traten die Adern hervor, der einzige Hinweis, wie angespannt sie sein musste.

»Heißt das, ich soll mich allein auf den Weg machen?«

»Nein, natürlich nicht«, versicherte Wenrou. Für einen Moment hatte sie so verloren und schutzbedürftig gewirkt, dass ihn der Wunsch überkam, sie in den Arm zu nehmen.

»Ich werde Sie an einen Ort bringen, wo Sie erst einmal sicher sind«, versprach er. Sie neigte kurz den Kopf. Wenrou dachte noch einen Moment nach, dann fiel ihm das Teehaus ein, wo er Stammgast war. Der Besitzer hatte ihm bereits mehrfach ein Zimmer im Obergeschoss vermietet, damit er sich mit einem Mädchen dorthin zurückziehen konnte. Er musste darauf hoffen, dass er als guter Kunde ein Recht auf Sonderbehandlung hätte.

Als er Shifu seine Entscheidung mitteilte, kam nicht einmal das erwartete Klagen, nur ein Hinweis, dass sie in die falsche Richtung unterwegs wären und der Rückweg zum Haus der Ya Hala allzu lang dauern würde, um sicher zu sein. Wenrou wies seinen Diener schließlich an, die Verwandten allein zurückzubringen, und überreichte ihm einen Ring, den er am Finger trug, damit die Wache ihn wirklich hereinließ.

Bald darauf war er allein mit zwei Kindern und einer unbekannten Frau aus einem fernen Land.

»Gehen wir«, sagte er auf Englisch und sie gehorchte. Die zwei Kinder folgten unaufgefordert. Der Weg war nur kurz, doch in dieser Nacht des Grauens schien er endlos. Sie bemühten sich alle, die toten Körper auf den Straßen nicht zu beachten. Schlimmer war es, an den stöhnenden und schreienden Verletzten vorbeizugehen, aber Wenrou wusste, dass es im Augenblick nicht möglich war, allen zu helfen. Die Frau ging mit schnellen, festen Schritten neben ihm her. Ihre Arme waren vor der Brust verschränkt, als friere sie in der schwülen Nacht. Immer wieder bewegte ein Windhauch ihr Haar, sodass es wie ein lebendiges Wesen schien. Als wieder einmal verzweifelte Hilferufe von einem Abschlachten in unmittelbarer Nähe zeugten, sprang sie rasch in Wenrous Richtung, schreckte aber davor zurück, ihn zu berühren.

Sie erreichten das Teehaus, ohne nochmals aufgehalten zu werden. Es war leer, wie ausgestorben, und die Eingangstür verschlossen, was Wenrou nicht überraschte. Kein vernünftiger Mensch ging in einer Nacht wie dieser nach draußen. Doch schien die Gasse bisher von den Rebellen verschont worden zu sein, denn es lagen keine leblosen Körper herum und die Häuser brannten nicht. Er schlug mehrfach gegen die

Tür und nannte seinen Namen. Eine Ewigkeit verging. Das kleine Mädchen begann leise zu weinen. Dann öffnete sich die Tür einen Spaltbreit und Xiwang, der Hausherr, spähte ihnen entgegen.

»Ich möchte heute Nacht einen Gast hier unterbringen. Eine Frau.«, erklärte Wenrou. Der Türspalt wurde groß genug, damit er sich hineinschieben konnte. Die Frau und die zwei Kinder folgten. Es war dunkel im Teehaus, doch Xiwang hielt eine Laterne hoch. Beim Anblick der Fremden klappte sein Kinn nach unten.

»Das … das geht nicht«, stammelte er in völlig ungewohnter Respektlosigkeit. Wenrou ging nicht auf diese Worte ein, zog nur einen weiteren Ring aus Gold von seinem Finger, der nach kurzem Zögern angenommen wurde.

»Eine Nacht. Morgen geht sie«, entschied Xiwang und führte sie hinauf. Die Frau folgte ohne Zögern und musterte mit großen Augen eine Welt, die ihr völlig fremd sein musste. Ob sie wohl begriff, dass dies ein Ort war, den Männer aufsuchten, um sich zu vergnügen? Es schmeichelte Wenrou, wie viel Vertrauen sie ihm schenkte. Aber in ihrer Lage hatte sie kaum eine Wahl. Xiwang öffnete die Tür zu einem kleinen Raum und winkte sie alle hinein. Als die Fremde eingetreten war, warf er Wenrou einen gleichzeitig staunenden wie missbilligenden Blick zu, als könne er den seltsamen Geschmack seines Stammgastes beim besten Willen nicht verstehen.

Das Zimmer war klein. Nur ein Bett, ein kleiner Tisch und zwei Stühle standen darin. Die Frau ließ sich auf einem der Stühle nieder und legte die Hände in den Schoß. Bald darauf überkam sie ein weiterer Hustenanfall.

»Verzeiht mir bitte, Herr, aber ich kann mein Haus und meine Familie nicht derart gefährden. Morgen muss sie gehen. Wenn die Aufständischen sie hier finden …«, wiederholte Xiwang seine Worte auf höflichere Weise. Wenrou versprach, sich dementsprechend zu verhalten, dann ging der Hausherr endlich hinaus.

»Sie bleiben heute Nacht hier«, erklärte Wenrou der Fremden. »Morgen werde ich eine Sänfte schicken, die Sie zum Gesandtschaftsviertel bringt. Haben Sie Hunger?«

Sie schüttelte den Kopf.

»Etwas Wasser oder Tee wären nicht schlecht, wenn es möglich ist. Und ich würde mich gern waschen«, sagte sie. »Was geschieht mit den Kindern?«

Der Junge hatte sich in einer Ecke auf den Boden gesetzt und das Mädchen kauerte an seiner Seite.

»Ich nehme sie mit«, entschied Wenrou. »In dem Haushalt meiner Familie sind sie in Sicherheit.«

»Ja, das ist wahrscheinlich die beste Lösung«, stimmte die Fremde zu. »Aber holen Sie sie erst morgen früh. Heute Nacht ist es sehr gefährlich auf den Straßen. Vielleicht sollten Sie auch hier bleiben.«

»Ich werde in meinem Heim erwartet«, sagte Wenrou und ihm war klar, dass er dadurch den Eindruck erweckte, ein wichtiges Mitglied seiner Familie zu sein, was nicht wirklich den Tatsachen entsprach.

Sie schien zu verstehen, dass er nun aufbrechen musste, denn sie streckte ihm nach westlicher Manier ihre Hand entgegen.

»Ich danke Ihnen sehr für Ihre Hilfe«, sagte sie. »Mein Name ist übrigens Elsa Skerpov und ich arbeite für die deutsche Gesandtschaft.«

Er ergriff die dargebotene Hand und bemerkte den fassungslosen Blick des Jungen. In China waren Berührungen zwischen Mann und Frau in der Öffentlichkeit verpönt.

Elsa Skerpov lächelte ihn an. Sie zeigte dabei ihre Zähne, was eine wohlerzogene Chinesin niemals getan hätte.

»Also nochmals vielen Dank«, sagte sie erneut und drückte seine Finger leicht zusammen.

Als er die Treppen hinunterging, um sich wieder dem Wahnsinn auf den Straßen zu stellen, hatte er plötzlich das angenehme Gefühl, einmal im Leben etwas richtig gemacht zu haben.

Die Hofhäuser der Ya Hala waren nicht mehr ganz so ruhig wie bei seinem Aufbruch, denn inzwischen musste sich herumgesprochen haben, was draußen vor sich ging. Wenrou entdeckte seinen Schwiegervater inmitten einer Schar aufgebrachter Diener, die er durch Worte zu beruhigen versuchte. Alle hier untergebrachten Familienmitglieder seien in Sicherheit, versicherte er, um dann etwas leiser hinzuzufügen, dass ihm die Religion dieser Menschen nicht wichtig sei, solange sie öffentlich keine fremden Kulte zelebrierten. Morgen würden die kaiserlichen Soldaten sicher für Ordnung sorgen, alle sollten nun schlafen gehen, denn im Augenblick konnte niemand etwas tun. Wenrou war beeindruckt von der ruhigen Autorität, die der alte Mann ausstrahlte. Tatsächlich verstummten die nervösen Stimmen allmählich und die Gruppe löste sich auf. Der alte Herr warf Wenrou nur einen kurzen Blick zu, nahm seine Beamtenrobe und das Schwert zur Kenntnis, stellte aber keine Fragen.

Nach einem unruhigen, von Albträumen unterbrochenen Schlaf stand Wenrou bereits im Morgengrauen auf. Shifu hatte getan, was ihm befohlen worden war, und brachte ihm das Gewand einer Mandschufrau einfacher Abkunft. Wenrou steckte es in einen Sack und ließ die Sänfte vorbereiten. Draußen war es ruhig geworden, und er hoffte, problemlos zum Teehaus zu gelangen.

Die Straßen waren tatsächlich ausgestorben, doch war der Geruch von Tod und Verwesung, der sich nun mit den üblichen Ausdünstungen der riesigen, engen Stadt vermischte, fast schwerer zu ertragen als das nächtliche Morden. Wenrou beschloss bald schon, die Vorhänge der Sänfte geschlossen zu halten, denn er wollte die zerstückelten Leiber der Ermordeten nicht bei Tageslicht sehen. Einmal wurde die Sänfte kurz abgestellt. Die Träger entschuldigten sich stammelnd, dass einer von ihnen von Krankheit geschwächt sei, doch konnte Wenrou sehr deutlich sehen, wie ein Mann sich an der Straßenecke erbrach, bevor die Reise weiterging.

Bald darauf klopfte er gegen die weiterhin verschlossene Tür des Teehauses. Xiwang öffnete nach einer Weile und brachte ihn rasch hinauf in das Zimmer der Fremden.

»Heute muss sie gehen, edler Herr. Heute. Gleich.«

Elsa Skerpov saß vollständig angekleidet auf dem Bett. Nun konnte er deutlich sehen, dass ihr lebendiges, bewegliches Haar die Farbe von Kastanien hatte. Das kleine Mädchen kauerte an ihrer Seite und hatte den Kopf an ihre Schulter geschmiegt. Der Junge hockte weiterhin in seiner Ecke.

Bei Wenrous Anblick stand sie auf.

»Es freut mich, Sie zu sehen. Den Kindern geht es einigermaßen, aber das Mädchen hat schlecht geschlafen wegen Albträumen. Sie musste mit ansehen, wie ihre Mutter und ihre Schwestern getötet wurden. Jemand sollte sich um sie kümmern. Ich kann leider nicht mit ihr reden.«

»Meine Diener werden sich ihrer annehmen«, versicherte Wenrou. Dann öffnete er sein Bündel und überreichte ihr die Mandschukleidung.

»Ziehen Sie das bitte an, denn so fallen Sie weniger auf.«

Sie nickte und begann, die weiten Ärmel, den Stehkragen und die schräg angebrachten Froschverschlüsse des Gewandes eindringlich zu mustern.

»Das ist sehr hübsch«, bemerkte sie mit einem freudigen Leuchten in den Augen, das Wenrou deutlich machte, dass sie trotz ihres mutigen, manchmal forschen Betragens im Herzen eine Frau war. Er zog sich aus dem Zimmer zurück, damit sie sich ungestört umkleiden konnte. Als er wieder eintrat, hatte sie auch das mitgebrachte Tuch um ihr Haar gebunden.

»Draußen wartet eine Sänfte, die uns zum Gesandtschaftsviertel bringt«, erklärte er. »Dort können Sie dann in einem günstigen Augenblick aussteigen und hineinlaufen.«

Ihr Gesicht erhellte sich sofort.

»Ich danke Ihnen. Wenn Sie mir sagen, wo Sie wohnen, lasse ich die Kleidung natürlich später zurückbringen.«

»Das ist nicht nötig«, versicherte er, um nach einer Weile hinzuzufügen: »Vielleicht werden Sie diese Kleidung später wieder brauchen können. Als Mandschufrau fallen Sie in China weniger auf.«

»Wegen meiner großen Füße«, ergänzte sie lächelnd.

Bald darauf stiegen sie gemeinsam die Stufen hinab und setzten sich nebeneinander in die Sänfte. Die Kinder ließen sie im Teehaus zurück. Wenrou erklärte, dass er sie später abholen würde. Sorgsam zog er die Vorhänge der Sänfte zu und Elsa war klug genug, nicht hinaussehen zu wollen.

»Sir«, begann sie nach einer Weile. »Was gestern Nacht geschehen ist … ich meine, es waren vor allem Chinesen, die starben, nicht meine Leute. Warum ließ man das so einfach geschehen?«

Er erschrak vor ihrem sehr direkten, fast angriffslustigen Blick. Ihre Augen hatten die Farbe von Stahl.

»Es war ein Aufstand, der außer Kontrolle geriet«, meinte Wenrou ausweichend.

»Aber es hätten doch nur Soldaten kommen müssen, um das Morden zu beenden. War es, weil hauptsächlich einfache Leute starben? Die nicht so wichtig sind?«

Wenrou senkte den Blick. Es war ein Zeichen westlicher Unhöflichkeit, so provozierende Fragen zu stellen, die eine Kritik an seiner Heimat ausdrückten. Aber im Grunde bewunderte er ihren Scharfsinn, denn sie konnte sehr schnell auf den Grund dieses Sumpfes sehen, in dem sein Land zu versinken drohte.

»Es mag sein, dass Sie recht haben«, erwiderte er ausweichend. »Doch wurden diese Entscheidungen an höherer Stelle gefällt. Ich kann Ihnen die Hintergründe daher nicht sagen.«

Sie nickte, aber ihr Gesicht verzog sich leicht, als sei ihr völlig klar, dass er ihr die Hintergründe auch dann nicht erklärt hätte, wenn sie ihm bekannt gewesen wären. Damit hatte sie wiederum recht.

»Es geht mich ja auch nichts an«, fügte sie nach einer Weile hinzu, als habe sie auch diesmal alles begriffen. Dann schenkte sie ihm ein versöhnliches Lächeln, bei dem wieder eine Reihe ebenmäßiger, weißer Zähne zu sehen war. Wenrou hatte lang genug in einem westlichen Land gelebt, um beurteilen zu können, dass sie auch nach dortigen Vorstellungen keine außergewöhnlich attraktive Frau war. Sie sah nicht hässlich aus, aber unauffällig. Der sehr gerade, strenge, manchmal schneidend intelligente Blick ihrer Augen ließ sie unweiblich wirken. Aber dennoch fühlte er sich überraschend wohl in ihrer Gegenwart.

Kurz vor dem Gesandtschaftsviertel streckte er ihr selbst seine Hand entgegen und ließ sie wissen, wie er hieß. Nachdem sie ohne Schwierigkeiten durch das Eingangstor gekommen war, fiel ihm auf, dass sie das Bündel mit ihrer westlichen Kleidung in der Sänfte vergessen hatte. Er nahm es an sich, denn es gefiel ihm, eine Erinnerung an sie behalten zu können.

Kapitel 26

»Tief in meinen Knochen ist die Göttin lebendig.
Tief in meinem Blut spüre ich ihre Lebenskraft.
Tief in meinem Herzen und meinem Geist
Glaube ich, dass ich genesen werde.
Ich spüre Guanyin in meiner Mitte,
Sie erfüllt mich mit Glauben und Stärke …«

Charlotte kniete vor der mit Blumen geschmückten Statue der Göttin der Gnade und wiederholte im Singsang immer wieder die Worte des Gebets, das sie an diesem Tag zum ersten Mal gelernt hatte. Die Stimmen der anderen Mädchen der Hongdeng Zhao vermischten sich mit der ihren zu einer Einheit, während vor ihnen die Räucherstäbchen einen süßlichen Duft verbreiteten, der in Charlottes Nase zu kitzeln begann. Sie wusste, dass heute ein wichtiger Tag für die Yihetuan Yundong war, doch hatte niemand ihr erklärt, was genau geschehen würde. Seit dem späten Nachmittag saß sie mit ihren Gefährtinnen vor der Statue, um göttlichen Beistand herbeizuflehen. Allmählich schmerzten ihre Knie so sehr, dass sie kaum noch ruhig bleiben konnte, und ihre Oberschenkel waren schon vor längerer Zeit eingeschlafen.

»Die Lebenskräfte des Universums strömen auf mich ein, verjagen alle Schwäche und Krankheit …«

Es missfiel Charlotte, dass sie nach langen Kampfübungen nichts weiter tun sollte, als um den Segen einer Göttin zu bitten. Shao Yu war bereits in den frühen Morgenstunden verschwunden, um sich mit den anderen Kriegern zu treffen. Er hatte nervös gewirkt, angespannt und auch etwas ängstlich. Aber er hatte ihr versichert, dass sie nun beginnen würden, für ihre Ziele zu kämpfen. Nach mehreren Wochen in diesem Lager wäre Charlotte gern dabei gewesen.

Sie bemerkte mit Erleichterung, wie ihre Da jiejie nach Einbruch der Dämmerung aufstand und sie alle zurück in ihr Zimmer führte, wo sie endlich etwas zu essen bekamen. Charlottes Beine waren zu Attrappen geworden, die sich nur mit großer, schmerzhafter Anstrengung wieder beleben ließen. Doch ihr Magen war noch eindeutig Teil ihres Körpers und verlangte laut grummelnd nach Nahrung, die ihm seit den frühen Morgenstunden verweigert worden war. Charlotte füllte gierig ihre Reisschüssel und ergatterte auch etwas von dem dünnen Tee, den sie regelmäßig bekamen.

»Heute ist der Tag, da das Schicksal unseres Landes sich ändern wird. Wir werden die von den fremden Teufeln zerstörte Harmonie wieder herstellen, sodass niemand mehr hungern muss«, erzählte die Da jiejie unterdessen, und Charlotte wünschte sich plötzlich, diese Frau könne wenigstens bei der gemeinsamen Mahlzeit aufhören, hochtrabende Reden zu schwingen.

»Wir müssen unsere tapferen Krieger mit Gebeten unterstützen«, ging es aber unerbittlich weiter. »Bald schon könnten die ersten Verletzten zurückkommen und ich werde euch zeigen, wie ihre Wunden zu verbinden sind.«

»Aber sind unsere Krieger denn nicht unverwundbar?«, rief plötzlich ein junges Mädchen, das ein Stück neben Charlotte saß. Die Da jiejie warf einen finsteren Blick in die Richtung, aus der die Worte gekommen waren.

»Sie können nicht getötet werden, aber nicht alle haben bereits die höchste Ebene erreicht, die sie gegen jede Waffe immun macht.«

Die Da jiejie begann, mit langen Schritten auf und ab zu schreiten. Sie schien jedenfalls gegen Hunger immun, überlegte Charlotte, denn auch sie hatte den ganzen Tag noch nichts gegessen, zog aber das Reden vor.

»Es mag sein, dass einige unserer Krieger schwer verwundet oder gar tot scheinen werden. Aber sie ruhen nur in einem

Moment der Erschöpfung. Bald schon werden sie sich erheben, um den Kampf gegen die fremden Teufel fortzuführen.«

In diesem Augenblick erklangen laute Schreie, die von Todesangst und Schmerz zeugten. Ein paar der Mädchen sahen sich beunruhigt, aber auch aufgeregt um.

»Es hat begonnen«, erklärte die Da jiejie. »Ihr hört die fremden Teufel sterben.«

Charlotte stellte ihre Reisschale ab, denn eine unangenehme Ahnung schnürte ihren Magen zusammen. Sie hatte mit einem kleinen Scharmützel gerechnet oder einem Aufmarsch in der Stadt. Dass ein Haufen schlecht ausgebildeter Krieger mit Speeren und Schwertern tatsächlich gegen die Gewehre und Granaten der Westler antreten würde, war ihr stets unglaubwürdig vorgekommen. Die kaiserliche Armee würde sie daran hindern, damit es zu keiner Katastrophe auf internationaler Ebene kam. Aber was geschah jetzt da draußen?

»Werden die Gesandtschaften angegriffen?«, fragte sie spontan. Bisher hatte sie es vermieden, die Da jiejie offen anzusprechen, da das strenge, verbissene Gesicht dieser Frau ihr unzugänglich schien.

»Der Krieg gegen die fremden Teufel hat begonnen«, wiederholte die Da jiejie. Charlotte beschloss, nicht weiter nachzufragen. Vielleicht wusste dieses Bauernmädchen nicht einmal, was eine Gesandtschaft war.

Plötzlich musste sie an Elsa Skerpov denken. Zwar hatte sie ihr geraten, Beijing zu verlassen, aber niemals wirklich damit gerechnet, diese so unerschütterlich vernünftige Person könnte in ernsthafte Gefahr geraten. Elsa war so unverwundbar, wie Shao Yu und die anderen Krieger es sein wollten, denn nichts konnte ihren Ehrgeiz und ihre pragmatische Emotionslosigkeit erschüttern. Aber gegen Speerspitzen und Schwertklingen wäre auch sie wehrlos. Niemand brachte Europäerinnen bei, sich im körperlichen Zweikampf zur Wehr zu setzen, das hatte Charlotte von Viktoria Huntingdon erfahren. Ein Haufen wütender Bauern war durchaus in der Lage, eine unerschütterliche Elsa in Stücke zu hacken.

Charlotte presste sich die Hand vor den Mund, um einen Schrei zu unterdrücken. Sie hatte Elsa nie besonders gemocht, wollte sie aber auch nicht sterben lassen. Ebenso wenig wollte sie, dass Shao Yu unschuldige Menschen tötete, nur weil man ihm sagte, dies sei seine Aufgabe. Da draußen ging etwas vor sich, das böse war.

Sie stand auf und entfernte sich in Richtung des kleinen Nebenraumes, wo der Nachttopf stand. Dort würde sie einen Augenblick lang ungestört darüber nachdenken können, was zu tun war. Sie setzte sich auf den bereits reichlich verschmutzten Nachttopf, dessen Geruch den kleinen Raum bis zum Rand füllte. Anfangs war es ihr schwergefallen, unter solchen Bedingungen ihre Notdurft zu verrichten, doch inzwischen störte sie sich ebenso wenig an dem Gestank wie die anderen Mädchen. Im Nebenzimmer hatte die Da jiejie endlich aufgehört zu reden, stattdessen schnatterten etliche Frauenstimmen aufgeregt durcheinander. Charlotte nutzte die allgemeine Unaufmerksamkeit, um sich schnell nach draußen zu schleichen. Zunächst einmal würde sie nachsehen, was in der Stadt vor sich ging.

Sie hatte gehofft, die Abendluft würde ihr guttun, doch sobald sie den Hof betreten hatte, konnte sie verbranntes Holz riechen und in der Ferne erhellten Flammen einen bereits abendlich ergrauten Horizont. Es konnte nicht das Gesandtschaftsviertel sein, das da brannte, dafür war das Feuer zu nahe. Aber warum sollten gewöhnliche chinesische Wohnhäuser angezündet worden sein? Sie musste nachsehen, was wirklich vor sich ging.

Die Höfe wirkten verlassen. Sie konnte die übliche Wache nirgends entdecken, was sie erleichterte, denn niemand würde sie am Hinausgehen hindern oder nach ihren Gründen fragen. Ohne Zögern lief sie los, auch wenn ihr die Angst vor dem, was sie da draußen erwartete, das Atmen erschwerte.

»Dujuanhua!«, tönte es ihr entgegen, als sie das Eingangstor erreicht hatte. Charlotte erstarrte, denn sie kannte diese Stimme. Es war die Pockennarbige, die nun so dicht vor ihr stand, dass sie ihren Schweiß riechen konnte. Ihr Gesicht hatte einen seltsamen Ausdruck, starr wie eine Statue, aber gleichzeitig glühend, denn die Wangen waren vor Aufregung gerötet. Auch ihr Atem ging schnell.

»Ich habe unseren Kriegern geholfen, während du im Tempel gebetet hast«, sagte das Mädchen stolz und hob ihre Hand. Charlotte erblickte ein rostiges Messer, an dem hellrotes Blut klebte. Sie schluckte ihren Würgereiz.

»Willst du sehen, was ich tue? Komm mit!«, redete die Pockennarbige weiter. Ihre Stimme war sanft, fast schmeichelnd, als wolle sie ein scheues Tier zu sich locken. Charlotte wusste keine Antwort. Sie wollte fortlaufen, doch fehlte ihr auf einmal die Kraft dazu. Stattdessen ließ sie sich von dem Mädchen nach draußen ziehen.

Zunächst schien alles ruhig. Die Straße war ausgestorben, gespenstisch still. Sie bogen um die nächste Ecke. Charlotte entdeckte den Körper eines Mannes, der zur Hälfte verbrannt war, so dicht zu ihren Füßen, dass sie fast über ihn gestolpert wäre. Sie stieß einen leisen Schrei aus.

»Gefällt es dir nicht? Aber es sind unsere Feinde, die sterben«, sagte die Pockennarbige und sah ihr mit einem durchdringenden Blick ins Gesicht. »Sobald sie tot sind, werden die Götter uns wieder Regen schenken und niemand muss mehr hungern.«

Charlotte vermochte nichts zu antworten. Sie hatte derartige Worte sehr oft gehört und sich geweigert, sie wirklich ernst zu nehmen. Es war der Aberglaube gewöhnlicher Bauern. Niemand, der wirklich etwas zu entscheiden hatte, würde zulassen, dass daraus ein Krieg entstand. Vielleicht war irgendwo einfach ein Feuer ausgebrochen, versuchte sie sich einzureden, während sie weitergezogen wurde.

Nun versperrte ein Hügel aus menschlichen Leibern ihnen den Weg. Eine Hand regte sich darin, versuchte nach draußen zu kriechen, und die Pockennarbige hob ihr Messer, um schwungvoll zuzustechen. Der erwartete Schmerzensschrei blieb aus, die Hand erschlaffte nur unter einem Strom von Blut.

»Ich beende, was die Krieger nicht vollbracht haben«, erklärte die Pockennarbige. »Ich töte die Verletzten. Willst du mir nicht dabei helfen?«

Charlotte verneinte leise, krümmte sich und erbrach den vor Kurzem verzehrten Reis. Als sie sich wieder aufrichtete, fiel das blasse Licht des Mondes auf ein Gesicht, das inmitten regloser Gliedmaßen wie in einer Umarmung ruhte. Es gehörte einer Frau mit geisterhaft blasser Haut. Die Augen waren geschlossen, als schliefe sie. Maisgelbes, an manchen Stellen rötlich schimmerndes, dicht gewelltes Haar wuchs aus ihrem Kopf.

»Mutter!«, schrie Charlotte ihr erstes deutsches Wort seit Monaten. Tränen schossen ihr in die Augen, und sie musste sie wegwischen, um diesen Leichnam genauer ansehen zu können. Ein dunkler Schleier war zur Seite gerutscht, bedeckte aber noch die linke Kopfhälfte. Diese Frau war sehr jung, vielleicht um die zwanzig gewesen. Eine Nonne, vermutete Charlotte, ein auffallend hübsches junges Mädchen, das beschlossen hatte, sein Leben Gott zu weihen. Vielleicht war ihre Seele jetzt schon bei ihm. Der Gedanke war tröstend. Vor Erleichterung, dass sie nicht vor dem Leichnam Viktoria Huntingdons stand, wurde ihr fast wohl zumute, doch spürte sie den durchdringenden Blick der Pockennarbigen nun so deutlich, als werde sie selbst von dem Messer verletzt.

»Was hast du denn da gerade gesagt? Ich kenne dieses Wort nicht. Ist es eine fremde Sprache? Ein Gebet?«

Charlotte begann verzweifelt nach einer passenden Antwort zu suchen.

»Dieser Mann«, sagte sie schließlich und wies auf einen Chinesen, der sein Leben dicht neben der Nonne ausgehaucht hatte. »Er erinnerte mich an jemanden, den ich aus Shanghai kannte. Ich rief seinen Namen, aber da merkte ich, dass es der Falsche ist.«

»Gut«, erwiderte die Pockennarbige. »Denn wärest du mit unseren Feinden befreundet, dann müsste ich es melden.«

Ihr Blick schien lauernd, doch tief darin entdeckte Charlotte noch etwas anderes, ein verstörtes, beinahe mitleiderregendes Verlangen nach Anerkennung. Gleichzeitig glühte ihr Gesicht immer noch wie das einer Fieberkranken. Das Mädchen begann ihr unheimlich zu werden.

»Ich habe genug gesehen. Ich gehe zurück, denn man wartet auf mich«, sagte sie schnell und rannte fort. Erst unterwegs wurde ihr bewusst, dass sie Viktoria Huntingdon an diesem Tag zum ersten Mal seit langer Zeit Mutter genannt hatte.

In den Höfen herrschte immer noch Ruhe, doch hatten draußen die Schreie zugenommen. Das immerwährende ›Shā‹ mischte sich mit Lauten von Schmerz und Angst, die in Charlotte hineinkrochen, sodass sie zu zittern begann. Sie wollte selbst schreien, aus der puren Verzweiflung über diesen Irrsinn heraus, der sich da draußen abspielte. Wie hatte sie so blind sein können, bis zum Schluss zu hoffen, dass es trotz aller gewaltbereiten Drohungen, die sie tagtäglich mitbekommen hatte, zu keinem Gemetzel kommen würde? Mit der vagen Ahnung, dass sie sich in Gefahr begeben würde, wenn sie offen gegen das Morden protestierte, schlich sie in den Lagerraum, wo sie sich regelmäßig mit Shao Yu traf. Im Augenblick konnte sie nichts weiter tun, als zu warten, bis der Albtraum zu Ende war.

Sie kauerte sich auf den Getreidesäcken zusammen. Erinnerungen an die Nächte mit Shao Yu rauschten durch ihren Körper, was sie ein wenig entspannte. Aber war auch er jetzt dabei, unschuldige Menschen zu töten, weil er sich dazu verpflichtet fühlte? Sie umklammerte ihre Knie mit beiden Armen, sehnte sich danach, in die Arme genommen und getröstet zu werden wie einst als Kind. Die einzige Frau, die das für sie getan hatte, war Viktoria Huntingdon gewesen, und auf einmal wusste sie, wer ihre wirkliche Mutter war.

Mit einem tiefen Atemzug setzte sie sich aufrecht hin. Die Angst und das Gefühl, so hilflos wie ein Blatt im übermächtigen Strom der Ereignisse zu sein, hatten nachgelassen, und sie vermochte endlich Entschlüsse zu fassen. Sie wollte nach Hause, um sich mit ihren Eltern auszusöhnen, denn es gab nichts mehr, das sie hier in Beijing noch finden konnte. Falls Shao Yu sich immer noch weigern sollte, sie zu begleiten, musste sie ohne ihn aufbrechen. Sie würde keinen Tag länger als notwendig in diesem Haus bleiben.

Sie glättete ihre Kleidung und rückte das Tuch auf ihrem Kopf zurecht. Ihr war klar, dass sie zurück in ihren Wohnraum gehen musste, denn eine allzu lange Abwesenheit würde auffallen. Wenn die Verletzten eintrafen, würde sie sich an deren Pflege beteiligen und gleichzeitig überlegen, wie sie schnellstmöglich wieder nach Shanghai gelangen konnte.

Gerade hatte sie eine Hand gegen die Holztür gelegt, um sie aufzuschieben, da schlug sie ihr entgegen. Charlotte sprang erschrocken einen Schritt zurück, stolperte und fiel rücklings auf einen Getreidesack. Sie rechnete damit, ihre Da jiejie zu erblicken oder die Pockennarbige, auf jeden Fall jemanden, dem es verdächtig scheinen musste, dass sie sich in dieser so wichtigen Nacht allein zurückzog. Panisch begann sie nach einer passenden Ausrede zu suchen, als Shao Yu ihr in die Arme stürzte. Zunächst schrie sie auf, denn ein starker, abstoßender Gestank nach Schweiß und Blut ging von ihm aus. Als sie ihn ein Stück von sich schieben wollte, spürte sie sein Zittern und erschrak.

»Bist du krank?«, flüsterte sie ratlos und versuchte, einen Blick auf sein Gesicht zu erhaschen, das er an ihrer Schulter vergraben hatte. Sein Zittern ging in ein leises Schluchzen über, während er Charlotte so heftig an sich drückte, dass sie Angst um ihre Knochen haben musste.

»Was ist passiert?«, fragte sie leise und strich über seinen Rücken, um ihn zu beruhigen. Wie oft hatte sie diesen verlorenen Jungen früher getröstet! In den letzten Wochen hatte er sich in einen tapferen, unerschrockenen Mann verwandelt, doch nun waren alle Kraft und Entschlossenheit von ihm abgefallen, um wieder ein schutzbedürftiges Kind zurückzulassen. Charlotte saß eine Weile still da und hielt ihn fest, bis etwas Ruhe in seinen Körper einkehrte. Stimmen erklangen nun unmittelbar vor der Tür, die aber glücklicherweise geschlossen blieb. Sie hörten das Trappeln vieler Schritte, ein Mann brüllte Befehle und jemand wimmerte kläglich wie ein verwundetes Tier.

»Sie bringen die Gefangenen«, flüsterte Shao Yu. »Jene, die am Altar geopfert werden sollen.«

Langsam löste er sich aus Charlottes Umarmung. Seine Atemzüge waren wieder regelmäßig geworden, doch aus den Tiefen seiner Augen blickte ihr das Grauen entgegen.

»Was genau geht da draußen vor sich?«, wagte Charlotte endlich zu fragen.

Er rang eine Weile nach Worten, doch schließlich begann er völlig ruhig zu erzählen: »Zunächst wurden wir alle zusammengerufen und es hieß, wir sollten die fremden Teufel verjagen. Aber es gelang uns nicht, in ihr Viertel einzudringen, sie wehrten uns mit ihren Feuerwaffen ab. Jeder konnte sehen, dass wir nicht unverwundbar sind, doch unsere Anführer trieben uns weiter, um die Verbündeten der Fremden anzugreifen.«

Er machte eine kurze Pause und lehnte sich gegen die Wand der Hütte. Charlotte fiel jetzt erst auf, dass das Rot seiner Kleidung an manchen Stellen dunkler geworden war. Sie verbannte die Ahnung, woher diese Farbe stammte, aus ihrem Bewusstsein, während er mit seinem Bericht fortfuhr: »Ich hatte damit gerechnet, gegen Soldaten anzutreten, aber diese Leute waren unbewaffnet, viele von ihnen Frauen, Kinder und alte Leute, die sterben sollten, weil sie eine fremde Religion angenommen hatten. Ich … ich konnte es nicht. Ich wartete eine günstige Gelegenheit ab und lief weg, weil ich ein Feigling bin.«

Er senkte den Kopf und blickte starr auf den platt getretenen Boden zu seinen Füßen. Charlotte legte eine Hand auf seine Schulter.

»Ein Feigling bist du ganz sicher nicht«, versicherte sie. »Nur klüger als die anderen, weil du dich nicht von Lügen hast aufhetzen lassen. Was da draußen geschieht, hat nichts mit der Befreiung unseres Volkes zu tun, es ist nur ein sinnloses Gemetzel.«

Shao Yu wandte ihr den Kopf zu. Endlich war das Grauen aus seinem Blick verschwunden.

»Du hattest recht«, sagte er leise. »Wir hätten fliehen sollen.«

»Das können wir doch immer noch!«, rief Charlotte, beinahe glücklich angesichts seines Sinneswandels. »Wir müssen nur Geduld haben, bis wir eine Möglichkeit bekommen, uns davonzuschleichen. Sobald wir Beijing verlassen haben, findet uns niemand mehr.«

»Man wird uns nicht einmal suchen«, sagte Shao Yu nach kurzem Überlegen. »Wir sind zu unwichtig. Aber wie sollen wir bis nach Shanghai kommen, ohne Geld und ohne irgendein Reittier? In der Gegend wimmelt es von Kriegern der Yihetuan Yundong und sonstigen Banditen. Für uns zwei allein ist so eine Reise lebensgefährlich.«

»Meinst du hier wird es weniger gefährlich?«, widersprach Charlotte. »Es ist nur eine Frage der Zeit, bis jemandem auffällt, dass wir mit dem Morden nicht einverstanden sind. Ich glaube, das pockennarbige Mädchen aus Quantous Truppe verdächtigt mich bereits.«

Shao Yu runzelte die Stirn.

»Ich hatte stets den Eindruck, dass sie nicht ganz bei Verstand ist.«

»Das kann sein, aber sie macht mir Angst«, erwiderte Charlotte. Draußen wurden die Stimmen lauter. Jemand rief, dass die Verletzten den Hongdeng Zhao zur Pflege übergeben werden sollten.

»Ich muss jetzt gleich zu meiner Gruppe zurück«, sagte Charlotte nervös. »Es ist nicht gut, wenn jemandem auffällt, wie lange ich weg war.«

Shao Yu neigte kurz den Kopf, zog sie dann in seine Arme.

»Wir werden gehen«, versicherte er ihr zum Abschied. »Sobald es möglich ist, verschwinden wir. Irgendwie kommen wir nach Shanghai.«

Sie lächelte ihn an und verschwand nach draußen. Nun, da sie ein klares Ziel vor Augen hatte, fühlte sie sich dem Grauen, das sie dort erwartete, gewachsen.

Charlotte verbrachte den Rest der Nacht damit, die Verletzten zu versorgen. Sie verband Wunden unter der Aufsicht der Da jiejie, wusch das Blut und den Schweiß von Gesichtern stöhnender Männer. Bald schon nahm sie den üblen Geruch im Raum nicht mehr wahr, ebenso wie die Schreie der Verletzten, die aber von denen der Opfer übertönt wurden, die nun am Altar starben. Sie war dankbar, dass die Aufgabe der Krankenpflege sie davor bewahrte, dabei zusehen zu müssen.

Bald schon, da käme sie von hier fort. Der Wahnsinn hatte ein absehbares Ende, alles würde vorüber sein, sobald sie mit Shao Yu geflohen war. Der Gedanke half ihr, die Fassung zu wahren, als ein halbwüchsiger Knabe vor ihren Augen zu einem leblosen Körper erstarrte, aus dessen halb offenem Mund noch etwas Speichel floss.

»Ich glaube, er ist tot«, erklärte sie der Da jiejie, die im Raum auf und ab schritt, um Anweisungen zu erteilen. Ihre Aussage löste nur ein Stirnrunzeln aus.

»Er kann nicht sterben, da er unverwundbar ist. Die Kraft unserer großen Krieger hat ihn erfüllt. Er ruht sich nur aus. Lass ihn liegen, bald schon wird er aufstehen.«

Charlotte legte ihr Ohr auf die schmächtige Brust des Knaben. Die Stille darin war grässlicher als alle Schreie, die sie bisher gehört hatte.

»Aber er ist wirklich …« Sie verstummte unter dem durchdringenden Blick der Da jiejie, stand auf und wandte sich dem nächsten Verletzten zu. Bald schon, da käme sie von hier fort. Immer wieder ließ sie diese Worte in ihrem Kopf erklingen, denn sie gaben ihr die nötige Kraft, um mit der Versorgung der Opfer dieses wahnwitzigen Kampfes fortzufahren.

Am nächsten Tag durfte sie länger schlafen als jemals zuvor seit ihrer Ankunft, als hätte selbst die Da jiejie begriffen, dass all ihre Mädchen am Ende ihrer Kräfte waren. Nach einem raschen Morgenmahl wurden sie angewiesen, in die Stadt aufzubrechen, um die eroberten Straßen weiter zu kontrollieren. Mit ihren Schwertern bewaffnet liefen sie los. Unmittelbar vor dem Eingangstor warteten bereits die männlichen Krieger mit ihren roten Stirnbändern und schwangen Fahnen. Charlotte war eine der wenigen, die den Text darauf zu entziffern vermochten: Unterstützt die Qing, vernichtet die Ausländer. Nun, im schonungslos klaren Tageslicht, vermochte sie die Ausmaße der nächtlichen Zerstörung gänzlich zu sehen. Ganze Straßenzüge waren niedergebrannt worden, Leichen lagen unter schwarzen Fliegenschwärmen begraben. Ein paar Straßenhunde nagten an ihnen. Charlotte drohte ihnen mit dem Schwert, um sie zu verjagen, was ihr ein paar erstaunte Blicke einbrachte.

»Sind keine kaiserlichen Soldaten unterwegs?«, fragte sie die Da jiejie.

»Sie werden uns nicht daran hindern, die Ausländer zu vertreiben«, kam es sogleich zurück. Charlotte verzichtete, darauf hinzuweisen, dass sie unter den Toten bisher fast nur Chinesen gesehen hatte und die niedergebrannten Gebäude nicht von Ausländern bewohnt gewesen waren.

Sie erreichten einen Platz dicht neben der Mauer zur Mandschustadt, wo sich bereits etliche Mitglieder der Yihetuan Yundong versammelt hatten. Die Krieger vollführten ihre Kampfübungen, während Charlotte und ihre Gefährtinnen sie durch ihre Gegenwart stärken und zur Höchstleistung anspornen sollten. Sie verteilten sich um die Gruppen der Krieger herum und hoben ihre Laternen, obwohl es keines zusätzlichen Lichts bedurfte, um sehen zu können. Ein paar neugierige Zuschauer hatten sich eingefunden. Manche starrten nur starr und stumm, doch es erklangen auch einige Jubelrufe. Das gestrige Massaker hatte den Yihetuan Yundong nicht alle Sympathien geraubt.

Charlottes Stimmung erhellte sich, als sie Shao Yu entdeckte. Er stand am Rande einer Kriegertruppe und schwenkte seinen Speer auf schwungvoll elegante Weise. Von dem verzweifelten Jungen, den sie noch vor wenigen Stunden in ihren Armen gehalten hatte, war nichts mehr übrig. Charlotte musterte ihn fasziniert, da sah sie, wie er sich unauffällig in ihre Richtung zu schleichen versuchte. Um keine Aufmerksamkeit zu erregen, ging sie ihm langsam entgegen und hob die Laterne, als wolle sie ihn damit segnen.

»Das ist die Gelegenheit«, flüsterte er ihr rasch zu. »In der Stadt herrscht völliges Chaos. Versuche dich auf dem Rückweg von der Gruppe abzusondern. Ich werde es ebenfalls tun. Wir treffen uns am Yang Tung Men, dem Ausgangstor der Stadt. Dort warte ich auf dich oder du auf mich.«

Er sah sich kurz um, dann redete er noch leiser weiter: »Ich habe ein bisschen Geld aufgetrieben. Im nächsten Dorf kaufen wir uns einen Esel und einen Karren.«

Charlotte unterdrückte einen Freudenschrei und gesellte sich wieder zu ihren Gefährtinnen, um weiter die Kampfübungen zu beobachten. Im Hintergrund schwoll ein empörtes, aufgebrachtes Murmeln an.

»Die Teufel wagen sich tatsächlich nach draußen!«, rief das Mädchen an Charlottes Seite. Ihr Gesicht war nach oben zur Mauer gerichtet. Charlotte sah in dieselbe Richtung. Tatsächlich, ein paar Westler in dunklen Anzügen und Uniformen schritten auf der Mauer zur Mandschustadt entlang, die gewöhnliche Chinesen nicht betreten durften. Ein hochgewachsener, elegant wirkender Mann ging nach der Manier eines geborenen Anführers voraus. Aus jeder seiner Bewegungen sprach ein starkes, fast trotziges Selbstvertrauen, als wolle er allen Zuschauern beweisen, dass die Ereignisse der gestrigen Nacht ihn nicht eingeschüchtert hatten. Kein Wunder, befand Charlotte, denn ins Gesandtschaftsviertel hatten keine Krieger eindringen können. Verschwendete der Mann einen einzigen Gedanken an die vielen chinesischen Christen, die gestorben waren? Es schien ihr unwahrscheinlich.

Die Krieger setzten ihre Übungen fort, bewusst bemüht, die Gegenwart ihrer Feinde zu ignorieren, denn aus der Ferne konnten sie mit ihren Schwertern und Speeren niemanden angreifen. Charlotte hoffte, die Männer auf der Mauer würden schnell verschwinden, da sie die Stimmung nur unnötig aufheizten. Zu ihrem Leidwesen flogen ein paar Steine aus der Menge, die jedoch nicht einmal annähernd ihr Ziel zu treffen vermochten, sondern an der Mauer abprallten. Dennoch blieb der schwarz gewandete Anführer stehen und warf einen zornigen Blick auf die sich tief zu seinen Füßen tummelnden Chinesen. Charlotte erblickte einen sorgsam gezwirbelten Schnurrbart in einem vornehmen, aber auch energischen Gesicht. In einem früheren Leben hätte dieser Mann ihr vielleicht gefallen.

Sie sah, wie er sich der uniformierten Wache hinter ihm zuwandte und etwas sagte. Vermutlich handelte es sich um einen Befehl, denn plötzlich wurden Gewehre gehoben. Charlotte unterdrückte einen Aufschrei, den ihre Da jiejie sicher als Zeichen der Feigheit gedeutet hätte. Sie sollten wohl eingeschüchtert werden, doch unterschätzte der Mann dort oben die Sturheit der versammelten Krieger, denn niemand rührte sich von der Stelle. Am liebsten wäre Charlotte sofort zu Shao Yu gerannt, um ihn wegzuzerren, aber sie wusste, wie sehr sie ihn und auch sich selbst durch ein solches Benehmen bloßgestellt hätte. Um nicht verdächtig zu wirken, zwang sie sich, ruhig zu bleiben. Die Männer hatten keinerlei Anlass, auf jemanden hier unten zu schießen, da ihnen nicht die geringste Gefahr drohte. Sie wollten nur ihre Kraft demonstrieren, nichts weiter. Aber wo waren sie mit ihren hochmodernen Schusswaffen in der gestrigen Nacht gewesen, als man hilflose Menschen niedergemetzelt hatte?

Dicht neben sich sah Charlotte einen der Krieger zu Boden fallen, als hätte er ganz plötzlich die Kraft über seine Beine verloren. Erst als sie sich staunend zu ihm hinabbeugte, hörte sie das ohrenbetäubende Krachen eines Schusses. Ein rotes Rinnsal lief über die Brust eines weiteren Mannes, der als unverwundbar galt, aber niemals wieder aufstehen würde. Fassungslos blickte Charlotte hoch zur Mauer. Die Mündungen von Gewehren waren nun unmittelbar auf die bunt gemischte Menge gerichtet, in der weitere Körper zusammenbrachen, während es unbarmherzig krachte.

»Aufhören!«, schrie Charlotte auf Englisch. »Niemand hier kann sich wehren!« Ihre Stimme ging in den allgemeinen Rufen von Zorn und Empörung unter. Fliehen, schoss es ihr durch den Kopf, nur weg von diesem Ort, wo sie ein paar westlichen Scharfschützen als willkürlich gewählte Zielscheibe bei Schießübungen diente. Sie schubste sich durch die tobende Menge, um Shao Yu zu holen, denn nun war es ihr völlig egal, was man von ihnen halten würde, solange sie nur überlebten. Sie rief seinen Namen und hörte ihn antworten. Er war unvorsichtig genug, sie aus alter Gewohnheit Sha Lo Te zu nennen, doch im Augenblick achtete niemand darauf. Mit gesenktem Speer kam er auf sie zu, und Charlotte streckte ihm ihre Hand entgegen. In dem allgemeinen Aufruhr konnten sie vielleicht jetzt schon verschwinden. Seine Finger legten sich um ihre Hand und schickten wohltuende Wellen durch ihren Körper. Wieder vermochte sie Erleichterung, fast Glück zu empfinden, denn nun würden sie gemeinsam zu einem Leben als Mann und Frau aufbrechen.

Seine Hand erschlaffte ganz plötzlich, und als Charlotte ihn in die Knie sacken sah, dachte sie für einen Augenblick, er sei nur gestolpert. Verstört rief sie seinen Namen, versuchte ihn wieder hochzuziehen und blieb schließlich fassungslos vor seinem Körper stehen, dessen Wärme sie noch vor ein paar Stunden in ihren Armen gespürt hatte. Blut floss aus der Schusswunde an seinem Hinterkopf, und kein einziger Atemzug bewegte mehr seine Brust. Die Erkenntnis, dass er niemals wieder aufstehen, lachen, mit ihr sprechen und ihre Haut berühren würde, drohte Charlottes Kopf zu zersprengen. Sie begann zu schreien. Diesmal musste sie lauter gewesen sein als alle Umstehenden, denn sie spürte Hände, die an ihren Schultern zogen, um sie von Shao Yu zu entfernen. Die Da jiejie sprach ein paar ermahnende Worte, doch Charlotte krallte sich verzweifelt an ihrem Geliebten fest, als könnte sie ihn dadurch in ihrem Leben bewahren.

»Lass sie eine Weile in Ruhe, das ist ihr Bruder«, hörte Charlotte eine andere, ihr bekannte Stimme sagen. Es war Mayi, die ihr bisher in der Menge noch nicht aufgefallen war. Glücklicherweise sagte die Da jiejie nun nichts mehr davon, dass die getroffenen Krieger bald wieder aufstehen würden, denn dies hätte Charlotte nicht stillschweigend zu ertragen vermocht. Auf Shao Yus rotem Kittel sah sie noch ein aufgenähtes Stück Papier, das ihn wie viele andere der Krieger für unverwundbar erklärte.

Die Menge um sie herum war zu einem tobenden, schreienden Ungeheuer geworden. Wieder flogen Steine, und diesmal mussten einige ihr Ziel getroffen haben, denn rauschender Jubel erklang. Charlotte blickte auf und sah, wie die Fremden auf der Mauer davoneilten. Ihr Anführer hatte nichts an Selbstgewissheit verloren, doch auch seine Beine bewegten sich in Hast.

Sie hob ihre Faust und ließ ihre Stimme zu einer von Tausenden werden, die immer wieder dasselbe Wort von Zorn und Hass schrien: Shā.

Kapitel 27

Elsa schritt mit einem Eimer Wasser und Verbandszeug die endlose Reihe der Verwundeten entlang, die im Laufe der letzten vier Tage im Gesandtschaftsviertel eingetroffen waren. George Morrison hatte auf seine schwungvoll energische Weise einen chinesischen Adeligen, den Prinzen Su, davon überzeugt, seinen unmittelbar neben den Gesandtschaften liegenden Palast, Fu genannt, für sie zu räumen, sodass die aus der Stadt geflohenen Chinesen nun in einer großen Anlage mit künstlichen Teichen, Brücken und Pavillons untergebracht waren. Die zauberhafte, grazile Schönheit der Bauwerke schien fast grotesk angesichts des menschlichen Elends, das sie nun regelrecht überrollte. George Morrison war ungefähr zur selben Zeit wie Elsa ins Gesandtschaftsviertel zurückgekehrt, begleitet von ein paar anderen Männern mit grünlich blassen Gesichtern und zahllosen chinesischen Flüchtlingen, deren Anblick allen Umstehenden die Sprache verschlug. Körper, die oft von ihren Angehörigen getragen werden mussten, da sie sich selbst kaum noch vorwärtsbewegen konnten, wurden auf der Legation Street niedergelegt. Blutüberströmte Gesichter, verbrannte Gliedmaßen und offene Wunden, um die bereits Fliegen schwirrten, hatten eine fast gespenstische Stille ausgelöst. Allein die mitgebrachten Kinder hatten vereinzelt gewimmert, doch die meisten der kleinen Gesichter waren zu einem Ausdruck verstörten Grauens erstarrt gewesen, das sie in sich gefangen hielten, da sie keine Worte dafür kannten.

Elsas chinesische Kleidung war in dem allgemeinen Aufruhr kaum aufgefallen. Sie hatte sich auf ihrem Zimmer rasch umgezogen, um dann ihren Beitrag zu leisten, damit dieses auf alle Anwohner einstürzende Chaos in geregelte Bahnen gelenkt werden konnte.

Nun wickelte sie einen Verband um den von einer Schwertklinge zerfetzten Arm einer Frau, deren einst prächtiges Seidengewand blutgetränkt war. Anfangs hatte sie noch Interesse an der Vorgeschichte der Verwundeten gehabt, sich überlegt, ob sie alle wirklich Konvertiten waren oder einfach das Pech gehabt hatten, in das allgemeine Gemetzel zu geraten. Inzwischen hatte die Menge der Patienten ihren Wissensdurst erstickt. Sie bemühte sich, wie eine Maschine zu funktionieren, frei von Gedanken und Gefühlen, denn anders war dieser Zustand nicht zu ertragen.

»Sie haben Père Garrigues, bei dem ich regelmäßig zur Beichte ging, auf den Stufen der Tungtang Kathedrale getötet«, erzählte Juliette Lefèvre, die dicht neben ihr einen kleinen Jungen wusch, »und zwei der Kathedralen komplett niedergebrannt, Tungtang und Nantang, also die östliche und die südliche.«

Mit flinken Fingern machte sie ein Zeichen des Kreuzes.

»Aber die Peitang, die Nordkathedrale, konnte dem Angriff angeblich standhalten. Bischof Favier hatte auch rechtzeitig Schutzwachen bei Monsieur Pichon, unserem Gesandten angefordert. Er ist ein voraussehender Mann.«

Sie steckte ihren blutgetränkten Lappen in einen Wassereimer und wrang ihn dann aus, bevor sie zum nächsten Patienten weiterging. Elsa staunte, mit welcher Selbstverständlichkeit diese lebenslustige, eitle Französin sich in all dem Elend aufrecht hielt. Die zahlreichen anderen Gouvernanten aus dem Gesandtschaftsviertel hatten sich gar nicht erst zur Pflege der Kranken gemeldet, da eine solche Arbeit nicht ihrem gesellschaftlichen Stand entsprach und zudem sehr unangenehm war, aber Juliette war ohne Zögern dem Beispiel ihrer deutschen Freundin gefolgt.

»Wissen wir, wie es um die Kathedrale steht?«, fragte Elsa und erhielt ein Kopfschütteln als Antwort.

»Schon der Baron de Giers meinte, es sei derzeit keine Kommunikation möglich, und Monsieur Pichon hat es mir bestätigt.«

Juliette hatte zwar beruflich rein gar nichts mit Politik zu tun, aber ihr liebreizendes Gesicht verschaffte ihr oft schnelleren Zugang zu wichtigen Informationen, als Elsa durch ihre Tätigkeit auf einer Gesandtschaft gewinnen konnte.

Im hinteren Ende des Raumes begann ein Mann, mit heiserer Stimme zu schreien. Elsa raffte ihren Rock, um sich an zahllosen Körpern vorbeizuschlängeln. Sie wusste, dass sie keine Schmerzmittel verabreichen konnte. Zwar beteiligten sich alle Ärzte des Gesandtschaftsviertels an der Pflege der Verwundeten, aber die Medikamente waren schnell knapp geworden. Elsa ging davon aus, dass man noch genügend Vorräte für die eigenen Leute aufheben wollte, fragte taktvollerweise aber nicht nach.

Der Mann, dessen rechter Arm abgehackt worden war, litt an hohem Fieber und fiel immer wieder in Bewusstlosigkeit, aus der die Schmerzen ihn leider manchmal aufweckten. Elsa gab ihm ein Glas Wasser zu trinken und wischte den Schweiß von seinem Gesicht. Vielleicht hätte es geholfen, wenn jemand seine noch verbliebene Hand gehalten hätte, aber ihr fehlte dazu die Zeit und er schien hier keine Verwandten zu haben. Erleichtert sah sie, wie seine Augen sich schlossen und er ruhiger atmete. Dr. Velde rechnete damit, dass er in den nächsten Tagen starb, was in seinem Fall wohl eine Erlösung wäre.

Sie sah sich nach Juliette um, an deren Seite sie am liebsten arbeitete, und entdeckte sie im Gespräch mit der geretteten Nonne, Sœur Angélique, ein Stück neben einem Pavillon. Sie wollte hinzueilen, denn die alte Nonne war vielleicht in der Lage, dem Sterbenden Trost zuzusprechen, da hörte sie plötzlich, wie jemand leise ihren Namen rief.

Verwundert drehte sie sich um. Ein schmächtiger, erschöpft aussehender Chinese hielt die Hand einer alten Frau, blickte aber gleichzeitig mit einem Funken von Hoffnung in Elsas Richtung. Es dauerte einen winzigen Augenblick, da hatte sie seine Gesichtszüge erkannt.

»Jeremy!«, rief sie erstaunt. Sie hatte ihre einstigen Vermieter bei Sir Robert Hart in Sicherheit vermutet, doch als sie sich über die Frau beugte, deren Hand Jeremy fest umklammert hatte, entfuhr ihr ein leiser Schrei. Bisher hatte sie nur ihr unbekannte Chinesen sterben sehen, aber hier lag die tyrannisch-fürsorgliche Frau Guo mit halb geschlossenen Augen auf dem Boden, schwer atmend und glühend vor Fieber. Ihr linker Arm und Teile ihres Oberkörpers wiesen jene Zeichen von Verbrennungen auf, die Elsa inzwischen vertraut geworden waren: riesige Blasen, rote oder bereits schwarz verkrustete Haut, die an Vulkangestein erinnerte. Vermutlich empfand die Frau an diesen Stellen kaum noch Schmerzen, da Teile ihres Körpers abgestorben waren, doch quälten sie noch die leichteren Verbrennungen. Außerdem schwebte sie in Gefahr, an den Folgen ihrer Verletzungen zu sterben, wie Elsa von Dr. Velde gelernt hatte.

»Es ist meine Schuld«, erklärte Jeremy unaufgefordert, während Elsa sich an seine Seite setzte. »Meine Eltern wollten mir nicht in das Viertel der Fremden folgen, denn sie dachten, es würde als Erstes angegriffen werden.«

Elsa nickte. Die Annahme war richtig gewesen, doch hatten die alten Guos die Wirksamkeit moderner Waffen unterschätzt.

»Stattdessen zogen sie zu Verwandten, denn es schien ihnen unklug, zu nahe bei den Gesandtschaften zu bleiben.«

Er blickte hilflos zu seiner Mutter, die leise stöhnte.

»Sie wohnten in der Nähe der Nantang, der Kathedrale. Dort trieb man sie alle hinein, verschloss die Tore und zündete das Gebäude an. Wer zu fliehen versuchte, wurde mit Speeren wieder hineingetrieben.«

Er verstummte für eine Weile. Elsa fragte sich, warum so viele Menschen asiatische Gesichter für undurchschaubar hielten, denn sie konnte den Schmerz in jedem einzelnen seiner Züge lesen.

»Mein Vater ist tot«, fuhr er nach einer kurzen Pause fort. »Meine Mutter hatte Glück, denn sie überlebte und wurde hierher gebracht. Aber nun … ich fürchte, sie erlebt den nächsten Tag nicht mehr. Und alles nur, weil ich sie nicht überzeugen konnte, auf mich zu hören.«

Er senkte den Blick und verstummte, doch drückte seine verkrampfte Haltung mehr Leid aus als tausend Schreie. Elsa fühlte, wie ein bisher erfolgreich verdrängtes Gefühl von Verzweiflung ihr Tränen in die Augen trieb.

»Ich hole Dr. Velde. Er ist ein sehr guter Arzt«, versprach sie schnell und wagte, kurz eine Hand auf seine Schulter zu legen. Er nahm es hin, seine Atemzüge schienen etwas ruhiger zu werden. Dann sprang sie auf, um ihre Worte in die Tat umzusetzen.

Der deutsche Gesandtschaftsarzt war ebenso wie seine Kollegen der anderen Nationen ununterbrochen auf den Beinen, um die Verletzten zu versorgen. Als Elsa ihn ein Stück neben dem Eingangstor des Palastes entdeckte, bemerkte sie, welch tiefe Ränder die Erschöpfung unter seine Augen gekerbt hatte.

»Bitte!«, begann sie hilflos. »Ich weiß, sehr viele Leute hier brauchen Sie jetzt, aber da ist eine Bekannte von mir …«

Der Arzt musterte sie kurz über die Ränder seiner Brille hinweg. »Eine Chinesin?«

Elsa zögerte mit ihrer Antwort. Außer ein paar vereinzelten Nonnen gab es keine Verletzten europäischen Ursprungs, doch diese waren als Erste versorgt und zudem in geschlossenen Räumen untergebracht worden.

»Die Mutter eines Angestellten von Sir Robert Hart«, sagte sie und merkte zufrieden, wie schnell er sich in Bewegung setzte. Sein Eifer erlahmte auch dann nicht, als er die fiebernde Frau Guo erblickte. Nachdem Jeremy sich in seinem fehlerfreien Englisch für das schnelle Eintreffen des Arztes bedankt hatte, nickte Dr. Velde ihm respektvoll zu.

Er untersuchte Frau Guos Wunden schnell und mit unbewegter Miene, wandte sich dann wieder an Elsa.

»Schwere Verbrennungen, wie bei sehr vielen Leuten hier«, stellte er fest. »Man sollte sie in Decken wickeln … falls wir noch welche haben.«

Elsa überkam ein Gefühl der Enttäuschung, denn das hätte sie mittlerweile auch ohne den Rat des Arztes erledigen können. In den letzten Tagen hatte sie einiges über die Versorgung von Brandwunden gelernt. Verletzte mit Verbrennungen kühlten schnell aus und ihre Wunden mussten vor den allgegenwärtigen Fliegen geschützt werden, die Infektionen verbreiteten. Leider begannen die im Gesandtschaftsviertel gesammelten Decken tatsächlich knapp zu werden. Sie überlegte kurz, dann richtete sie sich auf.

»Madame Chamot ist inzwischen eine gute Freundin von mir. Ich werde sie bitten, Frau Guo im Hotel unterzubringen«, schlug sie vor. Vielleicht würde Jeremys Mutter trotzdem sterben, aber wenigstens könnte sie ihre letzten Tage in einer sauberen, freundlichen Umgebung zubringen. Decken gab es dort sicher noch genügend.

»Dann machen Sie es so, Fräulein Skerpov«, stimmte der Gesandtschaftsarzt, nach dem bereits wieder lautstark gerufen wurde, ihr ohne Zögern zu. »Und dann gönnen Sie sich eine Stunde Pause, essen etwas und legen sich kurz hin. Niemandem ist dadurch geholfen, dass Sie zusammenbrechen.«

Er entfernte sich, ohne Elsas Antwort abzuwarten, doch konnte sie plötzlich spüren, wie jeder einzelne ihrer Knochen schmerzte und wie schwer ihre Glieder geworden waren.

»Können Sie ihre Mutter tragen?«, fragte sie Jeremy, der sofort seine Arme unter Frau Guos Leib schob. Sie war in erlösende Bewusstlosigkeit gefallen, sodass der Transport problemlos ablief. Annie Chamot scheuchte gerade ihre Dienstboten herum, denn sie duldete trotz der angespannten Lage keine Störungen beim regelmäßigen Arbeitsablauf. Elsas Bitte wurde nach kurzem Zögern gewährt und Frau Guo kam in einer kleinen Abstellkammer unter, wo es zwar muffig roch, aber ein kleines Fenster für etwas Helligkeit sorgte. Sie erhielt eine alte, durchgelegene Matratze und zwei Tischtücher, in die sie gewickelt wurde. Einer der Diener versorgte Jeremy mit Reis und Suppe. Elsa wollte sich wieder auf den Weg ins Spital machen, als draußen der Alarm ertönte. Sie kannte den durchdringenden Pfeifton bereits gut, denn er war in den letzten Tagen regelmäßig zu hören gewesen. Stets versammelten sich alle vor der britischen Gesandtschaft, dem größten aller Gebäude, wo sie im Falle eines heftigen Angriffs Unterschlupf finden könnten, doch war dieser Angriff bisher ausgeblieben. Gestern hatte man sie dennoch fast eine Stunde lang herumstehen lassen. Elsa kam nicht gegen den Eindruck an, dass sämtliche Gesandten von der Lage überfordert waren, was sie beunruhigte. Ihr fielen wieder die Worte des hilfsbereiten Mandarins ein. Vielleicht würde sie bald schon ihre chinesische Verkleidung brauchen, um sich retten zu können.

Bevor sie weiter in trübe Gedanken sinken konnte, wurde sie von einer breit grinsenden Polly herbeigewunken.

»Wieder so ein dämlicher Aufmarsch!«, meinte die Amerikanerin fröhlich. »Aber so behält man den Überblick über alle Leute hier. Ihr Herr Gesandter hat ganz schön für Aufsehen gesorgt, Miss Skerpov. Die liebe Maud hat sich einen wahrhaft temperamentvollen Teutonen geangelt.«

Elsa schluckte. Der Freiherr von Ketteler hatte von der Mauer aus auf unbewaffnete Chinesen schießen lassen, die er für Boxer hielt. Zudem hatte er die Forderung des Präfekten von Peking, den auf der Legation Street gefangen genommenen Jungen auszuliefern, abgelehnt. Erst wenn die Regierung energisch gegen die Boxer vorging, sei er zu Verhandlungen bereit, hatte seine Botschaft gelautet.

»Ein willensstarker Mann, das muss man ihm lassen. Nun hat er ja Gelegenheit, sich als Held zu profilieren«, plapperte Polly fröhlich weiter. Elsa schluckte eine bissige Bemerkung. Wenn die verwöhnte Tochter eines angesehenen Richters nur einen Tag im Fu Kranke gepflegt hätte, würde ihr vielleicht der Humor vergehen. Aber sie vermochte nicht mit Polly zu streiten, denn ihre gelassene Fröhlichkeit wirkte im Augenblick entspannend.

Sie standen eine Weile ohne ersichtlichen Grund herum, dann wurden sie entlassen. Elsa entdeckte Juliette, die sich gerade mit der ältesten Tochter des russischen Gesandten, einer blassen, schüchternen Sechzehnjährigen unterhielt, und winkte ihr kurz zu. Sogleich kam Juliette auf sie zugeeilt.

»Ich kann heute leider nicht mehr ins Fu, die Baronin wünscht, dass ich ihr und ihrer Tochter vorlese«, meinte sie seufzend. »Vorher will ich Igor noch schnell eine Tasse Kaffee bringen. Er muss schon seit dem frühen Morgen beim Tor neben der russischen Gesandtschaft Wache halten und wird sich über eine Stärkung freuen. Kommen Sie mit?«

Elsa nickte, denn Juliettes Gegenwart tat ihr wohl. Anders als Polly hatte sie das ganze Ausmaß des über die Stadt hereingebrochenen Elends deutlich vor Augen gehabt, vermochte jeden Tag aber dennoch optimistisch und lebensfroh anzugehen. Elsa hingegen wurde von Albträumen geplagt, die ihr immer wieder die vor ihren Augen abgeschlachteten kleinen Mädchen zeigten sowie all die wahllos auf den Straßen verstreuten Leichname, über die sie bei ihrem nächtlichen Herumirren gestolpert war. Sie flüchtete sich in ihre Arbeit, versuchte ihren Körper zur äußersten Erschöpfung zu treiben, damit er für wenigstens ein paar Stunden in steinernen Schlaf fallen würde, der zu tief war, um derartige Träume zuzulassen. Bisher war es ihr nicht gelungen.

Juliette hakte sich bei ihr ein, als sie gemeinsam zu der russischen Gesandtschaft gingen, die sich unmittelbar neben der britischen befand.

»Gestern Abend, da hatten die de Giers Besuch«, plauderte sie unterdessen. »Dieser abenteuerlustige Australier, mit dem

Sie im Hotel ganz gern reden, war unter anderem da, und er brachte noch so einen komischen Kauz mit, der angeblich immer für ihn übersetzt. So ein unscheinbarer, auffallend blasser Mann.«

»Edmund Backhouse«, ergänzte Elsa. Er war in den letzten Tagen sehr oft im Hotel erschienen, nachdem er früher eher ein eigenbrötlerisches Dasein außerhalb des Gesandtschaftsviertels geführt hatte. Doch nun konnte er sich eine solche Abgeschiedenheit nicht mehr erlauben. Überhaupt begann das nur aus wenigen Straßen bestehende Viertel der Fremden, langsam aus den Nähten zu platzen. Noch vor ein paar Tagen waren drei resolute englische Lehrerinnen mit über hundert chinesischen Schulmädchen erschienen und hatten um Aufnahme gebeten. Nun schliefen sie alle in der Kapelle der amerikanischen Mission zwischen den Kirchenstühlen auf dem nackten Boden. Die Lehrerinnen waren angeblich alle mit Revolvern bewaffnet.

»Und dieser Backhouse, also der plauderte ein bisschen mit mir«, erzählte Juliette munter weiter. »Vouz savez, Igor war nicht da, und ich dachte mir, wenn ich mich den ganzen Abend mit einem einzigen Mann abgebe, dann lassen mich die anderen alle in Ruhe. Igor kann nämlich furchtbar eifersüchtig sein.«

Sie seufzte tief, sah dabei aber durchaus zufrieden aus. Die Furcht ihres Liebhabers, sie an einen ihrer zahlreichen Verehrer zu verlieren, schien ihr Freude zu bereiten. Zu ihrem Staunen empfand Elsa fast Mitleid mit Igor, denn aufgrund seiner beruflichen Pflichten konnte er nicht viel Zeit mit seiner Angebeteten verbringen.

»Also bei diesem Backhouse, da wusste ich gleich, der interessiert sich nicht für mich«, redete Juliette indessen weiter. »In der Stadt sind jetzt doch so viele Straßen niedergebrannt worden und wissen Sie, worüber er am meisten trauert?«

Ohne eine Antwort auf ihre Frage abzuwarten, rückte sie näher an Elsa heran.

»Es soll da so ein Viertel gegeben haben, wo Männer hingingen, um andere Männer zu treffen, um zu … vous comprenez?«

»Ich glaube, ich weiß, was gemeint ist«, erwiderte Elsa, die Juliettes Vorliebe für Klatschgeschichten manchmal ermüdend fand. Sie staunte jedoch über Backhouse, der es gewagt hatte, ein solches Thema gegenüber einer jungen Dame anzuschneiden.

»Und dann berichtete er mir noch, dass die Kaiserinwitwe sich junge, westliche Männer als Liebhaber hält. Und dass er selbst … schon bei ihr im Palast gewesen ist. Meinen Sie, das stimmt?«

Juliettes Augen waren blitzende schwarze Steine im grellen Sonnenlicht.

»Offen gesagt glaube ich es nicht«, erwiderte Elsa nach kurzem Überlegen. Edmund Backhouse vermittelte den Eindruck, nicht wirklich an jenem Ort zu sein, wo er sich gerade befand, denn sein Geist schwebte in anderen Sphären.

»Also ich habe mich ja auch gleich gefragt, ob der Opium raucht.« Juliette kicherte. »Er und dieser Australier passen gar nicht zusammen. George Morrison ist ein echter Kerl, ein Draufgänger, sagen Sie mal Elsa, gefällt er Ihnen denn nicht? Sie sind recht oft mit ihm zusammen.«

Während Elsa sich bemühte, Juliette das Hirngespinst von ihrer heimlichen Schwärmerei für den Times-Korrespondenten auszureden, gingen sie weiter die Legation Street entlang bis hin zu der Mauer, die das Gesandtschaftsviertel von der kaiserlichen Stadt trennte. Hier war Juliettes Igor mit ein paar anderen Kosaken als Wächter eingeteilt worden. Die Männer saßen recht entspannt auf dem Boden vor dem verrammelten Eingangstor und spielten Karten, rauchten und reichten eine

Flasche herum. Wodka, vermutete Elsa. Juliette, die eine Blechtasse dampfenden Kaffees in ihren Händen hielt, brachte wohl keine heiß ersehnte Stärkung, aber ihr Auftauchen genügte, um Igors Gesicht zum Strahlen zu bringen. Er war ein großer, kräftiger Mann mit rotbraunem Backenbart, dem Juliette kaum bis zur Schulter reichte, doch verwandelte er sich bei ihrem Anblick in einen handzahmen Tanzbären, dankbar für jedes Zeichen der Aufmerksamkeit. Elsa fragte sich plötzlich, ob es nicht doch reizvoll wäre, eine solche Wirkung auf einen Mann ausüben zu können, hielt es aber in ihrem Fall für unrealistisch. Neben der koketten Juliette kam sie sich stets hoffnungslos steif und linkisch vor.

»Gab es heute wieder irgendwelche Schießereien?«, fragte sie einen der Kosaken auf Englisch, während Juliette und Igor angeregt auf Französisch zu plaudern begannen. Der Mann schüttelte knurrend den Kopf.

»Ruhig, ganz ruhig. Fast, als wäre Frieden.«

Elsa atmete tief durch. Vielleicht würde der Irrsinn doch noch von selbst ein Ende nehmen, denn sie wusste, dass es auch vernünftige Chinesen gab.

Juliette trennte sich schweren Herzens von ihrem Igor und ging dann zur russischen Gesandtschaft zurück. Elsa begleitete sie eine Weile, erwog dann, wieder ins Fu zu gehen, doch fühlte sie sich plötzlich so erschöpft, dass ihr Dr. Veldes mahnende Worte einfielen. Sie sah kurz nach Jeremy und seiner Mutter, zog sich dann auf ihr Hotelzimmer zurück. Beim Anblick des Bettes sackten ihre Beine fast ein und sie schaffte es gerade noch, die Schuhe abzustreifen, bevor sie auf die Matratze fiel. Diesmal störten keine bösen Träume ihren Frieden.

Es dämmerte bereits, als sie erwachte, und sie konnte das Essen aus dem Speisesaal riechen. Ihr Magen knurrte fordernd. Während sie sich hastig in einen präsentablen Zustand zu bringen versuchte, fiel ihr ein, dass sie trotz allem im Schlaf ein Gesicht gesehen hatte, doch war es nicht das von George Morrison gewesen, wie Juliette vielleicht vermutet hätte. Der freundliche, kluge Mandarin, dessen Namen sie sich nicht merken konnte, hatte sich hinter ihre Lider geschoben und ihr ein Gefühl der Sicherheit geschenkt.

Kapitel 28

Diesmal nahmen auch der junge Kaiser und sein offizieller Nachfolger an der Sitzung des Großen Rates teil. Wenrou wagte, nach dem Kotau kurz den Kopf zu heben, um endlich wieder einen Blick auf seinen einstigen Freund werfen zu können, der seit zwei Jahren vom politischen Geschehen ferngehalten wurde. Der Kaiser Guangxu, geboren als Aisin-Gioro Zaitian, Neffe der Kaiserinwitwe, war stets blass und kränklich gewesen, doch nun schien er sich in einen Geist ohne Substanz verwandelt zu haben, der in eine prächtige Robe gehüllt neben dem Thron stand, auf dem seine Tante Platz genommen hatte. Auf der anderen Seite war sein Nachfolger platziert worden, der älteste Sohn des Prinzen Duan, ein robuster, runder Knabe, dessen Gesicht so frisch glänzte wie ein überreifer Apfel. Wenrou stellte fest, dass er ihn nicht mochte, denn er strahlte eine satte Selbstgefälligkeit aus, die nicht einmal an seinem ehrgeizigen Vater zu bemerken war.

Der alte Buddha hockte mit zusammengepressten Kiefern auf dem Thron und ließ sich von einer Hofdame Tee einschenken, während Eunuchen die anderen Anwesenden bedienten. Wenrou nahm den ihm angestammten Platz im Hintergrund ein, von wo aus er das Geschehen schweigend beobachten musste. Gulao stand etwas näher beim Thron, Prinz Duan, Prinz Qing und Ronglu hielten sich in unmittelbarer

Nähe des Thrones auf und hatten daher auch bessere Möglichkeiten, sich an der Diskussion zu beteiligen.

»Ermordete Untertanen, niedergebrannte Straßenzüge und geplünderte Geschäfte«, begann der alte Buddha mit unzufriedener Miene. »Das hat dieser Aufstand uns bisher gebracht. Die Fremden sitzen weiterhin in ihren Gesandtschaften. Kein Einziger von ihnen wurde vertrieben.«

Wieder presste sie die Kiefer aufeinander, was sie wie einen unzufriedenen Hamster aussehen ließ. Wenrou hörte ein leises Räuspern, das vermutlich von Prinz Duan stammte.

»Wir haben jene verräterischen Untertanen ausgemerzt, die die fremden Teufel unterstützten«, verkündete er. Ein leises Murren schwoll im Saal an, verstummte aber, bevor es an Stimmgewalt gewonnen hatte.

»Diese Untertanen wären nach dem Verschwinden der fremden Teufel von selbst zur Besinnung gekommen«, meinte die alte Frau auf dem Thron. »Warum musste die halbe Stadt vernichtet werden? Überall herrscht Chaos. Ich habe genug.«

»Das waren nicht die Yihetuan Yundong, sondern die Mitglieder anderer Sekten, die dem Sohn des Himmels nicht wohlgesonnen sind«, verkündete Xiao Ming mit einer Verbeugung. Prinz Duan warf ihm einen anerkennenden Blick zu, denn offenbar war diese Lüge nicht von ihm angeordnet worden.

»Wer auch immer es war, muss unter Kontrolle gebracht werden«, meinte der alte Buddha ungeduldig. »General Ronglus Truppen werden sich darum kümmern. Wer in Zukunft mit roten Tüchern auf dem Kopf herumläuft, ›Shā‹ ruft und Drohgebärden ausführt, wird hingerichtet. Das soll heute noch in der Stadt verkündet werden. Ich will, dass wieder Ordnung einkehrt.«

Wenrou jubilierte innerlich, als er sah, wie Prinz Duans Gesicht für einen kurzen Augenblick zu einem Ausdruck der Unzufriedenheit verrutschte.

»Ich habe Neuigkeiten, Eure Hoheit«, erklärte er dann. »Ein Heer der Fremden ist zu der kaiserlichen Hauptstadt unterwegs, um den vermeintlich bedrohten Gesandten zu helfen.«

»Dann müssen wir dafür sorgen, dass sie nichts zu beanstanden haben und sogleich wieder abziehen«, verkündete die alte Frau auf dem Thron unbeeindruckt.

Sie stemmte ihre Arme auf die Lehnen des Thronsessels und gab einem Eunuchen ein Stück neben ihr ein Zeichen, mit dem Schreiben zu beginnen, damit ihr Beschluss an die Öffentlichkeit gelangen konnte. Der Aufstand war erst einmal zu Ende.

»Ferner soll eine Nachricht an die fremden Teu… also an die Gesandten geschickt werden«, fuhr die Kaiserinwitwe fort. »Sie sollen sich sicher fühlen, trotz der vergangenen Vorfälle.«

Ronglu wandte sich ihr zu und beide tuschelten eine Weile miteinander, wie sie es vielleicht einmal vor vielen Jahren als heimliches Liebespaar getan hatten, bevor das junge, schöne Mädchen kaiserliche Konkubine geworden war.

»Drei Würdenträger sollen zu den Gesandten aufbrechen, um herauszufinden, wie die Lage dort ist. Ich werde ein kurzes Schreiben an die Engländerin Lady MacDonald verfassen. Sie schien mir bei ihrem letzten Besuch eine umgängliche Person, mit der man sich angenehm unterhalten konnte.«

Der alte Buddha lehnte sich nun gelassen zurück, überzeugt, die Lage erst einmal unter Kontrolle gebracht zu haben. Wenrou wusste von den Palastdamen, dass sie sich als überzeugte Buddhistin zwar an christlichen Missionaren störte und den Ausländern jegliches moralische Empfinden absprach, aber an den Besuchen der Gattinnen der Gesandten hatte sie stets Gefallen gefunden. Im Grunde war sie eine durchaus aufgeweckte Frau mit gesunder Neugier für alles Fremde, doch hatte ihr Schicksal sie zu einer Gefangenen der Palastmauern gemacht.

Hier herrschten uralte, starre Regeln, Machtkämpfe und Intrigen, die jedes Bestreben nach Veränderung im Keim verkümmern ließen.

Die Namen der drei Würdenträger, die zu den Gesandten aufbrechen sollten, wurden verkündet. Wenrou staunte, wie enttäuscht er war, nicht genannt zu werden, denn seine hervorragenden Kenntnisse der englischen Sprache hätten ihn zu einem geeigneten Kandidaten gemacht. Aber er war zu unbedeutend, was er seinem eigenen Versagen zuzuschreiben hatte.

Nur begriff er nicht, warum es ihn derart störte. Diese Aufgabe kam einem Glücksspiel gleich, man konnte Gewinn daraus ziehen, sich aber ebenso ruinieren, denn sollte es zu einem Zwist zwischen dem Kaiserhaus und den Gesandtschaften kommen, würden jene dafür verantwortlich gemacht werden, die die Botschaft des alten Buddha überbracht hatten. Es war weitaus vernünftiger, sich aus diesen Dingen herauszuhalten.

Ein Besuch des Gesandtschaftsviertels hätte es ihm ermöglicht, in Erfahrung zu bringen, wie es um die Deutsche, Elsa Skerpov, stand. Er ging allerdings davon aus, dass sie heil in ihre Unterkunft zurückgekehrt war. Sie war eine Frau, die auf sich selbst aufpassen konnte. Daher gab es keinen Grund, sich Sorgen um sie zu machen, sagte er sich. Doch die Enttäuschung ließ trotz allem nicht nach.

Er sah, wie Prinz Duan sich nun an die Kaiserinwitwe wandte und ihr ein Schreiben überreichte. Die eben noch zufriedene, entspannte Miene der alten Frau wurde schlagartig zu Stein, dann gruben sich missmutige Falten um ihren Mund. Wenrou warf seinem Schwiegervater, der das Geschehen ebenfalls beobachtete, einen ratlosen Blick zu. Prinz Duan hatte irgendetwas ausgeheckt, doch um dem entgegenwirken zu können, mussten sie erst einmal wissen, was in diesem Schreiben stand. Die Gesichter um ihn herum blieben entweder undurchsichtig oder drückten eben jene Ratlosigkeit aus, die auch er empfand.

Der alte Buddha ließ das Papier nach einer Weile sinken und unterbrach mit völlig ruhiger Stimme die Sitzung des Großen Rates, damit im kaiserlichen Garten ein Mittagsmahl eingenommen werden konnte. Wenrou erhob sich mit einem Gefühl der Erleichterung, denn er verspürte tatsächlich Hunger und hoffte zudem, dass Prinz Duans Botschaft am Ende doch harmlos gewesen war, wenn auch die Kaiserinwitwe nun erst einmal ans Essen dachte. Doch auf dem Weg nach draußen fiel ihm auf, dass sie gemeinsam mit ihren engsten Vertrauten in der Halle blieb. Deren Tore wurden sogleich geschlossen. Eine dringende Besprechung stand also an. Wann er wohl erfahren würde, was wirklich vor sich ging?

Wenn er etwas im Laufe der Jahre gelernt hatte, so war es, im kaiserlichen Palast Geduld und Ausgeglichenheit zu zeigen, da jedes unbeherrschte Verhalten wie ein Schlagen mit bloßen Händen gegen Steinmauern war. Es brachte einem nichts weiter ein als Schmerz und Schaden. Er nahm neben seinem Schwiegervater an einem runden Tisch Platz und bediente sich an den zahlreichen Speisen, die von Dienern aufgetragen wurden. Aufmerksam lauschte er den Stimmen um sich herum, doch seine Hoffnung, wenigstens ein paar wichtige Informationen herauszufiltern, wurde enttäuscht. Dann zupfte ein kleiner, schmächtiger Eunuch ihn plötzlich am Ärmel.

»Folgt mir bitte, edler Herr.«

Wenrou sah sich vorsichtig um. Sein Schwiegervater war in eine Unterhaltung vertieft und würde ihn eine Weile sicher entbehren können. Neugier siegte über Vorsicht und ließ ihn der Einladung Folge leisten.

Es ging einen schmalen Pfad entlang, der von den Palastgebäuden fortführte hin zu jener kunstvoll arrangierten Natur aus Blüten, Seen, Hainen und Pagoden, wo die Bewohner der Verbotenen Stadt an heißen Tagen Erfrischung suchten. Wenrou wusste, dass an diesen idyllischen Orten gerade im Sommer mehr Politik gemacht wurde als in den Thronsälen, da man hinter Pappeln unbeobachtet Bestechungsgelder zahlen und Intrigen schmieden konnte. Nun wurde er zu einer kleinen Pagode neben einem See gelotst. Der Eunuch verneigte sich nochmals, verschwand dann aber so plötzlich, als habe er sich in einen Fisch verwandelt, der im Wasser untertauchte. Wenrou zögerte einen Augenblick, das Innere der Pagode zu betreten, denn es konnte sich um eine Falle handeln. Doch es hatte Vorzüge, unbedeutend zu sein. Er wusste nicht, wer einen derartigen Aufwand betreiben würde, um ihm Übles zu wollen. Es gab nicht einmal Geheimnisse, die von ihm zu erpressen wären, denn zu Ronglus engsten Vertrauten zählte er nicht, obwohl sein Schwiegervater sich vielleicht eben dies erhofft hatte.

Langsam trat er ein. Das Sonnenlicht fiel in hellen Streifen durch die zwei Öffnungen ins Innere des grazilen Bauwerks. Malereien von ineinander verschlungenen Drachen zierten die Wände. Wenrou sah sich eine Weile ratlos um, dann entdeckte er die am Fuß der Mauer zusammengekauerte Gestalt und erkannte sogleich deren schwarz-goldene, kostbar glitzernde Seidenrobe.

»Zaitian!«, flüsterte er fassungslos. Die Gestalt regte sich, kam auf die Beine und schwankte ein paar Schritte in seine Richtung. Wenrou streckte die Arme aus, um den entmachteten Kaiser an sich zu drücken und dadurch an einem Sturz zu hindern. Ein paar Atemzüge lang hielten sie einander fest, dann löste Zaitian sich verlegen aus der Umarmung. Er war in der Lage, aufrecht zu stehen, doch konnte Wenrou nun in aller Deutlichkeit erkennen, wie erschöpft und krank sein Freund aussah. Der einstige Kaiser Guangxu, von seinen Vertrauten schlicht Zaitian gerufen, war stets schwächlich gewesen. Als es jedoch darum gegangen war, seine Träume von einem China zu verwirklichen, das nicht mehr hilflos fremden Nationen ausgeliefert war, hatte er enorme Willensstärke und Kampfgeist bewiesen. Nun hatte er den müden, leeren Blick eines alten Mannes, der auf den Tod wartete.

»Behandeln sie dich gut?«, fragte Wenrou hilflos. Zaitian lachte leise auf, wurde dann von einem Hustenanfall unterbrochen.

»Ich bekomme genug zu essen. Manchmal darf ich unter Bewachung ein wenig im Garten spazieren gehen. Bisher hat mich niemand vergiftet, und wenn meine Tante es für angebracht hält, werde ich vorgeführt. So wie heute. Vorher zeigte sie mich vor allem den Fremden, die nicht wollten, dass sie mich sterben lässt.«

Wenrou nickte. Es waren die Ausländer, denen Zaitian vermutlich sein Leben verdankte, denn der alte Buddha hatte bisher nicht gewagt, sie durch seine Ermordung zu provozieren.

»Aber nun wird es sich vielleicht ändern«, fuhr Zaitian leise fort. »In dieser Botschaft, die Prinz Duan ihr überreichte, stand, dass die Ausländer die Abdankung meiner Tante fordern, damit ich wieder auf dem Thron sitzen darf.«

Er lehnte sich erschöpft an die Mauer der Pagode. Wenrou fühlte, wie die Panik in Wellen durch seinen Körper rollte. Das war schlimmer als alles, was er sich jemals ausgemalt hatte. Hinter der gewohnt beherrschten Fassade musste der alte Buddha vor Wut geschnaubt haben.

»Glaubst du, dass es stimmt?«, fragte er und spürte kurz Hoffnung in sich aufkeimen. Vielleicht wäre es trotz allem eine gute Entwicklung, und die geeinten fremden Mächte würden letztendlich eben jene Modernisierung in seiner Heimat herbeiführen, die er sich immer gewünscht hatte.

»Es ist eine Fälschung von Prinz Duan«, erwiderte Zaitian sogleich. »Die Nachricht war auf Chinesisch geschrieben, eine Übersetzung angeblich, doch seltsamerweise liegt das Original nicht vor. Zudem hat der Prinz keine Freunde, die so schnell aus dem Englischen übersetzen können. Dazu hasst er die fremden Teufel zu sehr.«

»Ein mächtiger Mann wie er könnte sicher jemanden bezahlen«, wandte Wenrou ein. Zaitian legte eine schweißnasse Hand auf seinen Arm.

»Gib dich keinen Träumen hin. Der alte Buddha ist ein vorsichtiges, nervöses Wesen. Sie hat die Intrigen im kaiserlichen Harem überlebt und jahrelange Machtkämpfe. So lernte sie, überall Verrat zu wittern. Als Yuan Shikai ihr erzählte, dass ich sie ermorden lassen wollte, glaubte sie ihm sofort, obwohl sie hätte wissen müssen, dass ich eine Mutter in ihr sah. Auch jetzt wird sie an die Fälschung glauben, ohne weiter nachzuforschen. Prinz Duan weiß das.«

»Das bedeutet, sie wird die Gesandtschaften angreifen«, setzte Wenrou diesen Gedankengang fort. »Aber einen Krieg gegen die ganze Welt kann unser Land niemals gewinnen. Sie wird uns ins Unglück stürzen.«

»Vielleicht«, sagte Zaitian nur. »Aber unterschätze sie nicht, sie ist klug und wird nichts Unüberlegtes tun. Aber du solltest dich in Sicherheit bringen. Sobald Prinz Duan im Palast das Sagen hat, wird er alle Anhänger von Reformen, alle Freunde westlicher Ideale, ja vielleicht sogar alle, die nur fremde Sprachen beherrschen, ausmerzen lassen. Verlasse Beijing. Geh wieder zu deinem Vater, dort bist du sicher.«

»Ich kam nach Beijing zurück, weil ich hoffte, etwas bewirken zu können«, wandte Wenrou ein, obwohl er wusste, wie armselig das klang. Nichts hatte er bewirkt, sich nur mit einer Frau vermählt, die ihn verachtete und betrog.

»Ich weiß«, sagte Zaitian. »Ich habe es sofort verstanden, als ich hörte, dass du wieder am Hof bist. Aber ich will nicht, dass auch du noch sterben musst. Finde einen Weg zu einem glücklichen Leben, hier oder in der Fremde, wenn es sein muss. Du kennst doch Amerika.«

»Meine Heimat ist hier und du bist mein Kaiser«, erwiderte Wenrou, ohne nachzudenken. Tränen stiegen ihm in die Augen und er wischte sie verlegen fort.

»Ich bin ein kranker Mann. Selbst wenn meine Tante mich nicht töten lässt, könnte ich bald sterben. Doch dann will ich dich in Sicherheit wissen. Ich habe genug Menschen ins Unglück gestürzt.«

Wenrou wollte zum Widerspruch ansetzen, aber ein Kratzen an der Mauer der Pagode hinderte ihn daran. Der Eunuch winkte Zaitian aufgeregt zu.

»Ich muss jetzt wieder in mein Verlies«, erklärte der machtlose Kaiser. »Wahrscheinlich haben wir uns nun zum letzten Mal gesehen. Aber bitte, sag mir, weißt du, wie es ihr geht?«

Es war überflüssig zu fragen, wen er meinte. Zhen Fei, auch die Perlenkonkubine genannt. Die dritte jener Frauen, die Zaitian als Gemahlin zugeführt worden waren, doch die Einzige, die ihn für sich einnehmen konnte. Sie war nicht nur außerordentlich hübsch, sondern auch mutig. Als Mitglied des kaiserlichen Harems hatte sie unbedingten Gehorsam zu leisten und dem Kaiser demütig seine Wünsche zu erfüllen. Doch sie wagte es, gegen die Stäbe des goldenen Käfigs zu treten, in den sie gesperrt worden war, indem sie Männerkleidung trug und ein Interesse an westlicher Technologie, vor allem der Kunst der Fotografie, bekundete. Anstatt sie wegen ihres ungebührlichen Verhaltens zurechtzuweisen, hatte Zaitian ihr mit unverhohlener Offenheit seine Liebe gezeigt. Dadurch hatte er wieder einmal gegen die Palastetikette verstoßen, indem er seine erste Gemahlin, der Cixi sehr zugetan war, vernachlässigte, der erste Schritt hin zur endgültigen Entfremdung von seiner Tante. Am Ende hatte auch die lebhafte Zhen Fei einen hohen Preis dafür zahlen müssen, dass sie Zaitians Favoritin gewesen war, obwohl er sie ganz bewusst von seinen politischen Aktivitäten ferngehalten hatte. Der alte Buddha hasste dieses Mädchen, vielleicht, weil es eine Freiheit für sich beanspruchte, die Cixi sich als kaiserliche Konkubine selbst vergeblich gewünscht hatte.

»Sie befindet sich weiterhin in Gefangenschaft, aber sie lebt«, erwiderte Wenrou, denn mehr wusste er auch nicht. Seit Zaitians Entmachtung hatte er Zhen Fei nicht mehr zu Gesicht bekommen, doch wussten alle, dass auch sie in ein Verlies gesperrt worden war.

»Vielleicht«, meinte der entmachtete Kaiser leise. »Vielleicht wird sie unwichtig werden, wenn ich tot bin. Und meine Tante lässt sie dann gehen.«

Wenrou widersprach nicht, obwohl er wusste, dass eine kaiserliche Konkubine den Palast niemals verlassen durfte. Der kleine Eunuch zerrte Zaitian bereits energisch fort. Das war zwar höchst respektlos, doch vermutlich hatte er sein Leben aufs Spiel gesetzt, indem er dieses heimliche Treffen ermöglichte.

»Suche dir eine Frau, die du liebst, habe mit ihr Kinder und finde deinen Frieden!«, rief der junge Kaiser ihm zum Abschied zu.

Wenrou blieb ein paar Atemzüge lang gegen die Mauer der Pagode gelehnt. Die Begegnung mit Zaitian hatte ihn mehr aufgewühlt als alle anderen Ereignisse des Tages, da sie Erinnerungen an eine Zeit geweckt hatte, als er voller Optimismus und Tatendrang von einer politischen Laufbahn träumte, die dem Wohle seines Landes dienen würde. Erst das Lachen von Männerstimmen in der Ferne machte ihm wieder bewusst, dass er rechtzeitig zurückkehren musste, um die Fortsetzung der Ratssitzung nicht zu versäumen. Er fand den schmalen Pfad zum Glück mühelos wieder und folgte den Lauten, die davon zeugten, dass das Mittagsmahl noch nicht beendet war. Ein paar Palastdienerinnen huschten mit gesenktem Blick an ihm vorbei und tuschelten in seinem Rücken. Er hatte sein Ziel schon fast erreicht, als er den Schatten eines Mannes in unmittelbarer Nähe erahnte und sich mit der Ahnung einer Gefahr umdrehte.

Es war ein in der Verbotenen Stadt ebenso bekanntes wie gefürchtetes, hässliches Gesicht, das ihm entgegenblickte. Li Lianying, der höchste Eunuch des Palastes, der gleichzeitig enger Vertrauter des alten Buddha war, da er ihr stets geschickt zu schmeicheln verstanden hatte. Wenrou erschauerte. Es mochte an seiner Jugend in Amerika liegen, dass der Anblick dieser verstümmelten, nach Urin riechenden Männer ihm stets einen unüberwindlichen Widerwillen einflößte, doch gewöhnlich war er aus Taktgefühl bemüht, dies nicht zu zeigen. Er wusste, dass die meisten von ihnen schon als Kinder dem Wohl der Familie geopfert worden waren, da auch die Söhne einfacher Leute als Eunuchen im Palast aufgenommen wurden. Von Li Lianying aber hieß es, er habe sich bereits als erwachsener Mann selbst kastriert, nachdem er erfahren hatte, welchen Reichtum ein Eunuch im Palast anhäufen konnte. Nun gehörte er zu denen, die heimlich im Hintergrund die Politik des Landes mitbestimmten. Die anderen Eunuchen fürchteten ihn wie einen Teufel, da er mit diabolischer Härte über sie regierte. Todesfälle nach den von ihm verordneten Prügelstrafen, die er mit Genuss beaufsichtigte, waren keine Seltenheit, und allein durch die Bestechungsgelder, die er im Laufe der Jahrzehnte erhalten hatte, war er einer der reichsten Männer Chinas geworden.

Wenrou verbeugte sich zum Gruß und legte vor seiner Brust die linke auf die rechte Hand, wie es die Etikette erforderte. Li Lianying nahm ihn nur mit einem Kopfnicken zur Kenntnis, denn unwichtige kleine Staatsbeamte gehörten zu jenen, die vor ihm katzbuckeln mussten, um eine Aussicht auf bessere Ämter zu haben. Wenrou schritt schweigend an ihm vorbei und fragte sich, ob die Abneigung, die er gegen diesen Mann empfand, nicht wie ein kühler Windhauch in dessen Richtung wehte. Als er weiterging, konnte er die Augen des Eunuchen in seinem Rücken fühlen. Er wusste, dass er genau beobachtet wurde, als er wieder neben seinem Schwiegervater Platz nahm. Trotz der sommerlichen Hitze spürte er mit einem Mal eine Gänsehaut auf seinen Armen.

Der Rest der Ratssitzung verging, ohne dass der Inhalt des Schreibens angesprochen wurde. Stattdessen wiederholte der alte Buddha ihr Bestreben, weitere Unruhen in der Stadt zu vermeiden und gute Beziehungen zu den Gesandtschaften aufzubauen. Ronglu sollte eine Truppe losschicken, um den Vormarsch Admiral Seymours zu überwachen, doch ein direktes Eingreifen wurde ihm nicht nahegelegt. Wenrou begann zu hoffen, dass Prinz Duans Täuschung vielleicht doch durchschaut worden war, als sich alle nochmals zum Abschied verneigten, um den Heimweg anzutreten.

Es herrschte wieder etwas Ruhe in der Stadt, die Leichen waren entfernt worden und das endlose Shā-Geschrei schien erst einmal verstummt, vielleicht, weil die Nachricht vom kaiserlichen Verbot der Yihetuan Yundong bereits verbreitet worden war. Wenrou und sein Schwiegervater erreichten das Haus der Ya Hala beim Anbruch der Dämmerung und wurden von den Dienern sogleich in den Speisesaal gewunken, wo bereits aufgetragen worden war. Qingbai erschien in einer prächtigen Robe, um sie willkommen zu heißen. Wenrou bemerkte, wie Gulaos Augen beim Anblick seiner Tochter aufleuchteten. Die weitverbreitete Ansicht, chinesische Väter würden ihre Töchter missachten, traf hier nicht zu, denn er konnte sich nicht erinnern, von seinem eigenen Vater jemals mit so viel Wärme angesehen worden zu sein.

Beim Abendessen redete man zunächst über das Verhalten der Dienstboten und den notwendigen Erwerb einiger neuer Möbelstücke. Qingbai war eine geschickte Hausfrau, wie Wenrou bereits gemerkt hatte, die meist wohlüberlegte Entscheidungen traf, diese aber immer vorher von ihrem Vater genehmigen ließ. Er hatte selten eine Frau getroffen, die sich so tadellos verhielt und gleichzeitig ein derart unangenehmes Wesen haben konnte wie seine eigene Gemahlin. An der Tafel war wie üblich der ganze Familienclan versammelt, alle auch noch so entfernten Onkel und Neffen mit ihrem Nachwuchs waren ihrem Rang gemäß aufgereiht. Wenrou kannte immer noch nicht all ihre Namen und hatte seine Zweifel, ob der Hausherr immer den Überblick bewahren konnte. Die zwei Konkubinen seines Schwiegervaters aßen meist in den Frauengemächern, gemeinsam mit ihren Dienerinnen, wie es sich für vornehme Frauen geziemte, doch galt die Regel nicht für Qingbai.

»Werdet ihr morgen wieder zu einem Treffen des Großen Rates gehen?«, fragte sie nun so beiläufig wie möglich, während sie ihrem Vater Tee einschenkte.

»Ja, er soll baldmöglichst wieder einberufen werden«, bestätigte ihr Vater. »Unsere Kaiserinwitwe wünscht, den Frieden in der Stadt wiederherzustellen.«

Etwas zuckte in Qingbais Gesicht.

»Vielleicht wäre es ratsam, wenn wieder ein Mann über uns herrschen würde, wie es sich geziemt, statt einer alten Frau«, sagte sie leise. Wenrou riss staunend die Augen auf, denn solche Worte zu äußern kam Hochverrat gleich. Sein Schwiegervater aber löffelte unbeeindruckt seine Suppe.

»Sie hat schon einmal versucht, ihre Macht an den rechtmäßigen Nachfolger abzugeben, doch ging das nicht gut. Daher ist sie nun vorsichtig geworden.«

»Der junge Kaiser war schwach und ließ sich von fremden Ideen blenden«, meinte Qingbai nun, während sie ihre Reisschüssel nochmals füllte. »Ein richtiger Mann, der zu herrschen versteht, könnte …«

Eine mahnende Geste ihres Vaters ließ sie verstummen, denn inzwischen hatten mehrere Anwesende ihre Gesichter dem Kopf der Tafel zugewandt, um neugierig zu lauschen. Wenrou rutschte nervös auf seinem Stuhl hin und her. Er wusste, dass auch er schweigen sollte, aber er vermochte es nicht.

»Der Kaiser Guangxu tat, was er für richtig hielt«, wandte er ein. »Er war und ist der Sohn des Himmels, auch wenn nicht jeder seine Entscheidungen begreifen kann.«

Nun traf ihn der Blick seiner Gemahlin und er bemerkte mit Freude, dass die übliche kalte Verachtung von Zorn verdrängt worden war.

»Er wurde von seiner Tante zum Nachfolger ernannt. Vielleicht entsprach diese Entscheidung nicht dem himmlischen Willen«, erwiderte sie rasch und biss sich dann auf die Lippen, denn ihr musste klar sein, wie unvorsichtig auch diese Äußerung gewesen war.

»Genug!«, beendete ihr Vater mit völlig ruhiger Stimme das Gespräch. »Politische Fragen werden von Männern diskutiert, nicht von Frauen.«

Qingbais Gesicht erfror kurz zu einer unbeweglichen Maske, dann fing sie sich und neigte gehorsam den Kopf. Wenrou konnte dennoch den bitteren Zug um ihren Mund entdecken. Zum ersten Mal glaubte er, seine Gemahlin verstehen zu können. Ganz gleich, wie wenig ihre Ansichten den seinen entsprachen, als dumm konnte er sie nicht bezeichnen. Zudem wurde China seit vier Jahrzehnten von einer Frau beherrscht, deren Entscheidungen der Hausherr soeben verteidigt hatte, nur um dann der eigenen Tochter aufgrund ihres Geschlechts den Mund zu verbieten. Dieses Verhalten war Qingbai gegenüber nicht gerecht gewesen, doch begriff er auch, wie wichtig es war, bei Tisch den Frieden zu wahren.

Als die Diener bereits das Geschirr abtrugen und die Mitglieder des Haushalts sich in den zahlreichen Hofhäusern zu verteilen begannen, winkte Gulao Wenrou noch einmal zu sich.

»Es gibt etwas, das wir bereden sollten. Folge mir bitte in mein Gemach.«

Wenrou neigte zustimmend den Kopf, denn jedes andere Verhalten wäre unangebracht gewesen. Wieder konnte er die Enttäuschung auf dem Gesicht seiner Gemahlin sehen, die von diesem Gespräch ausgeschlossen wurde.

Sein Schwiegervater erwartete ihn in seinem prächtig eingerichteten Gemach bei einer Kanne grünen Tee. Er lächelte ihm freundlich entgegen und wies ihm einen Schemel zu.

»Mir schien, dass an diesem Abend Missstimmung an unserer Tafel aufkam«, sagte er. »Der Frieden in meinem Haus ist mir sehr wichtig.«

Wenrou nahm die unausgesprochene Rüge zur Kenntnis.

»Ich bedauere es, wenn ich durch unbedachte Äußerungen die Harmonie störte«, erwiderte er und nippte an seiner Tasse. Vermutlich würde er nun endgültig in die Grenzen gewiesen werden und er wusste nicht, wie er damit zurechtkäme. Die Begegnung mit dem entmachteten Kaiser hatte seinen Widerspruchsgeist neu geweckt.

»Bevor ich beschloss, dich mit meiner Tochter zu vermählen, wusste ich natürlich von deiner Vergangenheit«, begann Gulao durchaus freundlich. »Sie missfiel mir nicht. Du hast dich mutig für unser Land eingesetzt, dem du helfen wolltest. Doch leider hast du einige Umstände verkannt.«

»Und die wären?«, fragte Wenrou, nun mit wirklichem Interesse.

»Der Kaiser, für den du schwärmst, ist ein schwacher Mann«, entgegnete sein Schwiegervater. »Er wäre schnell zum Spielball all der fremden Mächte geworden, die nur darauf warten, die Kontrolle über unser riesiges Land ganz an sich zu reißen. Seine Tante tat, was notwendig war, auch wenn es sie schmerzte, denn der junge Kaiser Guangxu ist für sie wie ein Sohn.«

»Den sie nun gefangen hält wie einen Verbrecher«, sagte Wenrou schärfer als beabsichtigt. Sein Schwiegervater seufzte.

»Es ist schwer, das Gleichgewicht zu wahren, wenn man über einen schmalen Steg balanciert. Der alte Buddha tut, was notwendig ist, auch wenn manche Entscheidungen hart sind. Mäßige dich in Zukunft in deinen Äußerungen, wenn Leute zugegen sind. Du bist so starrköpfig und ungestüm wie meine Tochter. Das wenigstens habt ihr gemein.«

Wenrou neigte nochmals den Kopf, dann sah er die junge Konkubine des Hausherrn hereinkommen und wusste, dass er entlassen war. Erleichtert trat er nach draußen. Das Gespräch war nicht so unangenehm verlaufen wie befürchtet, aber trotzdem nagte das Gefühl der Unzufriedenheit weiter an ihm. Weder sah er in diesem Haus eine erfüllte, glückliche Zukunft für sich noch eine Möglichkeit, es wieder zu verlassen.

Während er über den Hof zu seinem Gemach ging, musste er zum wiederholten Male an Elsa Skerpov denken, die Frau mit dem harten, unscheinbaren, aber klugen Gesicht. Er ahnte, dass sie stets ihren eigenen Weg ging, und fragte sich, wie sie es anstellte.

Als er sein Schlafgemach betreten hatte, war es nicht so leer wie erwartet. Qingbai saß auf seinem Bett und hob erwartungsvoll den Kopf zur Begrüßung. Die Nadeln waren aus ihrem Haar gezogen worden, das wie ein schwarzer Schleier über ihre Schultern fiel, und sie hatte die kunstvollen Gehänge aus ihren Ohren entfernt. Wenrou blieb ein Stück hinter der Tür stehen. Wieder einmal bemerkte er, wie schön seine Gemahlin war, und staunte gleichzeitig über ihre Dreistigkeit, denn Frauen hatten zu warten, bis sie von ihrem Mann aufgesucht oder gerufen wurden.

»Gibt es etwas, dass du mit mir besprechen möchtest?«, fragte er und genoss für einen Moment das Gefühl, sie vielleicht in Verlegenheit zu bringen. Aber Qingbai verzog nur das Gesicht, dann stand sie auf und kam auf ihn zu.

»Mein Vater wünscht sich einen Enkelsohn. Allein aus diesem Grund wurdest du in diese Familie aufgenommen.«

Bevor er etwas erwidern konnte, kitzelte ihr schweres, süßes Parfüm in seiner Nase und er spürte, wie ihre langen Nägel über seine Schultern kratzten. Bisher war ihr Körper weich und nachgiebig gewesen, nun drängte er sich gegen den seinen wie ein hungriges Raubtier. Wenrou fand sich plötzlich auf seinem Bett wieder und hörte den Seidenstoff von Gewändern reißen. Es war vorbei, bevor er einen klaren Gedanken gefasst hatte, er roch den Reisschnaps am Atem seiner Frau und begriff, dass sie sich für diesen Auftritt Mut angetrunken haben musste. Doch hatte er es erstmals genossen, bei ihr zu liegen, weitaus mehr als bei all jenen Freudenmädchen, die ihm im Teehaus regelmäßig vorgestellt wurden.

Qingbai griff stumm nach ihren auf dem Boden verstreuten Kleidungsstücken und verwandelte sich mit erstaunlicher Geschwindigkeit wieder in eine vorzeigbare Mandschudame. Auf ihren hohen Schuhen schritt sie zielsicher zur Tür.

»Ich will Euch nun nicht weiter stören, mein Gemahl. Ihr scheint erschöpft.«

Wenrou richtete sich auf und wischte den Schweiß von seiner Stirn. Kurz war er versucht, sie zurückzurufen und ihr zu versichern, dass er sie gern weiter bei sich haben wollte, dann stürzte die Erkenntnis auf ihn ein.

»Du bist bereits wieder schwanger, nicht wahr? Deshalb bist du jetzt zu mir gekommen. Damit ich keinesfalls behaupten kann, das Kind wäre nicht meines.«

Qingbai wandte sich langsam um. Ihr Gesicht blieb völlig unbewegt und für einen Moment musste er ihre Kaltblütigkeit bewundern.

»Und wenn es so ist? Was machst du dann?«

Ihre Stimme klang so leicht und beschwingt wie ein sorglos flatternder Vogel. Wenrou begriff nicht, wie er diese Frau noch vor einer Weile hatte bemitleiden können.

»Ich hätte das Recht, dich wegen Untreue zu töten«, fuhr er sie an. Sie lächelte nur.

»Beweise es meinem Vater. Du bist nichts weiter als ein Taugenichts, den er meinetwegen in sein Haus geholt hat. Ein Kind, das ich gebäre, soll einen Helden zum Vater haben, keine jämmerliche Gestalt wie dich.«

Wenrou sprang auf und war mit zwei langen Schritten bei ihr. Der Zorn rauschte in seinen Ohren und rotes Licht schien in dem Raum zu flimmern, während seine Hände sich um Qingbais Kehle legten. Er drückte zu und sie trat mit erstaunlicher Kraft nach ihm, doch er hielt dem Angriff stand. Erst als ihre Augen riesig wurden und er die ersten Zeichen von Angst in ihnen erblickte, ließ er sie los. Es tat ihm wohl zu hören, wie sie keuchend nach Luft schnappte.

»Ein Held ist er für dich also, dein Xiao Ming«, sagte Wenrou spöttisch. »Weil er so heldenhaft die Füße des Prinzen Duan leckt, nehme ich an.«

Zum ersten Mal konnte er Fassungslosigkeit auf ihrem Gesicht erkennen und genoss einen kurzen Moment des Triumphs. Doch gleich darauf lachte sie wieder, hell, klar und spöttisch.

»Das also denkst du? Dass dieses kleine, dicke Schweinchen mein Geliebter ist? Du hast nichts begriffen! Der Mann, den ich liebe, ist kein verweichlichter Gelehrter wie du, sondern ein echter, kriegerischer Mandschu wie unsere Vorfahren, die dieses Land einst eroberten. Er wird China wieder stark machen und dann holt er mich an seine Seite, damit ich gemeinsam mit ihm herrschen kann.«

Sie reckte das Kinn in die Höhe. Ihre Augen glänzten fiebrig und hart, dann wandte sie sich um, eilte auf die Tür zu.

Wenrou war so überrascht, dass all sein Zorn sich auflöste und dadurch seinen Verstand befreite, der klare, unbarmherzige Schlüsse zog. Er packte Qingbai an der Schulter und riss sie herum, diesmal nicht in dem Wunsch, ihr Schmerz zuzufügen. Er wollte nur wissen, ob sein ungeheurer Verdacht der Wahrheit entsprach.

»Der Prinz Duan?«, flüsterte er leise. »Ist dieser Geisteskranke dein heimlicher Liebhaber?«

Qingbai riss sich los.

»Nur wer seine Größe nicht begreift, kann ihn geisteskrank nennen«, erwiderte sie, bevor sie nach draußen verschwand.

Kapitel 29

»Miss Skerpov! Es gibt aufregende Neuigkeiten! Wollen Sie mich zu Maud begleiten?« Obwohl Pollys Stimme nichts von ihrer gewohnten Fröhlichkeit eingebüßt hatte, übergab Elsa Jeremy die Schüssel mit der Suppe, die sie gerade Frau Guo eingeflößt hatte. Sie stand auf, um die Tür zu öffnen. Polly trug ein braunes Kleid aus schlichtem Leinen mit feiner Spitzenverzierung am Ausschnitt. Besser als jede wohlhabende junge Dame, der Elsa je begegnet war, beherrschte sie die Kunst, sich gleichzeitig praktisch und elegant zu kleiden.

»Der Herr von Ketteler hat diesen Jungen erschossen, den er in der Gesandtschaft gefangen hielt«, erzählte sie atemlos. »Und der britische Gesandte, Sir Claude MacDonald, ist sehr verärgert über sein Verhalten, weil er doch angeblich die Chinesen provoziert. Maud macht sich Sorgen um ihren Mann, weil er sich mit allen anlegt. Vielleicht sollten wir das Problem mit ihr besprechen, ich meine, wie sie ihrem Mann Vernunft einreden kann.«

Polly wandte sich kurz an Annie Chamot, die in ihrem Rücken aufgetaucht war und nur mit den Schultern zuckte.

»Gewöhnlich würden die Chinesen kein solches Aufheben wegen eines unbedeutenden Jungen machen. Die Anhänger der Boxer suchen doch nur Vorwände, um gegen uns zu hetzen.«

Unwohlsein zog Elsas Magen zusammen. Ein Kind war gestorben, nachdem es zuerst verprügelt und dann in ein Verlies gesperrt worden war.

»Wieso hat er den Jungen denn überhaupt erschossen?«, fragte sie.

»Ein Fluchtversuch angeblich«, erzählte Polly. »Nun kommen Sie schon mit. Ich glaube, Maud mag Sie. Am Anfang war sie zwar skeptisch, ob es wirklich klug war, eine Frau als Schreibkraft einzustellen, doch kürzlich hat sie zu mir gesagt, wie ungewöhnlich sie Ihren praktischen, nüchternen Verstand findet, der bei Frauen doch selten ist. Na ja …«

Polly stieß ein Kichern aus.

»Maud ist eben manchmal sehr altmodisch. Aber gehen wir. Es gibt Kaffee und Kuchen in der Gesandtschaft.«

Unaufgefordert hakte sie sich bei Elsa unter und zog sie mit sich.

»Dieser Clemens von Ketteler, das ist ja schon ein echter Kerl. Aber ich fürchte, der teutonische Hengst droht uns durchzugehen, wenn ihn niemand zügelt.«

Unter weiterem fröhlichen Plaudern wurde Elsa von der jungen Amerikanerin auf die gegenüberliegende Straßenseite zur deutschen Gesandtschaft gezogen, wo die chinesischen Diener in der Küche lachend schwatzten, da es kaum etwas für sie zu tun gab. Im Garten saß Maud auf einem Stuhl, während ihr Mann aufgebracht hin und her lief. Die beiden Gesandtschaftssekretäre, Claus von Below-Saleske und Dr. Diego von Bergen, hielten sich im Hintergrund, beobachteten das Geschehen aber mit besorgter Miene.

»Sir Claude MacDonald ist fast ein ebensolcher Feigling wie dieser Franzmann Pichon, der bei jedem Schrei der Boxer weiche Knie bekommt«, erklärte der Freiherr seinen Zuhörern. »Ich bin derjenige hier, der die längste China-Erfahrung hat. Ich beherrsche die Landessprache und kenne die hiesigen Sitten. Vor zwei Jahren habe ich in Kanton Aufständische in die Flucht gejagt und deshalb wurde ich von der chinesischen Regierung ausgezeichnet! Also wie kommen diese ganzen Schlappschwänze dazu, mein Verhalten zu kritisieren?«

Er blieb stehen, um die Wirkung seiner Worte abzuwarten, hoffte vielleicht sogar auf eine Erklärung der unerfreulichen Umstände.

»Der österreichische Gesandte, Herr von Rosthorn, ist ebenfalls ein profunder Kenner der chinesischen Kultur«, warf der erste Sekretär, Claus von Below-Saleske, nüchtern ein. Clemens von Ketteler lachte auf.

»Der Mann hätte besser bei seinen Büchern bleiben und die chinesische Philosophie studieren sollen, anstatt sich in die Politik einzumischen! Kürzlich meinte er sogar, dass er als Chinese jetzt selbst Boxer wäre.«

»Er hat diese Aussage mit der politischen Notlage Chinas begründet«, entgegnete der erste Sekretär, der sich nicht so leicht aus der Fassung bringen ließ, wie sein Vorgesetzter offenbar hoffte.

»Ja, ich weiß, ich weiß ...« Der deutsche Gesandte schien sich etwas zu beruhigen, da die Worte seines Sekretärs ihn zum Nachdenken brachten. »Er mag seine Gründe gehabt haben, aber ich bitte Sie, was hilft uns eine solche Aussage? Sollen wir uns einfach demütig unterwerfen und abschlachten lassen?«

Erstmals konnte Elsa die Reaktion ihres Vorgesetzten verstehen, obwohl sie den stillen, ernsthaften Österreicher mochte. Doch sein wohlgemeintes, passives Verständnis half niemandem weiter, wenn es galt, sich in einer gefährlichen Lage gegen eventuelle Angreifer zu wehren.

»Die Chinesen«, erklärte Clemens von Ketteler, nun wieder mit der gewohnten Stimmgewalt, »sind seit Jahrtausenden eine harte Hand gewöhnt. Sie respektieren nur Befehle, denen sie sich unterwerfen müssen. Gleichzeitig versuchen sie, Fremde durch widersprüchliche, unklare Aussagen in die Irre zu führen. Bei alldem hilft nichts weiter als energisches, kompromissloses Auftreten.«

Stillschweigen trat ein, als er seine Rede beendet hatte, denn auch den zwei Sekretären schienen die Argumente ausgegangen zu sein. Maud bewegte ihren Fächer, es war ein schwüler Tag geworden. Sie sah sehr hübsch und elegant aus wie immer, wirkte aber auch erschöpft, als könne sie die Wortflut ihres Gatten in einem solchen Ausmaß schwer ertragen.

»Dennoch wäre es keine schlechte Idee, sich mit dem britischen Gesandten zu versöhnen, Eure Exzellenz«, wandte Diego von Bergen schließlich ein. Clemens von Ketteler widersprach nicht, sondern schwang sich auf einen Stuhl neben seiner Frau.

»Na gut, ich werde ihm eine Nachricht zukommen lassen, in der ich mein eigenmächtiges Vorgehen erkläre«, erwiderte er gelassen. »Aber wo bleibt nun unser Kaffee?«

Ein unhörbarer, aber an allen Gesichtern abzulesender Seufzer der Erleichterung ging durch die Gruppe, als auch die anderen nach Sitzgelegenheiten suchten. Elsa fragte sich, warum sie überhaupt geholt worden war. Doch trotz ihres niedrigen Ranges störte sich niemand an ihrer Anwesenheit, Maud warf ihr sogar ein zaghaftes Lächeln zu. Wie von Zauberhand gerufen, erschienen die eben noch ausgelassen schwatzenden Diener, um Kaffee und Apfelkuchen aufzutragen. Elsa fragte sich, wie sie es als Tochter eines stets betrunkenen Vaters und Nichte eines Kleinkriminellen geschafft hatte, inmitten dieser illustren Runde wichtiger Menschen aus wohlhabenden Familien zu sitzen, als gehöre sie dazu. Arthur Dreher, so ahnte sie, wäre nicht wirklich willkommen gewesen, obwohl er schon viel länger als sie auf der Gesandtschaft arbeitete. Einen kurzen Moment lang genoss sie das Gefühl der Zugehörigkeit und des gesellschaftlichen Aufstiegs. Dann begann sie sich zu fragen, was ihr die Bekanntschaft mit Maud tatsächlich nützen konnte. Über ihre gegenwärtige Stellung als zweite Hilfsschreibkraft käme sie in der Gesandtschaft niemals hinaus, dazu herrschten dort zu strenge Traditionen. Diese Erkenntnis befreite sie von dem Zwang, sich den von Kettelers gegenüber unbedingt gefällig zeigen zu müssen, und sie wartete einen günstigen Moment ab, da der Konversationsfluss etwas ins Stocken geraten war, um sich zu erheben.

»Wenn Sie mich bitte entschuldigen würden. Ich würde mich gern wieder um die Verletzten kümmern.«

Maud nahm Elsa nur aus den Augenwinkeln wahr und nickte ihr knapp zu. Sie schien derart unter der Hitze zu leiden, dass selbst eine Bewegung des Kopfes sie große Anstrengung kostete.

»Sie könnten mir noch einen Gefallen tun, Fräulein Skerpov«, meldete sich nun der Gesandte zu Wort. »Oben in meinem Arbeitszimmer befindet sich eine schwarze Aktentasche mit ein paar Dokumenten, die ich gern nochmals durchsehen würde, bevor ich mich wieder mit Sir Claude MacDonald treffe.«

Elsa verstand die unausgesprochene Aufforderung und machte sich auf den Weg. Sie erklomm die Stufen in den ersten Stock, wo sich das Arbeitszimmer des Freiherrn befand, als sie plötzlich das Schlurfen bewusst vorsichtig gesetzter Schritte vernahm. Ein unklares Gefühl von Unbehagen überkam sie, doch sie sagte sich, dass es wohl einer der Hausdiener war, den die Hitze träge gemacht hatte. Während sie entschlossen weiterging, verlangsamten sich die entgegenkommenden Schritte zunehmend, um schließlich ganz zu verstummen. Wer auch immer im Gang unterwegs gewesen war, musste sich in eines der leeren Zimmer zurückgezogen haben, vermutlich, um dort Ordnung zu machen. Ohne weitere Gedanken an den unsichtbaren Hausdiener zu verschwenden, holte Elsa die gewünschte Aktentasche und machte sich auf den Rückweg. Als sie das Treppengeländer erreicht hatte, sah sie einen schmutzig blonden, in der Mitte bereits kahl gewordenen Kopf Richtung Vorderausgang der Gesandtschaft verschwinden. Arthur Dreher, schoss es ihr durch den Kopf. Auch er war seit Tagen nicht mehr zur Arbeit erschienen, weil es nichts mehr zu tun gab. Sie wusste nicht, was er in der vielen freien Zeit genau machte und warum er sich ausgerechnet jetzt in die Gesandtschaft geschlichen hatte, hielt es aber für unwichtig. Schnell brachte sie Clemens von Ketteler seine Tasche und wollte sich dann höflich verabschieden, doch der Gesandte winkte sie noch einmal zurück.

»Ist Ihnen unterwegs nichts herausgefallen?«, fragte er sichtlich verwirrt. »Ich war mir sicher, dass ich noch ein paar Dollarscheine in der Tasche hatte.«

Elsa begann trotz der feuchtschwülen Hitze zu frieren, doch gleichzeitig tränkten Ströme von Schweiß ihre ohnehin nicht mehr wirklich weiße Bluse. Erinnerungen rauschten an ihr vorbei und holten sie zurück ins nasskalte Hamburg, wo sie hilflos den Anklagen eines völlig übermächtig scheinenden Fabrikdirektors gegenübergesessen hatte. Doch hier war es anders, wie sie sogleich feststellte, denn kein einziger misstrauischer Blick streifte sie.

»Kürzlich ist mir ein Paar Rubinohrringe abhandengekommen«, meinte Maud nur. »Und diese schöne Brosche, die du mir zum Geburtstag geschenkt hast. Ich dachte, ich hätte sie irgendwo verlegt. Na ja, vielleicht ist es auch so.«

Sie rieb sich ratlos die Schläfen.

»Ich sollte mal die Dienstboten einer gründlichen Befragung unterziehen. Diese Chinks werden immer frecher, seitdem draußen die Boxer herumschreien«, knurrte Clemens von Ketteler, aber Maud legte ihre zarte Hand auf seinen Arm. »Lass es, Darling.« Der Gesandte entspannte sich tatsächlich und verfolgte das Thema nicht weiter. Elsas Gedächtnis zeigte ihr nun das Bild eines schütteren Haarschopfs am Fuß der Treppe, der sich mit überstürzter Hast aus ihrem Blickfeld entfernt hatte. Sie öffnete den Mund, doch er klappte von selbst wieder zu. Warum sie Arthur Dreher schonte, wusste sie selbst nicht. Vielleicht, weil sie verstand, wie sehr es schmerzte, wenn man sich stets übergangen und benachteiligt fühlte. Oder weil sie wusste, wie viel näher sie als Onkel Eddies Nichte einem kleinen Ganoven war als diesen vornehmen Herrschaften, die von Geburt an durch zahllose Privilegien von der Härte der Wirklichkeit abgeschirmt worden waren.

Sie brach zum Fu auf, ohne ein Wort über Arthur Drehers Anwesenheit in der Gesandtschaft gesagt zu haben.

Die weiteren Ereignisse ließen den Zwischenfall bald schon unwichtig werden. Noch am Abend dieses Tages, des 19. Juni, erfuhr Elsa von den Chamots, dass die Taku-Forts bei Tientsin von stationierten internationalen Truppen angegriffen worden waren. Angeblich hatte ein chinesischer Trompeter aus Sir Robert Harts Musikkapelle davon erzählt. Wo die versprochenen Hilfstruppen des Generals Seymour abgeblieben waren, wusste allerdings niemand so genau. George Morrison betrank sich beim abendlichen Besuch des Hotels und witzelte über die Relief Party Farce des Admirals Seen No More. Da alle Anwesenden ebenfalls dem Whiskey zugesprochen hatten, konnten sie herzhaft darüber lachen. Später fiel Elsa in einen unruhigen Schlaf, aus dem ein energisches Klopfen von Annie Chamot sie im Morgengrauen weckte.

»Miss Skerpov, Sie müssen sich beeilen«, verkündete die energische Stimme der Hotelbesitzerin. »Die Kaiserinwitwe hat beschlossen, der ganzen Welt den Krieg zu erklären, da sie sich so unverschämt und boshaft gegenüber den armen Chinesen verhält. Wir sollen Peking alle noch heute verlassen, um nach Tientsin gebracht zu werden.«

Die ersten Stunden des neuen Tages rauschten an Elsa vorbei. Sie wusch sich und zerrte frische Kleidung aus ihrem Vorrat, warf dann den Rest ihrer Habseligkeiten schnell in den Koffer. Nach Tientsin also. Von dort aus könnte sie nach Shanghai zurückkehren, aber was würde sie den Huntingdons sagen? Zum ersten Mal nach längerer Zeit musste sie wieder an Charlotte denken. Die vereinbarten Treffen hatten nicht stattgefunden, was sich durch die politische Lage erklären ließ. Wo befand Viktoria Huntingdons Adoptivtochter sich in all diesem Irrsinn, war sie wirklich zu jenen Mördern übergelaufen, die ihrer Mutter ohne Zögern die Kehle durchschneiden würden? Sie wusste, dass sie keinerlei Möglichkeiten hatte, nach dem Mädchen zu suchen, und konnte nur hoffen, dass wenigstens der vernünftige Jinzi das verstehen würde.

Im Speisesaal des Hotels wurde darüber debattiert, ob sie überhaupt Aussichten hätten, lebend nach Tientsin zu gelangen, wenn die Gegend doch von Boxerhorden überschwemmt war. Elsa flüchtete schließlich vor der allgemeinen Hysterie in die deutsche Gesandtschaft, wo sie sich genauere Informationen über die aktuelle Lage erhoffte. Doch Clemens von Ketteler war mitsamt seiner Sekretäre zu einer wichtigen Besprechung mit allen anderen Gesandten aufgebrochen. Maud lag erschöpft darnieder, ausreichend getröstet von Polly, sodass Elsa beschloss, nach den Verletzten im Fu zu sehen. Sie bekam den Einzug der chinesischen Schülerinnen mit, denn die amerikanische Mission am äußeren Rand des Gesandtschaftsviertels galt nicht mehr als sicher. Eine höchst energische Lehrerin namens Miss Jewell hatte angedroht, dass sie sich lieber mit ihrem Revolver in der Hand den Boxern entgegenstellen würde, als ihre Schützlinge einfach einer Horde mordlustiger Männer zu überlassen. Daraufhin hatte der amerikanische Gesandte schließlich eine Überführung der Mädchen ins Fu genehmigt, auch wenn es bereits überfüllt war.

»Die Mädchen dürfen auch mit nach Tientsin. Aber viel mehr von den chinesischen Konvertiten werden wir nicht mitnehmen können«, erklärte ein übernächtigter Dr. Velde resigniert. »Den Rest, gerade die Schwerverletzten, den werden wir zurücklassen müssen.«

»Aber die Boxer werden sie massakrieren, sobald wir abgezogen sind!«, rief Elsa. Der Arzt stieß einen Seufzer aus, dann entfernte er sich schweigend. Elsa dachte an die Guos und hoffte, dass Sir Robert Hart Jeremy nicht im Stich lassen würde. Sie wollte noch schnell nach seiner Mutter sehen, die inzwischen außer Lebensgefahr war. Vielleicht würde Clemens von Ketteler ihr erlauben, wenigstens diese eine Chinesin zu retten.

In dem Bewusstsein, wie ein aufgebrachtes Huhn herumzurennen, eilte sie ins Hotel zurück, wo Polly in der Eingangshalle bereits nervöse Kreise drehte.

»Da sind Sie ja endlich! Sie werden nicht glauben, was passiert ist! Clemens von Ketteler hat beschlossen, das Tsungli Yamen, die Ausländerbehörde aufzusuchen, um dort mit mehreren Prinzen zu verhandeln. Er ist nicht willens, sich so einfach aus Peking jagen zu lassen, und hält das alles außerdem für eine Falle. Der Baron de Giers wollte ihm diesen Ausflug im Alleingang ausreden, aber es hatte keinen Sinn. Er hat bereits die Sänfte vorbereiten lassen. Maud stirbt fast vor Angst um ihn, sie ist völlig hysterisch.«

Bevor Elsa ein Wort sagen konnte, wurde sie wieder in die deutsche Gesandtschaft gezerrt, um zu erfahren, dass der deutsche Gesandte bereits losgezogen war. Maud saß wieder im Garten, noch blasser und müder als gestern, mit sichtlich geröteten Augen.

»Wenigstens konnte ich ihn überreden, einen Revolver mitzunehmen«, hauchte sie und tupfte sich das Gesicht mit einem Taschentuch ab. »Er wollte tatsächlich unbewaffnet losziehen, weil er immer noch glaubt, die Chinesen würden es nicht wagen, eine Diplomatensänfte anzugreifen. Der Dolmetscher Cordes ist auch noch bei ihm, aber der ist nun wirklich keine Kämpfernatur.«

Seufzend lehnte sie sich in ihrem Stuhl zurück und warf Elsa einen verzweifelten Blick zu, als erhoffe sie sich von ihr die Fähigkeit, den tatkräftigen Gesandten wieder zurückzuholen. Polly setzte sich zu ihr und tätschelte ihre Hand, während sie auf Amerikanisch mit ihr zu plaudern begann. Elsa beschloss, in der Küche Tee zu bestellen, um nicht nutzlos herumzustehen. Zwar flüsterte eine leise Stimme in ihrem Kopf, dass es Menschen gab, die im Augenblick noch dringender ihre Hilfe brauchten als Maud, deren teutonischer Hengst wieder einmal durchgegangen war, doch hatte die Verzweiflung der Frau von Ketteler sehr echt gewirkt. Zudem war Elsa weiterhin in erster Linie Angestellte der Gesandtschaft.

So ließ sie von einem der Hausdiener englischen Tee und Gebäck bringen, das unberührt auf dem Tisch liegen blieb. Gemeinsam mit Polly versuchte sie, Maud mit belanglosem Geplauder abzulenken, was ihr aber deutlich schwerer fiel als der Amerikanerin, da sie niemals die Kunst der Konversation gelernt hatte.

Als die Sonne bereits hoch am Mittagshimmel stand und erbarmungslos auf den ausgetrockneten Garten niederbrannte, ohne dass der Gesandte zurückgekehrt war, wurde auch Elsa von zunehmender Unruhe befallen.

»Nachdem unser Land dreißig Jahre lang große Nachsicht gezeigt hat und ausschließlich auf eine Befriedung der Lage bedacht war, haben das nunmehr die Fremden ausgenutzt, um plötzlich überall Unruhe zu stiften, unser Land zu schikanieren, unsere Territorien zu besetzen, auf unserem Volk herumzutrampeln und uns unserer Reichtümer zu berauben … Besser ist es, unser Äußerstes zu geben, um im Kampf die Entscheidung zu erzwingen, als um unsere Existenz zu betteln und ewige Schmach auf uns zu laden.«

Die von der Kaiserinwitwe ruhig, aber sehr entschlossen gesprochenen Worte hallten noch in Wenrous Kopf, als die Sänfte ihn gemeinsam mit seinem Schwiegervater heimwärts trug. Er konnte keiner einzigen Aussage widersprechen, doch das Wissen, dass sein Land sich vom heutigen Tag an im Krieg mit dem Rest der Welt befand, verursachte ihm Schwindelgefühle. Selbst eine hervorragend gedrillte Armee wäre kaum in der Lage gewesen, in einer solchen Lage den Sieg davonzutragen. Wie sollte es dann dem von weitgehend korrupten Generälen geleiteten, schlecht ausgerüsteten chinesischen Militär gelingen? China steuerte geradewegs auf einen Abgrund zu, und Wenrou vermochte sich nicht auszumalen, was geschehen würde, wenn es dort aufprallte.

»Warum mussten internationale Truppen die Dagu-Forts angreifen?«, fragte er. »Sie hätten doch auch an ihnen vorbei nach Beijing marschieren können. Niemand hätte sie aufgehalten.«

»Sie gehen davon aus, dass sie in unserem Land tun können, was sie wollen«, gab Gulao gleichmütig zurück. An der Miene des alten Herrn war sehr deutlich abzulesen, dass auch über ihm dunkle Wolken der Sorge den Ausblick zum Himmel verdüsterten. Der alte Buddha hatte allen Grund gehabt, ihre Kriegserklärung zu verfassen. Für einen Moment wünschte sich Wenrou, ein echter Held sein zu können wie dieser Prinz Duan, der sich im Glauben an den Sieg in den Tod stürzte, anstatt zu grübeln und zu zweifeln, wie es immer schon seine Art gewesen war.

Als die Sänfte in den Eingangshof der Ya Hala getragen wurde, war es bereits Mittagszeit. Der Hausherr zog sich in seine Gemächer zurück und Wenrou folgte diesem Beispiel, denn er verspürte nicht den geringsten Wunsch, am Tisch im Speisesaal das triumphierende Gesicht Qingbais zu erblicken.

So verbrachte er ein paar Stunden mit der Lektüre von Shakespeares Sonetten, die er einst aus Amerika mitgebracht hatte, doch vermochte er diesmal nicht in die Welt klangvoller Sprache zu fliehen, da die Sorgen anhänglich wie Schatten geworden waren. Aber er wusste, dass ihm nichts anderes übrig blieb, als abzuwarten, wie sich die Dinge entwickeln würden. Schließlich griff er nach der Erhu, einem Saiteninstrument, denn das Musizieren hatte ihm stets geholfen, Ruhe und Ausgeglichenheit zu finden. Er war derart in seine Melodie versunken, dass er Shifus Eintreten nicht gleich bemerkte.

»Edler Herr, da ist ein Bote des Generals Ronglu mit einer dringenden Nachricht!«

Wenrou nahm ein Schreiben entgegen, in dem General Ronglu um sein sofortiges Erscheinen in seiner Residenz bat, und ließ daher schnell wieder die Sänfte herrichten.

Der Vizekönig von Zhili erwartete ihn in seinem Empfangssaal, wo sich bereits zwei andere Staatsbeamte niederer Ränge und ein Offizier der kaiserlichen Armee eingefunden hatten. Diener servierten Tee und ein paar Schüsseln mit diversen Gerichten, von denen Wenrou sich höflich bediente, obwohl sein Magen völlig zugeschnürt war. Ronglu nahm alle rituellen Begrüßungen und Höflichkeitsbekundungen schweigend entgegen. Seine Kiefer waren dicht aufeinandergepresst und zwischen seine Brauen hatte sich eine Falte gegraben.

»Etwas völlig Unerwartetes ist geschehen«, begann er dann ohne irgendwelche einleitenden Worte. »Der deutsche Gesandte wurde auf dem Weg zum Zongli Yamen erschossen.«

Schlagartig trat Stille ein, nur unterbrochen von dem Klirren der Essstäbchen, die auf Porzellan fielen. Wenrou hörte kurz ein Rauschen in seinen Ohren. Bisher hatte es noch Hoffnung gegeben, dass die Lage sich entspannen würde, indem die Dagu-Forts wieder freigegeben wurden, aber nun war ein Krieg unausweichlich geworden.

»Waren es wieder die Krieger von Dong Fuxiang?«, fragte er, bevor jemand anders sich zu Wort gemeldet hatte. Ronglu verneinte.

»Es war einer meiner Offiziere. Ein Bannermann.«

Nun riefen mehrere Stimmen durcheinander. Ronglu hob die Hand, um sie zum Schweigen zu bringen.

»Angeblich handelte er in Notwehr, da der Gesandte mit einem Revolver auf ihn zielte. Er wusste nicht einmal genau, wen er in diesem Augenblick erschoss. Falls diese Geschichte stimmt, sehe ich keinen Grund, ihn zu bestrafen.«

Wenrou sog leise Luft ein. Er hatte von der Schießwut des deutschen Gesandten gehört, was die eben vorgebrachte Version glaubwürdig machte. Aber ein Mann, der sich seit mehreren Jahren in China aufhielt, hätte in der Lage sein müssen, Bannermänner von gewöhnlichen Aufständischen zu unterscheiden. Ein Schuss auf einen kaiserlichen Soldaten wäre selbstmörderisch gewesen.

»Ich halte es für angebracht, den Leichnam des Gesandten beisetzen zu lassen, damit er nicht wie der geköpfte japanische Sekretär auf der Straße verrottet. Dazu benötige ich eure Hilfe«, redete der Vizekönig von Zhili weiter. Er hatte also bereits alles durchdacht, bevor er die Nachrichten verschickte. »Dies ist ein Zeichen von Respekt, den wir auch unseren Feinden schuldig sind, und ich hoffe, es wird dazu beitragen, dass die Welt uns nicht als unzivilisierte Nation bezeichnet.«

Ein leises Murren der Zustimmung erklang. Wenrou musterte Ronglu nachdenklich. Er suchte herauszufinden, ob er wirklich aus reinem Edelmut handelte oder ebenso wie er selbst an die wahrscheinlichen Folgen des nun unvermeidlichen Krieges dachte.

»Was ist mit den Hilfstruppen dieses Admirals Seymour, die nach Beijing unterwegs sind?«, fragte Wenrou nun. Er wusste nicht, ob das baldige Eintreffen der fremden Soldaten in der gegenwärtigen Lage wünschenswert war oder nicht. Es war so unaufhaltsam wie der nächste Schnee, irgendwann würden sie kommen.

»Sie wurden unterwegs angegriffen«, erzählte Ronglu. »Dong Fuxiang handelte dabei eigenmächtig, aber er hatte Erfolg. Sie befinden sich auf dem Rückzug nach Tianjin.«

Wider Willen war Wenrou beeindruckt, denn bisher waren chinesische Soldaten von den übermächtigen Waffen des Westens stets in die Flucht geschlagen worden. Dong Fuxiangs wilde Söldner hatten das Unmögliche vollbracht, aber er wusste, dass der Krieg damit nicht beendet war.

»Auf die vertriebenen Soldaten werden weitere folgen«, sagte er. »Selbst wenn sie erst ein Schiff in Europa besteigen müssen, sie werden kommen.«

Ronglu neigte zustimmend den Kopf.

»Wir müssen versuchen, das Übel so gering wie möglich zu halten.«

Sie zogen los, nachdem das Mahl beendet war. Die Straßen wirkten leer gefegt, auch den Leichnam des großen, bärtigen, kräftigen Fremdlings hatte niemand angerührt. Als er in einen Holzsarg gelegt und in einem leer stehenden Haus in der Nähe versteckt wurde, überlegte Wenrou, was den selbstsicheren, schießwütigen Herrn wohl dazu getrieben hatte, sein Glück in einer Fremde zu suchen, die ihm zum Verhängnis geworden war. Vermutlich würde er es niemals erfahren, doch für einen Moment empfand er tiefes Mitgefühl für den Unbekannten, dessen Leichnam fern von seiner Familie in einem leeren Haus vermodern würde. Dann trat er den Rückweg zum Haus der Ya Hala an. Sein Fortgehen schien niemandem aufgefallen zu sein, zumindest forderte keiner eine Erklärung von ihm. Die Aussicht auf einen ruhigen Abend in seinen Gemächern stimmte ihn zuversichtlich. Diesmal brachte ihm nicht der gewohnte Diener das Abendessen, sondern jener Junge, den er gemeinsam mit Elsa Skerpov aufgelesen hatte. Wenrou konnte sich nicht an seinen Namen erinnern. Da es keinerlei Beschwerden gegeben hatte, war er davon ausgegangen, die zwei geretteten Kinder hätten sich gut in den Haushalt eingefügt. Die betrübte Miene des Jungen verstörte ihn.

»Gefällt es dir hier nicht?«, fragte er, als dieser das Tablett auf seinem Tisch abstellte.

»Es gefällt mir sehr«, erwiderte der Junge mit einer leichten Verbeugung. »Es war sehr gütig von Euch, uns hier aufzunehmen.«

Wenrou war sich nicht sicher, ob diese Worte nicht nur aus Pflichtgefühl gesprochen worden waren.

»Du siehst nicht glücklich aus«, stellte er fest. »Vermisst du deine Familie?«

Der Junge hielt den Kopf gesenkt.

»Meine Familie ist tot. Aber diese Frau, die uns gerettet hat … wenn es jetzt Krieg gegen die fremden Teufel gibt, wird sie dann wirklich sterben?«

Er richtete einen traurigen, fragenden Blick auf Wenrou, der sogleich verneinte.

»Ihre Leute werden auf sie aufpassen«, versprach er, was den Jungen tatsächlich zu erleichtern schien, als er sich mit einer weiteren Verbeugung entfernte.

Als Wenrou an seinem Weinbecher nippte, wurde ihm klar, dass Elsa keineswegs in Sicherheit war. Zwar würden die westlichen Soldaten früher oder später in Beijing einmarschieren, aber für die Leute in den Gesandtschaftsvierteln konnte diese Hilfe bereits zu spät kommen.

»Er wollte unbedingt stark scheinen«, hauchte Maud, während Polly eine Decke über ihr ausbreitete. Die von Dr. Velde verabreichten Beruhigungsmittel hatten Mauds zunächst fast ununterbrochenen Weinkrämpfe in stumpfe Niedergeschlagenheit verwandelt. Sie schien ihre Umgebung nicht völlig klar wahrzunehmen, blickte durch Polly hindurch zum Fenster hinaus, als vermute sie dort unsichtbare Zuhörer. »Früher hat er etliche Fehler gemacht, da er ein temperamentvoller Mensch war, der keine Grenzen kannte. Seine Mutter musste ständig seine Spielschulden bezahlen und sich beim deutschen Kaiser für ihn einsetzen, damit er noch eine Chance erhielt. In China wollte er ihr endlich beweisen, was in ihm steckte, sich als Held erweisen.«

Erschöpft vergrub sie ihr Gesicht in dem Kissen, um nun stumm weitere Tränen fließen zu lassen, was noch mehr Verzweiflung ausdrückte als ihre ersten, heftigen Schluchzer. Elsa nahm dem Diener das Tablett mit dem Tee ab und schenkte Maud eine Tasse ein. Sie fühlte sich dumm und nutzlos angesichts so viel Schmerzes. Arthur Drehers spöttischer Kommentar, die von Kettelers führten eine reine Vernunftehe, erwies sich nun endgültig als falsch. Was auch immer die Gründe gewesen waren, aus denen die Tochter eines amerikanischen Eisenbahnmillionärs sich mit einem deutschen Adeligen vermählt hatte, ihre Gefühle für diesen Mann mussten mit der Zeit so tief geworden sein, dass sie nach seinem Tod dalag wie eine Schwerverletzte, der ein wesentlicher Teil ihrer selbst entrissen worden war.

Polly rückte ihr das Kissen zurecht. Gemeinsam schafften sie es, Maud in eine aufrechte Position zu bringen, damit sie ihren Tee beim Trinken nicht verschütten würde. Tatsächlich nippte sie zaghaft an ihrer Tasse, was Elsa ein Zeichen schien, dass sie ihren Lebenswillen nicht ganz verloren hatte.

»Vielleicht kommt er ja noch«, flüsterte Maud in die braune Flüssigkeit hinein. »Vielleicht haben diese Barbaren ihn nur gefangen genommen. Cordes ist zu früh geflohen, um wirklich etwas mitzubekommen.«

Elsa schwieg betreten und spürte Pollys ratlosen Blick auf sich ruhen. Keine von ihnen zweifelte ernsthaft daran, dass der ebenfalls von einem Schuss ins Bein verletzte, vor Angst völlig hysterische Dolmetscher die Wahrheit erzählt hatte, als er sich ins Gesandtschaftsviertel geschleppt hatte. Clemens von Ketteler war von einem chinesischen Soldaten durch einen gezielten Kopfschuss regelrecht exekutiert worden, vermutlich ein Auftragsmord, der auf das Konto des Kriegstreibers Prinz Duan ging. Während Elsa Mauds Tasse erneut füllte, fand sie endlich die Ruhe, um die möglichen Folgen dieses schockierenden Ereignisses abzuwägen, das niemand für möglich gehalten hatte. Ein friedlicher Abzug aus Peking kam nun nicht mehr infrage, da den Versprechungen der Kaiserinwitwe nicht zu trauen war. Sie würden bleiben müssen, eine bunt zusammengewürfelte Gruppe aus Diplomaten, kleinen Angestellten, Weltenbummlern, Eisenbahningenieuren und sonstigen Existenzen, die es in ein riesiges, uraltes Land verschlagen hatte, das ihnen allen nun den Krieg erklärt hatte.

Einige Minuten später erklang der bereits vertraut gewordene, schrille Ruf des Alarms, der sie in die britische Gesandtschaft rief. Wieder tauschten Elsa und Polly ein paar ratlose Blicke. Sie sahen keine Möglichkeit, Maud in ihrem gegenwärtigen Zustand auf die Beine zu stellen, sodass sie beschlossen, erst einmal bei ihr zu bleiben. Doch bald darauf kam Dr. Diego von Bergen hereingestürmt, um sie beide vorwurfsvoll wie unartige Schulmädchen anzusehen. Elsa staunte kurz, dass der bisher stets tadellos höfliche Sekretär nicht einmal angeklopft hatte.

»Sie müssen sofort in die britische Gesandtschaft, meine Damen!«, rief er sichtlich aufgebracht. »Alle Zivilisten sollen dort untergebracht werden, da sie am besten zu verteidigen ist. Die Chinesen können jeden Augenblick damit beginnen, uns zu beschießen.«

Elsa fühlte, wie Aufregung in Wellen durch ihren Körper rollte. In ihrem Kopf herrschte erstaunliche Klarheit.

»Jemand muss für Frau von Ketteler packen«, erklärte sie. Sie hatte auf Deutsch gesprochen. Diego von Bergen wechselte schnell ein paar englische Worte mit Polly, die daraufhin aufstand und sich entfernte. Indessen erschienen ein paar chinesische Diener, um nach Elsas Anweisung schnell Kleidungsstücke und andere Habseligkeiten für Maud einzupacken, die nur leichenblass auf ihrem Kissen ruhte, als bekäme sie von dem Geschehen kaum etwas mit. Sobald diese Aufgabe erledigt war, machte Elsa sich auf den Weg ins Hotel. Diego von Bergen fiel es sicher leichter als ihr, Maud auf dem Weg in die britische Gesandtschaft zu stützen.

Im Peking Hotel teilte eine sehr entschlossene Annie ihr mit, dass sie und ihr Auguste bleiben würden, wo sie waren. Draußen hatte sie bereits einen Karren vorbereitet, um in den umliegenden chinesischen Häusern Vorräte einzusammeln, denn bald schon wäre das nicht mehr möglich. Annie holte ihren Revolver hervor, den sie entschlossen in die Höhe hielt. Elsa, die sich in unangenehmer Weise an das Verhalten des verstorbenen Gesandten erinnert fühlte, ließ sich nochmals von Annie versichern, dass die Guos weiterhin in ihrem Zimmer bleiben konnten. Jeremys Mutter würde laut Aussage von Dr. Velde tiefe Narben behalten und ihren rechten Arm nicht mehr bewegen können, aber insgesamt befand sie sich auf dem Weg der Besserung.

Die Legation Street war belebter als jemals zuvor seit Elsas Ankunft. Menschen schwenkten Koffer im Rhythmus ihrer Laufschritte, schubsten, rempelten und diskutierten lautstark über die gegenwärtige Lage. Im Garten der Gesandtschaft graste bereits eine Kuh, umgeben von mehreren wolligen Schafen. Sie bildeten einen erstaunlichen Pol der Ruhe inmitten all der hektisch durcheinander plappernden Menschen, die nun entsprechend ihrer Nationalität auf verschiedene Räumlichkeiten aufgeteilt wurden. Elsa erfuhr, dass sie als Deutsche ins Haus des ersten Sekretärs ziehen sollte, wo die meisten Kontinentaleuropäer untergebracht wurden. Es versprach, eng zu werden, und sie ahnte, dass sie ihr kleines, behagliches Hotelzimmer bald vermissen würde. Wenn sie Räumlichkeiten teilen musste, so hätte sie es gern mit einer Freundin getan, aber Juliette wurde mit der Familie de Giers und den anderen Russen im gegenüberliegenden Gebäude, der Kanzlei, einquartiert, was für sie den Vorteil hatte, dass sie weiterhin in Igors Nähe bleiben konnte. Am anderen Ende des Gartens erblickte Elsa Polly, die gerade energisch versuchte, die Squiers-Kinder in ein Haus zu treiben, das offenbar den Amerikanern zugewiesen worden war. Fargo, der älteste Junge, entzog sich ihrer Obhut und kämpfte sich entschlossen durch die Schafherde, um zu Elsa zu gelangen.

»Wir werden jetzt belagert!«, rief er mit aufgeregt glänzenden Augen. »Das ist wie im Mittelalter! Wir werden Vorräte brauchen. So habe ich das in einem Buch gelesen.«

»Darum wird sich sicher bald jemand kümmern«, erwiderte Elsa knapp. »Und du geh jetzt wieder zu deiner Familie.«

Das breite Jungengesicht verzog sich enttäuscht, und ihr wurde bewusst, dass sie ihn angeherrscht hatte, wie sie es früher mit ihren Brüdern getan hatte.

»In dem Laden von Kierulff gibt es sicher Dinge, die wir herbringen sollten«, erwiderte Fargo trotzig. »Ich brauche nur ein paar Chinks, die alles tragen.«

Bevor Elsa etwas sagen konnte, hatte er einen Stock ergriffen, um zwei chinesische Diener zu einem Wagen zu treiben. Sie gehorchten ohne jedes Zeichen von Widerstand, sodass Elsa keinen Grund sah einzugreifen. Als sie etwas später mit einem schwer beladenen Wagen zurückkehrten, war einer der Diener verletzt, der zweite fehlte. Niemand schien sich daran zu stören. Erst als Elsa nachfragte, erfuhr sie, dass er unterwegs erschossen worden war.

Die Lebensmittel wurden mit Rufen der Freude und Erleichterung abgeladen. Es befanden sich Konserven mit Dosenmilch darunter, Dosen mit Makkaroni und Säcke voller Reis, die ihnen helfen würden, ein paar Tage ohne jedes Hungergefühl auszuharren. Dann, so hatte Elsa bereits mehrfach von verschiedenster Seite gehört, wären sicher schon die Hilfstruppen da.

Sie betrat nun das ihr zugewiesene Gebäude und stellte erleichtert fest, dass sie weiterhin ein eigenes Zimmer haben würde. Es war nur eine winzige Kammer dicht neben einem größeren Schlafgemach, das Maud von Ketteler zugedacht war. Vermutlich sollte sie ein Auge auf die völlig verstörte Witwe des Gesandten haben, doch müsste sie wenigstens nicht auf jegliche Privatsphäre verzichten.

Nachdem sie ihre Habseligkeiten in der Schublade einer Kommode verstaut hatte, setzte sie sich auf den wackeligen Stuhl, dicht neben einer kleinen Pritsche, auf der sie schlafen sollte. Sie versuchte, zur Ruhe zu kommen, doch wollte es ihr nicht gelingen, denn der Herzschlag hallte bis in ihre Ohren. Schließlich beschloss sie, noch einen Blick nach draußen zu werfen, um herauszufinden, ob es wirklich zu ernsthaften Schießereien gekommen war. Im Innenhof der Gesandtschaft traf sie bald schon auf Juliette, Igor und den allgegenwärtigen George Morrison. Da keine Kampfgeräusche zu hören waren, wagten sie sich kurz auf die Straße. Schweigend gingen sie an dem ausgetrockneten Kanal entlang, der durch das Gesandtschaftsviertel floss. Ein jeder von ihnen schien seinen eigenen Gedanken nachzuhängen. Am Ende des Kanals, kurz vor der Tatarenmauer, kamen sie zum Stehen. Dort befand sich eine Brücke, auf der nun ein einzelner, schmächtiger Mann zu sehen war.

»Lassen Sie den Unsinn! Kommen Sie wieder zurück!«, rief eine ebenfalls männliche Gestalt im dunklen Anzug ihm auf Englisch zu. Elsa erkannte Arthur von Rosthorn, den österreichischen Gesandten.

»Ich will nur mit ihnen reden«, kam es von dem Mann auf der Brücke zurück. »Wir wissen beide, dass die Chinesen ein vernünftiges, friedliebendes Volk sind.«

George Morrison sog an Elsas Seite lautstark Luft ein. Juliette stieß einen leisen Schrei aus. Dann krachten harte, unerbittliche Schüsse von der Mauer hinab. Der Mann sackte in die Knie, doch bevor Arthur von Rosthorn ihm zu Hilfe kommen konnte, hatten chinesische Soldaten ihn gepackt und zu sich auf die Mauer gezogen.

»Das war Hubert James, ein Professor der Peking Universität und ein Freund dieser verfluchten Chinesen«, sagte George Morrison.

»Was werden die jetzt mit ihm machen?«, fragte Juliette mit der Stimme eines kleinen Mädchens, das nicht erwachsen werden und die Welt verstehen wollte.

Eine Weile blieb es still, da auch die Schüsse aufgehört hatten.

»Wenn er Glück hat, stirbt er schnell und recht schmerzlos«, erwiderte der Times-Korrespondent schließlich. Elsa vermochte sich ebenso wenig zu rühren wie ihre Begleiter und auch Arthur von Rosthorn. Das Wissen, dass es ihnen ebenso ergehen könnte wie Hubert James, sobald die Mauern des Gesandtschaftsviertels sie nicht mehr schützen konnten, ließ sie alle für ein paar Atemzüge versteinern.

Kapitel 30

Der Geruch von Räucherstäbchen schenkte Charlotte einen kurzen Moment des Wohlbehagens. Hinter einem Schleier aus Rauchfäden schimmerte das bunt bemalte Gesicht der Göttin Guanyin in überirdischer Sanftmut und Güte. Sie versuchte, sich auf diesen Anblick zu konzentrieren und die Schreie aus ihrem Bewusstsein zu verdrängen. Seit Wochen wurden am Altar im dritten Hof regelmäßig Gefangene gefoltert, um die Gunst des Himmels für den Aufstand zu gewinnen. Wer in den Verdacht geriet, ein Anhänger der fremden Teufel zu sein, musste Papier mit den Namen von Göttern verbrennen. Flog die Asche himmelwärts, so war die Anklage falsch, fiel sie zu Boden, konnte er sich glücklich schätzen, wenn er eines schnellen Todes starb.

Ein Stück daneben beteten junge Mädchen zur Göttin der Barmherzigkeit. Die Welt glitt mit zunehmender Geschwindigkeit in den Wahnsinn, doch fühlte Charlotte sich zu schwach und ausgelaugt, um sich dagegenzustemmen.

Nach dem Verrat von David Stuart hatte sie geglaubt, keinen größeren Schmerz mehr empfinden zu können, doch in Wahrheit hatte sie nur unter der Zerstörung von Illusionen gelitten. Shao Yus Verschwinden aus ihrem Leben war wie der Verlust eines Körperteils. Sie war innerlich gelähmt, unfähig, sich zielgerichtet zu bewegen oder einen klaren Gedanken zu fassen. Die Möglichkeit, einfach in einem abgedunkelten Zimmer liegen zu bleiben, hatte sie nun nicht, doch war sie sogar dankbar für die täglichen Aufgaben, das Beten, das Versorgen von Verletzten und die Teilnahme an den regelmäßigen Ritualen im Hof, denn hätte sie einfach nur still dagelegen, hätte der Schmerz sie endgültig den Verstand verlieren lassen.

Sie vermochte keinen Sinn in Shao Yus frühem Tod zu sehen, der ihr Trost hätte spenden können. Er war nichts weiter als ein Opfer von Willkür gewesen, wehrlos und unbedeutend, wie er es sein Leben lang hatte sein müssen. Tief in ihr brodelte immer noch unsäglicher Zorn, doch hatten alle Versuche, sich an Plünderung und Gemetzel zu beteiligen, ihn nicht stillen können. Vielleicht wäre sie in der Lage gewesen, diesen hochgewachsenen, schießwütigen Europäer zu töten, der Shao Yus Tod verursacht hatte, aber sie war ihm seitdem niemals wieder begegnet. Wehrlose Menschen abzuschlachten, deren einziges Vergehen darin bestand, sich zu einer fremden Religion zu bekennen, vermochte sie weiterhin nicht. Sie zog es daher vor, zu beten, anstatt sich an Streifzügen durch die Stadt zu beteiligen.

Nun herrschte offiziell Krieg. Die Yihetuan Yundong waren in die kaiserliche Armee aufgenommen worden, hatten aufgehört, gesellschaftlicher Abschaum und Kriminelle zu sein. Quantou schien darüber zufrieden, zumal ihm der Oberbefehl über eine kleine Truppe zugewiesen worden war. Er hatte sein inzwischen zerschlissenes rotes Hemd gegen eine gelbe Uniformjacke getauscht, auf der sein Rang vermerkt war, und beteiligte sich nun an der Belagerung der Nordkathedrale, dem einzigen christlichen Gotteshaus der Stadt, das noch stand. Charlotte zuckte leicht zusammen, als sie draußen seine Stimme vernahm, denn er klang verärgert.

»Sie haben bewaffnete Soldaten«, erklärte er lautstark. »Der fremde Teufel, der über dieses Gebäude herrscht, muss ein sehr mächtiger Dämon sein.«

Charlotte vermeinte, widerwillige Anerkennung in diesen Worten zu hören. Als sie hinaustrat, erblickte sie die Da jiejie und auch die anderen Mädchen der Hongdeng Zhao, die einen Kreis um Quantou und seine Krieger bildeten. Auch andere Einheiten waren hinzugekommen, sogar die unauffälligen, zerlumpten Bediensteten, zu denen die Pockennarbige gehörte. Aufgrund seines Mutes und Kampfgeschicks galt Quantou inzwischen als Held.

»Die Frauen der fremden Teufel haben uns unserer Kräfte beraubt, indem sie ihre Körper an den Fenstern des Dämonentempels entblößten«, verkündete ein junger Mann aus Quantous Gefolgschaft. Charlotte versuchte sich vorzustellen, wie Nonnen sich vor fremden Männern entkleideten. Sie vermochte es nicht. Auch

Quantous Gesicht zuckte missmutig, aber er widersprach nicht, da die Aussage der allgemeinen Ideologie entsprach.

»Mit der Zeit wird es uns schon gelingen, sie auszuhungern«, meinte er nur. »Wenn die letzte Bastion des fremden Gottes gefallen ist, wird unser Land zu alter Stärke erwachen.«

Jubelrufe erklangen, während Quantou sich dem Haus zuwandte, wo sein Abendmahl auf ihn wartete.

»Die Dämonen haben ihre Anhänger auch in unseren Reihen!«, verkündete plötzlich eine heisere Frauenstimme. »Sie schwächen uns von innen.«

Charlotte lief ein Schauer über den Rücken, denn sie ahnte, wer hier gesprochen hatte. Es gelang der Pockennarbigen allerdings zunächst nicht, sich Gehör zu verschaffen, da ihre vage Anschuldigung im allgemeinen Geplauder unterging. Doch sie drängelte sich hartnäckig in Quantous Richtung.

»Es gibt unter den Hongdeng Zhao Mädchen, die nicht rein sind«, rief sie nun deutlich lauter. Quantou drehte sich kurz zu ihr um, musterte sie aber nur sichtlich verärgert, als sei sie nichts weiter als ein lästiger Köter, der ihn ankläffte. Die Da jiejie mahnte sie, an ihre Arbeit zu gehen, aber das Mädchen bohrte seine bloßen Füße trotzig in den Boden.

»Ein Mädchen der Hongdeng Zhao hat mit einem unserer Krieger Unzucht getrieben! Ich habe sie dabei beobachtet.«

Nun war Quantou stehen geblieben.

»Warum hast du das nicht gleich gemeldet, du kleine Närrin! Oder hast du erst heute gelernt zu denken?«

Die übliche Kränkung schien an der Pockennarbigen diesmal völlig abzuprallen. Sie streckte ihm trotzig das Kinn entgegen.

»Zunächst wagte ich es nicht, da ich mir sicher war, dass niemand mir glauben würde. Dann ist der Krieger im Kampf gefallen, erwachte nicht mehr zum Leben, obwohl er geweiht war. Doch jetzt erst habe ich begriffen, wer die Schuld daran trägt.«

Charlottes Atmung setzte für ein paar Augenblicke aus, während ein anklagender Finger sich in ihre Richtung streckte.

»Dujuanhua hat Shao Yu umgebracht!«, kreischte eine hasserfüllte Stimme. »Sie beraubte ihn seiner Manneskraft und des himmlischen Schutzes, der ihn unsterblich gemacht hatte. Nur wegen ihrer Verführungskünste ist er gestorben.«

Die Anschuldigungen klangen so absurd, dass Charlotte kurz versucht war zu lachen, doch blieb ihr jeder Laut in der Kehle stecken, als sie zahllose entsetzte Augenpaare auf sich ruhen sah.

»Ist das wahr?« Quantou kam langsam auf sie zu. Trauer lag in seinen Augen, und Charlotte begriff, dass er sie tatsächlich mochte, wie Shao Yu ihr stets versichert hatte. Sie öffnete den Mund, vermochte aber nichts zu sagen. Dass Shao Yu und sie einander geliebt hatten, wäre für diesen wuchtigen Mann keine Entschuldigung. Rette dich, flüsterte eine Stimme in ihrem Kopf. Sie straffte die Schultern.

»Es ist eine Lüge«, verkündete sie laut. »Dieses Mädchen ist neidisch, weil sie nicht selbst zu den Hongdeng Zhao gehört. Daher versucht sie, mich anzuschwärzen.«

Es gelang ihr, der Pockennarbigen völlig gefasst ins Gesicht zu sehen, auch wenn der Hass darin sie erschreckte. Quantou nickte knapp, denn diese Erklärung schien ihm einzuleuchten. Rasch hob er die Hand, um der Pockennarbigen eine Ohrfeige zu verpassen, die sie drei Schritte rückwärts stolpern ließ. Mit einer flüchtigen Bewegung wischte sie das Blut von ihrer Nase.

»Gehe wieder an deine Arbeit und stifte keinen Unfrieden mehr«, mahnte sogleich die Da jiejie in einem derart abfälligen Tonfall, dass Charlotte für einen kurzen Augenblick wieder Mitgefühl für dieses Mädchen empfand, das sein Leben lang wie ein Straßenhund herumgeschubst worden war.

»Untersucht sie doch!«, kam es nun so leise und gleichzeitig bösartig, als versprühe eine Schlange ihr Gift. »Stellt fest, ob sie noch Jungfrau ist.«

Schweiß begann, über Charlottes Rücken zu fließen. Der Vorschlag war absurd, versuchte sie sich zu beruhigen. Keines der Mädchen hier war jemals einer derartigen Prozedur unterzogen worden, und sie zweifelte nicht daran, dass viele ihrer Gefährtinnen nicht mehr unberührt waren.

Quantou hatte die Stirn gerunzelt und sah sich etwas ratlos um, als fühle er sich von diesen Frauenangelegenheiten überfordert. Charlotte zwang sich, ruhig zu atmen. Es gab keinen Grund, warum er ihr eine derartige Demütigung zumuten sollte, zumal er die Pockennarbige nicht besonders leiden konnte.

»Dieser Unsinn ist nicht nötig! Ich kenne Dujuanhua und kann mich für sie verbürgen«, entschied er auch schon und wollte sich endgültig abwenden, doch ein weiteres Kreischen der Pockennarbigen hielt ihn zurück.

»Sie betört alle Männer! Das ist ihre heimliche Macht, die sie von den fremden Teufelinnen lernte, die sie erzogen haben. Selbst den Verstand unserer Anführer hat sie verwirrt, damit sie ihrer verdienten Strafe entgehen kann.«

Mit zornig funkelnden Augen trat Quantou einen Schritt auf das Mädchen zu, das keinerlei Anstalten machte zurückzuweichen, als sei es sich der Wucht der soeben vorgebrachten Anschuldigung nicht bewusst.

»Vergib mir die Einmischung, aber vielleicht sollte Dujuanhua doch untersucht werden«, murmelte die Da jiejie dem angesehenen Krieger zu. »Es missfällt mir, wenn derart über eines meiner Mädchen geredet wird, und ich würde daher ihre Unschuld gerne bewiesen sehen.«

Quantou kratzte sich am Hinterkopf, wo sein Zopf wuchs. Langsam wandte er sich wieder an Charlotte.

»Stimmst du zu?«, fragte er leise.

Nun badete ihr Körper in Schweiß und sie öffnete hilflos den Mund, ohne dass ein Laut herauskam. Sie musste einen überzeugenden Grund finden, die Untersuchung abzulehnen, ohne dass deshalb der Verdacht an ihr haften blieb. Tief in ihrem Inneren wusste sie, dass jene aufrechte Kämpferin, die sie hier darstellen sollte, sich lieber einer kurzen Demütigung unterzogen hätte, als dauerhaft im Schatten von nicht klar widerlegten Anschuldigungen zu leben.

»Merkt ihr nicht, wie sehr sie mit der Antwort zögert?«, säuselte die Pockennarbige triumphierend. Zwischen Quantous Augenbrauen begann eine Falte zu wachsen. Charlotte holte Luft. Sie musste sich nun mit Empörung gegen die Untersuchung wehren, ohne dabei verängstigt zu wirken. Eine andere Möglichkeit, mit dem Leben davonzukommen, gab es für sie nicht.

»Es ist schon gut«, vernahm sie plötzlich Mayis Stimme und sah, wie die alte Frau in Blau sich aus der roten Gruppe der Versammelten herausschälte und auf sie zukam. »Ich werde die Untersuchung vornehmen. Dujuanhua kennt mich gut.«

Bevor Charlotte etwas erwidern konnte, hatte Mayi ihre Finger um ihr Handgelenk geschlungen und zog sie in das Gemeinschaftshaus ihrer Einheit. Charlotte folgte schicksalsergeben, denn sie sah keinen anderen Ausweg mehr. Vielleicht war Mayi bereit, ihre Verbündete zu sein. Wenn dem nicht so wäre, würde sie ihr Schicksal akzeptieren müssen und sterben wie Shao Yu. Die Hoffnung, ihm dann wieder näher sein zu können, hielt sie aufrecht, während Mayi sie in ein kleines Zimmer schubste und die Tür hinter ihnen schloss.

»Es ist möglich, dass du schwanger bist. Wann hast du das letzte Mal geblutet?«

Mayis Frage klang völlig sachlich, als sie sich in einer Wasserschale die Hände wusch. Charlotte zog rasch ihre Hose wieder an. Die Untersuchung war nicht so unangenehm gewesen wie befürchtet, und Mayi wirkte weder entsetzt noch wütend, als habe sie kein anderes Ergebnis erwartet. Einen Moment lang war Charlotte einfach erleichtert gewesen, doch nun ließ Mayis Frage sie fassungslos starren.

»Ich weiß nicht …«, murmelte sie. »Ich habe nicht darauf geachtet.«

Shao Yus Tod lag etwa drei Wochen zurück, doch konnte sie sich nicht daran erinnern, seit dem Tag, da er ihr Liebhaber geworden war, jene Papierbinden gebraucht zu haben, die ihnen zur Verfügung standen. Kurz blieb sie vor Fassungslosigkeit gelähmt, dann rollte eine Woge der Freude durch ihren Körper, die längst vergessen geglaubten Lebensmut weckte. Ein Teil von Shao Yu war mit ihr in dieser Welt geblieben. Sie musste es schaffen, von diesem Ort des Wahnsinns zu fliehen, um ihrer beider Kind in Sicherheit zu bringen.

»Wirst du mir helfen?«, flüsterte sie. Mayi biss sich auf die Lippen und rieb ihre Handflächen aneinander.

»Ich bin bereit, einmal für dich zu lügen«, erwiderte sie leise. »Am Anfang warst du eine verwöhnte, nutzlose Göre, aber in den letzten Wochen hast du dich als vernünftig und nützlich erwiesen. Dieser Irrsinn hat schon so viele unschuldige Menschen das Leben gekostet, und wenn er beendet wird, dann werden weitere Köpfe rollen. Warum sollst du dem auch noch zum Opfer fallen? Aber du musst von hier fort, bevor jemand deinen Zustand bemerkt.«

Charlotte ging ein paar Schritte auf sie zu. Lange hatte sie in Mayi nur eine alte Frau gesehen, deren Lebensaufgabe darin bestand, Essen zu kochen. Doch hinter dem demütigen Gebaren verbarg sich ein wacher, beobachtender Verstand, der eigene Urteile fällte.

»Warum folgst du Quantou, wenn du nicht an seine Ziele glaubst?«, wollte sie plötzlich wissen.

»Weil er der Mann ist, zu dem ich gehöre«, antwortete Mayi nur. »So war es, seit ich ein junges Mädchen war. Damals hoffte ich, ihm einen Sohn zu schenken, damit er mich endlich anerkennt, doch alle Kinder in unserer Truppe mussten wir fremden Eltern abkaufen. Dein Glück blieb mir verwehrt, obwohl ich mir nichts mehr wünschte als eine Schwangerschaft.«

Charlotte wollte die alte Frau tröstend in die Arme schließen, da öffnete sich die Tür hinter ihnen mit einem unangenehmen Knarren.

»Sie ist also schwanger«, rief die Pockennarbige und trat mit zwei langen Schritten ein. »Dann ist ihre Schuld bewiesen.«

»Ich habe nicht gesagt, dass sie schwanger ist. Und du hattest kein Recht zu lauschen«, erwiderte Mayi und verpasste dem Mädchen eine weitere Ohrfeige. Die Pockennarbige verzog keine Miene.

»Wenn du es abstreitest und eine weitere Untersuchung durchgeführt wird, dann wirst du als Lügnerin entlarvt«, entgegnete sie. »Du wirst als ihre Komplizin gelten, die gemeinsam mit ihr sterben muss.«

»Es wird keine weitere Untersuchung geben«, meinte Mayi knapp und wollte die Pockennarbige hinausschieben, aber das Mädchen schüttelte ihren Griff mit unerhörter Dreistigkeit ab.

»Ich habe die Da jiejie bereits überzeugt, dass du ebenso von Dujuanhua verhext worden sein könntest wie Quantou. Deshalb will sie selbst überprüfen, ob die geschickte Kämpferin noch Jungfrau ist oder nicht. Und wenn sie merkt, dass du gelogen hast, dann …«

Sie stieß ein böses Lachen aus, das eiskalt in Charlottes Ohren klirrte. Dieses Mädchen war krank, erkannte Charlotte plötzlich. Etwas an ihrem Denken hatte die zahllosen Demütigungen ihres Lebens nicht heil überstanden.

»Ja, ich bin schwanger«, gestand sie leise, denn Mayi sollte nicht ihretwegen sterben. »Shao Yu und ich haben uns geliebt und ich bin glücklich, sein Kind in mir zu tragen. Ich werde fortgehen von hier, und wenn du mithilfst, dann werde ich Quantou überzeugen, dass er dich immer unterschätzt hat und dass du es verdienst, in den Kreis der Hongdeng Zhao aufgenommen zu werden. Glaube mir ...«

Sie holte Luft. Auf einmal schien alles völlig klar. »Eben weil er mich schätzt, wird er auf mich hören. Ich kann dir beibringen, wie man kämpft, und ...«

»Und mir ein neues, schönes Gesicht geben, das kannst du wahrscheinlich auch«, unterbrach die Pockennarbige spöttisch. »Aber weißt du denn, dass ich einen Namen habe? Niuniu, kleines Mädchen, so hat Shao Yu mich immer genannt. Er war netter zu mir als irgendjemand vor ihm, gab mir zu essen, wenn ich Hunger hatte. Aber dann bist du zu der Truppe gekommen, und er sah mich nicht mehr. Du raubst den Männern den Verstand, und deshalb wirst du jetzt deine gerechte Strafe bekommen.« Sie drehte sich auf dem Absatz um und rannte hinaus. Charlotte blickte entsetzt in Mayis Richtung, die mit gesenktem Kopf wartete, was nun geschehen würde. Es war kaum möglich gewesen, drei Atemzüge zu tun, da kam die Pockennarbige mit der Da jiejie und zwei anderen rot gekleideten Mädchen ins Zimmer gestürmt.

»Sie hat gestanden! Mayi kann es bestätigen!«, kreischte sie. Mayi schwieg. Charlotte sah in das zu einem stummen Vorwurf erstarrte Gesicht der Da jiejie und wusste, dass sie verloren war.

»Es ist wahr, ich erwarte ein Kind!«, versuchte sie, ein vernünftiges Gespräch zu beginnen. »Mir ist klar, dass ich nicht mehr hierbleiben kann. Lasst mich einfach gehen und ...«

»Du hast diesen Ort entweiht!«, zischte die Da jiejie und packte sie am Arm. »Ich will nicht wissen, wie viele Krieger noch sterben mussten, da du sie ihrer Lebenskraft beraubt hast.«

Charlotte wurde so grob in den Hof hinausgestoßen, dass sie über die hohe Schwelle stolperte und auf dem platt getretenen Boden landete. Scharfer Schmerz schoss durch ihre rechte Schulter, während eine Mauer aus menschlichen Beinen sich um sie aufbaute, um sie an Ort und Stelle einzuschließen. Worte wie ›Verräterin‹ und ›biǎozi‹ für Hure gingen auf sie nieder, während sich Fußspitzen in alle Stellen ihres Körpers bohrten und sie herumgestoßen wurde wie ein Stück Holz. Die meisten der Frauen hatten winzige Lotusfüße, nur den Allerärmsten unter ihnen, wie etwa Mayi oder der Pockennarbigen, war diese Prozedur erspart geblieben. Dennoch waren alle Tritte von zorniger Wucht.

»Sie muss auf dem Altar sterben«, rief die Stimme der Pockennarbigen. »So gewinnen wir die Gunst des Himmels wieder!« Die langen, schrillen Schmerzensschreie der Opfer erklangen erneut in Charlottes Ohren, während sie instinktiv die Arme um den Bauch schlang, um ihr Kind zu schützen. Tränen rannen über ihr Gesicht, denn sie spürte, dass sie leben wollte, es ihr aber nicht vergönnt sein würde.

»Jetzt hört auf damit!«

Eine barsche Männerstimme zerschnitt das zornige Kreischen der Frauen. Die in roten Hosen steckenden Beine wichen zurück, sodass Charlotte sich hustend aufrappeln und ein paar Schritte laufen konnte, obwohl ihr Körper an tausend Stellen brannte. Ein breiter Männerkörper baute sich vor ihr auf, packte sie am rechten Arm und zog sie an sich. Kurz glomm Hoffnung in Charlotte auf, als sie Quantous Gesicht erblickte, doch las sie nichts als Zorn und Enttäuschung in seinen Augen.

»Ich werde mit unseren Anführern besprechen, was mit Dujuanhua geschieht«, sagte er nur und zerrte sie davon.

Er schleppte sie in einen der vielen Höfe, in dem die Gefangenen untergebracht waren. Charlotte atmete den Geruch von Todesangst und Verzweiflung ein, der sie würgen ließ. Ein kleiner Verschlag am Rande eines Hauses wurde geöffnet und Quantou schubste sie herein.

»Bitte hilf mir!«, rief Charlotte, bevor er die Tür zuschlagen konnte. »Ich will fort von hier, nichts weiter.«

Wieder maßen seine Augen sie abschätzig.

»Du hast mich belogen und hintergangen«, stellte er fest. »Ich kann nichts weiter für dich tun, als dir einen schnellen, schmerzlosen Tod zu ermöglichen.«

Er zog ein kleines Messer von seinem Gürtel und warf es vor Charlottes Füße, dann fiel die Tür mit schmerzhafter Lautstärke zu. Sie rollte sich zu einem Bündel zusammen, genoss für einen Augenblick den Zustand der Einsamkeit, da niemand sie mehr anschrie, schlug oder trat. Der Schmerz ebbte langsam ab, ein Zeichen, dass sie wohl nicht ernsthaft verletzt sein konnte. Tief atmend blieb sie auf dem Boden liegen und krümmte sich hilflos zusammen. Im äußersten Winkel ihres Blickfelds blitzte die Klinge des Messers auf.

Sie wusste, zu welchem Zweck Quantou es ihr hingeworfen hatte. Die Waffe würde ihr nicht ermöglichen, sich gegen all die Leute zu wehren, die früher oder später kommen würden, um sie zu ihrer Hinrichtung zu schleppen. Aber sie konnte schneller und würdevoller sterben, wenn sie sich nun selbst die Kehle aufschnitt. Quantou hätte es an ihrer Stelle zweifellos getan, denn ein solches Verhalten entsprach dem Ehrgefühl eines Kriegers.

Charlotte legte ihre Finger um den hölzernen, mit Schnitzereien von Drachen verzierten Griff, der sich warm in ihre Hand schmiegte. Die Klinge war so scharf, dass ein winziger

Tropfen Blut erschien, sobald sie mit dem Daumen darüberfuhr. Es wäre nicht schwer, sich damit zu töten.

Noch vor wenigen Stunden hätte sie das Nötige getan, ohne allzu lang zu zögern, doch Mayi hatte ihr eine Neuigkeit eröffnet, die alles veränderte, und den Wunsch, am Leben zu bleiben, so mächtig werden ließ, dass selbst die Aussichtslosigkeit ihrer Lage ihn nicht zu schwächen vermochte. Charlotte hielt das Messer mit beiden Händen umklammert und kauerte in der Ecke ihres winzigen, stickigen Verlieses. Sobald die Tür aufging, würde sie versuchen, sich ins Freie zu kämpfen und auf die Straße zu gelangen. Wenn sie erst einmal außerhalb der Mauern dieser Anlage war, wäre das Schlimmste überstanden.

Die Zeit floss dahin, während Charlotte ihr Herz hämmern hörte. Der Durst ließ die Zunge an ihrem Gaumen kleben, doch verspürte sie keinerlei Hungergefühl. Draußen wich der helle Tag grauem Dämmerlicht, wie sie durch die Bambusstäbe ihres Gefängnisses sehen konnte. Manchmal liefen Menschen vorbei, aber niemand bewegte sich in ihre Richtung und ihre Anspannung begann langsam nachzulassen. Sie spürte die Folgen von Tritten und Schlägen in jedem ihrer Knochen. Bleierne Müdigkeit drohte sie zu überwältigen, und sie bemühte sich, die Augen offen zu halten, denn jeder Augenblick der Unaufmerksamkeit konnte dazu führen, dass sie eine kostbare Fluchtmöglichkeit ungenutzt ließ.

Dunkelheit zog auf, und Trommeln kündeten den Beginn der Doppelstunde des Schweins an. In den Höfen begann es still zu werden. Nach einigem Zögern ließ Charlotte ihr Messer schließlich sinken, denn sie vermochte kaum noch die Hand vor Augen zu sehen. Heute käme niemand mehr, um sie zu holen. Vielleicht sollte sie schlafen, um zu Kräften zu kommen. Oder überlegen, ob es irgendeine Möglichkeit gab, wie sie im Schutz der Dunkelheit aus ihrem Verlies gelangen konnte. Sie versuchte, gegen die Tür zu drücken, doch gab diese kein Stück nach. Auch ein Abtasten der Wände schenkte ihr keinen Anlass zur Hoffnung, doch dann fiel ihr ein, dass es vielleicht möglich wäre, die Bambuswand mit dem Messer zu zerschneiden. Eine solche Arbeit versprach langwierig zu werden, zudem sie fast nichts sehen konnte, aber es war allemal besser als wie ein Lamm auf den Augenblick zu warten, da man sie zur Schlachtbank zerrte.

Es war ihr gerade gelungen, den ersten Stab durchzuschneiden, als sie plötzlich das Schlurfen von Schritten vernahm, die hastig, aber dennoch mit Vorsicht in ihre Richtung glitten. Rasch verbarg sie das Messer hinter ihrem Rücken und rollte sich zusammen, um Schlaf vorzutäuschen. Es konnte nur eine einzelne Person sein, die auf ihr Verlies zukam. Sie trat leicht auf, wie eine Frau oder ein Kind. Hoffnung keimte in Charlotte auf. Vielleicht war es einer der zwei Jungen, Xiang oder Xin, mit denen sie nach Beijing gekommen war, und die ihr nun helfen wollten.

Angespannt lauschte sie, wie die Tür sich öffnete. Schwaches Licht glomm auf, und als ein Tuch von einer Laterne entfernt wurde, bekam Charlottes Verlies wieder klare Formen.

»Steh auf und komm mit!«, flüsterte Mayi. »Wir müssen uns beeilen.«

Charlotte war auf den Beinen, bevor sie einen klaren Gedanken hatte fassen können. Rasch steckte sie das Messer an ihren Gürtel.

»Ich danke dir, dass du mir hilfst.«

Mayi stieß einen leisen Seufzer aus.

»Wir werden einander helfen müssen, um uns in Sicherheit zu bringen.«

Sie schob Charlotte, die aus dem Verlies laufen wollte, entschlossen zurück.

»Ich muss weg von hier und mich an einem sicheren Ort verstecken«, sagte sie. »Und du wirst mich dorthin bringen.«

»Bist du meinetwegen auch angeklagt worden?«, fragte Charlotte erschrocken. Mayi antwortete nicht gleich, sondern senkte nur den Blick.

»Quantou und ein paar unserer Anführer wurden vor Einbruch der Dämmerung verhaftet. Von den Schergen Prinz Duans.«

»Aber ... aber warum denn?«, stammelte Charlotte.

»Es heißt, sie seien Mitglieder des Weißen Lotus und wollen die Mandschu stürzen.«

Charlotte lehnte sich gegen die Bambuswand. Shao Yus Worte fielen ihr wieder ein. Er, Quantou und noch ein paar andere Verschwörer hatten ein neues China aufbauen wollen.

»Sie werden ihn foltern«, sagte Mayi. Der Schmerz unterbrach nur kurz den Fluss ihrer Worte. »Aber er wird ihnen nichts verraten. Deshalb wird er sterben. Dann werden sie weitere Verdächtige holen, um etwas herauszubekommen. Jeder hier kann ihnen erzählen, dass ich als Quantous Gefährtin kam. Zwar weiß ich nichts von seinem Treiben, aber das wird mich nicht retten.«

»Dann müssen wir beide weg«, beschloss Charlotte nach kurzem Überlegen. »Wir verstecken uns in der Stadt. Morgen, wenn die Tore geöffnet werden, kommen wir hinaus.«

»Und dann?«, fragte Mayi spöttisch. »Zwei mittellose Frauen allein hätten es auch zu Friedenszeiten schwer, eine Reise anzutreten, aber jetzt herrscht überall Krieg. Die erstbesten Soldaten, denen wir begegnen, werden mich gleich töten, dich zuerst schänden. Nein, eine Flucht nach draußen nützt uns nichts.«

»Aber was können wir denn sonst tun?«

Mayi lächelte schwach.

»Du kannst mich an einen Ort bringen, wo ich sicher vor Prinz Duan bin und wo man uns beide versorgen wird. Hinter die Barrikaden, zu den fremden Teufeln.«

Charlotte schnappte nach Luft.

»Warum glaubst du, dass gerade ich …«

»Weil ich weder dumm noch blind bin. Du hattest ihre Kleidung und sprichst ihre Sprachen, wie ich an dem Tag mitbekam, da du den Schützen auf der Mauer etwas zugerufen hast. Und jetzt bringe mich zu ihnen. Schlimmer als die Schergen Prinz Duans können sie nicht sein.«

Sie packte Charlotte am Handgelenk und zog sie nach draußen. Die Männer, die hier Wache halten sollten, waren zum Glück eingeschlafen, sodass sie an ihnen vorbeischleichen konnten. Sobald sie den Hof der Gefangenen verlassen hatten, entfernte Mayi das Tuch von ihrer blauen Laterne. Charlotte trug weiterhin die Kleidung der Hongdeng Zhao, daher konnten sie beide ungehindert die Wachen am Eingangstor passieren. Aber Charlotte wusste, dass die Straßen Beijings nur kurzfristige Sicherheit versprachen, denn sobald jemand merkte, dass ihr Verlies leer stand, würde eine gründliche Suche beginnen.

Während sie sich durch die engen, dunklen Hutongs tasteten, überlegte sie, wie sie am schnellsten zum Gesandtschaftsviertel gelangen konnten. Die ungefähre Richtung hatte sie im Kopf, aber sobald sie vor den Barrikaden standen, würde ihr eigentliches Problem beginnen, denn die ganze kaiserliche Armee hatte dort ihr Lager aufgeschlagen. Die Gedanken überschlugen sich in Charlottes Kopf, ließen sie alle möglichen Erklärungen abwägen, die sie den Soldaten für ihr Auftauchen anbieten konnte. Noch schwieriger aber wäre wohl, die Wachmänner an den Toren zum Gesandtschaftsviertel zu überzeugen, sie hereinzulassen? Würde es helfen, Elsas Namen zu erwähnen? Vermutlich wäre sie als kleine Angestellte zu unbedeutend.

Ein energischer Handgriff Mayis riss sie aus ihren Überlegungen.

»Da kommen Männer angerannt! Vielleicht sucht man uns schon.«

Tatsächlich wurde das Trampeln von Schritten immer lauter und schien aus verschiedenen Richtungen zu kommen. Charlotte schubste Mayi rasch durch ein kleines, offen stehendes Tor, das zu einer Reihe halb verfallener Häuser führte. Sie kauerten hinter einem Haufen Abfall, während ihre Verfolger an ihnen vorbeihasteten und sich in der Umgebung verteilten. Charlotte musste eine Hand vor ihren Mund pressen, denn der Gestank von Fäulnis ließ sie würgen, und als eine riesige Ratte dicht vor ihren Füßen vorbeihuschte, biss sie in ihre eigenen Finger, um nicht aufzuschreien.

»Was machen wir jetzt?«, flüsterte Mayi. »Sie suchen die ganze Gegend ab. Vor Morgengrauen haben sie uns gefunden.«

Charlotte verschränkte die Arme vor der Brust. Obwohl die Nacht schwülwarm war, hörte sie ihre Zähne leise klappern. Die Panik schwächte ihren Orientierungssinn, denn sie hätte nicht mehr genau sagen können, in welcher Richtung das Gesandtschaftsviertel lag, doch konnte es helfen, an den Mauern der kaiserlichen Stadt entlangzulaufen, denn es grenzte an sie. Allerdings würden sie die Sicherheit der engen, dunklen Hutongs verlassen und sich auf breite Straßen begeben müssen, wo sie leichter sichtbar waren. Nachts würden zwei Frauen allein auffallen.

Sie überlegte angestrengt, ob es nicht vernünftiger wäre, bis zum Morgengrauen in einem Versteck auszuharren, als plötzlich ein Laut erklang, der sie an ihre Mutter denken ließ. Das Läuten von Kirchenglocken gehörte in Europa zum alltäglichen Leben, hatte sie ihr einst erzählt. Auch nachts wurden so neue Stunden angekündigt.

»Die Beitang«, murmelte sie. »Die Nordkathedrale wurde noch nicht erobert. Quantou hat an ihrer Belagerung teilgenommen. Sie kann nicht weit weg sein, wenn wir die Glocken hören.«

»Ich weiß, wo der Tempel der fremden Teufel steht. Wir müssen nur dorthin zurück, woher wir kamen, und dann immer geradeaus laufen«, erwiderte Mayi. »In die Stadt der Mandschu.«

»Dann los!«, rief Charlotte, denn die Straße schien leer. Niemand würde davon ausgehen, dass sie freiwillig wieder an jenen Ort zurückkehrten, von dem sie geflohen waren, überlegte sie. Dann kam ihr noch eine weitere Idee.

»Wir laufen nicht«, wies sie Mayi an. »Wir gehen langsam, und du trägst deine Laterne. Wir müssen aussehen wie ganz normale Mitglieder der Yihetuan Yundong.«

»Die mitten in der Nacht unterwegs sind«, kommentierte Mayi den Vorschlag spöttisch.

»Weil die Krieger bei der Nordkathedrale uns gerufen haben. Es wurden doch schon zwei heilkundige Hongdeng Zhao aus Tianjin geholt, um mit ihren magischen Kräften die Eroberung der Beitang zu ermöglichen, bisher ohne Erfolg. Jetzt kommen wir!«, führte Charlotte ihre Idee zu Ende. »Los, lauf schon. Wenn die Männer wirklich nach uns gesucht haben, dann sind sie im Augenblick jedenfalls nicht da, und das müssen wir ausnutzen.«

Sie ging los und Mayi folgte ihr nach kurzem Zögern. Tatsächlich waren die dunklen Straßen so friedlich und still, dass der Eindruck entstehen konnte, dies sei eine gewöhnliche Nacht in einer sicheren Gegend. Aber dann hätten auch Bettler an Straßenecken gehockt, um magere, gierige Arme nach ihnen auszustrecken, was nun nicht der Fall war. Alle Bewohner der Stadt hatten sich in Häuser, Löcher und andere Verstecke verkrochen, da weiterhin der Tod durch alle Gassen strich wie eine Schlange, die ganz plötzlich zubeißen konnte. Mayi wies den Weg und bald schon ragten zwei spitze Türme in den vom halben Mond nur schwach erhellten Himmel, jene fremden Bauwerke, denen nachgesagt wurde, durch ihre Höhe die Harmonie der Elemente zu stören, weshalb der Regen ausblieb. Eine Mauer umgab die Kathedrale und um diese Mauer herum hatten Soldaten ihr Lager aufgeschlagen. Im Augenblick herrschte offenbar Kampfpause, denn an Lagerfeuern wurde Essen gekocht, während zahlreiche Männer bereits schlafend herumlagen. Ein paar Köpfe drehten sich in die Richtung der zwei Frauen, doch niemand schenkte ihnen besondere Beachtung. Charlotte atmete den Geruch von Fäulnis und Verwesung ein. Als sie über einen Arm stolperte, der willenlos nachgab, blickte sie in ein Gesicht, von dem nichts weiter als eine blutige Masse übrig geblieben war.

»Sie schaffen es nicht, alle Leichen gleich wegzuräumen«, erklärte Mayi, während Charlotte sich eine Hand vor den Mund presste, um den Würgereiz zu unterdrücken.

Ein breites, rot lackiertes Tor trennte sie vom Gelände der Kathedrale. Fünf Männer hockten davor auf dem Boden und spielten Karten, ihre Speere hatten sie gegen die Mauer gelehnt. Dies war tatsächlich ein fast grotesk anmutender Moment des Friedens, denn vielleicht hatten die Christen in der Kathedrale sich gerade zum Gebet versammelt. An der Mauer konnte sie niemanden erkennen.

»Was möchtest du, kleine Schwester?«, fragte einer der Männer, dem Charlotte aufgefallen war. Seine Stimme war von schmeichelnder Freundlichkeit. Charlotte setzte eine strenge Miene auf, wie es sich für ein Mitglied der Hongdeng Zhao in männlicher Gegenwart gehörte.

»Ich kenne einen Zauber, der dazu führt, dass die fremden Teufel das Tor öffnen«, sagte sie und hörte Mayi neben sich nach Luft schnappen.

»Ach ja, und was für ein Zauber soll das sein?« Der Mann hatte den Kopf schräg geneigt und sah sie mit spöttisch funkelnden Augen an. Seine Gefährten kicherten.

»Eine Beschwörung von Dämonen.« Charlotte atmete tief durch. Sie musste die absurde Lüge mit größtmöglicher Überzeugungskraft vortragen, wenn sie sich selbst, Mayi und ihr Kind retten wollte. »Aber damit sie wirkt, müsst ihr alle von der Mauer zurückweichen.«

Eine Weile herrschte ratloses Schweigen, dann begannen einige der Männer zu kichern. Ihr Anführer brachte sie mit einer ungeduldigen Geste zum Schweigen.

»Unsere Schwestern von den Hongdeng Zhao verfügen über magische Fähigkeiten«, mahnte er. »Wir sollten sie unterstützen, nicht verlachen.«

Sämtliche Laute des Spottes verstummten, und nach einigem Debattieren, Scherzen und gemächlichem Einsammeln von Gegenständen räumten die Männer tatsächlich den Platz vor dem Tor. Nur Mayi verharrte an Charlottes Seite, sah sie hoffnungsvoll an und drängte mit einer Kopfbewegung zum Handeln. Charlotte wandte sich an das sorgsam verschlossene Tor.

»Bitte lasst uns herein!«, rief sie auf Englisch. »Wir sind fromme Christinnen, und wenn ihr uns nicht helft, so werden diese Barbaren uns töten!«

Ihre Worte verhallten in der schwülen Nachtluft. Hinter ihr regte sich nichts, was ihre Hoffnung bestätigte, dass keiner der Krieger hier Englisch verstand. Doch falls jemand auf der anderen Seite der Mauer sie gehört hatte, so glaubte er ihr nicht, denn ihre Bitte blieb unerfüllt.

»Nur uns beide! Eine alte Frau und ein junges Mädchen, das ein Kind erwartet!«, bettelte Charlotte weiter. »Ihr könnt das Tor rasch wieder schließen, sobald wir drinnen sind. Was könnten wir euch denn tun?«

Nun vermeinte sie, das Murmeln von Stimmen hinter dem Tor zu hören, doch die Laute, die sie ausstießen, klangen nicht Englisch. Dies war ein katholisches Gotteshaus, erinnerte Charlotte sich. Ihre Mutter hatte ihr einst auch erklärt, welche europäischen Nationen großteils katholisch waren.

»Das sind sie!«, rief plötzlich jemand in ihrem Rücken. »Dieses Mädchen vor dem Tor, das muss die Verräterin sein, die Unheil über unsere Krieger gebracht hat.«

Mayi stieß einen leisen Klagelaut aus. Charlotte packte die alte Frau am Handgelenk, um sie am Fortlaufen zu hindern, denn das wäre als endgültiges Schuldgeständnis angesehen worden.

Jenes Gebet, das Mademoiselle Lachasse, ihre Französischlehrerin, ihr einst eingebläut hatte, erklang wieder in Charlottes Kopf. Franzosen waren Katholiken, wie sie von ihrer Mutter gelernt hatte. Charlotte begann Worte, über deren Sinn sie niemals lang nachgedacht hatte, gegen rot lackiertes Holz zu brüllen, als seien sie tatsächlich eine Zauberformel.

»Notre Père qui est aux cieux! Que ton nom soit sanctifié; que ton règne vienne; que ta volonté soit faite sur la terre comme au ciel.«

Die Stimmen hinter dem Tor redeten nun durcheinander, doch gab das Holz nicht nach. Füße trappelten in Charlottes Rücken und sie vernahm hasserfüllte Schreie.

»Jetzt bringen sie uns gleich um«, hauchte Mayi ihr völlig gefasst ins Ohr. »Tu irgendwas!«

»Pitié!«, schrie Charlotte, sprang hoch, um sich an dem oberen Ende des Tors festzukrallen und mit beiden Füßen gegen das massive Holz zu treten. »Miséricorde!«

Schatten kreisten sie ein. Mayi stieß einen Schmerzensschrei aus, der ihren möglichen Tod ankündigte. Dann tauchten plötzlich Gewehre oberhalb der Mauer auf, Schüsse donnerten und die Angreifer wichen mit Wutschreien zurück. Es kam Charlotte wie ein Wunder vor, als das schwere Tor sich plötzlich öffnete. Hände packten sie, um sie durch einen Spalt zu zerren. Mayi umklammerte ihren Körper so fest, dass sie zu einem einzigen Wesen zusammenwuchsen. Mit einem dumpfen Knall landeten sie auf dem Boden, während das Tor wieder zufiel. Zorniges Geheul erklang, da Blutdurst ungestillt geblieben war.

»Willkommen im Haus des Herrn«, sagte eine Frauenstimme auf Französisch. Charlotte musterte kurz den mit Sternen übersäten Himmel über ihr, der ein Wunder vollbracht haben musste. Dann sah sie die Menschen um sich, fast ausschließlich chinesische Frauen und Kinder. Ein paar hochgewachsene Männer mit Gewehren im Arm hielten sich im Hintergrund.

»Ich bin Sœur Hélène de Jaurias«, erklärte eine alte Dame mit Nonnenschleier, deren Gesicht blass wie roher Teig war, aber von kindlicher Güte zeugte. »Sind Sie verletzt?«

Charlotte schüttelte den Kopf, während sie sich schnell aufrappelte und sich auf Französisch für die Rettung bedankte. Dann wandte sie sich zu Mayi, die inzwischen ebenfalls auf die Beine gekommen war und verwirrt um sich blickte. Der linke Ärmel ihres Kittels war blutgetränkt, doch konnte sie nicht schwer verletzt worden sein.

»Alle Kinder Gottes sind hier willkommen«, sagte die unermüdlich lächelnde Nonne. »Leutnant Olivieri zögerte zwar, euch hereinzulassen, aber ich habe den Willen des Herrn in meinem Herzen gespürt und gewusst, dass er euch schickte. Er gab mir auch die Kraft, den hartgesottenen Offizier zu überzeugen. Nun wird Bischof Favier euch kennenlernen wollen, sobald ihr wieder bei Kräften seid.«

Kapitel 31

»Es mag uns scheinen, dass die Welt aus den Fugen geraten ist«, sagte Sarah Conger, die Frau des amerikanischen Gesandten, während sie ein Stück Pferdefleisch zum Mund führte. »Es gibt zwar den Anschein kriegsähnlicher Feindseligkeiten, aber diese bestehen nur in unseren Köpfen.«

Elsa, die an hartem, gelben Reis nagte, warf einen Blick in Pollys Richtung und sah, wie ihre Freundin das Gesicht verzog. Draußen war immer wieder der scharfe, harte Klang von Schüssen zu hören, der sie daran erinnerte, dass sie sich in einem fremden Land befanden, wo man ihnen nach dem Leben trachtete. Sie hatten sich inzwischen alle an die Vorstellung gewöhnt, dass ein ihnen gegenübersitzender Mensch im nächsten Augenblick tot umfallen konnte, auch wenn es glücklicherweise selten vorgekommen war, dass sich eine Kugel durch eines der Fenster nach drinnen verirrte. Das Gerede von Sarah Conger, die ein überzeugtes Mitglied der Christian Science war, fand Elsa schwerer zu ertragen, auch wenn es den Kindern der Amerikanerin sogar Mut zu schenken schien, denn sie wirkten weniger verstört als die meisten anderen. Während Elsa sich einen Streifen von dem Pferdebraten auf ihren Teller lud, überlegte sie, was mehr an ihren Nerven zehrte, Sarah Congers Glaubensbekenntnisse oder die ausladenden Reden, mit denen George Morrison ihnen jeden Abend erklärte, dass sie Zeugen eines einzigartigen Ereignisses der Weltgeschichte wurden, dem Zusammenhalt aller zivilisierten Nationen gegen einen Ausbruch blutrünstiger Barbarei. Elsa hätte gern auf diese Erfahrung verzichtet und sie vermutete, dass es den meisten Menschen hier ähnlich erging.

Die Idee vom Zusammenhalt war nicht völlig verkehrt, wenn George Morrison dabei auch viele Dinge übersah. Alle Männer, die sich nicht auf den Umgang mit Waffen verstanden, hatten nun, drei Wochen nach Beginn der Belagerung, diverse Komitees gegründet, um das Gesandtschaftsviertel zu verwalten. Sie trafen sich regelmäßig, und Elsa hatte sie heimlich im Verdacht, dabei sehr viel Zeit mit unnötigem Gerede zuzubringen. Die Frauen pflegten indessen Verletzte im Spital, eine Aufgabe, an der sich fast alle von ihnen beteiligten. Die zwei anwesenden Ärztinnen waren auf den Rang von Krankenschwestern zurückgesetzt worden, was damit begründet wurde, dass sie keinerlei Erfahrung mit Kriegsverletzungen hätten. Elsas anfänglicher Zorn über die Gelassenheit, mit der diese Entscheidung auch von den Betroffenen hingenommen wurde, war schnell verraucht, denn in Wahrheit gab es kaum noch Standesgrenzen. Sie arbeitete und speiste nun auch Seite an Seite mit Lady MacDonald, der Baronin de Giers und der Marchesa Salvago Raggi, die den Widrigkeiten ihrer Lage durch eine unverändert elegante Garderobe zu trotzen versuchte. Gab es gerade keine Verletzten zu versorgen, so nähten sie Sandsäcke oder füllten diese, eine Tätigkeit, bei der Sarah Conger von der Christian Science häufig neben einem russisch-orthodoxen Priester anzutreffen war. Zwar waren die beiden nicht in der Lage, mehr als nur ein paar Worte miteinander zu wechseln, doch schienen sie bei der Zusammenarbeit hervorragend zu harmonieren.

Die Notlage hatte ungewöhnliche Freundschaften entstehen lassen, die es unter anderen Umständen niemals gegeben hätte. Selbst die meist zurückhaltenden Japanerinnen, die sich, wie Elsa vermutete, den Chinesinnen näher fühlten als Frauen aus dem fernen Europa, begannen nun in die Gemeinschaft hineinzuwachsen. Die zarte Madame Narahara, Witwe des zweiten japanischen Sekretärs, der trotz ihrer hingebungsvollen Pflege am Wundstarrkrampf verstorben war, erweckte großes Mitgefühl, und fast alle Frauen, die ebenfalls ein Familienmitglied zu beklagen hatten, suchten ihre Nähe.

Doch hatte die Enge, in der sie alle dicht zusammenrücken mussten, auch zu Zwistigkeiten geführt. Paula von Rosthorn, die Frau des österreichischen Gesandten, hatte die britische Gesandtschaft am 26. Juni hocherhobenen Hauptes verlassen, um in sich in der französischen einzuquartieren. Zwar befand dieses Gebäude sich direkt in der Schusslinie der Chinesen, doch die junge Paula hatte entschieden erklärt, sie wolle lieber Kugeln um ihre Ohren pfeifen hören, als noch einen Tag länger in das sauertöpfische Gesicht von Ethel MacDonald zu blicken oder den Hymnen der Missionare zu lauschen. Der Grund dafür war wohl die meist hinter vorgehaltener Hand, gelegentlich aber auch offen vorgetragene Kritik am Verhalten der Kontinentaleuropäer gewesen. Es hieß, dass sie nur musizierten, tanzten und den im Überfluss vorhandenen Champagner tranken. Tatsächlich fanden im Peking Hotel abends noch feierliche Gelage statt. Zwar begann das Essen knapp zu werden, aber Champagner hatte man dank der Vorräte Kierulffs noch genug. Madame Pokotilova, Gemahlin des Direktors der russisch-chinesischen Bank, war einstige Opernsängerin und schmetterte auf Aufforderung gern ein paar Arien – was die chinesischen Belagerer seltsamerweise immer ermunterte, Schüsse in die Luft zu feuern. Ansonsten wurden auch Quadrillen oder gar Walzer auf dem Tennisplatz getanzt, ja der spanische Gesandte hatte seinen eigenen ›valse des boxeurs‹ komponiert. Ethel MacDonald missfielen all diese Frivolitäten, Sarah Conger vermutlich ebenso. Polly hatte mit einem schiefen Grinsen erzählt, dass heimlich von der moralischen Überlegenheit der Angloamerikaner gesprochen wurde, wobei man den Deutschen aber eine Sonderrolle zugestand, denn sie galten als vorbildlich diszipliniert. Elsa war sich nicht sicher, ob sie darauf stolz sein sollte. Die Ausgelassenheit der Österreicher, Franzosen und Russen war nach einem anstrengenden Tag stets eine Wohltat. Nun aber galt es, Sarah Conger beim Mittagsmahl im Kanzleigebäude zu ertragen.

Die Gattin des amerikanischen Gesandten hatte ihren religiösen Vortrag zunächst einmal beendet und klagte nun darüber, dass immer mehr Ponys geschlachtet werden mussten und dass sie ihr eigenes gern retten würde.

»Die Tochter einer der Missionarinnen ist hier mit einem Hund auf dem Arm hereinspaziert«, erzählte Polly daraufhin. »Den sollte sie mal gut vor den Chinesen verbergen!«

Sarah Conger verzog nur leicht das Gesicht.

»Man erzählt, dass im Fu, wo die ganzen Konvertiten leben, bereits gehungert wird«, sagte sie gleichmütig. »Dennoch ist es eine barbarische Unsitte, Hunde zu verspeisen. Wir schicken ihnen die Überreste der geschlachteten Pferde und hoffen, es wird genügen, die meisten am Leben zu halten.«

Elsa zweifelte daran, da das Essen bald auch ihnen nicht mehr genügen würde. Zunächst waren sie verschwenderisch mit ihren Vorräten umgegangen, weil sie mit dem baldigen Eintreffen der Hilfstruppen gerechnet hatten. Aber die Tage der ständigen Schießereien reihten sich zu Wochen und niemand kam, die Telegrafendrähte waren durchschnitten, sodass keine Kommunikation mit der Außenwelt mehr möglich war. Ihre Welt bestand nur noch aus der manchmal erstickend engen Gemeinschaft, in der gezankt, gelästert und zusammengearbeitet wurde, und den chinesischen Soldaten jenseits der Barrikaden, die sie vernichten wollten.

»Von diesem Pferdefleisch tut mir stets der Magen weh«, klagte Madame Pichon, die Gattin des französischen Gesandten. Niemand kommentierte diesen Umstand, da es ihnen allen so erging. Die Französin war eine füllige Frau, doch begannen auch ihre Kleider allmählich lose an ihr hinabzuhängen. Bei ihrem Versuch, mit zittrigen Händen nach der Wasserkaraffe zu greifen, stieß sie diese um. Die Kinder sprangen kichernd auf, um dem Schwall von Nass auszuweichen, Sarah Conger seufzte leise, aber dennoch hörbar, und Lady MacDonald zog eine missmutige Miene.

»Mon Dieu, was bin ich doch ungeschickt«, sagte Madame Pichon mit einem verlegenen Lächeln.

»Es ist nicht schlimm, bei der Hitze trocknet das Tischtuch schnell wieder«, versuchte Elsa, sie zu beruhigen. Die stets freundliche Madame Narahara lächelte zustimmend, doch die meisten der anwesenden Damen hüllten sich in missmutiges Schweigen. Madame Pichon haftete der Ruf einer Nervensäge an, weil sie zu viel redete und ständig etwas umwarf. Den Umstand, dass sie wegen ihrer Herzensgüte von den verwundeten Soldaten geliebt wurde, schienen die anderen Frauen gern zu ignorieren. Nur Madame de Giers war zu ähnlicher Herzlichkeit fähig, wenn sie sich um die einfachen Russen kümmerte, die anders als Juliettes Igor weder Deutsch noch Französisch beherrschten, sodass sie nur mit der Gemahlin des russischen Gesandten kommunizieren konnten. Doch im Kreis der Gesandtschaftsgattinnen versuchte jede, durch ihre Talente in den Vordergrund zu treten. Bescheidenere Charaktere wie Madame Pichon wurden so schnell in eine unwichtige Ecke gedrängt.

Die anwesenden Kinder begannen langsam unruhig zu werden und Polly sprang auf, um ihnen ein gemeinsames Versteckspiel vorzuschlagen. Kichernd trampelten sie aus dem Zimmer hinaus. Elsa ahnte, dass Ethel MacDonald ihren Töchtern gewöhnlich mehr Disziplin abverlangte, doch das stete Eingesperrtsein zehrte an allen Nerven. Nun rutschte auch Elsa unruhig auf ihrem Stuhl hin und her, denn sie sehnte sich danach, wieder etwas Sinnvolles tun zu können. Die Mahlzeiten mit den Gesandtschaftsdamen dauerten für ihren Geschmack meist zu lange. Angestrengt suchte sie nach einem möglichen Vorwand, um sich vom Tisch zu entfernen, da flog plötzlich die Tür auf und Juliette kam mit leuchtend roten Wangen hereingestürmt.

»Wir haben eine Kanone!«, rief sie. «Die Chinesen haben sie gefunden.«

Die Neuigkeit löste nur staunende Blicke aus.

»Wo kommt sie denn so plötzlich her, die Kanone? Fiel sie als Geschenk Gottes vom Himmel?«, fragte Lady MacDonald spitz.

»Sie wurde irgendwo in einer alten Gießerei entdeckt. Dort muss sie jahrelang unbeachtet herumgelegen haben. Aber Igor ... also Leutnant Korloff sagt, dass sie noch funktionieren könnte.«

Juliettes Gesicht glänzte vor Aufregung und ihr rasselnder Atem machte deutlich, dass sie eine längere Strecke gerannt sein musste, um diese Botschaft zu überbringen.

»Eine Kanone! Großartig!«, rief Madame Pichon in das allgemeine Schweigen hinein. »Es macht Puff und die ganzen Chinesen fliegen davon!«

Sie stieß ein übertrieben lautes Lachen aus, in das niemand einstimmte. Juliettes Strahlen verblasste ein wenig, denn sie hatte Elsa bereits mitgeteilt, wie peinlich sie das Benehmen der französischen Gesandtengattin häufig fand. Enttäuschung begann sich auf ihrem Gesicht zu zeigen, und Elsa nahm dies zum Anlass, sich solidarisch zu erheben.

»Ich würde mir den wertvollen Fund gern einmal ansehen«, verkündete sie. Miss Martin, eine der ausgebildeten Ärztinnen, stand nun ebenfalls auf und ein paar andere Frauen folgten ihrem Beispiel.

»Wir sind gleich wieder da, um die Verletzten zu versorgen«, versprach Elsa der streng dreinblickenden britischen Lady und lief Juliette hinterher. Im Grunde war sie dankbar für ein wenig Abwechslung, auch wenn sie sich von der Kanone keine Wunder versprach. Sie eilten über den Rasen des

Tennisplatzes, gingen am Glockenturm vorbei, wo stets Neuigkeiten angekündigt wurden, und betraten die Straße, obwohl das Pfeifen von Schüssen nun lauter wurde. Die Chinesen verfügten über mehrere Geschütze, die sie bereits zum Einsatz gebracht hatten. Angeblich waren sie dabei nicht sehr treffsicher, da sie im Umgang mit diesen Waffen nicht ausgebildet waren. Dennoch hatten sie schon einigen Schaden angerichtet. Igor hatte Juliette anvertraut, dass es zunehmend schwieriger wurde, sie vom Fu abzuwehren, wo der japanische Oberst Shiba den Oberbefehl über die Verteidigung übernommen hatte. Die Unterkunft der chinesischen Konvertiten wurde besonders heftig attackiert. Es war nur eine Frage der Zeit, bis die Barrikaden zerstört wären.

Der kostbare Fund stand nun mitten auf der Legation Street und war von uniformierten Männern umgeben, die beratschlagten, wie am besten mit ihm zu verfahren sei. Mit mühseliger Arbeit wurde der Rost abgekratzt, um das Rohr dann auf eine Lafette zu heben. Unter der Führung von Kapitän von Rahden, dem russischen Oberbefehlshaber, wurden Patronen aus einem Brunnen geholt, wo die Kosaken sie hineingeworfen hatten, da sie nicht mehr gebraucht wurden. Nach mehreren Anläufen gelang es tatsächlich, einen Schuss Richtung Tatarenmauer abzufeuern, der für ein paar Sekunden alle anderen Geräusche auslöschte. Elsas Ohren schmerzten von dem Knallen, und sie hatte den Eindruck, dass die Erde unter ihr erbebte. Die Kanone hüpfte hin und her wie ein aufgeregtes Hündchen, was sie wohl nicht besonders zielsicher machte.

»Sie weiß nicht, was sie wirklich will«, kommentierte plötzlich die Stimme von George Morrison in Elsas Rücken das Geschehen. »Vielleicht sollten wir sie ›Kaiserinwitwe‹ nennen.«

Ein paar laute Lacher bejubelten diesen Scherz. Indessen stimmten die Chinesen hinter der Mauer ein wütendes Heulen an und schossen sogleich zurück, sodass alle rasch ins Peking Hotel verschwanden, wo die Chamots zur Feier der Kanoneneinweihung Schnaps auszuschenken begannen. Die russischen Kosaken brummten ein paar Lieder, Igor sang kräftig mit und legte gleich darauf beide Arme um Juliettes Taille, um sich mit ihr im Takt zu drehen. Elsa war erleichtert, dass weder Ethel MacDonald noch die Baronin de Giers zugegen waren. Juliette war von ihrer Arbeitgeberin bereits einige Male gerügt worden, weil sie sich nicht so sittsam benahm wie ihre Kollegin Elizabeth Miller, die englische Gouvernante der Kinder des russischen Gesandten.

Die Feier dauerte noch eine Weile an, dann wurde ihnen allen wieder bewusst, dass sie Aufgaben zu erfüllen hatten. Die Soldaten verteilten sich an den Barrikaden, während Elsa der Aufforderung von Dr. Martin folgte, wieder nach den Verwundeten zu sehen. Juliette lief ein paar Schritte hinter ihr her. Der Knall eines weiteren Schusses ließ die Französin plötzlich aufschreien. Entsetzt fuhr Elsa herum. Juliette lehnte an der Wand der japanischen Gesandtschaft, war halb in die Knie gesunken und presste eine Hand vor ihren Mund.

»Sind Sie verletzt?«, fragte Dr. Martin, die sogleich an ihre Seite geeilt war, um sie wieder aufzurichten.

»Es ist nichts … pardonnez-moi … ich bin nur furchtbar erschrocken«, stammelte Juliette, deren Gesicht kreidebleich geworden war.

»Wir haben jetzt alle überlastete Nerven«, erklärte die Ärztin recht gelassen. »Ich glaube, Sie sollten eine Pause machen, Miss Lefèvre. Legen Sie sich für ein paar Stunden hin.«

Juliette stützte sich an der Wand ab und erbrach ihr vor Kurzem verspeistes Pferdefleisch. Gleich darauf begannen weitere Kugeln gegen das Gemäuer zu prasseln. Elsa und Dr. Martin packten die immer noch sichtlich geschwächte Juliette und zerrten sie so schnell wie möglich in die Sicherheit der britischen Gesandtschaft. Gleich hinter dem Eingangstor entdeckte Elsa eine herumliegende leere Kiste, die sie herbeizog, und Dr. Martin drängte die Französin, sich daraufzusetzen.

»Fühlen Sie sich unwohl? Kann es sein, dass Sie Fieber haben?«

Ohne eine Antwort abzuwarten, legte sie eine Hand auf Juliettes Stirn, zog diese aber sichtlich erleichtert wieder zurück.

»Im Fu sollen bereits Seuchen grassieren«, murmelte sie an niemand Bestimmten gewandt. »Es ist nur eine Frage der Zeit bis … ich will gar nicht daran denken.«

Juliettes Gesicht verzog sich derart gequält, dass Elsa beschloss, die Schwarzseherin abzuschütteln.

»Sie sollten zu den Verwundeten gehen, Dr. Martin. Ich bringe Miss Lefèvre in ihre Unterkunft.«

Emma Martin warf noch einen letzten, prüfenden Blick auf Juliette, doch da sie keine weiteren Alarmzeichen entdeckte, entfernte sie sich ohne Widerspruch.

»Danke«, flüsterte Juliette. Dann sah sie sich auf dem Gelände um. Missionare hatten sich zu der üblichen Gebetsstunde versammelt, ein paar Soldaten liefen herum und Kinder spielten Ball. Niemand sah zu ihnen hinüber.

»Mir ist es lieber, wenn Dr. Martin nicht merkt, dass ich schwanger bin«, fügte Juliette leiser hinzu.

Die Neuigkeit war wie ein heftiger Windstoß, der Elsa fast ins Schwanken brachte. Juliette flirtete gern, aber sie hatte stets die Grenzen des Anstands gekannt und eingehalten, sei es auch nur aus reiner Vernunft.

»Du siehst ziemlich entsetzt aus«, sagte Juliette auch schon. »Aber ich weiß, dass ich dir vertrauen kann. Du wirst schweigen, nicht wahr?«

Elsa nickte, dann bemerkte sie, wie Polly Condit Smith und George Morrison plaudernd in ihre Richtung spazierten. Sie hatten sie zum Glück noch nicht bemerkt. Elsa ahnte, wie unangenehm und anstrengend es für Juliette jetzt wäre, in höfliches Geplänkel verwickelt zu werden. Daher zog sie die Freundin zu einem der zwei Pavillons, die Ting'Erh genannt wurden. Dort waren ein paar Ingenieure einquartiert worden, doch mussten diese zu einem der Komiteetreffen aufgebrochen sein, denn niemand schenkte den zwei jungen Frauen Beachtung, als sie sich auf den Rasen hockten. Elsa holte ihre Zigarettenpackung aus dem Beutel, der an ihrem Gürtel hing. Zigaretten gab es im Überfluss, ebenso wie Champagner, und obwohl Elsa früher nie geraucht hatte, tat sie es nun immer öfter. Die Chinesen hatten bisher weitaus mehr Opfer zu verzeichnen als die Belagerten und schafften es offenbar nicht, die Toten gleich wegzuschaffen, sodass oft ein höchst unangenehmer Geruch über die Barrikaden hereinwehte. Zigarettenrauch half, ihn zu überdecken. Elsa ahnte, dass es ihr schwerfallen würde, sich das Rauchen später wieder abzugewöhnen – insofern es für sie alle noch ein später gab.

»Darf ich einmal ziehen?«, fragte Juliette. Elsa erwog, ihr gleich eine ganze Zigarette anzubieten, dann fiel ihr wieder ein, was Juliette ihr soeben eröffnet hatte. Daher überließ sie ihr nur die bereits angezündete und erhielt sie tatsächlich rasch wieder zurück.

»Ich weiß, was du jetzt denkst«, sagte Juliette leise. »Igor und ich sind noch nicht einmal offiziell verlobt. Er ist russisch-orthodox, ich bin katholisch. Ihn kümmert das nicht, aber seine Eltern werden vielleicht nicht begeistert sein, wenn er eine Ausländerin heiratet.«

»Was ist mit deinen Eltern?«, wollte Elsa wissen.

»Sie sind tot, zusammen bei einem Unfall mit der Kutsche gestorben. Ich war damals gerade einundzwanzig. Mein Vater war Direktor einer Schule gewesen, aber mein Erbe reichte nicht aus, um mich zu ernähren. In meinem Heimatort in der

Nähe von Rouen gab es ein paar Männer, die mich wahrscheinlich geheiratet hätten, doch ich wollte lieber die Welt sehen und antwortete auf eine Annonce in der Zeitung. So wurde ich die Gouvernante der de Giers, zunächst in Sankt Petersburg, dann in Peking. Es schien mir aufregend, derart in der Welt herumzukommen. Jetzt frage ich mich, ob ich hier sterben werde, so weit weg von meiner Heimat. Ob es nicht die Strafe dafür ist, dass ich vor lauter Abenteuerlust unvernünftig gewesen bin.«

»Unsinn«, fuhr Elsa energisch dazwischen. »Aber du und Igor … seit wann?«

Juliette seufzte leicht und umschlang ihre Knie.

»Ich habe sofort gewusst, dass er der Mann ist, den ich will. Unter anderen Umständen hätte ich natürlich trotzdem gewartet, wie es sich gehört. Aber schon am zweiten Tag der Belagerung, da saß ich morgens einem englischen Soldaten beim Frühstück gegenüber, irgendeinem Adjutanten von Kapitän Darcy. Mittags wurde er mit einer Schusswunde ins Spital gebracht und abends, da war er schon tot. Ich hatte noch niemals zuvor jemanden sterben sehen, sein Gesicht war plötzlich ganz grün, fast wie bei einem Gespenst. Mir wurde klar, dass es Igor ebenso ergehen könnte. Jeder Tag, ja jeder Augenblick, an dem ich ihn sah, konnte der Letzte sein. Deshalb bin ich nach Einbruch der Dunkelheit in sein Quartier gegangen. Alle Leute waren so aufgebracht und mit irgendwas beschäftigt, meine Anwesenheit fiel niemandem auf. Später haben wir uns immer wieder nachts getroffen.«

Sie sah Elsa mit großen, klaren Augen an, um deren Urteil abzuwarten. Elsa zuckte nur leicht mit den Schultern. Sie fand nichts Schlimmes an Juliettes Verhalten, man konnte es lediglich als unvorsichtig bezeichnen.

»Bist du dir denn sicher, dass du schwanger bist? Ich meine, es ist gerade mal drei Wochen her, dass …«

»Ich bin mir sicher. Ich fühle, dass etwas sich in meinem Körper verändert hat. So hat es mir eine Freundin daheim beschrieben, als sie ihr erstes Kind erwartete. Sie hat sich auch nicht getäuscht.«

Auf einmal strahlte Juliettes Gesicht ein fast überirdisches Glück aus. Elsa versteifte sich, denn solche Empfindungen waren ihr völlig fremd, beängstigten sie geradezu. Mutterschaft war eine Last, die Frauen ans Haus fesselte, nichts weiter.

»Anfangs fand ich diese Belagerung fast aufregend«, erzählte Juliette. »So viele Regeln galten plötzlich nicht mehr, die Baronin und ich arbeiteten Seite an Seite, und irgendwie fühlte ich mich freier als jemals zuvor. Igor versprach, mich zu töten, falls wir von den Chinesen überrannt werden. Ich sollte ihnen nicht lebend in die Hände fallen.«

Elsa nickte. Sie war auch über diese Aussage nicht wirklich schockiert, denn viele der Frauen hier hatten mit ihren Männern eine solche Abmachung getroffen. Sie selbst hatte niemanden, der sie töten würde, doch war sie es gewöhnt, allein zurechtzukommen.

»Aber jetzt ist alles anders«, redete Juliette weiter. »Ich möchte so gern mein Kind aufwachsen sehen, doch vielleicht bin ich tot, bevor es überhaupt geboren wird. Ist es die Strafe Gottes, weil ich eitel und unvernünftig und haltlos war?«

Bevor Elsa etwas antworten konnte, wehte plötzlich Gesang aus der Kapelle in ihrem Rücken zu ihnen herüber.

»Nearer my God to thee! «

Die Missionare waren keine besonders begabten Sänger, doch machten sie den Mangel an Talent durch Lautstärke wett.

»Aufhören!«, schrie Juliette plötzlich. »Ich kann das nicht mehr hören!«

Ihr Protestschrei verhallte ungehört, denn die Missionare ließen sich durch nichts und niemanden mehr entmutigen, wie der Auszug Paula von Rosthorns bereits gezeigt hatte. Juliette vergrub das Gesicht in den Händen, während Schluchzer ihren Körper schüttelten.

»Du wirst Igor heiraten und dein Kind bekommen. Bald schon ist die Rettungstruppe da«, versicherte Elsa, während sie ihr hilflos über den Rücken strich und sich dabei wünschte, an ihre eigenen Versprechungen glauben zu können.

Kapitel 32

Viktoria saß stumm da und starrte weiter auf die Titelseite der Daily Mail vom 16. Juli, die sie auf dem Heimweg vom Waisenhaus erworben hatte. Ihre Hände zitterten und sie vernahm das Klappern ihrer Zähne, das aus weiter Ferne zu kommen schien, als hätte ein Teil ihrer selbst sich aus ihrem Körper entfernt, um die Schlagzeile mit sicherem Abstand zu betrachten.

Massaker der Gesandtschaften. Szenen des Grauens. Frauen und Kinder von ihren Gatten und Vätern erschossen.

Ein heftiges Pochen an ihren Schläfen holte sie wieder in die Gegenwart zurück. Sie musste den Artikel lesen, um zu erfahren, was wirklich geschehen war, aber ihr Geist war nicht willens, die darin geschilderten Informationen aufzunehmen, sodass sie sich immer wieder durch die Buchstabenreihen kämpfen musste. Schließlich entstanden Bilder in ihrem Kopf, die sich trotz aller Mühen nicht mehr verdrängen ließen.

Es sollte am vorigen Tag geschehen sein, am 15. Juli. Die Boxer hatten die Barrikaden gestürmt. Die männlichen Bewohner der Gesandtschaft, so die Meldung, hätten sich schützend vor ihre Familien gestellt. Als keine Hoffnung mehr auf ein Entkommen bestand – ob der chinesischen Übermacht –, hätten sie ihre Familienmitglieder erschossen. Anschließend seien sie selbst alle massakriert worden. Unter den Opfern befänden sich der britische Gesandte Sir Claude MacDonald mit seiner gesamten Familie sowie George Morrison, der Times-Korrespondent. Der russische Gesandte, Baron de Giers, sei gemeinsam mit seiner Familie in siedendes Öl geworfen worden, so der Bericht weiter.

Viktoria kämpfte sich weiter durch die Botschaft des Grauens, verzweifelt auf der Suche nach einem einzigen Wort, das ihr ein klein wenig Hoffnung schenken würde, doch zerstörte der Schlusssatz des Artikels all ihre Illusionen. Von Überlebenden war nicht auzugehen, hieß es dort.

Sie presste ihre Hand vor den Mund, um die Übelkeit zu unterdrücken. Das Atmen fiel ihr schwer, sie musste sich mit purer Willenskraft zwingen, regelmäßig Luft zu holen, sonst hätte ihr Körper einfach damit aufgehört. Schwindel erfasste sie, und sie krallte ihre Hände ins Polster ihres Stuhls. Bevor die Verzweiflung sie jedoch vollends übermannen konnte, keimte plötzlich Hoffnung in ihr auf. Wie konnte man wissen, dass tatsächlich alle Bewohner des Gesandtschaftsviertels ums Leben gekommen waren? Der Kontakt zu den Eingeschlossenen in Peking war seit Wochen abgebrochen. Woher bezog die Daily Mail also ihre detaillierten Informationen? War es möglich, dass man derartige Schreckensmeldungen streute, ohne sie genauestens zu prüfen?

Der alte Wang trat mit sichtlich besorgter Miene ein und stellte eine Kanne Tee vor ihr ab. Sein Blick fiel auf die Zeitung, die er nicht lesen konnte, wanderte dann zu Viktorias Gesicht.

»Neuigkeiten aus Beijing?«

»Elsa ist sehr wahrscheinlich tot.« Viktoria vermochte selbst nicht zu glauben, wie gefasst ihre Stimme klang. »Was mit Charlotte ist, weiß ich nicht.«

Noch am gestrigen Tag hatte sie Jinzi das Vorhaben, nach Tientsin aufzubrechen und von dort aus eine Reisemöglichkeit in die Hauptstadt zu suchen, ausreden können. Die Zugverbindungen waren unterbrochen, die ganze Gegend wurde von Boxerbanden terrorisiert und auch in Tientsin wurde das Gesandtschaftsviertel belagert. Als Halbchinese konnte Jinzi sehr schnell zwischen sämtliche Fronten geraten, was er bereits hier in Shanghai zu spüren bekam. Die Zahl der Chinesen, denen seine Ehe mit einer Europäerin missfiel, schien mit jedem Tag zu wachsen. Selbst jene westlichen Familien, die hier seit Jahrzehnten lebten, begegneten ihren chinesischen Dienern und Geschäftspartnern nun mit Misstrauen. Fast war es, als ginge eine Seuche um, die alle Aussichten auf ein friedliches Miteinander zerstörte.

Nun würde sie ihren Mann kaum noch zurückhalten können, denn seine Sorge um die Tochter würde übermächtig werden. Falls Charlotte sich aus Protest einer Gruppe fanatischer Mörder angeschlossen hatte, musste sie sich irgendwann von deren Brutalität entsetzt zeigen. Und spätestens dann war auch sie in Lebensgefahr.

Viktoria nippte an ihrem Tee und erwog, ob sie Jinzi begleiten sollte. Mit einer europäischen Ehefrau wäre er im Lager der Alliierten etwas sicherer vor Anfeindungen. Unter die Boxer könnte er sich dann allerdings niemals wagen, und eben dort befand sich vielleicht Charlotte.

Sie lehnte sich seufzend zurück und schloss die Augen. Das strenge, häufig verbissene Gesicht von Elsa Skerpov schob sich hinter ihre Lider. Sie hatte die junge Frau niemals wirklich ins Herz schließen können. Nun fragte sie sich, ob sie die Deutsche durch Unfreundlichkeit vertrieben hatte – und ob ihr dies eine Mitschuld an ihrem Tod gab.

Als Elsa am 17. Juli in ihrer kleinen Kammer erwachte, staunte sie über die Stille. Das vertraut gewordene Pfeifen der

Schüsse fehlte. Eine fast unheimliche Ruhe lag über dem Gesandtschaftsviertel. Beunruhigt stand sie auf, um nach Maud zu sehen, die immer noch wie eine Schlafwandlerin durchs Geschehen taumelte und häufig aus der Schusslinie der Chinesen gezerrt werden musste. Außerdem hatte sich der Spötter George Morrison am vergangenen Tag eine Schusswunde an einer höchst peinlichen Stelle, nämlich dem Gesäß, zugezogen und zeigte sich nun unerwartet wehleidig. Polly brachte ihm gelegentlich Tee und Essen, und Elsa übernahm diese Aufgabe, wenn die Freundin gerade beschäftigt war. Er schien sich über weiblichen Besuch stets zu freuen und war eine Goldquelle, was Informationen betraf. Von ihm hatte Elsa erfahren, dass sie wieder einmal aufgefordert worden waren, sich von den Soldaten der kaiserlichen Armee in die Sicherheit des Tsungli Yamen bringen zu lassen und später nach Tientsin. Doch hielt niemand das Angebot für vertrauenswürdig.

Nachdem sie sich versichert hatte, dass Maud ihr Frühstück aß – wenn auch nur sehr zögerlich –, stopfte Elsa sich schnell selbst ein Brötchen in den Mund. Um keine Zeit zu verlieren, spülte sie es mit einer Tasse Kaffee hinunter. Da die Chamots in ihrem Hotel eine Bäckerei eingerichtet hatten, herrschte wenigstens an Teigwaren kein Mangel – solange ihnen nicht die nötigen Zutaten ausgingen. Entschlossen, sich nicht von trüben Gedanken niederzwingen zu lassen, trat Elsa nach draußen. Es versprach ein weiterer schwüler Tag zu werden. Die Sonne brannte bereits. Es schien, als wolle auch sie alle Fremden aus China verjagen, indem sie die Eindringlinge einfach zum Schmelzen brachte. Nach drei Schritten floss der Schweiß bereits in Strömen über Elsas Körper. Sie fuchtelte mit der Hand, um einen Schwarm von Fliegen abzuwehren. Vermutlich wurden sie von den vielen Leichen angelockt wie finstere, hässliche, winzige Boten des Todes. Als Elsa den Tennisplatz überquerte, kam ihr ein kleiner Mann mit gezwirbeltem Schnurrbart und dem bebrillten Gesicht eines Gelehrten entgegen. Ein rostiges Gewehr, das er mit beiden Händen fest umklammerte, passte nicht so recht zu seiner gepflegten Erscheinung.

»Bonjour Monsieur Pichon«, grüßte Elsa den französischen Gesandten freundlich. Er war eine Gestalt, die man schon von Weitem erkannte, und seine uralte, wahrscheinlich völlig nutzlose Waffe hatte ihm den Spitznamen ›Stéphen Mal-Armé‹ eingebracht.

»Es wird übel mit uns enden, übel«, erwiderte er ihren Gruß auf Englisch. »Die französische Gesandtschaft ist bereits zu großen Teilen zerstört, die amerikanische können wir nicht mehr lange halten, und die Männer von Oberst Shiba sind völlig erschöpft. Wenn selbst ein Japaner darum bittet, dass seine Leute eine Pause brauchen, dann werden wir bald alle aufgeben müssen.«

Ein dramatischer Seufzer folgte auf diese Worte.

»Wir müssen auf Gott vertrauen«, erwiderte Elsa, da ihr nichts Besseres einfiel. So kommentierte Juliette stets die Klagen des französischen Diplomaten, den sie heimlich eine Blamage für seine Nation nannte, denn kein anderer Gesandter war ein derartiger Hasenfuß.

»Vielleicht ist der Christengott in China nicht am richtigen Platz«, sinnierte Monsieur Pichon, doch im selben Augenblick begannen andere Stimmen in den verschiedensten Sprachen zu rufen. Verwirrt sah Elsa sich um.

»Ein paar Chinesen wollen über die Barrikaden klettern, aber sie wirken freundlich«, teilte ihr einer der belgischen Ingenieure mit. Dann begann ein Menschenstrom aus der Gesandtschaft hinauszufließen, von dem auch Elsa erfasst wurde.

Tatsächlich tauchten ein paar chinesische Köpfe über den Sandsäcken auf. Unter den Soldaten herrschte eine gewisse

Ratlosigkeit, aber da keine Schüsse erklangen, griffen auch sie niemanden an. Weiße Fahnen erblühten mit einem Male hinter den Mauern. Schließlich sprangen einige mutige Chinesen auf die Legation Street hinab, um Eier und Obst anzubieten. Als Interesse an den Waren bekundet wurde, begann sogleich das übliche Feilschen.

»Das sieht mir ganz nach einem Waffenstillstand aus«, kommentierte Annie Chamot die Lage. »Der wurde langsam auch nötig, obwohl die Chinks ja nicht gerade begabte Schützen sind.«

Elsa vermutete, dass Annie auf ihr eigenes Talent als Scharfschützin anspielte. Tatsächlich hatte sie sich aktiv an der Verteidigung der Barrikaden beteiligt, und das durchaus mit Geschick, wie etliche Militärs bestätigt hatten. Das Selbstvertrauen der Amerikanerin war seit Beginn der Belagerung sichtlich gewachsen, wobei sie eine Großmäuligkeit an den Tag legte, die Elsa nicht immer gefiel.

Ihr wesentlich stillerer Ehemann Auguste balancierte indessen ein Tablett, um den Chinesen ganz gastfreundlich Tee anzubieten. Ein ehemaliger chinesischer Musiker aus Sir Robert Harts Kapelle erkundigte sich nach einem westlichen Arzt, da er unter einer Verletzung am Ohr litt, die einfach nicht heilen wollte. Die Selbstverständlichkeit, mit der alle in ein friedliches Miteinander glitten, kam Elsa so unwirklich vor, dass sie kurz zu träumen glaubte.

»Es gibt Gerüchte, dass die Alliierten die Chinesen in Tientsin geschlagen haben«, erklärte Arthur von Rosthorn in ihrem Rücken. Sofort fuhr sie neugierig herum.

»Heißt das, es könnte jetzt Frieden geben?«, fragte sie hoffnungsvoll.

»Vielleicht geben die Chinesen auf, vielleicht müssen sie sich nur kurz beraten, um dann mit der Kraft der Verzweiflung anzugreifen«, erwiderte der Österreicher. »Aber nun haben wir für einen Augenblick Gelegenheit, uns die Welt jenseits der Barrikaden anzusehen.«

Ein paar Leute waren bereits auf die in mühevoller Arbeit hergestellten Sandsäcke gestiegen, um wieder die uralte Hauptstadt Chinas in ihrer ganzen Weite betrachten zu können. Elsa sah Arthur von Rosthorn die Stufen der Tatarenmauer erklimmen und schloss sich ihm unaufgefordert an. So lange war sie eine Gefangene des engen Gesandtschaftsviertels gewesen, dass sie es kaum erwarten konnte, ihm für eine Weile zu entkommen.

Kaum stand sie auf der Mauer, tat ein Bild des Grauens sich zu ihren Füßen auf, das sie trotz der Hitze frösteln ließ. Die Chinesen mussten zahlreiche Verluste erlitten haben, denn unterhalb der Mauer lagen etliche Leichen. Ratten und Straßenhunde mussten an ihnen genagt haben, denn ihre Knochen glänzten weiß im Sonnenlicht. Elsa spürte Übelkeit in sich aufsteigen und zwang sich rasch wegzusehen. Hinter der Linie des Todes tat sich das Lager der Chinesen auf, das in Hunderten von Farben leuchtete, wie um dem Schrecken des Krieges einen Hauch archaischer Schönheit zu verleihen. Jacken und Kittel der Soldaten strahlten in kräftigeren Tönen als jeder Rosengarten, blutrote Beinkleider waren mit schwarzen Drachen bestickt, Banner flatterten durcheinander und entfalteten einen Reichtum an Farbkombinationen und Formen, der Künstler neidisch werden lassen musste. Mittelalterliche Heereslager mochten in Europa noch so bunt, chaotisch und prächtig ausgesehen haben, später war das Kriegswesen zu einer effizienten, einheitlichen, schmucklosen Maschinerie geworden, deren Grauen bar jeder Beschönigung war.

»Sehen Sie, da winkt uns jemand zu!«, sagte Arthur von Rosthorn. Tatsächlich hatten ein paar Männer, die um ein Lagerfeuer versammelt waren, ihre Hände gehoben und begannen nun auch zu rufen.

»Was wollen die?«, fragte Elsa mit einem Anflug von Misstrauen.

»Dass wir zu ihnen herunterkommen. Sie haben Suppe gekocht und wollen uns etwas davon anbieten.«

Elsa warf dem Österreicher einen ratlosen Blick zu.

»Meinen Sie, das ist eine Falle?«

Arthur von Rosthorn, der für seine freundschaftlichen Beziehungen zu chinesischen Gelehrten bekannt war, zuckte nur mit den Schultern.

»Ehrlich gesagt, glaube ich das nicht. Das sind gewöhnliche Soldaten der Bannertruppen, keine Kansu-Krieger.«

Elsa verstand, ohne näher nachfragen zu müssen. Die Kansu-Krieger waren muslimische Söldner im Dienst des Generals Dong Fuxiang, ebenso bekannt wie gefürchtet für ihr Kampfgeschick und ihre Brutalität. Chinesische Soldaten hingegen galten als vergleichsweise harmlos.

»Wenn sie uns töten wollten, könnten sie einfach auf uns schießen«, fügte Arthur von Rosthorn hinzu. »Wir geben hier oben eine hervorragende Zielscheibe ab.«

Obwohl Elsa erst vor Kurzem gefrühstückt hatte, meldete sich die Sehnsucht nach einer scharf gewürzten, chinesischen Mahlzeit nun mit unerwarteter Stärke. Ihr Mund begann wässerig zu werden.

»Würden Sie mich nach unten begleiten?«, fragte sie den Österreicher recht dreist und war erfreut, als er nickte. In Shanghai hatte sie ihre Scheu vor dem Umgang mit Chinesen bereits abgelegt, doch die Erfahrungen während der Belagerung hatten sie vorsichtig werden lassen.

Gemeinsam mit Arthur von Rosthorn kämpfte sie sich die hohen Stufen auf der anderen Seite hinab. Im Lager begannen die Rufe lauter zu werden. Ein Mann stand auf, um Suppenschüsseln zu füllen, während seine Gefährten in schallendes Gelächter ausbrachen. Elsa verstand den Grund für diese

Heiterkeit nicht, doch schien die Begrüßung ihr insgesamt freundlich.

Ein Stück neben ihrem Zelt hatten die chinesischen Soldaten ihre Gewehre aneinander gelehnt, sodass sie ein turmartiges Gebilde formten. Daran war Wäsche aufgehängt worden, und ein Stück darüber baumelte ein Vogelkäfig, in dem eine Amsel aufgeregt herumhüpfte. Elsa erinnerte sich an die zahlreichen abfälligen Kommentare über den mangelnden Kampfgeist chinesischer Soldaten. Dieses Bild friedlicher Heimeligkeit schien sie zu bestätigen, doch machte es ihr die Männer gleichzeitig sympathisch. Erfreut nahm sie die Suppe an und setzte sich zu ihnen auf den Boden. Arthur von Rosthorn zögerte einen Moment, dann folgte er ihrem Beispiel. Europäische Kleidung war nicht für das Sitzen auf der Erde gemacht, denn so sehr Elsa auch hin und her rückte, ihr Rockbund drückte stets gegen ihre Taille, als wolle er ihren Körper in zwei Teile schneiden. Zudem wusste sie nicht, wohin sie ihre Beine strecken sollte, ohne vielleicht Knöchel zu entblößen. Der köstliche Geschmack der Suppe versöhnte sie mit diesen Unannehmlichkeiten. Vier dunkle Augenpaare beobachteten sie neugierig beim Essen, doch das Lachen war verstummt. Erst nach einer Weile verlegenen Schweigens begann einer der Männer zu reden. Sein Gesicht hatte die Farbe gebackenen Tons, die Wangen waren von der Sonne gerötet und seine Miene schien bodenständig bäuerlich.

»Er heißt Wang Sun und stammt aus einem Dorf im Umland«, übersetzte der Österreicher. »Er ist sehr froh, nicht mehr gegen uns kämpfen zu müssen. Am liebsten wäre er wieder bei seiner Familie. Er hat ein paar Eier, die er uns verkaufen kann.«

Elsa begriff, dass sie nicht ganz ohne Eigennutz eingeladen worden waren, doch störte sie sich nicht daran.

»Fragen Sie ihn doch, warum er überhaupt gegen uns gekämpft hat«, bat sie den Österreicher.

»Er sagt, dass ihm der Mandarin sonst den Kopf abgehackt hätte«, kam es bald darauf zurück.

Das schien ein überzeugender Grund. Elsa zog die Zigarettenpackung aus ihrem Beutel und reichte sie herum. Bald darauf rauchten sie alle zusammen. Wang Sun holte die Eier und erhielt dafür die letzte Zigarette und ein paar längst vergessene Käsch-Münzen, die Elsa noch hatte ausgraben können.

Eine Weile später stieg Elsa mit Arthur von Rosthorn wieder die Stufen der Tatarenmauer hoch. Sie hatte außer den Eiern noch zwei Kürbisse erhalten, und Wang Sun winkte ihnen hinterher. Die Erinnerung an sein breites Bauerngesicht begleitete sie noch eine Weile, denn es schenkte ihr Hoffnung auf ein umgängliches, friedliches China.

Die nächsten Tage warteten sie alle mit zum Zerreißen gespannten Nerven auf die ersten Schüsse, die das Ende des Waffenstillstands ankündigen würden, doch blieb es weiterhin paradiesisch still. Ein von Oberst Shiba losgeschickter chinesischer Bote hatte es tatsächlich geschafft, sich nach Tientsin und wieder zurück zu schmuggeln, um ihnen eine frohe Botschaft zu überbringen: Ein Befreiungsheer stand in Tientsin zum Abmarsch bereit. Die Chamots veranstalteten daraufhin eine ausgelassene Feier im Peking Hotel. Chinesische Händler trafen nun regelmäßig ein, um ihre Waren anzubieten, sodass sich innerhalb weniger Tage ein Gefühl der Normalität einzustellen begann. Zusammen mit Juliette, ihrem Igor, Polly und noch ein paar abenteuerlustigen Bewohnern des Gesandtschaftsviertels wagte Elsa am vierten Tag des Waffenstillstands endlich einen Ausflug in die Stadt. Auch außerhalb der Barrikaden lagen etliche Gebäude nun in Trümmern, ja sogar die Hanlin-Akademie, eine berühmte Bibliothek voll uralter Schriften, war während der Gefechte angezündet worden, und was die Flammen von ihrem kostbaren Inhalt übrig gelassen hatten, war gestohlen worden. Doch hinter all den Zeichen von Krieg und Verwüstung leuchteten die Mauern der kaiserlichen Paläste zinnoberrot und das gleißende Licht der Sonne spiegelte sich auf den ockerfarbenen Dachziegeln.

»Der Märchenpalast des Ungeheuers hat keinen einzigen Kratzer abbekommen«, kommentierte Polly Condit Smith den prächtigen Anblick. Elsa wurde leicht unwohl, aber sie schwieg. Keiner von ihnen hatte Grund, die Kaiserinwitwe und ihre Familie besonders ins Herz geschlossen zu haben.

Nachdem ihr Ausflug beendet war, beschloss Elsa, endlich wieder das Fu aufzusuchen. Während der Belagerung hatte Dr. Velde ihr sämtliche Ausflüge dorthin strengstens untersagt, da dieses Gebäude besonders heftig beschossen worden war und sie sich bereits auf dem Weg dorthin in Lebensgefahr befunden hätte, doch nun schien auch ihm das Risiko vertretbar.

»Machen Sie sich auf einen unschönen Anblick gefasst«, warnte er Elsa kurz vor ihrem Aufbruch. »Die Nahrung war dort viel knapper als hier und auch jetzt wagen sich die Konvertiten kaum hinaus. Der Waffenstillstand schützt sie viel weniger als uns.«

Elsa hatte bereits begriffen, dass den chinesischen Christen das härteste Los zugefallen war. Der Umstand, dass einer von ihnen sein Leben aufs Spiel gesetzt hatte, um die Nachricht aus Tientsin zu überbringen, hinderte Annie Chamot und auch viele andere Leute nicht daran, sie weiterhin als Empfänger von Almosen zu betrachten, denen gnädig zugeworfen wurde, was von Mahlzeiten übrig blieb.

Nach kurzem Überlegen bot Juliette sich an, sie zu begleiten, und Igor heftete sich sogleich mit seinem Gewehr in der Hand an ihre Fersen.

»Das Fu wird von den Kansu-Kriegern belagert und es würde mich nicht wundern, wenn die auf jeden Waffenstillstand pfeifen.«

Obwohl Elsa sich fragte, wie er sie allein gegen ein ganzes Söldnerheer verteidigen wollte, war sie dennoch froh über seine Begleitung. Der recht kurze Weg verlief aber problemlos, erst nachdem sie das Eingangstor zum ehemaligen Palast durchschritten hatten, blieben sie vor Schreck erstarrt stehen.

Die auf dem Boden kauernden ausgemergelten Gestalten regten nur leicht ihre Köpfe, eine Bewegung, die sie bereits mehr Kraft kosten musste, als noch in ihren Körpern übrig war. Ein paar kleine Kinder krochen auf Elsa zu und streckten die Hände nach dem Saum ihres Rockes aus. Sie griff in den mitgebrachten Korb, um ein paar von Annie Chamots Brötchen zu verteilen, doch wurden sie ihr sogleich von gierigen Fingern aus der Hand gerissen und die Kinder rauften wie ausgehungerte Straßenhunde, bis der größte, kräftigste Junge mit dem größten Teil der Beute davonrannte. Ein in der Nähe stationierter japanischer Soldat machte Anstalten einzugreifen, aber Elsa winkte ab. Gemeinsam mit Juliette schritt sie an den abgemagerten Körpern vorbei und blickte in fahle, grüngelb verfärbte Gesichter, aus denen oft jeder Ausdruck von Willen gewichen war. Wer noch die Hände ausstrecken konnte, erhielt etwas Brot oder Obst, das sie bei einem Händler erworben hatten. Noch bevor sie den Außenhof durchquert und das große Palastgebäude erreicht hatten, waren all ihre Vorräte aufgebraucht. Elsa spürte Tränen in ihren Augen und wischte diese wütend fort, denn sie mochte keine Gefühlsausbrüche. Nur waren ihr die Erinnerungen an die durchaus üppigen Dinner, die es anfangs trotz Belagerung in der britischen Botschaft gegeben hatte, auf einmal unvorstellbar peinlich. Frau Guo hatte sie retten können, indem sie sie im Hotel einquartieren ließ, aber wie viele Leute waren hier dem Hunger ausgeliefert gewesen?

»Wir sollten morgen wiederkommen und noch mal Essen bringen«, schlug Juliette leise vor. Ihr hübsches, spitzes Gesicht hatte einen sehr betretenen Ausdruck angenommen.

»Viel wird man uns aber nicht geben«, warf Igor ein. »Die Lage ist immer noch prekär, ein Waffenstillstand ist kein endgültiger Frieden, und die Belagerung kann jederzeit wieder losgehen. Dann werden wir Vorräte brauchen.«

»Aber das gibt uns nicht das Recht, diese Leute verhungern zu lassen!«, widersprach Elsa empört. »Kommt denn überhaupt irgendwann ein Arzt hierher?«

»Der japanische Gesandtschaftsarzt«, erwiderte Igor völlig ruhig. »Aber er kann nicht viel ausrichten ohne Medikamente. Und die sind nun einmal den Mitgliedern der Gesandtschaften vorbehalten.«

»Das heißt, man lässt die Chinesen hier einfach sterben?«, fragte nun Juliette. Ihre ungläubige Miene schien mehr Eindruck auf Igor zu machen als Elsas entsetzter Tonfall, denn er seufzte tief, bevor er zu einer Erklärung ansetzte.

»Es ist nicht schön, das weiß ich. Aber die Zeiten sind hart und wir müssen Prioritäten setzen, denn die Vorräte sind knapp. In diesem Krieg sind die Mitglieder der Gesandtschaften Verbündete, die Chinesen aber ihre Feinde.«

Juliette senkte stumm den Kopf, als wisse sie dem nichts entgegenzusetzen. Elsa stampfte mit dem Fuß auf.

»Die Konvertiten haben diese Kanone für uns gefunden, die jetzt alle möglichen albernen Namen bekommt wie ›Kaiserinwitwe‹ oder ›Old Betsey‹. Sie sind als Boten für uns unterwegs, was ihren Tod bedeutet, wenn sie entdeckt werden. Und wir lassen sie hier einfach krepieren!«

Sie bemerkte Juliettes fassungslosen Blick und begriff, dass sie wieder jenen scharfen Ton angeschlagen hatte, der allgemein als unweiblich galt. Doch Igor schien nicht zornig, und seine Erwiderung blieb völlig sachlich.

»Damit haben Sie recht, aber die Chinesen handeln dabei nicht ohne Eigennutz. Wir sind der einzige Schutz, den die Konvertiten im Augenblick hierzulande haben. Werden wir besiegt oder verjagt, wird man sie massakrieren und das wissen sie.«

Er verstummte für einen Augenblick, um dann etwas leiser fortzufahren.

»Es schmerzt mich ebenfalls, diese Zustände zu sehen. Meine Leute helfen den Japanern bei der Verteidigung des Fu. Entdecken wir Straßenhunde in der Nähe, dann erschießen wir sie, damit die Chinesen etwas zu essen haben, aber natürlich reicht das nicht. Die Schulmädchen werden dank dem unermüdlichen Einsatz von Miss Jewell noch einigermaßen versorgt. Aber die übrigen Leute … man muss bedenken, dass sie bereits tot wären, wenn sie hier nicht Unterschlupf gefunden hätten.«

Elsa fühlte sich von der ruhigen Melodik seiner Worte betäubt, denn sie konnte dem tatsächlich kaum etwas entgegensetzen.

»Nun gut, aber ich komme morgen wieder hierher und bringe den Leuten, was ich auftreiben kann«, beschloss sie. Juliette nickte zustimmend, dann traten sie den Heimweg an.

Am fünften Tag des Waffenstillstands hatte Elsa wieder das Fu aufgesucht, um ein paar Stücke Fleisch, die sie sich bei ihren eigenen Mahlzeiten vom Munde abgespart hatte und einige von Annie Chamots Brötchen zu verteilen – oder sie sich genau genommen aus den Händen reißen zu lassen. Juliette begleitete sie und Igor folgte ihnen beiden erneut wie ein treuer Schatten. Elsa hatte inzwischen bemerkt, wie kahl die Bäume im Garten des Palastes waren, denn die Konvertiten hatten Blätter abgerissen und Rinde abgeschnitten, um sie in heißem Wasser weich gekocht zu verspeisen. Die Blattern grassierten und forderten vor allem unter den bereits von Hunger geschwächten Kindern viele Todesopfer. Auf dringende Empfehlung von Dr. Velde hin hielten Elsa und Juliette daher einen gewissen Abstand von den Leuten und blieben meist nicht lange. Der Anblick von so viel Elend ließ sich ohnehin schwer ertragen.

Auf dem Rückweg begegneten sie auf der Brücke über den Kanal, die zur britischen Gesandtschaft führte, Igors Vorgesetztem, Kapitän von Rahden und Polly, die ein sehr hübsches geblümtes Sommerkleid mit passendem Hut trug. In den letzten Tagen der Belagerung hatten sie alle kaum auf ihr Äußeres geachtet, doch mit der Hoffnung auf baldige Rettung war auch weibliche Eitelkeit neu erwacht.

Man grüßte sich mit einem Nicken und ging aneinander vorbei. Sobald Polly und der Russe außer Hörweite waren, stupste Juliette Elsa leicht an.

»Ich glaube, jetzt hat es auch Polly erwischt. Beim letzten Dinner, das Lady MacDonald veranstaltete, hat sie schon sehr ausgelassen mit Kapitän von Rahden geplaudert. Und heute Morgen hat sie dieses Kleid eigenhändig durchgeschrubbt, weil keine Bediensteten da waren. Wenn die Tochter eines amerikanischen Bundesrichters, der ihr eine ganze Weltreise finanzieren konnte, sich zu solchen Arbeiten herablässt, um einem Mann zu gefallen … also ich würde sagen, sie hat endlich ihr Herz verloren.«

Elsa nahm das mit einem weiteren Nicken zur Kenntnis, denn sie war an Pollys Amouren nicht sonderlich interessiert. Igor verabschiedete sich, sobald sie das Gesandtschaftsgelände erreicht hatten, weil er Wachdienst an einem der Tore hatte. Da Polly wohl noch eine Weile beschäftigt sein würde, wollte Elsa nach Maud sehen, doch Juliette hakte sich bei ihr unter und zog sie wieder zum ersten Ting'Erh hin, wo sie sich immer zum Plaudern trafen.

»Ist dir eigentlich klar, dass du nun die letzte unverheiratete Frau im ganzen Gesandtschaftsviertel sein dürftest, bei der noch niemand nach Vaseline sucht?«, fragte sie mit einem verschmitzten Blitzen in ihren dunklen Augen und drückte Elsa neben sich auf die Stufen des Pavillons. »Abgesehen von den Missionarinnen natürlich, aber die zählen nicht.«

Elsa begriff sogleich, worauf Juliette anspielte. Vor einigen Tagen hatte ein russischer Soldat sich zu einem Stelldichein mit einer japanischen Wäscherin verabredet, doch war das Mädchen nicht erschienen. Auf seiner Suche nach ihr war der verschmähte Liebhaber versehentlich in das Gemach einer vornehmen japanischen Dame getreten. Er meisterte die Situation souverän, indem er sich verbeugte und auf Französisch erklärte, er hätte nur Vaseline für sein Gewehr gesucht. Der Ausdruck war nun in aller Munde, um jene zahllosen heimlichen Liebschaften zu beschreiben, die hier in der aufgestauten Hitze und Enge gediehen wie Pflanzen im Treibhaus. Elsa fühlte Ärger in ihrem Magen grummeln. So erfrischend sie Juliettes muntere Frivolität ansonsten fand, es missfiel ihr, wenn jemand ihr Privatleben beeinflussen wollte.

»Ich habe keine Zeit für solchen Unsinn«, erwiderte sie mit Nachdruck, aber Juliette ließ sich nicht so leicht abschrecken.

»Es täte dir gut, ab und an ein bisschen zu flirten und Spaß zu haben. Du bist doch eine junge Frau! Immer nur zu arbeiten und sich um andere Menschen Sorgen zu machen, das kann auf Dauer nicht gesund sein.«

»Das lass mal meine Sorge sein! Es besteht keinerlei Anlass, sich derart in meine Angelegenheiten zu mischen«, gab Elsa sogleich zurück, obwohl eine leise Stimme in ihrem Kopf flüsterte, dass sie wieder einmal keifte wie eine Megäre. Im Grunde staunte sie bis heute, dass ein so hübsches, liebenswürdiges und allgemein beliebtes Mädchen wie Juliette ausgerechnet Elsa Skerpov aus dem Gängeviertel zu ihrer besten Freundin gewählt hatte. Zum Dank dafür wurde sie nun von ihr zusammengestaucht.

Unter Juliettes traurigem Blick senkte sie den Kopf und fuhr etwas ruhiger fort: »Ein so hübsches Mädchen wie du, das allen Männern gleich den Kopf verdreht, kann es wahrscheinlich nicht verstehen, dass manche Frauen lieber allein sein wollen.«

Juliette schwieg eine Weile, als wolle sie Elsa Zeit geben, sich zu sammeln. Dann redete sie deutlich leiser weiter: »Es sind die Asiaten, die dir gefallen, nicht wahr?«

Nun fröstelte Elsa in der Sommerhitze, während gleichzeitig Bäche von Schweiß über ihre Haut perlten.

»Woher … ich meine … merkt man es denn?«, flüsterte sie entsetzt.

»Außer mir ist es sicher niemandem aufgefallen, wenn du dir deshalb Sorgen machst«, sagte Juliette und strich ihr beruhigend über den Arm. »Ich bin eben viel mit dir zusammen und habe einen Blick für diese Dinge.« Sie kicherte leise. »Durch die meisten Männer siehst du hindurch, als wären sie Luft für dich. Aber ein paar von den gut aussehenden Chinesen, die hier vor der Belagerung gelegentlich herumliefen, die hast du etwas genauer angeschaut.«

Elsa hielt den Kopf gesenkt, denn es wäre ihr unangenehm gewesen, Juliette ins Gesicht zu blicken. Sie spürte ihre Wangen glühen, aber der Schweißausbruch hatte zum Glück nachgelassen.

»Ja, das stimmt«, gestand sie schließlich, denn jedes andere Verhalten wäre albern gewesen. »Daheim, da dachte ich immer, dass ich Männer nicht besonders leiden kann. Doch seit ich hier in China angekommen bin … ich weiß nicht einmal, woran es wirklich liegt. Vielleicht habe ich endlich genug

Abstand von meinem Vater und meinen Brüdern gefunden, um meinen Ärger auf sie nicht auf sämtliche ihrer Geschlechtsgenossen zu übertragen.«

Zu ihrem Staunen hörte sie Juliette leise lachen.

»Deine Brüder müssen einen Heidenrespekt vor dir gehabt haben. Selbst der rotzfreche Fargo Squiers wird ganz klein, wenn du irgendwo auftauchst.«

»Meine Brüder benahmen sich einfach unmöglich«, fuhr Elsa auf. »Und Fargo würde die eine oder andere Backpfeife auch nicht schaden.«

Juliette neigte den Kopf leicht zur Seite.

»Du siehst fast jeden Mann an, als würdest du ihn am liebsten gleich wegen schlechten Betragens ausschimpfen. Die meisten von ihnen haben wahrscheinlich Angst vor dir. Aber wenn du nur ein bisschen netter zu ihnen wärest, würden sie sich auch dir gegenüber sicher besser benehmen. Du bist eine hübsche Frau, obwohl du dich wie eine Missionarin anziehst, damit es möglichst keiner merkt.«

Wieder schubste sie Elsa leicht an und lächelte auf jene liebreizend freche Art, die Igor vermutlich dazu brachte, ihr jeden Wunsch von den Augen abzulesen.

»Mir liegt es eben nicht, mich herauszuputzen und zu flirten«, gab Elsa zurück. Sie hatte das Gefühl, bei diesem Gespräch zunehmend in die Enge gedrängt zu werden.

»Aber du könntest es wenigstens einmal versuchen«, meinte Juliette auch schon unbeirrt. »Da ist zum Beispiel dieser japanische Wachsoldat im Fu. Der sieht dich jedes Mal lange an, wenn du hereinkommst. Ich glaube, es gefällt ihm, wie du dich um die Chinesen kümmerst.«

Angesichts von so vielen Spekulationen konnte Elsa nur den Kopf schütteln.

»Nur weil er manchmal in meine Richtung sieht, muss das nicht bedeuten, dass er irgendein Interesse an mir als Frau hat.

Außerdem, selbst wenn mir asiatische Männer gefallen, würde eine solche Beziehung mich wahrscheinlich meine Arbeit kosten. Ich weiß, wie über Frauen geredet wird, die sich mit Asiaten vermählt haben.«

»Aber du scherst dich doch sonst kaum darum, was Leute von dir denken«, widersprach Juliette. »Hast du von Madame Morisse gehört? Sie ist Französin und mit einem Chinesen vermählt, der zweiter Übersetzer von diesem peinlichen Monsieur Pichon ist. Einen unglücklichen Eindruck macht sie nicht.«

Elsa hatte in der Tat von diesem ungewöhnlichen Paar gehört, das während der Belagerung sehr zurückgezogen gelebt hatte, als wolle es keinen unnötigen Ärger auf sich ziehen.

»Wir wissen nicht, ob Madame Morisse glücklich oder unglücklich ist«, gab sie zu bedenken. »Und bisher habe ich von keinem Mann, egal welcher Herkunft, einen Heiratsantrag erhalten. Ich sollte mich also besser weiter um meine Arbeit kümmern.«

Obwohl Juliette eine enttäuschte Miene zog, stand Elsa nun entschlossen auf und machte sich auf den Weg zu Maud. Sie sah die Squiers-Jungen mit ein paar anderen Kindern über den Tennisplatz tollen und stellte fest, dass sie tatsächlich der Drang überkam, sie wegen zu viel Geschreis zu ermahnen. Hatte Juliette am Ende recht und sie benahm sich Jungs gegenüber wie eine übertrieben strenge Gouvernante? Sie erinnerte sich, wie leicht es Polly fiel, mit Fargo Kriegsspiele zu veranstalten und dabei etliche Gegenstände umzuwerfen, mit wie viel Begeisterung sämtliche Kinder der Amerikanerin stets entgegenliefen, wenn sie irgendwo zu entdecken war. Vielleicht hätte sie selbst ein besseres Verhältnis zu ihren Brüdern aufbauen können, wenn sie sich ähnlich verhalten hätte. Aber die Neigung zu jungenhaftem Herumtollen, Raufereien und völlig sinnlosem Kräftemessen lag ihr nun einmal nicht im Blut.

Als sie Mauds Gemach erreicht hatte, verscheuchte sie diese Gedanken, da die Witwe des deutschen Gesandten immer noch wie bewusstlos im Bett lag. Elsa schenkte ihr Tee ein, erwog, ob sie Dr. Velde rufen sollte, und hatte sämtliche Denkanstöße, die Juliette ihr dargeboten hatte, sehr schnell wieder vergessen.

Kapitel 33

Am nächsten Tag litt Juliette unter Magenverstimmungen, sodass Elsa ihren Ausflug zum Fu allein antreten musste. Zwar bot Igor sich höflich an, sie zu begleiten, aber sie wusste, dass er sich nur ungern zu weit von Juliette entfernen wollte, und versicherte ihm daher, auch allein zurechtzukommen. Schließlich wurde der Palast weiterhin von den Soldaten Oberst Shibas bewacht.

Beim Betreten der Anlage fiel ihr auf, dass der dort positionierte Wachmann tatsächlich schon erwartungsvoll in ihre Richtung starrte und leicht den Kopf zum Gruß neigte. Sie erwiderte diese Begrüßung, versuchte sogar ein wenig zu lächeln, doch war sie sich sicher, dabei höchst albern auszusehen. Der Mann blieb stehen, warf ihr nur immer wieder verstohlene Blicke zu, als sie voranschritt. Elsa war nicht ganz klar, wie sie die von Juliette vorgeschlagene Romanze überhaupt in die Wege leiten könnte, denn es gab keinerlei Anlass, ein Gespräch mit diesem Soldaten zu beginnen, der vielleicht nicht einmal Englisch sprach. Der Kopf ihrer französischen Freundin war voller unsinniger, romanesker Ideen, erwog sie, und sah, dass bereits ein paar Kinder in ihre Richtung liefen, um die Gaben in Empfang zu nehmen. Da Juliette nicht mitgekommen war, fielen die zu verteilenden Vorräte nun noch spärlicher aus und Elsa bekam ein schlechtes Gewissen, als sie in die ausgemergelten, enttäuschten Gesichter der Kleinen blickte, die leer ausgegangen waren. Aber einen Vorteil hatte es vielleicht, dass sie allein war. Juliettes Schwangerschaft war ein dringender Grund gewesen, sich vor möglicher Ansteckungsgefahr zu schützen, aber nun beschloss Elsa, auf ihre stets robuste Gesundheit zu vertrauen und sich noch ein bisschen umzusehen.

Das Fu bestand aus einer Gartenanlage mit zahlreichen Pavillons und kleinen Holzbauten, in denen nun etliche Familien zusammengedrängt hausten. Im Hintergrund befand sich ein größeres Gebäude, das wohl früher die Residenz des Prinzen gewesen war. Nachdem der Besitzer die Anlage den Gesandten überlassen hatte, hatte man darin zahlreiche Ballen von Seidenstoffen gefunden, die später zu Sandsäcken verarbeitet worden waren. Jetzt lebten dort angeblich die Schulmädchen von Miss Jewell. Die energische Missionarin hatte für einigen Wirbel gesorgt, als sie sich darüber beschwerte, dass die russischen Kosaken nicht nur den Palast verteidigt hätten, sondern auch ihren Schützlingen zu nahe gekommen wären. Inwieweit dies mit oder ohne Einverständnis der Mädchen geschehen war, ließ sich nicht mehr nachvollziehen, doch auf Wunsch der unnachgiebigen Missionarin war ein Edikt am Glockenturm aufgehängt worden, das Männer ausdrücklich dazu ermahnte, ihre Finger von chinesischen Schulmädchen zu lassen.

Elsa war durchaus neugierig, diese willensstarke Frau kennenzulernen. Sie ging an den ausgezehrten Gestalten im Garten vorbei, die sie kaum wahrzunehmen schienen, und öffnete die rot lackierte, eisenbeschlagene, mit feinen Verzierungen durchbrochene Tür. Zunächst einmal tat sich ein großer Raum auf. Eine Treppe im Hintergrund führte zu einer Balustrade, hinter der weitere Zimmer lagen. Es war erstaunlich still, und Elsa fragte sich, wo all die Schulmädchen und ihre Lehrerin geblieben waren. Dann fiel ihr ein, dass der Waffenstillstand vielleicht genutzt worden war, wieder eine Messe in der Kapelle der amerikanischen Mission abzuhalten. Miss Jewell und ein paar andere Missionarinnen mochten ausreichenden Schutz bieten, denn im Augenblick wollten die Chinesen weitere Provokationen der westlichen Welt vermeiden.

Sie stieg langsam die Stufen hoch und betrat eines der kleinen Zimmer, die wahrscheinlich Privatgemächer der Familie des Hausherren gewesen waren. Sämtliches Mobiliar war verschwunden, vielleicht zu Feuerholz verarbeitet oder von irgendjemandem verkauft worden, sodass nur die grazilen Wandmalereien von Menschen, Tieren und idyllischen Landschaften an die Pracht erinnerten, die diesen Ort einst erfüllt haben musste. Zwei chinesische Männer und eine Frau lagen reglos auf einem Teppich, und Elsa stieg über ihre Körper hinweg, ohne zu wissen, ob überhaupt noch Leben in ihnen steckte. Ein unangenehm süßlicher Geruch wehte ihr entgegen. Obwohl sie ihn aus der Zeit der Belagerung kannte, versuchte ihr Verstand, die Botschaft der Erinnerung zu verdrängen. Neugier trieb sie zum Fenster, und sie beugte sich hinaus.

Fünf chinesische Soldaten lehnten an einer Mauer unterhalb des Gebäudes, ihre Gewehre lagen vor ihnen auf dem Boden herum und zweien von ihnen waren die konisch geformten Hüte von den Köpfen gerutscht, sodass die Sonne gnadenlos auf ihre glatt rasierten Schädel brannte. Elsa staunte für einen Augenblick, warum sie ihre Köpfe nicht wieder bedeckten, da blies eine Windböe ihr den süßen Geruch der Verwesung nochmals mit aller Deutlichkeit entgegen. Fast gleichzeitig landete ein Rabe mit breiten Schwingen auf der Schulter eines der Soldaten und pickte nach seinem Auge.

Elsa taumelte drei Schritte rückwärts und presste sich eine Hand vor den Mund, in dem ein galliger Geschmack sich zu verbreiten begann. Auf einmal schien ihr dieser leere Palast so einladend wie ein von Geistern bewohntes Spukschloss und sie fürchtete zu ersticken, wenn sie ihm nicht gleich entkam. Sie hastete aus dem Zimmer und wollte wieder zur Treppe laufen, da vernahm sie plötzlich den Klang einer Männerstimme, die auf Englisch sprach.

»Du hast gedacht, es ist umsonst? Im Leben wird einem nichts geschenkt, überhaupt nichts, verstehst du? Das solltest du schnell lernen.«

Das Wimmern einer sehr hohen, zarten Frauenstimme folgte. Elsa blieb verwirrt stehen. Sie war sich sicher, diesen Mann bereits mehrfach reden gehört zu haben, doch konnte sie sich trotz größter Anstrengung nicht erinnern, wann das gewesen war.

»Nun stell dich nicht so an! Oder wäre dir ein großer, breiter russischer Bär lieber, weil er dich besser vor den Boxern schützen kann? Wenn die kommen, dann rennt er genauso weg wie alle anderen vermeintlichen Helden. Da kannst du auch mir einen Gefallen tun.«

Die Frau protestierte nicht mehr, aber Elsa verspürte eine Welle von Zorn, die durch ihren ganzen Körper rollte. Sie lief dem Klang der Männerstimme entgegen, riss eine weitere Tür auf und fand sich in einer kleinen Kammer wieder, in der einst vielleicht Vorräte gelagert worden waren. Ein sehr kleines, schmächtiges Mädchen, das fast wie eine Halbwüchsige aussah, wurde von zwei Männerarmen gegen die Wand gedrängt. Elsa sah den schäbigen, bereits leicht zerschlissenen Anzug und das schüttere, schmutzig braune Haar. Seit Beginn der Belagerung hatte sie diesen Mann so gut wie vergessen.

»Was machen Sie da, Herr Dreher?«, rief sie in ihrer unerbittlichsten Gouvernantenstimme. Das Mädchen wurde auf der Stelle losgelassen und rannte schluchzend an Elsa vorbei, um aus dem Raum zu flüchten. Dabei fiel ihm ein kleiner, glänzender Gegenstand aus der Hand, doch Elsa beachtete ihn zunächst nicht, da ihre ganze Aufmerksamkeit sich nun auf Arthur Dreher konzentrierte. Sein Gesicht war unnatürlich gerötet, er schnaubte und ein böser Zorn funkelte in seinen Augen.

»Ich habe mich mit einer kleinen Chinesin amüsiert, so wie schon etliche Männer vor mir«, erwiderte er recht gelassen und machte ein paar Schritte Richtung Tür. Elsa stellte sich ihm entschlossen in den Weg. Er war kein besonders kräftiger Mann und durch die Erziehungsversuche, die sie bei ihren Brüdern unternommen hatte, hatte sie auch gelernt, wie wirksam energisches Auftreten sein konnte.

»Was ist denn mit Ihnen?«, fragte Arthur Dreher mit einem schiefen Grinsen, das etwas bemüht wirkte. »Wollen Sie jetzt auch ein bisschen Spaß haben?«

Elsa beschloss, diesen Kommentar einfach zu ignorieren.

»Sie wissen ebenso gut wie ich, dass es verboten ist, Miss Jewells Mädchen zu belästigen. Ich werde den Fall Sir Claude MacDonald melden!«

»Und Sie meinen, er nimmt Sie ernst?« Arthur Drehers Lachen klang nun ganz und gar selbstsicher. »Vertrocknete alte Jungfern wie Sie haben eine lebhafte Fantasie, wie jedermann weiß. Ich streite alles ab, das Mädchen wird mit Sicherheit nichts sagen, und der Fall ist erledigt.«

Diesmal stieß er Elsa mit unerwarteter Kraft zur Seite. Sie taumelte kurz, bemerkte aber, wie er seinen Fuß rasch auf etwas Glitzerndes auf dem Boden legte, um es so beiläufig wie möglich auf den Gang zu schubsen.

»Was ist das?«

Ohne seine Antwort abzuwarten, bückte sie sich und hob jenes winzige Stück Glanz vom Boden auf, das Arthur Dreher vor ihr hatte verbergen wollen. Es war eine goldene, mit Edelsteinen verzierte Brosche, die ein Herz darstellte, ein hübsches

Schmuckstück, das sicher nicht billig gewesen war. Und das sie nicht zum ersten Mal sah, wie ihr jetzt in aller Deutlichkeit einfiel. Polly hatte dieses Geburtstagsgeschenk eines Ehemannes an seine Frau einmal mit schmeichelnden Worten bewundert.

»Diese Brosche gehört der Freifrau von Ketteler!«, rief sie dem flüchtigen Arthur Dreher hinterher. »Nun kann ich Sie wegen Diebstahls anklagen, was hier wohl als noch schwereres Vergehen gelten dürfte als die Belästigung eines chinesischen Mädchens.«

Er blieb schlagartig stehen und alle Farbe verließ sein Gesicht, das dennoch mühsam um Fassung rang.

»Ich habe sie gefunden. Im Garten der britischen Gesandtschaft. Wem sie gehört, das wusste ich nicht. Die arme Maud ist in letzter Zeit ziemlich verwirrt. Daher ist es doch kein Wunder, dass sie den Verlust gar nicht bemerkt hat.«

»Aber sie hat sie schon vorher vermisst«, fiel Elsa ein. »Zu jenem Zeitpunkt, da der Herr von Ketteler noch lebte und sich darüber beklagte, dass Geld aus seiner Tasche verschwunden war. Seltsamerweise habe ich Sie kurz vorher heimlich aus der Gesandtschaft laufen sehen. Und nun wollten Sie diesen Schmuck einem chinesischen Schulmädchen schenken, das naiv genug war, ihn anzunehmen, ohne nachzudenken, welchen Preis Sie dafür fordern würden.«

Sie empfand Stolz, wie schnell es ihr gelungen war, die einzelnen Teile zu einem überzeugenden Ganzen zu fügen. Arthur Dreher stand völlig regungslos vor ihr, doch schien es ihr überflüssig, seine Reaktion auf die Vorwürfe abzuwarten, denn Maud würde ihre Aussage bestätigen. Sie lief an ihm vorbei. Nun hätte sie tatsächlich einen Grund, mit dem japanischen Wachsoldaten zu reden, der hoffentlich ein wenig Englisch verstand. Er sollte erst einmal dafür sorgen, dass Arthur Dreher nicht entkommen konnte.

Sobald sie die ersten zwei Stufen hinabgeeilt war, wurde sie plötzlich zurückgerissen. Sie riss den Mund auf, um zu schreien, denn es mussten sich sicher Leute in Hörweite befinden. Dann explodierte etwas in ihrem Kopf, ein Schauer aus gelben Strasssteinen rieselte vor ihr herab, doch gleich darauf versank die Welt in tiefster Schwärze.

Ihr Kopf tat weh und ein bitterer Geschmack klebte auf ihrer Zunge. Sie musste sich erbrochen haben, denn ihre Bluse war mit gelblich eingefärbten Speiseresten bedeckt. Ihre letzte gute weiße Bluse, stellte sie mit Schrecken fest. Aber während der Belagerung waren manche Frauen in Matrosenhemden herumgelaufen. Es war also alles nicht so schlimm, sie würde irgendwo saubere Kleidung auftreiben, vielleicht mit Juliettes Hilfe.

Sie richtete sich auf und staunte, wie unangenehm es um sie herum roch. Nicht nach Verwesung, denn diesen Geruch kannte sie bereits, sondern herber, beißender. Es war eine Mischung verschiedenster Ausdünstungen, die sie an Krankheit und Elend denken ließ. Pékin des odeurs, so nannten die Franzosen diese Stadt. Bei ihren gelegentlichen Ausflügen in die engen Gassen hatte sie derartige Gerüche eingeatmet, aber aus dem Gesandtschaftsviertel waren sie stets erfolgreich ferngehalten worden. Wo kamen sie nun plötzlich her?

Eine helle, schrille Frauenstimme begann hinter ihr auf Chinesisch zu zetern. Elsa drehte sich erleichtert um, denn ihr war aus einem nicht ganz klaren Grund unbehaglich zumute, und völlige Einsamkeit hätte dieses Gefühl noch verstärkt. Der Kopfschmerz wurde stechender, kurz flimmerte es vor ihren Augen, als sei eine schnelle Bewegung mehr, als ihr Körper ertragen könnte. Sie erinnerte sich, im Fu gewesen zu sein, umgeben von lackierten und verzierten Holzwänden. Nun brannte die Sonne ungehindert auf sie herab. Sie musste sich wieder im Garten befinden, das war die einzige mögliche Erklärung. Doch wie war sie dorthin gekommen?

Allmählich nahm die Umwelt klarere Formen an. Elsa merkte, dass sie auf einer engen Straße kauerte. Eine fette Kakerlake krabbelte auf sie zu und ließ sie entsetzt aufspringen.

Häuserreihen säumten die Straße, alle von ihnen einstöckig, schmutzig und eindeutig chinesisch. Rote Laternen baumelten an einigen Eingängen und ein größeres Bauwerk war sogar mit goldenen Schriftzeichen verziert. Die aus allen Richtungen heranschwappenden Gerüche stammten wohl von gekochtem Essen oder auch von weggeworfenem Unrat. Es war sehr still, nun, da die Frau zu keifen aufgehört hatte. Außer Elsa befand sich kein Mensch auf der Straße. Seit Beginn der Unruhen war die Stadt häufig wie ausgestorben.

Zunächst vermochte Elsa nichts weiter, als fassungsloses Staunen zu empfinden. Sie stand irgendwo in Peking, konnte nicht einmal sagen, ob es der Stadtteil der Chinesen oder der Tataren war. Sie wusste weder, wie sie hierhergekommen war noch wie sie wieder nach Hause finden konnte. Als sie vorsichtig eine Hand auf ihren schmerzenden Hinterkopf legte, spürte sie verklebte Haarsträhnen und sah bald darauf die Blutspuren auf ihren Fingern. Schlagartig stürzten die Erinnerungen auf sie ein, ließen sie vor Schreck zusammenzucken und leise aufschreien.

Arthur Dreher hatte sie hierhergeschleppt, nein, vermutlich nicht er selbst, er musste ein paar halb verhungerten Chinesen eine Entlohnung versprochen haben, wenn sie diese Aufgabe für ihn übernahmen. Die Wachmänner waren weniger vorsichtig seit Beginn des Waffenstillstands und zudem gab es keinen Grund, Chinesen am Verlassen des Gesandtschaftsviertels zu hindern. Vermutlich war sie in Decken gewickelt und auf einen Wagen gelegt worden. Es musste sehr schnell gegangen sein, denn Dr. Velde hatte ihr einmal erklärt, dass Bewusstlosigkeit nach Kopfverletzungen meist nicht lange anhielt. Aber eine Gehirnerschütterung konnte sehr unangenehme Folgen haben: Übelkeit, Schwindel, teilweise Gedächtnisverlust.

Sie atmete tief durch. Inzwischen sah sie klar, der Kopfschmerz war erträglich und ihr Magen hatte sich beruhigt. Ihr Zustand könnte viel schlimmer sein. Nun musste sie einfach wieder den Weg ins Gesandtschaftsviertel finden. Vielleicht war sie nicht einmal besonders weit davon entfernt. Sobald sie eine breitere Straße erreicht hatte, würde sie die Mauern des Kaiserpalastes sehen können und dann vermochte sie sich zu orientieren.

Aber es musste weit sein, flüsterte die Stimme der Vernunft unerbittlich in ihrem Kopf, denn Arthur Dreher hatte sie sicher an keinen Ort bringen lassen, von dem aus sie problemlos zurückfinden konnte.

Kurz schnürte Panik ihr die Kehle zu, aber sie zwang sich, klar zu denken. Pragmatismus und Zielstrebigkeit waren stets ihre Stärken gewesen. Arthur Dreher hatte den typisch männlichen Fehler begangen, die Fähigkeiten einer Frau zu unterschätzen, denn sie würde so lange herumlaufen, bis sie das Gesandtschaftsviertel fand und ihn anklagen konnte.

Dieser Entschluss verlieh ihr neue Kraft und sie begann zu gehen. Die Leere der engen Gassen, in die sie eintauchte, wirkte gespenstisch, denn sie konnte sich noch sehr gut erinnern, welche Menschenmassen bei ihrer Ankunft in Peking um jeden freien Fleck gerungen hatten. Dennoch konnte sie nicht weiter als bis zur nächsten Häuserecke blicken, und manche Abzweigungen führten nur in winzige, stickige Innenhöfe. Die ganze Stadt schien ein verwinkeltes, ausgestorbenes Labyrinth, durch das sie als einzige Überlebende des Weltuntergangs tappte. Als gelegentlich ein paar verlorene Stimmen aus einzelnen Häusern drangen, hätte Elsa vor Erleichterung weinen können. Dreimal erblickte sie Bettler, die an Türeingängen herumlagen, sich aber sogleich davonmachten, bevor sie näher herantreten konnte. Dann begannen plötzlich Schritte in ihrem Rücken zu schlurfen, nicht besonders laut, aber zahlreich und in einem flotten Rhythmus. Die Stadt war nicht so leer, wie es den Anschein hatte. Eine ganze Gruppe war hier in der Nähe unterwegs, und etwas an ihrer Art zu laufen klang nach militärischer Organisation.

Elsa spürte wieder den bitteren Geschmack von Galle in ihrem Mund. Es herrschte Waffenstillstand, versuchte sie sich zu beruhigen, doch ihr Verstand zog andere Schlüsse. Eine verloren herumirrende Europäerin zu töten, hätte wohl keinerlei Konsequenzen, denn man konnte ihren Leichnam einfach irgendwo verschwinden lassen. Erinnerungen an die Nacht des Massakers stiegen in ihr hoch und für einen Moment fürchtete sie, vor Angst zu ersticken. All dies hatte Arthur Dreher kaltblütig geplant. Wenn sie nicht an den Folgen ihrer Kopfwunde starb, würden irgendwelche Chinesen sie aus dem Weg räumen. Wang Sun fiel ihr ein, sein bodenständiges, harmloses Gesicht. Aber es gab auch die mordlustigen Kansu-Krieger. Wenn sie ihnen in die Hände fiel, müsste sie es als eine Gnade ansehen, schnell getötet zu werden.

Sie rannte blind los, um sich so schnell wie möglich von dem Geräusch der Schritte zu entfernen. Einmal stolperte sie über einen herumstehenden Karren, fiel der Länge nach hin und der in ihrem Kopf auflodernde Schmerz ließ sie laut aufschreien. Ein paar Gesichter erschienen in einem Türspalt, verschwanden aber, als Elsa auf Englisch um Hilfe bat. Sie rappelte sich auf, obwohl in ihrem Hinterkopf immer noch ein Feuer brannte. Die Schritte schienen stumm geworden zu sein, aber sie wollte sich nicht zu sehr auf ihr Gehör verlassen, das vielleicht durch den Schlag auf den Kopf beeinträchtigt war.

Sie wusste nicht, wie viel Zeit verging, während sie sich durch ineinander verschlungene Gassen kämpfte. Schließlich gelangte sie auf eine etwas größere Straße, doch der Horizont gab immer noch keinen Blick auf vertraute Gebäude frei. Nur eine breite Tür berührte etwas in ihrer Erinnerung, obwohl sie nicht einmal sagen konnte, woran es lag. Sie sah nicht wesentlich anders aus als jede andere chinesische Tür, rot lackiert, von zwei steinernen Figuren bewacht und mit Löwenköpfen als Türknäufen versehen. Der große, mit Laternen behangene Baum, der ein Stück daneben wuchs, kam ihr seltsam vertraut vor. Als ihr Blick auf das harmlos niedliche Gesicht der linken Steinfigur fiel, wusste sie, woher sie diesen Ort kannte. Bereits bei ihrem ersten Besuch hatte sie kurz gerätselt, ob sie einen Hund darstellen sollte oder einen Löwen. Mit einem Mal war sie sich ganz sicher, vor dem Haus zu stehen, in das der freundliche Mandarin sie in der Nacht des Massakers gebracht hatte. Und selbst wenn sie sich täuschte, so blieb ihr kaum etwas anderes übrig, als jemanden um Hilfe zu bitten. Sie konnte ebenso gut hier anklopfen wie anderswo, beschloss sie, und kramte in ihrem Kopf verzweifelt nach chinesischen Wörtern, die ihre Notlage ausdrücken würden. Während der Wochen in Shanghai hatte sie bereits ein paar gängige Floskeln gelernt, doch vermochte sie diese nicht mehr aus den Tiefen ihres Gedächtnisses zu holen, denn in der Zwischenzeit hatte sich zu viel ereignet. Außerdem sprach man im Norden Chinas einen anderen Dialekt.

Mit mehreren Blicken in beide Richtungen versicherte sie sich, dass niemand zusah. Dann betätigte sie den Ring am Türknauf, einmal, und als dies keine Wirkung zeigte, immer wieder, bis sie im Stakkato klopfte. Die Laufschritte wehten aus der Ferne herbei, vermutlich wollten auch die Soldaten diese

Straße erreichen. Elsa ließ den Ring los und begann, mit beiden Fäusten gegen die Tür zu hämmern, bis sie endlich nachgab.

Das dünne Gesicht eines älteren Chinesen mit Spitzbart erschien im Türrahmen und Elsa verlor den letzten Zweifel, ob sie sich am richtigen Ort befand, denn während der Nacht des Massakers war sie von eben diesem Mann mit ähnlichem Unwillen gemustert worden.

Nun, da sie die heranrückenden Schritte mit aller Deutlichkeit hören konnte, verstand sie auch, warum niemand hier sie mit offenen Armen empfangen würde. Wenn Kansu-Krieger sie bei einem Chinesen entdeckten, würden sie ihn für einen Freund der fremden Teufel halten und ohne jedes Zögern oder Überlegen niedermetzeln.

»Bitte!«, rief sie dem Teehausbesitzer entgegen. »Ich brauche Hilfe, damit ich ins Gesandtschaftsviertel zurückfinde. Dann mache ich auch keine Probleme mehr.«

An seiner ratlosen, ungeduldigen Miene war deutlich zu erkennen, dass er kein Englisch verstand. Seine rechte Hand hatte sich auf die Innenseite der Tür gelegt, und Elsa ahnte, dass er erwog, sie einfach zuzuschlagen. Mechanisch schob sie ihren Fuß in den Spalt der Türöffnung. Wenn der Mann sie jetzt aussperren wollte, würde er ihre Zehen brechen müssen, doch wäre sie nicht überrascht, wenn er eben dies täte. Die Angst sorgte plötzlich für völlige Klarheit in ihrem Kopf, und nun wusste sie wieder den Namen des Mannes, der im Augenblick ihre einzige Aussicht auf Rettung darstellte.

»Wenrou!«, rief sie laut und deutlich in der Hoffnung, ihn einigermaßen verständlich auszusprechen. »Ich suche Wenrou.«

Im Gesicht des Mannes bewegten sich ein paar Muskeln, er wandte sich um und rief irgendetwas in den unsichtbaren Raum des Teehauses hinein. Kurz überschlug Elsas Herz sich vor Hoffnung. Wenn Wenrou jetzt tatsächlich hier war, brauchte sie nichts mehr zu fürchten. Aber nur die schrille Stimme einer Frau antwortete, während das Trappeln der Schritte hinter ihr zu einem Donnern anschwoll. Elsa begriff, dass sie keine Möglichkeit mehr hatte, nach einem Versteck zu suchen, denn wer auch immer da näher kam, musste jeden Augenblick die Straße erreichen, auf der sie dank ihrer Kleidung schon aus der Ferne als Ausländerin zu erkennen war.

»Bitte!«, rief sie nochmals, nun auf Deutsch, denn der Mann konnte den Sinn ihrer Worte ohnehin nur erahnen. »Bitte helfen Sie mir!«

Wieder zuckten unterschiedliche Empfindungen über das Gesicht des Teehausbesitzers. Elsa vermochte seinen Drang, die Tür einfach zuzuschlagen, fast wie einen Schwall feindseliger Luft zu spüren. Doch etwas hielt ihn zurück, sie wusste nicht, ob Mitgefühl oder die Angst, eben dadurch in Schwierigkeiten geraten zu können, dass er ihr nicht half.

Der Kopfschmerz verstärkte sich, und ihr war, als würden in der Welt um sie herum alle Lichter erlöschen. Eine warnende Stimme in ihrem Kopf flüsterte, dass diese heraufziehende Schwärze eine weitere Ohnmacht ankündigte, dann spürte sie plötzlich, wie der hölzerne Widerstand vor ihr nachgab und sie ins Haus gezogen wurde.

Kapitel 34

Wenrou hatte das letzte Treffen des Großen Rates mit gemischten Gefühlen verlassen. Die Nachricht, dass die Dagu-Forts ebenso wie Tianjin gefallen waren und die alliierten Mächte nun ihre Truppen gen Beijing marschieren lassen wollten, hatte sämtliche Gemüter in Aufruhr versetzt. Ronglu drängte wiederholt darauf, die Gesandten samt ihren Gefolgsleuten mit einer bewaffneten Eskorte abziehen zu lassen, wodurch China seinen guten Willen bekunden und einen Krieg vielleicht vermeiden konnte. Leider machten eben diese Gesandten es ihm schwer, den Plan in die Tat umzusetzen, da etliche Boten, die man zu ihnen geschickt hatte, noch vor dem Eingangstor erschossen worden waren, und jene seltenen Nachrichten, die man ihnen trotzdem zu überbringen vermochte, ohne eindeutige Antwort geblieben waren.

Allerdings waren dennoch Informationen über die Lage hinter den Barrikaden zu ihnen durchgedrungen. Vor etwa einer Woche war ein großer, dünner Mann mit wallendem, grauen Bart aus dem geschützten Viertel seiner Leute herausgesprungen und um Hilfe schreiend in Ronglus Lager gerannt. Wenrou hinderte die Soldaten daran, ihn sogleich zu massakrieren, da er einen harmlosen, lediglich völlig verstörten Eindruck machte und lautstark auf Englisch erzählte, ihm drohe die Todesstrafe, da er sich vor der Frau des russischen Gesandten entblößt hätte. Seine geistige Verwirrung war so offensichtlich, dass Wenrou nach Möglichkeiten suchte, ihn einfach wieder zurückzuschicken, aber dann war Ronglu dazugekommen und hatte in seiner Funktion als General angeordnet, dass einem Geisteskranken die in China übliche Ehrerbietung zuteilwerden sollte. Es sei ein barbarischer Brauch der fremden Teufel, seinesgleichen einfach wegzusperren. Wenrou fielen etliche Beispiele ein, da Verrückte auch in seiner Heimat nicht besonders fürsorglich behandelt wurden, aber als Ronglu den Mann in seinem Zelt großzügig bewirten ließ, durchschaute er schnell die wahren Gründe dafür. Der schwedische Missionar fasste sehr schnell Vertrauen und plapperte unbesorgt drauflos, wobei er ihnen etliche Details über die Vorräte, Kampfaufstellungen und Pläne der Belagerten verriet. Danach wurde er mit einer Eskorte zurückgeschickt.

Leider hatten die konservativen Kräfte von diesen Neuigkeiten gehört und betrachteten sie nun als kräftigen Windstoß in ihren Mühlen. Die Belagerten konnten nicht mehr lange durchhalten, ereiferten sie sich, man müsse das Gesandtschaftsviertel in Schutt und Asche legen, bevor die Hilfstruppen eintrafen. Bei manchen der mit völligem Ernst geäußerten Meinungen hatte Wenrou sich mit aller Kraft zusammenreißen müssen, um nicht in Wutschreie oder schallendes Gelächter auszubrechen. So wurde der Vorschlag diskutiert, den anrückenden, schwer bewaffneten fremden Soldaten mit spitzen Bambusspeeren entgegenzutreten. Im kaiserlichen Kriegsministerium saßen etliche Mandschubannermänner, die in der Lage waren, konfuzianische Klassiker rückwärts aufzusagen, aber niemals eine moderne, westliche Waffe aus der Nähe betrachtet hatten. Aber Ronglu hatte ihn eindringlich zu Zurückhaltung aufgefordert. Seine Erziehung in Amerika machte ihn zu einer idealen Zielscheibe für Attacken aus Prinz Duans Lager, und niemand wusste, in welche Richtung die Stimmung der Kaiserinwitwe kippen würde. Zunächst einmal waren die Angriffe auf das Gesandtschaftsviertel eingestellt worden, aber jeden Tag konnte der Befehl erteilt werden, es zu stürmen. Vor dem Eintreffen ihrer Hilfstruppen hätten die Gesandten trotz ihrer besseren militärischen Ausrüstung keine Chance gegen die zahlenmäßige Übermacht der chinesischen Armee. Es lag allein an Ronglu, der die bisherigen Angriffe bewusst zögerlich durchgeführt hatte, dass die Fremden in Beijing noch nicht niedergemetzelt worden waren.

Nun bestieg Wenrou gemeinsam mit seinem Schwiegervater die Sänfte, um ins Haus der Ya Hala getragen zu werden. Der alte Herr schwieg mit von Sorgen zerfurchter Stirn, und auch Wenrou verspürte keinerlei Verlangen, ein Gespräch zu beginnen. Ihnen stand die Invasion durch ein fremdes Heer bevor, das ein bereits durch Aufstände und Hungersnöte geschwächtes, zerrüttetes Land heimsuchen würde wie ein Heuschreckenschwarm. Um das größte Unheil zu verhindern, mussten die Leute im Gesandtschaftsviertel am Leben gehalten werden, doch würde diese Aufgabe viel diplomatisches Geschick erfordern, denn der Einfluss von Prinz Duan und seinen Anhängern auf die Kaiserinwitwe war immer noch sehr groß.

Wenrou nahm eine kleine Mahlzeit in seinem Zimmer ein. Mit seiner Frau verbrachte er kaum noch Zeit, seitdem ihre erneute Schwangerschaft öffentlich gemacht worden war und der Hausherr sich daher in nächster Zeit nicht genötigt sah, auf weitere Nachkommen zu drängen. In dem Teehaus, das Wenrou regelmäßig aufsuchte, gab es ein paar Mädchen, die ihn gern von seinen Sorgen ablenkten und ihm zudem das Gefühl gaben, erfreut über seine Besuche zu sein. Nachdem sein Diener das Geschirr abgeräumt hatte, erteilte er ihm den Befehl, die Sänfte nochmals vorzubereiten.

Das Teehaus hatte seit etwa zehn Tagen wieder geöffnet, da die Zeit der schlimmsten Plünderungen überstanden war und die Aufständischen durch ihre Aufnahme in die chinesische Armee nun unter einer gewissen Kontrolle standen. Dennoch waren die Gäste nicht besonders zahlreich, weil viele der Dichter und verarmten Gelehrten, die sich dort gern versammelten, nur noch selten ihre Häuser verließen. Im Moment schaukelte ihre Heimat auf hohen Wellen einer ungewissen Zukunft entgegen, und niemand wusste, in welche Richtung die Kaiserinwitwe das Ruder in letzter Minute reißen würde. Früher war wenigstens klar gewesen, welche Art von kritischen Äußerungen nur sehr leise geflüstert werden durften, nun konnte man lediglich darüber spekulieren. Außerdem sollte es gelegentlich vorgekommen sein, dass allein durch die Stadt laufende Chinesen von Kansu-Kriegern niedergemetzelt worden waren, weil man sie aus nicht immer ganz nachvollziehbaren Gründen für Christen gehalten hatte. Frauen wagten sich gar nicht mehr hinaus, da die Yihetuan Yundong sie wegen ihres verderblichen Einflusses oft einfach erschlugen. Wer westliche Schriften besaß, verbrannte sie heimlich, um sich vor einer Anklage zu schützen.

Wenrou ahnte, dass er von Xiwang, dem Teehausbesitzer, sehr freundlich empfangen werden würde, da er nicht nur der zahlungskräftigste, sondern inzwischen auch der einzig verbliebene Stammgast war. Doch erstaunte es ihn, den alten Mann bereits an der Eingangstür zu erblicken, wo er ungeduldig zu warten schien.

Die Sänfte wurde abgesetzt, Wenrou stieg aus und wies die Träger an, dass sie ihn erst am folgenden Morgen wieder abholen sollten. Großzügig verteilte er ein paar Münzen, damit auch sie sich etwas amüsieren konnten. Qingbai hatte wegen seines fast schon freundschaftlichen Umgangs mit Untergebenen manchmal spöttische Kommentare gemacht, aber ihr Vater kritisierte Wenrou nicht dafür und daher sah er sich berechtigt, das Geld der Ya Hala auf diese Weise auszugeben.

»Es ist mir eine große Freude, Euch zu sehen, edler Herr«, begann Xiwang mit einer Verbeugung, doch schien sein Lächeln etwas verrutscht, als habe jemand mit einem Lappen über sein Gesicht gewischt und dadurch die sorgfältig aufgemalte Miene zerstört.

Wenrou erwiderte die Begrüßung mit einem Kopfnicken. Im Hintergrund konnte er Xiwangs rundliche Frau erkennen, die Gästen gegenüber meist schwieg, aber mit eiserner Hand über die Diener herrschte. Die drei Mädchen, deren Aufgabe es war, die Gäste durch Gesang und manchmal auch andere Gefälligkeiten zu unterhalten, legten nun eine unerwartete Zurückhaltung an den Tag.

»Kommt herein, kommt herein!«, ereiferte sich Xiwang, doch war seine Hand auf Wenrous Rücken wie ein Rammbock, der ihn ins Innere des Hauses stieß. Die Mädchen schlossen hastig die Tür.

»Ich verstehe, dass ein edler, kluger Herr einen sehr eigenwilligen Geschmack haben kann«, begann der Teehausbesitzer nun, während er seinen Gast durch den ersten Raum geleitete, ohne ihm einen der zahlreichen leeren Tische anzubieten. Stattdessen wurde Wenrou gleich zu der Treppe gezogen, die zu den Zimmern führte, die Gästen für ein paar ungestörte Stunden mit dem Mädchen ihrer Wahl zur Verfügung standen. Er begriff nicht, was diese Eile bedeutete, und war etwas verärgert, denn im Augenblick hätte er lieber ein paar Becher Wein getrunken.

»Es gibt eine Dame, die auf Euch wartet«, setzte Xiwang zur Erklärung an, da er den verwirrten Gesichtsausdruck seines Gastes bemerkt haben musste. »Sie kam zur Doppelstunde des Pferdes und bat um Einlass. Ich dachte, Ihr hättet sie vielleicht geschickt.«

»Ich habe niemanden geschickt«, erwiderte Wenrou ratlos. Kurz dachte er an Qingbai, die ihm vielleicht einen seltsamen Streich spielen wollte, sah aber keinen Grund, warum sie dies tun sollte.

»Na dann«, begann Xiwang mit sichtlicher Erleichterung, »schicken wir sie einfach wieder fort. Ihr könnt im Teehaus Platz nehmen, und Xiaohua wird Euch bringen, was immer Ihr wünscht.«

Er warf der jüngsten seiner Dienerinnen, die Wenrou häufig Gesellschaft leistete, einen Blick zu, und sie setzte sich sogleich in Bewegung, um den Gast wieder nach unten zu geleiten.

»Ich will die Frau, die angeblich auf mich wartet, gerne sehen«, widersprach Wenrou, denn er war auf einmal höchst neugierig geworden.

»Es ist wirklich ungünstig in der gegenwärtigen Lage, dass …«, stammelte der Teehausbesitzer, während Xiaohua mit sichtlich enttäuschter Miene eine Tür öffnete.

Elsa Skerpov lag reglos auf einem Bett in der Mitte eines engen, spärlich eingerichteten Raumes. Man hatte die Schuhe von ihren Füßen entfernt und ihr die Strümpfe ausgezogen, ansonsten war sie noch vollständig bekleidet, doch ihr Haar wirkte so zerzaust, als habe ein Sturm durch es hindurchgefegt. An einigen Stellen verklebte getrocknetes Blut die braunen Locken. Erschrocken tat Wenrou ein paar Schritte in ihre Richtung, griff dann nach ihrem Handgelenk und suchte den Puls.

»Sie ist nicht tot«, meldete sich plötzlich die Frau des Teehausbesitzers zu Wort. »Sie wurde am Kopf verletzt, aber in Lebensgefahr scheint sie mir nicht.«

Wenrou atmete erleichtert aus und ließ die fremde Hand los, denn auf einmal erschien es ihm vermessen, sie zu berühren. Elsa regte sich plötzlich und schlug die Augen auf. Diesmal hatte sie keinen geraden, durchdringenden Blick, sondern sah so verwirrt und ängstlich aus wie ein Kind, das in einer völlig fremden Umgebung erwacht. Erst als sie Wenrou erkannte, entspannten sich ihre Züge zu einem Ausdruck der Freude.

»Wie sind Sie hierhergekommen?«, fragte er auf Englisch. Sie versuchte zu antworten, wurde aber von einem Hustenanfall unterbrochen.

»Bring ihr einen Tee!«, wandte er sich an Xiaohua. »Hat sie schon etwas zu essen bekommen?«

Das Mädchen antwortete nicht, sondern huschte mit gesenktem Kopf davon.

»Sie schlief die ganze Zeit«, meldete sich wieder die Frau des Teehausbesitzers zu Wort. »Außerdem wissen wir nicht, was diese … diese Leute essen.«

»Alles, wenn sie ausgehungert genug sind. Darin unterscheiden sie sich nicht von uns«, erwiderte Wenrou trocken. »Eine Suppe dürfte zunächst genügen.«

Die Frau entfernte sich aus dem Raum, und ihr Gatte folgte nach einigem wirren Gemurmel und zaghaften Andeutungen, wie ungünstig die ganze Situation doch sei. Wenrou konnte dem nichts entgegensetzen. Wenn die falschen Leute Elsa hier entdeckten, so konnte es den Tod sämtlicher Bewohner des Teehauses bedeuten, das man anschließend niederbrennen würde. Er wusste, dass er Xiwang nun eine großzügige Entlohnung schuldig war, doch erst einmal musste er herausfinden, was mit Elsa geschehen war.

Nachdem sie die rasch hereingebrachte Suppe ausgelöffelt und mehrere Tassen Tee geleert hatte, bekam ihr Gesicht wieder etwas Farbe. Sie rückte in eine aufrechte Haltung und unternahm ein paar erfolglose Versuche, ihr in sämtliche Richtungen wucherndes Haar zu ordnen. Wenrou überlegte, ob er sie nicht für eine Weile allein lassen sollte, doch ihr Gesicht wandte sich ihm mit einem derart freudigen Strahlen zu, dass er diese Idee sogleich wieder verwarf.

»Hatten Sie einen Unfall?«, fragte er schließlich taktvoll, denn sie direkt darauf anzusprechen, warum sie so einfach hier erschienen war, hätte gegen die Regeln der Höflichkeit verstoßen.

»So in etwa könnte man es nennen«, erwiderte sie mit einem bemühten Grinsen. Dann erzählte sie eine etwas wirre Geschichte von einem Überfall, umschlang ihre Knie mit den Armen und beugte sich entschlossen vorwärts.

»Ich muss baldmöglichst ins Gesandtschaftsviertel zurück!«, drängte sie. »Der Mann, der mich angriff, muss zur Rechenschaft gezogen werden.«

»Vielleicht warten Sie ein wenig, bis Sie wieder bei Kräften sind«, wandte Wenrou ein. »In der gegenwärtigen Lage kann niemand aus dem Gesandtschaftsviertel flüchten.«

Das schien sie einzusehen, denn sie lehnte sich mit einem erleichterten Seufzer auf dem Bett zurück.

»Es ist wirklich sehr freundlich von Ihnen, sich um mich zu kümmern«, sagte sie leise. Ihre Hand regte sich und rückte wie von selbst ein Stück in Richtung seines Armes, mit dem er sich zaghaft auf dem Bett abzustützen wagte, sodass nur ein schmaler Spalt von Luft sie voneinander trennte.

»Verzeihen Sie, ich bin immer noch furchtbar müde und mein Kopf tut weh«, murmelte sie nun mit geschlossenen Lidern und rollte sich zusammen wie eine Katze, um friedlich einzuschlafen. Das immer noch zerzauste Haar verbarg ihr Gesicht fast vollständig, und regelmäßige, ruhige Atemzüge bewegten ihren Brustkorb. Zum ersten Mal bemerkte Wenrou, wie schmal und zerbrechlich diese Frau war, als hätte sie in ihrem Leben selten genug zu essen bekommen. Der starke Eindruck, den sie vermittelte, musste allein ihrer Energie entspringen, die jetzt ruhte.

Reglos, um sie nicht zu wecken, blieb er an ihrer Seite sitzen. Er wusste, dass es sich nicht gehörte, ahnungslosen Menschen beim Schlaf zuzusehen, doch waren ihm die Lust auf Wein und die Gesellschaft eines Blumenmädchens vergangen.

Als es zu dämmern begann, klopfte Xiaohua zaghaft an die Tür. Wenrou öffnete und sah, wie ihr schmales, hübsches Gesicht sich erwartungsvoll zu seinem hob. Zum ersten Mal bemerkte er, dass dieses Mädchen ihn wirklich zu mögen schien und nicht nur einen zahlenden Kunden in ihm sah. Er war stets freundlich zu ihr gewesen, doch so versuchte er alle Frauen zu behandeln, selbst wenn sie käuflich waren. Nun erstaunte ihn der Schmerz in ihren Augen, als er ihre Einladung, ihr in ein benachbartes Zimmer zu folgen, ablehnte. Er bat lediglich um ein Abendessen, etwas Wein und eine Matte, auf der er würde schlafen können. Elsa in diesem Haus allein zu lassen, widerstrebte ihm, denn er wusste, wie verloren sie sich hier fühlen musste. Zudem traute er Xiwang nicht uneingeschränkt. Wenn seine Angst die Oberhand gewann, wäre er durchaus in der Lage, Elsa heimlich aus dem Haus zu schaffen oder sie gar den Schergen Prinz Duans zu übergeben.

Nachdem Wenrou sich auf der Matte ausgestreckt hatte, überlegte er, ob es ratsam wäre, Ronglu einzuweihen. Er würde eine europäische Frau sicher schützen wollen, aber gleichzeitig versuchen, möglichst viele relevante Informationen aus ihr herauszuholen. Elsa wäre vermutlich kein so leichtes Opfer wie der verwirrte schwedische Missionar, selbst für einen gewandten Höfling. Durch ihre sehr direkte, mitunter schroffe Art konnte sie Ronglu sogar ernsthaft verärgern. Es wäre also besser, ihre Existenz zunächst geheim zu halten.

Vielleicht würde er sie morgen schon ins Gesandtschaftsviertel bringen können. Solange der Waffenstillstand andauerte, wäre es kein größeres Problem, obwohl er sie zur Sicherheit wieder in seine Sänfte setzen würde. Die Aussicht auf die bevorstehende Trennung schmerzte ihn, denn er hätte gern mehr über diese Frau erfahren, aber aufgrund der Umstände war sie unvermeidlich. Außerhalb der Barrikaden war Elsa immer noch nicht sicher. Er leerte einen weiteren Becher Wein, während draußen nächtliche Finsternis aufzog. Auf Kerzen und Laternen hatte er verzichtet, um Elsas Schlaf nicht zu stören. Das Haus war still, da ihm die Gäste fehlten. Auch die Stadt schwieg verängstigt und geschwächt nach endlosem Blutvergießen. Wenrou schlief mit der ihm schon lang vertrauten Sehnsucht ein, in einer anderen Welt erwachen zu können.

»Wollen Sie etwas Tee?« Die Frauenstimme klang nicht ehrerbietig wie die einer Dienerin, sondern hatte einen leicht spöttischen Unterton. Wenrou rieb sich seine verschlafenen

Augen. Ihm fiel auf, dass die Frau englisch gesprochen hatte, und er richtete sich verwirrt auf.

Elsa Skerpov umklammerte den Bambushenkel der Kanne und verschüttete etwas von dem Wasser, da sie nicht den richtigen Winkel fand, um einzuschenken. Unbeirrt von diesem Missgeschick schob sie eine gefüllte Tasse in seine Richtung.

»Das Mädchen war vor einer Weile hier, um uns ein Frühstück zu bringen«, erzählte sie. »Sie haben noch geschlafen, also wollte ich Sie nicht stören, aber ich hatte fürchterlichen Hunger.«

Mit einem leicht verlegenen Lächeln wies sie auf eine Schale an ihrer Seite.

»Die Nudeln schmecken hervorragend. In der großen Schüssel ist noch genug davon übrig. Wollen Sie auch etwas haben?«

Sie füllte eine weitere Schale, ohne seine Antwort abzuwarten, und überreichte ihm ein unbenutztes Paar Essstäbchen. Im Umgang mit diesem Geschirr schien sie vertraut.

Wenrou bemühte sich, beim Essen nicht zu kleckern und auch nicht zu schlürfen, als er den Tee trank, denn er wusste, dass dies in westlichen Ländern als Zeichen schlechter Erziehung galt.

»Wo haben Sie eigentlich gelernt, so gut Englisch zu sprechen?«, fragte Elsa unterdessen. Er bemerkte den wachen Blick ihrer grauen Augen. Der Schlaf musste ihr gut getan haben.

Er begann von jenen Dingen zu erzählen, die er seit vielen Jahren in sich herumgetragen hatte, da er nicht erwarten konnte, verstanden zu werden. Mit sieben Jahren war er ausgewählt worden, um auf Wunsch der Kaiserinwitwe nach Amerika zu reisen und dort eine westliche Ausbildung zu erhalten. Zwar stammte er aus einer unbedeutenden Mandschufamilie, aber das Lob seiner Lehrer hatte die Aufmerksamkeit der Tante des Sohnes des Himmels auf ihn gelenkt. Als jüngster von über hundert anderen ausgesuchten Knaben war er in eine völlig fremde Welt geworfen worden, wo er das Glück gehabt hatte, von einer freundlichen Familie mit offenen Armen empfangen worden zu sein. Zehn Jahre hatte er bei ihnen verbracht, ihre Sprache gelernt und ihre Sitten angenommen. Der Befehl, dennoch chinesische Kleidung tragen zu müssen, war ihm verhasst gewesen und er hatte die Japaner beneidet, deren Kaiser sie keinem solchen Zwang unterwarf.

»Ich konnte Baseball spielen und akzentfrei sprechen, aber wo auch immer ich auftauchte, starrte man mich an wie ein Tier im Zoo«, erklärte er und Elsa nickte nur.

»Hier in China habe ich mich manchmal ähnlich gefühlt«, erwiderte sie dann, und plötzlich konnten sie gemeinsam lachen.

»Dann wurde ich zurückbefohlen«, erzählte Wenrou weiter. »Ich war siebzehn, fast erwachsen, und kam nochmals in eine Welt, die mir völlig fremd erschien. Auf Drängen meines Vaters bereitete ich mich auf die Beamtenprüfung in unserer Provinz vor und bestand sie zu meinem eigenen Erstaunen. Gleich darauf wurde ich auch mit einem mir völlig unbekannten Mädchen verlobt, das aber kurz vor der Hochzeit starb. Erst Jahre später gelang es meinem Vater, mir ein bescheidenes Amt am Kaiserhof zu verschaffen, und ich dachte, ich könnte endlich etwas bewirken, um mein Land zu modernisieren …«

Elsa lauschte weiterhin aufmerksam, aber ein Klopfen unterbrach seine Worte. Widerwillig erlaubte er ein Öffnen der Tür. Xiwangs Kopf schob sich vorsichtig durch den Spalt.

»Unten sind Leute, die Euch erwarten, edler Herr.«

Wenrou fuhr verärgert zusammen, wusste aber, dass er sich diesem Zwang nicht entziehen konnte. Xiwang überreichte ihm ein kurzes Schreiben, in dem sein Schwiegervater ihn wegen unerwarteter Ereignisse sofort zu sich bestellte.

»Ich komme sobald wie möglich wieder. In der Zwischenzeit wird für Ihr Wohlergehen gesorgt werden«, verabschiedete er sich von Elsa, die es mit einem Nicken hinnahm und eilte die Stufen hinunter. Kurz bevor er die Sänfte bestieg, drückte er Xiwang noch ein paar Münzen in die Hand, die Elsas Sicherheit garantieren sollten. Er wusste, dass sie zu vernünftig war, um sich allein auf die Straße zu wagen. Solange niemand in diesem Haus sie verriet, drohte ihr keine ernsthafte Gefahr.

Sobald er das Anwesen der Ya Hala erreicht hatte, begab er sich direkt in die Gemächer seines Schwiegervaters, wo bereits Speisen aufgetischt worden waren. Neben ein paar männlichen Mitgliedern der weitverzweigten Verwandtschaft saß wieder einmal Qingbai an der Seite ihres Vaters, um ihm Tee einzuschenken, seine Essschalen zu füllen und gleichzeitig den Gesprächen zu lauschen. Ihr Kopf hob sich leicht, als Wenrou eintrat, und das triumphierende Funkeln ihrer Augen jagte ihm einen Schauer über den Rücken.

»Setz dich, mein Sohn«, wurde er von Gulao begrüßt. Noch bevor er dieser Aufforderung nachgekommen war, hatte Qingbai auch für ihn eine Teetasse gefüllt, vermied es aber nun geflissentlich, ihn anzusehen.

»Es ist etwas Unerwartetes geschehen«, fuhr sein Schwiegervater fort. »Der alte Buddha hat beschlossen, General Li Pingheng an den Hof rufen zu lassen.«

»Und was bedeutet das?«, fragte Wenrou, der glaubte, diesen Namen schon einmal gehört zu haben, ihn aber nicht wirklich zuordnen konnte.

»Krieg«, erwiderte sein Schwiegervater ohne einen Augenblick des Zögerns. »Ein Sturm auf die Gesandtschaften steht bevor, vermutlich ein Gemetzel, und bald schon haben wir uns den Rest der Welt zum Feind gemacht. Prinz Duan hat seinen Willen durchgesetzt, denn er weiß, dass Li Pingheng, im

Augenblick Admiral von Jangtsekiang, einer unserer besten militärischen Führer ist und an die Fähigkeiten der chinesischen Armee glaubt. Sobald er in Beijing eintrifft, ist es mit allen Friedensverhandlungen vorbei.«

Wenrou nahm das besorgte Gesicht des Hausherrn zur Kenntnis, ebenso wie ein kurzes Strahlen, das in Qingbais Augen aufglomm. Er wusste, dass die Lage sich schlimmer hätte kaum entwickeln können, doch im allerersten Moment empfand er nichts weiter als Freude. Es gab keinen überzeugenden Grund mehr, Elsa Skerpov gleich wieder zu ihren Leuten zurückzuschicken. Wenn dem Gesandtschaftsviertel ein heftiger, erbarmungsloser Angriff bevorstand, war sie in Xiwangs Teehaus erst einmal besser aufgehoben.

Kapitel 35

Xièxie«, meinte Elsa, als Xiaohua wieder einmal ein Tablett mit Geschirr, Tee und mehreren Schüsseln vor ihr abstellte. Sie hätte das Mädchen gern aufgefordert, mit ihr zu essen, aber dazu fehlten ihr die Worte. Erst in den vergangenen Tagen hatte sie wirklich gemerkt, wie hilflos man in einem Land sein konnte, dessen Sprache man nicht beherrschte. Zwar kam Wenrou regelmäßig, um nach ihr zu sehen, doch konnte er meistens nicht lange bleiben, da er an irgendwelchen Treffen und Versammlungen teilnehmen musste.

Die Lage musste kritisch sein, auch wenn er sich mit klaren Äußerungen zurückhielt, ihr nur mitgeteilt hatte, dass es in diesem Teehaus zunächst einmal für sie sicherer wäre. Mit dem Waffenstillstand war es jedenfalls vorbei, denn aus der Ferne konnte sie wieder den ihr inzwischen vertrauten Lärm von Geschützen vernehmen, der an ihren Nerven zehrte. Die Sorge um Juliette, Igor, Polly, Maud, die Guos und zahlreiche andere Menschen, die fast drei Monate lang ein fester Bestandteil ihres Lebens gewesen waren, raubte ihr nachts oft den Schlaf, da sie sich wie eine Verräterin vorkam, die vom sinkenden Schiff gesprungen war. Aber sie fürchtete, Wenrou in Schwierigkeiten zu bringen, wenn sie ihn drängte, sie trotz allem ins Lager seiner Feinde zurückzubringen. Und welche Hilfe wäre sie im Fall eines Eindringens chinesischer Truppen für ihre Freunde? Sie konnte nicht einmal schießen wie Annie. Vermutlich machte man sich Sorgen wegen ihres Verschwindens, aber daran konnte sie nichts ändern.

Gleichzeitig lockte die fremde Welt, in die sie nun geraten war, sie durch ihre Andersartigkeit und schien ihr eine Aufgabe, die es zu meistern galt. Sie wollte mit diesen Menschen, in deren Land sie sich nun seit einem Dreivierteljahr befand, endlich kommunizieren können. Bisher vermochte sie nur mit Wenrou zu reden, dessen Besuche den Höhepunkt eines jeden Tages darstellten. Die restliche Zeit war sie sich selbst überlassen, und zum ersten Mal in ihrem Leben gab es keine Liste von Aufgaben in ihrem Kopf, die sie abarbeiten musste. Sie saß in diesem Zimmer, das sie aus Gründen der Vorsicht nicht verlassen sollte, und kam sich wie ein gehätscheltes Haustier vor, das versorgt und gepflegt wurde, obwohl es keinen klaren Zweck erfüllte. Wenrou erkundigte sich immer wieder nach ihrem Wohlbefinden, wollte wissen, ob sie mit dem Essen zufrieden war, sich frische Kleidung wünschte oder gar ein bequemeres Bett. Sie war eine solche Fürsorge nicht gewöhnt, fand sie verstörend, da sie keinen Grund dafür erkennen konnte, kam aber nicht gegen ein Gefühl des Wohlbehagens an.

Nun beschloss sie, Xiaohua durch Winken zum Bleiben zu bewegen, denn wenn nichts anderes mehr half, blieb immer noch die Zeichensprache. Das Mädchen sah sie zunächst leicht verwirrt an und ließ einen verunsicherten Blick über das bereits abgestellte Essen wandern. Erst als Elsa ihr eine bereits gefüllte Teetasse entgegenhielt, schien die Dienerin allmählich zu begreifen und ging zögernd in die Knie. Obwohl Elsa inzwischen ebenfalls chinesische Kleidung trug, in der es sich recht bequem auf dem Boden sitzen ließ, bewunderte sie die Leichtigkeit, mit der Xiaohua ihre Beine vor sich zusammenfaltete, sodass sie nirgends im Weg waren. Da glücklicherweise bereits zwei Essschalen auf dem Tablett standen, konnte Elsa ihr eine davon überlassen. Sie war sich nicht sicher, ob das Mädchen überhaupt gern mit ihr aß, denn an dem glatten, hübschen, sehr kindlichen Gesicht war keine Freude zu erkennen, allerdings auch kein Ärger. Xiaohua bediente sich erst an Reis, Gemüse und in kleine Stücke geschnittenem Fleisch, nachdem Elsa zugegriffen hatte, aber dann aß sie mit Appetit. Eine Weile war nur das Klappern der Essstäbchen zu hören, mit denen Elsa zu ihrer Erleichterung bereits gut umzugehen verstand. Wenn sie sich wieder über die Schüsseln beugte, glaubte sie Xiaohuas neugierigen Blick wie ein leichtes Stechen in ihrem Nacken zu spüren, doch sobald sie sich wieder aufgerichtet hatte, sah das Mädchen scheu zu Boden. Schließlich versuchte Elsa es mit einem Lächeln, das zögernd erwidert wurde. In dem verzweifelten Versuch ein Gesprächsthema zu finden, zeigte sie schließlich auf die Reisschüssel.

»Shénme?« Sie konnte sich dunkel erinnern, dass auf diese Weise nach dem Wort für irgendetwas gefragt wurde. Tatsächlich erhellte erstauntes Verstehen das Mädchengesicht.

»Mĭfàn.«

Elsa wiederholte das Wort, doch Xiaohua schüttelte lachend den Kopf und sprach es nochmals deutlicher aus. Diesmal musste es Elsa gelungen sein, auch die richtige Melodik nachzusingen, denn Xiaohua begann freudig zu strahlen, als habe sie einen Papagei zum Reden gebracht. Sie wies nun selbst auf die verschiedenen Geschirrteile, sprach die Worte vor und ließ

Elsa sie so lange wiederholen, bis sie mit dem Ergebnis zufrieden war. Das Spiel schien dem Mädchen Spaß zu machen, denn so heiter und ausgelassen war sie in Gegenwart ihres seltsamen Gastes noch nie gewesen. Erst als das Geräusch von Schritten erklang, versteinerte ihr Gesicht.

Wenrou trat ein, lächelte Elsa entgegen, und Xiaohua sprang auf die Beine, um sich vor ihm zu verneigen. Er beachtete sie kaum, sondern setzte sich sogleich an Elsas Seite.

»Wie geht es Ihnen? Sind die Kopfschmerzen abgeklungen?«

Elsa hatte ein bitter schmeckendes Mittel dagegen erhalten, über dessen Wirksamkeit sie keine Aussage machen konnte, aber sie fühlte sich inzwischen völlig gesund.

»Alles in Ordnung, vielen Dank für Ihre Hilfe.«

Dann erhaschte sie einen kurzen Blick auf Xiaohuas schmerzerfülltes Gesicht, bevor das Mädchen hinter der Tür verschwand. Eine Ahnung überkam sie, warum die Dienerin oft kühl und abweisend zu ihr gewesen war.

»Ich glaube, dieses Mädchen mag Sie.«

Sie wusste nicht, was sie plötzlich derart persönlich werden ließ, vielleicht der Wunsch, Wenrou aus seiner stets makellosen, höflichen Reserve zu locken. Tatsächlich sah er für einen winzigen Moment verstört aus, um sie dann auch wieder gleich anzulächeln.

»Dieses Mädchen ist hier, um männliche Gäste zu unterhalten. Deshalb macht sie mir wie jedem anderen Mann schöne Augen.«

»Das heißt, sie ist eine … Sie sieht viel zu jung dafür aus«, rief Elsa ungläubig aus. Der Einwand war unsinnig, das wusste sie, noch bevor sie ihn ausgesprochen hatte. Auch im Gängeviertel hatten halbwüchsige Mädchen sich an zahlende Kunden verkauft. Ihr fiel ein, dass Wenrou womöglich selbst schon Xiaohuas Dienste in Anspruch genommen hatte, und das ließ sie ein winziges Stück von ihm wegrücken. Warum hatte sie angenommen, er könne anders sein, als Männer es meistens waren? »Dies hier ist kein schlechtes Haus. Xiaohua wird gut behandelt«, erwiderte er. Sie widersprach ihm nicht, da es keinen Anlass dazu gab. Eine Weile musterten sie einander mit eben jener Verlegenheit, die Elsa auch in Gegenwart des Dienstmädchens überkommen hatte. Seit ihrer Ankunft im Teehaus tappte sie ratlos durch eine Welt, die manchmal recht vertrauten Mustern zu folgen schien, um sich kurz darauf wieder als völlig undurchschaubar zu erweisen.

»Es ist sehr freundlich von Ihnen, sich um Xiaohua Sorgen zu machen«, sagte Wenrou dann und ergriff die Kanne, um ihr Tee einzuschenken. Sie bemerkte, wie seine Hand sich dreimal vor- und zurückbewegte, bevor er die Tasse füllte. Den Sinn dieser Geste begriff sie nicht, aber sie bewunderte die fließende Eleganz seiner Bewegungen. Alles an diesem Mann schien kultiviert, elegant und doch nicht verweichlicht. Sie fühlte sich plump in seiner Gegenwart, eine Frau, der niemand Manieren beigebracht hatte und die sich wie eine störrische Ziege mit spitzen Hörnern durchs Leben kämpfte, indem sie ihre Hörner in jedes Hindernis rammte.

»Wann kann ich ins Gesandtschaftsviertel zurück?«, drängte sie, denn nun hatte der Wunsch, zu gehen, wieder die Oberhand gewonnen. Ihr schien, als wiche er für ein paar Sekunden ihrem Blick aus.

»Die Lage ist im Augenblick sehr … ungünstig«, sagte er dann leise. Elsa umschlang die Knie mit den Armen.

»Was meinen Sie damit?«

»Es ist möglich, dass …« Er verstummte für einen Moment und drehte einen schlichten Jadering an seinem Finger. »Es kann sein, dass es bald zu heftigen Angriffen kommen wird. Es ist geplant, die Gesandtschaften zu stürmen, bevor die internationale Verstärkung eintrifft.«

Elsa stockte kurz der Atem, dann spürte sie, wie er sie besorgt und fast ein wenig unsicher betrachtete. Es war ein großer Vertrauensbeweis, ihr diese Dinge mitzuteilen, aber wie sollte sie auch jemanden warnen, wenn sie hier in diesem Zimmer festsaß?

»War es denn nicht von Anfang an beabsichtigt, uns zu überwältigen?«, fragte sie, nachdem der erste Schreck nachgelassen hatte. »Warum sollte es ausgerechnet jetzt gelingen?«

Sein Blick wurde sehr sanft, fast mitleidig.

»Meinen Sie denn wirklich, dass es der chinesischen Armee bisher nicht gelungen wäre, ein paar Barrikaden aus Sandsäcken zu stürmen, wenn sie es wirklich gewollt hätte?«

Elsa neigte den Kopf zur Seite, um zu überlegen. Was er sagte, klang durchaus überzeugend, schien aber gleichzeitig unglaubwürdig. Man hatte ihr erklärt, dass die Chinesen insgesamt miserable Soldaten seien, abgesehen von den Kansu-Kriegern. Es widerstrebte ihr allerdings, es diesem so höflichen Mann ins Gesicht zu sagen.

»Ein Viertel zu belagern und zu beschießen, ohne es wirklich erobern zu wollen, das ergibt doch keinen Sinn«, stellte sie stattdessen fest.

»So mag es Ihnen scheinen«, erwiderte er nur und schenkte nochmals Tee nach. »Es lag nicht an mir, die Entscheidungen über diese Dinge zu treffen, und daher kann ich Ihnen auch nicht die wahren Gründe dafür erklären. Aber könnten Sie sich vorstellen, dass man Ihre Leute vielleicht ein wenig erschrecken und einschüchtern wollte, ohne ihnen dabei ernsthaft zu schaden?«

Elsa holte Luft. Auf einmal begannen seine Ausführungen sie wütend zu machen, denn sie musste an all die Tage denken, da sie mit zum Zerreißen gespannten Nerven versucht hatte, ihre Ohren vor dem Lärm der Geschütze zu verschließen, an die Verletzten, die nicht gerettet werden konnten, an die vor Angst um ihr ungeborenes Kind weinende Juliette.

»Warum musste man uns überhaupt beschießen? Welchen Sinn hat denn dieser ganze Aufstand? Wurden die armen chinesischen Christen etwa auch nur niedergemetzelt, um uns einen Schreck einzujagen?«

Ihr wurde bewusst, dass sie laut und scharf gesprochen hatte, wie es oft ihre Art war, doch bisher hatte die kultivierte Höflichkeit dieses Mannes auf sie abgefärbt und ihr Zurückhaltung auferlegt. Nun erschrak sie, denn ihr war, als hätte sie aus Wut gegen ein Stück von diesem zarten, fast durchscheinenden Porzellan getreten, aus dem sie ihren Tee tranken.

»Die Lage ist etwas komplexer, als es Ihnen scheint«, erwiderte er völlig ruhig, wodurch er sie endgültig beschämte. »Es gibt in unserer Gesellschaft Konflikte zwischen jenen, die eine Modernisierung wünschen, und dem anderen Lager, das an unseren uralten Traditionen festhalten will und daher jede Veränderung fürchtet. Das Verhalten, das die westlichen Großmächte in den letzten Jahrzehnten uns gegenüber an den Tag gelegt haben, hat leider dazu beigetragen, ihn zu verschärfen und in vielen Kreisen Groll gegen das Eindringen von Fremden zu wecken.«

Elsa atmete leise aus. Ihre Wut war so schnell verraucht, wie sie hochgekocht war, und sie war plötzlich nur noch neugierig, mehr von ihm zu erfahren.

»Sie meinen die Annektionen chinesischer Ländereien wie etwa den deutschen Pachtvertrag bezüglich Kiautschou? Aber das geschah doch, weil bereits ein paar deutsche Missionare ermordet worden waren.«

»Nachdem der deutsche Bischof Anzer etliche überzeugte Konfuzianer provozierte, indem er ihre heiligen Stätten ohne jedes Zeichen von Respekt betrat. Aber das ist nur ein Beispiel für viele solcher Vorkommnisse.«

Elsa senkte den Kopf. Sie hatte bereits genug von der Art, wie oft mit Chinesen umgegangen wurde, mitbekommen, um zu wissen, wovon er sprach.

»Aber was denken Sie denn von alldem?«, fragte sie schließlich. »Meinen Sie nicht, dass Ihr Land sich modernisieren und dem Rest der Welt öffnen müsste?«

Sie ahnte nicht, was sie mit dieser Frage auslösen würde, lauschte aber gebannt, als er zu reden begann. Sein Gesicht, das bisher einer glatten, gefälligen Maske geglichen hatte, wurde plötzlich von innerer Aufgewühltheit belebt, und die dunklen Augen leuchteten mal zornig, dann wieder voller Begeisterung. Nachdem er ihr seine politischen Träume und enttäuschten Hoffnungen mitgeteilt hatte, dämmerte es draußen bereits. Sie hatte von den Reformplänen des jungen Kaisers erfahren, die Wenrou unterstützt hatte, von der Verschwörung und dem Staatsstreich der Kaiserinwitwe. Er hatte es allein seinem unbedeutenden Rang zu verdanken, dass er durch einen Rückzug auf die Ländereien seines Vaters einer Verhaftung entgehen konnte. Dort hatte er zwei Jahre tatenlos ausgeharrt, bis eine Rückkehr an den Hof möglich geworden war – um in eben jene politischen Unruhen verwickelt zu werden, die sein Land im Augenblick heimsuchten.

Das Auftauchen Xiaohuas, die mit gesenktem Kopf das Geschirr abräumte, holte sie beide in die Wirklichkeit zurück. Das Leuchten erlosch auf Wenrous Gesicht und er vermied es, Elsa in die Augen zu sehen, als er aufstand, um mit einer Verbeugung von ihr Abschied zu nehmen. Aus einem inneren Impuls heraus streckte sie ihm ihre Hand entgegen, die er nach einem winzigen Moment des Zögerns ergriff. Xiaohua blickte weiterhin taktvoll zu Boden, während ihrer beider Finger sich für den Bruchteil einer Sekunde ineinander verflochten, und plötzlich schien Elsa diese Berührung tatsächlich so persönlich, dass sie froh war, keine Zuschauer zu haben. Er versprach, am nächsten Tag wieder nach ihr zu sehen, und entfernte sich. Xiaohua verschwand ebenfalls, nachdem sie Elsa noch eine Karaffe Wein, eine Schale mit Melonenkernen und Wasser für die abendliche Wäsche hingestellt hatte. Seit Elsa sie aufgefordert hatte, ihr die chinesischen Begriffe für all diese tagtäglichen Dinge beizubringen, hielt sie sich gern länger in ihrer Gegenwart auf, doch nun stand ihr offenbar nicht der Sinn danach.

Elsa bemühte sich, obwohl es ihr schwerfiel, die Umstände hinzunehmen. In dem Gesicht des Mädchens hatte sie weder Zorn noch Vorwürfe erkennen können, nur schlichte Trauer. Sie hätte gern gut genug Chinesisch gekonnt, um der Dienerin zu erklären, dass von ihr keine Gefahr ausging, dass Wenrou nichts weiter war als ein hilfsbereiter Mann, der ihr in der Not beigestanden hatte und mit dem sie sich gern unterhielt. Doch als sie sich auf dem schmalen, harten Bett ausstreckte und die Laterne löschte, hielt die Erinnerung an seine feinen, glatten Gesichtszüge, die ihn erstaunlich jung und doch reif wirken ließen, sie hartnäckig wach. Wieder vermeinte sie, seine Hand am Griff der Teekanne zu sehen, bewunderte die geschmeidige Eleganz seiner Bewegungen, während sie sich unruhig herumwälzte.

Etwas geschah mit ihr. Juliette hätte vermutlich gesagt, es sei höchste Zeit, dass sie wie eine normale junge Frau zu empfinden begann, aber ihr selbst verursachte dieser Zustand von Aufregung und Sehnsucht eher Unbehagen.

Zwei weitere Tage vergingen, und Wenrou erschien regelmäßig, konnte aber niemals so lange bleiben, wie sie es sich gewünscht hätte. Sie aßen gemeinsam, tranken Tee, Wein oder manchmal auch nur heißes Wasser, wie es in China üblich war, und ihre Gespräche entwickelten sich nun ohne jedes höfliche Geplänkel. Es drängte beide, die knappe gemeinsame Zeit zu nutzen, um so viel wie möglich voneinander zu erfahren. Elsa erzählte erst nach einigem Zögern von ihrer Familie, denn zum ersten Mal in ihrem Leben fürchtete sie sich vor einem Urteil über ihre Herkunft. Wenrou war unschwer als Sprössling einer wohlhabenden Sippe zu erkennen, verfügte über Bildung und Manieren, wie allein an seiner Art Tee einzuschenken zu erkennen war. Schließlich ließ sie es darauf ankommen, denn es war niemals ihre Art gewesen, sich zu verstellen. Sie erklärte, warum sie ihren Vater stets nur als Last empfunden hatte, dass er ihren zwei jüngeren Brüdern ein schlechtes Beispiel gewesen war und die Mutter sich von ihm zum Opfer hatte machen lassen. Wenrou lauschte, ohne sie zu unterbrechen, schob dann eine weitere Tasse Tee in ihre Richtung.

»Sie haben sehr früh die Verantwortung für alles übernommen, weil Sie besser dazu fähig waren als die anderen Mitglieder Ihrer Familie«, stellte er schließlich fest. »Ihre Mutter empfand das wahrscheinlich als Erleichterung, Ihr Vater nahm es nach einiger Zeit als selbstverständlich hin, aber Ihren Brüdern machte es vielleicht Angst. Es ist sehr schwer, Ihnen das Wasser zu reichen.«

Elsa wollte zum Protest ansetzen, doch dann fiel ihr ein, was Juliette bereits über sie gesagt hatte. War es in mancher Hinsicht auch ihre Schuld gewesen, dass sich kein herzlicheres Verhältnis zwischen ihr, Franz und Heinrich hatte entwickeln können? Ihr wurde bewusst, dass sie ihre Brüder zum ersten Mal seit langer Zeit in Gedanken beim Namen genannt hatte.

»Vermissen Sie Ihre Familie denn nicht ein wenig?«, fragte Wenrou nun. Noch vor einer Weile hätte sie das entschieden verneint, doch auf einmal schienen ihre Empfindungen in einen Strudel geraten zu sein, der als nutzloses Gerümpel abgelegte Erinnerungen nach oben wirbelte. Ihr fiel ein, wie ihr jüngerer Bruder Franz ihr von einem seiner seltenen Spielgewinne das uralte Englischbuch gekauft hatte, mit dem Kommentar, dass man einer geborenen alten Jungfer mit anderen Dingen keine Freude machen konnte. Ihr Vater hatte sie in seinen friedlichen Momenten gern als seinen neunmalklugen, ständig nörgelnden Sargnagel bezeichnet, aber sein Tonfall war dabei fast anerkennend gewesen. Eine feine Nadel stach in ihr Herz, löste einen Schmerz aus, der durch jahrelang praktizierte Betäubung drang.

»Manchmal … da, da vermisse ich sie vielleicht ein bisschen«, gestand sie widerwillig. »Ich mache mir vor allem Sorgen. Ich wollte ihnen regelmäßig Geld schicken, aber mein Verdienst reicht einfach nicht aus.«

»Es wird Ihren Brüdern nicht schaden, selbst etwas verdienen zu müssen«, meinte Wenrou nur, erhob sich dann, weil er wieder einmal Verpflichtungen hatte. Müßiggang konnte man ihm jedenfalls nicht nachsagen, überlegte Elsa und blieb eine Weile nachdenklich sitzen. Mit keinem Mann hatte sie jemals so vertraulich reden können, ohne sich abfällig behandelt oder gemaßregelt zu fühlen. Sie mochte den ruhigen Klang seiner Stimme, die Höflichkeit, mit der er selbst einfache Dienstboten behandelte, obwohl sein Rang ihm sicher ein anderes Benehmen ermöglicht hätte. Nun, da die Tür sich hinter ihm geschlossen hatte, schien das kleine Zimmer trist und leer wie die Zelle einer Nonne.

Am nächsten Morgen erhielt sie von Xiaohua eine Schüssel mit Teigknödeln und grünen Tee. Während Elsa aß, setzte das Mädchen sich unaufgefordert zu ihr und begann das zwischen ihnen inzwischen vertraute Spiel des Abfragens von Wörtern. Elsa stellte zu ihrer Zufriedenheit fest, dass sie die meisten Gegenstände des Zimmers auf Chinesisch benennen konnte, doch ging ihr weiterhin die Fähigkeit ab, zusammenhängende Sätze zu formen. Vermutlich bräuchte sie hierzu einen Lehrer, der ihr die Regeln und Tücken von Satzbau und Grammatik erklären konnte, denn bloßes Nachplappern würde auf Dauer nicht genügen. Vielleicht würde sich die Gelegenheit bieten, Wenrou um Hilfe zu bitten, wenn dieser Konflikt vorüber und er selbst weniger beschäftigt war. Das Gesandtschaftsviertel war bisher nicht gefallen, und jeden Tag konnten die Hilfstruppen eintreffen. Vielleicht gäbe es bald wieder Frieden. Eine leise Stimme des Zweifels nagte jedoch an dieser Hoffnung. Sie flüsterte ihr zu, dass ein Sieg ihrer Leute die Niederlage für Wenrous Volk bedeuten würde. Diese könnte ein weiteres Zusammenkommen zwischen ihnen erschweren. Sie verjagte diese Gedanken. Zum ersten Mal in ihrem Leben wollte sie sich nur auf das Hier und Jetzt konzentrieren, ohne Pläne für die Zukunft zu machen.

Sie bemerkte Xiaohuas glückliches Lächeln angesichts ihres Lernerfolgs, den die Dienerin nicht zu Unrecht auch als ihre eigene Leistung zu betrachten schien. Xiaohua musste es inzwischen akzeptiert haben, dass Wenrou nicht ihretwegen hierher kam, und Elsa bewunderte die Großzügigkeit, mit der das Mädchen auf alle Zeichen der Feindseligkeit ihr gegenüber verzichtete.

Als das Geschirr eingesammelt wurde, erklangen plötzlich Stimmen in dem sonst recht stillen Haus. Elsa vermochte inzwischen zu erkennen, dass der Hausherr sprach, dann kamen Antworten einiger unbekannter Männer, schließlich die glasklare, fast klirrende Stimme einer Frau, die Elsa niemals zuvor gehört hatte. Ratlos blickte sie zu Xiaohua, die plötzlich sehr angespannt aussah und hinauseilte, ohne sich mit der üblichen Verbeugung von ihr zu verabschieden.

Elsa schüttete sich etwas kaltes Wasser ins Gesicht, um endgültig wach zu werden. Es gab keinen Grund zur Sorge, mahnte sie sich, warum sollten diese Leute ausgerechnet ihretwegen hier sein? Dann hörte sie Schritte die Treppe hochhasten, während das Gerede unten weiterging. Es war ein leichtes, schwungvolles Trippeln, das nicht von Xiaohua stammen konnte, da sie auf ihren Lotusfüßen nicht so flott vorankam, aber für einen Mann trat der unbekannte Besucher nicht schwer genug auf. Elsa fühlte Nervosität in all ihren Gliedern kribbeln und sie wurde von dem absurden Wunsch befallen, sich schnell präsentabel zu machen, sodass sie ihre chinesische Bluse glatt strich und sich mit den Fingern durch ihr bisher ungekämmtes Haar fuhr. War es eine besonders weibliche Eigenschaft, im Ernstfall eine ansehnliche Leiche abgeben zu wollen, fragte sie sich und ahnte, dass sie in einer anderen Lage über ihr Verhalten gelacht hätte.

Die Tür ging langsam auf. Elsa stellte sich gerade hin, warf einen kurzen Blick durch den Raum, doch konnte sie nirgends einen Gegenstand entdecken, der als Waffe zu gebrauchen wäre. Falls sie verraten worden war, hatte sie ohnehin keine Chance, sich erfolgreich zu verteidigen.

Kurz setzte ihr Atem aus, dann empfand sie nichts weiter als Staunen. Eine Gestalt wie aus einem Märchenbuch stand vor ihr, eine grazile Fee in einem mit Goldfäden bestickten, meeresblauen Gewand. Ihr glänzend schwarzes Haar war streng zurückgekämmt, darauf lag ein kleines, mit einem Blumenarrangement geschmücktes Brett. Lange Gehänge baumelten in den Ohren der Dame und an ihren Finger steckten spitze, künstliche, emaillierte Krallen. Das Gesicht war bleich geschminkt, nur ein grell roter Tupfen auf der Unterlippe verlieh ihm ein wenig Farbe. Elsa überlegte kurz, ob sie sich nicht in einem Traum befand, denn sie hatte noch niemals ein derart schönes und gleichzeitig unnatürliches Wesen zu Gesicht bekommen. Ihre Handflächen glitten unsicher über den schlichten Baumwollstoff der chinesischen Hosen, die sie erhalten hatte.

Die Frau lächelte nun auf eine derart abfällig höhnische Weise, dass sie sich als völlig irdisches Wesen zu erkennen gab.

In den dunklen Augen blitzte der Spott, vermischt mit einem Hauch von Zorn und sichtlicher Intelligenz. Wer auch immer sie sein mochte, es wäre unklug, sie als Gegnerin zu unterschätzen.

Elsa knickste nervös. Wieder einmal wünschte sie sich, die chinesische Sprache ausreichend zu beherrschen, um eine angemessene Begrüßung aussprechen zu können. Sie überlegte fieberhaft, ob sie der Frau etwas von dem übrig gebliebenen Tee anbieten sollte oder ob gerade das eine Beleidigung der vornehmen Besucherin wäre.

Nach einem leichten Neigen ihres Kopfes verschwand die Fremde so plötzlich, wie sie gekommen war. Die Tür fiel zu und Elsa sank auf die Kante ihres Bettes, um sich den Schweiß von der Stirn zu wischen. Sie hatte gehört, dass Frauen im Umgang miteinander sehr boshaft sein konnten, doch hatte sie sich niemals an derartigen Kriegen beteiligt, weil ihre Ziele im Leben von ganz anderer Art gewesen waren. Bei all ihren bisher ausgefochtenen Kämpfen waren Männer ihre Gegner gewesen. Nun konnte sie sich nicht erklären, wie ein einziger Blick, ein schnelles, kaum sichtbares Lächeln einen derartigen Schmerz auslösen konnten, fast als habe jemand sie mit einem scharfen Gegenstand verletzt.

Das Stimmengewirr im Haus schwoll kurz an, dann verstummte es plötzlich. Xiaohua kam wieder herein, diesmal ohne ein Tablett mit Essgeschirr. Sie musterte Elsa sichtlich besorgt, begann dann aufgeregt loszuplappern, als hoffe sie, verstanden zu werden, wenn sie nur laut und deutlich genug sprach. Elsa hörte Wenrous Namen, dann fiel immer wieder das Wort ›Tàitai‹. Ratlos sah sie die kleine, hübsche Dienerin an, die im Vergleich zu dem entschwundenen Gast erfrischend natürlich wirkte. Eine ungute Ahnung überkam sie, dann schalt sie sich sogleich eine Närrin, weil sie plötzlich tiefe Enttäuschung empfand wie ein Kind, dem ein ersehntes Geschenk verweigert wurde. Natürlich war ein Mann von Wenrous Alter längst verheiratet. Aber etwas an der Art, wie seine Frau sie angesehen hatte, gab ihr das Gefühl, schäbig, lächerlich und vor allem völlig fehl am Platz zu sein.

Kapitel 36

Eure Gemahlin hat nach Euch gefragt, edler Herr«, wurde Wenrou von dem ersten Diener begrüßt, der ihm auf dem Hof entgegenkam. Er war zunächst versucht, diese Neuigkeit schlichtweg zu ignorieren. Da die Ergebnisse der letzten Zusammenkunft des Großen Rates alles andere als erfreulich gewesen waren, hätte er sich lieber erst einmal zum Nachdenken über die gegenwärtige Situation in sein Gemach zurückgezogen. Die Hilfstruppen marschierten nun endgültig Richtung Beijing, eine internationale Streitmacht, die viel zu groß war, um wieder von Dong Fuxiangs Kansu-Kriegern aufgehalten zu werden. General Li Pingheng plante dennoch einen Gegenschlag, der vor den Mauern der Stadt beginnen sollte. Eine Stürmung des Gesandtschaftsviertels war in den nächsten Tagen geplant, die Beitang würde ohnehin bald fallen, da es den dort Eingeschlossenen an Nahrung mangelte. Soldaten warfen regelmäßig Nachrichten über die Mauer und forderten ihre halb verhungerten Landsleute auf, sich wieder zu ihren Wurzeln zu bekennen und die fremden Teufel auszuliefern. Li Pingheng ging davon aus, dass dies bald geschehen würde. Prinz Duan hatte gemeinsam mit der kaiserlichen Familie vom Kohlehügel aus einen Blick ins Innere des ummauerten Geländes werfen können und mit Befriedigung festgestellt, dass viele der Anhänger des fremden Glaubens so ausgezehrt waren, dass sie kaum noch laufen konnten.

Es gab Dinge, die Prinz Duan nicht verstand, erwog Wenrou. Ein fremder Glaube konnte ebensolche Kraft und Überzeugung schenken wie jener, den man von seinen Ahnen übernommen und mit der Muttermilch aufgesogen hatte. Vor allem, wenn alle Würdenträger, Mönche und Staatsdiener in der Heimat bereit gewesen waren, einen des Hungers sterben zu lassen, während die Fremden Schutz und Nahrung boten.

Er hätte diese Erkenntnis gern Elsa mitgeteilt, denn mit ihr konnte er über so viele Dinge reden, die er jahrelang schweigend mit sich herumgetragen hatte, doch vorher wäre es wohl tatsächlich ratsam, nach Qingbai zu sehen. Er hatte immer noch die Warnung seines Vaters im Ohr, die sich bisher als richtig erwiesen hatte: Es war unklug, sie unnötig zu verärgern. So machte er sich auf den Weg in ihre Gemächer.

Qingbai lag auf ihrem Bett und hielt ein Buch in den Händen. Sie beherrschte die Schrift der Han-Chinesen und der Mandschu, was bei einer Frau, ganz gleich wie hoher Abkunft, sehr ungewöhnlich war. Wenrous Schwestern waren jung verheiratet worden, ohne jemals das Schreiben gelernt zu haben, da es bei Mädchen für überflüssig, ja sogar für schädlich gehalten wurde. In vielerlei Hinsicht hatte Qingbai Glück mit ihrem Vater gehabt, aber musste es sie nicht umso mehr schmerzen, vom politischen Leben ausgeschlossen zu sein, obwohl sie von ihrer eigenen Intelligenz wusste?

Auf einmal überkam ihn wieder ein Anflug von Mitgefühl, die Hoffnung, dass so etwas wie Freundschaft zwischen ihm und seiner Frau möglich wäre, auch wenn ihre Ehe niemals mehr sein konnte als eine Farce.

»Du wolltest mich sehen«, begann er so unverfänglich wie möglich und nahm auf einem Stuhl Platz. Qingbai ließ langsam ihr Buch sinken, um ihn anzusehen.

»Ich bin heute bei ihr gewesen«, sagte sie nur. Wenrou fühlte Kälte bis in die letzten Spitzen seiner Gliedmaßen kriechen. Er hätte diese Aussage sehr gern missverstanden, aber er kannte Qingbais scharfen Verstand und wusste, wovon sie sprach.

»Dann weißt du nun Bescheid«, erwiderte er.

Qingbai richtete sich mit einem leisen Seufzer auf und strich eine Haarsträhne, die sich aus ihrer Frisur gelöst hatte, sorgsam zurück.

»Dein Geschmack bei Frauen ist sehr eigenartig, aber das soll nicht meine Sorge sein. Ich hoffe nur, dass du nicht vorhast, diese seltsame Gestalt als deine Konkubine in unser Haus zu holen. Ich könnte ihren Geruch nicht ertragen.«

Wenrous Mitgefühl erstarb in einer Kloake aus Gift.

»Mach dir darüber keine Sorgen. Sie wäre niemals zu einem solchen Leben bereit.«

Kaum hatte er diese Worte ausgesprochen, staunte er, wie viel Schmerz sich in seiner Brust breitmachte, obwohl er doch stets gewusst hatte, dass er Elsa niemals ins Haus der Ya Hala würde bringen können.

Qingbai hatte das Buch neben sich aufs Bett gelegt. Er erkannte, dass es sich um eine Sammlung der Gedichte Li Bais handelte, einen Künstler, den er selbst sehr schätzte. Er hätte niemals gedacht, dass diese unterkühlte Frau dort vor ihm auf dem Bett gern Lyrik über die Schönheit der Natur und die Freuden des Weinrausches las. Elsa tat es mit Sicherheit nicht, denn sie hatte ihm bereits erzählt, dass sie in ihrem Leben kaum Zeit für solche Dinge gehabt hatte. Auf einmal drängte es ihn, die Gedichte Li Bais für sie übersetzen zu können und ihr zu zeigen, wie ein Moment der Schönheit in schlichten, aber gleichzeitig präzisen Worten für die Nachwelt eingefangen werden konnte. Vielleicht würde sie dann verstehen können, was den Reiz der Poesie ausmachte.

»Warum sollte sie nicht hierher kommen wollen?«, fragte Qingbai nun mit einer spöttisch nach oben gezogenen Augenbraue. »Weil sie eine Frau aus dem Westen ist und uns in deinen Augen haushoch überlegen?«

»Etwas Derartiges habe ich niemals gesagt«, widersprach Wenrou. »Aber sie ist ein freieres Leben gewöhnt als die Frauen in unserem Land. Wenn es hier Reformen gäbe, dann …«

Er hätte Qingbai gern erzählt, welche Möglichkeiten sich dann auch für sie auftun könnten, aber sie hinderte ihn daran, indem sie in ein klirrend helles Lachen ausbrach.

»Was ich sah, war eine Frau, die mit Sicherheit schon älter als zwanzig ist, wenn nicht sogar mehr, aber die Frauen der fremden Teufel altern schnell, habe ich gehört. Sie hatte Füße so groß wie Sampans und ihr Gesicht erinnerte mich an eine weiße Ziege. Nur ein so völlig verblendeter Narr wie du, der den Speichel der Barbaren leckt, kann ihr irgendetwas abgewinnen, denn die etwas ansehnlicheren Frauen der fremden Teufel würden ihn nicht einmal eines Blickes würdigen, weil er nichts weiter als ein Chinese ist.«

Kurz fuhr Wenrou zusammen, denn er spürte die harte, schneidende Wahrheit in ihren Worten. Für die meisten Europäerinnen käme er als Mann nicht infrage. Aber tat er es denn überhaupt für Elsa? Das Wissen, wie gleichgültig ihm das Urteil aller anderen Frauen wäre, wenn sie allein sich für ihn entschied, erwies sich als wirksame Schutzschicht gegen Qingbais Angriff.

»Aber ich würde mir an deiner Stelle keine Sorgen machen, mein Gemahl«, fuhr sie fort, während sie nach einem Fächer auf ihrem Nachttisch griff und sich Luft zufächelte, denn die Sommerluft war seit Tagen von schwerer, schweißtreibender Hitze. »Diese Frau kann von Glück reden, wenn du dich ihrer annimmst. Wie gesagt, bring sie bitte nicht in unser Haus, und es soll meine Sorge nicht sein.«

Wenrou runzelte die Stirn. Die herablassende Art, mit der sie versprach, ihm nicht im Weg zu stehen, stachelte seinen

Ärger an. Zudem war er sich nicht sicher, inwieweit ihren Versprechungen zu trauen war.

»Wenn du irgendjemandem etwas verrätst, dann musst du auch sagen, dass du in einem Freudenhaus gewesen bist«, versuchte er, seine Frau nun selbst unter Druck zu setzen. Sie musste wissen, dass ein solches Verhalten sich für eine Tochter der Ya Hala nicht ziemte. Ihm hingegen würde es niemand vorwerfen, denn als Mann hatte er das Recht, sich auch außerhalb des ehelichen Bettes zu vergnügen.

»Ich habe meinem Vater erzählt, dass ich eine alte Freundin besuche«, erwiderte Qingbai völlig gelassen. »Natürlich kannst du nun behaupten, dass ich gelogen hätte. Aber bedenke bitte, was mit deiner Fremden geschieht, sobald ich Prinz Duan von ihrer Existenz in Kenntnis setze.«

Wenrou hieb mit der Hand so heftig gegen ihren kleinen Nachttisch, dass ein paar Haarnadeln und emaillierte Nagelkappen zu Boden glitten.

»Wenn du das tust, dann bringe ich dich um!«

Einen einzigen Lidschlag lang schien Qingbai in sich zusammenzusacken, als sei sie tatsächlich über seine Drohung erschrocken, dann nahm sie wieder ihre gewohnte, völlig gelassene Haltung an.

»Du müsstest ein richtiger Mann sein, um etwas Derartiges zu tun«, erwiderte sie. »Aber mach dir keine Sorgen, Prinz Duan wird dir deine fremde Teufelin nicht wegnehmen wollen. Er hat keine Vorliebe für missgebildete Gestalten.«

Nun schien ihre gespielte Überlegenheit ihm derart lächerlich, dass sein Zorn sich plötzlich auflöste. Qingbai mochte klug sein, aber von der aktuellen politischen Lage hatte sie nichts begriffen.

»Diese Frau will deinen Prinz Duan mit Sicherheit ebenso wenig wie er sie. Sie ist ein freies Leben gewöhnt und verdient ihr eigenes Geld. Sie muss nicht einfach irgendjemanden heiraten, um versorgt zu sein.«

Qingbais linkes Augenlid zuckte kurz, dann lächelte sie.

»Eine merkwürdige Zivilisation, in der Frauen Geld verdienen müssen. Man könnte meinen, sie stammen alle aus ärmlichen Verhältnissen, sodass ihre Väter oder Brüder nicht für sie sorgen können.«

»Du verstehst diese Dinge nicht«, sagte Wenrou nur und überlegte, wie er dieses Gespräch baldmöglichst beenden konnte, ohne seine Frau weiter gegen sich aufzubringen. Ihm war, als vergifte ihre Gegenwart die Luft in diesem Raum.

»Es gibt so einige Dinge, die du nicht verstehst, mein Gemahl«, erwiderte sie und begann, die auf den Boden gefallenen Gegenstände selbst aufzusammeln, um sie dann wieder auf ihrem Nachttisch zu ordnen. »Dieser Krieg wird bald vorbei sein. Dann sind die fremden Teufel fort, und jene ihrer Frauen, die hier zurückgeblieben sind, werden nichts weiter als Kriegsbeute sein, die die Sieger unter sich aufteilen. Ich könnte dir helfen, deine merkwürdige Freundin zu behalten, wenn du dich umgänglich zeigst.«

Scheinbar ohne eine Antwort zu erwarten, steckte sie drei Nagelkappen auf Finger ihrer linken Hand und hielt sie gegen das durch die Fensteröffnung hereinfließende Sonnenlicht, sodass die blauen und roten Farbtöne zu glänzen begannen.

»Die Kaiserinwitwe hat bereits militärische Unterstützung von allen Provinzgouverneuren angefordert. Es ist nur eine Frage der Zeit, bis unser Land wieder ganz seinen Kindern gehört.«

»Du meinst, bis es deinem Prinz Duan gehört!«, rief Wenrou und lachte nun selbst auf, was allerdings keinerlei Wirkung zeigte. Qingbai sah ihn nur nachsichtig an, als werde sie Zeugin der Trotzausbrüche eines kleinen Jungen. Wenrou atmete tief durch. Sie war die erste Frau, die in ihm manchmal den Wunsch weckte, sie zu schlagen. Plötzlich fragte er sich, ob sie am Ende eben das wollte, und sei es nur, um ihm zu zeigen, dass er nicht besser war als andere Männer, nur unnötig zögerlich und schwach.

»Wir werden sehen, wie alles ausgeht«, sagte er schließlich und entfernte sich ohne weitere Abschiedsworte. Als die Tür hinter ihm zugefallen war, sog er gierig die frische, reine Luft in seine Lungen, dann aber schnürte ihm plötzlich eine neue Erkenntnis die Kehle zu.

Qingbai war bei Elsa gewesen. Sie hatten keinerlei Möglichkeit gehabt, miteinander zu kommunizieren, aber dennoch kam es ihm vor, als könne ein Unheil geschehen sein, das er nicht einmal genau benennen konnte. Der Drang, nach Elsa zu sehen, wurde so übermächtig, dass er die Diener sogleich anweisen wollte, die Sänfte vorzubereiten, als sein Schwiegervater ihm auf dem Hof entgegenkam.

»Ich muss mit dir reden. Es ist wichtig«, sagte der alte Herr nur, und Wenrou wurde klar, dass er seinen Ausflug verschieben musste. Das ernste Gesicht von Qingbais Vater jagte ihm einen Schauer über den Rücken, aber er versuchte, eine gleichmütige Miene zu wahren, als er die Gemächer des Hausherrn betrat, wo alle Diener sogleich hinausgewunken wurden.

Es dämmerte bereits, als Wenrou das Teehaus erreichte. Er hatte sich schließlich entschlossen, auf die Sänfte zu verzichten, um keine unnötige Aufmerksamkeit auf seinen Ausflug zu lenken. In schlichter Bauernkleidung lief er durch die Straßen, obwohl es weiterhin nicht ungefährlich war, diese zu betreten, vor allem bei aufziehender Dunkelheit. Aber er wusste, dass er keinen Schlaf würde finden können, bis er mit Elsa gesprochen hatte.

Xiwang begrüßte ihn mit einer besorgten Falte zwischen den Brauen.

»Eure Gemahlin war heute hier, edler Herr«, sagte der Teehausbesitzer nur, und trotz der höflichen Anrede klang es wie ein Vorwurf.

»Ich weiß. Sie hat es mir bereits erzählt. Mach dir keine Sorgen, sie wird niemandem etwas verraten«, versuchte Wenrou den Mann zu beruhigen, obwohl er selbst nicht vollständig an seine Worte glaubte. »Wie geht es Elsa?«

»Die fremde Dame ist wohlauf wie immer«, beeilte Xiwang sich zu sagen, als sei dies sein persönlicher Verdienst. Wenrou wurde leichter zumute. Im Grunde hatte er die ganze Zeit befürchtet, dass Elsa sich selbst auf die Flucht gemacht haben könnte, was angesichts der neu ausgebrochenen kriegerischen Auseinandersetzungen selbstmörderisch gewesen wäre.

Als er das Zimmer betrat, stand die Dienerin sogleich auf, begrüßte ihn mit einer kurzen Verbeugung, sammelte das Geschirr ein und huschte zur Tür hinaus. Sie hatte ohne weitere Erklärungen begriffen, dass er allein mit Elsa reden wollte.

»Ihre Frau hat mir einen Besuch abgestattet«, sagte Elsa mit einem schiefen Lächeln. »Sie schien nicht unbedingt angetan von mir.«

»Meine Frau ist von vielen Dingen nicht sehr angetan«, erwiderte er und setzte sich zu ihr. Seine Hand blieb nur ein Stück neben der ihren auf dem Boden liegen und er bekämpfte mühsam den Impuls, seine Finger in ihre Richtung zu strecken.

»Die Wahrheit ist, dass sie mich heiraten musste, ebenso wie ich sie. Wir mögen einander nicht besonders.«

Elsa zuckte mit den Schultern.

»Das scheint überall auf der Welt in wohlhabenden Familien üblich zu sein.«

Wenrou empfand Enttäuschung, obwohl er nicht sagen konnte, welche Reaktion er sich gewünscht hätte. Es ließ Elsa offenbar völlig kalt, dass er verheiratet war.

»Meine Frau hat außerdem einen Geliebten«, fügte er hinzu, denn auf einmal schien es ihm wichtig, ihr das mitzuteilen. »Sie hat mich von Anfang an hintergangen.«

»Aber Sie waren ihr immer treu?«

Ein feines Lächeln tanzte um ihre Lippen. Als er nicht antwortete, fuhr sie fort: »Aber wie konnte ich es vergessen – das ist natürlich nicht dasselbe.«

Sie lehnte sich gegen die Wand und legte die Hände in den Schoß. Ihre Beine waren gerade ausgestreckt, eine stete Stolpergefahr in dem kleinen Raum. Auf dem Boden sitzend sah sie immer noch etwas unbeholfen aus, aber ihre Worte zeigten eine stärkere Wirkung, als sie ahnen konnte. Wenrou fühlte sich durch ihren feinen Spott von einer Last befreit. Qingbai hatte nicht seine Ehre verletzt, dazu war sie zu vorsichtig gewesen. Niemand außer ein paar Eingeweihten wusste von ihrer Liebschaft mit Prinz Duan, und es gab keinen Grund, warum er sich gekränkt fühlen musste, weil eine Frau, die er nicht auf seinem Lager haben wollte, einen anderen Mann dorthin einlud.

»Ich werde die Stadt bald verlassen«, begann er Elsa nun zu erklären. »Prinz Duan und sein Verbündeter General Li Pingheng haben heute zwei wichtige Staatsbeamte hinrichten lassen, deren einziges Vergehen darin bestand, Frieden mit den westlichen Mächten zu wünschen. Die Kaiserinwitwe ist entweder völlig von Prinz Duans Ideen überzeugt oder aber sie hat Angst, sich ihm offen zu widersetzen, da zu viele der Aufständischen hinter ihm stehen und es zu einem Staatsstreich kommen könnte. Mein Schwiegervater, der mich weitaus mehr schätzt, als seine Tochter es tut, hat mir geraten, für eine Weile unterzutauchen.«

Ihre Augen weiteten sich staunend.

»Was ist mit diesem Mann, dessen Sekretär Sie sind? Dieser Vertraute der Kaiserinwitwe, der aus der Belagerung eine

Farce gemacht haben soll? Schwebt der nicht auch in Lebensgefahr?«

»Nein«, erwiderte Wenrou. »Er steht so hoch in der Gunst des alten Buddha, dass niemand ihn anzugreifen wagt. Aber es wäre auch ihm nicht mehr möglich, mich zu schützen. Er selbst hat meinem Schwiegervater geraten, mich fortzuschicken.«

»Na dann.« Sie musterte ihre Hände, deren Finger ineinander verflochten waren. »Dann sollten Sie wohl besser gehen. Kann ich erst einmal hier bleiben? Oder wird man versuchen, mich wieder ins Gesandtschaftsviertel zu bringen?«

Wenrou sah ihr gerade ins Gesicht. Den ganzen Weg lang hatte er überlegt, wie er ihr seinen Vorschlag am besten unterbreiten sollte, damit sie sich nicht bedrängt fühlte. Aber nun schien es ihm, dass sie ein Mensch war, der vor allem klare, deutliche Aussagen schätzte.

»Es liegt an Ihnen. Hierzubleiben wäre keine gute Idee, denn ich werde nicht mehr in der Nähe sein, um Sie zu schützen. Ich kann Sie in einer Sänfte zum Gesandtschaftsviertel bringen lassen und unter Ronglus Schutz stellen. Er wird dafür sorgen, dass Sie unbeschadet bis zu den Wachen vordringen können. Aber wenn Sie wollen, dann … dann können Sie mich auch auf jenes Landhaus begleiten, in das ich bald reisen werde.«

Elsas Kieferknochen bewegten sich. Sie sah ihn mit klugen, wissenden Augen an, die deutlich machten, dass sie auch alle unausgesprochenen Worte verstanden hatte. Ein kurzer, heftiger Husten erschütterte ihren Körper, und sie hielt sich eine Hand vor den Mund.

»Wann werden Sie mich abholen?«, fragte sie leise.

Kapitel 37

Charlotte sah ein halbes, goldgelb gebratenes Huhn, daneben sehr weich gekochte, halbierte Kartoffeln und klein gehackten, mit Zwiebeln gebratenen, etwas zermanschten Grünkohl. Ihr Vater hatte die Stäbchen zur Seite gelegt, da sie bei diesem aus großen Stücken bestehenden Essen nicht zu gebrauchen waren. Er beobachtete, wie ihre Mutter das Fleisch mit dem Messer klein schnitt, um es dann auf ihre Gabel gespießt zum Mund zu führen, und versuchte es ihr nachzumachen. Charlotte folgte seinem Beispiel, obwohl sie diese Art zu essen sehr umständlich fand. Der Geschmack auf ihrer Zunge war ungewohnt, es mangelte ihm an definierbarer Würze.

»Das habe ich als Kind oft gegessen«, erzählte ihre Mutter mit leuchtenden Augen von jener unbekannten Welt jenseits des Ozeans. »Dieser Verkaufsstand am Hafen bereitet Stubenküken fast so zu wie bei mir zu Hause.«

Der Vater spießte nochmals einen Hähnchenbissen auf seine Gabel, obwohl Charlotte ihm seine Gedanken vom Gesicht ablesen konnte. Nun war er endgültig überzeugt worden, dass außerhalb Chinas kein genießbares Essen zu finden war, doch wollte er dies aus Rücksicht auf seine Frau nicht zugeben. Sie kostete daher selbst noch von den Kartoffeln, angereichert mit etwas Grünkohl. Ihr Magen saugte diese Nahrung förmlich auf und forderte sogleich noch mehr, als sei er zu einem Loch geworden, das gierig alles verschlang, ohne jemals voll zu werden. Plötzlich konnte sie ihre Eltern nicht mehr sehen. Zurück blieb nur die Leere in ihrem Leib, der stumme Schrei nach etwas, das sie füllen konnte, aber jedes Mal entschwand, wenn sie danach greifen wollte.

»Schnell, wir müssen die Kinder in ein anderes Gebäude bringen«, rief eine helle Frauenstimme.

Charlotte sah Schwärze und hörte ein ohrenbetäubendes Krachen, das sich dauernd wiederholte. Stöhnend versuchte sie, sich die Ohren zuzuhalten, aber ihre Hände waren zu dünn, um den Lärm auszusperren.

»Charlotte, nun kommen Sie doch! Das ist ein neuer Angriff!«

Unwillig drehte sie sich um. Der Traum war so schön gewesen, so heil, doch nun vernahm sie bereits das Splittern von Holz. In den letzten Tagen hatte sie gelernt, wie schnell Gebäude einstürzen konnten.

Sœur Vincenza hatte sich bereits die Kutte übergestreift und rüttelte jene Nonnen wach, die es geschafft hatten, trotz des Lärms weiterzuschlafen. Vielleicht, so erwog Charlotte, während sie schnell in ihre Schuhe schlüpfte, hatten auch sie von ihrer Heimat geträumt, von jenen Orten jenseits des Ozeans, die Frankreich oder Italien hießen. Seit sie in Sœur Hélènes Waisenhaus aushalf, hatte sie zahlreiche Geschichten über den klaren europäischen Himmel an Sommertagen, das lichte Blau des Mittelmeers, Pinienwälder, Weinberge, köstlichen Käse und üppige Sahnetorten gehört. Je härter die Lebensbedingungen hier wurden, desto mehr hingen die Europäerinnen den Erinnerungen an eine vermeintlich unbeschwerte Kindheit hinterher. Mayi, die bei den chinesischen Christinnen und Novizinnen untergebracht war, berichtete von keiner solchen Wehmut, vielleicht, weil die meisten von ihnen einfache Bäuerinnen waren, die ihr Leben lang gegen Hunger und Gewalt hatten kämpfen müssen. Eine Zeit lang hatte ein fremder Gott ihnen ein besseres Leben versprochen. Inzwischen zweifelten sie wohl, wie sehr ihm zu trauen war, aber die Hoffnung hatten sie noch nicht ganz aufgegeben. Bischof Favier mit seinem Rauschebart wirkte wie ein wuchtiger, schützender Fels, die Nonnen erzählten unermüdlich von der Gnade des Herrn, der sie sicher nicht im Stich lassen würde. Nun, da das Dach über ihnen zu bersten begann und Projektile durch die ersten Öffnungen hereinbrachen wie ein heftiger Hagelsturm, vermochte sie an einen solchen Herrn kaum zu glauben.

Sie rannte den anderen Schwestern hinterher, getrieben von dem blinden, gierigen Wunsch nach Leben. Vielleicht noch ein paar Tage, ein paar Stunden, keinen Augenblick, der ihr auf dieser Welt vergönnt war, wollte sie freiwillig aufgeben. Sie rasten ins Freie hinaus, auf die Kathedrale zu, deren steinerne Mauern eine gewisse Sicherheit versprachen.

»Die Kinder!«, hörte sie Sœur Vincenza beharrlich kreischen. »Wir dürfen sie nicht im Stich lassen.«

Die Nonnen wandten sich ohne Zögern um und liefen zu dem Waisenhaus in einem Nebengebäude, das ebenfalls unter heftigem Beschuss stand. Charlotte erwog, dass es in ein paar Minuten einstürzen konnte, und falls dies nicht geschah, riskierte sie jeden Augenblick, da sie sich außerhalb der Kathedrale aufhielt, von einem Projektil getroffen zu werden. Dennoch setzte ihr Körper sich wie von selbst in Bewegung, als brauche er nicht das Einverständnis ihres Verstandes, um die Waisen zu retten. Sie nahm ein vor Angst schreiendes Kind an sich und zerrte gleich darauf ein Mädchen, das sich mit vor Schreck geweiteten Augen hinter seinem Bett verkrochen hatte, aus dem Versteck hervor, um dann wieder loszurennen. Ein Stück neben sich sah sie Schwester Vincenza mit drei Säuglingen, die sie an ihre Brust gedrückt hatte. Ein paar chinesische Frauen kamen ebenfalls hereingestürmt, Charlotte stieß fast mit Mayi zusammen, drückte ihr das schreiende Kind in den Arm und ließ sich von dem Mädchen zu einem Tisch ziehen, unter dem ein etwa fünfjähriger Junge sich verkrochen hatte. Es musste sich um Geschwister handeln, denn das Mädchen konnte ihn ohne große Mühe hervorlocken. Dann rannte Charlotte mit beiden Kindern ins Freie und rief jenen, an denen sie unterwegs vorbeikam, entschlossen zu, ihr zu folgen. Sie jagten über die freie Fläche, die das Waisenhaus von der Kathedrale trennte. Ein paar Schreie erklangen, aber Charlotte drehte sich nicht um, denn es blieb jetzt keine Zeit, Verletzte aufzusammeln. Wer sich noch irgendwie vorwärtsbewegen konnte, musste von allein in die Kathedrale kommen.

Am Eingangstor erblickte sie die majestätische Gestalt des Bischofs, neben ihm ein paar weitere männliche Geistliche und schließlich Sœur Hélène de Jaurias.

»Bewahrt die Ruhe und vertraut auf Gott!«, mahnte die alte Nonne. Diese Worte selbst mochten nichtssagend klingen, aber irgendwie schaffte die gebrechliche Greisin es immer wieder, durch ihre schlichte Gegenwart völliges Chaos zu verhindern. Bei der Flucht in die Kathedrale wurde trotz aller Panik niemand niedergetrampelt, die Menschen verteilten sich ruhig in dem riesigen Raum, drängten sich bis in die allerletzten Ecken hinter dem Altar, um Platz für jene zu schaffen, die nach ihnen kamen.

Das Tor wurde geschlossen, um eine Welt, die nur noch aus dem Lärm von Geschützen bestand, auszusperren, doch ließ das Schreien und Wehklagen nicht nach. Wenn die Kathedrale Feuer fängt, sind wir verloren, schoss es Charlotte durch den Kopf. Sie suchte nach Mayi, vermochte sie aber nicht zu entdecken. Sœur Vincenza redete beruhigend auf die Kinder ein, und Charlotte staunte wieder einmal, wie gut die gebürtige Italienerin das Chinesische beherrschte. Die meisten der älteren europäischen Nonnen lebten seit Jahrzehnten in China, ohne ihre Heimat jemals wiedergesehen zu haben. Es war kein Wunder, dass sie nun, da der Tod unmittelbar vor der Tür stand, ständig Erinnerungen an zu Hause nachhingen, an jene Menschen vor allem, die sie gern noch einmal gesehen hätten, bevor sie starben. Dieser Gedanke löste eine nahezu unerträgliche Enge in Charlottes Brust aus, und Tränen liefen über ihre Wangen, während sie erneut die Gesichter ihrer Eltern zu sehen glaubte.

Bischof Favier stimmte nun ein lateinisches Gebet an, und zahlreiche Menschen drängten sich zu dem Altar, um seine mächtige, tröstende Stimme in sich aufzusaugen, auch wenn sie keines seiner Worte verstanden. Endlich erblickte Charlotte auch Mayi. Sie hockte mit ein paar anderen Chinesinnen am Boden, alle hielten sich an den Händen fest und bewegten die Lippen. Eine Woche in der Beitang hatte ausgereicht, um Mayi das Vaterunser auf Chinesisch beizubringen. Charlotte überraschte es, mit welcher Wissbegier und welch ehrlichem Interesse sie die wesentlichen Rituale einer ihr bis dahin komplett fremden Religion erlernte. Zunächst hatte sie angenommen, dass sie sich aus Vorsicht anpasste. Doch inzwischen schien es ihr, als ob der neue Glaube Mayi erfüllte.

Ein wildes, heftiges Donnern ließ sie alle verstummen. Über ihnen klirrte es, und Glassplitter prasselten hinab wie Regen, landeten auf Köpfen, Füßen und den wenigen noch freien Flächen auf dem Boden der Kathedrale. Charlotte hielt den Atem an, während das Schreien um sie herum zu einem unerträglichen Heulen aus Angst und Verzweiflung anschwoll. Eine große Glasscheibe war über ihnen zersprungen und Charlotte wartete auf weitere Laute, die Unheil ankündigten, doch plötzlich wurde es fast gespenstisch still, sodass nur ein paar Schluchzer und schnelle Atemzüge zu hören waren.

»Der Angriff ist vorbei«, verkündete der Bischof nach einer gefühlten Ewigkeit. »Gelobt sei Gott der Herr!«

Die leisen Schluchzer wurden zu heftigen Weinkrämpfen, Charlotte sah, wie Sœur Vincenza drei der kleinen Kinder an sich drückte und ihre Gesichter mit Küssen überschüttete. Seit ein paar ihrer Schützlinge bei einem der seltenen Ausflüge ins Freie vor ihren Augen erschossen worden waren, schien die hübsche Italienerin um Jahre gealtert und hatte ihre natürliche

Fröhlichkeit verloren. Charlotte kämpfte sich zu Mayi und ihren Gefährtinnen durch und schloss erleichtert die Augen, als sie ihren Kopf an die Schulter der alten Frau legte.

»Vielleicht ist alles bald überstanden«, murmelte sie, doch niemand schien von ihren Worten überzeugt. Stattdessen vernahm sie das Wimmern einer jungen Frau, die sich am Altar dem Bischof vor die Füße geworfen hatte.

»Sie möchte zusätzliche Essensrationen«, erklärte Mayi leise.

»Das, was eigentlich alle wollen«, warf eine andere der älteren Frauen mit einem schiefen Lächeln ein.

»Aber sie hat gestern ein Kind bekommen. Wenn sie nicht genug zu essen hat, wird ihre Milch versiegen und das Kind sterben«, fügte Mayi hinzu.

Charlotte verspürte wieder die nagende, gierige, schmerzhafte Leere in ihrem Inneren. Aus zwei Schüsseln Reis am Tag war seit gestern nur eine geworden, da die Vorräte zur Neige gingen. Man reicherte das Essen inzwischen mit Blättern, Wurzeln und Blumenstängeln an, doch fiel es Charlotte ebenso schwer wie den Europäern, sich an diese Kost zu gewöhnen. Vermutlich träumte sie deshalb ständig vom Essen, gerade von den Gerichten, die sie einst hochmütig verschmäht hatte. Während der Reise mit Quantous Truppe hatte sie bereits eine Ahnung davon bekommen, wie quälend Hunger sein konnte, doch hatte es damals noch die stete Hoffnung auf eine baldige Besserung ihrer Lage gegeben. Nun spürte sie fast ständig Schmerzen in ihrem Magen, fühlte sich oft so erschöpft, dass es ihr schwerfiel, aufzustehen, um dann plötzlich von quälender Unruhe befallen zu werden, die sie nach Nahrung suchen ließ, obwohl sie wusste, dass diese Bemühungen hoffnungslos waren.

Instinktiv legte sie eine schützende Hand auf ihren Bauch. Bisher hatte kein Blutstrom den Verlust des Kindes angekündigt, und sie war sich sicher, dass es noch in ihr lebte. Aber lange würde es nicht mehr dauern, bis ihr völlig ausgezehrter Körper von selbst beschloss, die unnötige Last abzustoßen. Tapfer versuchte sie, ihre Tränen wegzublinzeln. Sie trugen täglich kleine Kinder zu Grabe, die an Hunger, an Krankheiten oder Schussverletzungen gestorben waren. Der Schmerz von deren Müttern musste noch größer sein, denn sie hatten die kleinen Körper bereits in ihren Armen gehalten, nur um sie bald darauf zu verlieren.

Sie spürte plötzlich die Wärme von Mayis Umarmung und ließ sich schluchzend hineinfallen.

»Die Truppen der fremden Teufel sind sicher bald da«, murmelte die alte Frau, während sie ihr auf den Rücken klopfte. »Quantou sagte gern, dass sie sehr mächtige Dämonen sind, und er hatte fast immer recht, nur Prinz Duan hat er falsch eingeschätzt.«

Vier Tage später versammelten sie sich zur Frühmesse in der Kathedrale, die bisher allen Projektilen erfolgreich widerstanden hatte. Mayi, die allmählich ein wandelndes Skelett zu werden begann. Sœur Vincenza und Sœur Hélène, beide ebenfalls ausgezehrt, da auch ihnen nicht mehr zustand als eine Schüssel Reis am Tag. Selbst die Gestalt des Bischofs begann einem ausgetrockneten, kahlen Baum zu ähneln, der nur noch durch seine Größe erahnen ließ, wie viel Raum er einst eingenommen hatte.

Niemand durfte hier mehr essen als die anderen, abgesehen von den Soldaten, die kräftig bleiben mussten, um Angriffe abzuwehren. Charlotte ahnte, dass es nicht überall so war, und wahrscheinlich lag darin der Grund für jenen wundersamen, unerschütterlichen Zusammenhalt, der zwischen einem einflussreichen Bischof, ein paar frommen Europäern fern der Heimat und zahllosen chinesischen Christen entstanden war.

Sie wollten gerade alle zusammen das Vaterunser anstimmen, als die Welt in tausend Stücke zu zerbersten schien, da ein gewaltiges Krachen alle anderen Geräusche verschlang. Charlotte schloss für einen Moment die Augen. Das also war nun ihrer aller Ende. Die Mauer musste eingestürzt sein und bald schon wären die aufständischen Krieger hier, um sie alle niederzumetzeln. Sie legte ihren Arm um Mayi, warf einen Blick auf Sœur Hélènes altes, drolliges Gesicht, um Abschied zu nehmen.

Aber auf den Knall folgte nichts außer ein paar verzagten, klagenden Schreien.

»Wir müssen nachsehen, was los ist«, entschied der Bischof und stieg vom Altar hinab. Sogleich setzten sich auch alle anderen in Bewegung.

Das Wohnhaus der Schwestern war dem Erdboden gleichgemacht worden, doch da sein Dach bereits durchlöchert gewesen war, stellte das keinen ernsthaften Verlust dar. Schlimmer schien das riesige Loch, das plötzlich vor ihnen im Boden klaffte, als habe ein riesiger Dämon ein Stück Erde weggebissen.

»Das war eine Mine«, murmelte Sœur Vincenza auf Französisch. »Gott sei uns gnädig, wenn sie mehr davon haben.«

Der Anblick von ein paar blutüberströmten, aber noch zuckenden Körpern trieb sie alle an, den Verletzten zu Hilfe zu kommen, und im selben Moment begannen wieder Projektile auf sie hinabzurasen. Charlotte half einem kleinen Jungen auf, der sich beim Sturz nur am Knie verletzt hatte, und erblickte dabei den reglosen, fast wächsernen Arm eines Säuglings, der aus einem Berg an Geröll herausragte. Ohne weiter zu überlegen, begann sie zu graben, nur um einen zerquetschten, blutigen Körper freizulegen. Ihr Magen wand sich qualvoll, doch da er völlig leer war, spie sie nur gelblichen Schleim aus.

»Leutnant Olivieri ist verschwunden!«, verkündete die brummende Stimme des Bischofs. »Und auch ein paar andere italienische Soldaten. Wir müssen nach ihnen suchen.«

Als hätten die Belagerer seine Worte verstanden, sandten sie einen weiteren Kugelhagel herab.

»Sie haben Leitern an die Mauer der kaiserlichen Stadt gelehnt«, murmelte ein alter Chinese an Charlottes Seite. »Von dort aus können sie besser zielen.«

Sobald er diese Worte ausgesprochen hatte, machte der Mann sich davon. Die meisten aber blieben, denn Leutnant Olivieri war seit dem Tod des französischen Offiziers Paul Henry, der die Verteidigung ursprünglich geleitet hatte, ihre einzige Hoffnung. Ein Mann, der etwas vom Krieg verstand und aus dem bunt zusammengewürfelten Haufen aus etwa vierzig europäischen Soldaten und ein paar Hundert chinesischen Männern, von denen die meisten noch nie in ihrem Leben eine Waffe in der Hand gehalten hatten, eine funktionierende Streitmacht schmieden konnte.

Sie gruben und schleppten Trümmer zur Seite, bis ihre Hände bluteten. Ein paar Dutzend Säuglinge, die noch im unteren Geschoss des Hauses verblieben waren, wurden tot geborgen. Von den verschütteten Erwachsenen – ausschließlich Männer, die zur Verteidigung der Kinder zurückgeblieben waren – regten sich einige noch. Doch schienen ihre Körper derart zertrümmert, dass die in der Krankenpflege erfahrene Sœur Vincenza ein düsteres Gesicht machte, während sie ihren Transport auf Bahren überwachte.

Eine halbe Stunde später begannen Charlottes Kräfte zu versiegen. Ihr graute davor, einen weiteren hoffnungslos zerschlagenen Körper zu entdecken und sie sehnte sich nach einem kleinen, ruhigen Fleck, wo sie sich würde ausstrecken können, doch der Bischof trieb sie alle unerbittlich an. Leutnant Olivieri fehlte noch.

»Eine Hand!«, hörte sie Mayi plötzlich rufen. »Da ist eine Hand, die sich lebendig anfühlt!«

Alle liefen zu der Stelle, auf die sie zeigte, und begannen wie besessen zu graben, bis die Umrisse eines männlichen Körpers sichtbar wurden. Leutnant Olivieri lag noch auf seiner Matratze und hatte ein Moskitonetz ums Gesicht gewickelt, was ihn offenbar davor bewahrt hatte, am Staub der Trümmer zu ersticken. Sobald sie den Stoff entfernt hatten, sahen sie nur Kratzer auf seiner Haut. Sein linker Fuß war zwischen zwei Steinen eingequetscht und blutete, doch die Knochen schienen nicht beschädigt.

»Der steht bald wieder auf den Beinen!«, meinte Mayi mit einem triumphierenden Funkeln in den Augen, als sei dies ihr ganz persönlicher Verdienst. Zwei chinesische Männer trugen den Italiener in die Kapelle, wo Sœur Vincenza sich bereits um die Verwundeten kümmerte.

Charlotte war plötzlich wohler zumute, zumal keine Projektile mehr auf sie hinabdonnerten, fast als hätten auch die Angreifer es als Zeichen ihrer Niederlage aufgefasst, dass Leutnant Olivieri noch lebte. Nun würde sie sich ausruhen können, glaubte sie, doch ein entsetzter Schrei des Bischofs zerstörte diese Hoffnung.

»Ein Teil der Mauer ist eingestürzt! Wir müssen Barrikaden bauen!«

Hunderte von Kehlen stießen angstvolle und verzweifelte Laute aus, doch machten sie sich alle daran, die Trümmer nun wieder an einen anderen Ort zu schleppen, auch wenn das Blut ihrer Hände diese Barrikade zementierte.

»Dieser Aufstand wird scheitern, denn unsere Männer verstehen nichts von Kriegsführung«, hörte Charlotte plötzlich Mayi sagen, während sie sich mit einem völlig verschmutzten Ärmel den Staub aus dem Gesicht wischte.

»Was meinst du damit? Hier kämpfen sie doch ganz gut.«

Mayi lachte leise auf.

»Weil Leute wie dieser Olivieri sie anführen. Sieh dir doch das riesige Loch in der Mauer an. Wenn unsere Angreifer etwas Besseres zu tun hätten, als sich wichtig zu machen und Rituale zu zelebrieren, dann hätten sie das Gelände stürmen können, während wir hier fleißig herumbuddelten.«

Charlotte stockte vor Schreck der Atem.

»Der arme Quantou«, seufzte Mayi und rieb sich den schmerzenden Rücken. »Er war ein kluger Kopf, aber das Wesentliche hat er nicht begriffen. Wir sollten die Fremden weder verjagen noch töten, sondern sehen, was wir von ihnen lernen können.«

In den folgenden zwei Tagen fanden sie noch weitere Minen, die aber rechtzeitig entschärft werden konnten, auch wenn stets lautes, entsetztes Wehklagen auf ihre Entdeckung folgte. Leutnant Olivieri, der tatsächlich nur eine leichte Verletzung am Fuß davongetragen hatte, humpelte bald schon herum, um die Wache an den Mauern in Position zu bringen. Charlotte gewann die Hoffnung zurück, dass sie die Boxer noch eine Weile erfolgreich würden abwehren können. Doch nichts half gegen den Hunger, der sie von innen aushöhlte, als fresse ein Körper, dem es an Nahrung mangelte, sich allmählich selbst auf. Eine schwere, drückende Stille lag über dem Gelände, das einst ein Kloster, ein Waisenhaus, eine Apotheke, mehrere Schulen und Ställe beherbergt hatte, nun aber hauptsächlich aus Trümmern und Geröll bestand. Manchmal weinten die Kinder, doch meist fehlte ihnen die Kraft zu mehr als einem leisen Wimmern. Die täglichen Messen wurden weiterhin abgehalten, und wer es noch schaffte, sich fortzubewegen, nahm daran teil, um nicht in völliger Hoffnungslosigkeit zu versinken. Sœur Vincenza, die sich auf Heilkunde verstand, versuchte aus Kräutern Wundsalben herzustellen. Unter den Chinesen kursierten auch andere Heilmittel, Salben, Tinkturen und Amulette, doch wurden diese vorsichtshalber vor den Nonnen verborgen.

Sœur Hélène befasste sich hauptsächlich mit den Kindern, versuchte, sie mit Geschichten und Liedern aufzuheitern, was ihr erstaunlich gut gelang. Am Nachmittag des 14. August beschloss Charlotte, sich ebenfalls dazuzugesellen. Sie fürchtete, den Verstand zu verlieren, wenn sie weiter nur ihren düsteren Gedanken nachhing, und stimmte daher mit in ein ›Frère Jacques‹ ein. Auch die Kinder sangen lautstark mit, obwohl sie keines der fremden Worte verstehen konnten. Dann verstummte plötzlich die weiche Stimme der Nonne an ihrer Seite.

»Sœur Hélène ist eingeschlafen!«, murmelte ein kleiner Junge. Charlotte bemerkte mit einem flauen Gefühl im Magen, dass die Ordensschwester tatsächlich in ihrem Stuhl zusammengesackt war und mit weit aufgerissenen Augen zur Decke starrte.

»Geht es Ihnen nicht gut?«

Eine Ewigkeit schien zu vergehen, bis Sœur Hélène krächzend antwortete.

»Mir ist schwindelig. Mein Kopf tut schrecklich weh.«

»Das ist nur ein Schwächeanfall«, versuchte Charlotte, sie zu beruhigen. »Legen Sie sich eine Weile hin. Ich kümmere mich solange um die Kinder.«

Die Nonne versuchte tatsächlich aufzustehen, doch schaffte sie es kaum, sich nur ein paar Zentimeter aus ihrem Stuhl zu erheben.

»Es ist … etwas Schlimmes, glaube ich«, murmelte sie mit riesigen, angsterfüllten Augen, um dann wie ein lebloser Sack vor Charlottes Füße zu fallen.

Ihr Körper wog kaum mehr als der eines Kindes, als Charlotte ihn mit der Hilfe zweier größerer Knaben zu Sœur Vincenza trug. Die Italienerin vermutete mit düsterer Miene einen Schlaganfall und fügte leise hinzu, dass Sœur Hélène ohne medizinische Hilfe kaum Überlebenschancen hätte. Sie kam am folgenden Tag dennoch wieder zu sich und vermochte sogar ein wenig herumzulaufen, nur um erneut zusammenzubrechen, während um sie herum die Geschütze donnerten. Bischof Favier erteilte ihr die Letzte Ölung, und die Schwestern wechselten sich mit den Chinesinnen ab, um ihr Wasser zu bringen und ihr die magere Ration Reis einzuflößen, die einem jeden hier noch zustand. Charlotte gesellte sich zu der alten Nonne, weil sie ihr erzählen wollte, wie sehr die Kinder sie vermissten. Sie hoffte, dadurch Sœur Hélènes Lebenswillen zu wecken, doch schien die Nonne in ein fernes Reich irgendwo zwischen Schlaf und Wachzustand entschwunden zu sein. Obwohl ihre Pupillen sich bewegten, zeigte sie keinerlei Reaktion auf ihre Umwelt. Plötzlich schnürte tiefe Hoffnungslosigkeit Charlottes Kehle zu, denn es war wohl nur noch eine Frage der Zeit, bis jene Frau, deren drolliges Gesicht ihr vor etwa drei Wochen die Zuversicht auf Rettung geschenkt hatte, nicht mehr unter ihnen weilen würde. Sie sackte zusammen und ließ einen Tränenstrom über ihre Wangen laufen. Erst als sie spürte, wie die Finger von Sœur Hélène sanft ihre Hand zu streicheln versuchten, riss sie sich beschämt zusammen.

»Vierzig Jahre«, krächzte die heisere Stimme der Nonne. »Vierzig Jahre meines Lebens schenkte ich China. Ich habe mehr Zeit hier verbracht als in meiner Heimat. Und nun dieser Hass. Vielleicht …«

Sie krümmte sich hustend und schnappte nach Luft, um dann fortzufahren: »Vielleicht hätten wir einfach nicht hierherkommen sollen.«

Nun drückte Charlotte die knochigen Finger der Nonne zusammen.

»Es waren nicht Menschen wie Sie, die diesen Hass auslösten«, sagte sie entschieden, doch tief in ihrem Inneren war sie sich nicht einmal sicher, ob diese Aussage wirklich stimmte. Sœur Hélène lächelte dankbar, was sie beruhigte. Dann spürte sie ein leises Ziehen an ihrem Ärmel, fuhr herum, und blickte in Mayis Gesicht.

»Komm schnell! Mit nach draußen!«

»Aber dort können wir erschossen werden«, widersprach Charlotte. Dann erst bemerkte sie das aufgeregte Funkeln in Mayis Augen.

»Im Moment findet kein Angriff statt. Sie haben andere Sorgen.«

Sie wurde entschlossen aus dem Haus des Bischofs gezerrt, wo Sœur Hélène untergebracht worden war. Tatsächlich herrschte draußen eine fast unheimliche Stille. Während die Europäer etwas ratlos dastanden und sich misstrauisch umsahen, drängten die Chinesen sich an die Schutzmauer, pressten ihre Ohren gegen die durch Schäden entstandenen Öffnungen, scheinbar ohne dabei Angst zu empfinden.

»Hör dir an, was da draußen geredet wird«, rief Mayi und schubste Charlotte zu einem Hügel aus Geröll, der gefährlich hoch hinaufführte. Sobald sie oben standen, boten sie hervorragende Zielscheiben, doch niemand beachtete sie. Charlotte sah, dass alle Häuser um das Gelände der Kathedrale herum niedergebrannt worden waren, selbst ein benachbarter Tempel wirkte wie ausgestorben. Überall lagen Leichen in diversen Stadien der Verwesung herum, lockten schwarze Fliegenschwärme an und verpesteten die Luft. Warum hatte sie niemand fortgeschafft, dachte sie angewidert. Auf dem Gelände der Beitang waren die Toten stets beigesetzt worden. Mit Entsetzen fiel ihr ein, dass sie nicht wusste, was aus Shao Yus Leichnam geworden war. Nach seinem Tod war sie wie betäubt gewesen, unfähig, sich um etwas anderes zu kümmern als ihren eigenen Schmerz.

»Die Teufel!«, hörte sie plötzlich Stimmen aus weiter Ferne rufen. »Die Teufel aus Europa kommen!«

Die Angreifer waren nicht vom Erdboden verschluckt worden, sondern rannten aufgebracht durch die Gassen der Stadt. Charlotte begann ganz langsam, schrittweise, zu verstehen, was dies wirklich bedeutete. Dann stieß sie einen Schrei aus, der für einen Augenblick das Gebrüll der Fliehenden übertönte, und schlang ihre Arme um eine völlig verblüffte Mayi.

»Gerettet!«, jubelte sie. »Wir sind gerettet. Die Hilfstruppen sind endlich da.«

Sie dachte an Stubenküken, Kartoffeln und Grünkohl, an Kaffee und weiche gebackene Brötchen mit Marmelade. Essen, sie würde wieder essen können, wie viel sie wollte, und niemals mehr in ihrem Leben würde sie einen einzigen Bissen hochmütig verschmähen. Sœur Hélène bekäme einen Arzt, der sie vielleicht noch retten konnte. Niemand, der bis jetzt durchgehalten hatte, würde sterben müssen.

»Es ist vorbei, Mayi. Endlich vorbei«, stammelte sie und merkte, dass ihr wieder Tränen über die Wangen liefen.

Doch Mayis Gesicht blieb erstaunlich ernst, fast nachdenklich.

»Ich hoffe nur, dass Quantou nicht doch recht hatte und sie Teufel sein können«, murmelte die alte Frau leise.

Kapitel 38

Die Sänfte wartete im frühen Morgengrauen vor dem Teehaus. Xiaohua war kurz vorher mit dem üblichen Tablett in Elsas Zimmer gekommen und hatte die Einladung zu einem gemeinsamen Frühstück überraschenderweise angenommen. Seit Wenrou ihr die bevorstehende Abreise der Deutschen in sein Landhaus angekündigt hatte, war das Mädchen wieder deutlich zurückhaltender geworden, hatte sein fröhliches, leichtes Lachen eingebüßt. Nun trank sie zwar gemeinsam mit Elsa Tee, versuchte aber nicht mehr, ihr weitere chinesische Begriffe beizubringen, sondern schwieg die meiste Zeit. Nur wenn Elsa sie abwartend ansah, lächelte sie, fast als wolle sie sich für ihr Verhalten entschuldigen.

Schließlich half sie Elsa, ihr Haar wieder unter einem Tuch zu verbergen, rückte ihr die chinesische Jacke zurecht und fegte noch ein paar Fussel von der Schulter. Der Blick ihrer Augen war tieftraurig, entbehrte aber jeden Grolls.

»Es tut mir leid«, sagte Elsa auf deutsch, denn sie kannte die chinesischen Worte nicht. »Ich wollte dir nichts wegnehmen. Es war nicht so geplant.«

Wider Erwarten schien sie verstanden zu werden, denn Xiaohua lächelte nochmals, obwohl ihre Augen dunkel und ernst blieben. Dann tat sie ein paar Atemzüge und fiel Elsa um den Hals.

»Good luck«, stammelte sie. Aufgrund der ungewohnten Aussprache dauerte es eine Weile, bis Elsa den Sinn dieser Worte begriff, dann drückte sie das Mädchen gerührt an sich. Wenigstens wollten nicht alle Frauen in Wenrous Leben ihr die Augen auskratzen.

Langsam stieg sie die steilen Stufen hinab. Wenrou wartete in einer anderen Sänfte als jener, die für sie bestimmt war, streckte nur kurz den Arm heraus und winkte ihr zu. Wahrscheinlich hielt er es für sicherer, sie nicht direkt neben sich sitzen zu haben, falls er unterwegs kontrolliert wurde. Enttäuscht und gleichzeitig erleichtert, nicht mit ihm in einer Sänfte zu reisen, schloss sie den dunklen Vorhang und spürte, wie sie in einen schwebenden Zustand geriet, bis die Träger sich endlich in Bewegung setzten. Ihre kleine Welt schaukelte. Sie kauerte sich in einer Ecke des ohnehin viel zu engen Raumes zusammen und lauschte den Geräuschen der erwachenden Stadt, durch die sie getragen wurde. Das melodische Kreischen der Chinesen blieb ihr weiterhin unverständlich, aber manchmal meinte sie, einzelne Wörter herausfiltern zu können, was ihr Hoffnungen machte. Wie lange Viktoria Huntingdon wohl gebraucht hatte, um diese Sprache zu erlernen? Warum hatte sie ihre ehemalige Gastgeberin nie danach gefragt? Die feine Dame hatte Abneigung in ihr geweckt, doch nun wurde ihr bewusst, dass dies vor allem eine Folge ihrer eigenen Unsicherheit gewesen war, der Furcht, für minderwertig gehalten zu werden, da sie kein kultiviertes Benehmen vorweisen konnte. Viktoria war zwar eine etwas launische, manchmal schwierige, aber im Grunde freundliche Frau. Ein Wesen, das häufig von Gefühlen geleitet wurde, was Elsa damals fremd gewesen war.

Sie hörte ein paar Männerstimmen vor der Sänfte bellen und duckte sich. Wenn sie jetzt herausgezerrt wurde, war sie so gut wie tot. Aber das Bellen verstummte, die Sänfte schaukelte weiter und es wurde langsam stiller. Frischer Wind wehte durch den Spalt zwischen den Vorhängen und trug den Geruch von Gras und Wald herein. Elsa sog ihn gierig in ihre Lungen, denn es war sehr lange her, dass sie etwas anderes eingeatmet hatte als die Ausdünstungen einer überfüllten Großstadt, die in der Sommerhitze kochte. Sie mussten Peking verlassen haben, zogen nun über freies Land zu ihrem Ziel.

Elsa schob die Vorhänge einen Fingerbreit auseinander. Sie sah weite, aber ausgedörrte Felder, winzige Dörfer und Teiche, deren Wasser brackig wirkte. Das ganze Land vertrocknete langsam unter der unbarmherzigen Sonne. Die Bauern mussten Angst vor einer Hungersnot haben, überlegte Elsa. Hatten sie sich deshalb zum Aufstand versammelt, um Schuldige für ihr Elend zu finden? Sie hätte diese Frage gern Wenrou gestellt, aber der saß in seiner eigenen Sänfte und war daher für sie unerreichbar. Wenn sie ans Ziel gelangt wären, dann …

Sie versteinerte mitten in diesem Gedanken und schlug die Hände vors Gesicht. Die ganze Zeit hatte sie es vermieden, an den Zweck dieser Reise zu denken, doch nun gab es kein Ausweichen mehr. Elsa Skerpov, die ihr Leben lang die Nase über verträumte Romantikerinnen und ihre Idee von ewiger Liebe gerümpft hatte, war unterwegs, um die Geliebte eines verheirateten Mannes zu werden, der aus einer völlig fremden Welt stammte. Mühsam unterdrückte sie einen Schrei und überwand den Drang, einfach aus der Sänfte zu springen. Es war ihre freie Entscheidung gewesen. Niemand zwang sie dazu, Wenrou zu begleiten.

Sie setzte sich wieder gerade hin und war bemüht, ruhig zu atmen. Als Wenrou sie eingeladen hatte, war ihr klar gewesen, dass es keine andere Entscheidung für sie geben konnte. Sie hatte in ihrem bisherigen Leben nie lange gezögert, wenn sie wusste, was zu tun war. Aber nun, da sie in aller Deutlichkeit sehen konnte, welchen Weg sie willentlich und in vollem Bewusstsein möglicher Folgen eingeschlagen hatte, begannen Angst und Zweifel zu erwachen. Sie wusste, dass sie Wenrous Geliebte werden wollte, so schockierend dieser Wunsch auch für sie war. Ihr Körper hatte diese Entscheidung irgendwann gefällt, ohne den Verstand um sein Einverständnis zu bitten. In ihrem Leben als alte Jungfer, das sie selbst gewählt hatte, würde es einen Bruch geben, der ebenso unvermeidlich war wie ungeheuerlich. Sie rieb sich die Schläfen. Es gab keinen Grund, hysterisch zu werden, sagte sie sich, doch sie sah, dass ihre Hände leicht zitterten, und spürte das Blut schneller und unruhiger durch ihre Adern rasen als jemals zuvor.

Es wurden keine längeren Pausen gemacht, nur kleine Unterbrechungen, bei denen Elsa die Gelegenheit erhielt, schnell hinter Büschen zu verschwinden oder sich an einem Bach zu erfrischen. Ein Diener überreichte ihr um die Mittagszeit eine Schüssel Reis und Früchte, die sie in der Sänfte verzehrte. Erst als die Abenddämmerung einsetzte, kamen sie endlich zum Stillstand und Elsa konnte ihre steif gewordenen Knochen strecken. Vor ihr lag ein kleiner Hügel, der mit rot lackierten und weißen Bauten übersät war. Im Hintergrund erstreckte sich ein See, auf dem bunte Blüten schwammen. Schilfgras bog sich in der Abendbrise. Elsa blieb eine Weile stehen, verzaubert von der Magie dieses Ortes, der in einer Zeit von Gewalt und Aufruhr eine fast überirdische Ruhe ausstrahlte. Ihre innere Verkrampfung legte sich für ein paar Atemzüge.

»Es ist einer der bescheideneren Landsitze der Ya Hala«, hörte sie Wenrou in ihrem Rücken sagen. Sie konnte nicht anders, als sich grinsend zu ihm umzudrehen.

»Wirklich ausgesprochen bescheiden.«

Er erwiderte nichts, sondern führte sie durch ein mit zwei Laternen verziertes Tor auf einen schmalen Pfad, der sich zu den Gebäuden schlängelte. Diener kamen ihnen entgegengelaufen, verbeugten sich und schnatterten durcheinander. Elsa spürte, wie sie aus etlichen Augenwinkeln neugierig gemustert wurde, und begann sich unwohl zu fühlen.

»Wir sind gleich bei Ihrer Unterkunft«, sagte Wenrou, als könne er diesen Zustand spüren. »Mein persönlicher Diener Shifu wird sich um Sie kümmern. Er ist absolut vertrauenswürdig.«

Elsa schluckte, denn Xiaohua wäre ihr lieber gewesen, aber sie konnte in ihrer Lage nicht wählerisch sein. Sie wurde zu einem bepflanzten Innenhof geführt, um den vier kleine Häuser gruppiert waren.

»Sie können in dem rechten wohnen. Es ist das schönste, normalerweise hält sich die Hausherrin dort auf, aber es war schon lange keine mehr da«, erklärte Wenrou. »Leider wurde es nicht hergerichtet, da die Diener nichts von unserer Ankunft wussten. Aber Shifu wird Ihnen Badewasser besorgen und frische Kleidung. Wenn Sie sich von der Reise erholt haben, können wir zu Abend essen, am besten in dem großen Gebäude neben der Pagode.«

Er wies zu einem etwas höher gelegenen Bau, der tatsächlich der geräumigste schien.

»Geben Sie mir Bescheid, wenn das Essen fertig ist«, stimmte Elsa zu. »Ich brauche nicht lange.«

Er nickte, dann wandte er sich um und verschwand in seinem Haus. Elsa trat von einem Fuß auf den anderen. Ein Diener, der aus Peking mitgekommen war, stand erwartungsvoll neben ihr und schien ebenso unschlüssig wie sie selbst, was nun zu tun war. Es musste sich bei dem kleinen Mann wohl um jenen Shifu handeln, überlegte sie, und wagte es, die Stufen zu dem ihr zugewiesenen Gebäude hochzusteigen. Es war von einer Art Balustrade umschlossen. Die mit Figuren und Vögeln bemalte Tür führte in einen kleinen, aber elegant eingerichteten Raum. Ein schmales Bett stand in der Ecke zwischen zwei mit Zeichnungen von Landschaften verzierten Papierwänden. Außerdem gab es noch einen kleinen Tisch mit drei Stühlen, einen Schrank und zwei Truhen. Eine dicke Staubschicht lag über allem, und als Elsa die Möbel zaghaft berührte, musste sie husten. Es war vermutlich Monate, vielleicht sogar Jahre her, dass jemand diesen Raum bewohnt hatte. Dennoch kam sie sich wie ein Eindringling in ein fremdes Reich vor, wagte zunächst nicht einmal, sich auf einen der Stühle zu setzen, sondern blieb ratlos stehen. Auf einmal sehnte sie sich fast verzweifelt nach Wenrou, der ihre Anwesenheit in diesem Zimmer hätte rechtfertigen können. Warum hatte er sie in seine Welt gebracht, nur um sie dort allein zu lassen?

Sie zuckte vor Schreck zusammen, als es klopfte. Da sie das chinesische Wort für ›Herein‹ nicht kannte, öffnete sie einfach die Tür. Sie erblickte zwei winzige, faltige, gekrümmte Frauen mit einem großen Zuber Wasser und wich ein paar Schritte zurück, damit er hereingetragen werden konnte. Das war ihr abendliches Bad, begriff sie, und schämte sich plötzlich, von Leuten bedient zu werden, die viel älter und vermutlich auch schwächer sein mussten als sie selbst. Die Zuberträgerinnen verabschiedeten sich mit einer Verbeugung, dann trat Shifu ein. Auf seinem Arm trug er ein großes Baumwolltuch, mit dem sie sich wohl abtrocknen sollte, und ein langes, wallendes Gewand, das mit kleinen Blüten bestickt war. Elsa lächelte freundlich, was er ignorierte, und strich vorsichtig über den Stoff des Kleides. Sie hatte sich bisher wenig darum gekümmert, was sie trug, doch die Berührung dieses zarten, erfrischend kühlen Gewebes, löste Ehrfurcht in ihr aus. »Xièxie«, sagte sie und bemerkte das Staunen in Shifus Augen, bevor er hinausging und sie allein ließ. Sein Blick erschien ihr in diesem Moment weniger verschlossen. Sie überprüfte, dass niemand durch die Fenster zu ihr hineinsehen konnte, dann entfernte sie das Tuch von ihrem Kopf, legte die völlig verschwitzte Kleidung ab und sank mit einem erleichterten Seufzer ins Wasser. Am Rand des Zubers entdeckte sie sogar ein Stück Seife.

Nachdem sie sich abgetrocknet hatte, streifte sie das Kleid über. Es musste für eine deutlich kleinere Frau genäht worden sein, denn es endete etwa in der Mitte ihrer Waden, aber sonst glitt es sanft an ihrem Körper hinab. Die Froschverschlüsse zu handhaben hatte sie bereits gelernt, allein der hohe, steife Kragen schien bei dem heißen Wetter etwas unangenehm, doch begann die Luft allmählich abzukühlen. Wieder streichelte sie den bestickten Seidenstoff, der nun ihre Hüften umspielte, aber auf einmal fühlte er sich unangenehm an, als sei sie in eine Haut geschlüpft, die ihr nicht gehörte. Dieses Gewand war für die Frau eines reichen Mannes gemacht worden. Oder für seine Hure.

Sie schüttelte die lästigen Gedanken ab, denn im Augenblick konnte sie hinsichtlich ihrer Kleidung nicht wählerisch sein. Bald wäre die chinesische Hose, in der sie angekommen war, gewaschen, und ein paar gewöhnliche Blusen zum Wechseln würden sich hier schon auftreiben lassen. Nun musste sie sich zum Abendessen fertigmachen, denn ihr Magen stieß bereits unzufriedene Knurrlaute aus.

Einen Kamm fand sie nicht, er war wohl vergessen worden, und sie wusste nicht, wie sie danach fragen sollte. So fuhr sie sich mit den Fingern durch die nassen Haarsträhnen, bis sie einigermaßen geordnet schienen. Auf einer der Truhen entdeckte sie einen Handspiegel, den sie zunächst durch kräftiges Blasen von der Staubschicht befreien musste. Dann blickte sie in ihr Gesicht, das auf einmal weniger streng und geordnet schien, als sie es in Erinnerung hatte. Ihre feuchten Locken, die ihr über die Schultern fielen, ließen ihre Züge weicher wirken und verwandelten sie in eine Nymphe oder ein mittelalterliches Burgfräulein. Zudem lag ein Leuchten in ihren Augen, das sie von sich selbst nicht kannte. Sie zog eine Grimasse. Das Burgfräulein verschwand, aber ihre Augen leuchteten immer noch, fast als litte sie an einem Fieber. Vielleicht ließ es sich auch dadurch erklären, dass sie ganz gegen ihre Gewohnheiten ihre Zeit damit verschwendete, unnötig lang in einen Spiegel zu starren.

Sie legte den lästigen Gegenstand wieder zur Seite und sah sich nach geeignetem Schuhwerk um. Leider fand sie nur jene Stoffschuhe, mit denen sie angekommen war. Denn dieser Shifu musste vergessen haben, ihr etwas elegantere Exemplare zu bringen, die zu dem Kleid gepasst hätten. Vielleicht waren in der ganzen Häuseranlage auch keine in ihrer Größe zu finden gewesen. Sie versuchte, ihre von der Reise völlig verstaubten Schuhe daher mit dem Badewasser sauber zu wischen, was ihr einigermaßen gelang. Dann schlüpfte sie hinein. Wenigstens waren sie bequem. Allein der Umstand, dass etwa drei Handbreit ihrer nackten Beine unter dem Saum des Kleides sichtbar blieben, mochte wohl stören, aber sie beschloss, dass es nicht so schlimm war, da sie sich hier nicht in einem Gesandtschaftsgebäude befand. Als Shifu wieder höflich an der Tür klopfte, sah sie dem bevorstehenden Abendessen mit freudiger Erwartung entgegen.

Im Speisesaal waren Lampen aufgestellt worden und man hatte einen raschen, daher nur oberflächlichen Versuch unternommen, die verstaubten Möbel zu säubern. Dennoch fühlte Elsa sich von der Pracht des Saales betäubt, dessen Wände kunstvoll bemalt und mit Schnitzereien verziert waren. Auf den Stühlen lagen seidene Kissen und unter der gläsernen Platte des runden Tisches entdeckte sie Figuren und Landschaften aus Perlmutt.

»Ich hoffe, es gefällt Ihnen in Ihrer Unterkunft«, sagte Wenrou und kam ihr mit ausgestreckter Hand entgegen. Auch er hatte sich umgezogen und trug nun eine dunkle Robe, die ihn sehr ernst und vornehm aussehen ließ.

»Ja, natürlich«, erwiderte Elsa etwas verlegen. Der prunkvolle Raum bot Platz für eine ganze Familie, aber wie es aussah, würde sie mit Wenrou allein am Tisch Platz nehmen. Ein paar Schüsseln standen schon bereit. Ein schmächtiges, halbwüchsiges Mädchen trug mit missmutiger Miene ein Tablett mit Reiswein und etlichen kleinen Schälchen herein. Nachdem sie die Sachen auf dem Tisch abgestellt hatte, machte sie die übliche Verbeugung und verschwand. Elsa begriff, dass Wenrou sie nicht mehr Leuten zeigen wollte, als unbedingt notwendig. Das war sicher vernünftig, verstärkte aber ihr Gefühl, an einem Ort zu sein, an den sie nicht gehörte.

Er füllte ihre Schüssel unaufgefordert mit Reis, als könnte er spüren, wie unwohl ihr zumute war.

»Leider hatte der Koch nicht genug Zeit, um ein wirklich gutes Mahl zuzubereiten. Wir haben noch Suppe und etwas Fisch mit Gemüse.«

»Das reicht schon«, erwiderte Elsa. Ihr Magen meldete sich gierig und für eine Weile war sie nur damit beschäftigt, ihn zu füllen.

»Sie sind bemerkenswert anpassungsfähig«, sagte Wenrou. »Es ist erstaunlich, wie schnell Sie sich an unser Essen gewöhnt haben.«

Elsa lachte.

»Dort, wo ich herkomme, lernt man schnell, dankbar für einen gefüllten Teller zu sein.«

Kurz sah er verwirrt aus und schwieg. Elsa hatte bereits bemerkt, wie schwer es ihm fiel, Themen anzuschneiden, die ihr vielleicht unangenehm sein konnten.

»Ich bin in sehr armen Verhältnissen aufgewachsen«, fügte sie hinzu. »Ich glaube, in Amerika, wo Sie gelebt haben, geht es den meisten Leuten etwas besser. Aber in Europa gibt es noch eine klare Hierarchie und große Unterschiede zwischen arm und reich. Fast wie in China.«

»Nun, das wusste ich tatsächlich nicht«, gab er leise zu. Dann entwickelte sich ein Gespräch über Politik und Gesellschaft, wie sie es schon oft geführt hatten. Elsa vergaß, wo sie sich befand und weshalb sie hierhergekommen war, stellte nur wieder fest, dass sie noch mit keinem Mann so offen hatte reden können. Das Gefühl, fehl am Platz zu sein, geriet in Vergessenheit. Erst als sie die Schüsseln geleert und den Reiswein ausgetrunken hatten, trat auf einmal betretenes Schweigen ein.

»Es ist Zeit, zu Bett zu gehen«, sagte Elsa schließlich leise. Früher war es viel einfacher gewesen, sich schlafen zu legen, denn sie war niemals davon ausgegangen, dabei nicht allein zu sein.

»Ja. Ja, das ist wohl richtig«, stimmte Wenrou ihr zu.

Er säuberte nochmals seine Hände an einem feuchten Tuch.

»Ich hoffe, es ist kein Problem für Sie, dass es hier keine … keine sanitären Anlagen gibt.«

Elsa war bereits einmal hinausgegangen und hatte eine kleine Hütte neben dem Speisesaal aufgesucht, die wohl für diesen Zweck geschaffen war. Da sie lange nicht benützt worden war, hatte es dort nicht einmal unangenehm gerochen.

»Nein. Natürlich nicht«, erwiderte sie.

»Wenn ich noch einmal den Diener schicken soll …«

»Das ist nicht nötig.«

Sie stocherte mit den Essstäbchen in ihrer Schüssel herum, um noch vereinzelte Reiskörner aufzuklauben. Sollte sie jetzt einfach aufstehen und gehen? Es wäre vielleicht das Vernünftigste, denn Wenrou machte keinerlei Anstalten, sich ihr zu nähern. Wahrscheinlich hatte sie sich nur eingeredet, dass er sie auf sein Landhaus mitgenommen hatte, um sie zu seiner Geliebten zu machen. Er hatte sie aus reiner Großzügigkeit in Sicherheit bringen wollen, nichts weiter.

Sie hörte, wie der Stuhl neben ihr bewegt wurde.

»Dann wollen wir jetzt gehen«, erklärte er. Elsa folgte der Aufforderung. Wenrou unternahm keine Versuche, sie zu berühren, deshalb wahrte auch sie Abstand, als sie gemeinsam auf den Innenhof traten. Die Nachtluft war milde und duftete nach dem See und seinen Blumen. Tief in ihrem Inneren verspürte Elsa ein sehnsüchtiges Ziehen.

»Ich hoffe, Sie werden gut schlafen«, sagte Wenrou nach einer Ewigkeit angespannter Stille, »Wenn Sie etwas brauchen, dann geben Sie mir Bescheid.«

»Vielen Dank, aber das wird sicher nicht notwendig sein«, antwortete Elsa sogleich. Dann spürte sie, wie seine Finger über ihren Handrücken strichen, so sanft wie ein Windhauch. Ein Kribbeln zog durch ihren Körper, als sei sie in einen Ameisenhaufen getreten. Ihr Herz überschlug sich, und eben jener Überschwang an Gefühl begann ihr Angst zu machen. Was geschah mit ihr?

»Ich wünsche Ihnen eine gute Nacht«, sagte sie schnell, drehte sich um und floh in ihr kleines, rotes Haus, das plötzlich zu einem Refugium in einer völlig verwirrenden Welt geworden war. Erstmals wagte sie es, sich auf einen der kleinen Stühle zu setzen, die so schmal und zart schienen, als könnten sie unter ihrem Gewicht zusammenbrechen. Aber das geschah nicht. Auf einmal sehnte sie sich nach einer jener Zigaretten, die sie im Gesandtschaftsviertel geraucht hatte. Wenrou hatte gelegentlich eine Packung ins Teehaus mitgebracht. Morgen konnte sie ihn darum bitten, obwohl es vielleicht besser wäre, sich dieses Laster wieder abzugewöhnen.

Sie beugte sich vor und massierte ihre Schläfen mit den Fingern. Von dem Reiswein würde sie vermutlich Kopfschmerzen bekommen, aber das war nicht zu ändern. Es gab für heute nichts anderes mehr zu tun, als sich in das schöne, fremde Bett zu legen, aber sie spürte in jedem ihrer Knochen, dass sie nicht würde einschlafen können. Eine merkwürdige Sehnsucht, das Verlangen nach etwas Unbekanntem, pulsierte weiterhin durch ihre Adern, angepeitscht von zu viel Alkohol. Warum hatte Wenrou sie nicht einfach gepackt und in diesen Raum getragen? Ein solches Verhalten entsprach nicht seiner Art, denn er war stets höflich und rücksichtsvoll, Eigenschaften, die sie einem Mann bisher nicht zugetraut hätte. Doch nun wünschte sie sich plötzlich, er wäre ungestümer. Ein Kämpfer. Ein Eroberer. Gleichzeitig wusste sie, dass sie ihn empört von sich gestoßen hätte, hätte er sich derart auf sie gestürzt.

Ratlos presste sie ihren Kopf mit den Händen zusammen, als könne sie dadurch wieder Klarheit in ihn bringen. Wie gern hätte sie sich jetzt mit Juliette beraten, die nachts unaufgefordert in das Zimmer ihres Auserwählten gegangen war. Bisher war ihr nicht klar gewesen, wie viel Mut Menschen besaßen, die sich von ihren Gefühlen leiten ließen.

Sie stand auf, rieb sich noch etwas von dem abgestandenen Badewasser ins Gesicht und trat nach draußen. Vielleicht würden einige Runden in der frischen Nachtluft ihr helfen, klare Gedanken zu fassen und endlich müde zu werden. In Wenrous Haus brannte kein Licht, was sie als Zeichen dafür deutete, dass er bereits schlafen gegangen war. Wie hatte sie sich überhaupt einbilden können, dass er die Nacht mit ihr verbringen wollte, wenn er doch eine wunderschöne Ehefrau und zudem eine liebreizende Geliebte im Teehaus besaß?

Der Boden knirschte leise unter ihren Stoffschuhen. Grillen zirpten und eine Eule schrie in der Ferne. Hinter ihrem Ohr summte es. Sie hob die Hand, um eine Mücke zu verscheuchen, und vernahm plötzlich Schritte, die sie erstarren ließen. Zwei Hände legten sich auf ihre Schultern und zogen sie rückwärts.

»Ich habe die ganze Zeit gehofft, dass du zurückkommst.«

Nun lag Wenrous Wange an der ihren. Sie drehte sich um, damit sie ihn in die Arme schließen konnte, fühlte, wie sie in die Luft gehoben und die Stufen zu ihrem Haus hochgetragen wurde. Die Tür öffnete sich fast von selbst, doch erst, als sie wieder zugefallen war, wagte er es, sie zu küssen. Elsa hörte das Blut in ihren Ohren rauschen. Sie war niemals so wild und waghalsig gewesen, noch nie so unvernünftig. Gleichzeitig staunte sie, wie leicht ihr all dies plötzlich fiel.

Kapitel 39

»Als wir in San Francisco ankamen, fuhren wir im Hotel den ganzen Tag mit dem Lift auf und nieder«, erzählte Wenrou zwei Wochen später, während er Elsas dichte Haarmähne mit seinen Fingern durchkämmte. »Wir hatten ein solches Gerät noch nie im Leben gesehen, ja nicht einmal geahnt, dass es so etwas gab.«

»Du warst damals sieben, nicht wahr?«, fragte Elsa und rollte sich auf den Rücken. Die dünne Decke rutschte bis zu ihrer Taille herab und gab einen schmächtigen, fast mädchenhaften Körper frei. Ihr fehlten jene üppigen Rundungen, für die westliche Frauen bekannt waren, und die mancher Chinese heimlich schätzte, auch wenn sie dem offiziellen Schönheitsideal widersprachen. Alles an ihr schien schmal und kantig, als sei sie eine etwas ungeschickt geschnitzte Holzpuppe; doch konnte er sich nicht erinnern, jemals so vertraute Nähe zu einer Frau verspürt zu haben.

»Ja, ich war der Jüngste aus unserer Gruppe. Das machte diese Reise in die Ferne in vieler Hinsicht sogar einfacher für mich, denn ein Kind nimmt die Welt immer als einen Ort der Wunder wahr.«

Elsa streckte sich gelassen wie eine Katze.

»Als ich sieben war, wusste ich auch nichts von Aufzügen. Dort, wo ich aufwuchs, gab es keine.«

Wenrou ließ seine Hand über ihre Kehle gleiten und massierte ihre Schultern. Sie stieß ein zufriedenes Gurren aus.

»Ich erlebte noch viele andere seltsame Dinge«, erzählte er weiter. »Als ich bei der Familie ankam, die mich aufnehmen sollte, beugte eine mütterliche Dame mit einem seltsamen weißen Tuch auf dem Kopf sich ganz entzückt zu mir herab und drückte mir einen Kuss auf die Wange.«

»Und das war einem heranwachsenden Mann natürlich furchtbar peinlich«, spöttelte Elsa und streichelte seinen glatt rasierten Kopf.

»Es war nicht nur peinlich, sondern völlig verwirrend«, gestand er. »Ich konnte mich nicht erinnern, jemals geküsst worden zu sein. Von meiner eigenen Mutter hatte ich mich mit vier Verbeugungen verabschiedet, bevor ich in die Ferne zog.«

Nun runzelte sie die Stirn, und er konnte sehen, wie sich dahinter die Gedanken bewegten.

»Deine Mutter nahm dich nicht einmal in den Arm, obwohl sie doch wusste, dass du für Jahre fortgehen würdest?«

»Nein. Meine Eltern hatte ich zu respektieren, nichts weiter. Sie starb neun Jahre später. Ich war damals noch in Amerika und schämte mich, weil ich keine echte Trauer empfand, aber ich konnte mich kaum noch an sie erinnern.«

Eine Falte zwischen Elsas Brauen vertiefte sich und sie rückte in eine aufrechte Haltung.

»Meine Mutter suchte oft meine Nähe, aber wenn ich ehrlich bin … manchmal habe ich sie abgewiesen«, sagte sie nach einigem Überlegen. »Es machte mich wütend, wie hilflos sie sich immer benahm. Mein Vater verprügelte mich gelegentlich, als ich klein war. Später wagte er es nicht mehr, was eigentlich seltsam ist, denn ich war doch weiterhin schwächer. Bei meinen Brüdern hielt er sich nicht derart zurück. Verbeugt hätte ich mich niemals vor ihm, da wäre ich lieber gestorben.«

Er sah das zornige Auffunkeln ihrer Augen.

»Gefallen dir deshalb westliche Frauen, weil du von einer von ihnen zum ersten Mal geküsst wurdest?«, fragte sie und rollte sich wieder neben ihm zusammen, um ihn spöttisch anzusehen.

»Im Augenblick gibt es nur eine Frau, die mir wirklich gefällt«, stellte er fest und staunte gleichzeitig, da diese Aussage völlig der Wahrheit entsprach. Bisher hatte er in Frauen vor allem eine angenehme Zerstreuung gesehen, doch Elsa berührte eine Stelle in ihm, die tiefer lag, obwohl sie in keinster Weise der Heldin einer romantischen Liebesgeschichte ähnelte. Ihr scharfer, ungeschliffener Verstand war eine stete Herausforderung, die ihn reizte. Er mochte ihren Widerspruchsgeist und ihre Sturheit, doch machte es ihn auch stolz, wie sie ihn nun ansah. Etwas Weiches, ungewohnt Weibliches lag plötzlich in ihrem Blick, während sie ihren Körper an den seinen presste und dann die Augen schloss. Die streitlustige, mitunter rechthaberische Kratzbürste war für ein paar Augenblicke verschwunden. Stattdessen schlang sie ungeduldig ihre Beine um seine Hüften und zog ihn auf sich. Sie hatte diese Dinge ebenso schnell gelernt wie das Essen mit Stäbchen und die wesentlichen Sätze zur Verständigung mit den Dienern. Die Selbstverständlichkeit, mit der sie dieser Reise zugestimmt und ihn bereits am ersten Abend in ihr Haus gelassen hatte, hatte ihn völlig verblüfft, ebenso wie der Blutfleck, den er anschließend auf dem Laken entdeckt hatte. Er hatte nicht damit gerechnet, ihr erster Liebhaber zu sein. Manchmal fragte er sich, ob er ihr kein Unrecht angetan hatte, indem er ihre Aussichten auf die Heirat mit einem Mann aus ihrer Heimat verschlechterte, doch Elsa schien völlig frei von Forderungen oder Erwartungen.

Er küsste sie, streichelte ihre Brüste, die schmalen Hüften und ließ seine Finger schließlich in ihren Körper fahren. Sie stöhnte leise. »Komm endlich«, drängte sie, und ihre Hand glitt an seinem Körper hinab, bis sie berühren konnte, wonach sie sich sehnte. Sie sah ihn unter halb geschlossenen Lidern an und eine feine Röte überzog ihre Wangen. In diesem Moment war sie für ihn die schönste Frau der Welt.

Elsa hatte ihren Kopf an seine Schulter gelehnt und schlief, als er das zaghafte Klopfen an der Tür vernahm. Zunächst war er versucht, den Diener verärgert abzuweisen, doch dann überwog seine Unruhe, denn wegen einer Banalität hätte man ihn jetzt sicher nicht gestört.

»Es ist eine Nachricht für Euch eingetroffen«, sagte Shifu und vermied es geflissentlich, die nur halb zugedeckte Fremde neben seinem Herren anzusehen. Wenrou warf sich rasch den Morgenmantel über die Schultern, dann ergriff er das zusammengerollte Blatt Papier. Es enthielt Gulaos Siegel, wie er mit einem nervösen Kribbeln im Bauch erkannte.

»Bring uns noch etwas Tee«, wies er den Diener an, denn er wollte die Nachricht unbeobachtet lesen. Shifu warf einen raschen, höchst skeptischen Blick auf Elsa, bevor er wieder hinausging.

»Steht da etwas Wichtiges drin?«, fragte Elsa und rieb sich den Schlaf aus den Augen. Wenrou schenkte ihr Tee ein, anstatt zu antworten. Sie wickelte sich in eine Decke, stellte ihre Beine auf den Boden und streckte die Hand nach der Tasse aus. Er musterte ihr schmales, etwas herbes, kluges Gesicht. Eine Woge von Wärme und Sehnsucht schwemmte alle anderen Empfindungen in ihr hinweg, doch unmittelbar darauf überkam sie eine Ahnung von Gefahr.

»Du musst fort, nicht wahr?«, fragte Elsa leise. Etwas in ihrem geraden Blick machte jede Ausflucht unmöglich.

»Ich wurde von meinem Schwiegervater zu Hilfe gerufen, denn die internationalen Rettungstruppen sind da«, sagte er daher und legte das Schreiben auf den Tisch. Elsa senkte kurz den Blick. Wieder meinte er, die sich überschlagenden Gedanken hinter ihrer Stirn sehen zu können.

»Was ist mit eurem geplanten Widerstand? Wird es jetzt in der Stadt zu Gefechten kommen, an denen du teilnehmen musst?«

Er meinte, einen leisen Ton der Angst in ihrer Stimme zu hören, aber ihre Miene blieb völlig gefasst.

»Mit vielen Kämpfen ist wohl nicht zu rechnen«, erwiderte er. »General Li Pingheng hat die Lage in China völlig falsch eingeschätzt. Die meisten Provinzgouverneure haben ihm nicht einmal die befohlenen Truppen geschickt. Man könnte sagen, dass wir Chinesen nicht unbedingt zum Heldentum geboren sind.«

Sein Lachen hatte spöttisch klingen sollen, doch geriet es bitter. So sehr er Li Pingheng zunächst als fast persönlichen

Feind betrachtet hatte, der politische Gegner hinrichten ließ, das völlige, nahezu groteske Scheitern der heroischen Verteidigungspläne verlieh dem alten Schlachtross eine fast tragische Größe.

»Auf einen völlig aussichtslosen Kampf zu verzichten, würde ich eher als vernünftig bezeichnen, denn als feige«, sagte Elsa und musterte das Innere ihrer Teetasse.

»Die Rettungstruppen werden zunächst zum Gesandtschaftsviertel ziehen«, überlegte sie dann weiter. »Ich ... ich ... also ... ich habe ein paar Freunde dort. Ich möchte natürlich erfahren, wie es ihnen ergangen ist.«

Dann stemmte sie beide Arme neben sich auf die Bettkante, als wollte sie aufbrechen, blieb aber mit einem fragenden Blick in seine Richtung sitzen.

»Draußen wartet eine Sänfte auf mich«, teilte Wenrou ihr mit. »Wenn du willst, kann ich dich auch in die Stadt zurückbringen lassen. Aber vielleicht wäre es im Augenblick sicherer für dich, hierzubleiben. Du kannst natürlich jederzeit zu deinen Leuten zurückgehen.«

Etwas zuckte in Elsas Gesicht, doch was auch immer sie empfinden mochte, sie sprach es nicht aus. Zu viele Fragen waren zwischen ihnen ungeklärt geblieben, sie hatten einfach nur die gemeinsame Zeit genutzt, die ihnen vergönnt war. Und nun ging sie zu Ende.

»Ich warte, bis du wiederkommst«, beschloss Elsa nach einer Weile. »Meine Leute sind ja erst einmal gerettet.«

Sie zogen sich beide schweigend an und gingen gemeinsam in den Hof hinaus, wo die Sänfte bereits wartete. Elsa schlang vor der versammelten Dienerschaft die Arme um seinen Hals, was zu fassungslosem Starren und etwas Getuschel unter den Dienern führte. Er überlegte, wie er ihr auf schonende Weise beibringen konnte, dies in Zukunft in der Öffentlichkeit zu unterlassen, dann fiel ihm ein, dass sie sich wahrscheinlich bald endgültig voneinander verabschieden mussten. Der Gedanke schnürte ihm die Kehle zu, sodass er sich rasch von ihr abwandte. Er beauftragte Shifu nochmals, sich um Elsa zu kümmern, bis er zurückkommen würde, dann stieg er in die Sänfte und zog die Vorhänge zu.

Als Wenrou die Umrisse der Stadtmauern am Horizont erblickte, versuchte er, sich auf die neue politische Lage einzustellen, die völlig katastrophal zu sein schien. Zwei ermordete Diplomaten, zudem noch etliche abgeschlachtete Missionare, Priester und Nonnen würden den Zorn der westlichen Mächte auf sein Land ziehen. Vielleicht würde Cixi, der alte Buddha, ihre Macht niederlegen müssen, und dann könnte der Kaiser Guangxu wieder mehr sein als nur eine Marionette. Die mahnenden Worte seines Schwiegervaters kamen ihm in den Sinn. Zaitian war in der Tat ein sehr zarter, ängstlicher Mensch, ein geborenes Opfer für Intriganten. Doch wenn ihm geeignete Ratgeber zur Seite standen … Zhen Fei, die einzig wahre Liebe des jungen Kaisers, würde aus ihrem Verlies befreit werden. Sie besaß eben jene Energie, die Zaitian fehlte. Der in Ungnade gefallene Li Hongzhang würde in den kaiserlichen Palast zurückgeholt werden, und der war schlau genug, um Japaner und andere Aggressoren in ihre Schranken zu weisen. Kurz keimte Hoffnung in ihm auf. Vielleicht würde nun ein neues China entstehen, in dem es eine gemeinsame Zukunft für einen Mandschubannermann und eine europäische Frau gab.

In der Stadt herrschte völliges Chaos. Die Tore waren offen, denn der Widerstand gegen die anrückenden Truppen musste sehr schnell gebrochen worden sein. Wenrou wurde durch eine fast ausgestorbene Hatamen-Straße getragen, deren Häuser teils zerstört, teils verbarrikadiert waren. Wer nicht rechtzeitig geflohen war, kauerte hinter Mauern in der Hoffnung, von den Eroberern verschont zu werden. Vereinzelte Schüsse erklangen, es roch nach Brand und manchmal drangen Schmerzensschreie aus der Ferne, doch war die Lage vor Wenrous Abreise nicht anders gewesen. Es liefen weiterhin chinesische Soldaten herum, nur kamen jetzt auch westliche und japanische Uniformierte hinzu, die Gewehre abfeuerten und Eingangstüren einschlugen. Die Sänftenträger liefen im Eilschritt, schwenkten in enge, schmutzige Seitengassen ab, um keine Aufmerksamkeit auf sich zu ziehen. Schließlich gelangten sie zum Haus der Ya Hala, das völlig unversehrt und sicher verschlossen wirkte, doch öffnete sich das Eingangstor nach ein paar Rufen der Träger. Wenrou wurde ohne weitere Begrüßungen in die Gemächer des Hausherrn geführt.

Gulao wirkte älter, als er ihn in Erinnerung hatte. Mit vorgebeugten Schultern saß er auf seinem Stuhl, und als er aufblickte, um Wenrou zu begrüßen, fielen ihm seine blutunterlaufenen Augen auf.

»Ich bin sehr froh, dich hier zu sehen«, sagte er mit ungewohnter Wärme. »Im Augenblick mangelt es hier im Haus an vernünftigen Menschen.«

»Wo ist Qingbai?«, fragte Wenrou, denn es überraschte ihn, dass seine Frau ihrem Vater in einer solchen Lage nicht beistehen wollte.

»In ihrem Schlafgemach«, antwortete der alte Herr leise. »Es gibt Dinge, die ich ihr nicht zu sagen wage.«

Er lehnte sich seufzend zurück und forderte Wenrou mit einer Handbewegung auf, ebenfalls Platz zu nehmen.

»Der alte Buddha ist heute im allerersten Morgengrauen geflohen«, begann er zu erzählen. »Ronglu ging mit ihr, auch der junge Kaiser. Alle haben sich als einfache Bauern verkleidet und wurden in Karren aus der Stadt geschmuggelt. Welch eine Demütigung das für diese eitle Frau bedeuten muss!«

Er lachte laut und bitter auf. Wenrou versuchte, die Neuigkeiten möglichst schnell in seinem Kopf zu ordnen. Was würde aus Beijing werden, wenn selbst der vernünftige Ronglu es einfach den Eroberern überließ?

»Ist die Lieblingskonkubine des Kaisers, Zhen Fei, auch mitgekommen?«, fragte er, denn er wusste, wie wichtig es für Zaitian wäre, diese Frau in Sicherheit zu wissen.

Sein Schwiegervater schüttelte den Kopf.

»Sie flehte darum, weil sie Angst hatte, den Eroberern in die Hände zu fallen, doch der alte Buddha mag das Mädchen weiterhin nicht leiden. Sie hat sie den Eunuchen überlassen.«

Wenrou zuckte wie unter einem Hieb zusammen, dann sprang er auf die Beine.

»Begreift Ihr denn nicht, was dies bedeutet?«, rief er seinem Schwiegervater lauter und empörter zu, als er jemals mit ihm zu reden gewagt hatte. »Der Obereunuch Li Lianying hasst Zhen Fei fast noch mehr, als die Kaiserinwitwe es tut!«

»Es war ein Befehl der Kaiserinwitwe«, erwiderte der alte Herr mit Nachdruck. »Keiner der Anwesenden, die in aller Hast zusammengerufen worden waren, wagte es, ein Wort dagegen zu sagen. Auch der junge Kaiser nicht.«

»Natürlich nicht, denn es hätte keinen Sinn gehabt«, schnaubte Wenrou und lief unter dem verstörten Blick seines Schwiegervaters ein paar Schritte im Raum herum.

»Wie lange ist die kaiserliche Familie schon weg?«, fragte er, nachdem er einen ebenso gewagten wie unverrückbaren Entschluss gefasst hatte.

»Sie schickten uns vor etwa einer westlichen Stunde nach Hause«, erwiderte der Hausherr, in dessen Schlafgemach eine Schweizer Uhr tickte. »Dann mussten sie noch ihre Flucht vorbereiten, aber verschwunden dürften sie auf jeden Fall schon sein.«

»Gut«, sagte Wenrou nur. »Dann brauche ich nur noch mein Schwert und ein Pferd. Ihr könnt mich begleiten, wenn

Ihr wollt. Gemeinsam schaffen wir es vielleicht schneller, das Mädchen zu retten.«

Zum ersten Mal sah das Oberhaupt der Ya Hala völlig fassungslos aus, als habe die Welt sich in einer Weise entwickelt, die er nicht mehr begreifen konnte.

»Du widersetzt dich einem kaiserlichen Befehl!«

Es klang mehr wie eine entgeisterte Frage denn wie ein Vorwurf. Wenrou wusste, was zudem unausgesprochen blieb, nämlich dass er sich anmaßte, ohne Einverständnis des Familienoberhaupts handeln zu wollen.

»Es geht darum, den Mord an einer wehrlosen jungen Frau zu verhindern«, erwiderte er nur. »Die kaiserliche Familie ist schon fort und wer weiß, ob sie jemals wieder in den Palast einziehen kann!«

Ohne von Gulao Abschied zu nehmen, hastete er auf den Hof hinaus, rief einem der hektisch herumhuschenden Diener zu, sein Pferd zu satteln, und ging sein Schwert holen. Als er es umgeschnallt hatte, überkam ihn kurz ein Moment der Angst vor der eigenen Entschlossenheit, doch blieb ihm keine Zeit zum Grübeln. Er lief wieder hinaus und sah sich nach dem Diener um, der das Pferd bringen sollte. Ihm fiel ein, dass sein Schwiegervater seinen Plan leicht vereiteln konnte, indem er allen Dienstboten die Weisung gab, kein Transportmittel herauszurücken, und erwog in einem Anfall von Zorn, dann einfach zu Fuß zu laufen, da sah er den alten Herrn langsam auf sich zu kommen.

»Warte, mein Sohn. Du hast recht, und ich werde dich begleiten, doch sollten wir auch ein paar der Wachmänner mitnehmen, damit wir wirklich bis zu der kaiserlichen Konkubine vordringen können.«

Wenrou unterdrückte den Impuls, ihm freudig um den Hals zu fallen, und wartete, bis alles zum Aufbruch bereit war. Auch Gulao hatte sich ein Schwert umgehängt, und nachdem gleich mehrere Pferde aus dem Stall gebracht worden waren, ging es los.

Glücklicherweise war der Weg zur Verbotenen Stadt nicht weit, denn dem Knallen von Schüssen nach zu urteilen, konnten die Hilfstruppen nicht mehr weit sein. Wenrou ging davon aus, dass sie sich zunächst um das Gesandtschaftsviertel kümmern würden, vielleicht auch um die ebenfalls belagerte Nordkathedrale, was ihm und Gulao noch genug Zeit gab, in den Kaiserpalast vorzudringen. Sie begegneten nur zahlreichen, zugedeckten Karren, die aus der Stadt gezogen wurden, als seien auch andere Leute auf die Idee gekommen, wie die kaiserliche Familie zu fliehen. Ein paar verstreute chinesische Soldaten lungerten an Straßenecken herum, sichtlich unwillig, den aussichtslosen Kampf gegen das internationale Heer anzutreten. Wenrou ging davon aus, dass zwar Dong Fuxiangs Kansu-Krieger bis zum bitteren Ende entschlossen Widerstand leisten würden, aber ihre Zahl war schlichtweg zu gering, als dass sie überhaupt eine Chance auf Sieg hätten. Beijing war bereits so gut wie erobert, was auch daran zu erkennen war, dass sie durch einen verlassenen Seiteneingang ungehindert in die Verbotene Stadt gelangten und niemand ihnen den Weg zu den kaiserlichen Gemächern versperrte. Dienstmädchen, Eunuchen und auch einige aufgescheuchte Konkubinen hasteten herum, um ein paar Wertgegenstände oder auch sich selbst irgendwo zu verstecken, bevor der Palast gestürmt wurde. Wenrou und seine Gefolgschaft fielen kaum auf, nur einmal warf sich ihnen eine junge Frau zu Füßen und flehte darum, vor den fremden Teufeln gerettet zu werden. Wenrou hätte sie gern beruhigt, doch war dazu keine Zeit, sodass er ihr nur durch ein Zeichen zu verstehen gab, dass sie ihnen folgen konnte, wenn sie wollte. Da sie aber nicht aus dem Palast hinausliefen, blieb das Mädchen etwas verwirrt zurück.

»Wo ist die Konkubine Zhen Fei?«, fragte er schließlich einen jungen, schmächtigen Eunuchen, der mit ein paar Schriftrollen an ihnen vorbeihastete. Der Jüngling warf ihnen einen verstörten Blick zu, musterte kurz die Schwerter an ihren Gürteln, um dann sehr hastig zu antworten: »Zuletzt sah ich sie neben der Halle der Harmonie. Li Lianying ist bei ihr.«

Als sei dies allein Grund genug, sich möglichst weit von diesem Ort zu entfernen, lief er sogleich weiter.

»Schnell!«, rief Wenrou seinem Schwiegervater zu und begann gleichzeitig zu rennen, bis der Atem in seiner Kehle rasselte. Er erreichte den Jingqige Pavillon, wo Zhen eingesperrt worden war, und als er den gellenden Schrei einer jungen Frauenstimme hörte, stürmte er mit letzter Kraft voran.

Zhen Fei hing im Griff mehrerer Eunuchen, die sie in Richtung eines schmalen Brunnens zerrten. Ihre Frisur hatte sich aufgelöst und dunkle Strähnen fielen wie Striche über ihr Gesicht, das wesentlich blasser und eingefallener schien, als Wenrou es in Erinnerung hatte. Ihr Mund war ein rundes Loch, aus dem ein wildes, zorniges Brüllen erklang. So heftig trat sie nach ihren Angreifern, dass sie sich immer wieder für winzige Augenblicke befreien konnte, nur um gleich wieder ergriffen zu werden.

Der junge Kaiser hatte sie eben wegen dieser Willenskraft geliebt, ihrer schlichten Weigerung, sich gehorsam in Umstände zu fügen, an denen sie zu ersticken glaubte. Wenrou riss sein Schwert hoch. Es konnte nicht zu schwer sein, vier Eunuchen zu verjagen, die alle damit beschäftigt waren, eine schmächtige, zornige Frau festzuhalten. Da erschien im Hintergrund Li Lianyings Gestalt, fast, als sei er wie ein Geist aus der Mauer getreten. Die Klinge eines Messers blitzte auf, dessen Griff in der Hand des Obereunuchen lag. Wenrou setzte zum ersten Schwerthieb an, doch ein gellender Aufschrei ließ ihn in der Bewegung erstarren. Ein letztes Mal hatte Zhen Fei versucht, sich gegen ihr Schicksal aufzulehnen und ihren Protest kundgetan, bevor sie sich in ein regloses Bündel zu Füßen der Eunuchen verwandelte. Nur ihre Beine zuckten leicht, während das Blut aus ihrer aufgeschlitzten Kehle strömte.

Li Lianying, der wie ein Panther auf sein Opfer losgesprungen war, wischte die Klinge mit einem Tuch ab.

»Werft sie in den Brunnen«, wies er die anderen Eunuchen an, ohne Wenrou eines Blickes zu würdigen. »Wir werden sagen, dass sie selbst hineinsprang. Dadurch wird ihr Gesicht gewahrt und ihre Familie gerät nicht in Verruf.«

»Der Brunnen ist zu klein, Herr«, wagte einer der Eunuchen einzuwenden. Li Lianying machte eine abfällige Handbewegung.

»Dann entfernt die Steine und grabt ein tieferes Loch. Oder werft sie auf irgendeine Müllhalde, wer wird es schon erfahren?«

Der Obereunuch wandte ihnen den Rücken zu, während Wenrou aus der ersten Schreckstarre erwachte. Noch niemals hatte er einen derart dringlichen Wunsch empfunden, das Leben eines anderen Menschen auszulöschen, doch die mahnende Hand seines Schwiegervaters hinderte ihn daran, sein Schwert in den ungeschützten Rücken des Obereunuchen zu bohren.

»Dafür wirst du hingerichtet werden, mein Sohn«, hörte er den alten Herrn sagen. Li Lianying drehte sich um und musterte sie beide gleichmütig, ruhig, abwartend, als wisse er nicht, ob er die verhinderten Retter einer zum Tode Verurteilten auslachen oder einfach nur ignorieren sollte. Wenrou spürte, wie sein Zorn sich in eisigen Hass verwandelte, der ihm klarmachte, dass unüberlegtes Handeln tatsächlich verkehrt wäre. In diesem Moment stellten sich die Wachmänner seines Schwiegervaters zwischen ihn und die Eunuchen, um ihn endgültig an einer Dummheit zu hindern.

»Lass uns gehen, mein Junge. Dieses Land wird Männer wie dich in Zukunft nötig haben«, sagte Gulao und legte erstmals einen Arm um seine Schultern, um ihn langsam fortzuziehen. »Es nützt nichts, Li Lianying zu töten. Wir müssen vernichten, wofür er steht: Korruption und Willkür.«

Wenrou folgte seinem Schwiegervater langsam aus dem Palast und hörte dessen Worte herabrieseln wie Regen.

»Zhen Fei hat ihr eigenes Schicksal besiegelt, indem sie den alten Buddha beleidigte. Sie nannte es feige, einfach zu fliehen, und schlug vor, dass der Kaiser Guangxu im Palast bleiben solle, um mit den fremden Mächten zu verhandeln.«

»Und was war so falsch an diesem Vorschlag?«, begehrte Wenrou auf.

»Nichts, nur verstand es unsere alte Kaiserinwitwe wohl als Drohung. Sie fürchtete, die Fremden könnten sie entmachten und ihren Neffen wieder zum richtigen Herrscher machen. Zhen Fei war schon immer sehr ungeschickt in ihrem Vorgehen.«

»Warum? Weil sie mutig genug war, ihre Meinung zu sagen?«

»Nicht nur das. Als Guangxus Lieblingsfrau bereicherte sie sich, indem sie Ämter verkaufte. Dadurch geriet sie Li Lianying in die Quere, der das vorher allein gemacht hatte, und zog seine Feindschaft auf sich. Folglich wurde sie von ihm bei der Kaiserinwitwe angeschwärzt, und das war ihr Untergang.«

Wenrou blieb kurz stehen und lachte bitter auf.

»All das war natürlich ein überzeugender Grund, sie umzubringen!«

Das Gefühl der eigenen Machtlosigkeit schnürte ihm die Kehle zu. Seit seiner Rückkehr aus Amerika hatte er darum gekämpft, wieder Wurzeln schlagen zu können und sein Land zum Besseren zu verändern, doch schien dieser Versuch zum Scheitern verurteilt zu sein. Wie würde Zaitian es in Zukunft ertragen können, sich einer machtgierigen, störrischen alten Frau zu unterwerfen, die seine Geliebte auf dem Gewissen hatte? Eine dringliche Sehnsucht nach Elsa überkam ihn, nach ihrer tröstenden Wärme und auch der nüchternen Sachlichkeit, mit der sie die Welt zu betrachten verstand. Sobald er ihr erzählt hätte, was heute geschehen war, würde er sich etwas leichter fühlen.

»Wo ist eigentlich Prinz Duan?«, fiel ihm plötzlich ein, als sie den Palast bereits verlassen hatten, und plötzlich bemerkte er einen Schatten auf dem Gesicht seines Schwiegervaters.

»Eben das wollte ich meiner Tochter die ganze Zeit nicht sagen«, murmelte er nur.

»Meine Tochter ist mir stets das Liebste meiner Kinder gewesen«, erzählte Gulao, nachdem sie wieder das Haus der Ya Hala erreicht hatten und Diener ihnen Tee gebracht hatten. »Ich hatte noch zwei Söhne von meinen Konkubinen, aber sie enttäuschten mich. Einer starb an Opiumsucht, der andere verschwand eines Tages und kehrte nicht mehr zurück. Qingbai hingegen war immer schon stark und klug. Vielleicht beging ich einen Fehler, indem ich sie wie einen Jungen die alten Gelehrten lesen ließ, aber es machte mir Freude, sie zu unterrichten.«

Wenrou kam langsam zur Ruhe, obwohl er am liebsten auf der Stelle zu Elsa aufgebrochen wäre. Doch verbot ihm sein Pflichtgefühl, sich zu entfernen, nun, da das Familienoberhaupt offener mit ihm redete als jemals zuvor.

»Ich sehe keinen Grund, warum kluge, wissbegierige Mädchen nichts lernen dürften«, erwiderte er.

»Ja, das sind die modernen, westlichen Ideen«, erwiderte sein Schwiegervater seufzend und lehnte sich in seinem Stuhl zurück, um den Tee zu schlürfen. »Aber nun habe ich eine schwierige Tochter. Sie hat ihre eigenen Vorstellungen und handelt entsprechend, anstatt sich meinem und deinem Willen zu fügen, wie es ihre Pflicht wäre.«

»Vielleicht …«, begann Wenrou sich zaghaft auf gefährliches Gelände vorzutasten. »Vielleicht hätte sie den Mann heiraten sollen, den sie sich wünschte. Ich bin es nicht.«

Der alte Herr hob langsam den Blick zu Wenrous Gesicht, sah ihn ernst, fast betrübt an.

»Du weißt von Prinz Duan?«

»So ist es.«

Wenrou sah keinen Sinn darin zu lügen, obwohl er fast Mitleid mit seinem Schwiegervater empfand, als der schuldbewusst den Blick senkte.

»Qingbai traf ihn, als er mein Haus besuchte. Er sah sie nur kurz, denn ich achtete darauf, dass sie sich keinen fremden Männern zeigte. Aber ein winziger Augenblick reichte wohl. Sie ist ein schönes Mädchen, und Prinz Duan war ihr Held, seit er aus Empörung über die Unterjochung unseres Landes öffentlich sein Schwert zerbrach. Was danach geschah … es war wohl, weil ich ihr stets zu viele Freiheiten ließ. So konnte sie mich hintergehen.«

»Hat Prinz Duan denn nicht angeboten, sie zu seiner Nebenfrau zu machen?« Diese Frage hatte Wenrou lange beschäftigt und er war froh, sie endlich aussprechen zu können.

»Das tat er«, erwiderte Gulao leise. »Aber ich lehnte ab. Ich mochte ihn nicht, und seine politischen Ziele schienen mir Irrsinn. Zudem machte ich mir Sorgen um meine eigenwillige, stolze Tochter. Sie sollte nicht nur eine Konkubine sein, die sich dem Willen der ersten Gattin unterwerfen muss. Das hätte sie unglücklich gemacht.«

Glücklich war sie jetzt aber auch nicht, überlegte Wenrou, doch der alte Herr redete sogleich weiter.

»Da kam sie zu mir, warf sich vor mir zu Boden und gestand mir, dass sie bereits schwanger war. Sie flehte mich an, sie zu Prinz Duans Zweitfrau zu machen, sonst müsse sie sich umbringen.«

Gulao starrte eine Weile stumm in seine Teetasse, dann seufzte er und fuhr fort: »Ich wurde zornig, weil sie auf diese Weise versuchte, mich zu erpressen. Ich verbot ihr, sich zu töten, und sie gehorchte. Ich fand eine andere Lösung, einen begabten Mann aus einer unbedeutenden, aber akzeptablen Mandschufamilie, der durch unvorsichtigen Übermut am Hof in Ungnade gefallen war. Ich wollte ihm eine neue Chance auf eine politische Laufbahn geben. Und meine Tochter sollte einen klugen Gemahl erhalten, zudem in meinem Haus bleiben, sodass ich mich nicht von ihr trennen musste.«

Er hatte mehr an sich gedacht als an Qingbai, erwog Wenrou.

»Vielleicht wäre es klüger gewesen, ihr ihren Willen zu lassen, mit allen Konsequenzen, für die sie selbst verantwortlich gewesen wäre«, schlug er vor, fürchtete kurz den Zorn seines Schwiegervaters, der aber ausblieb.

»Vielleicht. Aber nun ist es eben so, wie es ist. Ich mache mir große Sorgen um Qingbai. Bitte, sprich mit ihr. Du bist ihr Gemahl, und völlig schlecht habe ich meine Tochter nicht erzogen. Sie weiß, dass sie sich deinen Wünschen zu fügen hat.«

Wenrou fühlte sich wie ein Pferd, dem Zaumzeug aufgezwängt wurde, obwohl es lieber frei drauflos galoppiert wäre. Aber er war nicht in der Lage, sich dem Wunsch des freundlichen, zermürbten alten Mannes zu widersetzen.

Kapitel 40

Qingbai saß auf der Bettkante, hatte ihr Haar mit Blumen geschmückt und sich sorgfältig geschminkt. Sie sah aus, als wollte sie bald schon Gästen vorgestellt werden, die aber ausgeblieben waren, denn ihre Füße in den hochhackigen Holzschuhen wippten ungeduldig. Als sie Wenrou erblickte, verzog sie angewidert ihr Gesicht.

»Ich dachte, mein Gemahl wäre bei seiner eigenartigen Geliebten, von der er sich nicht mehr losreißen kann«, begann sie schnippisch.

»Ich wurde leider gezwungen, mich loszureißen.«

Wenrou setzte sich an ihre Seite und sah ihr gerade ins Gesicht. Erstaunt stellte er fest, dass er diesen Augenblick durchaus genoss.

»Dein Prinz Duan wird nicht kommen, um dich zu holen, ganz gleich, was er vielleicht versprochen hat. Er ist bereits aus Beijing geflohen.«

Qingbais Kopf flog so heftig herum, dass sich zwei winzige Papierrosen aus ihrer Frisur lösten und zu Boden glitten.

»Du lügst! Prinz Duan würde niemals vor seinen Feinden fliehen!«

»Eben dies hat er getan, anders als General Li Pingheng, der sich das Leben nahm, da sein Versuch, die fremden Truppen aufzuhalten, gescheitert ist. Dein Vater kann bezeugen, dass Prinz Duan mit der kaiserlichen Familie die Stadt verließ.«

Er beugte sich näher zu Qingbais Gesicht, das nichts weiter als Fassungslosigkeit ausdrückte.

»Er hat es seiner Frau, einer Vertrauten der Kaiserinwitwe, zu verdanken, dass der alte Buddha ihm vergab, in welche Misere er unser ganzes Land gestürzt hat. Daher wird er diese Gemahlin jetzt sicher nicht verärgern wollen, indem er sich eine junge, schöne Konkubine ins Haus holt.«

Als der Schmerz kurz und heftig wie ein Blitz durch Qingbais makelloses Gesicht fuhr, schämte er sich fast für seinen spöttischen Tonfall.

»Er wäre niemals fortgegangen, ohne mir wenigstens eine Nachricht zu schicken«, beharrte Quingbai, doch klang sie nun so leise und kläglich, dass der Zweifel in ihrer Stimme nicht zu überhören war.

»Ich vermute, dass er keine Zeit dazu hatte«, fuhr Wenrou etwas versöhnlicher fort. »Vielleicht wirst du später noch ein Schreiben erhalten. Aber aus deinem Traum, deinen Geliebten als zukünftigen Herrscher Chinas zu sehen, wird wohl nichts werden. Er muss jetzt zusehen, dass er seinen Kopf rettet, und wird sich keine Eskapaden mehr erlauben können, wie etwa die heimliche Liebschaft mit der Tochter aus einem angesehenen Mandschuclan.«

Qingbai sprang auf und eilte zu einem kleinen Tisch in der hintersten Ecke des Zimmers, als könne sie seine Nähe nicht länger ertragen.

»Das sind Lügen«, wiederholte sie hartnäckig. »Alles Lügen.«

Gleichzeitig griff ihre Hand in eine Schublade. Wenrou erstarrte, als er zum zweiten Mal an diesem Tag eine Klinge aufblitzen sah. Qingbai hielt den kleinen Dolch zunächst wie eine Kerze hoch, als wisse sie selbst nicht so recht, was sie damit anfangen sollte.

»Prinz Duan und ich werden vereint sein«, sagte sie dann leise. »Auf die eine oder andere Weise.«

Sobald er ihre nächste Bewegung erahnt hatte, sprang er auf und hastete in ihre Richtung. Die Klinge hatte ihre Kehle nur leicht aufgekratzt und einen feinen Blutstrom aus der weißen Haut gelockt. Es war nicht einmal schwer, ihr den Dolch zu entreißen, aber er wusste, dass sie genug andere Möglichkeiten hatte, sich zu töten.

»Hör zu«, sagte er und packte sie an den Schultern. Ihre Augen schienen ihm glasig wie die einer Fieberkranken, und er war sich nicht sicher, ob sie den Sinn seiner Worte überhaupt verstehen konnte, doch wollte er nichts unversucht lassen.

»Dein Vater liebt dich und du bist alles, was ihm geblieben ist. Du hast kein Recht, dich zu töten, schon weil du seinen Enkel im Leib trägst.«

Verständnis blitzte in ihrem Gesicht auf, dann verzogen ihre Lippen sich zu einem spöttischen Lächeln.

»Einen Bastard, wie du nur zu gut weißt.«

Wenrou ließ sie los und trat einen Schritt zurück.

»Ich werde das Kind anerkennen und deinem Vater nichts sagen. Es würde ihm das Herz brechen, zu hören, wie du ihn weiterhin hintergangen hast.«

Wieder zuckte etwas in ihrem Gesicht, aber sie vermochte ihre Gefühle nun wie gewohnt hinter einer Fassade aus höhnischem Hochmut zu verstecken.

»Wie großzügig von dir. Ein Kind von deiner weißen Ziege würde mein Vater niemals anerkennen, und so kommst auch du zu einem Erben.«

Er tat ein paar tiefe Atemzüge und rief sich das Unglück in Erinnerung, das sich hinter all ihrer Bissigkeit verbarg. Welchen Sinn machte es, wenn sie sich jetzt gegenseitig mit Worten zerfleischten? Mit langsamen Schritten ging er zu dem Bett zurück und ließ sich darauf nieder.

»Ich schlage vor, dass wir diese Ehe beenden, denn sie hat uns beiden kein Glück gebracht. Das Kind werde ich wie gesagt anerkennen, es aber deinem Vater als Erben überlassen und zu meiner eigenen Familie zurückkehren.«

Qingbai stieß einen Laut aus, dessen Bedeutung er nicht erfassen konnte. Sie starrte staunend in seine Richtung und kam freiwillig ein paar Schritte näher.

»Die Leute werden erzählen, dass du mich verstoßen hast.«

»Dein Vater kann sagen, dass er mich wieder fortschickte, weil ich eine Enttäuschung war«, versuchte Wenrou sie zu beruhigen. »Deine Familie ist die angesehenere, daher werden die Leute ihm Glauben schenken. Warum hätte ich freiwillig auf alle Möglichkeiten verzichten sollen, die sich mir hier boten?«

»Ja, warum?«, wiederholte Qingbai mit einem feinen Lachen. »Ist es wegen dieser fremden Frau?«

»Vielleicht«, erwiderte Wenrou ausweichend. »Was kümmert es dich?«

Qingbai legte den Dolch zu seiner Erleichterung nun endgültig auf den Tisch zurück. Dann ging sie neben ihm in die Hocke und hob die Papierrosen vom Boden auf, um sie sorgfältig wieder in ihr Haar zu stecken.

»Glaubst du denn wirklich«, begann sie fast beiläufig, »dass du einer von ihnen werden kannst, nur weil du ihre Zivilisation für die bessere hältst?«

»Ich habe niemals gesagt, dass ich sie für überlegen halte«, widersprach Wenrou. »Ich meine nur, dass wir einiges von ihnen lernen könnten.«

»Aber ihre und unsere Welt passen nicht zusammen. So einfach ist das.«

Qingbai hatte sich freiwillig wieder neben ihn gesetzt und sah ihm ins Gesicht.

»Die Einheit, die sich hinter aller Verschiedenheit verbirgt, ist das ewige Prinzip des Universums«, erwiderte Wenrou gelassen.

»Laozi«, erkannte Qingbai sofort und zog spöttisch eine Augenbraue hoch. »Wenigstens bist du noch kein Christ geworden, wie es scheint. Aber glaube mir, für die fremden Teufel wirst du stets nichts weiter sein als ein dreckiger Chinese, und sobald die Hilfstruppen hier einmarschiert sind, wird deine ziegengesichtige Liebste sich wieder von dir abwenden, weil sie dich nicht mehr braucht.«

Wenrou stand hastig auf, um nicht doch noch in einen bösen Streit hineingezogen zu werden.

»Das lass meine Sorge sein«, erwiderte er eisig, als er mit einem Seufzer der Erleichterung ihr Gemach verließ.

Er überlegte kurz, ob er sich wieder eine Sänfte bringen lassen sollte, aber er wollte ohne irgendein Stück Eigentum der Ya Hala losziehen. Da er die ganze Strecke schlecht zu Fuß laufen konnte, holte er schließlich selbst das älteste der Pferde aus dem Stall und legte ihm einen schlichten Sattel auf. Einige der Diener musterten ihn ungläubig, als er die Residenz freiwillig verließ, doch niemand hielt ihn zurück.

Die Schüsse waren nun lauter und zahlreicher geworden, aber sie schienen aus der Ferne zu kommen. Wenrou hoffte, ungehindert aus der Stadt zu gelangen, wenn er sich beeilte. Dann würde er ohne Rast reiten, bis er wieder zu Elsa gelangt war, und sie fragen konnte, ob sie weiter an seiner Seite bleiben wollte oder nicht. Yung Wing, der damals das Auslandsstudium für hundertsechzig chinesische Jungen organisiert hatte, hatte kurz nach ihrer Ankunft in Connecticut eine Amerikanerin geheiratet, sehr zum Missfallen vieler konservativer Konfuzianer. Eine solche Verbindung war also möglich, nur musste er einen Weg finden, Elsa ein angemessenes Auskommen zu bieten und auch jene Freiheiten, die sie als europäische Frau gewöhnt war. Wenn er wenigstens die Gelegenheit gehabt hätte, einen amerikanischen Studienabschluss zu erlangen, dann könnte er sich nun in Shanghai oder einer anderen internationalen Stadt nach einer Arbeit als Ingenieur umsehen. Doch waren alle chinesischen Schuljungen früher als erwartet von der kaiserlichen Familie zurückbeordert worden, sodass er gerade einmal die High School hatte beenden können. Außerhalb des chinesischen Beamtenwesens, wo sein Titel als ›Jŭrén‹ und seine Herkunft als Mandschubannermann ihm einige Türen öffnen konnten, gab es für ihn kaum ein Auskommen. Doch als Gemahlin eines chinesischen Staatsbeamten würde Elsa kaum akzeptiert werden, und falls doch, so müsste sie sich allen Beschränkungen fügen, die vornehmen Chinesinnen auferlegt waren. Selbst wenn sie zustimmte, so wollte er ihr ein solches Leben nicht zumuten, denn es hätte sie nicht glücklich gemacht.

Er war derart in Gedanken versunken, dass er die Soldaten erst bemerkte, als sie unmittelbar vor ihm standen. Die Farbe ihrer Uniformen schien ihm grau, doch mochte es an dem Schmutz liegen, der an ihnen klebte. Er nahm die Gewehrmündungen als schwarze Punkte in seinem Blickfeld wahr und hörte Stimmen in der ihm vertrauten, amerikanischen Sprache schreien.

»Da will sich ein Boxer wohl noch schnell davonmachen!«

Wenrou erklärte in seinem fließenden Englisch, das ihn wie einen Landsmann dieser Leute klingen ließ, dass er keineswegs ein Boxer war, sondern ein Staatsbeamter, der sich auf sein Landhaus zurückziehen wollte, bis dieser Krieg beendet war.

Grölendes Gelächter folgte. Die Münder der Männer glichen roten, gierigen Schlünden, die Luft in sich aufsogen.

»Komm von deinem Pferd runter, Chink«, wurde er aufgefordert, und bevor er diesem Befehl hatte folgen können, rissen bereits Hände an seinen Beinen. Er unterdrückte den Impuls, sie zur Seite zu treten, denn dadurch hätte er seine Angreifer noch weiter provoziert. Die Angelegenheit würde sich klären, hoffte er, und ergab sich ohne Widerstand, der ohnehin sinnlos gewesen wäre, da er keine Waffe bei sich trug. Fäuste droschen auf ihn ein und stießen ihn zu Boden. Er spürte Tritte in seinem Rücken, während seine Kleidung durchwühlt wurde.

»Vornehm sieht er aus, aber Geld hat er keines!«, rief eine tief brummende Stimme. Nun wurde er in die Nieren getreten und bäumte sich auf, da der Zorn alle Vorsicht beiseitefegte. Er war niemals ein Mann gewesen, der sich gern prügelte, und staunte daher, mit welcher Kraft er Hiebe austeilen konnte, bis plötzlich ein Gewehrkolben gegen seine Stirn schlug und ihn wieder auf den Boden beförderte. Der Schmerz zersprang in winzige, glänzende Funken, die ihm die Sicht raubten.

»Der sieht aus wie einer von diesen hinterhältigen Mandarinen, die das alles angezettelt haben«, meinte nun ein sehr junger Mann und lautes Gebrüll folgte.

»Christliche Kinder ließ er massakrieren und unsere Frauen schänden. Warum sollen wir ihn verschonen?«

Wenrou versuchte, wieder in eine aufrechte Position zu kommen, auch wenn er die Welt nur noch schemenhaft wahrnahm. Er musste versuchen, mit diesen Männern ein vernünftiges Gespräch zu beginnen, sonst wäre er verloren.

»Ich bin kein Freund der Boxer, denn ich hasse den Westen nicht«, begann er. »Ich habe lange in Amerika gelebt. In Hartfield, Connecticut.«

Das schien tatsächlich für einiges Staunen zu sorgen, denn das Gebrüll verstummte für eine Weile. Augenpaare in blauen, grauen und braunen Farbtönen starrten ihn aus von der Sonne rot gebrannten Gesichtern an. Er atmete den Geruch von Schnaps ein.

»Unglaublich, wie vornehm der klingt. Der meint wohl, er wäre ein piekfeiner Herr von der Ostküste!«

Jetzt kehrte das Grölen zurück, begleitet von höhnischem Gelächter und wütendem Protest.

»Ein gewöhnliches Schlitzauge ist er, nichts weiter!«

Als weitere Tritte sich in seinen Magen, seine Oberschenkel und Leisten bohrten, vermochte er ein Stöhnen nicht mehr zu unterdrücken. Jemand zerrte an seinem Zopf, um ihm den Kopf herumzureißen und sein Gesicht in jene Mischung aus Pferdedung, Eselpisse und Staub zu drücken, die den Boden bedeckte.

Lauter als alle triumphierenden Rufe der Soldaten, die ihn eingekreist hatten und eine Flucht unmöglich machten, war in diesem Augenblick Qingbais glockenhelles Lachen in seinem Kopf.

Kapitel 41

»Lies das!«, sagte Jinzi knapp und warf Viktoria, die sich gerade im Bett aufgerichtet hatte, eine Zeitung zu. Das Papier sah bereits recht zerknittert und an manchen Stellen vergilbt aus. Nordwestdeutsche Zeitung, 28. Juli 1900, las Viktoria verwirrt. Wo hatte Jinzi im Haus der Hoovers, einem amerikanischen Ehepaar, das sie in Tientsin großzügig aufgenommen hatte, so ein unbedeutendes, deutsches Provinzblatt aufgetrieben?

»Nun lies endlich den Artikel auf der ersten Seite!«, drängte er ungeduldig. Seufzend rieb sie sich die Augen und begann, sich auf die kleine Schrift zu konzentrieren:

»Kommt ihr vor den Feind, so wird derselbe geschlagen! Pardon wird nicht gegeben! Gefangene werden nicht gemacht! Wer euch in die Hände fällt, sei euch verfallen! Wie vor tausend Jahren die Hunnen unter ihrem König Etzel sich einen Namen gemacht, der sie noch jetzt in Überlieferung und Märchen gewaltig erscheinen lässt, so möge der Name Deutscher in China auf 1000 Jahre durch euch in einer Weise bestätigt werden, dass es niemals wieder ein Chinese wagt, einen Deutschen scheel anzusehen!«

Sie schluckte und tat ein paar Atemzüge, dann überprüfte sie nochmals, dass sie sich beim Namen des Verfassers nicht verlesen hatte.

»Das ist … peinlich«, stammelte sie ratlos. »Ich weiß nicht, welcher Teufel den Kaiser geritten hat, uns mit Hunnen zu vergleichen. Die Welt wird über uns lachen.«

»Ehrlich gesagt, finde ich es nicht besonders lustig, dass meine Leute hier zum Abschuss freigegeben werden«, erwiderte Jinzi eisig. Viktoria wickelte sich in ihre Decke, obwohl es ein heißer Augusttag war.

»Der deutsche Kaiser ist ein störrischer, aufbrausender alter Mann. Ich würde das nicht zu ernst nehmen«, versuchte sie ihn zu beruhigen.

»Nicht zu ernst?« Jinzi sprang auf und lief ein paar Schritte durch den Raum. Auf Viktorias Rat hin hatte er seit ihrer Ankunft in Tientsin europäische Kleidung getragen, die er aber unbequem und einengend fand, was ihn noch reizbarer machte. »Mit diesen Worten wurden die deutschen Truppen nach China geschickt. Sie haben einen Freibrief bekommen, hier nach Lust und Laune Leute abzuschlachten. Ich will nicht wissen, was passiert, wenn sie hier eintreffen.«

»Noch sind sie ja nicht da«, sagte Viktoria leise. Zum ersten Mal wünschte sie sich, dass Generalfeldmarschall von Waldersee vielleicht niemals eintreffen würde, denn die Lage schien bereits weitgehend unter Kontrolle.

Auch in Tientsin hatte es eine Belagerung des Ausländerviertels gegeben und Teile der Stadt waren durch heftige Kämpfe zerstört worden. Als Viktoria und Jinzi die Stadt erreichten, waren die Boxer bereits geschlagen. Auf dem Peiho, jenem Fluss, der die Stadt mit Peking verband, schwammen Leichen und verbreiteten einen üblen Geruch. Sobald sie an den Flussufern angeschwemmt wurden, fraßen wilde Hunde sie auf, da niemand sich für ihre Beisetzung zuständig fühlte. Die Stimmung unter den Ausländern war euphorisch, nun, da sie wieder in Sicherheit waren, doch gleichzeitig herrschte weiter Misstrauen gegenüber Chinesen vor, die schnell verdächtigt wurden, die Boxer unterstützt zu haben. Viktoria ahnte, dass sie ihrem Mann vielleicht das Leben gerettet hatte, indem sie ihn als Engländer ausstaffiert hatte und Arm in Arm mit ihm durch die Stadt gegangen war. Schließlich waren sie der energischen Lou Hoover begegnet, der Frau eines amerikanischen Bergbauingenieurs, die während der Belagerung trotz aller Anfeindungen auch chinesische Christen in ihrem Haus beherbergt hatte. Viktoria hatte die großzügige Einladung erhalten, mit ihrem halbchinesischen Ehemann bei den Hoovers einzuziehen, wo sie ein schönes Zimmer erhielten und vor allen Anfeindungen geschützt waren.

Von dort aus hatten sie am 4. August den Aufbruch der gigantischen Befreiungsarmee beobachtet, deren Ausmaße die Brücken der Stadt zum Schwanken brachten. Französische Zuaven in Rot und Blau, Deutsche mit Pickelhauben, italienische Bersaglieri mit wippenden Federn, bengalische Reiter auf Araberhengsten, Sikhs mit Turbanen, Japaner, Russen, Engländer, die ganze Welt hatte sich in einem gemeinsamen Ziel vereint: das Gesandtschaftsviertel Pekings zu befreien. Damals war Viktoria noch erleichtert gewesen, denn es gab inzwischen einige Lebenszeichen der Belagerten, was bewies, dass sie doch nicht alle massakriert worden waren. Die Glaubwürdigkeit der Daily Mail war damit infrage gestellt. Charlotte und Elsa konnten noch am Leben sein und von den vereinten Mächten gerettet werden. An diese Hoffnung klammerte sich Viktoria nun seit Tagen.

»Ich muss nach Beijing«, hörte sie Jinzi nun sagen. »Charlotte ist in Gefahr.«

»Aber …« Die Worte blieben Viktoria in der Kehle stecken. Sie hatte sagen wollen, dass Charlotte die englische, deutsche und die französische Sprache beherrschte, dass sie sich wie eine Europäerin zu benehmen verstand und deshalb kein westlicher Soldat ihr ein Leid zufügen würde. Doch Jinzi hatte recht. Die Schmährede des deutschen Kaisers verdammte auch ihre Tochter, weil sie eine Chinesin war.

»Ich werde dich begleiten«, sagte sie nur und richtete sich entschlossen auf. Sie sah, wie er zu Widerworten ansetzte, aber letztendlich doch verstummte. Solange Jagd auf Chinesen gemacht wurde, wäre eine deutsche Ehefrau sein allerbester Schutz, ganz gleich, wie gefährlich die Reise nach Peking sein mochte.

»Fahren die Züge wieder?«, fragte sie hoffnungsvoll, erhielt aber nur ein Kopfschütteln zur Antwort.

»Die Schienen müssen erst repariert werden und ebenso der Bahnhof von Beijing. Wir nehmen uns einen Karren, oder besser noch ein Schiff und fahren den Bai He, den weißen Fluss, entlang.«

Viktoria verdrängte den Gedanken an die zahllosen, halb verwesten Körper, denen sie unterwegs wahrscheinlich begegnen würden, ebenso wie womöglich noch quicklebendige Boxerbanden irgendwo in der Gegend lauerten. Die Sorge um Charlotte zermürbte sie nun schon seit Monaten, und nun gab es keine andere Wahl mehr, als sich endlich selbst auf die Suche nach ihr zu machen.

Charlotte versuchte den Kopf zu heben, als über ihr wieder Geschütze zu donnern begannen, doch fehlte ihr die Kraft für eine solche Bewegung. Sie konnte sich nicht einmal erinnern, wann sie zuletzt gegessen hatte. Die meiste Zeit dämmerte sie in einer Art Halbschlaf dahin und träumte von allen möglichen Gerichten, die sie einst geliebt oder auch verschmäht hatte. Sobald sie wieder in die düstere Wirklichkeit zurückgerissen wurde, stachen unsichtbare Schwerter in ihren Leib, sodass sie vermutlich geschrien hätte, wenn dies weniger anstrengend gewesen wäre. Niemals hatte sie geahnt, welch starke körperliche Schmerzen Hunger bereiten konnte.

Neben sich hörte sie Sœur Hélènes schwache, aber regelmäßige Atemzüge und staunte über die Zähigkeit der alten Frau. Sœur Vincenza saß zusammengekauert in einer Ecke des Raumes und hatte die Stirn auf ihre Knie gelegt. Wegen der unerträglichen Hitze hatte sie den Nonnenschleier abgestreift, sodass die grauen Strähnen in ihrem pechschwarzen Haar sichtbar wurden.

Wieder knallte es, und ein paar Splitter brachen aus dem hölzernen Dach, als schlüge ein Riese von oben darauf ein, um sich Eintritt zu verschaffen.

»Wir müssen hier raus!«, rief Charlotte. Das Bemühen, ihrer Stimme noch etwas Kraft zu verleihen, ließ sie nur heiser klingen. Dennoch gelang es ihr, sich in eine aufrechte Position zu zwingen und Sœur Vincenza anzustupsen, die langsam ihr Gesicht anhob. Schwarze Schatten lagen unter ihren Augen, und ihre Haut klebte wie vergilbtes, zerknittertes Papier an ihren Gesichtsknochen, als hätte sie sich innerhalb weniger Tage in eine Greisin verwandelt.

»Sie beschießen dieses Zimmer«, drängte Charlotte nun und schaffte es, endgültig aufzustehen. Dann streckte sie ihre Hand Sœur Vincenza entgegen, um auch ihr auf die Beine zu helfen. Gemeinsam hoben sie die bewusstlose alte Nonne an und trugen sie aus dem Gemach des Bischofs, wo sie untergebracht worden war, in einen angrenzenden Raum, in dem ein Schreibtisch und ein paar Bücherregale standen. Vermutlich handelte es sich um Bischof Faviers Arbeitszimmer, aber er hätte sicher nichts dagegen einzuwenden, wenn Sœur Hélène dort fürs Erste unterkam. Wie lange das Haus des Bischofs wohl noch den Angriffen standhalten würde? Bald bliebe ihnen tatsächlich nichts anderes mehr übrig, als ständig zusammengepfercht in der Kathedrale zu sitzen.

Sie hatten den gebrechlichen Körper der alten Frau auf einem Teppich ausgebreitet, dann ergriff Sœur Vincenza den Rosenkranz um ihren Hals und begann leise das Vaterunser zu beten. Charlotte stimmte ohne Zögern ein. Sie hatte niemals geahnt, wie viel Kraft das stille Murmeln uralter Texte ihr schenken konnte, wenn es nichts anderes mehr gab, an das sie sich hätte klammern können.

Die ersten Gerüchte vom Eintreffen der Rettungsarmee hatten sie alle in einen Zustand der Euphorie versetzt und längst verloren geglaubte Lebensgeister wiedererweckt. Vor zwei Tagen waren drei Soldaten auf einer Mauer gesichtet worden, die eine amerikanische Flagge schwenkten, und alle Einwohner der Peitang jauchzten, tanzten und lachten vor Freude, bis ihnen Tränen übers Gesicht liefen. Doch bald darauf begannen die Angriffe von Neuem, heftiger als jemals zuvor und begleitet von höhnischen Ankündigungen, dass sie alle sterben würden, bevor ihre Befreier sie erreichten. Völlig unabhängig vom Einsatz ihrer Angreifer war diese Drohung sehr glaubwürdig, denn ihre Vorräte waren endgültig erschöpft. Kinder und Kranke erlagen als Erste dem Hunger. Die Überlebenden verloren allmählich die Kraft, sie zu begraben. Bischof Favier hatte eine Fahne an den Türmen der Kathedrale aufhängen lassen, worauf auf Französisch um sofortige Befreiung gebeten wurde, doch bisher hatte kein Retter sich blicken lassen. Leutnant Olivieri hegte inzwischen die Befürchtung, dass die Befreiungsarmee zurückgeschlagen worden war. Charlotte wusste, dass sie darüber verzweifelt sein sollte, aber ihr fehlte die Energie für irgendeine starke Empfindung. Nicht einmal die Vorstellung, ihr Kind zu verlieren, vermochte ihr tiefen Schrecken einzuflößen. Vermutlich waren sie alle zum Sterben verdammt, und bis dieser Moment eintraf, wollte sie nur noch ruhig dasitzen und ihren Träumen nachhängen.

Die Tür des Zimmers öffnete sich knarrend, um Mayi mit einem großen Eimer hereinzulassen.

»Ich habe Baumrinde in heißem Wasser weich gekocht«, sagte sie. »Das füllt den Magen, auch wenn die Nonnen es nicht essen mögen. Der alten Frau könnte es vielleicht das Leben retten.«

Sœur Vincenza hob langsam den Kopf. Der Blick ihrer Augen war leer, als sei sie bereits ein wandelnder Geist.

»Wir können es versuchen. Aber bald schon sind alle Bäume hier kahl, und dann hungern wir weiter.«

Bei Mayis erstauntem Blick musste Charlotte lächeln. Für eine Chinesin, die sehr lange keinen Umgang mit Europäern gehabt hatte, war es immer noch schwer vorstellbar, dass diese seltsam aussehenden Gestalten ihre Sprache verstehen und sogar selbst sprechen konnten.

»Jeder Tag, den wir durchhalten, kann unser Leben retten«, entgegnete Mayi schließlich und ging neben Sœur Hélène in die Hocke.

»Sobald sie aufwacht, sollte sie etwas essen.«

»Ich werde mich darum kümmern«, versprach Charlotte. Gleichzeitig staunte sie über Mayis unerschütterliche Energie, denn ihre Freundin vermochte sich immer noch zu bewegen und wichtige Aufgaben zu erledigen. Konnte es daran liegen, dass sie nicht zum ersten Mal in ihrem Leben hungerte?

»Der Bischof feierte in der Kathedrale gerade das übliche Ritual, wie an jedem Morgen«, erzählte Mayi nun. Charlotte nickte. Sie war gemeinsam mit Sœur Vincenza der Morgenmesse ferngeblieben, weil sie sich um die kranke Sœur Hélène kümmern sollten. Aber hätte sie es überhaupt bis in die Kathedrale geschafft?

Mayi ging ihr gegenüber in die Hocke.

»Es gab wieder heftige Angriffe, der Bischof sprang im letzten Moment hinter eine Säule, sonst wäre er jetzt tot. Aber ein paar Leute haben mitbekommen, dass unsere Belagerer bereits stark bedrängt werden. Die fremden Teufel sind wohl gerade im Begriff, unsere eigenen zu verjagen.«

Charlotte gelang ein weiteres schwaches Nicken. Sœur Vincenza betete ihren Rosenkranz, ohne auch nur den Kopf zu heben. Sie hatten schon zu lange vergeblich gehofft.

Mayi nahm einen hölzernen Löffel und versuchte, Sœur Hélène etwas von dem heißen Wasser einzuflößen, doch floss das meiste davon über deren faltiges Kinn. Dann hörten sie alle plötzlich Schreie, Schüsse und das Trampeln von Füßen im Flur. Ohne weiter nachzudenken, kroch Charlotte hinter den großen Schreibtisch, um sich zu verstecken.

»Kommt her! Schnell!«, rief sie den anderen Frauen zu, aber nur Mayi folgte rasch ihrem Beispiel. Sœur Vincenza blieb neben der alten Nonne sitzen und hielt deren Hand fest, während sie weiter Gebete murmelte. Ihre Augen schlossen sich schicksalsergeben, aber als sich die Tür öffnete, schlug sie sie wieder auf, um entsetzt in Richtung des Eindringlings zu starren.

Ein kleiner, kräftiger Mann in einer weißen Uniform und mit einem Gewehr stand vor ihnen. Seine Augen waren schmal und dunkel, die gelblich braune Haut wies ihn eindeutig als Asiaten aus.

»Sie sind da!«, schrie Sœur Vincenza auf Französisch. »Die Heiden sind da, um uns zu töten!«

Der Mann sah die kreischende Nonne mit stummem Staunen an, winkte dann weitere Soldaten in Weiß herbei. Es waren allesamt Asiaten, doch als sie miteinander zu reden begannen, vermochte Charlotte kein Wort zu verstehen.

»Das müssen Japaner sein«, flüsterte sie Mayi zu, die nach kurzem Zögern zustimmte. Sœur Vincenza saß immer noch schreckerstarrt da, hielt die Hand von Sœur Hélène umklammert und schien auf den Augenblick zu warten, da sie gemeinsam abgeschlachtet würden.

»Die kommen, um uns zu befreien!«, rief Charlotte ihr auf Französisch zu und kam aus ihrem Versteck heraus. Der Anführer der Japaner sah erleichtert über ihr Auftauchen aus, stellte sich als Oberst Toshiwaba vor und begrüßte sie mit einer leichten Verbeugung.

»Ist die Belagerung nun beendet?«, fragte Charlotte auf Chinesisch und erhielt sogleich eine bejahende Antwort, während die anderen Soldaten einer fassungslos schluchzenden Sœur Vincenza auf die Beine halfen.

»Es ist vorbei!«, übersetzte Charlotte die frohe Botschaft ins Französische, in der Hoffnung, dass Sœur Hélène sie hören möge. »Wir sind gerettet.« Dann schob ein schwarzer Schleier sich vor ihre Augen, um die Welt auszusperren.

Die nächsten Tage meinte Charlotte, in einem Zug zu sitzen und durchs Fenster zu sehen, wie die Welt an ihr vorbeiraste. Die Zustände in der Kathedrale änderten sich mit schwindelerregender Geschwindigkeit, nachdem die Japaner für eine Weile das Kommando übernommen hatten. Unmengen von Reis wurden gekocht und an alle Überlebenden verteilt, die gierig lang entbehrte Nahrung verschlangen, teilweise bis sie sich wieder erbrachen. Wer dadurch nicht auf die Beine kam, wurde in ein in Windeseile eingerichtetes Spital gebracht, wo ein japanischer Arzt Medikamente verabreichte. Im Hintergrund erklangen immer noch Schüsse, doch handelte es sich dabei um die Hinrichtung der Gefangenen, die bei der Befreiung der Kathedrale gemacht worden waren.

Während die Chinesen einfach froh waren, dass die Zeit von Hunger und Lebensgefahr zunächst einmal beendet schien, hatten die Europäer gewisse Schwierigkeiten, sich mit der Nationalität ihrer Retter zu arrangieren. Bischof Favier hatte auf französische Soldaten gewartet, aber auch andere Europäer oder Amerikaner wären ihm vermutlich willkommener gewesen als eine Truppe asiatischer und zudem heidnischer Soldaten. Gleichzeitig musste er widerwillig anerkennen, dass seine eigenen Landsleute es nicht hätten besser machen können als jenes Volk, das noch vor wenigen Jahren nicht mehr internationales Ansehen genossen hatte als die allgemein als rückständig geltenden Chinesen. Doch die Erleichterung, noch am Leben zu sein, gewann schließlich die Überhand. Sogar Sœur Hélène kam dank ausreichender Nahrung wieder auf die Beine und konnte, auf eine Krücke gestützt, den Zustand der Beitang inspizieren. Von der einst großen Anlage war nur noch die Kathedrale komplett erhalten geblieben; doch auch an deren Fassade hatten Granaten wie die Zähne von Riesen große Stücke herausgerissen.

Einen Tag später trafen schließlich auch die französischen Truppen ein und waren reichlich verblüfft, von den Japanern überholt worden zu sein. Charlotte erfuhr von einer stirnrunzelnden Sœur Vincenza, dass die hoffnungsvollen Retter zuerst im bereits befreiten Gesandtschaftsviertel großzügig bewirtet worden waren und man anschließend noch einen Ausflug zur Verbotenen Stadt hatte machen müssen. Dort war es zu einem höchst peinlichen Zwischenfall gekommen, bei dem die Truppen der Alliierten sich gegenseitig zu beschießen begannen, da die eine Gruppe die andere mit chinesischen Soldaten verwechselte, die aber allesamt schon geflohen waren. Ein paar

Dachziegel waren diesem Scharmützel zum Opfer gefallen, bevor das Missverständnis aufgeklärt werden konnte.

»Und während sie diese dummen Jungenspiele veranstalteten, hätten wir hier verhungern können«, meinte die Nonne mit einem ratlosen Kopfschütteln.

Charlotte half beim Wegräumen von Trümmern, versorgte die Kinder mit Essen und nahm weiterhin an den Messen teil, die einen beschwingteren und optimistischeren Charakter bekommen hatten. Mayi betete ebenfalls weiter mit, denn sie fand die Robe des Bischofs hübsch und genoss das Gefühl von Zusammenhalt, das diese ›Rituale der fremden Teufel‹ ihnen allen zu schweren Zeiten hatten geben können. Allmählich fühlte Charlotte ihre Lebensgeister erwachen. Ihr Kind lebte noch, obwohl es vielleicht Schäden davongetragen hatte, an denen nun nichts mehr zu ändern war. Nun musste sie wieder an die Zukunft denken.

Sœur Hélène, die scheinbar von den Toten aufgestanden war, brach vier Tage nach der Befreiung wieder zusammen und hauchte endgültig ihr Leben aus. Sie wurde auf dem Friedhof der Kathedrale feierlich beigesetzt und von den Überlebenden mit Tränen verabschiedet. Als der Sarg in die Erde sank, begriff Charlotte, dass es nun auch für sie Zeit war, von der Beitang Abschied zu nehmen. Sie wollte zurück zu ihren Eltern nach Shanghai, wo ihr Kind in einem so liebevollen Heim aufwachsen sollte, wie sie selbst es einst gekannt hatte. Dieser Wunsch schien ihr nun dringlicher als irgendein anderer zuvor, ja nicht einmal ihre Träume von einem Dasein als Gattin eines englischen Offiziers hatten eine ähnlich starke Sehnsucht ausgelöst. Doch jetzt, da die Gefahr, plötzlich erschossen zu werden oder langsam zu verhungern, endlich gebannt war, begannen andere Sorgen wie Unkraut in ihrem Kopf zu wuchern. Würde Viktoria ihr die schroffe Zurückweisung vergeben können, mit der sie ihr für all die Jahre mütterlicher

Fürsorge gedankt hatte? Wäre sie ihr als unverheiratete schwangere Frau überhaupt noch willkommen? Viktoria hatte sich um einstige Prostituierte und deren Kinder gekümmert, ihre einst sehr strengen moralischen Maßstäbe also abgelegt. Doch welches Urteil würde sie über ein Mädchen fällen, das alle Aussichten auf eine respektable Zukunft weggeworfen hatte, um sich aus Trotz in ein aberwitziges Abenteuer zu stürzen und dann mit einem unehelichen Kind zurückzukommen? Was Jinzi sagen würde, wusste sie ebenso wenig, obwohl sie sicher mit harten Worten zu rechnen hatte. Aber am Ende, so ahnte sie, käme es auf Viktorias Entscheidung an.

Doch es hatte keinen Sinn, über mögliche Entwicklungen zu grübeln. Sie musste versuchen, irgendwie nach Shanghai zu gelangen, und ihre Eltern dann um Verzeihung bitten. Zum ersten Mal nach langer Zeit dachte sie wieder an Elsa Skerpov, die versprochen hatte, Viktoria und Jinzi ein Telegramm zu schicken. Wenn das Gesandtschaftsviertel befreit war, dann befand sich auch die strebsame Deutsche wahrscheinlich in Sicherheit. Vielleicht konnte Elsa ihr helfen, so schnell wie möglich nach Hause zu kommen.

Erstmals erzählte sie Mayi nun von ihrer deutschen Adoptivmutter, zu der sie mithilfe der Deutschen zurückkehren wollte. Die alte Chinesin kommentierte ihre knapp zusammengefasste Lebensgeschichte nicht weiter, aber ihr Gesichtsausdruck machte überaus deutlich, was sie von Charlottes Verhalten hielt.

»Wirf dich ihnen vor die Füße und flehe um Verzeihung«, riet sie dann. »Vielleicht bekommst du eine Gelegenheit, sie zu überzeugen, dass du inzwischen aufgehört hast, dich wie eine undankbare Närrin zu benehmen.«

Charlotte nahm die Rüge schweigend zur Kenntnis.

»Du kannst doch mitkommen«, schlug sie der alten Frau dann gänzlich unvermittelt vor. Seit ihrer Befreiung lag Mayis

Zukunft im Dunkeln. Vielleicht würde sie den Nonnen bei der Arbeit helfen können, sobald wieder Ordnung und Ruhe in der Peitang eingekehrt waren. Charlotte musste sich selbst eingestehen, dass es ihr sehr schwerfallen würde, sich von Mayi zu trennen. Die gemeinsam überstandenen Gefahren hatten sie und die Gefährtin zusammengeschweißt wie zwei enge Verwandte. Bald schon würden die Züge nach Tianjin wieder fahren, und von dort aus gab es Dampfschiffe nach Shanghai. Ihre Eltern wären sicher bereit, eine tüchtige Chinesin als Hausdienerin einzustellen. Mayi verstand die unausgesprochene Botschaft und schloss Charlotte dankbar in die Arme.

»Ich frage mich manchmal, was aus Xiang und Xin geworden ist«, sagte die alte Frau dann nach kurzem Überlegen.

Charlotte wurde bewusst, dass sie schon lange nicht mehr an die zwei kleinen Jungen aus Quantous Truppe gedacht hatte. Im Lager der Yihetuan Yundong waren sie gemeinsam mit anderen Kindern in einem gesonderten Haus untergebracht worden, um entsprechend ausgebildet zu werden. Aber nun musste dieses Lager von den alliierten Truppen gestürmt worden sein.

»Wenn sie noch am Leben sind, wird man sie wahrscheinlich verkaufen«, sagte Mayi. »Aber für mich waren sie die Kinder, die ich niemals hatte. Damals, als wir flohen, hatten wir keine Zeit, sie mitzunehmen. Aber jetzt ... wir könnten vielleicht nach ihnen sehen.«

Charlotte überlegte kurz. Das Haus, wo sie mit Quantou und der Pockennarbigen gewohnt hatten, war nur ein paar Straßen entfernt. Dank ihrer Kenntnis mehrerer europäischer Sprachen hatte sie keine Angst vor einer Begegnung mit den Soldaten der alliierten Armeen. Vielleicht würden sie ihr sogar helfen, wenn sie ihnen beschrieb, worum es hier ging.

»Wir brechen morgen auf«, teilte sie Mayi mit. »Wir suchen die Jungen, dann gehen wir ins Gesandtschaftsviertel und von dort aus werden wir sobald wie möglich nach Shanghai aufbrechen.«

Die alte Frau machte ein skeptisches Gesicht, aber sie widersprach nicht.

Kapitel 42

Elsa ließ ihre Finger über die zwei Saiten der Erhu gleiten, die in einer Ecke des Zimmers stand, und meinte, im Geist den langsamen, verträumten Klang zu hören, den Wenrou aus diesem Instrument zaubern konnte. Früher war ihr Ohr nicht empfänglich für derart stille Musik gewesen, doch er hatte sie gelehrt, geduldig zu lauschen und Kammern in ihrem Inneren zu öffnen, deren Existenz sie bisher nicht wahrgenommen hatte. Die Sehnsucht wurde zu einem Ball aus Nägeln und spitzen Steinen in ihrem Unterleib.

Zur Ablenkung griff sie nach dem Buch auf ihrem Nachttisch und schlug Shakespeares Sonette auf. Zunächst war es ihr peinlich gewesen, dass ein Chinese sich so viel besser auch mit europäischer Literatur auskannte, aber Wenrou hatte es geschafft, ihre Verlegenheit in einer warmen Umarmung zu ersticken. Schließlich hatte es ihr gefallen, von ihm zu lernen, weil sie sich dabei nicht bevormundet fühlte.

Sie seufzte und vergrub ihr Gesicht in der Beuge ihres Ellenbogens. Drei Tage war er schon fort, und sie hatte keinerlei Nachrichten aus Peking, wusste nicht, was dort vor sich ging. Aus den Dienern konnte sie nichts herausbekommen, da sie nur ein paar Worte mit ihnen zu wechseln vermochte. Vermutlich gab es wichtige Dinge für Wenrou zu erledigen, da Friedensverhandlungen mit den Siegermächten im Gange waren, aber warum ließ er ihr nicht wenigstens ein Schreiben zukommen? Sie warf das Buch zur Seite und stand auf, um ein wenig an die frische Luft zu gehen. Denn in ihrem derzeitigen Zustand konnte sie keinen klaren Gedanken fassen, geschweige denn sich auf die Lektüre konzentrieren. Zunächst lief sie im Innenhof des großzügigen Anwesens umher, immer wieder beäugt von neugierigen Dienern. Dann flüchtete sie sich zu dem See, der hinter den verstreuten Häusern lag. Dort wehte ein frischer, angenehmer Wind. Seerosen leuchteten gleich roten Sternen zwischen einer Decke aus grünen Blättern. Libellen sausten wie fliegende Karfunkelsteine über das Wasser. Elsa riss zwei Blätter von einem Ginkgobaum und fühlte sich an winzige grüne Fächer erinnert. Dies war vielleicht der schönste Ort, an dem sie je hatte wohnen dürfen, doch kam er ihr nun so trist vor wie eine verlassene Ruine.

Sie ließ sich auf einer Holzbank unter dem Baum nieder und zerrieb die Blätter langsam zwischen ihren Fingern. Hinter sich erahnte sie einen Schatten und fuhr in einem Anflug unsinniger Hoffnung herum, nur um zu schlucken, als Shifu vor ihr stand. Er murmelte ein paar Worte, die sie nicht verstand, um dann ein Tablett mit einem Fleischgericht und einer Kanne heißen Wassers neben ihr abzustellen. Sein besorgter Blick streifte sie kurz vom Scheitel bis zur Sohle, dann sagte er wieder etwas und entfernte sich.

Elsa ergriff die Essstäbchen und führte ein paar schmale, längliche Pilze, die mit Rindfleischstücken vermischt waren, in ihren Mund. Inzwischen vermochte sie auf diese Weise zu essen, ohne dabei ihre Kleidung zu beschmutzen. Ein sehr intensiver, würziger Geschmack machte sich auf ihrer Zunge breit, im Vergleich zu dem alle Gerichte, die sie in ihrer Heimat gekostet hatte, fad und farblos waren. Auch dies hatte Wenrou versucht, sie zu lehren, mit Aufmerksamkeit und Genuss zu essen, anstatt einfach mechanisch ihren Magen zu füllen, wie sie es ihr Leben lang getan hatte.

Nach drei weiteren Bissen ließ sie die Essstäbchen wieder sinken, denn ihr Magen weigerte sich, weitere Nahrung aufzunehmen. Sie überlegte, ob sie die Schüssel nicht irgendwo unauffällig ausschütten und den Inhalt in der Erde vergraben konnte, denn Shifu schien sich persönlich dafür verantwortlich zu fühlen, dass sie ausreichend aß. Wenn sie die Schüsseln in fast vollem Zustand zurückgab, machte er ein ähnlich beleidigtes Gesicht wie einst Frau Guo. Sie zögerte kurz, kippte dann einen Teil des Gerichtes in den See, wo sogleich Goldfische danach zu schnappen begannen. Vielleicht sollte sie Shifu mit Handzeichen erklären, dass ihr die Schüssel aus der Hand gerutscht sei, aber er wäre in der Lage, ihr dann gleich wieder eine volle vorzusetzen.

Im Geiste begann sie, ihr Dilemma Wenrou zu erzählen, der vielleicht darüber gelacht, sie aber wahrscheinlich auch ermahnt hätte, ausreichend zu essen, ein Verhalten, das sie bei jedem anderen Mann wütend gemacht hätte. Einem plötzlichen Impuls folgend trat sie die Schüssel zur Seite und vergrub das Gesicht in den Händen. Sie hatte nicht gewusst, dass es überhaupt möglich war, einen anderen Menschen derart zu vermissen, als hätte sein Fortgehen ein Loch in die Welt gerissen, das alle Freude und Schönheit in sich aufsaugte. Sie sprang auf und wollte ihrer Trübsal entfliehen, indem sie eine große Runde um den ganzen See drehte.

Sie hatte versucht, dieses Verhältnis mit einem verheirateten Mann aus einer anderen Welt als eine neue Erfahrung zu verbuchen, als eine einmalige Gelegenheit, die das Schicksal ihr bot. Erstmals zeigte ein Mann, der ihr gefiel, auch an ihr Interesse. Sie wusste, dass es nicht klug wäre, die Bedürfnisse ihres Körpers ständig gewaltsam zu unterdrücken. Doch war ihr nicht klar gewesen, welch enges Band diese körperliche Vereinigung zwischen zwei Menschen knüpfte. Sie hatte sich von Wenrou in eine ihr neue Welt entführen lassen, ohne die

Folgen zu erahnen. Nie hätte sie es für möglich gehalten, dass es zu einem quälenden Zustand von Mangel führen konnte, wenn die Wärme des anderen nicht mehr zu spüren war. Seit Wenrous Fortgehen wälzte sie sich nachts rastlos auf ihrem Laken, wie besessen von dem Wunsch, über seine makellos glatte Haut streichen und die Muskeln darunter fühlen zu können. Wenn sie daran zurückdachte, wie oft sie früher über verliebte Frauen den Kopf geschüttelt oder gar gespottet hatte, schien es ihr fast, als sei sie innerhalb weniger Wochen ein anderer Mensch geworden. Sie nahm das Leben nun intensiver wahr, doch war ihr gleichzeitig bewusst, wie zerbrechlich jenes Glück war, das sie gerade entdeckt hatte.

Die frische Luft am See hatte ihr gutgetan, sie innerlich beruhigt. Deutlich gefasster kehrte sie in ihre Unterkunft zurück. Vielleicht wäre sie jetzt in der Lage, die Sonette zu lesen, obwohl ihr eine Zeitung im Augenblick lieber gewesen wäre. Einen Tag würde sie noch warten, dann wollte sie Shifu klarmachen, dass er sie zurück nach Peking bringen musste. Allerdings schien es ihr, als verstehe er absichtlich nur jene ihrer Befehle, die für ihn unverfänglich waren.

Sie ließ sich an ihrem kleinen Tisch nieder, auf dem noch etwas Tee vom Morgen stand, und schlug entschlossen das Buch mit den Sonetten auf, als sie hinter sich das Geräusch von Schritten vernahm. Shifu, dachte sie, allmählich etwas erschöpft von der hartnäckigen Fürsorge des Dieners, und drehte sich langsam um.

Wenrou stand vor ihr, doch wirkte alles an ihm so fremd, dass sie weder etwas zu sagen noch ihn zu berühren wagte. Die blaue Seidenrobe mit dem Symbol des Silberfasans war zerrissen und verschmutzt, als hätte er sich im Straßendreck gewälzt. Blut klebte an seiner Stirn und seiner Nase, die gewohnte Kappe fehlte auf seinem Kopf, und auch auf dem kahl geschorenen Schädel konnte Elsa rote Schrammen entdecken.

Zudem ging ein übler Geruch von jenem Mann aus, den sie stets nur gepflegt und reinlich erlebt hatte.

»Was ist passiert? Hattest du einen Unfall?«, fragte sie besorgt und hob nun ihre Hände, doch er wich einen Schritt zurück.

»So würde ich es nicht nennen«, erwiderte er eisig. »Ich hatte die Ehre, den Eroberern meines Landes zu begegnen.«

»Aber was …« Die Frage blieb Elsa im Hals stecken, als sie den Blick seiner Augen bemerkte. Etwas in ihnen wirkte tot, wie erfroren. Sie sah Zorn darin, Bitterkeit und eine tiefe, endgültige Erschöpfung. Angst kroch in ihr hoch. Was war aus ihrem stets unbeirrt höflichen, kultivierten Geliebten geworden?

»Du solltest dich waschen«, schlug sie vor, denn Pragmatismus hatte sich in schwierigen Situationen stets als erfolgreiche Strategie bewährt. »Setz dich erst einmal und ruh dich aus. Es ist noch etwas Tee in der Kanne. Ich werde den Dienern sagen, dass sie Wasser …«

»Mit den Dienern kann ich selbst besser reden!«, fuhr Wenrou ihr schneidend ins Wort. Sie zuckte zusammen, denn er hatte noch niemals so unfreundlich mit ihr gesprochen.

»Gut, natürlich, mach du es.«

Sie versuchte, die Ruhe zu wahren. Er war schlecht gelaunt, aber das konnte jeder Mensch mal sein. Solange er sich nicht bis zur Besinnungslosigkeit betrank und um sich schlug wie ihr Vater, war es nicht so schlimm. Sie musste ihm Zeit lassen, bis er sich beruhigt hatte und bereit war, ihr zu erzählen, was ihm widerfahren war.

Wenrou setzte sich nun tatsächlich hin und fuhr sich mit der Hand über die Stirn. Sie bemerkte, dass sein Zopf etwa in der Mitte zackig endete, der klägliche Rest davon war ebenfalls von Schmutz verklebt. Seltsamerweise trieb eben dieser Anblick ihr Tränen in die Augen. Sie verspürte den dringlichen

Wunsch, Wenrou in die Arme zu nehmen und mit ihren eigenen Händen von allem zu befreien, was ihn besudelt hatte, doch ließ jene Mauer aus Kälte, die ihn plötzlich umgab, das nicht zu.

Er seufzte und sah sie an. Ein Funken jener Zärtlichkeit, die sie so oft während der gemeinsamen Nächte in seinen Augen gesehen hatte, blitzte wieder auf.

»Elsa«, begann er und streckte eine Hand aus, doch als sie seine Finger umfassen wollte, zog er sie wieder zurück.

»Du solltest zurück nach Beijing gebracht werden«, sagte er und musterte dabei den Boden zu ihren Füßen. »Du hast gesagt, dass du Freunde im Gesandtschaftsviertel hast. Sie werden sich um dich kümmern.«

Elsa unterdrückte einen wütenden Protestschrei.

»Ich habe mich mein Leben lang um mich selbst gekümmert und kann das auch weiterhin tun«, erwiderte sie. Sie konnte nicht genau sagen, was sie mehr schmerzte, seine Zurückweisung oder der Umstand, dass er sie als hilflose, schutzbedürftige Kreatur betrachtete.

»Ja, gut, dann ...« Er hob den Kopf und sah sie mit müden Augen an. »Dann wirst du sicher zurechtkommen. Ich schlage vor, du brichst morgen früh auf. Ich werde dich natürlich begleiten.«

»Danke, aber das ist nicht notwendig.«

Diese Abfuhr war ihr entwichen, bevor sie nachgedacht hatte. Seine Kälte fügte ihr einen fast körperlichen Schmerz zu, und sie fürchtete, jeden Augenblick in Tränen auszubrechen.

»Wie du möchtest«, sagte er nur. »Shifu wird sich um alles kümmern. Ich rede mit ihm. Und nun ... ich muss wirklich ein Bad nehmen.«

Sie hörte Trauer in seiner Stimme, doch stachen die Worte wie Messer in ihre Brust. Mit einem leichten Nicken stand er auf und ging wieder zur Tür, wo er sich noch einmal nach ihr umdrehte. Elsa sah ihn hoffnungsvoll an, wartete auf ein einziges Wort, das sie auffordern konnte, ihn zu begleiten oder auf seine Rückkehr zu warten. Aber es kam nichts als Schweigen, bis er schließlich hinausging. In diesem Augenblick war sie beinahe erleichtert, denn fast hätte sie ihn angefleht, sie nicht so einfach fortzuschicken. Was war aus ihr geworden?

Eine gefühlte Ewigkeit saß sie regungslos auf dem Bett und versuchte zu begreifen, was soeben passiert war. Als es zu dämmern begann, streckte sie sich aus und lauschte angespannt, noch immer in der Hoffnung, das Schlurfen seiner Schuhe zu vernehmen. Er würde kommen, sobald er sich gesäubert und beruhigt hatte. Nach allem, was sie inzwischen verband, war eine so plötzliche, böse Trennung nicht mehr möglich. Doch nur Diener huschten manchmal vorbei, ein Hund bellte und irgendwo sang eine Frau, die etwas angetrunken klang. Elsa lag starr wie eine Holzpuppe da und wusste, dass der Schlaf sie meiden würde. Der Wunsch, Wenrou einfach selbst aufzusuchen und eine Erklärung für sein Verhalten zu fordern, brannte in ihr, aber ihr Stolz hielt sie zurück. Sie hatte zu viele Frauen erlebt, die sich weinend an gleichgültige Männer klammerten, eine davon ihre eigene Mutter.

Shifu brachte ihr bei Tagesanbruch ein Morgenmahl, breitete dann zu ihrem Erstaunen jene westliche Kleidung vor ihr aus, die sie damals in der Nacht des Massakers getragen und dann in der Sänfte vergessen hatte. Rock und Bluse mussten sorgfältig gesäubert worden sein, denn sie wiesen keinen einzigen Blut- oder Schweißfleck mehr auf, und der Kragen war nicht mehr so sorgfältig geplättet gewesen, seitdem Elsa diese Bluse zum ersten Mal getragen hatte. Gestern noch hätte es sie gefreut, dass Wenrou ihre Kleidung aufbewahrt und mit sichtlichem Aufwand in einen präsentablen Zustand gebracht hatte, denn es zeugte von eben jener Fürsorge, die sie bei ihm zum ersten Mal in ihrem Leben hatte erfahren dürfen. Doch nach dem gestrigen Streit hatte sie nur noch das Gefühl, dass er ihr die passende Reisekleidung bringen ließ, um sich ihrer so schnell wie möglich zu entledigen.

Nachdem Shifu den Raum verlassen hatte, zog sie sich schnell um. Der ihre Taille umschließende Rockbund schien auf einmal unerträglich einengend. Sie musste etwas an Gewicht zugelegt haben, seitdem Wenrous Diener über ihr Essverhalten wachte. Wütend wischte sie sich ein paar Tränen von den Wangen, denn zwar hatten Menschen sie stets als allzu mager bezeichnet, aber kaum jemand hatte sich eine solche Mühe gemacht, etwas an diesem Umstand zu ändern. Hatte sie wirklich alle Zeichen derart missdeutet und war sie ihm im Grunde gleichgültig gewesen? Bemüht die Dinge mit klarem Verstand zu betrachten, kam sie zu dem Schluss, sich nicht in ihm getäuscht zu haben. Vielleicht sollte sie nun, da auch er etwas Ruhe zum Nachdenken gehabt haben musste, die Aussprache mit ihm suchen.

Shifu rief ihr etwas zu und winkte. Sie folgte ihm hinaus auf den Hof und erstarrte, denn ein Karren war bereits für ihre Abreise vorbereitet worden. Ein zotteliger Esel scharrte mit den Hufen, als wolle er baldmöglichst aufbrechen, da ihm langweilig war. Elsa sah sich ratlos um. Auf der Veranda seines Hauses entdeckte sie Wenrou, der mit verschränkten Armen in ihre Richtung sah. Kurz und heftig zerschnitt der Schmerz ihre Brust, was sie dazu brachte, sich trotzig aufzurichten. Wollte er sich etwa aus der Ferne von ihr verabschieden?

Als sie ihn langsam näher kommen sah, empfand sie Erleichterung. Er blieb ein Stück vor ihr stehen, und obwohl er wieder saubere Kleidung trug, konnte sie noch eine Wunde an seiner Nasenwurzel entdecken, die auf einen Bruch hinwies. Seine Hände waren nun in den Ärmeln seiner Jacke verborgen, was ihn unzugänglich wirken ließ. Den Ausdruck seines Gesichts vermochte sie nicht zu lesen, denn es war ihr auf einmal wieder fremd geworden, zeichnete ihn als Mitglied eines Volkes aus, das mit dem ihren nichts gemein hatte.

»Ich wünsche dir eine gute Reise«, sagte er mit der Andeutung einer Verbeugung. »Die Straße nach Beijing ist sicher, jedenfalls für jemanden wie dich. Der Boxeraufstand wurde erfolgreich niedergeschlagen, und wahrscheinlich hättest du nur unnötige Schwierigkeiten, wenn ich neben dir sitze.«

Elsa presste ihre Lippen aufeinander, denn sie wollte weder Schmerz noch Enttäuschung ausdrücken, obwohl sie daran elendig zu verenden glaubte. Ihr Körper bewegte sich, vielleicht aus reinem Überlebensdrang, und bestieg den Karren.

»Ich danke dir, dass du mir so lange geholfen hast. Leb wohl«, sagte sie kühl. Sie vermeinte, Schmerz in seinen Augen zu sehen, wartete hoffnungsvoll auf ein einziges Wort, mit dem er sie zurückhalten würde, aber er gab dem Jungen vorne auf dem Karren nur ein Handzeichen, damit der Esel loslief.

Elsa war froh, dass der Fahrer des Karrens sich unterwegs kein einziges Mal nach ihr umdrehte, denn sobald sie aus dem Landhaus hinausgerollt waren, vermochte sie ihre Tränen nicht mehr zurückzuhalten. Alle Erinnerungen an die Zeit, die sie mit Wenrou verbracht hatte, rasten nun an ihr vorbei wie eine abgeschlossene Geschichte, die, so wurde ihr allmählich klar, nun der Vergangenheit angehörte. Zu dem Schmerz gesellte sich die Ahnung von dem endgültigen Verlust von etwas Wertvollem. Sie erinnerte sich, wie spöttisch und ungeduldig sie damals in Shanghai auf Charlottes Liebeskummer reagiert hatte, und erkannte plötzlich ihre eigene Taktlosigkeit. In dem einsamen Streben nach Aufstieg, das bisher ihr Leben bestimmt hatte, konnte man die Befriedigung finden, sein Ziel erreicht zu haben. Aber echtes Glück schenkte der Weg des einsamen Wolfes auf Dauer nicht. Doch was nützte ihr diese Erkenntnis, wenn sie den ersten Menschen, der echte Liebe in ihr hatte wecken können, soeben wieder verloren hatte?

Sie fuhren weiter, bis die Mauern Pekings am Horizont auftauchten. Elsa stellte erleichtert fest, dass nun neue Aufgaben auf sie warteten. Sie musste herausfinden, wie es Juliette, Polly und Maud in der Zwischenzeit ergangen war, außerdem eine Anklage gegen Arthur Dreher vorbringen, auch wenn sie in der letzten Zeit kaum noch an ihn gedacht hatte. Sobald der Karren ins Innere der Stadt eingedrungen war, lenkte der Anblick von Leichen, die unbeachtet herumlagen, zerstörten Häusern und zahlreichen Soldaten in westlichen Uniformen sie von ihrem Kummer ab. Ein paar Blicke streiften sie, aber niemand hielt sie für beachtenswert. Vier Chinesen mit Bündeln, die auf ihren Rücken geschnallt waren, huschten in einer engen Gasse an ihr vorbei und sprangen mit einem Entsetzensschrei zur Seite, als sie Elsas Gesicht erblickten. Sie verstand nicht ganz, was an ihrem Anblick plötzlich so schrecklich sein sollte, schob den Vorfall aber als unwichtig zur Seite. Nun begann sie mit Ungeduld auf den Moment zu warten, da sie endlich das Gesandtschaftsviertel erreicht hätte.

Der Karren wand sich aus dem Geflecht von Hutongs auf eine breitere Straße hinaus und Elsa erblickte die Mauern der Tatarenstadt. Weit konnte es also nicht mehr sein. Nervös krampften sich ihre Hände zusammen. Wenrou hatte erzählt, dass es in den letzten Wochen noch zu heftigen Gefechten gekommen war, und sie wusste nicht, ob ihre Freunde überhaupt noch am Leben waren. Im Geiste schickte sie ein Stoßgebet zu einer nicht klar definierten Gottheit, als plötzlich Schüsse und Schreie erklangen. Drei Männer in roten Uniformjacken kamen um die Ecke gebogen und zerrten ungefähr fünf aneinandergefesselte, völlig zerlumpte Chinesen hinter sich her. Elsa beugte sich staunend vor, um besser zu sehen, als ihr Fahrer mit einem Satz vom Karren sprang und wie ein gehetztes Tier zu rennen begann. Erst als er plötzlich in die Knie sackte, hörte sie das Knallen eines Schusses. Einer der Soldaten hastete nun auf den Karren zu.

»Sind Sie in Ordnung, Miss?«

Er hatte das unfertige, gutmütige, rosige Gesicht eines Schuljungen. Elsa schnappte nach Luft, immer noch nicht fähig, wirklich zu verstehen, was gerade geschehen war.

»Sie … Sie haben meinen Fahrer erschossen«, stammelte sie schließlich.

»Das tut mir leid. Es war ein Missverständnis. Wir dachten, er sei ein Boxer«, erwiderte der junge Mann mit unerschütterlicher Freundlichkeit. »Er hätte nicht weglaufen sollen.«

»Er lief vermutlich weg, weil er Angst hatte, erschossen zu werden«, konterte Elsa, nun allmählich zornig. »Sie können doch nicht einfach so Leute auf der Straße töten.«

»Wir befinden uns im Krieg.«

»Der soll angeblich schon vorbei sein.«

Nun verzog der junge Mann etwas das Gesicht, als habe er allmählich genug von so viel Widerspruchsgeist.

»Hören Sie, Miss, ich sagte schon, es tut mir leid. Kommen Sie einfach mit und mein Captain sorgt dafür, dass Sie sicher nach Hause gelangen. Wohnen Sie im Gesandtschaftsviertel?«

Elsa nickte ohne weitere Widerworte. Es hatte keinen Sinn, sich mit diesem Jüngling zu streiten, und sie musste tatsächlich irgendwie an ihr Ziel kommen. Sie warf einen letzten, bedauernden Blick auf den toten Fahrer und war plötzlich erleichtert, dass Wenrou nicht Zeuge dieses Vorfalls gewesen war. Der junge Mann führte sie zu den anderen zwei Soldaten, beide kaum älter als er, die Elsa höflich begrüßten. Es war ein englisches Regiment, wie sie an ihrer Aussprache erkannte, denn auf Uniformen hatte sie bisher wenig geachtet. Die gefangenen Chinesen beachteten Elsa kaum, nur einmal streifte sie der verstohlene, aber eindeutig hasserfüllte Blick eines Jungen, der etwa im Alter seiner Wächter sein durfte. Das rote Tuch um seine Stirn wies ihn eindeutig als Boxer aus, sodass Elsa durchaus erleichtert war, ihn gefesselt zu sehen.

Es ging durch ein paar Hutongs auf eine große Häuseranlage zu, die sie an den Landsitz erinnerte, wo sie gemeinsam mit Wenrou gelebt hatte. Ein rot lackiertes Eingangstor führte durch eine Mauer in einen Innenhof, um den kleine Holzhäuser gruppiert waren. Dahinter befand sich ein zweiter Hof mit einigen Statuen aus Bronze, was darauf hinwies, dass hier etwas vornehmere Leute gelebt hatten, vermutlich der Hausherr mit seiner Familie. Doch musste das bereits einige Zeit her sein, denn die Häuser wirkten verwahrlost und viele der Statuen waren umgestürzt, teilweise beschädigt. Zahllose Menschen rannten hier herum, hauptsächlich englische Soldaten und etliche Sikhs mit bunten Turbanen, die Elsa zum letzten Mal in Shanghai gesehen hatte. Chinesen gab es auch viele, doch hatte man sie alle gefesselt und in Grüppchen zusammengedrängt. Ein unangenehmer Geruch lag in der Luft, nach Schweiß, Blut und Angst. Irgendwo klagte eine Frauenstimme wie ein elendig verendendes Tier.

»Da vorne ist unser Captain«, sagte einer der jungen Soldaten zu Elsa und wies auf einen dünnen Mann mit rostrotem Haar, der gerade beaufsichtigte, wie mehrere der Sikhs die Gefangenen in einem der Häuser zusammentrieben.

»Das hier war ein Boxerlager«, wurde Elsa erklärt. »Eigentlich wohnte hier ein vornehmer Chinese mit seinen hundert Weibern, aber er unterstützte die Boxer und ließ sie bei sich einziehen. Jetzt hat er sich rechtzeitig aus dem Staub gemacht, nur diese ganzen Boxer, die waren nicht so schlau.«

Er lachte auf und im selben Augenblick begannen Schüsse zu donnern. Ein paar Stimmen winselten kurz, um sogleich zu verstummen.

»Nicht gerade angenehm, die Arbeit, die wir hier machen«, sagte der junge Soldat nun etwas leiser. »Aber es ist notwendig. Und das Erschießen geht schnell, verstehen Sie? Ich meine, wenn die erst einmal von ihren eigenen Leuten exekutiert werden … jeder weiß doch, wie brutal die Chinesen sind …«

Elsa kämpfte um den nächsten Atemzug. Ihre Beine drohten nachzugeben. Ohne zu überlegen streckte sie ihre Hand aus, um sich an dem Soldaten abzustützen.

»Tut mir echt leid, dass Sie das mitbekommen, Miss«, murmelte er betreten und bot ihr seinen Arm an. »Wir lassen Sie gleich ins Gesandtschaftsviertel bringen. Captain Wellington!«

Der rothaarige Mann kam mit schnellen Schritten auf sie zu und wurde über den Vorfall unterrichtet. Sogleich wandte er sich Elsa zu.

»Wir bedauern den Vorfall mit Ihrem Fahrer«, entschuldigte sich Captain Wellington höflich und reichte ihr die Hand. »Sie können sogleich aufbrechen. Der Soldat Private Mason wird Sie begleiten, denn leider sind die Straßen noch nicht sicher.«

Elsa nickte mechanisch. Sie wusste, dass sie ihm nun irgendeine angemessene Antwort schuldig war, aber die Zunge klebte ihr am Gaumen und sie rang immer noch nach Luft. Ohne Captain Wellington weiter zu beachten, ging sie auf das Haus zu, denn es war nie ihre Art gewesen, die Augen vor der Wirklichkeit zu verschließen.

Die Leichen lagen kreuz und quer übereinander, wie willkürlich hingeworfen. Dicht vor Elsas Füßen zuckte ein Mädchen, dessen Gesicht von Pockennarben entstellt war, spie Blut aus und sackte schließlich in sich zusammen wie ein Ballon, aus dem die Luft entwichen war. Ein Stück daneben erblickte Elsa das braune Gesicht eines älteren Mannes, ebenfalls im

Tode erstarrt. Es kam ihr bekannt vor, und als sie plötzlich wieder wusste, wer er war, stieß sie einen lauten Protestschrei aus.

»Bitte, das ist kein Anblick für eine Lady!«, vernahm sie die Stimme von Captain Wellington an ihrer Seite. »Kommen Sie jetzt mit. Sie hätten nicht hereingehen dürfen.«

Er wollte Elsa schützend umarmen, aber sie entzog sich ihm.

»Dieser Mann hier, das war kein Boxer, sondern nur ein gewöhnlicher Bauer, der in den Krieg ziehen musste, weil sein Herr es ihm befahl!«

»Der Krieg ist hart, Miss. Bitte folgen Sie mir jetzt.«

Elsa stemmte die Fersen in den Boden.

»Und dieses junge Mädchen …«

»Sie benahm sich wie eine tollwütige Hündin, griff unsere Soldaten an und biss. Sie war geisteskrank, verblendet durch Aberglauben. Für gewöhnlich verschonen wir Frauen, aber wir kämpfen in diesem barbarischen Land für die Zivilisation.«

»Zivilisation? So nennen Sie dieses Morden!«

Elsa erkannte, dass ihre Spucke das blasse Gesicht des Captains getroffen hatte, und verstummte betreten.

»Ich würde vorschlagen, dass Sie sich entweder erst einmal beruhigen oder gleich aufbrechen«, erwiderte er merklich kühler und rief nach Private Mason. Elsa widersprach nicht, denn sie wollte tatsächlich fort von diesem Ort des Mordens. Sobald sie im Gesandtschaftsviertel war, könnte sie mit den Gesandten reden und auf die Brutalität der Hinrichtungen aufmerksam machen.

Sie folgte Private Mason wieder in den Hof hinaus und ließ sich auf die Straße führen. Sie schritten an weiteren Eingangstoren vorbei, hinter denen völlige Stille herrschte, und Elsa vermochte wieder ruhiger zu atmen. Kriege waren nun einmal brutal, rief sie sich in Erinnerung, doch ein weiterer Schrei, der diesmal aus der Kehle einer jungen Frau stammen musste, riss sie sogleich aus diesem Zustand beginnender Ausgeglichenheit.

»Da ist jemand in Not«, sagte sie zu Private Mason, der nur mit den Schultern zuckte.

»Manche Soldaten gehen ein bisschen weit«, gab er leise zu.

»Dann sollte man sie daran hindern!«

Elsa rannte durch das Tor, aus dem der Schrei gekommen war und stand vor einem kleinen, recht ärmlichen Haus. Sie ging davon aus, dass Private Mason ihr folgen würde, doch sah sie sich nicht nach ihm um, denn die Lage schien ihr zu dringlich. Als sie Männerstimmen immer wieder brüllen hörte, zögerte sie nicht länger und betrat das Gebäude, das nur aus einem Zimmer zu bestehen schien. Zwei chinesische Jungen mit schreckgeweiteten Augen kauerten in einer Ecke des dunklen Raumes. Zu ihren Füßen lag eine ältere Frau in indigoblauer Kulikleidung, die sich nicht mehr regte. Aus ihrem Hinterkopf sickerte Blut. Im Hintergrund rangen drei Männer mit einer kleinen, aber erstaunlich kräftigen jungen Frau. Sie hatten bereits ihre Bluse aufgerissen, doch ihren Unterleib vermochte sie noch zu schützen.

»Gleich hab ich dich, Chinesenhure!«, schnaufte einer von ihnen und wollte das Mädchen gegen die Wand drücken, doch sie rammte ihm ihr Knie in den Bauch, wodurch sie sich erst einmal wieder befreite. Für einen winzigen Augenblick war Elsa einfach nur beeindruckt, denn sie hätte sich niemals vorstellen können, dass eine Frau sich auf derart geschickte Weise gegen drei brutale Kerle zur Wehr setzen könnte.

Doch mussten ihre Kräfte langsam nachlassen, denn sie wurde in eine Ecke gedrängt, wo ihre Angreifer sie einkeilen konnten, auch wenn sie sie weiterhin mit Tritten abwehrte. Elsa erhaschte den Anblick auf ihr Gesicht, das von schwingenden, zerstreuten Haarsträhnen bedeckt war, und vermeinte, sich in einem Traum zu befinden.

»Charlotte?«, rief sie ungläubig.

Ihre Worte lenkten das Mädchen für den Bruchteil einer Sekunde ab, doch reichte dies, damit zwei der Angreifer sie nun packen und auf den Boden zwingen konnten,

»Jetzt ist die kleine Schlampe fällig«, lachte einer von ihnen und umklammerte ihre Handgelenke, während seine Kumpanen versuchten, ihre immer noch wehrhaften Beine auseinanderzuzwängen.

»Private Mason!«, kreischte Elsa aufgebracht und merkte erst jetzt, dass der Soldat nicht mitgekommen war, vielleicht, um nicht sehen zu müssen, was seine Kameraden hier taten. Charlotte bäumte sich mit einem Wutschrei auf, doch trat einer der Angreifer ihr ins Gesicht, was ihre Kräfte endgültig erlahmen ließ. Elsa hörte einen der zwei Jungen leise wimmern, entdeckte unmittelbar zu seinen Füßen einen kleinen, wackeligen Schemel, den sie aufhob, um ihn schwungvoll gegen den Hinterkopf des Mannes zu schleudern, der Charlotte getreten hatte.

Er jaulte auf und geriet kurz ins Taumeln. Seine Freunde drehten sich um, ließen von der inzwischen fast reglosen Charlotte ab und gingen gemeinsam auf Elsa zu.

»Was soll das, Lady? Machen Sie, dass Sie fortkommen, sonst sind Sie als nächste dran!«, knurrte der Größere von ihnen ihr ins Gesicht. Elsa hob die Hand, um ihn wütend zu ohrfeigen, doch wurde sie am Handgelenk gepackt. Mit einem schnellen Ruck drehte der Mann ihr den Arm auf den Rücken, was sie vor Schmerz aufschreien ließ.

»Weg hier, hörst du? Ich meine es ernst.«

Sie erhielt einen Schubs und stolperte tränenblind zur Tür. Als sie sich noch einmal umdrehte, sah sie, dass Charlotte sich wieder in eine aufrechte Haltung gekämpft und zudem völlig unerwartete Hilfe erhalten hatte. Die zwei kleinen Jungen standen nun an ihrer Seite, einer von ihnen mit dem Schemel bewaffnet, der andere durchaus geschickt im Treten und Schlagen. Kurz überlegte sie, die kleine Truppe selbst zu unterstützen, doch hätte sie nicht allzu viel ausrichten können, und zudem verfügten die Soldaten sicher über Schusswaffen, die sie jederzeit einsetzen konnten. Charlotte würde ihnen früher oder später zum Opfer fallen, wenn das, was hier vor sich ging, nicht baldmöglichst von höherer Stelle gestoppt wurde.

Auf einmal wusste Elsa ganz genau, was sie zu tun hatte, sie raffte ihren Rock und rannte los. Von ihrem Begleiter fehlte jede Spur. Panik überkam sie. Die Furcht, zu spät zu kommen, schnürte ihr die Luft ab. Keuchend kämpfte sie sich in das einstige Boxerlager zurück und schrie mit letzter Kraft nach Captain Wellington. Ein paar Soldaten drehten sich zu ihr um, doch schien niemand sie wiederzuerkennen.

»Eine Freundin von mir!«, brachte Elsa stockend hervor. »Sie ist in Not und braucht Hilfe!«

Diese Worte reichten aus, um Captain Wellington herbeizuzaubern, der bei ihrem Anblick allerdings ein wenig das Gesicht verzog.

»Was ist denn nun schon wieder los? Private Mason sagte, Sie seien plötzlich verschwunden.«

»Ich hörte meine Freundin um Hilfe rufen. Sie wird nur ein Stück weit weg von hier von mehreren Männern angegriffen.«

»Aber warum hat Private Mason dann nicht … ach, was solls.«

Er blickte sich ungeduldig um, winkte dann einem jungen Mann mit braunen Locken zu.

»Lieutenant Stuart, begleiten Sie die Lady und sehen Sie nach, was da los ist. Aber beeilen Sie sich, wir haben hier viel zu erledigen.«

Der Leutnant musterte Elsa nur kurz und machte sich dann sogleich mit ihr auf den Weg. Sein sehr klassisch geschnittenes, fast aristokratisch wirkendes Profil kam ihr entfernt bekannt vor, aber sie konnte es nicht zuordnen und hatte im Moment auch andere Sorgen. Würde der nobel aussehende Engländer Charlotte auch helfen, wenn er gesehen hatte, dass sie eine Chinesin war? Ihr blieb nichts weiter übrig, als auf seinen Sinn für Ritterlichkeit zu vertrauen.

Als sie das Haus erreicht hatten, lag einer der zwei Jungen bereits blutend am Boden und der andere hatte sich wieder in eine Ecke verzogen. Charlotte war ein Stück neben der alten Chinesin ausgestreckt worden, einer der Männer hielt ihre Handgelenke umklammert, während der andere bereits im Begriff war, ihre Hose herunterzureißen. Ihr letzter, verzweifelter Versuch, sich seinem Griff zu entwinden, scheiterte, da sie bereits völlig entkräftet sein musste.

»Hört auf damit! Sofort!«, rief Lieutenant Stuart zu Elsas Erleichterung, hob seinen Revolver hoch und feuerte einen Schuss gegen die Zimmerdecke ab. Etwas Holz splitterte zu Boden. Die drei Männer ließen sogleich von ihrem Opfer ab und drehten sich verblüfft um.

»Wir haben nur ein bisschen Spaß, Sir«, erklärte einer von ihnen deutlich empört.

»Der Spaß ist jetzt vorbei. Verschwindet!«

Er hatte nicht wirklich wütend oder aufgebracht geklungen, sondern einfach nur erschöpft. Es enttäuschte Elsa, dass er nicht nach den Namen der Schuldigen fragte, um ihr Verhalten zu melden, aber sie war zu erleichtert, dass die drei Soldaten sich nun tatsächlich davonmachten, um darüber verärgert zu sein. Gemeinsam mit Lieutenant Stuart ging sie auf die Verletzten zu, sah, dass der reglose Junge zum Glück noch atmete, während die alte Frau nicht mehr aufstehen würde, da sie einen Kopfschuss erhalten hatte. Aus Charlottes Schläfe sickerte Blut, sie rang nach Luft, hatte aber noch genügend Kraft, ihre Hose wieder an die richtige Stelle zu ziehen, bevor Lieutenant Stuart sie erreicht hatte. Elsa ergriff ein schmutziges Tuch, das sie auf dem Boden entdeckte, und warf es ihr zu, denn ihre Bluse war so zerrissen, dass sie ihren halben Oberkörper entblößte. Charlotte bedeckte sich sogleich, stemmte die Arme in den Boden, um wieder in eine aufrechte Position zu kommen. Sie gönnte Elsa einen kurzen, dankbaren Blick, dann blieben ihre Augen auf Lieutenant Stuart gerichtet. Fassungslosigkeit stand darin, aber auch ein klares Erkennen.

»Charlotte«, murmelte er, streckte ihr dann eine Hand entgegen, um ihr auf die Beine zu helfen. Sie griff nach kurzem Zögern zu. Elsa schob ihr rasch den zum Glück noch intakten Schemel hin, sodass Charlotte sich setzen konnte. Sie atmete immer noch schwer, lehnte sich gegen die Wand und unternahm einen zaghaften Versuch, das Blut von ihrem Gesicht zu wischen. Der Junge, der noch bei Bewusstsein war, kam an ihre Seite gelaufen und sie drückte ihn schluchzend an sich. Ein kurzer chinesischer Wortwechsel fand zwischen ihnen statt, denn verbarg Charlotte ihr Gesicht in den Händen und weinte hemmungslos. Lieutenant Stuarts Hand schwebte über ihrem Rücken, wagte aber keine Berührung. Elsa war von seinem Einfühlungsvermögen beeindruckt, denn Charlotte sehnte sich im Augenblick sicher nicht nach der Nähe englischer Soldaten.

»Mayi«, stammelte Charlotte, immer noch von Schluchzern geschüttelt, »Sie haben sie einfach erschossen. Wisst ihr, was sie tat, um verschont zu werden?«

Sie richtete ihre nassen, anklagenden Augen auf Elsa und den Lieutenant, die ihr aber nicht antworten konnten.

»Sie betete das verfluchte Vaterunser«, stieß Charlotte mit einem bitteren Lacher hervor. »Aber das nützte ihr nichts, denn sie konnte es ja nur auf Chinesisch.«

Charlotte und der Junge umschlangen einander, bis sie zu einer Einheit zu verschmelzen schienen. Elsa warf dem Leutnant einen ratlosen Blick zu, aber der starrte Charlotte nur stumm an. Sie staunte über die Zärtlichkeit in seinem Blick, und auch die tiefe, stumme Trauer. Eine Ahnung keimte in ihr auf, und gleich darauf wusste sie wieder, dass sie eben diesen gut aussehenden Engländer einmal in Shanghai gesehen hatte, als er gemeinsam mit Charlotte den Bund entlangspazierte.

»Ihr Vorname lautet David, nicht wahr?«

Er bejahte durch ein leichtes Nicken. Elsa seufzte. Diese Lage versprach komplizierter zu werden, als bisher angenommen. Sie beschloss, sich zunächst einmal um alle dringlichen Probleme zu kümmern, und eilte daher zu dem zweiten, bewusstlosen Jungen. Er atmete immer noch, schlug sogar die Augen auf, als sie ihn vorsichtig berührte, aber ihre Erfahrung als Dr. Veldes Hilfskraft machte ihr deutlich, dass er vielleicht innere Verletzungen hatte, da Blut aus seinem Mund sickerte.

»Dieses Kind braucht dringend einen Arzt«, teilte sie David Stuart mit. »Bitte kümmern Sie sich darum.«

»Ich werde sehen, was ich tun kann«, erwiderte er. Diese Antwort stellte sie nicht wirklich zufrieden, aber sie nahm sie erst einmal hin.

»Ich würde vorschlagen, wir gehen jetzt alle zu Captain Wellington. Hier können wir auf Dauer nicht bleiben«, schlug sie vor. David Stuart richtete sich auf.

»Ihr alle untersteht jetzt meinem Schutz«, verkündete er. »Dafür bürge ich mit meinem Ehrenwort.«

Seine Brust war für Elsas Geschmack etwas zu sehr von Stolz geschwellt, denn immerhin gehörte er zu den Leuten, die diese ganze Misere angerichtet hatten. Sie wusste, dass es ihm auch kaum um sie selbst ging, denn sie brauchte seine Hilfe nicht. Zwei kleine chinesische Jungen wären ihm unter anderen Umständen wohl auch nicht besonders wichtig gewesen. All seine Aufmerksamkeit galt einer blutenden, weinenden Chinesin, die sich von Elsa vorsichtig aufrichten ließ, ihren englischen Retter aber keines Blickes mehr würdigte.

Kapitel 43

Möchtest du noch mehr?«, fragte David und wies auf die weiterhin gut gefüllte Schüssel mit Makkaroni. Charlotte wischte sich den von Tomatensoße verschmierten Mund mit dem Handrücken ab, dann nickte sie. Der Drang, immer weiter und weiter zu essen so wie in ihren Träumen während der Belagerung, war fast beschämend, aber sie vermochte ihn nicht zu bezwingen. Es war für ihr Kind, sagte sie sich, jenes Leben, das in dieser Welt von Shao Yu zurückgeblieben war und wie durch ein Wunder zuerst den Hunger und später den Angriff der Soldaten überstanden hatte. Neben ihr schmatzten Xiang und Xin, die der ungewohnten Nahrung schnell auf den Geschmack gekommen waren. Ein Stück daneben saß Elsa Skerpov, und Charlotte schickte ein Dankesgebet zum Himmel, dass ihre einstige Zimmergenossin all den Aufruhr lebend überstanden hatte. Sie sah verändert aus, aber durchaus zu ihrem Vorteil. Das Gesicht war weicher und voller geworden, der Mund hatte keinen derart streng verbissenen Zug mehr. Nur ihre Augen schienen traurig, was sie insgesamt aber menschlicher machte.

»Lieutenant Stuart war so nett, einen Arzt zu besorgen«, sagte Elsa nun und schenkte Charlotte ein Lächeln. »Der Kleine hatte einen Ohnmachtsanfall und außerdem wurde ihm ein Zahn ausgeschlagen, deshalb blutete er aus dem Mund, aber der Arzt hat ihm ein Schmerzmittel gegeben, und jetzt isst er ja auch schon wieder.«

Charlotte nickte. Elsa schien trösten und beruhigen zu wollen, eine Rolle, in die sie nicht wirklich passte. Xiang hätte selbst mit den größten Zahnschmerzen gegessen, denn auch im Lager der Yihetuan Yundong musste die Nahrung in den letzten Wochen knapp gewesen sein. Die zwei Jungen hatten erschreckend dünn ausgesehen, als sie von Mayi entdeckt wurden. Im allgemeinen Aufruhr war es nicht schwer gewesen, sie hinauszuschmuggeln und dann in ein leer stehendes Gebäude einzudringen, wo sie alle erst einmal eine Bleibe finden konnten. Charlotte hatte die ganze Zeit erwogen, ob sie nicht zurück in die Kathedrale laufen sollten oder gleich ins Gesandtschaftsviertel, um Elsa um Hilfe zu bitten. Aber Mayi war das zu gefährlich erschienen, wegen all der Schießereien auf den Straßen. Schließlich aber hatten die Soldaten sie in ihrem Versteck entdeckt.

Schmerz bohrte sich in ihre Brust und raubte ihr den Appetit auf weitere Makkaroni. Mayi war in den letzten Wochen für sie zu jener chinesischen Mutter geworden, die sie in Beijing hatte finden wollen. Die Soldaten hatten sie auf der Stelle erschossen, denn eine alte Frau war für sie wertlos. Zwei kleine Jungen hielten sie für zu unwichtig, um ihnen überhaupt Beachtung zu schenken, nur eine junge Frau sollte noch ihren Zweck erfüllen, bevor sie starb. Charlotte war klar, dass dieser Umstand wohl ihr Leben gerettet hatte, aber gleichzeitig wurde ihr bewusst, dass sie David Dank schuldete, denn ohne sein Eingreifen wären alle drei Soldaten nacheinander über sie hergefallen. Sie wagte einen zaghaften Blick auf jenes Gesicht, das ihr einst so viel bedeutet hatte. Im Gegensatz zu Elsa war David deutlich magerer geworden. Falten lagen unter seinen Augen, deren Blick trüber schien, als sie ihn in Erinnerung hatte. Obwohl nur etwa fünf Monate seit ihrer letzten Begegnung vergangen waren, wirkte er um Jahre gealtert. Ihr Herz blieb davon unberührt, von jener Leidenschaft, die sie einmal für ihn empfunden hatte, war nichts mehr übrig.

»Nun, Mister Stuart, erzählen Sie uns doch, was Sie in diese Stadt verschlagen hat«, unterbrach Elsa das allgemeine

Schweigen. Von den Makkaroni hatte sie kaum etwas gegessen. »Sie waren doch Offizier des Freiwilligencorps in Shanghai. Ist das nun auch in Peking einmarschiert?«

»Nein.« Er räusperte sich, sah Charlotte an mit seinem Blick und redete dann weiter: »Ich schloss mich Admiral Seymour an, um die Belagerten in Peking zu retten.«

Elsa stieß ein glockenhelles Lachen aus.

»Admiral Seen No More und seine Relief Party Farce! Meine Güte, wie lange haben wir auf den gewartet!«

David sprang auf. Der Stuhl hinter ihm schwankte, fiel aber nicht um. Xiang und Xin zuckten erschrocken zusammen und duckten sich.

»Wir hofften, mit dem Zug nach Peking zu gelangen, aber die Bahngleise waren zerstört«, stieß David aufgebracht hervor. »Also marschierten wir zu Fuß durch Maisfelder. Es war glühend heiß, wir schwitzten wie Tiere und versanken im Schlamm. Überall lauerten Boxer. Ein paar italienische Soldaten begingen den Fehler, sich zu weit vom Lager zu entfernen. Als wir sie entdeckten, waren sie in Stücke gehackt worden. Dann griff uns ein chinesisches Heer an und wir verloren, traten daher den Rückzug nach Tientsin an, weil uns einfach nichts anderes übrig blieb. Ich habe viele Kameraden unterwegs sterben sehen, aber wenn Sie, Miss … wie auch immer Ihr Name ist … das alles für amüsant halten, dann lachen Sie ruhig weiter.«

Er setzte sich wieder hin und wirkte nun völlig ruhig, als sei sein Zorn in einem Wortschwall verraucht. Xiang und Xin wagten es, weiterzuessen. Elsa machte ein betretenes Gesicht, was Charlotte fast belustigend schien, denn sie hatte sich das rechthaberische deutsche Fräulein niemals verlegen vorstellen können.

»Na gut, ich gebe zu, da war ich wohl ungerecht«, gestand sie. »Wir sind ja alle froh, dass Sie jetzt hier sind, denn sonst würden wir ziemlich in der Patsche sitzen.«

Ob sie damit David allein oder die ganze alliierte Armee von acht Nationen meinte, blieb unklar, und niemand fragte genauer nach. David nickte nur, aber sein Gesicht erhellte sich nicht. Charlotte musterte ihn nochmals, und auf einmal regte sich etwas in ihr, eine leichte, zarte Wärme. Was auch immer er erlebt hatte, es musste ihn tief erschüttert haben, denn aus dem schmucken jungen Offizier war ein stiller, trauriger Mann geworden.

»Wenn alle hier mit dem Essen fertig sind, würde ich gern ins Gesandtschaftsviertel aufbrechen«, redete Elsa weiter. »Ich habe dort ein paar Bekannte, die ich wiedersehen möchte. Charlotte und diese zwei Kinder können natürlich mitkommen, ich werde sie beschützen.«

David räusperte sich.

»Verzeihen Sie, Miss, aber im Beschützen waren Sie allein nicht sehr erfolgreich. Ich habe Charlotte versprochen, für ihre Sicherheit zu sorgen, und dieses Versprechen werde ich halten. Sie können natürlich jederzeit aufbrechen, und wenn Sie wünschen, werden einige Soldaten Sie begleiten.«

Elsa riss staunend die Augen auf, öffnete dann auch den Mund, aber schloss ihn wieder. Sie musste erkannt haben, dass Widerspruch unangebracht war, richtete ihren Blick daher nur nachdenklich auf Charlotte.

»Bist du damit einverstanden?«

Charlotte schluckte. Sie fühlte sich zu erschöpft, um eine echte Entscheidung zu treffen, wünschte sich nun, da ihr Magen fürs Erste gefüllt war, nichts weiter als ein Bad und saubere Kleidung. Tief in ihr war die Ahnung, dass es vielleicht zu Komplikationen führen konnte, wenn sie in einem Armeelager blieb. Aber wer vermochte sie besser vor der Willkür der Soldaten zu schützen als einer ihrer Offiziere?

»Ich bin einverstanden«, erwiderte sie leise, und hatte das Gefühl, so etwas wie Freude in Davids Augen aufblitzen zu sehen.

»Na gut, dann gehe ich erst einmal allein ins Gesandtschaftsviertel«, sagte Elsa und erhob sich. »Aber jemand sollte Charlottes Eltern benachrichtigen. Ist es bereits möglich, ein Telegramm zu senden?«

David schüttelte den Kopf.

»Sie sind in Tientsin«, sagte er dann. »Ich habe Viktoria Huntingdon dort gesehen, bevor wir nach Peking aufbrachen.«

»Hast du mit ihr gesprochen?«, fragte Charlotte und hörte ihr Herz lauter schlagen. Er schüttelte den Kopf.

»Es schien mir unangebracht. Aber ich glaube, sie werden sobald wie möglich nach Peking kommen, um dich zu suchen und nach Hause zu holen.«

Seine Hand bewegte sich auf dem Tisch zaghaft in Richtung der ihren. Charlotte umklammerte ihre Essschüssel, um der Berührung auszuweichen. Elsa stand auf.

»Ich werde Captain Wellington fragen, ob ich einen Begleiter bekomme«, sagte Elsa, die bereits in der Tür stand. »Und in ein paar Tagen sehe ich wieder nach Charlotte. Ich hoffe, ihre Eltern sind bald da.«

Ein kurzes Nicken zum Abschied, dann war sie verschwunden, und der Raum, in dem sie alle saßen, wirkte plötzlich beengend.

»Ich lasse euch jetzt eine Weile allein, damit ihr euch ausruhen könnt«, sagte David zu Charlottes Erleichterung und stand auf. »In der Ecke liegen ein paar Matten, falls ihr euch hinlegen wollt. Außerdem schicke ich dir einen Diener mit einem Eimer Wasser und sauberer Kleidung.«

Er sah sich noch einmal nach ihr um, als er bereits kurz vor der Tür stand, und Charlotte staunte über die Zärtlichkeit in seinem Blick.

David trat auf den Hof hinaus, um sich bei Captain Wellington zu melden. Er hoffte, dass die Hinrichtungen für diesen Tag beendet waren, denn es bereitete ihm immer noch Albträume und Magenschmerzen, auf wehrlose Menschen zu schießen. Dieser ganze Krieg hatte seine Träume von einem ehrbaren, aufrechten Leben als Soldat in einem Sumpf aus Blut, Dreck und Schweiß begraben. Bereits auf dem ersten Marsch unter Admiral Seymour waren ihm Zweifel gekommen, ob er für ein Dasein unter derart gnadenlos harten Bedingungen geschaffen war, doch hatte das Bestreben, nicht als Schwächling und Versager dazustehen, ihn vorangetrieben, ebenso wie die Erkenntnis, dass es den anderen Männern nicht besser erging als ihm. Schlimmer als Dreck, Erschöpfung und die ständige Nähe des Todes war das Verhalten der Bevölkerung gewesen, jener einfachen Leute, die sie eigentlich vor mordenden Boxerhorden hatten schützen wollen. Beim Anblick der fremden Soldaten hatten junge Frauen sich entsetzt in Brunnen gestürzt. Zwar konnten die meisten von ihnen wieder lebendig herausgezogen werden, aber das Bewusstsein, welches Grauen sie diesen Mädchen hatten einflößen müssen, hatte die Stimmung des gesamten Rettungstrupps niedergedrückt.

David hatte erst mit einer viel größeren, siegreichen, imposanten Armee in eine halb zerstörte, ausgezehrte Stadt einmarschieren müssen, um zu begreifen, dass diese Frauen, die in Brunnen sprangen, vielleicht klüger gewesen waren, als er damals geahnt hatte.

Die Eroberung Pekings war erstaunlich leicht gewesen, da es kaum ernsthaften Widerstand gegeben hatte. Wer es sich erlauben konnte, hatte die Stadt bereits vor Einmarsch der alliierten Truppen verlassen, eine sehr weise Entscheidung, denn sie wurde für zwei Tage zur Plünderung freigegeben. David wusste nicht, wie viele als Boxer erschossene Männer, vergewaltigte Frauen und ausgeraubte Häuser es gegeben hatte, denn er lernte allmählich, die Augen zu verschließen und das Denken einzustellen. Wenn ihm ein Anblick allzu abstoßend schien, so rief er sich die in Stücke gehackten Leiber jener Soldaten in Erinnerung, die den Boxern in die Hände gefallen waren. Dies war Krieg, kein normales Leben. Diese Erkenntnis hatte ihm Rückhalt gegeben. Bis zu dem heutigen Tag, da er Charlotte entdeckte, die hilflos in den Griffen dreier Soldaten zappelte, und auf einmal nicht fassen konnte, wie hässlich und tierisch die Gesichter von Männern geworden waren, die er noch vor einer Weile als seine Kameraden bezeichnet hätte.

Captain Wellington teilte ihm mit, dass alle Aufgaben für den heutigen Tag erledigt waren und er sich nun nach Bedarf in der Stadt umsehen könnte.

»Es gibt immer noch viel zu holen«, meinte er jovial und klopfte David auf die Schulter. »Ich hatte keine Ahnung, welche Schätze diese Mandarine in ihren Häusern verbergen. Von dem, was ich bereits eingesteckt habe, kann ich meinen Söhnen zu Hause eine gute Ausbildung bezahlen und meiner Tochter eine solche Mitgift, dass sie sogar einen richtigen Earl zum Mann nehmen kann, wenn sie will.«

Er stieß ein fröhliches Lachen aus, dann musterte er David etwas ernsthafter.

»Sie sehen aus, als wäre Ihnen eine Laus über die Leber gelaufen, Stuart. Niemand macht Ihnen die kleine Chinesin streitig, die Sie da in Ihr Haus geholt haben. Aber irgendwann sollten Sie an Ihre Zukunft denken. Frau und Kinder, das wünscht sich doch jeder Mann. Sehen Sie zu, dass Sie nicht mit leeren Händen von hier weggehen.«

Er versetzte ihm einen weiteren kameradschaftlichen Schubser.

»Ich danke Ihnen, Sir, aber ich habe meine Zukunft bereits gefunden«, erwiderte David und verabschiedete sich, ohne auf den fassungslosen Blick seines Vorgesetzten zu reagieren. Sein Wunsch, wieder bei Charlotte sein zu können, war übermächtig geworden.

Sie hatte sich gewaschen und frische Kleidung angezogen, die einer der Diener des Lagers ihr gebracht hatte, trug weiterhin chinesische Hosen und eine schräg geknöpfte Bluse. Das hübsche Mädchen in einem roten Kleid und mit geblümten Strohhut auf dem Kopf schien irgendwo in den Wirrnissen der letzten Monate verschwunden zu sein, denn Charlotte hatte damals nie so fremd und unzugänglich gewirkt. Die zwei kleinen Jungen waren nun ebenfalls gesäubert worden und lagen eng aneinandergeschmiegt auf einer Matte. Charlotte deckte sie gerade zu, als David eintrat. Sie hob den Kopf, begrüßte ihn mit einem Nicken.

»Ich danke dir, dass du uns geholfen hast«, sagte sie leise.

»Das war nicht nur ich. Diese Frau mit dem frechen Mundwerk schlug hier Alarm. Sie hat die Mentalität eines Generals, muss ich sagen. Wo sie auftaucht, ergreift sie das Kommando.«

Charlotte begann zu lachen, und auf einmal wurde auch ihm leichter zumute.

»Früher war sie noch schlimmer. Ich habe mehrere Monate lang ein Zimmer mit ihr geteilt, also weiß ich, wovon ich rede. Sie ist eine Verwandte einer alten Freundin meiner Mutter. Sehr anstrengend, aber auch sehr mutig.«

»Ja, das habe ich gemerkt«, stimmte David zu und setzte sich zu ihr auf den Boden.

»Es gibt etwas, was ich dir sagen möchte«, begann er und war ein wenig enttäuscht, da sie seinem Blick auswich. »Damals, als ich unsere Verlobung beendete …«

»Das ist alles so lange her«, unterbrach sie und strich über die Gesichter der schlafenden Jungen. »Es ist nicht mehr wichtig.«

Er verspürte einen Stich in der Brust, ließ sich dadurch aber nicht aufhalten.

»Ich schickte dir einen Brief, weil ich nicht in der Lage war, es dir ins Gesicht zu sagen.«

»Ich verstehe.« Charlotte berührte kurz seine Schulter, doch fühlte es sich nur wie ein freundschaftlicher Trostversuch an. »Ich war ein dummes, verzogenes Mädchen und wäre völlig hysterisch geworden.«

»Aber das war nicht der Grund!«, widersprach er. »Ich tat es nur meinetwegen. Wenn ich dich vor mir gesehen hätte, wäre ich niemals in der Lage gewesen, unser Verlöbnis zu beenden. Deshalb blieb mir nichts anderes übrig, als dir einen Brief zu schicken.«

Charlotte sah ihn zunächst ungläubig, dann etwas verwirrt an.

»Du brauchst mir diese Dinge nicht mehr zu erklären. So viel ist inzwischen geschehen.«

Sie verstummte für einen Moment und legte ihre rechte Hand auf ihren Bauch, als wolle sie dort etwas Wertvolles schützen.

»Ich erwarte ein Kind.«

Die Worte waren wie ein Tritt in seinen Magen. Er fuhr zusammen, versuchte dann seine Gedanken zu ordnen.

»Ist dir … hat dir jemand etwas angetan?«

Ihm fiel ein, wie dumm diese Frage angesichts des Angriffs der drei Soldaten war, doch die Vorstellung, Charlotte könne bereits Ähnliches erlitten haben, ohne dass ihr jemand zu Hilfe gekommen war, verursachte ihm Übelkeit.

»Nein«, zerstreute sie seine Befürchtungen. Für einen kurzen Moment verspürte er tiefe Erleichterung, dann wurde ihm bewusst, was diese Aussage bedeutete. Charlotte musste die Fassungslosigkeit an seinem Gesicht abgelesen haben, denn sie umschlang ihre Knie mit den Armen, senkte das Kinn auf ihre Brust und begann zu reden: »Ich habe einen Mann gefunden, den ich liebte, aber er wurde von euren Gewehren erschossen. Jetzt möchte ich nur noch zurück zu meinen Eltern, damit sein Kind dort ein Zuhause findet.«

Mit diesen Worten fiel eine Tür zwischen ihnen zu. David verspürte einen bitteren Geschmack auf der Zunge. Nach fast einem halben Jahr hatte er Charlotte endlich wiedergefunden, nur um zu erfahren, wie sehr er sie verloren hatte.

»Nun gut«, gab er betreten nach und stand auf. »Deine Eltern werden sicher bald hier eintreffen. Bis dahin kannst du natürlich hier bleiben.«

Sie verkrampfte die Hände ineinander.

»Das ist sehr freundlich. Ich danke dir.«

David drehte sich noch einmal nach ihr um, bevor er hinausging, und sah, wie sie eine Matte neben den zwei Jungen ausrollte. Dann trat er auf den Hof hinaus, wo die erschossenen Gefangenen gerade auf Karren geladen wurden, um irgendwo verscharrt zu werden, eine unangenehme Aufgabe, die man den chinesischen Dienern überließ. Ausgemergelte Straßenhunde hatten bereits angefangen, an den Leichen zu nagen, und mussten durch Steinwürfe verjagt werden. David schloss sich schnell zwei seiner Kameraden an, die von einem Gasthaus schwärmten, dessen Besitzer kostenlos Schnaps an Soldaten ausschenkte – vermutlich in dem Wissen, dass er sonst geplündert würde. Er sehnte sich danach, seinen Verstand durch einen erlösenden, kräftigen Rausch zu betäuben, um nicht daran denken zu müssen, wie viel er in seinem Leben verdorben hatte.

Elsas Kehle war wie zugeschnürt, als sie ihre Füße wieder auf die Legation Street setzte, jene Straße, die sie bei ihrer Ankunft in Peking als Weg in eine vertraute, europäisch anmutende Welt empfunden hatte. Nun lagen überall Trümmer herum, die Straßenlaternen waren fast allesamt eingestürzt und die einst so sauberen, imposanten Gesandtschaftsgebäude wirkten, als hätten zornige Riesen auf ihnen herumgetrampelt. Dennoch machte dieser Ort keinen tristen Eindruck, im Gegenteil, Elsa konnte sich nicht erinnern, jemals so viel brodelndes Leben darin gesehen zu haben. Die Soldaten der Befreiungsarmee führten ihre unterschiedlichen Uniformen zur Schau, bewundert von den Damen des Viertels, die ihre verschmutzte Belagerungskleidung rasch abgelegt haben mussten, um alles, was noch sauber und hübsch war, aus den Koffern zu ziehen. Die Marchesa Salvago Raggi fiel in ihrer prächtigen glutroten Robe und dem mit Federn geschmückten Hut nicht einmal auf, denn sie war nicht mehr die einzige Rose unter lauter zerrupften Wald- und Wiesengewächsen. Der Grund dieser plötzlich neu entfachten Eitelkeit mussten die einmarschierten Soldaten sein, denn die Damen schenkten ihnen im Vorübergehen stets ein strahlendes Lächeln.

Elsa suchte in diesem unübersichtlichen Menschenauflauf zunächst vergeblich nach bekannten Gesichtern, und ihr wurde flau im Magen. Wenrous Verlust hatte genug geschmerzt, nun wollte sie wenigstens ihre alten Freunde lebendig wiedersehen.

»Juliette!«, rief sie, als sie vor den Ruinen der russischen Gesandtschaft stand. »Juliette Lefèvre!«

Drei Kosaken rempelten sie von hinten an, murmelten dann etwas auf Russisch, das wie eine Entschuldigung klang.

»Wissen Sie, wo ich Leutnant Igor Korloff finde?«, fragte Elsa, doch musste sie auf die englische Sprache zurückgreifen. Die drei bärtigen Gesichter sahen etwas ratlos aus, und Elsa erinnerte sich, dass die meisten der einfachen Kosaken nur ihre Muttersprache beherrschten. Aber Igors Name war ihnen wohl vertraut, denn sie winkten weiter die Legation Street hinab. Elsa setzte sich in Bewegung. Als sie das Peking Hotel erreicht hatte, wurde das Menschengedränge so eng, dass sie meinte, vor einer lebendigen Mauer zu stehen. Dahinter hörte sie laute Rufe, die in verschiedenen Sprachen Zahlen nannten.

»Fünfzig Dollar, mehr zahle ich nicht!«, drang es aus dem Stimmengewirr zu ihr durch und sie empfand einen Hauch von Erleichterung, denn das war ganz klar Annie Chamot gewesen.

Durch gnadenlosen Einsatz ihrer Ellbogen kämpfte sie sich vorwärts. Ein paar Tische tauchten vor ihr auf, die über und über mit Schmuck und Porzellan beladen waren, sodass die kleinste Erschütterung sie zum Einsturz gebracht hätte. Elsa blieb mit offenem Mund stehen. Sie glaubte, sich in der Schatzkammer eines reichen Chinesen zu befinden: Jadestatuen, zartes, fast durchsichtiges Porzellan, mit Juwelen geschmückte Nagelkappen, Haarnadeln, Ringe und Ohrgehänge, es war ein Rausch an Schönheit und Glanz, der sie kurzfristig blendete.

»Trois cents dollars«, sagte der kleine, schnurrbärtige Monsieur Pichon ein Stück neben ihr, zählte dann die Geldscheine und drückte sie in die Pranke eines riesigen Mannes in Uniform. Dann schob er sämtlichen auf einem Tisch ausgelegten Schmuck in einen mitgebrachten Beutel, den er lächelnd seiner Frau überreichte. Sie drückte ihm vor allen Anwesenden einen Kuss auf die Wange, was zu lauten Jubelrufen führte. Die Zeiten, da man die Pichons für lästig und peinlich gehalten hatte, waren offenbar vorbei.

»God Almighty, da ist ja unsere Miss Skerpov!«, rief Annie Chamot. Ehe Elsa wirklich begriffen hatte, was vor sich ging, war ihr die Hotelbesitzerin um den Hals gefallen. »Sie waren wie vom Erdboden verschluckt. Wir dachten, irgendwelche

Boxer hätten Sie entführt, denn Sie mussten ja immer zu den ganzen Chinesen im Fu rennen.«

Elsa spürte, dass Annie Freudentränen über die Wangen rannen, denn auch ihr Gesicht wurde davon benetzt. Vor Rührung vermochte sie zunächst nichts zu sagen. Sie hatte nicht damit gerechnet, derart vermisst zu werden.

»Wo haben Sie denn die ganze Zeit gesteckt, verflucht?«

Während sie von Annie kräftig durchgeschüttelt wurde, tauchte Auguste Chamots Gesicht im Hintergrund auf. Ein Stück daneben stand Polly, deutlich magerer, als Elsa sie in Erinnerung hatte.

»Ich ... ich wurde tatsächlich entführt, aber es gelang mir zu entkommen«, stammelte Elsa.

»Holy Cow, Sie sind eine Kämpfernatur, das habe ich immer gewusst.«

Annie klopfte ihr anerkennend auf die Schulter, so kräftig, dass Elsa kurz fürchtete, in die Knie zu sacken.

»Wo ist Juliette? Geht es ihr gut?«

Elsa fühlte ihren Herzschlag aussetzen, während sie auf eine Antwort wartete.

»Aber ja, die kleine Mademoiselle verdreht weiter allen Kerlen den Kopf, obwohl sie keinen anderen ansieht als ihren russischen Glückspilz«, versicherte Annie. Dann gab sie Elsa frei und begann laut Juliettes Namen zu rufen. Es musste an ihrer außerordentlich kräftigen Stimme liegen, dass Elsa bald schon ihre französische Freundin in die Arme schließen konnte.

»Wo hast du nur die ganze Zeit gesteckt?«, plapperte Juliette aufgeregt. »Ich habe mir solche Sorgen gemacht, aber du siehst richtig gut aus. Irgendwie ... verändert.«

Sie hatte Elsa ein Stück von sich weggeschoben, um sie genauer zu mustern. Elsa erzählte so vage wie möglich, dass ein Chinese ihr das Leben gerettet hatte, was Juliettes Augen zum Leuchten brachte.

»Das musst du mir alles erzählen, und zwar im Detail!«

»Ja, später«, erwiderte Elsa ausweichend. »Aber was ist aus Arthur Dreher geworden?«

Vermutlich musste sie bei dem Vorbringen einer Anklage vorsichtig vorgehen, damit er sie nicht als die Einbildung einer hysterischen alten Jungfer auseinandernehmen konnte.

»Ach, dieser komische Kauz.« Juliette zuckte mit den Schultern. »Er ist tot. Etwa drei Tage vor unserer Befreiung wurde er von einer verirrten Kugel getroffen, die durchs Fenster eindrang. Dabei hatte er vorher die ganze Zeit erzählt, er hätte jetzt endlich genug Geld, um nach Hause zu fahren. Das war wohl sein Traum, aber ich glaube, der war nicht ganz bei Verstand.«

Elsa staunte, dass sie keinerlei Enttäuschung empfand, sondern fast erleichtert war, keine Bestrafung jenes Mannes durchsetzen zu müssen, der sie hatte umbringen wollen. In Anbetracht all der aufwühlenden Ereignisse war ihr persönliches Schicksal wahrscheinlich nicht einmal wichtig, und sie wusste, dass sie ohne Arthur Drehers Versuch, sie aus dem Weg zu räumen, nicht jene verwirrende Aufwühlung der Gefühle kennengelernt hatte, die man gemeinhin Liebe nannte.

»Meine Sachen sind doch noch in dem Zimmer, wo ich früher gewohnt habe?«, fragte sie Juliette, die nickte.

»Sie wurden in eine Ecke geschoben, weil eine englische Krankenschwester dort einzog, also wegen Maud. Aber weggeworfen wurde nichts.«

Juliette hakte sich bei ihr ein.

»Ich begleite dich dorthin. Ich sterbe ja fast vor Neugier, jetzt erzähl schon, was ist dir passiert?«

»Das habe ich doch schon gesagt!«

Elsa merkte, dass sie unpassend giftig klang, aber Juliette schien ihr Bedürfnis nach Verschwiegenheit zu spüren, denn sie bohrte nicht weiter nach.

»Sieh mal, was Igor mir geschenkt hat«, plauderte sie inzwischen fröhlich, während sie zur britischen Gesandtschaft gingen, und hielt Elsa einen goldverzierten Jadering hin.

»Woher hat er das?«, fragte Elsa. Juliette lachte glockenhell auf.

»Man merkt, dass du in den letzten Tagen nicht hier warst. Wir werden von Schätzen überschwemmt. Die Soldaten konnten als Erste in die Häuser der reichen Chinesen eindringen, und mitnehmen, was es dort zu holen gab. Außerdem fand ein offizieller Einmarsch in den Kaiserpalast statt, an dem sich auch die Gesandten beteiligen durften. Unser kleiner Monsieur Pichon und die fromme Sarah Conger sind beide auf dem Thron des Kaisers fotografiert worden, kannst du dir das vorstellen?«

Sie befanden sich nun auf dem Gelände der britischen Gesandtschaft, die weitgehend unversehrt geblieben war. Elsa erkannte den Tennisplatz und die zwei Ting'Erh, wo sie früher oft mit Juliette geplaudert hatte. Man hatte bereits begonnen, die während der Belagerung überfüllten Gebäude leerzuräumen, was bedeuten konnte, dass die Züge nach Tientsin wieder in Betrieb waren und Leute die Stadt verlassen konnten.

»Und in dem Palast«, erzählte Juliette weiter, während sie zu Elsas einstiger Unterkunft gingen. »Also, da gab es ganze Schränke und Kisten voller Schätze. Die standen dort einfach herum, jeder konnte sich bedienen. Dabei waren sogar Leute im Palast, also diese armen, verstümmelten Eunuchen und ein paar Haremsdamen. Die sahen einfach zu.«

»Sie hätten kaum etwas machen können«, erwiderte Elsa und überlegte, ob diese Leute die Abwesenheit der kaiserlichen Familie nicht genutzt hatten, um selbst ein paar Schätze einzustecken, bevor die Eroberer kamen.

»Jedenfalls kamen alle schwer bepackt zurück«, fuhr Juliette lachend fort. »Und trotzdem gibt es sicher noch etwas zu holen. Man kann den Kaiserpalast jetzt besichtigen, einfach so, in einem Peking Karren. Also, wenn du Lust hast …«

Sie betraten das Haus des ersten Sekretärs, das wie ausgestorben wirkte. Alle waren im Begriff, vor der bevorstehenden Heimreise noch ihre Koffer mit Wertgegenständen zu füllen.

»Juliette«, sagte Elsa nach kurzem Zögern. »Sei mir nicht böse, aber einfach in fremde Häuser einzudringen und mitzunehmen, was einem gefällt, das ist doch Diebstahl.«

Juliette blieb kurz stehen und runzelte die Stirn.

»Das sagte Polly zunächst auch, als der Kapitän von Rahden ihr einen Mantel aus Zobelfell schenken wollte. Und ein Russe versteht natürlich etwas von Pelzen! Trotzdem lehnte sie aus Gewissensgründen ab und dann …«

Juliette zuckte mit den Schultern.

»Dann schenkte er den Mantel einfach einer anderen Dame, was die arme Polly furchtbar wütend machte. Und sein nächstes Geschenk nahm sie dann an!«

Elsa überlegte, dass die Gefühle Kapitän von Rahdens für die junge Amerikanerin nicht allzu tief sein konnten. Aber sie hatte kein Recht, all diese Leute zu verurteilen, denn vermutlich hätte sie es sich noch vor einem Monat auch nicht nehmen lassen, wenigstens ein paar der Wertgegenstände einzustecken, die überall wie zur Abholung herumlagen. Erst die Begegnung mit Wenrou hatte ihren Blick auf die Lage der Chinesen geschärft.

Mauds Gemach war leer, laut Juliette war sie mit den Squiers unterwegs und plante bereits ihre Abreise in die Vereinigten Staaten, wo sie in den Schoß ihrer Familie zurückkehren wollte. Clemens von Kettelers Leichnam war zum allgemeinen Erstaunen in einem Sarg entdeckt worden, aber Mauds Nerven ließen ihre Teilnahme an seiner Beerdigung nicht zu. Sie hatte bis zum letzten Augenblick gehofft, dass die

Nachricht von seinem Tod sich als falsch herausstellen würde und die Chinesen ihn irgendwo gefangen hielten.

Elsa betrat schweigend die kleine Kammer, wo sie nach Beginn der Belagerung eingezogen war. Juliette hatte recht, all ihre Sachen waren in eine kleine Kiste in einer Ecke gepackt worden, doch fehlte nichts. Sie zog ihr bestes, blaues Kleid heraus, zwei weitere Blusen und einen alten Wollrock. Selbst ihr Nachthemd lag zusammengeknüllt auf ihren Büchern, und darunter entdeckte sie jene erste chinesische Kleidung, die Wenrou ihr gegeben hatte, bevor er sie nach der Nacht des Massakers ins Gesandtschaftsviertel zurückgebracht hatte. Zu ihrem Entsetzen verspürte sie plötzlich Tränen in den Augen. Ihr früheres Leben stand bereit wie ein Wagen, den sie nur kurz verlassen hatte, um ihn jetzt zur Weiterfahrt besteigen zu können. Nur schien es ihr auf einmal freudlos und leer.

»Was ist denn mit dir?«, fragte Juliette bestürzt, doch als Elsa sich nur verlegen die Augen wischte, verlangte sie keine Erklärung, sondern strich ihr tröstend über den Rücken.

Kapitel 44

Elsa trug ihr blaues Kleid mit der Samtschleife und hatte sich das Haar von Juliette frisieren lassen, damit sie als Trauzeugin einen präsentablen Eindruck machte. Monsieur Pichon vollzog die Trauung, nachdem der Baron de Giers vorher alle Formalitäten erledigt hatte, um Igor die schnelle Heirat mit einer Französin zu ermöglichen. Die Baronin bedauerte es, ihre liebenswürdige Gouvernante zu verlieren, freute sich aber, sie einem vertrauenswürdigen russischen Leutnant anvertrauen zu dürfen.

Juliette hatte eine abgelegte Ballrobe der Marchesa Salvago Raggi bekommen, was ebenfalls dem Einfluss der Baronin de

Giers zu verdanken war. Der Saum des bauschigen, pastellblauen Rockes war in aller Schnelle gekürzt worden, doch blieb eine lange Schleppe aus cremeweißer Spitze, die hinter Juliette über den Boden fegte. Mit einer von weißen Lilien geschmückten Flechtfrisur sah sie schöner aus, als Elsa sie jemals gesehen hatte, was wohl auch Igor auffiel, der mit leuchtenden Augen auf sie herabsah. In seiner Galauniform machte der große, breitschultrige Russe ebenfalls Eindruck. Elsa hörte etliche Frauen aufschluchzen, als sie neben Kapitän von Rahden, der Igors Trauzeuge war, vortrat, um auf der Heiratsurkunde zu unterschreiben. Sie war froh, keine der ebenfalls mit Blüten verzierten Brautjungfern zu sein, für die Tränen wohl zum Pflichtprogramm gehörten. Polly und die älteste Tochter des Baron de Giers erfüllten diese Aufgabe zur Genüge. Elsa kamen weitere zynische Gedanken, nämlich dass die Heirat in aller Schnelle hatte vollzogen werden müssen, damit Juliettes Schwangerschaft nicht auffiel, und dass Ohrringe und Halskette aus Korallen und Türkisen, die die Braut schmückten, wohl auch geplündertes Gut waren. Aber als Juliette sich auf die Zehenspitzen stellte, um ihren Igor endlich vor allen Leuten küssen zu dürfen, überkam auch Elsa ein Gefühl der Rührung. Im Hintergrund wurde geklatscht, gelacht und gejubelt, als sei diese Hochzeit ein endgültiges Zeichen, dass alle aufatmen konnten, da das Leben weitergehen würde.

Polly vergoss noch eine wahre Tränenflut, spazierte dann mit Maud und den Squiers davon, ohne den Kapitän von Rahden weiter zu beachten. Der endgültige Abschied der beiden versprach kühl auszufallen, aus Gründen, die Elsa nicht kannte und die sie auch nichts angingen. Sie machte sich mit den anderen Hochzeitsgästen auf den Weg ins Peking Hotel, das zwar teilweise eingestürzt war, doch hielt Annie Chamot das für keinen überzeugenden Grund, auf eine große Feier im Speisesaal zu verzichten. Sie lief ein Stück neben Polly, die sich angeregt mit einer immer noch sehr blassen Maud unterhielt, und überlegte, mit wem sie selbst vielleicht ein Gespräch beginnen könnte. Gesellschaftliche Ereignisse unter vornehmen Leuten flößten ihr immer noch ein gewisses Unbehagen ein.

»Miss Skerpov!«, sagte eine leise, etwas fremdländisch klingende Stimme an ihrer Seite. Sie drehte sich um und war zunächst einfach überrascht, ein chinesisches Gesicht zu sehen, denn unter den Hochzeitsgästen hatten sich nur ein paar Angehörige der japanischen Botschaft befunden.

»Jeremy!«, rief sie erfreut, sobald sie den Sprecher erkannt hatte. »Wie geht es Ihrer Mutter?«

»Gut, vielen Dank.«

Die Antwort klang ein wenig frostig. Dann fuhr er sogleich fort: »Da ist ein Herr, der nach Ihnen sucht. Er wartet am Rande des Gesandtschaftsviertels, denn es scheint ihm sicherer, es nicht zu betreten.«

Elsa spürte ihr Herz schneller schlagen, als Hoffnung in ihr aufkeimte.

»Ein Chinese?«

»Ja, aber er klang, als ob er aus dem Süden stammt, und wurde von einer blonden Dame begleitet.«

Auf die erste, kurze Enttäuschung folgte sogleich Freude, dass Charlottes Eltern eingetroffen sein mussten. Es gefiel Elsa nicht, ein junges Mädchen in einem Soldatenlager zu wissen, und je früher sie in einem Zug nach Tientsin saß, desto besser wäre es für alle Beteiligten.

»Haben Sie Ihre Arbeit bei der Zollbehörde wieder aufgenommen?«, fragte sie den ernsthaften, jungen Mann, der sie zu dem vereinbarten Treffpunkt führte.

»Nein. Ich werde nicht mehr für Ausländer arbeiten.«

Elsa wurde unwohl. Sie hatte Jeremy Guo nicht so fremdenfeindlich in Erinnerung.

»Ich weiß, es ist nicht gut, was hier jetzt geschieht. Aber ich hoffe, dass die Offiziere ihre Männer bald in den Griff bekommen.«

Jeremy schritt neben ihr einher, ohne sie anzusehen.

»Während des Waffenstillstandes, kurz nachdem Sie verschwanden, da schickte der Kaiserhof Mehl und Früchte als Zeichen seines guten Willens. Doch die Ausländer trauten den Geschenken nicht, vor allem das Mehl hielten sie für vergiftet. Also machten sie einen Brei daraus, den sie zuerst ein paar Straßenhunden zu Fressen gaben. Die starben nicht, aber das schien nicht sicher genug. Also kamen nach den Hunden wir Chinesen dran.«

Er blieb kurz stehen, um Elsa erstmals wieder ins Gesicht zu sehen.

»Ich mochte Madame Chamot. Sie nahm meine Mutter auf, als es ihr sehr schlecht ging. Doch den Brei, der hätte vergiftet sein können, gab sie ihr selbst zu essen, ohne irgendeine Erklärung. Danach aßen sie fast alles selbst, denn es war ja sicher. Aus den Melonen machten sie Masken, die sie an den Barrikaden aufstellten. Als die chinesischen Soldaten sich erschreckten, weil sie dies für Dämonengesichter hielten, da gab es fröhliches Gelächter über ein so beschränktes, abergläubisches Volk.«

Sein Gesicht blieb glatt, auch wenn es die frühere Freundlichkeit verloren hatte, doch war es eben jenes Fehlen von Zorn, das seine Worte noch schonungsloser auf Elsa niedergehen ließ. Sie suchte nach passenden Antworten, fand aber keine.

»Es tut mir leid«, sagte sie schließlich nur.

»Ich glaube Ihnen. Aber ich werde nicht mehr für Ausländer arbeiten.«

Den Rest des Weges schwieg er. Elsa war beinahe erleichtert, als endlich ein kleines Gasthaus auftauchte, in das er sie hineinwinkte und anschließend zu einem Zimmer führte, um mit einer Verbeugung zu verschwinden.

Jinzi sah seltsam aus in seinem europäischen Anzug, der ihn einzuzwängen schien, sodass seinen Bewegungen die übliche Geschmeidigkeit fehlte. Er drückte Elsa kurz, aber kräftig an sich, um sie dann sogleich wieder loszulassen.

»Wir sind sehr froh, dass Sie noch leben«, sagte er leise. In seinem Rücken schluchzte Viktoria auf und fiel Elsa gleich darauf um den Hals.

»Wir lasen in der Zeitung, man hätte hier alle Leute niedergemetzelt. Ich hatte solche Angst um Sie …«

Jinzi wandte sich verlegen ab, doch Elsa staunte, dass ihr die Nähe der feinen Dame nicht mehr unangenehm war. Viktorias Gesicht war deutlich gealtert, Falten hatten sich unter die Augen und um die Mundwinkel gegraben, ihr Lächeln aber strahlte so viel Glück aus, dass es sie kurzfristig in ein junges Mädchen verwandelte.

»Wir hatten insgesamt großes Glück«, gestand Elsa. »In den Wochen, da wir belagert wurden und hungern mussten, da verloren wir manchmal fast die Hoffnung. Einige unserer Leute haben die Belagerung nicht überlebt.«

Sie hielt Viktoria, die ihr auf einmal sehr zart und verletzlich schien, weiter fest. Welch schwierigen Weg das Hamburger Fräulein eingeschlagen hatte, als es einen Halbchinesen zum Mann nahm, war ihr erst in den letzten Wochen wirklich bewusst geworden.

»Ich weiß, wo Charlotte ist«, sagte sie sanfter, als sie jemals mit Viktoria gesprochen hatte. »Es geht ihr gut. David Stuart hat sie unter seinen Schutz gestellt.«

Auf Jinzis Gesicht zuckte der Widerwillen, aber Viktoria schien erleichtert.

»Ein englischer Soldat kann sie im Augenblick besser schützen als irgendjemand anderer«, versuchte sie ihren

Mann zu überzeugen, der weiterhin unzufrieden dreinblickte.

»Ich kann Sie beide hinbringen. Jetzt gleich«, versprach Elsa und bemerkte zufrieden, wie Jinzis Gesicht sich erhellte.

»Nun ist der Kerl wohl endgültig ihr Held geworden«, sagte er, aber es klang eher amüsiert denn bitter.

»Ihr Held wäre er gern«, erwiderte Elsa. »Aber sie sieht ihn kaum noch an.«

Sie führte die Huntingdons aus dem Gasthaus hinaus und winkte einem jener Peking Karren zu, die nun wieder in der Stadt herumfuhren und sich über westliche Kundschaft freuten, denn zahlungsfähige Chinesen hatten Peking entweder verlassen oder sich in ihre Häuser verkrochen. Zu dritt quetschten sie sich mühsam auf den engen Sitz und wurden durch das Holpern des Wagens ständig gegeneinander geworfen.

»Wo war Charlotte denn die ganze Zeit? Geht es ihr gut?«, drängte Viktoria ungeduldig. Elsa fasste sehr knapp zusammen, was sie wusste. Sie berichtete von Charlottes Leben bei den Boxern und ihre spätere Flucht in die Peitang. Die Schwangerschaft, in die Charlotte sie eingeweiht hatte, verschwieg sie bewusst, denn davon sollte die Tochter ihren Eltern lieber selbst erzählen. Als sie endlich das einstige Boxerlager erreicht hatten, wo nun ein britisches Regiment untergebracht war, sprang sie nur kurz heraus und deutete auf Captain Wellington, der den Huntingdons weiterhelfen konnte. Ihr war klar, dass sie zu der Hochzeitsfeier zurück musste, um Juliette nicht zu enttäuschen. Sie versicherte sich nur kurz, dass der britische Kapitän nicht ablehnend auf das unkonventionelle Ehepaar reagierte, dann wies sie den Fahrer des Peking Karrens an, sie wieder ins Gesandtschaftsviertel zu bringen.

Charlotte würde nun vermutlich bald nach Shanghai zurückkehren, Juliette bereitete sich bereits auf einen Besuch in

Sankt Petersburg vor, wo sie ihre Schwiegereltern kennenlernen sollte, Maud würde in Tokyo von ihrem Bruder abgeholt werden und Polly hatte ebenfalls beschlossen, ihre Weltreise vorzeitig abzubrechen, um in den Schoß der Familie heimzukehren. Die Chamots warteten nur eine günstige Gelegenheit ab, um ihr Hotel zu verkaufen. Mit den geplünderten Schätzen wollten sie sich eine neue Existenz in San Francisco aufbauen. Elsa wurde bewusst, dass sie sich auch Gedanken über ihre eigene Zukunft machen musste. Bisher war sie nicht aufgefordert worden, ihren Dienst in der Gesandtschaft wieder aufzunehmen, und sie ging davon aus, dass ohnehin viele Veränderungen bevorstanden, sobald ein Nachfolger für Clemens von Ketteler eingetroffen war. Würde sie ihre Stelle behalten können, wenn alle Unruhen vorbei waren und sich wieder genügend Männer bewarben? Wollte sie überhaupt in Peking bleiben? Sie vermochte keine Entscheidung zu treffen, denn dort, wo stets ein eiserner, entschlussfreudiger Wille das Regiment geführt hatte, verspürte sie auf einmal nur noch tiefe, traurige Erschöpfung. Egal, welche Richtung sie nun im Geiste einschlug, sie meinte einen grauen Horizont vor sich zu sehen.

Charlotte lauschte dem Zischen, als sie klein gehacktes Gemüse in den Wok warf und anschließend Glasnudeln dazumischte. Sie hatte dem chinesischen Koch beigebracht, auf scharfe Gewürze zu verzichten, da dies bei Menschen aus dem Westen nicht gut ankam. Er hörte in dieser Hinsicht auf ihren Rat, ebenso wie die anderen chinesischen Diener sie mit großen Respekt behandelten, da sie als Geliebte eines britischen Offiziers galt. Sie ahnte, dass sie deshalb auch hinter ihrem Rücken manchmal eine Verräterin genannt wurde, störte sich aber nicht daran. Ihr ganzes Denken konzentrierte sich im Augenblick darauf, ihr Kind gesund auf die Welt zu bringen und ihm ein gutes Leben ermöglichen zu können.

»Dujuanhua!«, hörte sie plötzlich Xiang rufen, dem sie es immer noch nicht hatte abgewöhnen können, sie bei diesem Namen zu nennen. »Da sind Leute für dich da!«

Erstaunt ließ sie den Kochlöffel fallen und wischte sich die Hände an ihrer Hose ab. Eine kurze Erklärung an den Koch genügte, damit sie sich entfernen konnte. Sie beteiligte sich ohnehin freiwillig an der Zubereitung des Essens, um nicht den ganzen Tag tatenlos herumsitzen zu müssen. Nun eilte sie dem Jungen über den Hof hinterher und sah, wie Private Mason gemeinsam mit Xin versuchte, einen Ball in ein provisorisches Tor aus Kisten zu kicken. Der junge Soldat war von David beauftragt worden, sich um die zwei kleinen Jungen zu kümmern, ein Befehl, den er mit sichtlicher Begeisterung ausführte. Xiang und Xin übten nun auch in seiner Abwesenheit all jene Tricks, wie ein Ball nach einem für Charlotte nicht ganz nachvollziehbaren Regelwerk irgendwohin befördert werden konnte. Beim Essen plapperten sie inzwischen munter auf Englisch und begannen sich, von gelegentlichen Albträumen abgesehen, in normale, fröhliche Kinder zu verwandeln. Ihr Anblick weckte Wehmut in Charlotte, aber auch Hoffnung, dass die Welt wieder ins Lot kommen konnte.

Xiang führte sie an seinem Ball spielenden Bruder vorbei ins Innere des Hauses, das David freundlicherweise für sie geräumt hatte. Das Gesicht des Jungen hing neugierig an dem ihren, aber er sagte nichts, was sie ein wenig verwirrte, denn in den letzten Tagen hatte er alle Scheu verloren. Nun schob er die Eingangstür auf, ließ Charlotte aber als Erste eintreten, um sich unauffällig im Hintergrund zu halten.

Ihre Mutter trug ein schlichtes, braunes Kleid und hatte ihr Haar zu einem Zopf geflochten. Charlotte konnte sich nicht erinnern, sie jemals derart schäbig gesehen zu haben, erschrak über die Blässe ihres Gesichts und begriff zum ersten Mal in ihrem Leben, dass Viktoria Huntingdon sich wohl lange vor ihr selbst in einen gebrechlichen, hilflosen Menschen verwandeln würde.

»Mutter!«, rief sie und stürzte ihr entgegen, auf einmal nur noch von dem Wunsch beseelt, sie in die Arme schließen zu können.

»Es tut mir leid!«, stammelte sie und spürte erleichtert, wie zuerst ihr Mutter, dann auch ihr Vater sie an sich drückten. Xiang schlich rückwärts aus dem Raum und ließ die Tür zufallen. Charlotte wusste mit einem Mal, dass sie wirklich viel mehr Glück im Leben hatte als viele andere Menschen, denn es gab ein Zuhause, das nun auf sie wartete.

Etwa eine halbe Stunde später trat sie mit ihren Eltern wieder hinaus. Viktoria wischte sich zwar immer noch die Augen, doch hatte die Aufregung ihr gut getan, denn ihre Wangen waren von einem zarten rosa Ton überzogen, der sie wieder in die attraktive, blond gelockte Lao Wai-Mutter verwandelte, auf die Charlotte ihre ganze erinnerte Kindheit lang stolz gewesen war. Xiang und Xin standen neben Private Mason, der Charlotte mit einem Kopfnicken begrüßte.

»Wir werden umziehen«, teilte Charlotte den beiden Jungen mit. »Das hier sind meine Eltern aus Shanghai. Ich gehe jetzt mit ihnen in eine Herberge, und ihr zwei kommt auch mit. Das ist bereits ausgemacht. Ihr könnt bei uns wohnen, bis ihr erwachsen seid.«

Das erhoffte Strahlen erschien nicht sogleich auf ihren Gesichtern. Stattdessen musterten sie die fremde, blonde Frau mit sichtlichem Misstrauen, wandten sich dann etwas hoffnungsvoller deren Gefährten zu. Charlotte sah ihren Vater zwei Schritte vortreten und sich zu den zwei Jungen beugen.

»Ich habe gehört, ihr seid schon richtige kleine Meister der Kampfkunst? Dann werden wir zusammen üben, vielleicht könnt ihr mir ja etwas beibringen.«

Zwar wagten sie immer noch nicht zu lächeln, aber ein Funken von Ehrgeiz glomm angesichts dieser Herausforderung in Xiangs Augen auf. Charlotte wurde wohler zumute. Mit Jungs hatte ihr Vater immer umzugehen gewusst.

»Ich danke Ihnen, dass Sie sich um die Kinder gekümmert haben«, sagte Charlotte nun zu Private Mason und reichte ihm die Hand.

»Sie gehen fort, Miss?«, fragte er verwirrt, und sie begriff, dass er das Gespräch nicht hatte verstehen können. Als sie ihm die Umstände erklärte, malte sich Enttäuschung auf seinem Gesicht.

»Die zwei Jungs könnten gute Fußballer werden«, meinte er und stapfte von einem Fuß auf den anderen.

»Ich werde sehen, wo sie in Shanghai vielleicht weiter trainieren können«, versprach Charlotte freundlich, obwohl sie Zweifel hatte, wie diese Idee sich umsetzen ließe. Dann verabschiedete sie sich nochmals von Private Mason und sah sich nach David um.

Er stand bereits im Hintergrund, ein großer, gut aussehender Mann mit traurigen Augen. In Charlottes Kehle begann ein Kloß zu wachsen, denn sie fühlte sich aus unerklärlichen Gründen schuldig.

»Du hast mir vielleicht das Leben gerettet«, sagte sie leise, als sie vor ihm stand. »Das werde ich niemals vergessen.«

Er neigte kurz den Kopf, wandte dann sein Gesicht ab.

»Es freut mich für dich, dass deine Eltern jetzt da sind. Ich wünsche dir alles Gute für die Zukunft«, erwiderte er mechanisch und schnell, als könne er es kaum erwarten, die endgültige Trennung hinter sich zu bringen. Charlotte murmelte nochmals Dankesworte und ging dann an ihm vorbei. Ein unsichtbares Band zog sie rückwärts, aber sie zerrte daran, bis es riss. Im Augenblick brauchte sie keine weiteren Komplikationen in ihrem Leben. Zu ihrer Überraschung trat nun ihr Vater vor, um David die Hand zu reichen.

»Ich danke Ihnen für alles, was Sie für meine Tochter getan haben.«

David sah kurz überrascht aus, doch da dieser Satz frei von jedem Hauch von Ironie gewesen war, schüttelte er schließlich die Hand des Mr Huntingdon, um anschließend wie ein geprügelter Hund davonzuschleichen. Jinzi sah ihm eine Weile hinterher, und Charlotte staunte, weil sie einen grüblerischen Ausdruck auf seinem Gesicht bemerkte.

»Wir werden jetzt zwei Peking Karren brauchen«, verkündete Viktoria fröhlich. »Zu fünft passen wir in einen nicht rein, ganz gleich, wie sehr wir uns zusammenquetschen.«

Charlotte war dankbar, von ihrer Mutter wieder an die praktischen, dringlichen Fragen des Lebens erinnert zu werden.

»Da draußen warten sicher genug«, sagte sie und hakte sich bei ihr ein. Es tat so gut, wieder zu wissen, wohin sie gehörte, dass sie im Augenblick an nichts anderes denken mochte.

Die Hochzeitsfeier dauerte bis in die späten Abendstunden. Elsa tanzte einige Male mit Igor, dann mit Monsieur Pichon und schließlich sogar mit dem vornehmen Baron de Giers. Ein paar Gläser Whiskey halfen, damit sie sämtliche Walzer mit Gelassenheit hinter sich brachte, auch wenn das Tanzen weiterhin nicht zu ihren Stärken gehörte. Dann begann die Gesellschaft sich langsam aufzulösen. Dem Brautpaar hatten die Chamots ihr schönstes, noch bewohnbares Zimmer zur Verfügung gestellt, ein paar andere Gäste waren ebenfalls im Hotel untergekommen und der Rest brach zu seinen Unterkünften auf. George Morrison bot sich an, Elsa zur britischen Gesandtschaft zu begleiten, wo sie nun, nach Mauds Abreise, in deren einstigem Zimmer schlafen durfte.

»Wir sind alle Zeugen eines außergewöhnlichen historischen Ereignisses geworden«, erzählte er unterwegs. Die Straßenlaternen waren weiterhin nur teilweise in Betrieb und es lagen noch vereinzelte Trümmer herum, doch war es zum Glück eine mondhelle Nacht, sodass sie nicht besonders auf den Weg achten mussten. »Für mich als Journalisten ergeben sich dadurch großartige Möglichkeiten. Aber auch andere, die diese Belagerung miterlebten, haben ehrgeizige Pläne. Mein Dolmetscher Edmund Backhouse hat das Tagebuch eines Mandschuprinzen gefunden, das er übersetzen und herausgeben will, um die Perspektive der Chinesen in diesem Konflikt zu schildern.«

Elsa hielt das zunächst für eine sehr gute Idee, dann dachte sie an den blassen Sonderling, der manchmal so verwirrt aussah wie ein Mensch, der aus einem Traum aufwachte und nicht genau wusste, wo er sich befand. Obwohl er zweifellos über herausragende Kenntnisse orientalischer Sprachen und einen bemerkenswerten Intellekt verfügte, hatte sie Zweifel, wie vertrauenswürdig seine Aufzeichnungen letztendlich ausfallen würden.

»Und dann ist da noch die gute Miss Condit Smith«, fuhr George Morrison auch schon fort. »Das reiche Mädchen hat während der Belagerung etwas abgenommen, was ihm ja nicht unbedingt schadet.«

Er stieß ein Kichern aus, das Elsa sehr unangenehm fand. Polly hatte den Times-Korrespondenten gemocht, und allein sein völliges Desinteresse an ihrer für seinen Geschmack zu fülligen Person hatte dem Kapitän von Rahden die Möglichkeit eingeräumt, eine kleine, kurzlebige Romanze mit ihr zu erleben. Hatte sie jetzt nichts weiter als Spott verdient?

»Also die feine Lady gedenkt nun auch, ihre Erlebnisse während der Belagerung zu publizieren«, sagte George Morrison. »Weil die Welt noch nicht genug geistige Ergüsse zarter Damenseelen zu lesen hat.«

Sie standen nun unmittelbar vor dem Eingang zur britischen Gesandtschaft. Elsa verschränkte die Arme vor der Brust und sah zu dem großen, stolzen Mann hoch.

»Vielleicht möchten andere Frauen gerne lesen, wie eine Frau diese schwere Zeit überstand«, erwiderte sie wütend. »Aber Sie können ja ausführlich darüber schreiben, wie Ihnen in den Hintern geschossen wurde, und dadurch einen wichtigen Beitrag zur Weltliteratur leisten.«

Als sie sich umdrehte, um fortzurennen, hörte sie lautes Lachen in ihrem Rücken.

»Sie sind schon ein Original, Miss Skerpov! Arbeiten Sie fleißig weiter an ihrer Laufbahn als Hilfsschreiberin, denn eine Heirat können Sie wohl vergessen. Der Mann, der es mit Ihnen aushält, muss erst geboren werden.«

Sie lief schnell weiter, um den Zorn hinter sich zu lassen, doch unmittelbar vor dem Haus des ersten Sekretärs wartete eine verlorene Gestalt auf sie.

»Miss Skerpov«, sagte David Stuarts Stimme. »Könnte ich einen Moment mit Ihnen reden?«

Sie unterdrückte einen Seufzer. Für den Moment hatte sie genug von Männern, die ihr auf die Nerven fielen, und sie wollte auch nicht bei einem nächtlichen Plauderstündchen mit einem fremden Soldaten ertappt werden. Die recht lockeren Sitten der Belagerungszeit waren nun zu Ende. George Morrison hatte sie auf nicht unbedingt taktvolle Weise daran erinnert, dass sie zunächst einmal auf ihre Stellung in der Gesandtschaft angewiesen war. Aber das edle Gesicht des Engländers wirkte im gelblich fahlen Mondlicht so jung und gleichzeitig verloren, dass Elsa Mitleid überkam.

»Na gut«, sagte sie. »Aber ich schlage vor, dass wir uns ein Stück neben dem Tennisplatz hinsetzen. Das ist ein öffentliches Gelände. Verstehen Sie mich nicht falsch, aber dies ist das Haus des ersten Gesandtschaftssekretärs und seiner Familie und …«

»… und kein Ort, an den eine junge Dame Männerbesuch bringt«, ergänzte David mit einem schiefen Grinsen, das ihm etwas von seiner traurigen Erscheinung nahm. Elsa wurde dadurch leichter zumute und sie führte ihn zu dem Ting'Erh, wo früher ihre Treffen mit Juliette stattgefunden hatten. Der Tennisplatz war eine glatte, graue Fläche inmitten eines etwas wildwüchsigen, an vielen Stellen aber auch niedergetrampelten Rasens. Bis hier wieder völlige Ordnung herrschte, würden sicher noch ein paar Wochen vergehen, aber wenigstens wehte kein Leichengeruch mehr über Barrikaden hinein. Trotz der stickig schwülen Nacht summten kaum Mückenschwärme. Elsa zog ihr Zigarettenpäckchen heraus, denn es war ihr tatsächlich nicht gelungen, sich dieses Laster wieder abzugewöhnen. Höflich bot sie David eine davon an. Bald saßen sie schweigend nebeneinander und bliesen unsichtbare Rauchzeichen in die grauschwarze Luft.

»Sie … Sie sind so etwas wie Charlottes Freundin, nicht wahr?«, fragte er schließlich. Elsa seufzte innerlich. Wenn er in dem Tempo weitermachte, würde das Gespräch bis zum Morgengrauen dauern.

»Ich kenne sie, das ist alles, aber damals in Shanghai mochte sie mich nicht besonders.«

David hatte den Kopf gesenkt und starrte auf die Spitzen seiner Schuhe.

»Charlotte hat damals für Sie geschwärmt, wie es eben ein Mädchen tut, das zum ersten Mal verliebt ist«, redete Elsa weiter. »Sie haben sie schwer enttäuscht.«

»Ich weiß. Ich habe alles kaputtgemacht.«

Er klang so traurig, dass Elsas Herz zu erweichen begann, aber so einfach würde sie es ihm nicht machen.

»Man könnte durchaus sagen, dass Sie einiges kaputtgemacht haben. Manche Chancen bekommt ein Mensch nur einmal im Leben. Wenn Charlotte weiterhin als behütete Tochter in Shanghai säße, dann könnten Sie nun mit Blumensträußen und Entschuldigungen kommen und hoffen, dass sie Ihnen am Ende vergibt. Doch nun ...«

»Nun liebt sie einen anderen, der tot ist«, flüsterte David leise.

»Ja, sie hat einen anderen Mann gefunden und musste zusehen, wie er starb«, ergänzte Elsa. »Leute wurden vor ihren Augen gefoltert und in Stücke gehackt, dann ist sie in der Kathedrale fast verhungert und wurde schließlich von drei Soldaten überfallen, die sie schänden wollten. Und in dieser ganzen Zeit war sie auch noch schwanger. Meinen Sie wirklich, ihr steht jetzt der Sinn danach, sich in die nächste Romanze zu stürzen?«

David scharrte mit den Füßen.

»Ich will ihr helfen«, sagte er dann leise.

»Dann tun Sie das. Drängen Sie nicht, warten Sie einfach ab. Besuchen Sie sie manchmal, wenn sie wieder in Shanghai ist. Zeigen Sie Interesse an dem Kind, das einen Vater brauchen wird. Und es wäre auch keine schlechte Idee, sich mit den zwei Jungs zu beschäftigen, denn Charlotte mag sie. Überlassen Sie das nicht wieder einem Private Mason.«

»Ich hatte keine Zeit dafür«, verteidigte David sich sogleich.

»Dann nehmen Sie sich Zeit, wenn Sie in Shanghai sind«, entgegnete Elsa und stand auf. »Bitte verzeihen Sie, aber ich bin sehr müde und kann Ihnen auch nicht mehr sagen. Außer, dass Sie Charlotte Zeit lassen müssen, aber auch nicht zu viel, denn sie ist ein hübsches Mädchen, für das sich sicher noch andere Männer interessieren werden.«

Sie fegte Staub von ihrem Rock, eine eher mechanische Handbewegung, da sie viel zu wenig sehen konnte, um sich zu säubern.

»Ich danke Ihnen für Ihren Rat, Miss Skerpov.«

David reichte ihr die Hand zum Abschied. Das dankbare Lächeln auf seinem Gesicht wirkte so ehrlich, dass Elsa plötzlich froh war, ihn in seinem Unglück nicht allein gelassen zu haben.

»Ich wünsche Ihnen viel Erfolg!«, sagte sie zum Abschied, und stellte fest, dass sie es tatsächlich ernst meinte, obwohl Charlottes britischer Galan für sie zunächst nur ein rückgratloser Feigling gewesen war.

Sie ging langsam zum Haus des ersten Sekretärs zurück. Aus einigen Gebäuden waren noch Stimmen zu hören und die Lichter von Gaslampen schimmerten milchig blass wie riesige Glühwürmchen in der Nacht. Mit jedem Tag begann mehr Normalität einzukehren, aber Elsa vermisste immer noch jene Selbstverständlichkeit, mit der sie selbst immer ihr eigenes Leben angepackt hatte. Tief in ihrem Inneren fühlte sie sich wie ein verwundetes Tier.

Wie einfach es doch war, anderen Leuten kluge Ratschläge zu geben, während man selbst durch ein Dickicht irrte und sich in unsichtbaren Fallen verfing. Worte, die sie David vor Kurzem gesagt hatte, hallten in ihrem Kopf wider. Manche Chancen erhielt man nur einmal im Leben. Aber sollte man dann auch nicht alles daran setzen, sie zu nutzen?

Während sie die Treppe zu ihrem Zimmer hochstieg, begann sie zum ersten Mal darüber nachzudenken, wie Wenrou sich gefühlt haben musste, als er Zeuge der Zerstörung und Plünderung seiner Heimat durch fremde Armeen wurde. War sie selbst nicht ein wenig wie David gewesen, der ungeduldig Liebe von einem Menschen einforderte, ohne daran zu denken, in welcher Lage er sich befand?

Sie drehte die Gaslampe in dem Zimmer auf, das einst Maud von Ketteler gehört hatte und schälte sich endlich aus ihrem blauen Kleid. Das Gefühl von Trauer und Verlust begann endlich nachzulassen, nun, da sie erkannt hatte, dass sie selbst etwas tun musste, um diesen Zustand zu ändern.

Kapitel 45

Jetzt ist er schon zum dritten Mal hier«, sagte Jinzi zu Charlotte, die lesend auf ihrem Bett lag. Elsa hatte ihr die ganzen Jane Austen Romane zurückgegeben, die sie sich von ihr geliehen hatte, als sie nach Beijing aufgebrochen war. Charlotte staunte, welchen Genuss ihr Dinge, die einst selbstverständlich gewesen waren, auf einmal bereiteten, wie etwa in eine fremde Welt eintauchen zu können, ohne sich Sorgen um die unmittelbare Gegenwart machen zu müssen. Seitdem ihre Mutter von ihrer Schwangerschaft wusste, konnte sie die meiste Zeit einfach auf ihrem Bett liegen und tun, was ihr gefiel. Nur ihr Vater war nicht immer so rücksichtsvoll.

Sie richtete sich seufzend auf.

»Warum willst du plötzlich, dass ich mit ihm rede? Früher konntest du ihn nicht leiden.«

»Da stolzierte er auch noch wie ein Gockel herum, in seiner wunderschönen Uniform. Jetzt benimmt er sich wie ein Mensch, der unglücklich ist, weil er seine Fehler eingesehen hat.«

Charlotte schluckte. Ihr Vater verstand es immer wieder, den Nagel auf den Kopf zu treffen.

»Aber genau das ist es ja«, sagte sie leise. »Er will mir seine noch immer andauernde Liebe erklären und mich um Verzeihung bitten. Dabei habe ich ihm doch schon verziehen. Das weiß er und auch, dass ich jetzt einen anderen liebe. Wozu soll ich da noch mit ihm reden?«

»Zunächst einmal«, sagte Jinzi und setzte sich zu ihr aufs Bett, »verdankst du ihm vielleicht dein Leben, denn ich habe einige geschändete, tote Mädchen auf den Straßen gesehen. Außerdem scheint er mir inzwischen bereit, auf deine Bedürfnisse Rücksicht zu nehmen. Was vergibst du dir, wenn du mit ihm sprichst?«

»Gar nichts«, antwortete Charlotte spontan und rieb sich dann die Schläfen. »Aber … aber es scheint mir nicht recht. Shao Yu ist erst ein paar Wochen tot, und da soll ich mit meinem einstigen Verlobten plaudern? Ich will ihm die Treue halten.«

Jinzis Gesicht wurde etwas sanfter und er strich über ihren Rücken, was er selten getan hatte, seitdem sie sich in eine junge Frau verwandelt hatte.

»Du bist zu jung, um ewig einen Toten zu lieben. Dein Leben geht weiter, und wenn dieser Junge dich wirklich liebte, dann hätte er auch gewollt, dass du etwas daraus machst.«

»Aber Quantou, mein Lehrer bei den Yihetuan Yundong, sagte mir, dass in unserer Heimat Witwen, die ihren verstorbenen Männern die Treue halten, besonders verehrt werden«, widersprach sie in der Hoffnung, so die Anerkennung und das Verständnis ihres Vaters zu gewinnen. Tatsächlich blitzte etwas in seinen Augen, doch schien es keine Zustimmung, sondern feiner, zurückhaltender Spott.

»Hat dein Quantou dir auch gesagt, warum diese Witwen ihren toten Männern die Treue halten?«

»Weil sie sie weiterhin lieben.«

»Das mag manchmal der Fall sein«, gab er zu. »Aber eine Witwe kann das Vermögen ihres Mannes verwalten und Familienoberhaupt werden, wie man an dem alten Buddha auf dem Kaiserthron sieht. Doch vermählt sie sich erneut, so verliert sie all diese Rechte und zieht in den Haushalt eines anderen Mannes, wo sie sich wieder unterordnen muss. Ich will nicht wissen, wie viele dieser vorbildlich treuen Witwen sich heimlich mit hübschen Hausdienern vergnügen.«

Charlotte schüttelte den Kopf.

»Ich wusste nicht, dass du so zynisch sein kannst«, meinte sie, doch musste sie widerwillig auflachen. Eine solche Sichtweise nahm der Welt sehr viel an Schwere.

»Und ich wusste nicht, welche Fähigkeiten in meiner Tochter stecken«, sagte ihr Vater nun zu ihrem Erstaunen. »Du hast mir bewiesen, dass du dich um dich selbst kümmern kannst. Jetzt tue mir den Gefallen, dich nicht selbst lebendig zu begraben.«

»Aber das will ich doch gar nicht!«, entgegnete sie, allmählich verärgert. »Ich brauche einfach Zeit, um das Erlebte zu verarbeiten und innerlich zur Ruhe zu kommen. Außerdem muss ich mir überlegen, wie es mit meinem Leben weitergehen soll. Das ist mir im Augenblick wichtiger als die Seelenpein eines David Stuart. Was findest du so verkehrt daran?«

Sie atmete erleichtert auf, denn nun hatte sie auch selbst endgültig begriffen, was sie sich zunächst einmal wünschte.

»Dann mache es ihm klar, und wenn ihm etwas an dir liegt, wird er es hinnehmen«, sagte ihr Vater, stand auf und hielt ihr eines der europäischen Kleider hin, die ihre Mutter ihr besorgt hatte. Nach dem ersten Widerwillen hatte auch er akzeptiert, dass es im Augenblick sicherer war, so westlich wie möglich auszusehen. Charlotte nickte, dann floss ein ungläubiges Lachen aus ihrer Kehle.

»Du hast dir doch immer gewünscht, dass ich einen Chinesen heirate, nicht wahr? Obwohl du selbst eine europäische Frau hast. Und nun, da unser Land von den Fremden gedemütigt wurde wie noch nie zuvor, drängst du mich, nicht allzu gemein zu einem englischen Verehrer zu sein.«

Er runzelte die Stirn und sah für einen Moment ratlos aus, was Charlotte ein kurzes Gefühl von Triumph schenkte. Es war ihr nicht oft gelungen, ihren Vater aus dem Konzept zu bringen.

»Wahrscheinlich sind die Dinge nicht immer so einfach«, begann er dann. »Die Briten mögen unser Land in die Knie gezwungen haben, doch dieser junge Engländer rutscht gerade auf den Knien vor dir. Nach all dem, was er für dich getan hat, solltest du ihn nicht länger mit völliger Missachtung strafen, selbst wenn du nicht mehr davon träumst, mit ihm zum Traualtar zu schreiten. Also …«

Er holte Luft, hob die Hände und schubste Charlotte dann leicht an.

»Tue, was du willst, aber hör auf, dich vor der Welt zu verstecken«, sagte er, bevor er das Zimmer verließ.

Charlotte zog schnell das beige Kleid an, dessen Saum etwas zu lang war, sodass sie den Rock beim Gehen ständig raffen musste. Sie kämmte ihr Haar durch und flocht es zu Zöpfen. Es befand sich kein Spiegel in ihrem Zimmer, aber sie vermutete, dass sie nun wieder einem folgsamen Schulmädchen glich. Kurz blieb sie stehen, um tief durchzuatmen, denn auf einmal meinte sie, durch einen luftleeren Raum zu schweben, ohne sich irgendwo festhalten zu können. Innerhalb weniger Monate hatte sie mehrfach die Identitäten gewechselt, war von der europäisch erzogenen Adoptivtochter einer Deutschen zu einer Anhängerin fremdenfeindlicher Rebellen und schließlich wieder zum Schützling von Missionaren geworden. Aber wer war sie wirklich?

Sie ging zum Fenster, um etwas frische Luft zu schnappen, und sah Xiang und Xing auf der Straße vor der Herberge herumtollen. Sie kickten wieder einen Ball, angefeuert von David, der ihnen dabei zusah. Der Schwindel ließ nach. Sie würde niemals ausschließlich zu einer der zwei Welten gehören, die sie beide kannte, doch mit einem Mal schien es nicht mehr wichtig.

Mit ihrer rechten Hand ertastete sie die Kette unter ihrem Kleid und zog den Jadeanhänger ihrer leiblichen Mutter heraus, deren Leichnam inzwischen irgendwo in einem Armengrab liegen musste, falls ihn nicht einfach wilde Hunde und Geier gefressen hatten. Sie beschloss, ihn weiter zu tragen, als letztes Andenken an jene Unbekannte, deren Gesicht sie trug.

Rasch lief sie die Stufen hinab und trat nach draußen. Die zwei Jungs waren so in ihr Spiel vertieft, dass sie sie nicht bemerkten, aber Davids Gesicht begann zu strahlen.

»Du hast dich gut erholt«, sagte er und kam auf sie zu. Charlotte ergriff die Hand, die er ihr entgegenstreckte. Gemeinsam gingen sie zu zwei Schemeln, die vor dem Eingang der Herberge aufgestellt waren, und setzten sich hin.

»Was hast du jetzt vor?«, fragte David recht gelassen.

»Ich fahre mit meinen Eltern nach Shanghai zurück. Dort will ich meiner Mutter weiter im Waisenhaus helfen.«

»Deine Schule?«

Sie zuckte mit den Schultern.

»Dorthin kann ich nicht mehr zurück. Ich bin weggelaufen. Und jetzt bin ich schwanger.«

Kurz wallte Panik angesichts der völlig ungewissen Zukunft in ihr hoch, aber es gelang ihr, sie niederzukämpfen.

»Ich habe sehr viel Glück im Leben gehabt«, sagte sie. »Ich habe Eltern, die für mich sorgen können und mich auch jetzt nicht verstoßen. Mein Kind und ich, wir werden nicht aufs Betteln angewiesen sein. Inzwischen weiß ich, was es heißt, völlig wehrlos zu sein und nicht zu wissen, was man am nächsten Tag essen wird.«

David hob zaghaft die Hand, wagte es aber nicht, Charlotte zu berühren, und sie ermunterte ihn auch nicht dazu.

»Diese alte Frau, die erschossen wurde«, begann er nach einer Weile des Schweigens. »Ich kann dich zu ihrem Grab führen. Vielleicht willst du noch von ihr Abschied nehmen, bevor du abreist.«

Charlotte streckte die Knie.

»Sie wurde mit den anderen Hingerichteten verscharrt, nicht wahr?«

»Ja«, gestand David. »Aber ich kann dir zeigen, wo es ist.«

Nochmals bot er ihr seine Hand an und sie gingen gemeinsam die Straße hinab. Charlotte überlegte, wo sie Räucherstäbchen würde kaufen können, um all der Toten zu gedenken. Shao Yu, Quantou, Mayi. Auch die Pockennarbige hatte eine letzte Ehrung verdient.

»Was wirst du tun, wenn all dies vorbei ist?«, fragte sie David, dessen Pläne ihr noch vor Kurzem völlig unwichtig gewesen waren.

»Ich trete aus der Army aus«, erwiderte er. »An einem zweiten Krieg wie diesem will ich nicht beteiligt sein. Zunächst werde ich wohl bei meinem Onkel in Shanghai bleiben und mir überlegen, ob ich nicht vielleicht doch irgendein anderes Talent habe, mein eigenes Geld zu verdienen.«

Er stieß ein Lachen an, das vor sich hin stolperte und schließlich in Bitterkeit abrutschte. Charlotte staunte, denn sie hatte niemals geahnt, wie unsicher er tief in seinem Inneren war. Im Grunde, so war ihr inzwischen bewusst geworden, hatte sie sich damals in ihn verliebt, ohne ihn überhaupt zu kennen. Ihre Schwärmerei hatte weniger ihm gegolten als dem Bild, das sie sich von ihm und ihrer beider Zukunft gemacht hatte.

»Melde dich, wenn du wieder in Shanghai bist«, sagte sie, um nicht unfreundlich zu sein. Das glückliche Strahlen seiner Augen schien ihr etwas zu überschwänglich. Doch als er ihre

Hand drückte, brachte sie es trotzdem nicht fertig, sie ihm zu entziehen.

Der Zug schnaubte und ratterte bereits wie ein Pferd, das jeden Augenblick durchgehen konnte. Menschen schrien und schubsten, was Elsa an den Moment ihrer Ankunft in Peking erinnerte. Nur gab es jetzt kein Bahnhofsgebäude mehr, denn es war von den Boxern niedergebrannt und anders als die Bahngleise noch nicht wieder repariert worden. In der kräftig rempelnden Menge leuchteten viele Turbane auf den Köpfen hochgewachsener Sikhs, die damals noch nicht dagewesen waren, und auch die Zahl der Männer in Uniformen hatte sich vergrößert. Elsa war froh über die Anwesenheit von David Stuart und Private Mason, denn sie verschaffte ihnen allen genug Platz, um sich in der Menge bewegen und frei atmen zu können.

Charlotte schüttelte zuerst die Hand von Private Mason, dann verabschiedete sie sich von David. Seit ihrer Aussprache machte er keinen völlig niedergeschlagenen Eindruck mehr und respektierte ihre Zurückhaltung. Zum Schluss drückte sie Elsa an sich. Ihre kurze, gemeinsame Zeit in Peking hatte endlich jene Freundschaft zwischen ihnen wachsen lassen, zu der sie in Shanghai beide nicht fähig gewesen waren.

»Ich danke dir, dass du dir so geduldig all meine Erlebnisse angehört hast. Und vielleicht willst du mir auch einmal schreiben, was dich die ganze Zeit derart bedrückt«, sagte Charlotte, bevor sie als Erste in den Zug stieg. Viktoria verabschiedete Elsa mit tränenfeuchten Augen, Jinzi reichte ihr nur die Hand.

»Falls es Sie wieder nach Shanghai verschlägt, sind Sie bei uns jederzeit willkommen.«

Elsa bedankte sich. Da sie immer noch nicht wusste, wie ihre Zukunft aussehen sollte, war sie wirklich froh über dieses

Angebot. Dann sah sie noch, wie Private Mason Xiang und Xin in den Zug hob. Zum Abschied schenkte er ihnen jenen ledernen Ball, den sie zu dritt erbarmungslos getreten hatten, und Elsa hörte die zwei Jungen begeisterte Rufe ausstoßen. Sie verkniff sich ein Grinsen. Es gab bestimmte männliche Verhaltensweisen, die sie niemals würde verstehen können.

Mit einem Pfeifen verabschiedete sich der Zug mitsamt all den Menschen, die er vorher verschluckt hatte. Die Menge derer, die nur gekommen waren, um Abschied zu nehmen, löste sich langsam auf.

»Sollen wir Sie ins Gesandtschaftsviertel bringen, Miss?«, bot David Stuart sich höflich an. Elsa schüttelte den Kopf.

»Ich möchte mir gern ein wenig die Beine vertreten. Angesichts der vielen Soldaten hier müsste die Gegend doch sicher sein.«

»Aber der Weg bis zum Gesandtschaftsviertel ist weit«, meinte David besorgt. »Sie sollten einen Peking Karren nehmen.«

»Um durchgeschüttelt zu werden, bis mir die Knochen brechen«, erwiderte Elsa lachend. »Ich habe robustes Schuhwerk und glaube daher, dass der Fußmarsch sogar angenehmer sein wird.«

David akzeptierte diese Entscheidung mit einem Schulterzucken und machte sich gemeinsam mit Private Mason auf den Weg zu ihren Pferden. Elsa blieb noch eine Weile stehen, denn Erinnerungen fegten durch ihren Kopf, sodass sie keinen klaren Gedanken fassen konnte.

Solange Charlotte noch hier gewesen war, hatte sie die Huntingdons regelmäßig in der Herberge besucht, um mehr vom Leben eines jungen Mädchens bei den Boxern zu erfahren. Anfangs war sie einfach nur neugierig gewesen, wie es ihrer ehemaligen Zimmergenossin während der Unruhen ergangen war, und hatte deren ungewöhnliche Abenteuer als willkommene Ablenkung von ihren eigenen Sorgen gesehen. Doch mit der Zeit ließen diese Gespräche eine neue Verbundenheit zwischen ihnen entstehen, zumal die junge Chinesin nun viel reifer und vernünftiger schien als während ihres Zusammenlebens in Shanghai. Von ihren eigenen Erfahrungen während des Aufstandes hatte sie Charlotte aber trotzdem nur die wesentlichen Fakten anvertraut: die Ermordung des Gesandten, die Belagerung und den Waffenstillstand. Ihre anschließenden Erlebnisse außerhalb des Gesandtschaftsviertels hatte sie verschwiegen und die Freundin hatte auch nicht weiter nachgebohrt, vielleicht, weil sie zu sehr mit ihren eigenen Problemen beschäftigt gewesen war. Oder aber, weil sie ebenso wie Juliette verstand, dass die Deutsche über bestimmte Dinge noch nicht zu reden vermochte.

Eine ganze Nacht lang war Elsa in Mauds einstigem Zimmer auf und ab gegangen und hatte gegrübelt, welche Nachricht sie Wenrou zukommen lassen wollte. Schließlich waren ihr nur drei schlichte Worte eingefallen, die sie im Schein der Gaslampe auf einen Zettel kritzelte, den sie aus Mauds altem Taschenkalender riss: Ich vermisse dich. Im Gegensatz zu ihm verstand sie nicht viel von Gedichten und Romanen, war außerdem nie eine Freundin großer Worte gewesen.

Am nächsten Tag hatte sie Jeremy Guo um Hilfe gebeten, der zusammen mit seiner Mutter wieder ihr früheres Heim hinter der amerikanischen Mission bezogen hatte. Frau Guo war nun endgültig außer Lebensgefahr, doch waren zahlreiche Narben an ihrem Körper zurückgeblieben und sie konnte einen Arm nicht mehr bewegen. Jeremy, der weiterhin nicht mehr für Ausländer arbeiten wollte, half nun in einem Gasthaus aus, wo er aber wesentlich schlechter verdiente. Dennoch hatte er Elsas Angebot, ihn für seine Mühen zu bezahlen, entschlossen abgelehnt. Bereits zwei Tage später konnte er ihr mitteilen, dass ein Mandschubannermann namens Wenrou in das Haus des Ya Hala Clans zurückgekehrt war. Dorthin hatte er auch Elsas Nachricht gebracht, sie wie versprochen persönlich übergeben.

Seitdem wartete sie. Ein Tag war vergangen, dann ein weiterer, und schließlich hatten sie sich zu einer Woche aneinandergereiht. Charlotte war nun mitsamt ihrer Familie fort. Juliette und Igor waren ebenfalls gen Russland aufgebrochen, Polly hatte ihre Beziehungen genutzt, um das erste Schiff in die Heimat nehmen zu können. Nur Elsa war zurückgeblieben und fühlte sich trotz der zahllosen Menschen um sie herum manchmal wie eine Schiffbrüchige auf einer einsamen Insel.

Glücklicherweise war die Gesandtschaft wieder vollständig in Betrieb genommen worden. Claus von Below-Saleske übernahm die Leitung, bis der bereits bestimmte Nachfolger des Freiherrn von Ketteler, Alfons Mumm von Schwarzenstein, in Peking eintreffen würde. Da nach Arthur Drehers Tod zudem eine Schreibkraft fehlte, war Elsa den ganzen Tag damit beschäftigt, Nachrichten an die deutsche Regierung, an diverse Konsulate und an die Generäle der verschiedenen Armeen abzutippen, sowie Post in Empfang zu nehmen und an den jeweils zuständigen zu verteilen. Sie wusste, dass das Eintreffen des Generals von Waldersee, der den Oberbefehl über die europäischen Truppen zur Niederschlagung des Boxeraufstandes erhalten hatte, mit Ungeduld erwartet wurde. Was er in einem bereits unterworfenen Land noch genau zu tun hätte, war ihr zwar nicht ganz klar, doch behielt sie diese Meinung für sich. Im Stillen hoffte sie, er würde den immer noch anhaltenden Plünderungen und Morden an der Bevölkerung vielleicht ein Ende setzen, indem er für etwas mehr Disziplin innerhalb der Truppen sorgte. Sie hatte wieder Freude an ihrer Arbeit, fürchtete lediglich den Moment, da es an der Zeit war, die Gesandtschaft zu verlassen und in ein stilles, leeres Zimmer zurückzukehren. Bei dem ersten Sekretär fühlte sie sich nur aus Rücksicht geduldet, das Peking Hotel konnte sie sich nun, da es wieder genug Gäste hatte, nicht mehr leisten, und eine neue, eigene Unterkunft zu suchen würde erst Sinn ergeben, wenn sie wusste, dass sie ihre Stelle behalten konnte.

Nun begann sie sich langsam von dem bereits fast menschenleeren Bahnsteig zu entfernen, warf einen Blick auf die Ruinen des Bahnhofsgebäudes von Machiapu, wo einst Arthur Dreher auf sie gewartet hatte. Dies war auch der Ort, an dem sie Wenrou zum ersten Mal begegnet war, doch versuchte sie die Erinnerung daran zu verdrängen, und ging entschlossen weiter in Richtung des Yung Tin Men Tors, das in die Chinesenstadt führte. Karren, mit Lasten beladene Kulis und Grüppchen westlicher Soldaten zogen gemeinsam mit ihr einher. Obwohl es glühend heiß war, verschwand plötzlich die Sonne, und jener gelbe Staub, für den Peking berühmt war, wurde den Reisenden mit immer stärkeren Windböen entgegengeblasen. Elsa hatte das Gefühl, durch eingefärbtes Glas zu sehen, denn auch die ganze Landschaft hatte einen Gelbstich bekommen. Ein Hustenanfall schüttelte sie, und sie zog ihren Hut tiefer ins Gesicht, was aber nur ein geringfügiger Schutz gegen den fliegenden Staub war. Warum nur hatte sie David Stuarts Angebot, in einem geschlossenen Wagen zu reisen, nicht angenommen? Ihr hartnäckiger Wunsch nach Unabhängigkeit brachte sie immer wieder in unangenehme Situationen. Nachdem Elsa über einen Stein gestolpert war, da sie fast nichts mehr sehen konnte, hatte ein vorbeiziehender Bauer Erbarmen mit ihr und machte durch Handzeichen deutlich, dass sie zwischen den Getreidesäcken auf seiner Schubkarre Platz nehmen konnte. Elsa zögerte nur einen kurzen Moment, dann drückte sie ihm ein paar Münzen in die Hand. Die Vorstellung, welch schwere Last er nun zu schieben hatte, belastete zwar ihr Gewissen, aber sie sagte sich, dass er das Geld würde gut gebrauchen können.

Nach einer gefühlten Ewigkeit erreichten sie das breite, stämmige Tor, wo es vor lauter Menschen wimmelte. Elsa sprang nun von dem Schubkarren, denn der Weg zum Gesandtschaftsviertel war nicht mehr weit und in der Enge der Hutongs käme sie zu Fuß besser voran, zumal es dort auch windgeschützter wäre. Zum Dank für den Transport überreichte sie dem Bauern noch eine weitere Käsch-Münze und stürzte sich in das Getümmel schreiender und schubsender Menschen, die alle durch das Tor drängten.

Eine heftige Windböe tauchte die Welt noch einmal in sandiges Gelb, dann ließ der Sturm endlich nach. Elsa hustete nochmals, stellte erleichtert fest, dass sogar ein paar Sonnenstrahlen den Platz vor dem Tor erhellten. Wenn das Wetter es gut mit ihr meinte, konnte sie heute, an ihrem freien Tag, endlich einen Ausflug zu einem von den zahlreichen Tempeln der Stadt unternehmen. Nur war leider kaum noch jemand übrig, der sie begleiten würde. David Stuart fiel ihr ein, und sie bereute nochmals, sich bereits am Bahnhof von ihm verabschiedet zu haben. Vielleicht sollte sie ihn aufsuchen, sobald sie sich ein wenig frisch gemacht hatte. Nach Charlottes Abreise wäre er vielleicht dankbar für etwas Abwechslung, um der Trübsal zu entgehen. Erfreut, endlich einen Plan gefasst zu haben, schob Elsa sich entschlossen durch die Menge, wurde einmal kurz zur Seite geschubst, und musste sich an der Außenmauer des Tores abstützen, um nicht zu fallen.

Dann sah sie ihn. Er stand etwas abseits vom Eingang in seiner langen Seidenrobe und der Kappe auf seinem Kopf. Welche Farbe seine Kleidung ursprünglich gehabt hatte, war schwer einzuschätzen, denn nun war sie gelblich, so wie alles an diesem Ort. Obwohl der Sandsturm auch den vornehmen Mandschubannermann nicht verschont hatte, wirkte er unter den zahllosen Kulis fehl am Platz, doch konnte Elsa weder Bedienstete noch eine Sänfte in seiner Nähe entdecken. Er blickte suchend in die Menge und blinzelte immer wieder, da tanzende Staubkörner seine Sicht behindern mussten. Elsa fragte sich, was er hier eigentlich machte. Sie war rasch ein paar Schritte zurückgetreten, um nicht von ihm entdeckt zu werden, denn auf einmal hatte sie Angst vor einem flüchtigen, belanglosen Gespräch. Allein der kurze Blick auf sein wie immer nachdenkliches Gesicht, die zusammengezogenen Brauen und den ernsten Ausdruck der dunklen Augen hatte genügt, damit ein Ball aus Sehnsucht und Schmerz in ihr zu wachsen begann. Eine Weile stand sie ratlos da und presste sich so dicht an das Gemäuer, dass sie mit ihm zu verschmelzen hoffte. Das Vernünftigste wäre jetzt, einfach weiterzugehen, denn falls Wenrou ihr noch etwas zu sagen hätte, hätte er sie schon längst aufgesucht. Sie überließ sich dem Menschenstrom, ließ sich von ihm in das Tor schieben, doch ein unüberwindlicher Drang zog sie wieder rückwärts. Warum sollte sie ihn nicht wenigstens kurz begrüßen? Falls er sich ihr gegenüber ablehnend zeigte, konnte sie ohne große Erklärungen wieder fortgehen, denn dies war ein öffentlicher Ort. Obwohl ihr bewusst war, dass sie eine derartige Demütigung nur schwer würde verkraften können, kämpfte sie sich wieder ins Freie hinaus, wo sie zunächst einmal von einer weiteren gelben Wolke eingehüllt wurde. Sobald der Wind nachgelassen hatte und sie ihre Kehle freigehustet hatte, hörte sie auf einmal seine Stimme, die ihren Namen rief. Elsa vermochte nichts zu sehen als unbekannte, gelbe Gestalten, die sie alle in verschiedene Richtungen stießen, dann wurde sie plötzlich von zwei Armen gestützt und Wenrous Gesicht war dem ihrem so nahe, dass sie fast erschrak.

»Im Moment siehst du selbst für einen Chinesen ungewöhnlich gelb aus«, sagte sie spontan, lachte auf und wischte seine Wangen halbwegs sauber. Dann erschrak sie über ihre Dreistigkeit, die er aber völlig ignorierte. Stattdessen schob er

Elsa wieder zu der Stadtmauer, wo etwas abseits vom Eingangstor etliche Steine herausgefallen waren, sodass eine windgeschützte Stelle entstanden war, in der sie sich verstecken konnten.

»Der junge Mann, der deine Nachricht überbrachte, hat mir erzählt, dass du heute zum Bahnhof gehst«, sagte er. »Ich wollte dich auf dem Rückweg abpassen, aber dann zog dieser Sturm auf und niemand konnte viel sehen.«

»Auch ohne Sturm wäre es kein besonders geeigneter Ort für ein Treffen gewesen«, erwiderte Elsa. »Was, wenn ich in einer Sänfte oder in einem Karren gesessen hätte?«

Nun konnte sie in Ruhe sein Gesicht mustern, das immer noch glatt, sanft und klug wirkte. Die Wunden an der Nase waren verheilt, nur eine kleine Unebenheit an der Wurzel erinnerte noch an den Bruch.

»Ich wollte nicht ins Gesandtschaftsviertel kommen und nach dir fragen«, erklärte er. »Das hätte dich vielleicht ins Gerede gebracht, gerade in der gegenwärtigen Lage. Irgendwo zu warten, wo du vielleicht vorbeikommen würdest, schien mir die beste Idee.«

Elsa fühlte, wie ein weiches, warmes Gefühl sich in ihr ausbreitete. Er war der rücksichtsvollste Mann, dem sie jemals begegnet war, wenn auch manchmal etwas unpraktisch veranlagt. Warum hatte er nicht einfach eine Antwort auf ihre Nachricht geschickt und ein Treffen vorgeschlagen? Aber nun gab es wichtigere Dinge zu besprechen.

»Na gut, dann haben wir uns jetzt gefunden«, sagte sie und streckte ihre Hand aus, die er nach kurzem Zögern ergriff und festhielt.

»Wirst du weiter für die Gesandtschaft arbeiten?«, fragte er. Elsa zuckte mit den Schultern.

»Ich weiß nicht, ob sie mich überhaupt weiter behalten wollen. Und um die Wahrheit zu sagen, möchte ich mein Leben nicht wirklich damit zubringen, Briefe zu tippen und Post zu öffnen.«

»Was willst du dann?«

Elsa brauchte nicht lange zu überlegen, denn im Grunde hatte sie es schon immer gewusst.

»Ich hätte gern mein eigenes Geschäft, so wie einige Leute, die ich in Shanghai getroffen habe. Tee vielleicht. Oder Seide. Ich bräuchte natürlich Berater, die sich gut damit auskennen, doch den Ein- und Verkauf würde ich gern selbst regeln, ich denke, dafür habe ich ein gewisses Geschick. Aber das ist nur ein Traum, mir fehlt das nötige Geld.«

»Hast du denn nichts geplündert? Viele Ausländer sind hier in den letzten Wochen reich geworden.«

Elsa konnte keinen Vorwurf in seiner Stimme hören, fühlte sich aber trotzdem angegriffen.

»Ich habe nichts gestohlen!«

Er drückte sanft ihre Hand.

»Das dachte ich mir fast. Ich kenne dich.«

Dann ließ er Elsa los, um einen Beutel von seinem Gürtel zu lösen, den er ihr entgegenhielt.

»Hier. Das müsste für einen kleinen Laden reichen.«

Elsa löste staunend das Band, das den Beutel zusammenhielt, und sah Steine in den verschiedensten Farben aufleuchten, ähnlich wie auf den Verkaufstischen des Gesandtschaftsviertels. Sie verstand nicht viel von Schmuck und Juwelen, doch was sie hier in den Händen hielt, sah wie ein kleiner Schatz aus.

»Woher hast du das?«

Ein Ausdruck der Verlegenheit huschte kurz über sein Gesicht.

»Es war ein Geschenk meines Schwiegervaters. Wir haben uns geeinigt, dass ich sein Haus wieder verlasse. Vorher gelang es mir aber, eine Plünderung zu verhindern, indem ich mit dem zuständigen Offizier verhandelte. Er war Engländer, ein recht vernünftiger Mann, der sich mit freiwilligen Gaben meines Schwiegervaters zufriedenstellen ließ. Außerdem wollte mein Schwiegervater mich für … bestimmte Dinge entschädigen, vielleicht auch dafür sorgen, dass ich über sie schweige. Ich wollte zunächst ablehnen, aber dann fiel mir ein, wie gut wir … ich meine, wie gut du etwas Geld brauchen könntest.«

Elsa umschloss ihren Schatz mit einer Faust. Die spitzen Steine stachen in ihre Handfläche.

»Kann ich etwas davon an meine Familie schicken?«, war die erste Frage, die ihr in den Sinn kam.

»Du kannst damit tun, was du willst. Es gehört dir.«

Der Freudenrausch war heftig, doch ließ er schnell wieder nach, und sie musterte Wenrou ein wenig ratlos. Sollte dies ein großzügiges Abschiedsgeschenk sein?

»Wenn du das Haus deines Schwiegervaters verlässt, dann …«

»Ich betrachte meine Ehe als beendet«, vollendete er ihren Satz. »Ich will meine Frau nicht offen verstoßen, um ihr die Schande zu ersparen. Aber hier in China sind Trennungen etwas unkomplizierter als in einem christlichen Land. Qingbai sehnt sich jedenfalls nicht nach meiner Rückkehr.«

Elsa lehnte sich an die Wand in ihrem Rücken. Die Freude rauschte nun so heftig in ihren Ohren, dass ihr fast schwindelig wurde, aber sie hatte Angst, sich Illusionen hinzugeben.

»Und was machst du nun, ohne deinen einflussreichen Schwiegervater?«

Er lächelte, und sie staunte, wie glücklich er auf einmal aussah.

»Es kann sein, dass ich ihn nicht mehr brauche. Ronglu ließ mir aus Xian, wohin die kaiserliche Familie geflohen ist, eine dringende Nachricht zukommen. Unserem Land stehen harte Zeiten bevor, und es werden Leute nötig sein, die die Sprachen und Sitten der Ausländer kennen, um mit ihnen zu verhandeln. Er scheint dabei Hoffnungen in mich zu setzen, sodass ich wohl weiter in den Diensten des Kaiserhauses bleiben werde.«

»Das freut mich für dich«, sagte Elsa nun völlig ehrlich, denn sie wusste, wie wichtig ihm eine politische Laufbahn war.

»Die Kaiserinwitwe wird nun Reformen zustimmen müssen, wenn sie an der Macht bleiben will«, redete er mit leuchtenden Augen weiter. »Die konservative Seite hat verloren, Prinz Duan wird in die Verbannung geschickt. Vielleicht hatte dieser Aufstand letztendlich doch seine guten Seiten, denn er hat die steinalte Mauer aus Traditionen, die unser Land vom Rest der Welt abschirmte, ins Wanken gebracht.«

Elsa nickte, obwohl sie sich fragte, was auf diese Traditionen wohl folgen würde. Entzog man Menschen alle Richtlinien, nach denen sie bisher gelebt hatten, drohte erst einmal ein großes Chaos.

»Möchtest du in China bleiben?«, fragte er nun völlig unerwartet und ergriff wieder ihre Hand.

»Ich weiß es nicht«, gestand sie. »Im Augenblick weiß ich nicht, was ich wirklich will, außer …«

Sie verstummte und biss sich auf die Lippen, denn eben jenen einen, sehnlichsten Wunsch vermochte sie nicht auszusprechen. Stattdessen lehnte sie sich leicht, wie zufällig in seine Richtung, sodass ihr Kopf seine Schulter streifte.

»Elsa.« Er legte zaghaft, fast ängstlich seinen Arm um ihre Taille. »Ich würde mir wünschen, dass du bleibst. Mach deinen Laden hier in Beijing auf oder wenigstens in Tianjin. Das ist nicht weit weg. Wir könnten uns regelmäßig sehen.«

Als sie den ganzen Sinn seines Vorschlags begriff, wurde ihr Körper zu einer steifen Holzfigur, die keine Berührung mehr spüren konnte.

»Als aufstrebender Staatsbeamter kannst du keine europäische Frau haben, nur eine heimliche Mätresse«, sagte sie scharf. Er nickte ohne weitere Ausflüchte und ließ Elsa los, als sie sich aus seiner Umarmung befreien wollte. Dann sah er ihr eindringlich ins Gesicht.

»Ich werde versuchen, es so einzurichten, dass wir uns irgendwann nicht mehr verstecken müssen. Die Dinge werden sich hier ändern, aber nicht gleich morgen. Bitte, gib mir etwas Zeit.«

Elsa trat einen Schritt zurück und lehnte sich gegen das Gemäuer. Hinter ihnen blies wieder der gelbe Wind, aber das schützte sie wenigstens vor neugierigen Zuschauern. Die verschiedensten Gedanken wirbelten in ihrem Kopf herum. Wäre sie eine feine Dame wie Maud oder Polly, so hätte sie ihn jetzt ohrfeigen und davonrennen müssen. Aber eben dies war sie nicht, denn sonst hätte sie niemals eine Romanze mit einem verheirateten Chinesen begonnen. Es gab keinen überzeugenden Grund für jene Empörung, die sie empfand, doch vermochte sie nichts daran zu ändern, dass Wenrous Vorschlag Ablehnung, ja regelrechten Zorn in ihr weckte.

»Lass mich kurz nachdenken«, sagte sie und tat ein paar Atemzüge. Als Frau allein ein Geschäft zu führen, wäre schwer genug und könnte sie ins Gerede bringen. Gelegentliche Besuche eines Mandschubannermannes würden die Gerüchteküche erst recht anheizen und ihr unter Umständen die westliche Kundschaft vertreiben. Hinzu kam eine Gefahr, die sie bisher mühsam aus ihren Gedanken verbannt hatte. Sie könnte sich in eine alleinstehende, schwangere Frau verwandeln, die anders als Charlotte keine Familie hätte, die zu ihr hielt, und völlig auf die Gnade eines Kindesvaters angewiesen wäre, der seinen Nachwuchs nicht einmal anerkennen musste. All dies sprach dagegen, Wenrous Vorschlag anzunehmen. Sie musste nun gehen, sich um ihre Zukunft kümmern, und der Anstand erforderte wohl, dass sie Wenrou auch sein kostbares Geschenk zurückgab. Sie hob die Hand, um diesen Entschluss in die Tat umzusetzen, da legten seine Finger sich um ihren Arm.

»Wenn du willst, gehe ich mit dir fort. Nach Shanghai oder nach Amerika. Wohin du willst. Du bist mir wichtiger als alles andere, das habe ich in den letzten Tagen begriffen.«

Elsa spürte, wie ihr Tränen in die Augen stiegen. Sie hätte es niemals für möglich gehalten, dass ein Mann zu so viel Liebe und Entgegenkommen fähig sein konnte. Für einen Moment war sie versucht, ihm um den Hals zu fallen und einen sofortigen, gemeinsamen Aufbruch vorzuschlagen. Das nötige Geld für einen gemeinsamen Neuanfang wäre vorhanden, doch ihr Verstand verhinderte einen derart impulsiven Entschluss. Würde Wenrou wirklich glücklich werden, wenn sie ihm seinen Lebenstraum nahm?

»Wir sollten uns das alles in Ruhe überlegen«, sagte sie schließlich. »Können wir uns später noch einmal treffen? Wo lebst du jetzt?«

»In dem Teehaus. Du weißt, wo es ist. Kannst du dort unauffällig hinkommen?«

Elsa dachte kurz nach.

»Ich denke schon. Morgen nach der Arbeit. Ich werde sagen, dass ich einen Spaziergang mache. Im Grunde bin ich unwichtig, kaum jemanden im Gesandtschaftsviertel interessiert es, was ich tue.«

Ihr fiel ein, dass sie nur dafür sorgen müsste, dass es auch so blieb. Solange sie weiterhin als die gewissenhafte, unscheinbare, altjüngferliche Elsa Skerpov galt, scherte sich keiner um ihr Privatleben. Wer würde einer solchen Frau die heimliche Liebschaft mit einem vornehmen Chinesen zutrauen?

Die Aussicht, das Teehaus wieder zu betreten, war zu verlockend, um darauf zu verzichten. Das runde, gutmütige Gesicht eines chinesischen Mädchens tauchte in ihrer Erinnerung auf. Sie freute sich, bald schon Xiaohua wiedersehen zu können und mit ihr chinesische Vokabeln zu üben.

»Nun gut, dann warte morgen am späten Nachmittag auf mich«, sagte sie. »Und jetzt sollten wir uns getrennt unter die Leute mischen, damit kein Verdacht aufkommt.«

Sie nahm Wenrous enttäuschten Gesichtsausdruck wahr, schlang die Arme um seinen Hals und legte all die Sehnsucht der letzten Wochen in einen Kuss, den er sogleich erwiderte. Auf einmal ließ die Verwirrung nach, denn sie wusste, was sie wollte, und musste nur den passenden Weg zu ihrem Ziel finden. So hatte sie ihr ganzes Leben bisher ausgerichtet.

Sie verließ das Versteck als Erste, denn Wenrou wollte sie sicher im Tor verschwinden sehen. Der Sandsturm hatte nachgelassen, damit auch die tyrannische Herrschaft der gelben Farbe, und Peking begann, seine Vielfalt an Gerüchen und Farbnuancen zu entfalten. Die Leichen waren weggeräumt worden, die Geschäfte hatten wieder geöffnet und Bettler streckten ihre Hände nach Elsa aus. Sie verschenkte großzügig ihre letzten Käsch-Münzen, hielt Wenrous Beutel aber fest in ihrer Faust umschlossen. Ohne sich umzudrehen, wusste sie, dass er ein paar Schritte hinter ihr ging, um ihre sichere Rückkehr ins Gesandtschaftsviertel zu überwachen. Seltsamerweise machte diese Kontrolle sie nicht wütend, sondern schien ihr ebenso anrührend wie überflüssig. Es tat wohl, zu wissen, dass jemand sich um sie sorgte.

Ein eigener Laden und zunächst einmal ein heimlicher Liebhaber vornehmer Abkunft, das wäre ein beachtlicher Aufstieg für Elsa Skerpov aus dem Gängeviertel. Sie wusste immer noch nicht, ob sie überhaupt für die Ehe geschaffen wäre. Vielleicht war dieses andere, ungewöhnliche Leben sogar das richtige für sie.

Wichtige Daten

29. Dezember 1899: Der Missionar Brooks wird das erste westliche Opfer der Boxer.

10. - 12. Mai 1900: Boxer greifen die Ortschaft Laishui an, massakrieren die christliche Bevölkerung, die Kaiserinwitwe schickt eine Strafexpedition, deren Anführer von den Boxern getötet wird.

3. Juni 1900: Zerstörung der Bahnlinie zwischen Beijing und Tianjin, auch die Telegrafenleitungen werden gekappt, sodass die ausländische Gemeinschaft von der Außenwelt abgeschnitten ist.

10. Juni 1900: Admiral Seymour wird mit seiner Relief Party Force erwartet, trifft aber nicht ein. Die Kaiserinwitwe ernennt den fremdenfeindlichen Prinz Duan zum Leiter der Ausländerbehörde.

11. Juni 1900: Der japanische Gesandtschaftssekretär Sugiyama wird von den Kansu-Kriegern Dong Fuxiangs ermordet.

13. - 14. Juni 1900: Die Angriffe der Boxer in Beijing beginnen. Sie können am Gesandtschaftsviertel abgewehrt werden, zerstören aber zwei Kathedralen und ermorden Tausende chinesischer Christen. Allein die Nordkathedrale, Beitang, übersteht den Angriff.

17. Juni 1900: Alliierte Truppen greifen die Dagu-Forts an, was einen Bruch des Völkerrechts darstellt und den Konflikt eskalieren lässt. Die Bewohner des Gesandtschaftsviertels von

Beijing werden aufgefordert, die Stadt zu verlassen und sich nach Tianjin zu begeben.

20. Juni 1900: Die Dagu-Forts fallen, was der chinesische Kaiserhof aber nicht sogleich erfährt. Der deutsche Gesandte Clemens von Ketteler wird ermordet.

21. Juni 1900: Die Kaiserinwitwe erklärt den alliierten Mächten den Krieg. Die Belagerung der Gesandtschaften beginnt.

16. Juli - 1. August 1900: Waffenstillstand beim Gesandtschaftsviertel, die Nordkathedrale wird weiter beschossen. Gleichzeitig erscheint am 16. Juli in der Daily Mail die falsche Meldung, dass alle Gesandten massakriert worden seien.

27. Juli 1900: Der deutsche Kaiser hält seine berüchtigte »Hunnenrede«.

14. August 1900: Einmarsch der Alliierten in Beijing, Befreiung des Gesandtschaftsviertels.

15. August 1900: Die kaiserliche Familie flieht frühmorgens heimlich nach Xian.

Nachwort

Anders als der Taiping-Aufstand, mit dem ich mich in dem vorhergehenden Chinaroman befasste, ist die Rebellion der Boxer im Westen ein bekanntes historisches Ereignis, über das etliche Fachbücher geschrieben wurden. Für China waren vor allem die Folgen dieses Konflikts von Bedeutung, denn das alte Reich wurde von den westlichen Mächten endgültig in die Knie gezwungen, gleichzeitig aber zu einer Modernisierung gedrängt, deren letztendliche Folge ein politischer Umsturz und das Ende der Qing-Dynastie waren. Aus diesen Gründen ist dieser Aufstand in China auch heute noch ein brisantes Thema, da die Boxer gerade zur Zeit der Kulturrevolution als tapfere Krieger gegen den Imperialismus heroisiert wurden. Ich möchte daher betonen, dass meine Darstellung der chinesischen Perspektive der Ereignisse fiktiv ist und ich nicht den Anspruch auf absolute Korrektheit erhebe. Ebenso sind die von mir geschilderten chinesischen Charaktere als Individuen gedacht, und alle Meinungen, die sie äußern, sind ebenso individuell zu sehen und nicht als unbedingt typisch für ihre Zeitgenossen.

Die Ursachen des Boxeraufstandes sind insgesamt vielfältig. Zunächst einmal führten ungünstige Wetterverhältnisse zu einer drohenden Hungersnot, was einfache Leute in einen Zustand der Unruhe versetzte. Hinzu kamen Schwächen der herrschenden Regierung, deren Aufgabe es eigentlich gewesen wäre, für mittellose Untertanen zu sorgen. Dieser Pflicht konnten oder wollten die oft sehr korrupten Staatsbeamten nicht nachkommen. Zudem war China von den westlichen Mächten im Laufe des 19. Jahrhunderts immer wieder gedemütigt worden und gerade konservative Kreise der Oberschicht träumten daher von der Möglichkeit, die »fremden Teufel« einfach zu verjagen.

Allerdings brach der Aufstand in einer Gegend aus, wo Ausländer selten waren, nämlich im ländlichen, traditionellen Shandong. Das scheint genauer betrachtet nicht einmal überraschend, denn in den Hafenstädten wie Shanghai oder Hongkong hatten Chinesen durchaus von westlicher Präsenz profitieren können, da sich so neue Geschäftsmöglichkeiten auftaten, die eine wohlhabende Gesellschaftsschicht von Kaufleuten entstehen ließen. Diese wehrten sich zwar zunehmend dagegen, im eigenen Land als Menschen zweiter Klasse behandelt zu werden, standen technischem Fortschritt und liberalem Denken aber nicht grundsätzlich ablehnend gegenüber. Ganz anders verhielt es sich im bäuerlichen Shandong, das von uralten Traditionen und von Aberglauben beherrscht wurde. Hier waren die einzigen Ausländer zunächst einmal Missionare, die durchaus nicht erfolglos blieben. Sie versprachen den einfachen Leuten eine materielle Grundsicherung, weshalb die Konvertiten oft als »Reischristen« bezeichnet wurden. Die Übertritte können aber auch aus echter Überzeugung stattgefunden haben, das lässt sich kaum noch feststellen. Die traditionellen Geheimbünde und religiösen Gruppierungen empfanden die Missionare als Eindringlinge, die sich zu einer Konkurrenz zu entwickeln begannen. Hinzu kamen die Besetzung von Kiautschou (chinesisch Jiaozhou) durch die Deutschen und der Beginn des Eisenbahnbaus, durch den Leute ihre Einkommensquelle als Lastenträger und Wachmänner bei Transporten von Waren verloren. Die fremdenfeindliche Propaganda begann in den bäuerlichen Verbänden der Gegend, wo traditionelle Kampftechniken geübt wurden. Durch eine geschickte Mischung aus Tatsachen, Übertreibungen und Aberglauben wurde der Einfluss der »fremden Teufel« zur Ursache aller Übel, unter denen das Land zu leiden hatte, erklärt. Sobald sie vertrieben und vernichtet wären, gäbe es wieder genug Regen und keine weiteren Hungersnöte. Ausländer wurden als

Dämonen betrachtet, nicht als menschliche Wesen, wodurch sich das brutale Vorgehen der Boxer erklären lässt.

Wie effektiv die Kampfausbildung war, welche diese hauptsächlich jungen Männer aus einfachen Verhältnissen erhielten, scheint eher fraglich, da sie meist nur kurz trainiert wurden. Wichtiger war ihre Überzeugung, durch die vollzogenen Rituale unverwundbar zu werden. Man machte sie glauben, sie seien vom Geist alter Krieger und Götter erfüllt. Dies soll dazu geführt haben, dass sie selbst schwer verletzt tatsächlich unerwartet lange Widerstand leisten konnten. Einigen Zeugenaussagen zufolge funktionierte das aber nicht immer, viele Boxer ergriffen entsetzt die Flucht, sobald sie sahen, wie ihre Kameraden von westlichen Schusswaffen niedergemäht wurden.

Aufgrund ihrer religiösen Überzeugung waren die Boxer eher frauenfeindlich eingestellt, da sie glaubten, dass weibliche Gegenwart Männer der Kampfkraft beraubte. Ähnlich wie bei den Taiping war Sexualität verpönt, doch habe ich keine Hinweise darauf gefunden, dass sie auch unter Strafe stand. Während der Angriffe der Boxer liefen Frauen durchaus Gefahr, vergewaltigt zu werden. Besondere Verehrung durch die Boxer genossen die »roten Laternen«, junge Mädchen, denen magische Kräfte zugeschrieben wurden. Sie sollten jungfräulich sein, was sie ungefährlich machte. Während der Kulturrevolution wurden sie als moderne Frauen gefeiert, die gegen Patriarchat und Imperialismus gekämpft hatten, doch weisen nur wenige Quellen darauf hin, dass sie tatsächlich am Kampfgeschehen teilnahmen. Daneben gab es noch die »blauen Laternen«, ältere Frauen jenseits der Menopause, die von den Boxern ebenfalls toleriert wurden. Wie mit einem Mädchen verfahren wurde, das zwar zu den »roten Laternen« gehörte, aber nicht jungfräulich blieb, kann ich nicht mit Sicherheit sagen, da ich nirgendwo auf einen solchen Fall gestoßen bin. Wahrscheinlich fiel es meistens nicht auf, doch angesichts der fanatischen Haltung der Boxer, ihrer Abneigung gegen sexuell aktive Frauen und ihrem generell brutalen Vorgehen schien mir die Art, wie Charlotte in meinem Roman behandelt wird, plausibel. Davon abgesehen ist diese Figur mit ihrer westlichen Erziehung natürlich keine typische »rote Laterne«.

Die chinesische Oberschicht wusste zunächst nicht, wie sie mit dem Phänomen der Boxer umgehen sollte. Wäre gleich kategorisch gegen sie vorgegangen worden, hätte diese Bewegung sicher im Keim erstickt werden können, aber das geschah nicht. Weder die lokalen Mandarine der betroffenen Provinzen (neben Shandong hauptsächlich Zhili) noch das Kaiserhaus schlugen eine klare Linie ein. Die Gründe für diese Unschlüssigkeit lagen wohl darin, dass sie über das Verhalten der ausländischen Mächte selbst verärgert waren und sie gern in ihre Grenzen gewiesen hätten. Zudem fürchteten sie, dass der entfesselte Volkszorn sich jeden Augenblick gegen die Herrschaft der Mandschu wenden könnte. Chinesische Historiker betrachten die Boxer daher gern als Kämpfer gegen den Feudalismus. Zwar gibt es Hinweise, dass einige von ihnen einen größeren politischen Umsturz planten, doch war ihr erstes Ziel die Vertreibung der Fremden. Prinz Duan machte sich schnell zu ihrem Sympathisanten, wodurch er sie an das Qing-Kaiserhauses band, das sie offiziell auch unterstützten. Die Kaiserinwitwe Cixi geriet in dieser Zeit stark unter den Einfluss von Prinz Duan und seinem Lager, doch schwankte sie ständig in ihren Entscheidungen. Viele gebildete Chinesen zweifelten an der Fähigkeit der Boxer, unverwundbar zu sein, und hielten einen Krieg gegen die militärisch viel besser gerüsteten westlichen Mächte daher für aussichtslos. Erst das aggressive Verhalten der Alliierten bei der Einnahme der Dagu-Forts ließ den Konflikt eskalieren.

Trotz der Fremdenfeindlichkeit der Boxer waren die meisten ihrer Opfer Chinesen, nämlich jene, die zum Christentum übergetreten waren oder für Ausländer arbeiteten. In den ländlichen Gegenden fielen ihnen ein paar Hundert Missionare und Eisenbahningenieure in die Hände, die es nicht geschafft hatten, rechtzeitig in die internationalen Siedlungen zu fliehen. Dem stehen Tausende abgeschlachteter Chinesen gegenüber, die von der Geschichtsschreibung gern vergessen werden. Als prominenteste Opfer des Boxeraufstandes gelten der japanische Gesandtschaftssekretär Akira Sugiyama sowie der deutsche Gesandte Clemens von Ketteler, doch streng genommen wurde keiner von beiden von Boxern getötet. Sugiyama wurde von den Kansu-Kriegern, einer Söldnertruppe des Generals Dong Fuxiang, aus der Sänfte gezerrt und geköpft, als er zum Bahnhof fahren wollte. Clemens von Ketteler wurde auf dem Weg zur Ausländerbehörde von einem Bannersoldaten erschossen. In beiden Fällen sind die Hintergründe nicht völlig geklärt. Der Umstand, dass beide Opfer spontan aufgebrochen waren, lässt einen von höherer Stelle geplanten Mord eher unwahrscheinlich scheinen, und es ist möglich, dass sie schlichtweg Pech hatten, da sie den falschen Leuten in die Hände liefen. Gerade über den Tod des deutschen Gesandten kursieren verschiedene Versionen. Ich habe daher auf eine szenische Darstellung verzichtet, sondern die zwei wesentlichen, gegensätzlichen Thesen mit einfließen lassen. Laut dem Dolmetscher Cordes, der sich retten konnte und verletzt ins Gesandtschaftsviertel zurückkam, war es eine geplante Exekution. Der später als Mörder überführte En-Hai soll in einer Version seiner Aussage aber behauptet haben, dass der Gesandte als Erster die Waffe zog und daher eine Schießerei auslöste. Die wahren Umstände werden wohl immer im Dunkeln bleiben.

Spätestens nach der Ermordung Clemens von Kettelers war eine friedliche Lösung des Konflikts unmöglich geworden, und es kam zum Krieg. Ob die Kaiserinwitwe tatsächlich plante, das gesamte Gesandtschaftsviertel niedermetzeln zu lassen, ist allerdings unklar. Es wurden immer wieder Botschaften losgeschickt, die einen Abzug der Gesandten aus der Stadt vorschlugen. Die von der Außenwelt völlig abgeschnittenen, daher etwas panischen Ausländer trauten diesen Angeboten nicht und erschossen nicht selten die Boten, die sie für Angreifer hielten. Allerdings wäre ein Auszug aus dem Gesandtschaftsviertel, das sie durch Barrikaden sichern konnten, für sie ein großes Risiko gewesen. Der Umstand, dass es der chinesischen Armee nicht gelang, das Viertel zu stürmen, wurde früher mit ihrer Unfähigkeit erklärt. Tatsächlich war sie im 19. Jahrhundert in eine Krise geraten, ausgelöst durch korrupte, oft nicht besonders fähige Generäle und insgesamt sehr demotivierte Soldaten. Allein die Kansu-Krieger wurden von den westlichen Mächten ernst genommen. Man geht inzwischen aber davon aus, dass die Pläne zur Vernichtung des Gesandtschaftsviertels von General Ronglu, dem langjährigen Vertrauten und Beschützer der Kaiserinwitwe, bewusst sabotiert wurden. Dabei handelte er nicht unbedingt aus Mitgefühl, sondern aus Vernunft, da ihm – wie vielen anderen chinesischen Staatsmännern – klar war, dass China keine Chance hatte, einen Krieg gegen den Rest der Welt zu gewinnen, und eine Ermordung sämtlicher Diplomaten in Beijing katastrophale Folgen für die ganze Nation hätte.

Die Belagerung der Nordkathedrale, damals unter den Europäern als Peitang bekannt, lief weniger schonend ab. Es gab keinen Waffenstillstand und die Angreifer, hauptsächlich in die chinesische Armee integrierte Boxer, wären mit Sicherheit eingedrungen, wenn sie die Möglichkeit dazu gehabt hätten. Niemand hielt eine schützende Hand über einen Bischof, ein paar Geistliche und Nonnen und Tausende chinesischer Christen, weil sie nicht so wichtig waren.

Bei meiner Darstellung der Ereignisse bin ich so weit wie möglich historischen Fakten gefolgt, musste sie aber manchmal zusammenfassen oder Einzelheiten auslassen, da die Schicksale meiner fiktiven Figuren natürlich im Vordergrund standen. Die meisten der Nebenfiguren sind allerdings historisch belegt, und da sie in der Geschichte nicht viel Raum einnehmen, habe ich ihnen auch nichts andichten müssen.

Hier noch ein paar Informationen, wie es mit ihnen weiterging:

Annie Chamot erhielt wegen ihres mutigen Verhaltens während der Belagerung die Tapferkeitsmedaille. Sie und ihr Auguste siedelten bald schon nach San Francisco um. Von dem bei der Plünderung erworbenen Vermögen konnten sie bequem leben, verloren aber 1906 während eines Erdbebens viel Besitz. Auguste verfiel zunehmend dem Alkohol und betrog seine Frau, die schnell die Konsequenzen zog und sich scheiden ließ. 1909 beschloss sie, das Autofahren zu lernen, verliebte sich in ihren wesentlich jüngeren Fahrlehrer und heiratete ihn.

Polly Condit Smith kehrte ebenfalls nach Amerika zurück und veröffentlichte 1911 unter dem Pseudonym Mary Hooker ihre Erlebnisse während des Boxeraufstandes.

Maud von Ketteler wurde in Tokyo von ihrem Bruder abgeholt und zu ihrem Vater in Detroit gebracht. Sie führte das Leben einer wohlhabenden Witwe, die karitativen Tätigkeiten nachging, heiratete niemals wieder und starb 1960 im Alter von 89 Jahren.

Der allgemein verlachte, ängstliche Pessimist Stéphen Pichon machte noch eine steile diplomatische Karriere und starb 1933.

George Ernest Morrison führte weiterhin ein aufregendes Leben als Journalist und engagierte sich in China als Befürworter der Revolution von 1911. Er starb 1920.

Bischof Pierre-Marie-Alphonse Favier blieb Oberhaupt der chinesischen Katholiken. Er wurde wegen seines tapferen Einsatzes zum Schutz der chinesischen Christen sowohl von der katholischen Kirche als auch vom Kaiser Guangxu ausgezeichnet. Bald darauf wurden aber auch Vorwürfe gegen ihn vorgebracht, weil er sich an Plünderungen beteiligt haben soll. Er starb 1905 und wurde in der Beitang beigesetzt.

Sir Edmund Trelawny Backhouse (1873 - 1944) gehört zu den ungewöhnlichsten Gestalten des Gesandtschaftsviertels. Er war ein herausragender Orientalist, der mehrere Sprachen fließend beherrschte, galt als Sonderling, da er lieber in die chinesische Gesellschaft abtauchte, anstatt bei seinen Landsleuten zu bleiben. Ein wesentlicher Grund dafür könnte seine Homosexualität gewesen sein, denn das kaiserliche China war – ganz im Gegensatz zum kommunistischen – in diesen Dingen weitaus toleranter als die westliche Welt der damaligen Zeit. Er hat zahlreiche Schriften hinterlassen, darunter das vermeintliche Tagebuch eines Mandschu-Adeligen und sein Spätwerk: Décadence Mandchoue. In beiden Fällen vermischte er Fakten und Fiktion und wird daher als historische Quelle nicht mehr ernst genommen. So stellt er u.a. die sehr unwahrscheinliche Behauptung auf, Liebhaber der alten Kaiserinwitwe gewesen zu sein. Dennoch sollen seine Schriften sehr detaillierte, realistische Beschreibungen des Lebens im kaiserlichen China enthalten.

Das in meinem Roman nur kurz erwähnte Ehepaar Hoover, das die Belagerung von Tianjin miterlebte, zog 1929 ins Weiße Haus ein, da Herbert Hoover der 31. Präsident der Vereinigten Staaten wurde. Er setzte sich während des Boxeraufstandes zusammen mit seiner Frau Lou stark für jene Chinesen ein, die mit dem Westen sympathisierten und daher von den Boxern bedroht wurden, beherbergte etliche von ihnen in seinem Haus.

Ronglu, der langjährige Vertraute und einigen Gerüchten zufolge auch einstige Liebhaber der Kaiserinwitwe, lebte nur noch drei Jahre. Der Kaiser Guangxu starb 1908 im Alter von siebenunddreißig Jahren. Er versuchte niemals wieder, die Macht an sich zu reißen, aber es kursiert dennoch das Gerücht, seine Tante hätte ihn vergiftet, um ein weiteres Kleinkind, den letzten Kaiser Puyi, auf den Thron setzen zu können.

Cixi überlebte ihren Neffen nur um ein paar Monate. Sie konnte ihre Macht nach dem Boxeraufstand halten und feierlich wieder in den Kaiserpalast einziehen, obwohl die Siegermächte ihre Absetzung oder gar ihre Hinrichtung diskutiert hatten. Allerdings musste sie Modernisierungen zulassen, die letztendlich zum Zusammenbruch der kaiserlichen Herrschaft führten. Laut ihrer Hofdame Der Ling, einer sehr westlich orientierten Chinesin der Oberschicht, die 1929 in Amerika eine der ersten Biographien über Cixi veröffentlichte (Titel: Old Buddha, nur noch antiquarisch erhältlich), soll sie es als den größten Fehler ihres Lebens betrachtet haben, die Boxer unterstützt zu haben.

Zum Abschluss noch ein paar Anmerkungen zu der Umschrift chinesischer Namen und Begriffe. Zur damaligen Zeit wurde allgemein Wade Giles verwendet und in Schriften aus jener Zeit ist daher auch von Peking (statt Beijing), Tientsin (statt Tianjin), Peitang (statt Beitang) etc. die Rede. Bei den Gedanken und der direkten Rede westlicher Figuren habe ich daher auch eben diese Umschrift verwendet, da sie mir historisch stimmiger schien. Die Chinesen reden und denken bei mir hingegen auf Pinyin, das heute hauptsächlich verwendet wird und die chinesische Aussprache genauer wiedergibt. Dadurch ergab sich zwangsläufig eine gewisse Unstimmigkeit im Text. Um eine völlige Verwirrung der Leser zu vermeiden, habe ich bei Eigennamen auf die Unterscheidung verzichtet und generell die Pinyin-Umschrift verwendet, nicht jedoch bei

Ortsnamen. Prinz Duan z. B. heißt in den damaligen westlichen Schriften Tuan. Die Zeichen für die chinesischen Töne wurden manchmal eingefügt, um die Aussprache zu verdeutlichen, aber nicht bei Namen von Personen und Orten, da dies allgemein unüblich ist. Mir ist klar, dass diese Vorgehensweise uneinheitlich ist, doch fiel mir keine bessere Lösung ein.

Abschließend möchte ich mich bei meiner Lektorin Christine Laudahn und meiner Testleserin Claudia Stach bedanken, die mich bei der Entstehung des Textes beide engagiert unterstützt haben. Ein weiteres Dankeschön geht an Guo Lanfang, die sich große Mühe gab, meine Recherchereise in China so angenehm wie möglich zu gestalten.

Tereza Vanek November 2013

Als es endlich dunkel geworden war, lag Viktoria mit weit aufgerissenen Augen im Bett und lauschte dem Ticken der Uhr. Vor dem Fenster schrien ein paar chinesische Stimmen. Licht drängte sich durch die Gardinen. Ein Hafen schlief niemals, das kannte sie bereits aus Hamburg. Gewöhnlich störte das nächtliche Treiben sie nicht, doch nun, da sie sich ohnehin hin und her wälzte, wäre etwas mehr Ruhe paradiesisch gewesen.

Andrew war fortgegangen und galt als verschollen. In einem wilden Land wie China konnte das sicher geschehen. Aber was hatte es mit diesem Ring auf sich? Vermutlich war er nur ein Wunschtraum der alten Dame, die sich ein Erinnerungsstück an ihren geliebten Sohn wünschte.

Falls sich jedoch wirklich ein Ring in der Schmuckschatulle verbarg, so konnte dies nur bedeuten, dass Robert log. Andrew war zurückgekommen und war jetzt trotzdem nicht mehr hier.

Viktoria richtete sich auf. Sie vermochte einfach nicht zu schlafen, es hatte keinen Sinn, sich darum zu bemühen. Sie hörte Dewei, der neben ihr auf seiner Matte lag, etwas auf Chinesisch murmeln. Seine Stirn glänzte schweißbedeckt im eindringenden Licht. Viktorias Blick ließ ihn die Augen aufschlagen. Erwartungsvoll und unsicher sah er zu ihr hoch.

»Na, was meinst du, kleiner Freund? Wollen wir mal nachsehen, ob Robert Huntingdon ein Lügner ist?«, murmelte sie.

Der Junge reagierte nicht, starrte sie nur weiter stumm an. Viktoria wusste nicht, weshalb sie immer mehr das Gefühl bekam, dass er durchaus begriff, worum es ihr ging. Es musste an seinem sehr aufmerksamen Blick liegen. Ohne weiteres Zögern stand sie auf.

»Komm mit. Du bist ein schlaues Kerlchen. Wenn du jemanden hörst, dann gibst du mir Bescheid.«

Sie hüllte sich in einen grellbunten, chinesischen Morgenmantel, den Margaret ihr vermacht hatte. Dann schlüpfte sie in ihre Pantoffeln und öffnete die Tür. Dewei folgte ihr stumm, als sie sich vorsichtig durch das Dunkel tastete und Stufen hinabstieg, um den vertrauten Weg zu Margarets Räumen einzuschlagen. Die alte Dame hatte sicher Beruhigungsmittel erhalten. Selbst wenn sie aufwachen sollte, würde sie Viktoria das nächtliche Eindringen nicht übel nehmen. Nur durfte niemand anderer im Haus etwas davon mitbekommen, denn sonst stand sie schon morgen mittellos auf Shanghais Straßen. Viktoria verjagte die Angst, die ihr wie ein Schatten hinterherschlich. Sie wollte wissen, ob es diesen Ring gab, und wenn sie tagsüber nach ihm suchte, würde das Margaret nur unnötig aufregen.

Vorsichtig öffnete sie die Tür. Margarets Zimmer lag auf der Straßenseite, sodass es vom Licht der Gaslampen erhellt wurde, die zum Glück noch nicht gelöscht worden waren. Sie erkannte die Umrisse einer friedlich schlafenden Gestalt, während sie sich vorsichtig zur Kommode tastete. Dewei verharrte treu an ihrer Seite, als sie erneut begann, die Schubladen des Schmuckkästchens zu öffnen. Sie schob Ketten und Ringe zur Seite, um das mit Seide überzogene Polster abzutasten. Im untersten Fach spürte sie die rauen Formen von Nähten. Mit vor Aufregung zitternden Händen zog Viktoria das Fach ganz heraus, ließ seinen Inhalt in ihre linke Hand gleiten. Wenn jetzt jemand hereinkam und sie ertappte, dann galt sie als Diebin und konnte froh sein, ohne Anzeige entlassen zu werden. Ihr Herz raste vor Angst, aber sie vermochte so kurz vor dem Ziel nicht aufzugeben.

Ungeduldig riss sie an der Seide, nahm schließlich die scharfe Kante eines Ohrrings zu Hilfe. Der Stoff gab endlich nach. Sie ließ ihre Finger in weiches Polster gleiten, spürte Papier und zog ein zusammengefaltetes Blatt hervor, das sie auf der Kommode ablegte. Dann tastete sie weiter, bis sie auf die runde Form eines kleinen, harten Gegenstandes stieß.

Das berauschende Gefühl von Triumph schwemmte alle Angst hinweg. Der Fund war mit weiterem Papier umhüllt, das sie so schnell wie möglich entfaltete. Ein schlichtes Schmuckstück tauchte auf und entglitt ihren unruhigen Fingern. Viktoria stockte der Atem, doch zum Glück war der Aufprall kaum zu hören. Noch bevor sie begonnen hatte, den Boden abzutasten, hielt Dewei ihr auch schon den Ring entgegen.

»Braver Junge«, flüsterte sie und steckte sich den Ring an den Finger, um ihn nicht wieder zu verlieren. Er saß sehr locker, musste entweder für eine Frau mit breiten Händen oder für einen Mann angefertigt worden sein. Mit ihrem Daumen strich sie über glattes, kühles Material, auf dem sie nur ein paar Gravuren spürte. Es war zu dunkel, um mehr zu erkennen.

Viktoria eilte mit ihren Funden zum Fenster, wohin der treue Dewei ihr folgte. Sie bemerkte Unruhe in seinem Blick, achtete aber nicht darauf. Entschlossen schob sie die Vorhänge ein Stück zur Seite. Im Licht der Straßenlaternen erkannte sie ein Schmuckstück aus Jade, in das Blumen eingeritzt waren. Es schien ihr hübsch, doch nicht außergewöhnlich. Dann entfaltete sie das zuallererst gefundene Papier, erblickte die schwungvollen, harmonischen Formen chinesischer Schriftzüge. Die untere Hälfte des Blattes war zackig, als hätte jemand ein Stück abgerissen. Schließlich kam ihr die Idee, auch einen Blick auf das Papier zu werfen, in das der Ring eingewickelt gewesen war. Es war ebenfalls mit chinesischen Schriftzeichen bedeckt, doch wirkten diese gleichmäßiger und breiter, als seien sie mit einem Stempel gedruckt worden.

Ratlos wandte sie sich an Dewei.

»Kannst du damit etwas anfangen? Was steht dort geschrieben?«

Er sah gehorsam auf die zwei Blätter. Der erste, längere Text schien auch ihm unverständlich, doch beim Anblick des Stempels riss er erschrocken die Augen auf. Ein Schwall chinesischer Worte quoll aus seinem Mund. Viktoria fuhr zusammen. Sie durften sich nicht laut unterhalten. Dewei duckte sich unter ihrem vorwurfsvollen Blick. Eine Weile standen sie beide völlig still, hörten jedoch nichts außer ihren eigenen, angstvollen Atemzügen.

»Was steht denn da? Warum regst du dich so auf?«, flüsterte Viktoria schließlich, ohne wirklich eine verständliche Antwort zu erwarten.

Die Lippen des Jungen formten flüsternd das erste chinesische Wort, das ihr vertraut schien: »Taiping«.

Gesandtschaftsviertel

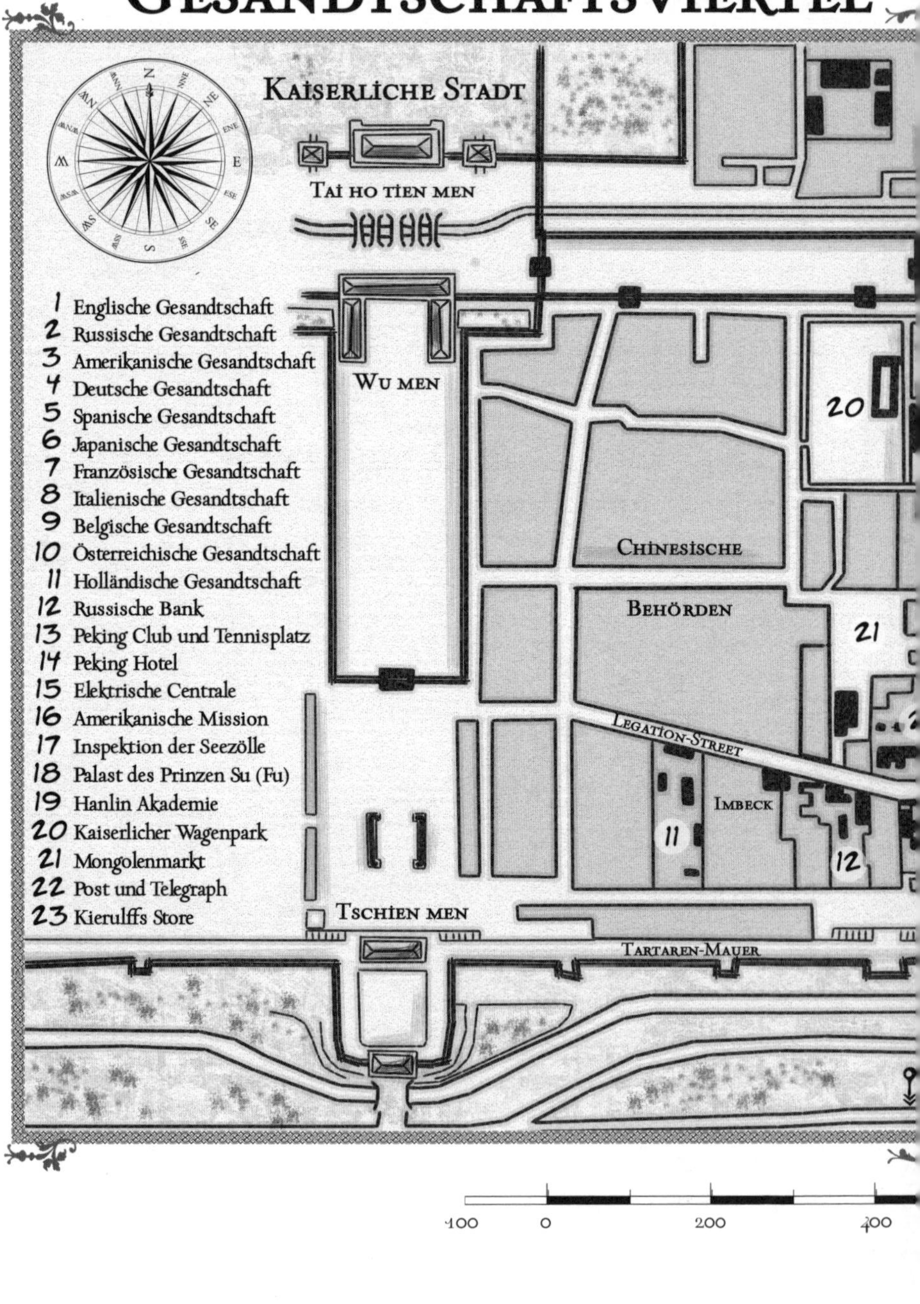